KB165244

2022

# 신예작가

추천위원

김호운 김성달 유성호

사단법인 한국소설가협회

# 차 례

◆◆발간사

## 소설이 꽃피는 아름다운 사회를 희망하며

나라나 가정이나 경제에 어려움이 닥치면 제일 먼저 절약하는 게 문화비다. 이런 일이 생기면 그러하지 않아도 평소 드물게 하던 책 읽는 일부터 줄인다. 책 읽는 일은 먹고 사는 일과 무관하다고 여기는 것이다. 1997년에 IMF 구제금융을 받으며 겪었던 경제위기 때도 그랬고, 2019년에 창궐하여 지금까지 우리를 힘들게 하는 코로나19 신종 바이러스 방역 상황에서도 그렇다. 이렇듯 생활에 어려움이 닥치면 사람들은 제일 먼저 문화 예산, 그중에서 책 사는 비용부터 줄인다. 대부분 이런 위기에서 문학은 아무런 힘도 발휘할 수 없다고 여긴다. 문학으로는 당장 그 무엇을 할 수 없기에 외면하는 것이다. 문학의 위기는 여기에서부터 출발한다. 문학이 생활에 꼭 필요한 게 아니라는 이 생각을 바꾸지 않으면 문학이 제자리를 찾는 일은 매우 힘들다.

당장 생활에 필요한 무엇을 주지는 못하나 문학은 이 눈에 보이지 않는 삶의 영양소를 우리에게 공급해 준다. 무엇이 필요하고 필요하지 않은지 잘 선택하여 양질의 삶을 누릴 수 있도록 하는 지혜를 우리는 문학 작품을 통해 얻을 수 있다. 문학은 그렇게 비타민과 같은 역할을 한다. 당장 눈앞에 그 효능이 보이지 않지만 우리는 반드시 건강을 유지하기 위해 음식을 통해 필요한 영양소를 섭취해야만 한다. 이처럼 문학은 우리의 정신을 건강하게 해주는 영양소다.

한국소설가협회에서는 문화체육관광부로부터 지원을 받아 매년 '신예작가 포럼'을 개최한다. 이는 문학이 우리 사회에서 어떤 역할을 하는지, 어떻게 하면 우리 문학이 발전하며 세계로 나아갈 수 있는지 당면한 과제를 담론으로 이끌어내 실천하기 위해서다. '신예작가 포럼'은 작가들의 창작 환경 개선과 독서 환경 조성, 이를 통해 한국 소설 문학 발전을 도모하는 중요한 행사다.

이와 함께 활발하게 창작 활동하는 등단 5년 이내의 신인 작가 20여 명을 선정하여 이들의 작품을 모아 신예작가 작품집을 발행한다. 등단 이후 작가로서 활동하는 데 가장 중요한 시기에 맞닥뜨리는 열악한 창작 환경을 극복할 수 있도록 도움을 주기 위해서다. 아울러 독자들에게는 신선하고 문학성이 뛰어난 우수한 작품을 만나는 기회를 제공하는 일이기도 하다.

독서인구가 줄어들고 문학의 기능과 역할을 잘 이해하지 못하는 사람들이 늘어나는 건 변화하는 사회 환경 탓만이 아니다. 창작활동을 하는 우리 문학인들의 책임 역시 크다는 점을 자성해야 한다. 열악한 환경은 극복하는 것이지 피해 가는 게 아니다. 신선한 충격을 주는 우수한 작품은 이러한 환경을 극복하게 한다. '신예작가 포럼'과 '신예작가 작품집' 발행을 이와 같은 목적에서 시행하고 있다.

'2022 신예작가'에 20명의 소설가가 선정되어 훌륭한 작품을 선보인다. 선정된 소설가들에게 축하와 격려의 박수를 보낸다. 이를 견인차로 더 활발한 활동을 하여 한국 소설문학을 빛내주기를 희망하며, 아울러 소설을 존중하고 소설가를 존경하는 아름다운 사회를 꽃피우는 데 작은 불씨가 되기를 소망한다.

2021년 11월

사단법인 한국소설가협회

이사장 김호운

## 강보라 | 직사각형의 찬미

2021년 한국일보 신춘문예에 소설이 당선되어 등단.

단편소설

## 직사각형의 찬미*

강보라

그 시절 내게는 생의 어떤 장애물도 수월히 넘길 수 있으리라는 믿음이 있었다. 나는 스물아홉 살이었고 주부였지만 아직 누군가의 엄마는 아니었다. 그때까지 나는 돈 때문에 생활에 심각한 곤란을 겪은 적이 별로 없었다. 가까운 사람의 죽음이나 교통사고 같은, 어느 날 갑자기 도둑처럼 찾아오는 재앙도 이해하지 못했다. 내게 있어 그런 일은 부주의한 사람, 삶에 야무지지 못한 사람에게만 일어나는 비극이었다. 살면서 겪을 법한 웬만한 나쁜 일은 피해가거나 스스로 감당할 수 있다고 믿는다는 점에서 남편과 나는 죽이 잘 맞았다. 대기업에 입사해 매사 자신만만했던 남편과 이제 막 결혼한 새신부로 근거 없는 낙관에 사로잡혀 있던 나. 돌이켜보면 우리는 완벽한 한 쌍이자 확실한 한패였다.

하지만 우리가 살던 빌라는 낡고 비좁았다.

그런 집에서 신혼생활을 시작한 건 순전히 남편의 직장 때문이었다. 제약회사 영업사원인 그의 담당 구역이 결혼을 넉 달 앞두고 서울에서 수도권 외곽으로 이동한 것이다. 제법 큰 규모의 종합병원과 약국들이 모여 있던

*제목은 요제프 알베르스(Josef Albers)의 회화 연작 「사각형에 대한 경의(Homage to the Square)」에서 착안했다.

그 동네는 그러나 서울에서 차로 한 시간 반이 훌쩍 넘었다. 1년의 근무 기간만 채우고 본사로 돌아오는 조건이었지만 남편은 사실상 좌천이라며 분개했다. 업무의 절반이 운전이나 다름없는 영업사원이 출퇴근하기엔 너무 먼 거리라는 걸 상부에서도 모르지 않는다는 말이었다. 화를 가라앉힌 그는 일단 담당 구역 근처에 집을 구한 뒤 나중에 제대로 된 신혼집을 알아보자며 나를 달랬다. 그리고 비슷한 처지의 동료들이 회사에서 제공받은 지원금에 웃돈을 얹어 전세로 아파트를 구한 것과 달리 지원금 한도에 딱 맞는 빌라를 월세로 계약했다. 그렇게 함으로써 자신이 이곳에 오래 있지 않을 것임을 스스로 분명히 하려는 듯했다. 그러니까 빌라는 우리의 임시 거처였다. 앞으로 1년만 버티면 정상적인 신혼집에 들어갈 터였다. 양식 있는 이웃끼리 목인사를 주고받는 서울의 평범한 아파트로. 그것이 애초 우리가 그린 신혼의 그림이었다.

*

여자를 처음 본 건 이사한 지 얼마 되지 않은 초겨울 아침이었다.

커피를 내리다 문득 고요한 느낌에 고개를 들어보니 창밖으로 눈이 풀풀 날리고 있었다. 서둘러 현관문을 열고 옥상으로 통하는 계단을 올랐다. 옥상 빨랫줄에 전날 세탁한 이불과 베갯잇 한 쌍이 얌전히 걸려 있었다. 손으로 이불을 쓸어내려 상태를 확인했다. 다행히 보송한 감촉이 아직 남아 있었다. 빨래를 걷으며 나는 늘 그랬듯 습관처럼 맞은편 건물을 바라보았다. 흩날리는 눈발 너머, 불 켜진 이웃집 거실 내부가 똑똑히 눈에 들어왔다. 그 집은 우리가 살던 집보다 조금 높은 지대에 자리했다. 우리와 마찬가지로 사층짜리 빌라의 꼭대기층을 쓰는 집이었다. 우리집 옥상에 서면 맞은편에 있는 그 집 거실이 다 들여다보였다. 건물과 건물 사이가 너무 가까운 탓이었다. 이웃집 창문에는 놀랍게도 개폐 장치가 전혀 없었다. 가로로 긴 형태에, 검은색 알루미늄 새시로 테두리까지 두른 통유리 창문 덕에 이웃집 거실은 늘 액자 속 그림처럼 보였다.

당시 나는 하루에 서너 번씩 옥상에 오르곤 했다. 빨래를 널기 위해서일 때도 있었지만 대부분은 담배 때문이었다. 옥상에서 피우는 담배는 그 시절 남편은 모르는 나만의 작은 즐거움이었다(지금도 나는 남편이 출근한 후 두 아이의 치다꺼리를 할 때마다 예전에 내가 그런 시간을 얼마나 좋아했던지 새삼 떠올린다). 옥상에서 빨래를 널거나 담배를 피울 때면 나도 모르게 이웃집 거실로 눈이 갔다. 무의식중에 시작된 염탐은 날이 갈수록 본격적이 되었다. 시작은 창문 안쪽 창턱에 놓인 매화나무 분재였다. 며칠 후 같은 자리에 새 모양의 투박한 목각 장식품(정확히는 오리 모양 조각)이 놓인 것을 보고 나는 분재가 거실 한가운데 있는 테이블로 옮겨졌음을 깨달았다. 다음에는 오리 조각이 사라지고 전에 없던 도자기 꽃병이 새로이 모습을 드러냈다. 소파에 놓여 있던 둥근 벨벳 쿠션이 나도 모르는 사이 네모난 것으로 교체되기도 했다. 마치 내가 훔쳐보는 걸 알고 주인이 일부러 공들여 장난을 치는 것 같았다. 황당한 추측이었지만 당시 내겐 그것이 정말로 나만을 위해 고안된 일종의 틀린 그림 찾기 게임처럼 다가왔다. 내 쪽에서 일방적으로 훔쳐볼 수밖에 없는 구도였지만 내 생각에 게임의 주도권을 쥔 쪽은 오히려 맞은편 집이었다. 그 집 창문에는 거의 늘 커튼이 쳐져 있었기 때문이다. 커튼은 가정집에서 흔히 쓰지 않는 레이스 소재라는 점에서 더 의미심장했다. 면사포처럼 성글게 짠 레이스 커튼이 드리워진 거실은 모자이크 처리된 화면처럼 보는 사람을 안달 나게 만드는 면이 있었다. 어쩌다 커튼이 열린 날이면 나는 허기진 눈으로 물건들을 훑으며 이번엔 또 뭐가 달라졌는지 꼼꼼히 살폈다.

그날 이웃집 창문 안쪽 창턱에는 전에 보았을 때와 마찬가지로 목이 좁은 크리스털 꽃병이 놓여 있었다. 오렌지색 튤립 한 송이가 꽂혀 있던 자리에 이번에는 보리수처럼 구부정한 미모사 다발이 풍성한 숱을 늘어뜨리고 있었다. 누군가 부지런히 돌보고 매만지는 집이었다. 카펫이 깔린 거실 중앙에는 타원형의 유리 테이블이, 테이블 위 나무그릇에는 노랗게 익은 모과 몇 알이 담겨 있었다(그 사이 열매가 익었는지 전보다 껍질이 거뭇거뭇했다). 거실 뒤편 주방으로 이어지는 길목에는 세 개의 액자로 장식한 벽이 있었는데 아쉽게도 액자 속 사진은 잘 보이지 않았다. 액자들 아래에는 작은 스프링 달력과 장식용 앤티크 접시가, 접시 아래에는 거꾸로 세워 말린 미니장미 한 묶음이 걸려 있었다. 내가 선 자리에서 보이는 건 주로 그런 것들이었다. 술 장식을 두른 벨벳 쿠션, 화려한 무늬가 새겨진 도자기 세트, 벼슬이 있는 자리에 초를 꽂을 수 있는 공작새 머리 모양 촛대. 팔자 좋은 주부가 소꿉놀이하듯 사들였을, 있어도 좋고 없어도 그만인 물건들. 그러나 정물화 같은 거실에 인물이 등장한 건 그날이 처음이었다.

눈에 익은 거실에서 사람의 뒷모습을 발견한 순간 나는 들고 있던 빨래를 난간 밖으로 떨어뜨릴 뻔했다. 부스스한 머리를 늘어트린 여자가 거실에서 주방으로 이어지는 길목에 미동도 없이 서 있었다. 여자는 정강이까지 내려오는 감색 카디건을 걸치고 있었는데 옷에 몸이 푹 파묻힌 모습이 꼭 팔다리 없는 유령처럼 보였다. 벽 앞에 선 여자는 무언가를 열심히 들여다보고 있는 듯했다. 액자 속 사진? 어쩌면 달력을 보며 가족의 음력 생일이나 마지막 생리 날짜 따위를 확인하고 있는지도 몰랐다. 나는 눈을 맞으며 제자리에 붙박인 듯 서 있었다. 팔에 감은 이불이 제 무게를 이기지 못하고 자꾸만 아래로 흘러내렸다. 이불을 그러모으고 고개를 드는 찰나 여자가 내 쪽으로 몸을 돌렸다. 머리칼 사이로 드러난 여자의 얼굴은 기이했다. 얼굴이라기보다는 무늬, 제멋대로 소용돌이치는 무늬에 더 가까운 모습이었다. 각도를 바꾼 해가 적당한 그늘을 드리우며 여자의 거실을 밝혔다. 빛에 노출된 여자의 오른쪽 눈이 수명을 다한 꼬마전구처럼 파르르 깜빡였다. 그제야 나는 여자의 얼굴에 퍼진 불규칙한 무늬가 흉터라는 걸 깨달았다. 고목 껍질처럼 마르고 뒤틀린 흉터가 왼쪽 이마부터 콧등을 거쳐 오른쪽 턱까지 무자비하게 퍼져 있었다. 그 면적이 너무 넓어 그나마 멀쩡한 오른쪽 광대뼈 부근이 오히려 이식한 피부처럼 어색해 보였다. 나는 시선을 피하지 않았다. 그러는 게 어쩐지 잘못하는 것처럼 느껴졌기 때문이다. 여자가 뭔가 결심한 듯 나를 향해 걸어오기 시작했다. 휘몰아치는 눈발 사이로 여자의 얼굴이 빠르게 가까워졌다. 창문 앞에 선 여자가 나를 향해 입을 달싹거렸다. 인사를 건넨 듯했지만 흉터로 비뚜름한 입술 때문에 무슨 말인지 알아보기 어려웠다. 나는 빨래를 끌어안은 채 천천히 몸을 돌렸다. 빨랫줄에 뚱뚱한 새 한 마리가 심술궂은 구경꾼처럼 앉아 있었다. 나는 옥상 출입문을 향해 뛰듯이 걸어갔다. 여자와 눈이 마주쳤을 때 내가 어떤 표정을 지었을지 생각하니 마음이 불편했다. 슬리퍼 앞창이 뒤로 재껴져 하마터면 계단에서 고꾸라질 뻔했다. 집으로 돌아와 보니 베갯잇이 한 장밖에 없었다. 허둥대다 옥상 어딘가에 떨군 듯했다. 그러나 다시 올라갈 마음은 들지 않았다. 커피는 식은 지 오래였다.

—소름끼쳐. 완전 사다코 같았다니까.

여자를 향한 나의 두려움은 남편을 기다리는 한나절 사이 뜻 모를 혐오로 바뀌어 있었다.

—사다코?

—왜 있잖아. 링에 나오는 우물 귀신.

내가 양팔을 앞으로 뻗고 절뚝거리는 시늉을 하자 남편이 “아 그거” 하고 웃었다.

—그러게 옥상엔 왜 자꾸 올라가.

—몰라서 물어? 집에 이불 널 공간이 없잖아.

나는 세면대에 양칫물을 뱉으며 볼멘소리로 대꾸했다.

—참. 세탁기에 테니스화 돌려도 되는지 알아봤어? 토요일에 고객이랑 약속 있는데.

남편이 욕실 안으로 몸을 내밀며 물었다.

—가능할걸?

—확실해?

—아마도?

—뭐야. 이러다 또 저번처럼 멀쩡한 신발 망가트리는 거 아냐?

남편이 한 손으로 내 양 볼을 움켜쥐며 말했다. 내가 금붕어처럼 입을 빠끔대자 그가 웃음을 터트리며 나를 꽉 끌어안았다.

남편은 내가 직장에 다니는 걸 원치 않았다. 그는 '손 탄다'는 표현을 자주 썼다. "자기가 딴 놈들 손 타는 거 싫어." "어디 가도 손 타는 여자들이 있어. 자기가 딱 그런 과야." 그의 뜻대로 나는 1년 넘게 운영하던 꽃집을 접고 회사 일로 바쁜 그를 대신해 혼수 준비에 매달렸다. 결혼을 반년 앞두고 내린 결정이었다.

꽃집은 본가에서 멀지 않은 주택가 골목에 있었다. 내가 런던에서 플라워스쿨을 수료하고 한국으로 돌아오는 시기에 맞춰 부모님이 마련해주신 가게였다. 위치가 워낙 외진데다 이렇다 할 홍보를 한 것도 아니어서 꽃집에는 손님이 별로 없었다(호기심에 들어오는 동네 주민이 몇 있긴 했지만 그마저도 예상보다 비싼 꽃값에 입이 딱 벌어져서는 다음에 오겠다며 돌아서는 경우가 대부분이었다). 그러거나 말거나 나는 이틀에 한 번 새벽 꽃시장으로 차를 몰고 가서 마음에 드는 꽃을 양껏 사오곤 했다. 신문지로 둘둘 만 꽃들을 뒷좌석에 싣고 가게로 향하는 그 시간이 너무 좋았기 때문이다. 차 안 가득 물큰한 꽃 냄새, 이제 막 줄기가 잘린 절화들이 마지막으로 내뿜는 그 강렬한 생장의 냄새에 나는 종종 아득해졌고 세상이 통째 내편이 된 듯한 막연한 착각에 사로잡히기도 했다.

꽃집 문을 닫으면서 나는 내가 생각보다 아쉬워하지 않는다는 사실에 조금 놀랐다. 물론 가게를 그만두고 싶은 마음이 아주 없었던 건 아니었다. 런던과는 다른 서울의 꽃시장 환경에 적응하느라 애를 먹기도 했거니와 무턱대고 값을 깎으려드는 손님들을 상대하느라 진이 빠진 적도 여러 번이었다. 그래도 1년 넘게 꾸린 가게를 접으면서 미련이 남지 않는 건 역시나 정상적으로 느껴지지 않았다. 유학하는 동안 나만의 꽃집을 열길 얼마나 고대했는지를 떠올리면 더욱 그랬다. 훗날 둘째를 낳고 산후우울증을 앓으면서 나는 그 결정에 대해 자주 생각했다. 왜 그토록 쉽게 꿈을 포기했는지, 왜 그처럼 젊은 나이에 일을 그만두고 주부가 되는 길을 선택했는지에 대해. 오래 생각한 끝에 내린 결론은 결과적으로 나를 더 비참하게 만들었다. 나는 마음만 먹으면 언제든 다시 일을 시작할 수 있다고 믿었던 것이다. 어떻게 그럴 수 있었을까 싶지만 내 남편이 어떤 사람인지 생각하면 이해 못할 일도 아니었다.

나보다 세 살 위인 남편은 그때나 지금이나 한국에서 참 보기 드문 부류의 남자였다. 그는 애정 표현에 능숙했고 유머 감각도 뛰어났으며 충분히 뻐길 만한 외모를 가졌음에도 늘 적당히 겸손한 태도를 유지해 여자와 남자의 호감을 동시에 얻었다. 남편은 친구가 많은 편이었지만 아무에게나 속없이 인정을 베푸는 사람은 아니었다. 그는 능력이 없는(어디까지나 그의 기준에서) 동성 친구들에게 유난히 가혹했는데 그들이 취업이나 결혼, 혹은 둘 모두를 아우르는 돈 문제로 자신감이 땅 밑으로 떨어졌을 때 특히 그랬다. 자신의 따뜻한 격려에 상대가 가까스로 기운을 회복하려는 순간 그의 희망찬 계획이 결코 성공할 수 없음을 확인시켜주는 식이었다. 예컨대 한 친구가 대기업에 들어간 그를 부러워하며 자기도 네가 다니는 회사의 협력업체에 원서를 넣었다고 했을 때 남편은 업계에 대한 정보를 세세히 알려주면서도 본사 사람들이 협력업체 직원을(실제로는 '하청'이라고 표현했다) 은근히 무시하는 경향이 있음을 암시해 친구의 사기를 꺾었다. 그 방식이 너무 교활해서 당하는 사람은 영문도 모르고 억지로 웃을 수밖에 없었다. 나도 그 웃음의 의미를 모르지 않았지만 내 남편이 놀림감이 되느니 차라리 누군가를 놀리는 편이 낫다고 여겼던 것 같다. 심지어 그의 교활함이 섹시하게 느껴질 때도 있었다. 남편은 내가 만난 어떤 남자보다도 침대에서 잔인하게 굴었는데 나는 우리의 그런 역할 놀이가 싫지 않았다. 그 앞에서 굴욕적인 자세를 취하고 속된 단어를 내뱉으며 이성의 끈을 놓아버리는 일이 즐거웠다. 둘이 몸을 섞은 날이면 좁은 집 구석구석에 우리의 살냄새가 진동했다.

신혼 시절 그는 유능한 가장인 동시에 나의 행복을 인생의 최우선 과제로 생각하는 자상한 남편이었다. '사실상 좌천'을 당하면서 잠시 입지가 흔들리긴 했지만 남편은 곧 타고난 친화력으로 새 일터에서 새로운 친구들을 찾아냈다. 그의 주변에는 서른 이전에 성공을 맛본 사람들, 투사처럼 당당한 사람들, 유복하고 낙천적인 사람들이 들끓었다.

당시 남편과 달리 집에 있는 시간이 많았던 나는 틈만 나면 우리집 동태를 살피는 집주인 때문에 곤욕을 치렀다. 임대인 부부는 우리집 바로 아래층에 살았는데 남자는 얼굴 볼 일이 드물었고 악역은 언제나 여자 몫인 듯했다. 남편은 그녀를 보자마자 '포비'라는 별명을 생각해냈다. 땅딸막한 키에 덥수룩한 머리를 반쯤 올려 묶은 모습이 ≪미래소년 코난≫에 나오는 원시인 캐릭터를 연상케 했기 때문이다. 포비도 얼굴에 화상 흉터가 있었다. 하얀 커튼집 여자(나는 그녀를 그렇게 불렀다)만큼 심하지는 않았지만 흉터가 입 주변에 모여 있어 어찌 보면 더 볼썽사납게 느껴지기도 했다.

포비는 툭하면 위층으로 올라와 트집거리를 찾아냈다. 내가 짜장면 그릇을 신문지로 감싸 문밖에 내놓으면 "그릇은 물에 한 번 헹궈서 내놔야지"라며 혀를 끌끌 찼고, 트집을 잡고 싶은데 마땅한 핑계가 없을 땐 "혹시 쓰레기장에 화분 버리지 않았어요?" 하고 확실하지도 않은 일로 내 의중을 떠보았다. 남편이 출근한 아침이면 포비는 내가 집에 혼자 있는 걸 귀신같이 알아차리고 괜히 옥상에 볼일이 있는 척 계단을 오르내리며 우리집 앞을 서성였다. 어쩌다 복도에서 마주치기라도 하면 "아참" 하고 내려가던 나를 황급히 불러 세운 다음 그제야 할 말을 생각해내곤 했다. 포비는 굶주린 포식자처럼 내 주변을 맴돌았다. 마치 이건 여자 대 여자의 문제라는 듯 남편이 없는 시간만 골라 작정하고 나를 공격했다. 포비는 절대로 벨을 누르는 법이 없었다. 문을 두드리지도 않았다. 그저 문 앞에서 "새댁" 하고 속삭이는 게 전부였다. 내가 자신의 존재에 온 신경을 쏟아 붓고 있다는 걸 다 안다는 듯이. 죄수에게 시비를 걸고 싶어 안달복달하는 간수처럼. 그때마다 나는 걸쇠를 풀지 않고 문을 한 뼘만 살짝 여는 것으로 불편한 심기를 드러냈다. 그러면 포비는 "바빠요?" 하고 열린 문틈으로 얼굴을 들이밀며 집 안을 들여다보려 안간힘을 썼다. 그 모습이 꼭 억울하게 격리된 환자 같아서 나는 매번 항복할 수밖에 없었다. 집 안으로 성큼 들어선 포비는 "아니 자꾸 위에서 무슨 소리가 나서……" 하고 말을 흐리며 우리집 세간을 노골적으로 곁눈질했다. 한 번은 베란다까지 들어와 천장에 물이 새는 건 아닌지, 창고에 곰팡이가 피진 않았는지 면밀히 살피기까지 했다.

—새댁. 곰팡이는 원래 관리하기 나름인 거 알지? 방심하면 하루 만에 쫙 퍼지니까 조심해요.

포비는 얼마 되지 않는 관리비도 꼭 직접 받으러 왔다. 계좌이체로 보내겠다고 몇 번이나 이야기했지만 그때마다 그녀는 "이웃끼리 이럴 때라도 얼굴 보는 게 좋지 않겠어요?"라며 나무라듯 나를 바라보았다. 언젠가는 우리에게 왜 애가 없는지 집요하게 물어보기도 했다.

—아직 신혼이라, 나중에 이사하면 가지려고요.

그 말 속에는 당신처럼 미개한 인간이 사는 동네에서 내 아이를 키울 생각은 추호도 없다는 뜻이 담겨 있었다.

내가 그렇게 말한 다음날 포비는 아이 있는 가정집 거실에서 흔히 볼 수 있는 총천연색 퍼즐 매트를 여봐란 듯이 들고 찾아왔다. 유치한 만화 캐릭터가 그려진, 나라면 절대 구입하지 않았을 그 매트는 심지어 손톱에 팬 자국이 여기저기 나 있었다.

—우리 손주가 쓰던 건데 이제 필요 없을 것 같아서. 나중에 애 생기면 이런 게 다 돈이에요. 잘 모셔놨다 나중에 써요.

나는 저녁마다 남편에게 '오늘의 포비'를 세세히 일러바쳤다. 그는 내가 젊고 예뻐서 질투하는 거라고, 그런 여자에게 덤벼봤자 괜히 시빗거리만 안겨주는 꼴이라며 나를 위로하면서도 마지막엔 꼭 이렇게 덧붙이곤 했다.

—그래도 너무 모질게 굴진 마. 난 그분 볼 때마다 좀 불쌍하더라.

하얀 커튼집 여자에 대해서도 몇 차례 더 이야기했지만 남편은 그녀에겐 별 흥미를 느끼지 못하는 눈치였다. 아무래도 실물을 봐야 말이 통할 것 같아 그를 데리고 몇 번인가 옥상에 올라갔지만 그때마다 커튼은 번번이 닫혀 있었다. 서너 번 허탕 친 끝에 딱 한 번 커튼이 걷힌 이웃집 거실을 함께 볼 기회가 있었는데 애석하게도 여자는 보이지 않았다.

—어때?

나는 여자의 거실을 바라보며 물었다. 얼마 전까지만 해도 유한마담의 방처럼 안온해 보이던 거실이 무당집 신당처럼 음산하게 느껴졌다. 나무그릇에 담긴 과일에도, 매번 다른 꽃이 꽂혀 있는 꽃병에도 뭔가 끈적끈적한 비밀이 묻어 있는 듯했다.

—우리집이랑 비슷하네.

남편이 대답했다.

—그치. 이 동네 집들은 구조가 다 비슷한가봐.

—아니. 분위기가 비슷하다고.

남편이 말했다. 내가 말한 여자의 존재는 믿지 않는 듯했다.

*

여자가 다시 나타난 건 봄에서 여름으로 넘어가던 무렵이었다.

오랜만에 꽃시장에 가서 진홍색 작약을 한 단 사온 날이었다. 식탁에서 꽃을 손질하다 담배를 피우러 옥상에 올라갔는데 맞은편 집 커튼이 보란 듯이 활짝 열려 있었다. 나는 눈을 가늘게 뜨고 난간 앞으로 다가갔다. 여자가 희고 풍성한 꽃다발을 테이블에 내려놓는 중이었다. 국화. '백마'라 불리는, 장례식장에서 근조화환으로 사용하는 꽃이었다. 나는 여자에게서 눈을 떼지 않은 채 담배에 불을 붙였다. 그러고 있으니 나 자신이 한결 여유로운 관객처럼 느껴졌다. 창문 안쪽 창턱에 서로 다른 크기의 꽃병들을 늘어놓은 여자가 꽃더미에서 한 줌의 국화를 뽑아 각각의 꽃병 앞에 차례로 가져다대었다. 어떤 꽃병에 얼마만큼의 꽃을 꽂을지 고민하는 듯했다. 나는 그 모든 광경을 거리낌 없이 들여다보았다. 상대편 눈동자의 움직임까지 가늠할 수 있을 만큼 가까운 거리였지만 실례라는 생각은 들지 않았다. 테이블 앞에서 시든 꽃을 솎아내던 여자가 창문 앞으로 다가와 양옆으로 갈라진 커튼을 한데 모았다. 나를 보고도 못 본 체하는 듯했다.

황망해진 나는 몸을 돌려 저 멀리 무리지어 선 아파트들을 바라보았다. 베란다마다 설치된 태양광 패널이 초여름 햇살 아래 일제히 네모반듯한 빛을 쏘아올리고 있었다. 남편은 저런 판때기로 전력을 얻어봤자 얼마나 얻을 수 있겠느냐며 비웃었지만 나는 태양광 패널의 실효성에는 큰 관심이 없었다. 당시 내가 관심을 가졌던 건 그 반들거리는 신문물이 은유하는 세계, 수도권 외곽에 조성된 신도시 특유의 쾌적하고 정연한 미래적 풍경이었다.

아파트 단지는 내가 사는 빌라촌과는 완전히 다른 세계였다. 실제론 어땠는지 몰라도 당시 내 감각으론 그랬다. 온통 새것으로 충만한 저 세계와 달리 내가 속한 이 세계는 아무리 닦아도 깨끗해지지 않는 거울 같아서 새로 이사 온 주민들도 머지않아 아무 기대 없는 표정이 되었다. 빌라촌에는 오래된 것들, 의미도 가치도 없이 그저 오래되기만 한 것들이 가득했다. 대를 이어 운영하고 있지만 맛은 예전만 못한 분식집, 폐업한 만화방과 DVD 방이 남긴 재고를 헐값에 판매하는 임시공판장, 색 바랜 간판들이 모여 있는 종합상가, 수년간 한 동네에 살면서 텃세가 몸에 익은 토박이들. 나중에야 깨달은 사실이지만 그것들은 아무 잘못이 없었다.

비가 무섭게 퍼붓는 밤이었다. 우산을 들고 옥상에 선 내가 이웃집 거실을 바라보며 담배에 불을 붙이고 있었다. 뭔가 달라진 듯했지만 빗줄기가 시야를 가려 변화를 눈치 채는 데 시간이 걸렸다. 일단 커튼이 없었다. 꽃병도 테이블도 보이지 않았다. 카펫이 있던 자리에는 때 묻은 유아용 퍼즐 매트가 깔려 있었다. 내가 포비에게 받은 그 매트였다. 단정했던 집 안도 어수선하게 바뀌어 있었다. 액자들이 걸려 있던 곳에는 영어 알파벳이 적힌 학습용 포스터가, 바닥에는 크고 작은 장난감들이 나뒹굴었다. 주방으로 이어지는 길목에 여자의 윤곽이 어른거렸다. 내 또래의 젊은 여자였다. 여자의 한쪽 어깨에 이름 모를 새 한 마리가 앉아 있었다. 새는 작고 연약해 보였다. 거실이 차차 어둠에 잠기더니 급기야 새카만 네모가 되었다. 이름 모를 새들이 때지어 나타나 네모 주변을 돌며 시끄럽게 울어대기 시작했다. 갑작스레 불어온 바람이 담뱃불을 꺼트렸다. 우산이 돌풍에 뒤집혀 허공으로 날아갔다. 나는 뒷걸음질 치며 물러났다. 새들이 물러나고 새카만 네모가 물러나고 비에 젖은 옥상이 물러났다. 이제 남은 것은 허공에 뜬 내 몸뿐이었다.

얼크러진 풍경에 갇혀 허우적대다 잠에서 깨어났다. 귓가에 새들이 퍼드덕거리는 소리가 들리는 듯했다. 시계를 보니 오후 두 시였다. 소파에 앉아 텔레비전을 보다 까무룩 잠이 든 것이 기억났다. 그 무렵에는 그런 일이 자주 있었다. 밤에 충분히 잤는데도 그랬다. 멍청하게 앉아 있다 담배와 라이터를 챙겨 옥상으로 올라갔다. 정말로 새카만 네모가 나를 기다리고 있을 것만 같았다.

꿈과 달리 날이 무척 환했다. 맞은편 집 거실에는 평소와 마찬가지로 하얀 레이스 커튼이 드리워 있었다. 커튼 뒤로 사람의 형체가 움직이는 것이 보였다. 그림자로 어른어른한 커튼이 관객을 유혹하는 함정처럼 느껴졌다. 어쩐지 여자도 나를 보고 있는 듯했다.

담배를 피우고 내려오는데 포비가 계단 아래서 팔짱을 끼고 나를 올려다보고 있었다. 내가 옥상에 가는 걸 알고 미리 와서 기다리고 있던 게 분명했다. 평소에는 깨금발로 오르내리는 옥상 계단을 그날따라 너무 시끄럽게 밟은 탓이었다.

—아우 냄새!

포비가 요란스럽게 손을 휘저으며 말했다.

—새댁 담배 피워요? 세상에, 아기 가질 사람이 그럼 못 써.

몰래 감시하는 것도 모자라 아직 생기지도 않은 남의 아기 걱정이라니 기가 찰 노릇이었다. 참다못해 한마디 하려는데 계단에서 누군가 올라오는 기척이 났다. 포비의 남편이었다. 뭔가를 고치려는지 손에 공구함 같은 걸 들고 있었다. 내가 "안녕하세요"라고 말하자 그가 푹 숙인 고개를 한 번 더 숙이며 마지못해 인사를 받았다.

*

결혼 후 제법 살이 오른 나는 아파트 단지 근처 스포츠센터에 회원권을 끊었다. 서울과는 차원이 다른 어마어마한 규모의 종합 스포츠센터로 요가, 테니스, 수영, 헬스 등 웬만한 운동은 전부 수강할 수 있었다. 나는 고민 끝에 테니스를 택했는데 덕분에 전에 없던 동네 친구가 몇 생겼다. 수강생들은 네 명씩 묶여 매주 두 차례씩 수업을 들었다. 나와 한 조가 된 사람들은 모두 아이 엄마로, 세 사람 다 아파트 단지에 살았다. 아이를 어린이집에 보내고 테니스를 치고 카페에서 친구들과 수다를 떨고 다시 아이를 데리러 가는 것이 그들의 반나절 일과인 듯했다. 나는 지금 살고 있는 빌라가 마지못해 선택한 임시 거처라는 사실을 강조하며 내가 그들과 다르지 않은 사람이라는 인상을 주려 애썼다. 넷 중 가장 어렸던 나는 무리에서 제법 귀여움을 받았다. 내가 어떤 걱정을 털어놓아도 언니들은 "창창한" 혹은 "예쁘니까"라는 말로 나를 격려했다. 반대로 산후우울증에 대해 이야기할 때는 나를 거의 없는 사람 취급했다. 그들의 말에 따르면 남편의 한 달 수입에 맞먹는 명품 가방을 사는 것도, 초등학교 동창과 가벼운 바람을 피우는 것도 모두 산후우울증 탓이었다. 나는 언니들이 건네는 푸념 섞인 충고를 예비 엄마의 마음으로 열심히 새겨들었다. 그때만 해도 내가 밥을 먹다 느닷없이 울음을 터트리거나 차 안에 아이들을 방치했다가 남편에게 따귀를 맞는 일이 벌어질 거라곤 상상하지 못했던 것이다.

그 무렵 테니스반 언니들은 자녀의 유치원 입학 문제로 골머리를 썩고 있었다. 듣자하니 공립 유치원은 경쟁이 무척 치열한 모양이었다. 그렇다고 사립에 보내자니 공립에 비해 먼 거리와 비싼 학비가 마음에 걸린다고 했다. 대화 중에 한 언니가 내가 사는 빌라촌 근처에 있는 유치원 이야기를 꺼냈다. 초등학교와 함께 운영되는 오래된 병설 유치원이었다.

—거기 옛날에 불났었대. 운동회날 애들 화상 엄청 입고.

화상?

—들었어. 부모들도 많이 다쳤다며.

—진짜? 근데 아직도 운영을 한단 말이야?

나는 놀라 몸을 일으켜 세웠다. 온몸에 전율이 일었다. 내 주변에 화상을 입은 여자가 둘이나 있었다.

집으로 돌아와 인터넷으로 관련 글을 검색했다. 오래 전에 일어난 사고여서인지 의외로 단서를 찾기 힘들었다. 그들이 말한 옛날은 생각보다 더 옛날인 듯했다. '주항동' '유치원' '화재' 등의 키워드로 집요하게 검색한 끝에 세로로 쓰인 아카이브 기사 하나를 찾아냈다. 무려 25년 전 기사였다.

*경기도 주항동 가람초등학교 실내 체육관에서 화재가 발생해 38명이 다쳤다. 8일 오후 2시 10분쯤 체육관 스탠드에서 봄운동회 응원을 하던 주항동 가람유치원(원장 장순희 · 47) 원생 1백 50여명 중 29명이 입고 있던 인디언 의상에 불이 붙어 옆으로 번지는 바람에 얼굴 · 손 · 허리 등에 1~3도의 화상을 입었다. 학부모 권숙자 씨(31 · 여 · 주항동 풍운아파트 505동 102호)에 따르면 가람유치원 달님반 학생들은 이날 학부모 계주경기를 응원하기 위해 얇은 피브이시 재질의 포장끈으로 만든 인디언 의상을 착용했다. 사고 당시 체육관에 있던 학부모 · 교사 등 2백여 명이 스탠드로 달려가 웃옷 등을 벗어 불을 껐으나 당황한 원생들이 뛰어다니며 서로에게 불을 옮기는 바람에 피해가 커졌다. 학부모 · 교사를 포함한 38명의 부상자들은 현재 세종종합병원과 경기센트럴병원에서 치료 중이다. 이중 윤소라 양(5 · 주항동 동원빌라 1동 401호)과 윤소라 양의 모친은 전신에 2~3도에 이르는 화상을 입어 생명이 위독한 것으로 알려졌다. 경찰은 원생 아버지들이 학부모 계주경기에 나가기 전 잠시 꺼내둔 휴대용 라이터로 아이들이 불장난을*

*했다는 목격자의 말에 따라 정확한 화인을 조사 중이다.*

나는 눈을 의심했다. 기사에 부상자의 실명은 물론 주소까지 명확히 밝혀져 있었기 때문이다. 언론이 모든 정보를 전달해야 한다고 여기던 시절에는 그런 식으로 기사를 쓰기도 한 모양이었다. 하지만 그보다 더 놀란 부분은 부상당한 아이의 이름이었다. 윤소라. 내가 다닌 초등학교에도 정확히 같은 이름을 가진 아이가 있었다. 한글 이름이 유행하던 시대에 지어진 그 흔한 이름이 마치 내가 아는 사람이 피해를 입은 듯한 실감을 주었다. 세로로 쓰인 25년 전 기사가 방금 찍어낸 글처럼 뜨겁게 다가온 건 그래서였다. 나는 그날의 참사를 머릿속에 생생히 그릴 수 있었다. 얼굴에 색색의 스티커를 붙인 인디언 꼬마들. 테니스반 언니들과 비슷한 또래의 젊은 부모들. 치마에 불이 붙은 아이들이 당황하여 발을 크게 구르는 모습. 계주를 하던 아버지들이 아이들을 향해 사력을 다해 뛰어가는 모습. 체육관에 울려 퍼지는 비명 소리. 멀리서 들려오는 사이렌 소리…… 다친 아이들은 어떻게 되었을까. 어리니까 금방 새살이 돋지 않았을까. 소라는 살아 있을까. 소라네 엄마는 무사할까.

이사를 일주일 앞둔 일요일 아침이었다. 창문을 열자 창틀 위에서 물이 후드득 떨어졌다. 누가 잔설을 정리하는지 멀리서 삽으로 바닥 긁는 소리가 났다.

—새댁.

아침부터 포비의 습격이라니 마음 같아선 모른 척하고 싶었다. 한동안은 정말 그랬던 것 같기도 하다.

—새댁.

—…….

—바빠요?

—…….

—새댁.

나는 숨을 크게 몰아쉬고 현관문을 열었다. 나중에 들어올 세입자를 위해서라도 그날만큼은 확실히 일러둘 작정이었다. 이러시면 안 된다고, 아무리 주인이어도 세입자 집에 아무 때나 들이닥치면 곤란하다고 똑 부러지게 말해둘 참이었다. 그러나 집에 들어온 포비는 내가 말할 틈도 없이 곧장 베란다로 향했다.

—여기 곰팡이 피지 않았어요?

포비가 말하며 베란다와 연결된 창고 문을 획 열어젖혔다. 창고 천장과 안쪽 벽면이 시커먼 곰팡이로 뒤덮여 있었다. 포비의 얼굴에 활기가 감돌았다. 모처럼 그럴싸한 트집거리를 발견한 듯했다.

—어째!

포비가 덥수룩한 머리를 흔들며 호들갑을 떨었다.

—이럴 줄 알았어. 꼭대기집이라 조심하라고 신신당부했잖아.

—아 이게 어쩌다…….

—어쩌다고 저쩌다고, 이거 다 뜯어내고 새로 해야 해. 그냥 두면 여기 다 번져요.

창가에 선 포비의 화상 흉터가 해상도 높인 사진처럼 도드라져 보였다. 누군가에게 그토록 강한 혐오를 느낀 것은 처음이었다. 나는 포비처럼 타인의 멸시에 익숙한 사람에게 몰인정하게 굴고 싶지 않았다. 나는 나 자신이 그들의 광기를 헤아릴 수 있을 만큼 성숙한 사람이라 믿었다. 그랬다. 포비의 무기. 포비의 특권. 사람들을 꼼짝 못하게 만드는 그녀만의 훈장. 어쩌면 그녀의 딸도 유치원에 다니다 화를 당했는지 몰랐다. 큰 상처는 아니어도 골반이나 허벅지에 작은 흉터가 남아 있는지 몰랐다. 포비는 어린 딸의 허리에 칭칭 감긴 포장끈을 끊어버리기 위해 1초의 망설임도 없이 화염 속으로 뛰어들었을 것이다. 하지만 언제까지 그 상처를 무기처럼 휘두를 텐가. 언제까지 죄 없는 사람들에게 공연한 죄책감을 안겨줄 텐가. 무려 25년 전에 벌어진 사고다. 상처가 아물기엔 충분한 시간이다.

—자기야 문이 왜 열려 있어?

남편 목소리였다. 아침 운동을 마치고 들어온 그가 우리 쪽으로 다가왔다.

—새댁. 이거 우리가 보수하면 월세 본전도 못 찾아. 자기들이야 좀 있다 나가면 그만이지만 우린 어쩌라고?

포비가 나를 쏘아보며 목소리를 높였다. 이참에 그간 쌓인 불만을 제대로 쏟아낼 작정인 듯했다. 사태를 파악한 남편이 중재자로 나섰다. 그는 관리를 소홀히 한 것은 우리 탓이지만 애초에 옥상 방수 공사가 제대로 되어 있지 않았던 게 근본적인 원인일 수 있다며 쌍방에 책임이 있음을 지적했다. 나는 남편 뒤에 숨어 애꿎은 휴대폰만 만지작거렸다. 남편이 알아서 잘 해결할 터였다. 그는 목소리를 높이지 않고 이기는 법을 아는 사람이었다. 악에 받친 포비가 변명을 늘어놓기 시작했다. 네가 낄 싸움이 아니라는 태도였다. 그녀의 눈이 말하고 있었다. 너 말고 네 아내 나오라고 해. 뻔뻔한 얼굴로 매일 거짓말만 늘어놓는 저 썅년.

그때 포비의 남편이 나타났다. 한 손에 공구함을 든 채였다. 그가 내 남편의 어깨를 두드리며 말했다.

—다들 진정합시다. 제가 옥상에 가볼게요.

그러자 기세등등하던 포비가 갑자기 입을 꾹 다물었다. 두 사람 사이에만 존재하는 어떤 정지 버튼이 있는 듯했다. 머뭇대던 남편이 고개를 저으며 뒤로 물러났다. 다 이긴 싸움의 끝에서 물러나는 것이 탐탁지 않은 눈치였다. 어쩔 수 없었다. 그도 나와 똑같은 죄책감을 느꼈던 것이다.

그날 밤 남편이 잠든 것을 확인한 나는 설명할 수 없는 감정에 휩싸여 옥상으로 올라갔다. 출입문을 열자 잠옷 바지 아래로 찬바람이 훅 끼쳐 들었다. 초록색 시멘트를 바른 옥상 바닥에 눈이 얇게 쌓여 있었다. 불 꺼진 이웃집 거실에 걸린 레이스 커튼이 어둠 속에서 비늘처럼 반짝였다.

—거지같아.

나는 허공에 대고 중얼거렸다. 포비도 하얀 커튼집 여자도 다 지긋지긋했다.

—일주일만 버티면 끝이야.

—일주일만 버티면 끝이라고.

나는 반복해 말하며 맞은편에 있는 창문을 가만히 노려보았다. 그 행위만으로도 여자에게 닥친 재앙이 내게 옮겨 붙는 기분이었다. 하얀 레이스 커튼 너머로 검고 긴 윤곽이 어른거렸다. 여자도 나를 보고 있는 게 분명했다. 나는 미친 사람처럼 맨손으로 눈을 뭉치기 시작했다. 손끝이 빨갛게 부어올랐지만 신경 쓰지 않았다. 어설프게 뭉친 눈덩이를 맞은편 집을 향해 던졌다. 눈덩이는 창에 가닿지 못하고 포물선을 그리며 아래로 떨어졌다. 나는 다시 한번 뭉친 눈을 들고 난간 앞에 섰다. 이번에는 몸을 뒤로 재껴 힘껏 팔을 휘둘렀다. 주먹만 한 눈덩이가 창 가운데를 퉁 때리고 맥없이 부서졌다. 정적이 흘렀다. 잠시 후 어둠에 잠겨 있던 창문이 노랗게 불을 밝혔다. 더럭 겁이 난 나는 주위를 두리번거리다 빨랫줄 옆에 있는 물탱크 뒤로 몸을 숨겼다. 하얀 레이스 커튼이 걷히고 여자가 창문 앞에 섰다. 밤이라 그쪽에서는 내 모습이 잘 보이지 않는 듯했다. 여자가 고개를 들어 창에 남은 눈 자국을 바라보았다. 오래된 우물 같은 눈으로, 그리다 만 동그라미 같은 눈 자국을 하염없이 바라보았다. 그리고 한 팔을 들어 눈 자국 위에 자신의 손바닥을 천천히 포개었다. 그렇게 손을 대고 한참을 서 있었다.

*

—이사비에 보태 써요.

동네를 떠나던 날 현관문 앞에서 마주친 포비가 내게 두툼한 봉투를 건넸다.

—고맙습니다.

나는 얼떨떨한 얼굴로 봉투를 받았다. 나중에 열어보니 만 원짜리 지폐

열다섯 장이 들어 있었다.

—그렇게 나쁜 사람은 아니었나보네.

옆에서 본 남편이 웃으며 말했다.

차에 타기 전 마지막으로 건너편 빌라를 올려다보았다. 그날 밤 이후 커튼은 한 번도 열리지 않았다.

—사다코, 안녕.

나는 찜찜한 기분을 풀어보려 농담처럼 말했다.

—안녕, 사다코.

신이 난 남편이 따라 말했다. 뭔가의 시작 같기도, 끝 같기도 한 인사였다.

나는 지금도 그 시절 포비의 집요한 괴롭힘과 마지막에 그녀가 보여주었던 기묘한 선의에 대해 자주 생각한다. 집주인이 주위를 어슬렁거리는 일 따위 없는 온전한 우리 소유의 보금자리에서, 과거의 혼란스러웠던 시간들을 떠올리며 쓰게 웃는다. 남편은 여전히 사람들을 못살게 굴고 동시에 웃게 만든다. 그 대상에 이제는 나도 포함되어 있다는 걸 안다. 나는 더 이상 손 타는 여자가 아니기 때문이다. 이젠 나도 스러져가는 젊음 때문에 남들에게 인색하게 구는 부류의 여자에 속한다. 남편은 친구들이 모인 자리에서 포비 이야기를 곧잘 꺼낸다. 이 유쾌한 고생담은 자주 각색되고 부풀려진다. 그녀의 흉터와 돈 봉투에 대한 부분은 청중의 기분과 이야기의 일관성을 고려해 과감히 삭제된다. 포비 이야기는 아직 집을 마련하지 못한 친구들의 처지를 이해하는 척할 때 주로 사용된다. 그는 세상에 고약한 집주인이 얼마나 많은지, 세 들어 사는 게 얼마나 번거로운 일인지 자기도 잘 알고 있다는 듯 말한다. 사연 하나하나가 너무 생생하고 그럴싸해서 친구들은 잠시 착각한다. 그가 자기보다 더 고생을 아는 사람이라고, 그는 충분히 남에게 충고할 자격이 있다고 스스로를 설득하며 이따금 스미는 불쾌감을 애써 떨쳐버린다. 그들의 당혹스런 표정을 볼 때면 나는 하얀 커튼집 여자를 생각한다. 차가운 눈 자국을 더듬던 손바닥에 대해 생각한다. 까닭 없이 두툼했던 돈 봉투에 대해 생각한다. 손바닥과 돈 봉투 사이에 내가 놓친 이야기가 무엇인지 생각한다.

김남희(필명 남이정) | **더리 올드 맨**

2020년 투데이신문 직장인 신춘문예 단편소설 「에이나」 당선.
2021년 경상일보 신춘문예 단편소설 「어떤 약속」 당선.

단편소설
▼

# 더리 올드 맨

김남희

창밖이 뿌옇다. 압구정 백화점으로 향하는 리무진 버스는 휴게소에 멈춰서 있다. 장인과 나는 새벽 라운딩을 하고 돌아가는 중이다. 담배를 비벼 끈 버스 기사가 차에 올라탄다. 잡음을 내며 마이크를 켠다. 아, 아, 마이크 테스트, 테스트. 승객 여러분께 안내 말씀드립니다. 짙은 안개로 인해 대기 시간이 길어지고 있습니다. 양해 바랍니다.

예상했던 해명에 잠자코 있던 승객들이 동요하기 시작한다. 그래서 간다는 거요? 만다는 거요? 자다가 깬 사람들도 술렁인다. 뭐야? 다 왔나? 그래 봐야 띄엄띄엄 앉은 열 명 안팎이다. 한 손 한 손 장갑을 끼고서 기사는 다시 마이크를 잡는다. 10분 더 정차합니다. 다시 말씀드립니다. 10분 더… 여러분의 안전을 위해 최선을 다하는 동부관광 고속….

나는 멍하니 지켜보다 기지개를 켠다. 허리가 뻐근하다. 장인은 하품을 한 끝에 눈물이 그렁한 눈으로 창밖을 본다. 나는 묻는다. 벌써 도착할 시간에 이러고 있네요. 선약을 미뤄야 할까요?

순수추주順水推舟.

네?

물의 흐름대로 배를 민다는 뜻이에요. 좀 두고 봅시다.

아, 네. 나는 애매하게 웃고 만다. 장인을 상대하다 보면 이럴 때가 있다. 그는 사주 명리와 음양오행이 업이던 양반이다. 몇 년 전만 해도 테헤란로에 자신의 이름을 건 역학연구소가 있었다. 나는 그를 여전히 장인어른 대신 소장님이라고 부른다. 그전에 명동에서 '역학박사'라는 간판을 걸고 영업했을 땐 박사님이라고 부르기도 했었다.

실업고를 졸업하고 독학한 그는 간혹 전공을 묻는 고객에게 동양철학이라고 말하긴 했지만, 결코 사기꾼 기질로 연명하진 않았다. 말끝마다 문자를 써대서 사람을 지겹게 할 때가 있어도, 교만하거나 권위적인 사람과도 거리가 멀었다. 나이 차이가 열 살에 불과한 데다, 피붙이가 아닌 딸의 나이 많은 남편이라고, 그는 나를 '김사장'이라 부른다. 내가 김사장이 되기 전에 그는 자기 맘대로 나를 '김교수'라고 불렀다. 결혼 전 아내가 수강생으로 있던 곳을 포함해 여러 군데 대학을 전전하며 내가 시간강사를 하던 시절이었다. 전임되는데 별 도움이 안 되는 국내학위라고는 해도 철학박사를 고스톱으로 따진 않았으니, '역학박사'식의 호칭이라고 할 순 없겠다. 그렇게 선을 그었었는데, 어느덧 내 머릿속을 채웠던 먹물이 마르고 또 시간이 더 흐른 지금에 와서 생각하니, 장인식으로 말하자면, 도긴개긴이었다. 그때나 지금이나 피차간에 이렇다 할 친구를 두지 않은 우리는 종종 친구 사이로 오해를 받았다.

그의 눈길을 따라 희미한 차창 밖을 바라본다. 안개가 띠를 이룬 사이로 드문드문 주차된 차들이 드러나 있다. 안개 속의 위험표지처럼 빨간색 승용차 한 대가 선명히 눈에 띈다. 그와 나란히 소변을 보던 중에 목격한 붉은색을 떠올린다. 물의 흐름대로 배를 미는 것과는 정반대의, 부자연스러운 광경이었다. 포도당 링거 주사를 타고 거꾸로 퍼져 나온 것 같은, 오줌발에 섞인 피가 변기에 흘러내리자 장인은 당황하며 얼른 바지춤을 올렸고 나는 시선을 피했다. 그의 병세를 심각하게 의심하는 순간이었다.

상속받은 꼬마빌딩의 임대수익만으로도 여유 있는 삶을 구가한 연상의 미망인, 장모는 역학박사 시절부터 장인의 단골이었다. 오랜 시간 친구로 지냈고 사실상 부부로 살았던 장모는 갑작스레 죽었다. 그러고 나서 우리, 그러니까 나, 장인, 장모의 딸인 내 와이프의 삶은 많이 달라졌다. 나는 그가 혼인신고 하지 않은 사실을 장모가 죽고 나서야 알았다. 와이프가 장모의 재산을 모두 상속받았으나 그는 이의를 제기하지 않았다. 심지어 상속세를 내기 위해 장인과 장모가 십오 년을 살던 압구정동 아파트를 처분키로 하자 기한 내 집까지 비워 주었다. 역학연구소가 있던 오피스텔 월세 보증금만을 가지고 그는 종적을 감추었었다.

그리고 몇 년 만에 그가 연락했을 때, 나는 망해가던 사업을 끝내 접은 여파로 몸살이 났다가 겨우 일어난 참이었다. 밖에서 보자는 장인을 집으로 불렀다. 오래간만에 본 장인은 여전히 느낌 좋은 신사의 분위기를 풍겼다. 하지만 자세히 보니 양복이며 벗어놓은 구두며 모두 남루했고 어딘가 거무튀튀해진 얼굴에는 귀밑부터 하나둘 검버섯이 피어있었다. 나는 그가 양손에 끌고 온 낡은 슈트케이스와 눈에 익은 골프가방을 받아들었다. 우리는 밤새 술을 마시며 그동안의 회포를 풀었다. 그는 방광에 문제가 있다며 예전처럼 잔을 잘 비우지 못하는 대신에 내가 잔을 비우기를 기다렸다가 술을 따라주었다. 그동안 그가 어떻게 지냈는지는 별로 듣지 못하고 어쩌다 보니 내가 주로 말했다. 와이프 덕에 나도 한몫 챙겼을 거라 여기는 이들이 많지만, 이후 내 삶은 전보다 오히려 더 팍팍해졌다는 식의 푸념이었다. 와이프는 조기유학 간 딸을 따라 뉴저지로 갔고 상속받은 건물은 임대를 놓은 폭력배들한테 속아서 경매 넘어갈 위기를 넘겼으며 그나마 나오는 월세는 모두 미국으로 송금된다고 말했다. 야밤에 호텔을 잡겠다고 비틀대며 나서는 장인을 붙잡아 집에서 재웠다.

다음날 오후 늦잠에서 깨어 우리는 사우나에 갔다. 다음날은 그의 제안으로 골프를 치러 갔다. 그는 평일새벽 한정으로 제공하는 무료 라운딩 쿠폰을 수십 장 가지고 있었다. 운전할 필요도 없이 백화점 셔틀버스를 이용하면 되므로 할 일도 없던 참에 마다할 이유가 없었다. 하루 이틀은 예전 추억도 돋고 만족스러웠다. 비슷하게 사나흘이 지난 건 그렇다 쳐도 주말을 지나 다시 월요일이 되자 나는 슬슬 궁금해지기 시작했다. 언제까지 이 집에서 지내겠다는 걸까? 하지만 방 3개에 화장실도 2개인 아파트에 혼자 살면서 차마 빡빡하게 굴 수도 없었다. 게다가 장인은 음식을 잘했다. 기껏해야 햇반에 김치찌개나 해 먹던 내게 그는 북어찜과 취나물밥, 잡채 같은 걸 뚝딱뚝딱 만들어 주었다. 사업을 털고 당분간 조용히 쉬면서 미래를 모색해 볼 계획이던 나는 귀신에 홀린 듯 벌써 한 달째 그와 붙어 지냈다. 얼핏 보면 그도 자신의 거처를 구하려고 노력하는 것 같았다. 호텔을 찾다가 오피스텔 단기임대로 바꾸더니 최근엔 아예 매수로 계획을 변경하며 시간을 끌었다. 아무리 봐도 그만한 목돈이 있을 것 같지는 않은데….

핸드폰 진동이 울리자 우리는 제각각 주머니를 뒤진다. 장인의 전화다. 발신자를 확인하곤 나한테도 보여준다. 약속대로라면 한 시간 뒤에 만날 부동산 중개업자였다. 그는 목소리를 가다듬고 통화버튼을 누른다. 여보세요, 응, 나실장. 아무래도 시간에 대기가 힘들겠어.

그래? 그럼, 고맙지. 장인답지 않은 반말, 하지만 다정한 반말을 섞는다. 말하면서 나를 쳐다본다. 자기를 좀 보란 듯이. 나실장이라는 여자의 하이톤 목소리가 전화기 밖으로 들려온다. 아예 백화점까지 마중을 나오신대요. 전화를 끊은 장인은 뿌듯한 표정으로 창밖을 바라본다.

애미가 이런 걸 목에 걸곤 했죠. 어느새 버스 안에 비치된 잡지를 뒤적이던 장인이 말한다. 그가 가리킨 건 반짝이는 보석 펜던트가 달린 목걸이다. 애미가요? 나는 대수롭지 않게 넘긴다. 애미는 내 딸내미의 어미, 그러니까 뉴저지에 있는 내 와이프를 말한다. 윤주 걔가 올해 마흔이던가요? 나는 '그럴걸요' 하고 끄덕인다.

김사장은 마지막으로 키스한 게 언젠지 기억나요?

네? 대답 대신 웃고 마는데 장인은 대답을 기다리는 얼굴로 아직 날 쳐다본다.

그건 기억나네요. 좀 다가갔더니 슥 물러나더라고요. 그러면서 뭐란 줄 아세요?

뭐라는 데요?

더리 올드 맨(dirty old man). 그러는 거예요. 버터 잔뜩 바른 발음으로요.

순간 장인의 눈빛이 흔들린다. 그는 영어가 나오면 미세한 알레르기 반응을 일으키곤 했다. 나는 다시 발음한다. 더티, 올드 맨. 그런 말은 젊은 여자한테 집적대는 영감한테나 쓰는 말 아닙니까? 장인은 마지못해 조금 끄덕인다. 제가 별소릴 다 하네요.

두 손을 모으고 잠을 청한다. 몸은 곤하게 가라앉는데 잠이 오지 않았다. 평화로운 단잠을 부르던 추억은 다 어디로 갔을까. 눈꺼풀 안쪽으로 유쾌하지 않은 기억들을 가물가물 떠올리며 에너지를 소모하다 눈을 뜬다. 환해진 차창 밖으로 초록이 흔들리고 아카시아꽃이 보인다. 그사이 신갈을 지났다. 전방에 죽전휴게소 안내판이 나온다.

사실 좀 문제가 있어요. 나는 말한다. 장인이 내 쪽으로 고개를 돌린다. 일시적이고 우연한 거라면 그럴 수도 있다고 보지만, 아닌 것 같아요. 나는 어떤 문제라도 들어주겠다는 장인의 눈빛에 안도하면서 동시에 털어놓으려던 충동이 반감된다. 남자가 있어요. 젊은 남자. 그런 얘기를 하지 못하고 구차한 얘기만 늘어놓는다. 결혼을 이어가는 게 나은 건지 아닌 건지 생각을 할 때가 많아요. 혼자서 밀당을 하는 거죠.

상상 속에서라도 밀당의 대상이 있다면 장인은 좋으리라고 말한다.

그런가요?

새로운 누군가와 다시 시작할 수도 있겠지만, 역사는 하루아침에 이루어지는 게 아니잖아요. 둘이서 쌓은 시간 말이에요. 그건 영원한 순간이죠. 그런 걸 애미도 돌아볼 날이 오지 않을까요?

그럴까요?

결정을 내리는 게 번거로우면 아직 절실한 문제가 아닌 걸 거예요. 나가떨어지거나 다시 들러붙거나, 절실한 쪽이 알아서 할 겁니다. 어중간하게 중립을 지켜보라는 장인의 충고에 나는 얼마간 홀가분해진 심정으로 끄덕인다. 장인은 장인대로 카운슬러로서의 위치를 유실하지 않은데 위안을 얻은 기색이다. 한동안 자취를 감추었던 생기가 볼 언저리에 떠오른다. 숱이 줄어든 곱슬머리를 손으로 넘기고 무릎에 벗어놓았던 그렉 노먼의 아쿠브라 골프 모자를 눌러 쓴다. 나는 비스듬히 머리통을 좌석에 묻는다. 고속도로 소음 벽이 담쟁이 넝쿨로 그늘진 곳을 지나며 유리에 비친 내 모습을 바라본다. 장인과는 다른 양상으로 벗겨지고 있는 성긴 헤어스타일에 두꺼운 뿔테안경을 걸친 초로의 남자가 보인다. 버스는 이내 한남 나들목에서 압구정 쪽으로 빠지기 시작한다.

우리는 골프가방과 보스톤백을 들고 백화점 엘리베이터 앞에 선다. 문이 열린다. 안에는 잘 차려입은 여자들이 한가득하다. 다들 달갑지 않은 표정으로 보고 서 있다. 저마다 쇼핑백을 들고 있어 비좁은 게 사실이다. 그들은 급한 걸음으로 각각 들어선 양복 차림의 청년 둘에게 자리를 내준다. 장인과 나는 뒤늦게 비집고 들어선다. 그 와중에 각자 탔던 두 청년이 서로를 알아보고 인사를 나눈다. 박대표님? 안녕하십니까. 어? 서본부장님, 오랜만입니다. 지난 번 스타트업 회의에서….

그들이 손을 뻗어 악수할 수 있도록 장인과 나는 어렵사리 몸을 튼다. 그 바람에 새치름하게 빨간 입술을 다문 여자와 코를 맞댄다. 진한 향수 냄새 때문일까, 돌연 가슴이 뭉클해진다. 내가 할 일도 헤맬 곳도 없었을 때 뻔질나게 드나들었던 장인의 사무실이 떠오른다. 낮에는 인조가죽 소파에 앉아 죽치고 저녁에는 장인의 회합에 따라가서 술을 얻어 마셨다. 숨죽인 채 눈을 내리깐 장인도 알 듯 말 듯 애잔한 표정을 짓고 있다. 그가 아주 좋은 매너를 보이거나, 최소 싱글 핸디캡의 실력을 보여야만 싹싹함을 잃지 않는 골프장 캐디, 다가가는 손을 성가신 파리처럼 쫓아버리면서도, 잔이 빌세라 고급 양주만은 부지런히 따르는 술집 마담, 일주일에 한 번 세탁기와 진공청소기를 돌리러 오는 가사도우미가 세상 여자들의 전부가 아니라는 걸 새삼 환기하는 모습이다. 예전에 장인은 인기가 많았다. 타고난 인물이 좋은 데다 만물의 이치를 아는 듯한 현명하고 신중한 화술, 앞에 있는 사람(고객)

이 자기 인생을 특별한 소우주로 여기게끔 만드는, 따듯한 눈빛의 그를 여자들이 가만 놔두지 않은 건 당연한 일이었다.

특별했던 장인의 존재를 증명해줄 여자가 나타날까? 주차장에 들어선 우리는 주위를 두리번거린다. 침침한 조명 아래 차들만 즐비하다. 장인이 줄곧 열정적으로 떠들어댄 덕에 나는 부동산중개업자가 과연 어떤 여자일지 기대하고 있었다. 석연치는 않았다. 여러 군데 매물을 보느라 반나절이 소요된 두 번의 만남을 장인은 데이트처럼 묘사했지만, 둘이 처음 만나게 된 사연에는 낭만적인 요소가 없었다.

근데 소장님.

나는 궁금한 얘길 꺼내지 못하고 우회한다. 강남 쪽 오피스텔은 시세에 비해 수익률이 못하다는 얘기가 있더라고요. 일단은 월세라도 빨리 구하고 좀 살아보고 나서 매수하시는 게 안전하지 않을까요? 핸드폰을 확인하면서 대답을 미루던 장인이 말한다. 물론 살 집부터 구해야죠. 빨리 구할테니까, 너무 걱정마세요. 그게 아니라 제 말은…

마침 '삑 삐익' 하고 자동차 리모컨 키 소리가 울린다. 저쪽 코너 끝에서 '윤사장님?' 하는 여자의 실루엣이 다가온다.

나실장?

장인이 눈을 반짝이는 동시에 땅딸한 체격에 꽉 끼는 투피스 정장을 한 여자가 활달한 팔자걸음으로 모습을 드러낸다. 낮은 굽의 구두인데 유난스레 또각대는 소리가 크다. 쳐다보는 내 눈빛에 긴장감이 사라진 걸 눈치 못 챈 장인은 감탄하듯 속삭인다. 어때요, 건강 미인이죠? 가까이 다가온 여자는 우릴 슥 확인하듯 쳐다보더니 묘하게 일그러진 웃음을 머금고 입을 연다. 안녕하세요?

이쪽은 나실장, 이쪽은 신재생에너지, 그러니까 태양열 사업을 하시는 김사장.

고맙습니다, 여기까지 나와 주시고.

뭘요. 그럼 차로 오시죠. 거두절미하고 여자는 왔던 쪽으로 돌아서 걸어간다. 빠르고 쾌활한 말투엔 신경질도 좀 섞여 있다. 오늘 보여드릴 곳은 오피스텔 한 군데, 주상복합 한 군데예요. 일단 역삼역 갔다가 강남역으로 가시죠. 장인과 나는 골프백과 짐을 어깨에 걸머지고 손에 들고 하면서 여자를 따라간다. 이게 다 차에 들어갈까요? 장인한테 속삭이듯 작게 건넨 말을 여자가 낚아챈다. 슬쩍 반말이다. 걱정 마세요. 큰 차로 모실 테니까. 온통 먼지를 뒤집어쓴 승합차 앞에서 나실장은 우리를 돌아본다. 걸음을 멈춘 장인은 아마도 나 역시 뜨악한 표정이 된다. 차 문을 열고서야 운전석에 있던 다른 여자를 알아챈다. 나실장하고 비슷한 덩치에 카키색 야전잠바를 걸치고, 어깨까지 기른 부스스한 머리칼을 넘기며 그녀는 인사한다.

안녕하세요. 아버님들.

여기는 저랑 같은 사무실에 있다 뛰쳐나간 오실장이에요. 뭘 보고 계세요? 타세요, 타.

영문도 모른 채 섬으로 끌려가는 사람들처럼 장인과 나는 짐을 부리고 뒷좌석에 마주 앉는다. 나실장은 조수석에 앉았다. 차량용 방향제가 빠르게 후각을 마비시키는 와중에도 분명한 담배 냄새와 얼핏 닭의 배설물 같은 악취가 감지된다. 나는 눈으로 냄새의 근원을 찾아 헤맨다. 뒤쪽으로 발 디딜 틈 없이 들어찬 상자와 바퀴 달린 카트가, 그 앞으로 커다란 밀폐 용기, 무언가 꽉 묶인 검은 비닐봉지가 어수선하게 널브러져 있다.

고약한 냄새는 안 나죠? 오실장의 실토에 탐색전은 종결된다. 이 차에서 며칠 토스트를 만들었거든요, 밑에 계란프라이 깔고 앉았나 보시고요. 장인은 슬쩍 자세를 고쳐 앉으며 다리 사이로 좌석을 확인한다. 나는 팔짱을 끼고 토막잠을 청한다. 슬쩍슬쩍 코를 골다 깨고 다시 졸기를 반복한다. 장인이 나실장을 만나게 된 사연이 백일몽처럼 지나간다.

번잡한 길을 걷다 문득 걸음을 멈춘 초로의 신사가 있다. 그는 자신을 괴롭히는 상념에 잠기며 온화한 표정이 굳어간다. 예전에는 시처럼 읊어대던, 절대고독이란 단어가 이제는 걸을 때마다 발밑에 달라붙는 끈적끈적한 오물처럼 느껴지는 데 그는 당혹감을 느끼고 있다. 소득 없이 반나절을 공친

부동산 중개업자는 사무실 앞에 버티고 선 그를 주시한다. 이번 주에 새로 붙인 급매물을 골똘히 바라보는 그를 사무실 안으로 들인다. 부동산 투자에 관심이 많으신가 봐요. 커피믹스를 찢어 넣은 종이컵에 뜨거운 물을 부어 건네며 그녀는 웃는다. 부동산? 내가? 그는 커피 향을 맡는다. 그녀의 진짜 관심은 싸구려 커피도 소중하게 음미하는 다정한 신사일 거라 믿으며. 외로운 숙녀와 오래된 술처럼 향기로운 남자가 만났다고 생각한다. 침침하던 세상이 밝아진 기분이다. 조금 전까지 자신을 짓누르던 무거운 장막이 이렇게 걷힐 줄이야. 하지만 새로운 기분이 얼마나 갈까….

차가 덜컹거리는 통에 나는 반짝 눈을 뜬다. 영동대로에서 테헤란로로 접어드는 사거리에서 신호등이 걸려 서 있다. 나실장이 오피스텔 세입자와 통화를 한다.

죄송해요, 차가 밀려서 조금 늦겠어요.

장인은 잠자코 듣는 표정이다. 여독으로 지친 기색에도 불구하고 꾹 다문 입술에는 미소가 담겨있다. 나실장의 뒤통수를 쳐다보던 그가 기척을 느꼈는지 내게 관심을 돌린다.

김사장님, 태양열 사업은 재미 좋아요?

망해서 끝난 사업 얘기를 왜 꺼내는지 모르겠다. 나는 대충 답한다. 뭐 별로 그러네요. 장인이 아는 척을 한다. 담당 공무원 바뀌는 행태도 그렇고, 정권 바뀌면 예산 잡힌 것마저 번복하곤 하니. 신재생에너지란 게 아직은 다 선진국 얘기지, 국내에선 빛 좋은 개살구죠. 10년 전이나 지금이나 똑같다니까.

나는 잘 아시네요, 하고 장단을 맞춘다. 한 부서에 오래 있으면 부패한다고 바꾸고 부패를 안하면 일을 못하고 일을 잘 하면 부패하고. 장인이 웃는다. 아예 모로코 같은 해외시장으로 한번 눈을 돌려봐요. 제가 도와줄게요. 한 20억 정도는 밀어줄 수 있으니까.

네? 나는 장인의 눈동자가 제자리에 박혀있는지 확인한다. 줄곧 모른 체 하던 나실장이 흥미로운 표정으로 돌아본다. 고맙게도 그녀는 내가 하고 싶던 말을 해준다.

오피스텔 사실 자금은 남겨두시는 거죠? 집부터 구하셔야 해요.

일단 우리 김사장님하고 오늘 물건을 좀 보고 얘기하자고.

카랑카랑하던 목소리가 코맹맹이로 바뀐 쪽을 외면하며 장인은 나를 향해 눈을 찡긋한다. 비록 20억은 없어도, 주객이 전도된 것 같던 갑과 을의 관계를 간단히 제자리에 갖다 놓았다는 표정이다. 운전하던 오실장이 백미러로 쳐다보더니 엉뚱한 소릴 내뱉는다. 여유가 있으시면 그 돈으로 기부를 좀 하시죠. 우리 주위엔 아직도 밥을 굶는 이웃이 많답니다! 호탕한 웃음소리에 장인은 움찔 놀란 표정이고, 나는 큭 웃는다.

역삼역 파이낸스 빌딩 뒤에 자리한 오피스텔에 도착한다. 시간은 오후 5시. 내가 꼬르륵 소리를 내자 장인이 빙긋이 웃으며 묻는다. 출출해요? 그러고 보니 그늘집에서 샌드위치 하나 먹곤 계속 굶었다고 하면서 나는 배를 쓰다듬는다. 장인이 말한다. 화물차 휴게소에서 가락국수 먹었잖아요. 내 기억엔 휴게소에서 커피만 마셨다. 내가 자는 사이 치사하게 장인 혼자 먹었나 싶다. 가끔 보면 그는 번개 같을 때가 있었다. 나실장이 소리친다. 자, 내리세요!

주차장에 차를 세운 오실장은 남겠다고 해서 나머지 셋만 엘리베이터를 탄다. 사무실로 쓰는 세입자가 하필 오늘 일찍 퇴근한데요. 나실장이 조바심을 치며 시간을 확인한다.

안되면 다음에 보지 뭐.

장인의 말에 나실장의 목소리가 다시 카랑카랑해진다. 나 역시 그가 빨리 거처를 정하면 좋겠다는 생각에 입을 꾹 다문다.

다음에 또 언제요?

휴일도 좋은데 우린. 김사장하고 오실장하고 우리 넷이 시간만 맞으면.

나실장은 어림없다는 표정이다. 참 한가한 분이셔. 오실장은 휴일에 샌드위치 만드느라 바빠요.

장인이 허허 웃는다. 그거 팔아서 얼마나 벌겠다고.

파는 게 아니라 봉사라고요, 불우이웃을 위한.

나실장 말이 농담 같은지 장인은 놀라지도 않는다. 나는 엘리베이터 안을 둘러본다. 모니터나 청소상태를 보니 관리는 제대로 하는 오피스텔 같다. 18층에 내린 뒤 복도를 걸어가 끝에서 두 번째 문 옆에 벨을 누른다. 후드티를 걸친 키 큰 젊은 남자가 문을 열어준다. 다 같이 들어가기에는 비좁아 보이는 현관이다. 나는 복도에 있겠다고 하자 장인은 굳이 같이 보자고 팔을 끈다.

어때요? 전망이 참 좋죠 여기. 그죠?

두 번째로 본 주상복합 엘리베이터 안에서 나실장이 묻는다. 장인은 시큰둥하게 군다. 지난번에 본 주상복합과 너무 비슷해서 헷갈린다며 고개를 젓는다. 나실장은 평형은 같지만 엄연히 동이 다르고 전망도 다른데 무슨 소리냐고 말한다. 거의 삿대질을 할 기세다. 여긴 남서향, 아주 밝잖아요. 남서향은 온종일 해가 들이쳐서 더워. 나실장이 새치름하게 눈을 흘긴다. 은근 모르시는 게 없다니까, 제가 못 당해요, 윤사장님한테는. 엘리베이터 문이 열리자 나실장은 느닷없이 쑥, 장인의 팔짱을 낀다. 장인은 이것 보라는 표정으로 나를 보고는 마지못해 끌려가듯 걸음을 옮긴다. 질투가 난다기보다는 눈꼴이 시리다. 다시 배에서 꼬르륵 소리가 난다. 둘이 수작하는 동안 어디 가서 가락국수나 한 그릇 비우고 싶다.

차 안에서 기다리는 줄 알았던 오실장은 밖에서 담배를 피우다가 우리를 보자 급히 꽁초를 떨어뜨리고 발로 비벼 끈다. 연기를 내며 말한다. 빨리 끝났네? 결정 보셨어요?

빨리 끝나긴. 배 고파 죽겠구만. 아휴, 용가리가 따로 없네. 나실장이 손을 젓는다.

어디 가서 저녁이나 먹을까요? 여자들에게 말을 던진 장인은 의향을 묻듯 나한테로 고개를 돌린다. 저녁요? 글쎄요, 집은 결정 하셨어요? 나실장이 장인에게 따진다. 배가 고파서 결정을 못 하겠다면서 장인이 웃음 진다. 나실장은 인상을 쓴다. 오실장이 말리듯 끼어든다. 저녁 먹고 생각하시겠지. 맛있는 거 사주실 거죠?

자, 제가 좋은 데로 안내할게요. 나실장의 뾰로통한 표정을 모른 척하며 장인은 가자고 손짓한다. 택시 타고 가시죠. 차는 여기 두시고. 나는 재빨리 기계에 지폐를 넣고 24시간 주차권을 뽑아 오실장의 손에 쥐여준다.

초저녁부터 레스토랑 안은 만석이다. 테이블은 물론이고 바에도 술잔을 든 사람들이 팔을 걸치고 서서 한담을 나눈다. 고급스러우면서도 자유로운 분위기의 파티장 같다. 두 여자는 서로의 얼굴을 마주 보았고, 문을 열어주는 웨이터를 지나 실내에 들어서자 눈이 휘둥그레진다. 안을 둘러본 나는 고개를 끄덕인다. 인테리어가 젊은 감각으로 바뀌었지만 기억난다. 장모가 살았을 때 장인이 자주 찾던 장소였다. 언젠가 와이프와 대여섯 살이던 딸애까지 온 식구가 여기서 모인 적도 한 번 있었다. 자리가 나는 동안 우리는 바에서 한 잔씩 하기로 한다.

한봉숙 매니저 있어요? 그럼 김조환 씨라고, 주방장이었는데. 충청도 분이셨고, 풍채가 좋았는데…. 웨이터를 붙잡고 한참을 물어보던 장인은 알던 사람들이 다 관둔 모양이라며 아쉬워한다. 그나마 웨이터가 특별히 구석에 좁다란 원형 테이블을 하나 가져다준다. 우리는 둥그렇게 마주 보고 선다. 두리번대던 오실장이 말한다.

이런 데는 뭐랄까, 사악한 냄새가 나요.

사악한 냄새? 나는 오실장의 차 안에서 풍기던 고린내를 떠올리며 묻는다. 왜요?

제가 가는 김밥집은 서빙하는 사람이나 먹는 사람이나 다 거기서 거긴데, 여긴 서빙하는 사람이 평생 가도 여기서 먹는 사람처럼 될 수 없을 것 같잖아요. 좀 슬프지 않나요? 오실장이 말하는데 나실장이 흥분하며 속삭인다. 어머 저기 연예인 아녜요?

메뉴판을 보고 또 보다가 오실장은 나실장을 찌른다. 나실장은 가만있어 보라고, 지금 고르고 있잖으냐면서 짜증을 낸다. 신사분들이 좀 시켜줘 봐요. 오실장이 말한다. 그녀 앞에서는 오히려 숙녀가 된 기분이라 나는 쓴웃음이 나온다.

일단 이걸로 한 잔씩 합시다. 병으로 시키는 게 좋겠어요. 어때요?

안경을 벗고 가까이서 와인 리스트를 보던 장인이 손가락으로 가리킨다. 노안이 온 나 역시 안경을 올리고 확인한다. 돔 페리뇽? 놀란 눈으로 나는 어깨를 으쓱여 보인다. 좋죠. 내심 그럴 것까진 없단 생각이었지만, 작정한 장인을 말릴 이유도 없었다.

은은한 조명이 비추어 모여 앉은 얼굴들이 약간씩 더 세련되어 보인다. 샴페인을 들이킨 여자들은 신이 난다. 목구멍을 넘어간 황금빛 액체의 맛에 감탄한 얼굴로 그들은 새삼 술병을 보았고 까르르 웃는다. 맛있다고 저렇게 단숨에 마시다간 취하는지도 모르고 취하는 술인데. 그러면서 나는 홀짝 마셔 버린다. 장인은 흐뭇한 표정으로 나실장에게 시선을 꽂고 있다. 선택의 여지가 없이 나는 오실장을 바라본다. 그녀는 와이프와 비슷한 연배로 보인다. 술기운이 퍼지면서 부드러워진 눈빛이 은근히 매력적이다. 기본안주로 나온 설탕 시럽 바른 땅콩을 한 움큼 집어 한 알씩 입에 넣는다. 나한텐 전혀 관심이 없다. 그 때문에 내가 쓸쓸하여질 이유도 없다. 문득 끊은 지 여러 해가 지난 담배 생각이 나서, 있지도 않은 사탕을 찾아 나는 안주머니를 뒤진다. 모두 말이 없어지고 술병은 순식간에 빈다. 어느새 살짝 혀가 비틀어진 어투로 나실장이 묻는다.

그런데 진짜, 뭐 하시는 분이세요?

장인도 혀가 약간 꼬인 채로 대답한다. 뭐 이것저것.

혼자 사신다면서 왜 그렇게 넓은 평수를 구하세요?

손님들, 그러니까 가족과 친구가 오가고 머물 수 있으면 좋지.

손님들? 좀 알아듣게 말해달라고, 오실장 역시 꼬인 혀를 풀려고 애쓰듯 말한다. 장인은 오실장과 나실장을 번갈아 보더니 묻는다. 제가 궁금해요? 여자들은 그 말이 마음에 들지 않는 눈으로 게슴츠레 쳐다본다. 나실장은 넓은 오피스텔이나 주상복합 관리비 생각하면 아파트가 낫다고 말한다. 아파트가 최고지 사실. 장인은 다른 소릴 한다. 내 꿈이 뭔데요? 한동안 고분고분하던 나실장의 말투가 뾰족해진다. 대체 무슨 말씀 하시는 거예요?

장인은 내 쪽을 쳐다본다. 눈을 맞춘다.

이분 사주 명리로 유명하셨어요. 모르셨구나. 역학박사이자 동양철학의 대가.

할 수 없이 나는 한마디 거든다.

대단한 비밀이라도 엿들은 얼굴로 나실상과 오실장은 서로 눈을 맞춘다. 가만보니 웃음을 참는 얼굴이다. 오실장은 아예 대놓고 오해한다. 박수무당이라도 되시나? 우리는 교회 다니는데. 얘는 집사, 저는 권사에요. 그지 나집사? 나집사가 '응, 오권사.' 하고 끄덕인다. 무안해진 동양철학의 대가와 나의 시선이 마주친다. 울적한 눈빛을 빈 잔에 떨군 채 그가 말한다.

여기 김사장은 대학에서 교수를 했던 진짜 철학박사니까 잘 아실 거예요. 사주 명리의 이치는, 이치란 것은 말이죠. 미신이 아니라 과학적인 거에요. 원인과 결과를 영어와 기호로 공식화한 게 과학이라면 이치는 그걸 깨닫는 거예요. 장인의 손동작이 커진다. 운명을 바꾸어 나가는 거죠. 친구가 되어서 함께. 나는 제발 그가 입 다물기를 바라며 쳐다본다. 장인은 조몰락조몰락하던 냅킨으로 이마에 땀을 닦았고 그 짓을 계속하다 결국 바닥에 떨어뜨린다. 무심코 허리를 숙이고 집으려던 나를 저지하고 장인은 손짓으로 웨이터를 부른다. 침울한 얼굴로 냅킨을 청하는 그는 지치고 늙어 보인다. 반면 간에 알코올이 퍼진 두 여자는 기세가 등등하다. 나실장이 말한다.

오늘 보신 주상복합은 거실이 넓고 방도 많아서 그런 곳으로 사용하셔도 좋을 거에요. 그 말씀 좀 해보세요.

디저트를 할까? 장인은 딴소리다. 나실장이 고개를 절레절레 흔든다.

디저트 할래요? 치즈케이크나 티라미수라도. 장인은 나를 보며 묻는다. 아직 식사도 못 했잖습니까. 저희. 나는 어쩐지 서글픈 기분에 그를 바라보며 대답한다. 나는 여자들을 본다. 오실장이 어깨에 메고 있던 크로스 백을 열고 서류를 꺼내자 나실장은 수첩을 뒤적거린다.

아까 첫 번째 본 오피스텔 등기부 등본 말씀하셨죠? 여기 다 있어요. 보세요, 융자도 없고, 깨끗하죠? 아, 이 빈 병하고 잔들 좀 치워주지, 참.

나는 웨이터를 부른다. 테이블이 치워지자 장인은 기다린 듯 오실장의 볼펜과 나실장의 수첩을 차례로 빼앗더니 무언가를 적는다. 수첩을 펴고 보여준 건 '참을 인忍' 자 세 개다. 나는 기억한다. 언젠가 그는 말했다. 심장 위에 칼날이 놓인 그 글자, 그는 그것들을 가슴에 품고 산다고 했다. 세상으로부터 숱한 칼부림을 당해도 그는 스스로를 찌르지 않는다. 나를 상처입힐 수 있는 사람은 오직 나 자신밖에 없어요. 그렇지 않나요? 내가 가던 진로를 포기하고 사업을 하다 아내 돈, 아니 장모 돈을 날리고 또 여러 가지 일로 나 자신을 칼로 찌르며 살던 때, 장모가 죽고 장인이 빈털터리가 될 줄은 꿈에도 생각지 못했던 때의 기억이다. 하지만 이제 그는 억울하게 칼이라도 맞은 사람처럼 테이블을 내리친다. 나실장이 화난 얼굴로 핸드백을 뒤진다. 미국이라면 총을 꺼낸다고 생각했을 것이다. 나실장이 핸드폰을 흔들며 말하자 오실장이 말린다. 오늘은 결정을 내린다고 하셨잖아요. 집주인한테 뭐라고 얘기할까요? 장인은 정말 많이 취한 것 같다. 건성건성 고개를 끄덕인다.

괜찮으세요?

나실장의 손목을 잡으려는 장인을 만류하며 나는 묻는다. 마치 오랜만에 본 것처럼 눈에 반가움이 떠오른 그가 말한다.

윤사장. 마이 베스트 프렌드.

저렇게 취해서 계산이나 치를 수 있을까. 불편한 예감 속에서 나는 돔 페리뇽 병을 노려보다가 시선을 떨군다. 순간 벌어진 입을 다문다. 이럴 수가. 장인의 바짓가랑이가 물기에 젖어 있었다. 눈을 비비고 불그스레한 얼룩을 다시 본다.

이분 좀 많이 취한 것 같으니 화장실 좀 모셔다드리고 올게.

나는 그를 부축하듯 잡아끈다.

혼자 걸을 수 있어요, 김사장님.

장인의 말을 무시하고 축 처진 팔을 어깨에 들쳐 맨다. 오실장이 실눈을 뜨더니 '오 주여' 한다. 장인의 벨트 밑으로 찡그린 시선이 모인다. 오만상을 쓴 나실장이 흘러나오듯 내뱉는다. 추잡한 노인네. 일순간 나는 눈이고 입이고 질끈 힘이 들어간다.

여기저기 코르크를 따고 글라스를 부딪치며 수런대는 사이로 장인과 나는 한발 한발 걸음을 옮긴다. 저마다 일행에게 신경 쓰느라 쳐다보는 사람은 별로 없다. 반짝반짝 빛이 나며 매력을 뿜어대는 사람들의 외면 어린 시선이 차갑고 푸른 실내조명과 어울린다. 걸음을 옮길수록 진공 속으로 빨려 들어가는 먹먹한 기분이다.

도와드릴까요?

걸음을 멈춘 장인이 천천히 돌아본다. 나실장이 따라나선 줄 기대한 걸까. 하지만 웨이터였다. 괜찮습니다. 나는 정중하게 거절하고 출구로 장인을 이끈다. 웨이터가 가리킨다.

화장실은 저쪽입니다.

나는 화장실 문을 열고 들어가자마자 붙들고 있던 장인을 툭 털어내듯 놓아버린다. 무력하게 휘청대다 겨우 중심을 잡은 그가 소리 없이 웃는다. 고개를 숙이고 붉게 물든 가랑이를 더듬대더니 지퍼를 찾아 내린다. 옆에 변기에 나란히 선 나도 지퍼를 내린다. 다시 중심을 놓치고 세면대를 집고 벽을 집고 소변기로 돌아온 장인이 속삭인다. 이런 세상에 조금 더 오래 남아있는 쪽이 아내가 아니라 저라서 다행이에요. 사실 나도 방광이 안 좋다. 오줌이 나오길 기다리다 뚱하니 노려보자 그가 말한다.

집은 곧 구할 거에요.

우리는 한참을 그대로 서 있었다. 장인이 꿈결처럼 중얼댄다. 면벽공심 面壁功深.

김화진 ㅣ 사랑의 신

1992년 안양 출생.

2021년 문화일보 신춘문예 당선.

단편소설
▼

# 사랑의 신

김화진

나의 시간은 대부분 사랑을 하는 데 쓰인다. 너무나 오랫동안 그래왔다. 나에게 사랑은 태도이자 습관. 규칙이자 성격. 원칙이자 자랑, 그리고 내 몸집만 한, 내 영혼의 크기만 한 콤플렉스다. 내 이름은 주희. 신주희이고 별명은 사랑의 신이다. 마르지 않는 사랑, 그만두지 않는 연애 때문에 그런 별명이 붙었다. 어쩜 그렇게 사랑을 믿어? 왜 그렇게까지 사람을 좋아해? 어떻게 그럴 수 있어? 내 주변에는 수많은 냉소주의자들이 살다가 떠났다. 그들의 질문은 잘못되었다. 내가 애써 사랑을 죽이지 않는 게 아니라 사랑은 홀로 산다. 인생이 바다만큼 넓고 골짜기처럼 깊은 강 같은 거라면, 내가 노를 저어 사랑 쪽으로 흘러가는 게 아니라 사랑이 지느러미를 달고 내 주위에서 끊임없이 헤엄치는 것이다. 사랑이 잠깐 내 곁에 머물고 또 떠나가고, 가까워지고 멀어지고, 그러길 반복한다. 사랑을 계속 할 수 있는지는 오직 사랑에게 달렸다. 나는 모르는 일이다. 그런 면에서 나는 내 별명이 (그냥도 우습지만) 정말 우습다고 생각한다.

'사랑의 신'이라는 별명에 대한 가장 좋은 해석은 '다정하다'이고 가장 악의적인 해석은 '헤프다'이다. 나는 살면서 그 두 문장을 8:2의 비율로 듣곤 했는데 나쁜 말 쪽이 훨씬 힘이 세다. 나는 항상 내가 헤픈 사람인가 걱정했다. 사랑은 돈처럼 아이러니하고 불공평하게 주어진다. 세상엔 공평한 게 별로 없으니까 사랑도 마찬가지겠지만. '그것'이 필요 없는 사람에게는 '그것'이 자꾸만 생기고 '그것'이 너무 가지고 싶은 사람에게 '그것'은 절대로 주어지지 않는다. 세상의 법칙 같은 것일까. 그러니까 나는 한사코 연애가 필요 없었는데, 쉼 없이 연애를 하고 있었다. 끊임없이 애인을 곁에 두게 되었다. 초등학교, 중학교, 고등학교, 대학교 내내 어떤 집단이나 모임에만 속하면 그곳에서 애인이 생겼다. 그런 포지션은 언제나 나밖에 없었다. 도대체 왜일까? 나는 궁금하면서도 궁금하지 않았다. 사랑은 언제나 나도 모르게 내 곁으로 다가오니까. 사랑이 바싹 붙으면 가슴이 뛰고 그쪽을 바라보게 되고 그럼 어느 샌가 그 애를 좋아하고 있다. 정말로 혼자 있고 싶었는데 그게 다 거짓말이 되었다. 스물두 살 이후로 연애가 필요했던 적이 없었는데도, 스물여섯 살까지 그런 걱정을 했다. 내가 헤픈지 아닌지에 대해서 진지하게 고민했다.

연애가 끊이지 않는 방법은 두 가지다. 한 사람을 계속 만나거나, 다른 사람에게로 계속 건너가거나. 나는 후자다. 내가 지닌 사랑의 능력은 슬프게도 사랑을 괄시하는 데 쓰인다. 우리가 서로를 이렇게 슬프게 하지만 부디 나를 포기하지 마, 나는 너여야만 해, 같은 말이 사랑의 지속을 돕고 완성할 때 나는 주로 반대로 말하고 있다. 나를 포기해. 나도 너를 포기할게. 네가 아니어도 돼. 서로가 지닌 단단하고 고집스러운 면, 한때는 사랑스러웠던 개성, 절대 포기할 수 없는 습관, 그런 걸 가지고 싸울 때 나는 쉽게 상대방을 포기하고 나를 지킨다. 나의 것을 포기하면서까지 너를 사랑하지 않아. 너의 것을 포기하게 만들 만큼 너를 사랑하지 않아. 나는 찰랑이는 선 아래에서 사랑을 한다. 사랑을 시작하는 것만큼 사랑을 포기하는 것이 어렵지가 않다. 나는 다른 사랑을 만날 거라는 것을 확신할 수 있으므로. 나에게는 너밖에 없지 않으므로.

그렇다고 해서 내가 만난, 만나는 사람들을 우습게 여겼던 적은 없다. 사랑을 우습게 여기면 사랑에게 당한다. 사랑에 충실했던 사람만이 사랑의 낭

떠러지 앞에서 떨어지지 않는다. 충실했기 때문에. 한 걸음 한 걸음을 눈앞의 사랑만 보고 내딛었기 때문에. 튼튼하고 힘센 지느러미를 지닌 사랑이 내내 나의 주위를 맴도는 동안만 연애가 가능하다. 내 곁에 바싹 붙어 헤엄치던 사랑은 한 달에 걸려 천천히 멀어지기도 하고 하룻밤 사이에 홀쩍 떠나기도 한다. 내 곁을 맴도는 줄 알았던 사랑이 실은 그 시간 동안 내내 멀어지고만 있었던 적도 있다. 나는 그걸 안다. 사랑이 움직이면서 일어나는 진동, 물결로 번지는 작은 파동을 느낀다. 사랑에 집중하면 알 수 있다.

나는 사랑의 끝을 가늠하지 않는다. 사랑에는 끝이 없으니까. 내 곁을 맴도는 사랑의 지느러미는 멈춘 적이 없으니까.

지금 나의 애인은 현우다. 현우는 재작년 봄밤에 만났다. 나보다 세 살 연상이었고 무지막지하게 재미없는 첫인상이었다. 진지한 기자 지망생. 그런 현우를 재밌는 것처럼 보이게 만들어 준 것은 솔아 언니와 지원 언니였다. 그 밤에 나는 취해 있기도 해서, 솔아 언니와 지원 언니가 지닌 매력의 한 뭉텅이 정도를 현우의 것이라고 착각했다. 현우는 그 두 사람 사이에 있을 때만 재미있었다. 그 외에는 대체로 재미가 없었다.

더운 봄밤이었다. 오월인데 열대야처럼 무더웠다. 어쩌다 모인 모임인지도 이제는 아슴아슴하다. 북 페스티벌 같은 게 끝나고 부스를 차렸던 사람들끼리 모였던가. 나는 대학 선배들 중 북디자이너로 일하는 선배들의 작업실에 막 끼어 그들의 작업을 도와주고, 아르바이트 일을 받고, 가끔 내 작업을 하며 지내고 있었다. 그래서 거기에는 멀거나 가깝게 관계된 사람들이 뒤섞여 있었다. 제각각 독특했지만 어딘지 비슷한 것 같다는 느낌이 들어 이상하게 마음이 편했다. 차가운 술을 마셔도 땀이 나서 취하는 것 같지가 않았다. 야자수가 그려진 맥주 컵이, 후텁지근한 밤공기가, 그 테이블에 우연히 둘러앉은 사람들이 모두 마음에 쏙 들었다. 거기에 현우가 있었다. 그러나 현우만 있던 것은 아니었다. 현우를 보이게 해 준 솔아 언니와 지원 언니도 거기서 만났다.

그때 나는 막 교정을 시작해서 고무줄이 치아를 당기는 느낌에 인상을 쓰고 있었다. 먼저 다가온 것은 솔아 언니였다. 다정하게 생겼네. 나와 같은 부류일까? 안주로 나와 있던 당근을 조심조심 씹으며 생각했다. 사랑에 박한 타입은 아닌 것 같다. 아니다. 맞나? 다정하긴 하지만 누군가를 사랑하는 스스로를 어색해하는 타입? 골똘히 생각하다가 단단한 당근이 교정기를 단 치아의 가장 아픈 부분을 건드려 윽, 하고 인상을 썼다. 솔아 언니가 어떤 타입인지는 모르지만 언니를 처음 봤을 때부터 좋았다. 몰래 애쓰는 사람이라서 좋았다. 분위기를 중요하게 여기는 사람. 눈치를 많이 보는 사람. 자기 생각을 우스갯소리에 섞어 떠나보내는 사람. 나만큼 다정하지 못할 거고 그럼에도 최선을 다해 다정해지려는 사람일 거라고 추측했다. 내 곁에 잘 모이는 사람들의 비율상, 아무리 어려 보여도 나보다 언니일 것이라고도 예상했다. 그리고 내 예상이 맞았다.

이미 맥주를 마실 대로 마셔서 두 볼이 붉어진 솔아 언니가 맞은편, 내 옆자리에 앉은 현우를 놀리며 나에게도 어서 맞장구를 치라는 듯 윙크를 하며 웃었다. 나는 언니를 보고 있었으므로 알았다. 언젠가 언니와 현우의 대화가 나에게 옮아오리라는 것을. 곁눈질로 보고 있었다. 같은 테이블에 앉게 됐을 때부터 현우는 언론사에 취직도 하고 싶어 하고 자기 글(무슨 비평이라고 했다……)도 쓰고 싶다고 말하며 진지한 눈빛을 빛내던 남자였는데 솔아 언니는 내내 그걸로 오오…… 김훈 주니어……. 하면서 놀렸다. 의미 없는 놀림이었는데 현우는 발끈해서 김훈은 소설가고 자기 글쓰기는 그런 게 아니고 하며 구구절절 이야기했고 아마 그때부터 놀림의 굴레에서 빠져나오지 못한 듯 보였다. 그리고 모두가 술에 취하자, 현우가 본격적으로 자기가 쓴다는 비평, 쓸 거라는 기사, 자기가 읽은 모든 칼럼에 대해 끊임없이 이야기를 해 댔고 솔아 언니는 시종일관 현우의 말투와 말버릇에서 놀릴 거리를 찾고 있었다. 현우는 자신이 내뱉는 모든 문장을 강조하고 싶었는지 놀림을 받는 것을 눈치 채지도 못한 채 연신 "~거든요."로 끝맺었다. 연달아 들려오는 "~거든요." 폭격에 나도 모르게 웃음이 터졌는데 솔아 언니는 그걸 놓치지 않았다.

방금 비웃었죠? 이 사람 말하는 거 비웃었죠? 거봐요 현우 씨…… 나만 비웃는 게 아니라니까…… 그런 식으로 말하면 세상 사람들이 다 비웃는다니까…….

그러면 현우는 또 펄쩍 뛰며 그게 아니라고, 다시 들어보라고, 제대로 들어보라고 징징거렸다. 왜인지 그런 억울해하는 모습이 밉지 않은 남자였다. 놀림을 잘 받는 것도 능력이지, 그렇게 생각했다. 잘난 척하는 건 좀 별로였지만. 현우가 잘난 척할 때마다, 혹은 뭔가를 억울해하며 해명할 때마다 솔아 언니는 장난스럽게 현우를 등지고 입모양으로 나에게 말했다. '쟤 또 재 미 없 는 소 리 한 다'. 하품하는 척을 하기도 했다. 그 익살맞은 표정이 사랑스러웠다. 약올라하는 현우와, 재밌어 죽겠다는 솔아 언니의 얼굴이 웃겨서 또 웃었다. 간간이 솔아 언니와 눈이 마주쳐서 웃다 보니 곁눈에 또 다른 사람이 걸렸다. 대각선으로 앉아 있는 섬세하게 생긴 여자였다. 조용히 술만 마시는 줄 알았는데 자세히 보니 그게 아니었다. 솔아 언니가 깨를 털듯 현우를 놀리면 그 모든 말에 두드려 맞은 현우가 혼미해져 있을 때 그 여자가 한마디를 더했다. 현우의 표정이 거의 무너지면 현우를 가운데 둔 두 여자는 그렇게 웃기다는 듯 배를 잡고 킬킬거렸다. 섬세하게 생긴 여자는 지원 언니. 말하자면 조용조용 마지막 펀치를 날리는 사람이었다. 두 사람은 현우를 놀리는 데에 이 밤의 모든 걸 바치고 있었다. 술자리니까. 원래 그렇게 죽자고 웃기로 하는 자리니까.

허무하고 즐거운 시간이 지나면 고백 타임이 왔다. 우리는 허물어지기 위해, 허물어지고 쌓아가기 위해 이런 저런 자기 이야기를 했다. 가장 소중해서 가장 연약한 부분을 꺼내놓았다. 현우는 허무맹랑 타임과 고백 타임에 늘어놓는 이야기가 똑같았다. 그래서 종종 웃음이 터졌다. 언니들은 현우의 말이 끝날 때마다 아까 한 얘기 아니야? 하고 놓치지 않고 놀렸다. 그러나 다시 지펴 보려고 해도 웃음의 불씨는 꺼졌다. 새벽이 깊었기 때문에.

우리는 아직 되지 못한 사람들이었고 뭔가가 되고 싶은 사람들이었다.

대단한 게 아니더라도 그저 지금 아닌 다른 모습을 원했다. 아주 조금이라도 지금보다는 나은 모습이고 싶어 했다. 되고 싶다는 마음의 속성은 아마도 잘 시니컬해지지 못하고 아직도 소중한 것이 있고 그것 때문에 곧잘 울고 마는 촌스러움인지도 몰랐다. 잘 안 될 거라는 시그널이 발밑에 수북한데도 자꾸만 이상하게 잘 될 거라는 믿음을, 들은 적도 본 적도 없는 파랑새 같은 낙관을 놓지 못하는 사람들. 나는 그 사람들이 전부 나 같았고 그래서 좋았다. 찐득한 떡처럼 들러붙는 사람들일 거라고 생각했다. 맨 정신에는 너무 자기 검열이 심해서, 잔뜩 취해서야만 그게 가능한 사람들이라는 건 그때는 몰랐다. 우리는 한층 진실된 목소리로, 보다 중요한 이야기를 나눈 서로에게 이상한 사랑스러움을 느꼈다. 온도나 질감은 조금 달랐겠지만 네 명 모두에게 중요한 순간임은 분명했다.

그날 밤의 이상한 기운으로 우리는 '되기 전 모임'을 만들었다. 누가 먼저 그런 걸 하자고 부추겼는지는 기억이 나지 않는다. 각자 되고 싶은 게 되기 전까지 필요한 노력들을 알아서 하는 모임이었다. 그 노력들을 글로 정리하는 게 원칙이었다. 내가 뭘 써야 해요? 라고 묻자 솔아 언니가 "아무거나 상관없어, 그게 우리가 뭔가 되는 데에 도움이 되는 거라면." 하고 제법 비장하게 말했는데 혀가 꼬여 웃기고 귀여웠다. 사랑스러워. 인형을 선물 받고 품에 꼭 안은 아이처럼 나는 생각했다. 내 몸의 테두리 아주 가까이에서 사랑의 지느러미가 좌우로 세게 물살을 가르는 것이 느껴졌다.

*

사랑을 잘 하려면 기억력이 좋아야 한다. 기억력이 좋은 사람이라고 전부 사랑을 잘 하는 것은 아니지만. 때때로 사랑은 기억력을 좋아지게도 만든다. 나는 지원 언니가 좋아하는 캐릭터를 그리는 디자이너의 이름과 좋아하는 간식의 종류와 선호도를 안다. 초콜릿 코팅된 도넛, 아몬드 초콜릿, 콜라맛 젤리 순이다. 솔아 언니는 젤리는 좋아하고 도넛은 좋아하지 않는다.

피칸파이는 먹지만 레몬파이는 먹지 않는다. 현우는 숲 향기가 나는 향수를 좋아하고 모자를 좋아하고 계피가 든 음료와 사진이 프린팅된 티셔츠를 좋아하지 않는다.

이외에도 언제나, 나는 이런 것들을 생각한다. 솔아 언니가 유독 지쳐 보이는 날이면 얼그레이 파운드케이크를 함께 주문하고 지원 언니가 좋아할 법한 번개무늬 양말을 발견하면 사서 다음 모임에 가져갔다. 현우에게는……. 아무것도 하지 않으려고 했다. 친절을 베풀지 않으려고. 그에 대해 기억하고 아는 척하지 않으려고 했다. 그들에게 내가 할 수 있는 걸 해 주고 싶었다. 그 모임을 지키기 위해서.

지금 그 모임은 사라졌고 우리는 전부 흩어져 뜨문뜨문 연락을 주고받지만 나에게는 아직 현우가 남았고 언니들과도 사랑 아닌 다른 어떤 것을 주고받았다. 키스하거나 포옹하지 않았지만 언니들과 이야기를 나누고 집으로 돌아가 혼자 울게 되는 것. 사랑 아니면 약점을 주고받았을 텐데 나에게 사랑은 약점이므로 결국 사랑이지 싶은 것. 다만 손을 잡고 안고 키스하는 상대는 현우가 되었다.

우리 넷은 각별했지만, 서로를 주물러 영향을 줬지만 그 정도는 일 대 일로 연결된 사람들마다 다를 것이었다. 무르기, 투명도 혹은 점성과 탄력성 같은 게 말이다. 처음에 현우는 부드러운 고리 같았다. 나와 지원 언니와 솔아 언니를 연결하는 고리. 늘 진지하기만 했던 현우가 가끔 하는 농담에도 익숙해졌다. 대부분은 듣고 두 손으로 훠이훠이 털어냈지만. 그런 반응에 망연자실해하는 모습도 귀여웠다. 그런 마음을 먹을 때부터, 나는 현우와 그렇게 될 줄 알고 있었나. 아님 애써 모른 척하고 싶었나. 결국 애인 사이가 된대도 솔아 언니와 지원 언니에게는 비밀로 해야지 싶었다. 이상하게 다른 때보다 좀 더 부끄러웠다. 결성된 모임에서 애인을 만들어 버리는 일이. 두 언니는 사랑이나 연애보다 더 중요한 것에 골몰하고 있는 것처럼 보이는데 나만 이렇게, 애송이처럼 천둥벌거숭이처럼 사랑에 풍덩풍덩 빠진다는 게.

우리가 모임 장소로 정한 카페는 상수역 근처에서 보기 드물게 공간이 넉넉했고 테이블이 널찍했다. 모임에 나가면서 나는 작은 성당에 홀로 앉은 것처럼 안정감을 얻었다. 언니들이 있어서. 거기에 가면 누가 있다는 것이 좋았다. 우리가 자주 앉는 자리 뒤로는 커다란 창이 나 있어서 정원에 심긴 나무의 가지들이 창 가까이로 늘어지는 광경을 볼 수 있었다. 나는 주로 나무를 볼 수 있는 자리에, 창가 맞은편에 앉았다. 창가 자리 가장 안쪽부터 늘 먼저 오는 솔아 언니, 그 옆에 지원 언니가 자주 앉았고 그래서 현우는 언제나 내 옆자리였다.

솔아 언니와 지원 언니를 알게 되어 마치 이란성 쌍둥이 언니가 생긴 것 같은 기분이 들었다. 나는 필요에 따라, 기분에 따라 번갈아 언니들을 찾았다. 나름의 이유는 언제나 있었다. 나는 두 사람 모두를 엄청나게 좋아했는데, 아주 미세하게, 지원 언니보다 솔아 언니가 조금 더 어려웠다. 종잡을 수가 없어서 그랬다. 지원 언니가 단순하게 이해되는 반면 솔아 언니는 날카로운 것 같으면서도 무던하고 따뜻한 것 같으면서도 비정했다. 복잡한 사람. 그래도 좋았다. 솔아 언니의 날카로움은 나를 해치지 않고(내가 스스로 겁먹을 뿐), 언니가 나를 좋은 사람으로 봐 준다는 걸, 이유 없이 좋아해 준다는 걸 알았기 때문이다.

내가 느끼는 것과는 반대로 대부분의 사람들은 지원 언니를 어려워했는데, 말수가 적고 어딘가 완고해 보이는 느낌을 주는 인상 때문인 것 같았다. 나에게도 지원 언니의 그런 면이 보이기는 했지만, 이상하게도 남들만큼 어렵지는 않았다. 우리는 전공도 비슷했고 좋아하는 것도 비슷했다. 좋아하는 건 곧 중요한 것과 맞닿아 있는 경우가 많아서 지원 언니와의 대화는 미끄럼틀을 타듯 자연스러웠다. 나도 모르게 성큼성큼 지원 언니에게 다가가고 붙들고 시간을 뺏고 내 얘기를 털어놓을 수 있었다. 미대를 나와서 타투이스트가 된 지원 언니. 언니에게는 작업실 선배들에게도, 모임 사람들에게 한 번도 들킨 적 없던 것을 들켰다. 내가 그리는 만화였다.

장마가 길고 지루하게 이어지던 여름이었다. 늘 먼저 와 있던 솔아 언니가 웬일로 늦으려는지 큰 창 아래 놓인 널찍한 테이블, 우리가 늘 앉는 그 자리가 텅 비어 있었다. 커다란 창밖으로 기세 좋게 비가 내리고 있었다. 비가 와서 거리에도 카페에도 사람이 없구나. 비 오는 날은 그래서 좋다가도 마음이 곧잘 불안해졌다. 잘 있다가도 문득 심장이 있는 쪽 가슴에 두 손을 대고 꾹 눌러 보기도 했다. 솔아 언니가 자주 앉던 창가 구석 자리에 앉았고, 잠깐 등 뒤에서 쏟아지는 빗줄기의 힘과 냄새와 소리를 느껴 보았다. 그리고 아이패드를 꺼내 그리던 만화를 이어 그렸다. 고개를 잔뜩 수그린 채 패드에 코를 박고 말풍선 안에 동생의 대사를 적고 있었을 때, 시야에 심플한 나무 타투를 새긴 손이 슥 들어왔다.

주희 안녕?

지원 언니였다. 차갑게 내린 핸드드립 커피를 내 쪽으로 밀어주고 있었다. 나는 뭘 먼저 숨겨야 할지 몰라 그저 언니를 쳐다봤다.

음료도 안 시키고 있길래 나랑 같은 걸로 시켰어.

그 말에 고개를 끄덕였다. 아이패드 화면은 여전히 환하게 빛나는 채로 있었다. 지원 언니의 시선이 거기 닿아 있는 걸 아는데 손이 움직이지 않았다.

카톡 못 봤어? 오늘 현우 씨도 솔아 씨도 못 온대. 현우 씨는 갑자기 일이 생겼고 솔아 씨는 야근.

아아…….

그거 네가 그린 거야? 봐도 돼?

나는 홀린 듯 고개를 끄덕였다. 지원 언니니까 그래도 된다고…… 생각했던 것 같다. 어쩐지 떨리는 마음으로 지원 언니가 긴 손가락으로 패드 화면을 톡톡 치며 내가 그린 만화를 보는 장면을 보았다. 언니의 툭 자른 단발머리와 내가 쓴 대사를 중얼거리는 옅은 분홍색의 입술을 보았다. 언니가 고개를 들고 나를 보며 환하게 웃었다.

너무 귀엽다. 너무 귀엽고 사랑스러워. 딱 너 같다.

나는 그 말을 듣고 왠지 울고 싶어졌다. 정말 울어 버릴까 봐 앞에 놓인 커피를 쪼록 빨아 마셨다.

그날 나는 두 가지를 느꼈다. 지원 언니가 현우 씨는 일이 있대, 하고 말할 때 가슴이 부드럽게 내려앉은 것과 너무 귀엽고 사랑스러워, 딱 너 같다, 고 말할 때 찌릿하고 폐 안쪽이 찔려 오던 것. 내가 내심 현우가 오기를 기다렸다는 사실을 인정했고, 사랑 없음 상태를 가리려고 사랑스러움을 잔뜩 걸쳐 입었다는 사실을 확인했다. 현우를 향한 마음은 익숙했고 나를 향한 마음은 낯설었다. 그러면 좀 안 되나, 하는 뻔뻔한 나와 그 정도는 아니야, 하고 변명하는 내가 있었다. 완벽하게 속여 왔다는 도취감과 어설프게 거짓말을 했다는 불안감이 동시에 들었다.

사는 동안 나는 자주, 비틀고 지우고 덧칠한다. 덧칠한다. 어떤 사람들은 꿰뚫어 본다. 나는 그 사람들을 사랑할 수 있나?

다시 한 번 말하지만 사랑하는 능력은 내 것이 아니다. 내 주위를 맴돌 뿐이다. 그러나 그동안 인정하지 않았던 것은, 사랑에게만 지느러미가 달려 있는 건 아니라는 점이다. 나에게도 헤엄을 칠 수 있는 팔과 다리가 있다. 나는 자연스러운 물길을 따라 흘러가는 척하면서 실은 사정없이 발버둥치고 있었는지도 모른다. 사랑 쪽으로 가려고. 더 가까이, 더 자주.

지원 언니에게 만화를 들켰다면 솔아 언니에게는 시에 숨겨 둔 것들을 들켰다. 그건 내가 그렇게 적은 것이므로 유달리 들켰다고 하기에도 뭐하지만, 어쨌든 그걸 짚어낸 건 현우도 지원 언니도 아닌 솔아 언니였다. 내가 모임에 주로 가져가는 글은 시였다. 시에 가까웠다. 언제나 그림 위주로 생각해서인지 긴 글은 익숙하지가 않았다. 속에서 툭툭 불거지는 물음을 그대로 옮겨 적기에도 시가 가장 자연스러웠다. 언젠가 내가 제출한 시를 읽고 솔아 언니는 말했다.

주희 시에는 얼음이랑 촛불이랑 유령이 자주 나오네.

그러고는 동그란 눈으로 나를 쳐다봤다. 생각하는 눈이었다. 애써 외면하느라 하하 그런가요, 하고 웃었지만 영락없이 속을 들킨 기분이었다. 속

중에서도 속. 밑 중에서도 밑. 계속 감춰 오던 어떤 것. 시에 계곡과 장마와 방학이라는 단어는 쓰지 않았지만 나의 10년 전, 10년 동안의 나를 한꺼번에 들켜버린 것 같았다. 조금만 더 얘기를 하면 전부 말해 버릴 것 같아서 그날 나는 온종일 입을 다물고 있었다. 언제나처럼 수다스럽지 않고 말이 없는 나에게 언니들은 어디 아파? 하고 물었고 나는 그저 교정 때문에, 오늘 유난히 아프네, 하고 핑계를 댔다.

그 뒤로 어쩐지 솔아 언니의 동그란 눈이 내가 그토록 노력해서 두른 얇은 사랑의 막을 찢을까 봐 조마조마하게 되었다고 하면 우스울까. 그게 바로 솔아 언니를 좋아하면서도 불편하게 느끼는 이유였다. 마음이 오락가락했다. 나조차도 제어 불가였다. 나에게 제어 불가인 감정은 하나밖에 없었다. 제멋대로 방향을 정하는 사랑. 그러고 보면 정말로 사랑에 가까웠다. 솔아 언니를 향해 혼자서 속으로 왜 자꾸 아는 척해, 왜 멋대로 남의 걸 읽어, 내가 거기 숨겨둔 것까지, 하고 으르렁거리며 원망하고 있으면 언니는 불쑥 나타나 내가 잔뜩 날을 세워놓은 모서리들을 전부 둥글게 만들고 갔다. 언젠가, 솔아 언니는 나에 대해 그렇게 말한 적이 있다.

주희 너는 더키 같다.

덕희?

더키. 「공룡시대」 몰라?

모르는데요…….

만화야. 살던 곳의 나뭇잎이 전부 말라 굶주리던 초식공룡들이 마실 물과 먹을 잎이 풍족한 땅을 찾아가는데, 지각 변동이 일어나 땅이 갈라지면서 각자의 무리에서 떨어진 아기 공룡 다섯 마리가 티라노사우르스의 공격을 피하며 목적지인 '푸른 낙원'에 도착하는 이야기. 주인공은 브라키오사우르스고 이름은 리틀풋이야. 더키는 뭐였더라…… 기억이 안 나네. 더키는 입큰공룡이야. 그 만화에는 공룡의 종을 브라키오사우르스, 티라노사우르스, 이렇게 나오지 부르지 않고 목긴공룡, 칼이빨공룡, 하고 부르거든.

나 입 크다고요? 교정한다고 놀리는 거지.

전체적으로 다 닮았어. 입이 크고 활짝 웃고 속눈썹이 길고, 그리고 더키가 제일 귀엽고 제일 사랑스럽거든.

언니는 다섯 마리 중에 누구 좋아하는데요?

세라라고. 뿔셋공룡. 뿔셋공룡은 트리케라톱스야. 걔가 거기서 혼자 허세부리고 고집부리는 욕심 많은 캐릭터거든…….

그런 캐릭터가 좋아요?

좋았다기보다 마음이 쓰였어. 그런 캐릭터는 아무도 안 좋아할 거니까.

솔아 언니 말을 듣고 「공룡시대」를 봤다. 조금만 보려고 했는데 금세 다 보게 되었다. 아주 옛날 만화. 먹보 공룡이 태어나자마자 풀을 와작와작 씹어 삼키는 장면과 잎이 전부 말라 버린 땅에 떨어진 유일한 초록잎에 물방울이 고이는 장면을 잊지 못할 것 같았다. 솔아 언니는 어린 공룡들이 그 잎을 먹지 않았다는 게 감동이었다고 했다. 거기다 대고 언니, 만화잖아요, 하고 웃지 못했다. 직접 보니 과연 푸른 낙원이 있다는 증거이자 아기 공룡 리틀풋의 어머니가 남긴 마지막 선물인 별모양의 초록잎을 아무도 먹지 않고 목적지까지 소중히 지니고 간다는 것에서 오는 잔잔한 감동이 있었다. 그 다섯 애기들이 그 작은 잎을 소중히 들고 다닌다니까. 팔이 있는 공룡은 들고, 네 발로 걷는 공룡은 이고지고. 만화영화를 보는 한밤중에 솔아 언니의 목소리가 들리는 듯했다. 솔아 언니가 말한 더키는 중반 이후쯤 등장했다.

그런데 예상치 못하게 더키가 등장하기 전에 나는 눈물을 쏟아 버렸다. 주인공 리틀풋의 엄마가 리틀풋과 세라를 티라노사우르스로부터 구한 뒤 쓰러져 죽어가는 장면에서. 엄마 공룡의 목소리가 너무 부드럽고 좋아서. 죽어가는 이의 목소리가 그래도 되나 싶게 평화로워서 그만 울고 말았다. 일어나요 엄마, 아기 공룡이 그렇게 말하면 엄마 공룡은 대답한다. 일어날 수 있을지 모르겠구나, 리틀풋.

수많은 영화와 소설에서 빈번하게 마주치지만 그게 정말일까 아직까지 의심하고 있는 말이 있는데, 이 만화영화에도 그 말이 나왔다. 눈에 안 보이지만 언제나 곁에 있어, 곁엔 없지만 항상 너와 함께일 거야, 하는 말. 죽은 사람의 말. 산 사람에게 하는 말. 죽은 사람을 두고 하는 말. 죽음에 대한 진리 같은 말. 끊임없이 대사로 쓰이니까 아마도 진리에 가깝겠지. 나는 그렇게 생각한다. 보편적인 말들에는 이유가 있다고. 그것들을 이해하는 나이가 차츰차츰 올 거라고 말이다. 그러나 언제쯤일까. 그 말을 이해하게 되는 날은 말이다. 죽은 사람은 언제나 네 마음속에 살아 있을 거야, 하는 진리를 나만 깨닫지 못하고 있는 걸까. 그렇게 살아 있다면 살아 있는 게 아니라고 나만 저항하고 거부하고 있는 걸까. 아직 받아들이기 위한 시간이 내게 오지 않은 걸까.

*

지원 언니와 솔아 언니는 보이지 않는 끈으로 연결된 사람들 같았다. 물론 그 끈은 너무 잘 늘어나서, 겉으로 보기에 두 사람은 영 먼 것 같기도 했다. 하지만 그런 것도 없는 건 아니지. 내 주위로 지느러미 달린 사랑이 헤엄쳐 다니듯, 두 사람 사이에 매인 아주 가느다랗고 무한하게 늘어나는, 톡 치면 끊길 것 같은 투명한 끈 같은 것도 있을지도 모르는 일이다. 둘은 내가 지금 더 다가가면 싫겠지, 저 복잡한 사람을 그냥 복잡한 채로 놔둬 줘야겠지, 하는 마음들이 비슷했다. 실은 옆에서 지켜보는 게 너무너무 답답했다. 사랑에 일가견이 있는 사람으로서, 그런 두 사람에게 몇 마디 해 주고 싶던 적이 한두 번이 아니었다.

있잖아 언니. 생각보다 사람은 자기가 절대 안 하는 행동을 하는 사람을 좋아한다. 나는 절대 안 하지만 저 사람은 나에게로 저벅저벅 걸어와 줬으면 좋겠다고 생각해. 그 사람이 자기가 좋아하는 사람일 때면 말이야. 예의 같은 거 차리지 말고 지금 만나! 내가 그쪽으로 갈게! 하는 걸 좋아해. 모든 곳에 일괄 적용되는 법칙 같은 건 아니고, 그냥 그럴 것만 같은 순간들이 있어. 하지만 알면서도 언니들은 서로 가지 않지. 혹시나 무례할까 하는 마음에 말이야. 그리고 사랑은 혹시나 하는 순간에 조금씩 죽어.

하지만 그런 말은 하지 못하고 내 주위를 떠도는 지느러미 달린 사랑처럼 언니들 사이를 자유롭게 누비고, 넘나들고, 관찰했다. 언니들이 투명한 실로 실뜨기 같은 걸 하고 있을 때 나는 현우와 몸을 겹치고 잠드는 사이가 되었다. 언니들이 투명하고 물렁한 사이라면 현우와 나는 불투명하고 단단한 사이쯤 될 것이다. 우리는 서로의 손에 만져지고 잡혀 주고 했으니까. 우리는 나란히 누워 그때그때 서로에게 좋다고 여기는 것과 좋지 않다고 여기는 점을 얘기해 줬다. 대개 내가 먼저 물었다.

내가 좋은 점 한 가지 말해 봐.

좋고 싫은 걸 자세하게 말하는 게 좋아. 그림을 그려서 그런가? 보이는 것도 보이지 않는 것도 관찰하는 능력이 엄청난 것 같아서 신기해.

안 좋은 점도 한 가지만 말해 봐.

관찰을 너무 잘해서 내 못난 면도 전부 관찰하고 있어. 그리고 말을 잘해서 그걸 엄청나게 다양하게 변주해서 나한테 말해 줘.

짜증나는 거 있으면 돌려 말하지 말란 소리지?

응.

내가 돌려 말하면 짜증나?

아니. 나는 네가 짜증난다고 말하면 그걸 고치고 싶어. 근데 돌려 말하면 어려우니까.

음.

나는?

너는 열심히 하는 사람이라 좋아. 안 된다고 생각하지 않는 사람이라서.

네가 보기에 나 기자 못 될 거 같아?

아니.

진짜?

응. 내가 생각한 건 다 반대로 돼. 공모전 준비하던 작업실 동기들도 내가 될 거 같다고 한 애들은 다 안 됐고 안 될 거 같다고 한 애들은 다 됐거든.

나 안 될 거 같다고 생각했구나.

아니 그건 아니고…….

현우에게 건성으로 대답하며 나는 생각했다. 그래 나는 대체로 관찰하는 입장이었다. 그래서 사랑의 스테이지에서도 유리했다. 그런데 언니들에게는 온통 들키고만 말았다. 그런 느낌은 처음이라 신기했다. 창피하면서도 후련했다.

뭔가를 들켰다는 기분은 나에게 언니들이 더 가까운 존재로 느껴지게 하기도 했다. 연약해진 동시에 든든해지는 느낌이 들었다. 언니들을 양팔에 끼고 어리광을 부리고 싶었다. 실제로도 언제나 그런 포지션이었지만, 동시에 소외감이 들기도 했다. 언니들의 애정 어린 눈빛과 목소리를 듬뿍 받으면서도, 종종 언니들에게 필요한 건 서로이지 내가 아닌 것 같다는 느낌이 들었다. 나는 언제나 내가 사랑이 차고 넘친다고 생각했는데. 이상하게 구멍이 난 듯 아주 작은 사랑의 결정들이 살금살금 새어나가는 게 느껴지는 것 같았다. 이러다가 결국 텅 비게 되는 건 아닐까? 그럴 때마다 머리를 흔들어 소외감을 털어냈다. 그러지 않으면 자꾸 스스로를 향한 의심이 들러붙었으니까. 언니들에게 소중한 뭔가가 되지 못해서 현우를 사랑하게 된 건 아닐까? 설마 그랬을까? 그랬어도 달라지는 건 없다. 나는 눈에 보이고 손에 잡히고 안기는 걸 원해. 현우는 내 방식대로의 사랑. 사랑은 나의 자랑이자 비밀. 능력이자 콤플렉스.

*

종종 모임이 끝나 버린 날을 생각한다. 언니들이 떠나간 날. 지원 언니가 모임을 그만둔다고 일방적으로 카톡을 보내온 날. 그 둘이 사이가 서먹해진 건 진작에 눈치 챘지만 그게 수면 위로 드러났던 날. 단톡방은 조용했다. 조용할 수밖에 없었다. 나머지 사람들이 무슨 말을 하기도 전에 지원 언니는 카톡방에서 나가 버렸다. 언니들 사이에 무슨 일이 있었는지 나는 알지 못했다. 알지 못했지만 알 것도 같았다. 별것도 아닌 일이겠지. 생각해 보면 우리가 만난 것도 진짜 별것 아닌 이유에서였으니까. 그렇게 만나서 어느 누구에게도 말하지 않았던 것들을 말하고, 가까워지고, 특별해졌으니까. 멀어지는 일도 대단한 이유가 있어서는 아닐 것이다. 하지만…….

언니들은 바보야. 내가 그 모임을 얼마나 좋아했는데. 언니들을 양 옆에 세워 두고 내가 얼마나 든든했는데. 언니들이 그걸 다 망쳤다. 원망은 불쑥 불쑥 치솟았다. 잔잔하게 생각을 하다가도 속상해졌다. 언니들은 진짜 바보다. 서로 좋아하는 게 뻔히 보이는데 서로 터놓지도 않고 마음을 알아주지도 않고 그저 멀고 먼 곳에서 서로를 향해 눈짓이나 보내고 말도 건네지 않고. 그렇게 우아하게 살아서 뭐가 남나 보자. 그런 저주 비슷한 말까지 떠올렸다. 그럴 정도로 언니들이 미웠다.

지원 언니가 떠나고 모임은 조금씩 죽어갔다. 셋이서 간헐적으로 만나다가 결국 현우와 나만 남았다. 나는 몰두할 만한 일이 필요했다. 그래서 서너 달 동안 현우와 작업실 동료의 도움을 받아 작은 만화책 하나를 만들었다. '되기 전 모임'이 끝났으니까, 본격적인 건 아니더라도 뭐라도 되어 봐야지 하는 마음이었다. 지원 언니에게 들켰던 그 만화였다.

인쇄된 작은 만화책이 전부 내 방 한쪽에 쌓이던 날, 지원 언니에게 전화를 걸었다. 언니의 목소리는 한숨이나 입김처럼 들렸다. 수증기나 안개 같은 것. 지원 언니를 보면 항상 언제 사라져도 이상하지 않다는 느낌을 받곤 했다. 그런 언니가 카톡방을 나갔을 때 아무 말도 못한 건 어쩌면 당연히 그렇게 되리라는 예감 때문이었는지도 몰랐다. 전화를 걸어 다짜고짜 그리로 가겠다고 했다. 어딘지도 모르면서. 꽤 오래 침묵하던 언니가 주소 하나를 불러줬다. 언니의 작업실에서 멀지 않은 곳에 위치한 옥탑방이었다.

짐이 빠지다 만 것 같은, 누가 살다가 급히 떠난 것 같은 어수선한 방에 언니는 오도카니 앉아 있었다. 방은 널찍했으나 보일러는 끊겼는지 바깥과 비슷한 온도로 추웠다. 앉은뱅이책상도 하나 없는 그런 곳 한가운데 섬처럼 지원 언니가 동그마니. 내가 들어서자 물 줄까? 하고 가방에서 오백 밀리리

터짜리 삼다수를 꺼내 건네줬다. 나는 멀뚱히 서서 삼다수를 받고, 가방에 넣어 온 조잡한 떡제본의 만화책을 꺼내 내밀었다. 언니는 앉은 채로 긴 팔을 쭉 뻗어 내가 건넨 만화책을 받았다. 지원 언니는 어디에 있어도 자연스럽네. 힙스터 천국인 카페에 있어도, 피난 간 가족이 버리고 간 것 같은 방 한구석에 앉아 있어도. 그런 생각을 하며 어색하게 언니의 옆자리에 스르르 주저앉았다. 언니는 내가 어설프게 싼 종이 포장을 벗기고 그 만화네, 했다. 책장을 주르륵 넘겨보다가 어느 장면에서 멈췄다.

나 이 부분 좋아했어.

어디?

주인공이 포장마차에서 오뎅을 사 먹을 때마다 무조건 입천장을 데이는데 매번 까먹고 포장마차가 보이면 오뎅을 주문하고 무조건 뜨거운 국물부터 마시는 거. 후후 두 번 불고 마시고 또 데인다는 거.

그게?

입천장에 생긴 물집이나 얼얼함 같은 건 금방 잊고 국물이 맛있다는 것만 기억하는 캐릭터라 멋졌어. 아파도 좋아하는 걸 계속 반복하는 게. 나는 그러지 못하는 거 같아서.

…….

여기 내 친구 집이야. 내 집은 정리했어. 이사 가려고.

언니.

나는 친구를 책임져야 한다고 생각하면서 살았는데, 결국 책임 못 졌어. 책임져야 한다고 생각할 땐 책임지기 싫었고, 책임 못 진다는 걸 알았을 때는 책임지지 못해서 괴로웠어. 지금도 여전히 그래.

…….

주희야.

응.

나도 시간이 지나가면 너처럼 잃어버린 사람들을 다정하게 그리워하는 걸 내놓을 수 있을까.

옥탑방 창밖으로 겨울비가 내렸다. 공기가 차가워졌고 우리가 내쉬는 숨이 하얗게 보였다. 뜨거운 오뎅 국물 마시고 싶네, 그런 생각이 들었다. 언니 그건 진짜 나야. 난 오뎅 국물 때문에 겨울만 되면 입천장이 너덜너덜이야. 그렇게 덧붙여 주고 싶었는데 하얀 숨만 느릿느릿 쉬고 있었다. 우리의 코끝은 얼음장 같았다. 언니는 거의 얼음이 되어가는 것처럼 보였다. 희다 못해 투명하게. 슬픔은 사람을 얼게 만드나.

언니랑 둘이 있으면 꼭 비가 와.

그런 것 같네.

비의 신이네.

현우가 할 법한 재미없는 농담을 하고 우리는 큭큭 웃었다. 몸의 끝부분이 전부 추웠는데도 차가운 벽에 기댄 채 한참을 앉아 있었다. 언니는 이제 겨울을 힘들어하게 될 것 같다고 말했다. 나는 그게 여름이었는데, 라고 말하는 내 목소리가 낯설었다. 그렇게 자연스럽게 말할 수 있을 줄 몰랐는데. 그랬지, 지원 언니와의 대화는 언제나 미끄럼틀을 타듯. 바람이 씽씽 들어오는 옥탑방에서 이제는 나가야 하는 시간이라는 걸 알았다. 놀이터를 떠나야 하는 때를 아는 아이처럼. 나는 반듯한 지원 언니의 옆모습을 보며 말했다.

나는 가족이 떠나서 그리기 시작했던 만화를 언니들이 떠나서 완성하게 됐어. 그럴 수 있다는 건 참 재밌지.

…….

언니, 내 동생 이름은 주현이야. 신주현.

지원 언니와 마주앉았던 오래전 그날, 쏟아지는 장대비에 갇힌 것 같던 카페에서, 더는 아무도 오지 않는 모임에서, 나는 처음으로 내 비밀을 얘기했다. 말을 꺼내고 싶은 마음과 꺼내고 싶지 않은 마음이 꽝꽝 부딪혀 한참을 머뭇거리다가.

언니 내 만화 거짓말이야.

만화는 원래 거짓말이지.

요술램프에 빌던 소원 같은 거야.

그래서 그게 뭔데.

내가 하도 질질 끌었는지 지원 언니는 성격답지 않게 무슨 말이든 얼른 좀 하라고 했다. 언니는 누구에게도 재촉하는 사람이 아니었다.

나는 가족이 없어. 남동생이 죽었고, 그 이후 전부 흩어졌어.

지원 언니는 말없이 고개를 끄덕였다. 순식간에 언니의 길고 순한 눈에 눈물이 가득 차는 게 보였다.

지금 구구절절 말할 타이밍이구나, 싶어 나는 계속 말했다. 아빠는 아예 건설 현장 동료들과 숙소를 옮겨 다니며 살았다. 가끔 둘째 여동생 유희에게 문자를 보내곤 했지만 답 문자는 아주 늦게 오거나 오지 않았다. 엄마가 보내는 문자에는 내가 답하지 않았다. 엉키고 끊긴 화살표들. 나에게 가족은 그런 이미지였다. 그 화살표를 구부리고 뒤집어 본 게 내가 그리는 만화일 것이다. 자기 말만 하지만 우르르 몰려다니는 귀엽고 엉뚱한 가족. 그건 판타지였다. 괴물이 나오는 쪽보다 훨씬 더. 나는 아빠는 울보에 엄마는 괴력왕에 동생은 겁쟁이인 가족을 관찰하며 벌어지는 온갖 사건에도 허허실실 웃기만 하는 '나'가 등장하는 만화를 그렸다. 그 캐릭터들을 미워하지 않고 귀여워하면서. 그들이 지닌 특성은 실제 내 가족의 성격을 뒤집어 놓은 것이었다. 동생이 죽기 전, 아빠는 술에 취하면 상 위의 물건을 던지는 다혈질이었고 엄마는 무기력하고 무관심한 신경질쟁이였다. 동생은…… 겁이 없었다. 겁이 없어서 죽었지. 여름이었고 방학이었고 장마철이었다. 비가 내린 지 얼마 되지 않아 공기가 싸늘하고 물이 불어난 계곡에 아무도 안 들어가겠다는데 거길 왜 들어가 보겠다고. 왜 과신하고 과시해. 왜. 그 질문을 죽은 동생에게 수도 없이 했었다. 그리고 언젠가부터 나는, 내가 그린 '나' 처럼 살았다.

언니는 눈물이 흐른 얼굴로 말했다.

너 같은 친구가 있어. 그런 가족이 있는. 그리고 그 이유로 자꾸만 죽겠다고 하는 애야.

…….

나는 걔한테 그런 이유로 죽느니 가족하고 멀어지라고 했어. 나쁜 영향을 받을 바에는 헤어지라고 내가 부추겼거든.

…….

그래서 지금 서울에 와 있어. 스물 몇 년 동안 못 벗어나던 가족과 고향에서 도망쳐서 내 옆에. 그런데…… 나는 그 애가 내 옆에서 죽을까 봐 너무 무서워.

언니는 물방울이 잔뜩 맺힌 유리컵을 꼭 쥐었다. 표면에 온통 물방울을 매달고 있는 유리컵은 꼭 지원 언니 같았다. 밤이 깊을수록 장맛비는 거세졌고 심상치 않은 빗소리가 이상하게 무섭지 않았다. 소음 속에서 사락사락 사랑이 움직이는 것이 느껴졌다. 슬픔 곁에는 왜 항상 사랑이 맴돌까. 우리는 왜 비슷하게 슬퍼야만 감춰둔 사랑을 꺼내게 될까. 나는 이 이야기를 어째서 현우나 솔아 언니에게는 하지 못하고 지원 언니에게는 하게 된 걸까. 슬픔은 슬픔을 어떻게 알아보는 걸까.

*

솔아 언니에게 하고 싶은 말이 있다. 그때 웃으며 넘어가느라 하지 못한 말. 나를 귀엽고 사랑스러운 더키 같은 애라고 믿고 있는 언니에게는 하기 싫어서 하지 않은 말. 언니, 여름 시는 못 써요, 나. 여름, 계곡, 장마 같은 말은 아직도 못 써요. 그 대신 계속 그 물을 얼리는 상상을 해요. 단단한 얼음을 밟고 나온 동생이 오들오들 떠는 모습을 상상해요. 점점 반대로 생각하기의 선수가 되는 것 같아요. 나를 더키로 봐 주는 사람들이 좋아서 늘 말하지 못했다. 나도 그 시선이 좋았기 때문에. 그게 없었으면 나아가지 못했을 거다. 하지만……

그게 전부는 아니지.

귀여운 가족만화를 그리는 사람에게 가족이 없고, 상처에 무감한 캐릭터를 만들어내는 사람이 누구보다 상처를 오래 들여다본 사람일지도 모른다는 사실을 항상 생각하려고 해. 사람을 상상하는 일. 겉으로 보이는 행동이 전부라고 애써 믿으면서도 그 안을 조금이나마 헤아려보는 일. 나는 그런 걸 그만둘 수는 없는 것 같아. 사람은 주머니 같다. 나는 그 안이 궁금해. 이렇게 매번 실패하고 실패하면서도 계속 다른 사람의 주머니를 엿보거나 내 주머니를 슬쩍 열어 그 속을 보여 주고 싶다는 강렬한 마음이 있었다.

*

가끔 사랑이 죽은 듯이 자고 있을 때면 현우를 괴롭힌다. 괴롭혀서 싸운다. 나는 내 주변의 아무하고도 다투지 않는데 오직 애인하고만 울고불고 싸운다. 큰소리로 시끄럽게 굴면 잠들었던 사랑이 깨어난다. 하품으로 하고 몸을 비틀며 다시 움직인다. 사랑이 움직이면 그 파동이 퍼지고 퍼져 나에게 닿는다. 나는 그 순간을 사랑한다. 사랑의 에너지가 내 몸에 와서 닿는 순간.

하지만 그날 싸움을 건 것은 내가 아니라 현우였다. 지난달이었다. 아주 오랜만에 언니들에게 연락을 했는데 지원 언니는 광주로 내려갔다고 해서 만나지 못하고 솔아 언니만 만나고 돌아온 날이었다. 솔아 언니를 만나는 내내 뚱해 있던 현우는 집으로 돌아온 저녁에 나에게 말했다.

너 왜 나랑 만나는 거 솔아 씨랑 지원 씨한테는 얘기 안 해?

그걸 왜 이제 궁금해 해?

이렇게 오래 얘기 안 할 줄 몰랐지.

나는 솔직하게 말할까, 에둘러서 말할까 고민했다. 그러다가 솔직하게 말하는 쪽을 택했다.

이렇게 오래 만날 줄 몰랐지.

현우는 내게 뱉으려던 독설을 삼켰다. 나는 말이 삼켜지는 순간의 공기를 잘 알았다. 나도 삼키는 쪽이었기 때문이다. 그것은 포기하는 마음. 작은 포기들은 소량의 독처럼 켜켜이 쌓여 사랑을 죽인다. 저 독이 현우 마음속의 사랑을 죽이게 될까. 현우의 마음이 찢어지는 게 보였다. 그런 건 신기하게도 눈으로 보이는 것만 같다. 그날 현우는 내게서 등을 돌리고 잤다. 오늘 밤 이후로 내 사랑도 죽어 가려나? 괜히 조마조마했다. 나는 바로 누워서 사랑의 움직임을 느껴 보았다. 그러나 이내, 여전히 사랑이 우리 둘의 근처에 머문다는 걸 알았다. 아직 가지 않았구나. 안도감이 들자 미안한 마음이 피어올랐다. 내가 언니들에게 관심을 기울이는 동안 자기 자리를 한 번도 주장하지 않았던 현우의 슬픔을 상상해 보았다. 슬픔을 지닌 현우를 상상하자 사랑이 살금살금 다가왔다.

상처받은 현우는 가르랑가르랑거리는 작은 짐승 같고 나는 그런 현우에게 너그러워진다. 너그러워진 나는 현우에게 용서를 구한다. 현우의 마음이 녹고 다시 나를 사랑하도록, 미안해, 그렇게 속삭여 본다. 용서를 구하는 이가 전능해지는 이상한 구도가 사랑에는 있다. 그래 나는 이런 사랑 안에서만 신이지. 내가 현우의 등에 손을 갖다 대자, 불편할 텐데도, 잠든 채로도, 현우가 몸을 돌려 내 어깨에 머리를 기대어 왔다. 졸음에 겨운 목소리로 현우가 물었다.

안 자?

자.

얼른 자.

현우야.

응?

우리 지원 언니 보러 갈까? 가서 언니 놀래켜 주자. 우리 계속 비밀로 만나고 있었다고.

현우는 다시 눈을 감으며 고개를 끄덕였다. 진짜로 가기다. 그렇게 웅얼거렸다. 이상하지. 너에게 상처를 줄 때면 사랑이 살아나. 나는 조용히 가슴에 두 손을 얹어 보았다. 슬픔이 차오르는 것 같은 자리에. 사랑이 지나가는 것 같은 자리에. 슬픔을 감지한 사랑이 오리발을 신은 수영 선수처럼 물살을 가르는 것 같았다. 사랑 곁에는 언제나 슬픔이 있는데 나는 어쩌면 그것만을 사랑하는지도 모르겠다고 생각했다.

## 도재경 | 춘천 사람은 파인애플을 좋아해

2018년 세계일보 신춘문예에 단편소설 「피에카르스키를 찾아서」가
당선되어 작품활동을 시작.
소설집 『별 게 아니라고 말해줘요』 출간.
2020년 심훈문학상 수상.
2021년 허균문학작가상 수상.

# 춘천 사람은 파인애플을 좋아해

도재경

언제든 한번 다녀가라고 했다.

장인은 누군가로부터 내가 재혼할 거란 소식을 들은 모양이었다.

"먼저 말씀을 드리려고 했는데 이렇게 되어 버렸네요."

"그래서 하는 얘기 아닌가." 장인은 완고한 어조였다. "그래야 새 출발하는 자네 마음도 조금은 홀가분해질 테고."

장인과의 통화는 그게 끝이었다. 구태여 숨길 생각은 아니었지만 막상 장인의 목소리를 듣고 나자 이른 아침부터 눅진한 피로가 몰려드는 것 같았다. 현관을 나서던 지윤 씨는 내 옷깃에 묻은 머리카락을 떼어내며 나를 빤히 올려다보았다. 괜스레 찜찜했다. 무엇 하나 숨길 것 없는 사이라고는 하나 결혼식을 앞두고 전처의 아버지를 만나고 오겠다고 하면 그다지 달가워하지 않을 것 같았다. 어렵게 결혼을 결정한 만큼 서로에게 조심스러웠다. 그런데 의외로 지윤 씨는 덤덤했다.

"적어도 한 번은 찾아뵙고 인사드려야 하지 않겠어요?"

지윤 씨는 엘리베이터를 기다리는 동안 내게 말했다. 나는 지윤 씨의 표정을 살폈다. 허투루 하는 얘기 같진 않았다.

일가친지만 초대해 조촐하게 결혼식을 올리기로 했지만 의외로 이것저

것 준비할 것들이 많았다. 그 무렵 지윤 씨는 대학에서 강의를 다시 시작했고, 나는 새로운 프로젝트를 맡아 야근과 출장을 반복했다. 심지어 지윤 씨와도 고작해야 일주일에 한두 번 정도 저녁 식사를 함께할 수 있을 정도였다. 서로의 시간을 쪼개어가며 하나하나 준비해도 버거울 지경이었다. 그런 사정을 장인에게 설명 안 한 것도 아닌데 거두절미하고 다녀가라는 건 무슨 심보인지. 게다가 장인의 집은 행정 구역 상 춘천이라고는 하나 산 중턱에 자리한 외딴곳이었다. 그곳까지 다녀오자면 적어도 한나절은 허비될 게 뻔했다. 도무지 속내를 짐작하기 힘든 노인네였다. 장인에게 미안한 마음은 없진 않았지만 아무래도 신혼여행을 다녀온 후에 따로 시간을 내어야 할 성싶었다. 그러나 성질 급한 노인네는 결혼식을 보름 정도 앞둔 어느 날 아침 다시 한번 전화를 걸어왔다.

만약 그날 춘천지점에 출장이 없었다면 장인과의 만남은 이런저런 핑계를 만들어 계속 미루었을지도 모르겠다. 사실 장인을 만나는 게 그다지 편치는 않았다. 장인이 유별난 데도 있었지만 내 발걸음을 붙든 이유는 따로 있었다. 장인을 만나게 되면 어쩔 수 없이 민아에 대한 얘기가 나올 텐데. 까마득한 공허함이 밀려들었다. 그렇지만 결국 한 번은 부딪쳐야 할 일이었다. 그건 장인의 서운한 마음을 달래기 위해서라기보단 그래야만 내 마음의 짐을 어느 정도 내려놓을 수 있을 것 같았기 때문이다. 나는 망설인 끝에 통화버튼을 눌렀다.

"잘 됐네. 일보고 들르게."

장인의 목소리를 듣고 나자 순식간에 온몸이 께느른해졌다. 내심 장인이 춘천 시내에 볼일이 있지 않을까 바랐지만 어림도 없었다. 나도 모르게 한숨이 새어나왔다. 트렁크 어딘가에 얼마 전 거래처에서 받은 와인을 비롯해 새해 달력과 접이식 우산 따위의 판촉물이 있을 것이다. 마지못한 인사치레라곤 하나 빈손으로 찾아가는 것보단 나을 듯했다.

귀신 같은 노인네. 내가 춘천에 일이 있다는 건 어떻게 알았을까. 정말 외계인에게 뭘 주워듣기라도 하는 건가.

완연한 봄이 온 듯싶었지만 춘천에 다다르자 난데없이 눈이 흩날리기 시작했다.

장인의 집엔 민아와 함께 딱 한 번 가본 적이 있었다. 생뚱맞게도 그건 내가 민아에게 졸라서 이루어진 일이었다. 그 얘기를 하자면 먼저 칠 년 전 장인을 처음 만났던 때로 거슬러 올라가야 할 것 같다.

그해 여름은 유난히 무더웠던 것으로 기억한다.

나는 민아와 함께 동서울터미널에서 아이스크림을 먹으며 장인을 기다렸다. 민아로부터 장인이 꽤 오랜 기간 군복을 입고 있었다는 얘기를 들었던 터라 나는 각지고 꼬장꼬장한 중년남성이 버스에서 내릴 거라 예상했다. 하지만 내 예상은 완전히 빗나갔다. 버스에서 내린 장인은 어설픈 히피를 연상케 했다. 어깨에 닿아 있는 구불구불한 머리카락은 녹색이었고, 그 위로 커다란 헤드폰을 끼고 있었다. 장인은 헤드폰을 목에 걸며 우리 쪽을 향해, 정확하게는 민아를 향해 손을 흔들고선 머리를 쓸어 넘겼다. 두 귀에서는 피어싱이 빛났다.

"우리 민아와 사이가 좋다고?"

장인은 그렇게 말하며 손을 내밀었다. 나는 얼결에 장인과 악수를 나눴다. 장인의 팔에는 형이상학적 문양의 타투가 새겨져 있었다. 나는 장차 장인이 될 어르신에게 코스 요리를 대접하고자 강남의 한 유명 한정식집을 예약해둔 터였다. 하지만 장인을 만난 지 십 분도 채 되지 않아 예약을 취소해야 했다. 장인은 날도 더운데 시원한 맥주나 한 잔 하러 가세, 그러더니 어딘가로 앞장섰다. 장인이 문을 연 곳은 터미널 뒤편에 있는 배달 전문 치킨집이었다. 장인은 주문한 프라이드치킨이 채 나오기도 전에 연거푸 맥주 세 잔을 들이키고선, 단번에 우리의 결혼을 승낙했다.

"그거 때문에 이 먼 곳까지 나를 오라고 한 게 아닌가?"

나는 장인의 시원시원한 태도가 마음에 들었다. 그런데 민아는 어떤 표정을 짓고 있었던 걸까. 이상하게도 그때의 민아에 대한 기억이 거의 없다. 심지어 옷차림이나 헤어스타일도 좀체 떠오르지 않았다. 과연 내 곁에 있었나 싶을 정도로 민아는 한 마디도 하지 않았던 것이다. 단 하나, 무더운 날씨임에도 불구하고 민아의 손이 유난히 차가웠던 것만은 기억난다.

아니나 다를까 우리의 결혼식 때 누구보다 시선을 끈 이는 장인이었다. 장인의 옆자리엔 접시 모양의 작은 안테나가 삐져나온 가방이 덩그러니 놓여 있었다. 그걸 챙겨온 이유야 나름대로 있겠지만 장모의 부재가 유독 도드라져 보일 수밖에 없었다. 민아의 손을 내게 넘겨준 장인은 자신의 자리로 돌아가 고개를 끄덕이며 주례사를 들었다. 그런 장인의 모습을 힐끗거리던 민아의 눈동자가 어느새 붉어져 있는 것처럼 보였다. 그래서 나는 그 물건이 부녀에게 어떤 사연이 있는 유품일 거라고 막연히 생각했다. 그도 그럴 것이 민아는 자신의 어머니 얼굴을 사진으로만 기억했다. 목소리도 몰랐고, 함께한 기억도 없었다.

나는 승진 시험을 준비하느라, 서양화를 전공한 민아는 전시회를 앞두고 있던 탓에 신혼여행을 미룰 수밖에 없었다. 그건 그렇다고 쳐도 양가 어른들에게 인사는 드려야 하지 않나. 그런데 민아는 춘천에 절대 가지 않겠다며 엄포를 놓았다. 장인 때문에 마음이 상해 그러려니 했지만 내 입장에서는 그럴 수가 없었다. 그래도 결혼하고 첫인사인데. 그러자 민아는 너무 멀다는 이유를 덧붙였다. 나는 아등바등 민아를 설득했다. 그런데 민아가 그렇게 말한 데에는 그만한 사정이 있었다.

멀긴 멀었다. 춘천 시내를 벗어나 구불구불한 고갯길을 따라 사십 분 가량 달리면 작은 마을이 나왔다. 마을 입구에 주차를 하고, 거기서부터는 산속 오솔길을 따라 삼사십 분쯤 더 걸어야 했다. 고개 하나를 넘고 자그마한 계곡 두 개를 건너자 볕이 잘 드는 작은 평지 위에 세워진 삼각지붕 주택 한 채와 돔형 창고가 보였다. 장인의 집, 그러니까 당시의 내 처가였다. 공기가 좋았다. 집 뒤편으론 수풀이 무성했고, 앞으론 전망이 탁 트여 있어 산림욕을 하기엔 제격일 듯했다.

저녁 식사를 한 후 장인은 앞마당에 모닥불을 피워 놓고는 천체망원경을 설치했다. 그때만 해도 나는 장인이 꽤 낭만적인 취미를 갖고 있구나, 생각했다. 민아가 뾰로통한 얼굴을 하고선 모닥불 앞에서 불을 쬐고 있는 동안 나는 천체망원경으로 밤하늘을 바라보았다. 마치 사탕가루를 뿌려 놓은 듯한 황홀한 풍경이었다. "정말 아름다워, 민아야. 너도 좀 봐." 나는 민아의 손을 끌어당겼다. 하지만 민아의 시선은 다른 곳에 가 있었다. 장인은 어느새 창고에서 접시 모양의 안테나와 두루마리 종이를 들고 나오는 중이었다.

"이건 일종의 별자리 지도 같은 건데……."

장인은 두루마리를 펼쳐 자신의 팔뚝에 새겨 넣은 문양과 비교해가며 내게 설명했다. 두루마리에는 의미를 알 수 없는 수학 공식과 도형들이 그려져 있었다. 나는 점점 미궁에 빠져드는 것 같았다.

장인은 다른 존재를 찾고 있었다. 그러니까 외계의 존재들 말이다. 장인의 말로는 몇 차례 교신에도 성공했으며, 머지않아 그들이 찾아올 거라고 했다. 장인은 시종일관 엉뚱했다. 장인이 이야기를 풀어놓을수록 나는 어리둥절할 수밖에 없었고, 급기야 민아는 목소리를 높였다.

"아빠!"

민아는 장인의 손목을 붙잡았다. 검은 숲에서 야생동물의 기이한 울음소리가 들렸다.

"그만해……, 그만 좀 하라고."

나는 화장실에 다녀오겠다며 슬그머니 자리를 피했다. 내가 모르는 사연이 있나 보다, 그런 생각이 들었다. 그나저나 외계인은 무슨 이유로 이렇게 외딴 산골을 찾아온다는 건지.

그날 밤 장인은 안테나를 비롯한 온갖 장비를 챙겨 어두운 수풀 속으로 들어가더니 나오지 않았다. 그래도 괜찮을까, 걱정되었지만 민아는 전혀 개의치 않았다.

"넌 우리 아빠를 이해할 수 없을 거야."

민아는 꼬챙이로 모닥불을 들쑤셨다. 타다닥 소리와 함께 불길이 솟구치며 민아의 얼굴이 주홍빛으로 일렁거렸다.

"아빤 언제나 저런 식이야." 민아는 별빛 반짝이는 밤하늘을 올려다보며 덧붙였다. "대체 어디에 뭐가 있다는 거야. 설사 저 위에 외계인이든 뭐든 있다고 쳐. 무슨 수로 여기까지 올 수 있겠어. 걔네 역시 우리와 다를 바 없는 외톨이일 뿐이야."

"우리가 왜 외톨이야. 이렇게 함께 있는데."

나는 에둘러 말하며 민아의 옆구리를 콕 찔렀다. 그러자 민아는 밉지 않게 입술을 삐죽 내밀었다.

"모든 게 아빠 때문이야."

민아는 엄마의 죽음조차도 아빠 탓으로 돌렸다. 아닐 거야, 다른 사정이 있으셨겠지, 입이 달싹거렸지만 민아 앞에서 그렇게 말할 순 없었다. 민아가 살아온 날들을 모르지 않았다. 장모는 민아를 낳은 이듬해 돌연 세상을 떠났다. 안타깝게도 중환자실에 누워 있는 장모의 마지막 숨소리를 들은 이가 아무도 없었다는 것인데.

장인이 삐걱거리기 시작한 건 서울올림픽이 있던 해부터였다고 한다. 어린 민아를 춘천 시내에 있는 처가에 맡기고 전방의 한 방공포대에서 근무하던 시절이었다. 장인은 야간 근무 중 하늘을 떠도는 미상 물체를 발견했던 모양이다. 올림픽을 앞두고 경계가 삼엄하던 시기였다. 장인은 적기가 출현한 줄 알고 즉시 발포 명령을 내렸다. 하늘은 섬광으로 뒤덮였다가 깜깜해졌다. 곧바로 그 일대를 수색했다. 그런데 어찌 된 일인지 아무것도 발견되지 않았다. 상급부대에서 조사한 결과도 마찬가지였다. 그날 밤 지상의 그 어떤 감시 장비에도 포착된 물체는 없었다. 미상의 비행 물체를 목격한 이는 장인뿐이었던 것이다. 장인으로선 어처구니없는 노릇이었다. 하지만 얼마 안 가 미상 물체는 도깨비불처럼 장인 앞에 다시 나타났는데. 장인이 믿는 건 교전규칙뿐, 또 한 번 후줄근해지도록 갈겨댔다. 그 일로 인해 장인은 징계위원회에 회부되어 후방 지역으로 전근 조치되었다가, 몇 년 후 결국 군복을 벗었다.

"왜 그러셨던 거래?"

"엄마 때문이었대."

"그거랑 어머님이랑 무슨 상관이야?"

"더 이상 엄마가 이 세상에 없었으니까."

그 얘기를 들었을 때만 해도 나는 아, 하고선 고개를 끄덕이긴 했지만 그게 무슨 연관이 있다는 건지 이해할 수 없었다. 장인은 하늘에 대고 분풀이라도 했던 걸까? 아니면 외계인이 장모를 데려갔다고 믿기라도 한 걸까? 혹시나 싶어 그런 일이 있었는지 지난 뉴스를 검색해본 적이 있다. 하지만 그해 미상 물체가 출현했다는 뉴스는 어디에서도 찾아볼 수 없었다. 그날 장인이 본 건 대체 뭐였을까.

"근데 참 이상해. 엄마에 대한 기억이 하나도 없는데 가끔 엄마가 나오는 꿈을 꿔. 나를 안아주기도 하고 도란도란 옛날이야기를 들려주기도 하는데, 엄마의 목소리, 엄마의 냄새 그런 게 전혀 낯설지가 않은 거야. 마치 정말 그런 일이 있었던 것처럼 말이야."

민아의 목소리는 어느덧 가라앉아 있었다. 나는 민아 곁으로 다가가 손을 잡으며 어깨를 내어주었다. 숲속에서 잔잔한 바람이 불어왔고, 민아의 머리카락이 내 얼굴을 간지럽혔다. 민아는 내 어깨에 머리를 기댄 채 대뜸 다르하드에 한번 가보고 싶다고 했다.

"거기가 어딘데?"

그동안 신혼여행지로 따뜻한 섬을 물색하고 있던 터라 처음엔 민아가 말한 곳이 동남아의 어느 휴양지인 줄 알았다.

"산과 초원, 호수와 강이 있고, 사람들과 야생동물들이 함께 살아가는 곳. 거기 가면 신도 만날 수 있대. 아마 여기보다 별도 훨씬 많을걸."

그곳은 마치 민아가 그린 그림 속 세계 같았다. 그러면 뭐 어때, 민아와 함께라면 어디든 좋았다. 멀리서 부엉이 우는 소리가 들렸다. 민아는 미소를 머금은 채 콧노래를 흥얼거렸다. 귀에 익은 노래였다. 나는 민아의 콧노래를 따라 불렀다. 민아와는 무얼 해도 즐거웠다. 만나는 동안 늘 좋은 일만 생겼고, 앞으로도 그럴 거라 믿었다. 그날 밤 우리는 두 손을 꼭 붙잡고 별빛 가득한 밤하늘을 오래오래 바라보았다.

장인은 다음 날 우리가 떠날 무렵이 되어서야 숲에서 나왔다. 그러고는 아무 일도 없었다는 듯 민아의 가방에 밤과 대추를 한가득 담아 주었고, 내 손엔 김치를 담은 플라스틱 통을 쥐어주었다. 민아는 장인과 포옹하였고, 장인은 민아의 어깨를 두드렸다. 부녀지간이 다 그렇지 뭐. 나는 두 사람을 흐뭇하게 바라보았다. 그렇지만 애석하게도 우리가 함께한 시간은 그게 마지막이었다.

지점에서 일을 마치고 나오자 그늘진 곳에 눈이 조금 쌓여 있을 뿐 언제 그랬냐는 듯 구름 사이로 드러난 하늘은 짙푸른 빛을 띠었다.

"미리 얘기를 해줬어야죠."

지윤 씨에게 장인을 만나고 돌아가겠다고 하자 며칠 전과 달리 서운해하는 눈치였다.

"미안해요. 그리 늦진 않을 거예요."

지윤 씨는 함께 저녁 식사를 할 수 있느냐고 물었다. 장인이 마을 공터까지만이라도 내려와 주면 좋으련만. 섣부른 기대는 접어두고 장인의 집에서 머뭇거리지만 않는다면 가능할 성싶었다. 나는 제 시간에 맞춰서 가겠다고 대답했다. 하지만 눈이 녹아 질척거리는 고갯길에 접어들자 지윤 씨와 괜한 약속을 했나 싶었다. 괜스레 무언가에 쫓기는 듯한 기분이 들었다.

나는 마을 입구에 주차를 하고선 트렁크에서 운동화를 꺼내 갈아신었다. 와인 두 병과 판촉물도 쇼핑백에 챙겨 넣었다. 발걸음을 재촉했다. 그렇지만 오솔길로 들어서자마자 이내 숨이 벅찼고 다리가 무거워졌다. 고집불통 노인네가 야속하기만 했다. 이 길이 이렇게 멀었나. 이마에서 연신 땀이 흘러내렸다. 발이 미끄러질 때마다 걸음을 되돌리고 싶었다. 나는 잠시 멈춰서서 숨을 고르며 땀을 닦았다. 여기저기에서 작은 새소리가 들렸다.

같이 가.

어디선가 민아의 소리치는 것 같았다. 문득 뒤돌아보니 민아가 볼멘 표정을 하고선 발을 구르고 있었다. 나는 숨을 몰아쉬며 민아를 기다렸다. 하지만 민아는 한 발짝도 움직이지 않고 그 자리에 버티고 서 있었다. 하는 수 없이 나는 되돌아가 민아에게 손을 내밀었다.

거봐 내가 뭐랬어, 힘들 거라고 했잖아.

민아는 내 손을 잡으며 투덜거렸다. 머쓱해진 나는 손수건을 꺼내 땀에 젖은 민아의 얼굴을 닦아주었다. 그러자 민아의 두 볼에 보조개가 피었다.

따뜻하고 보드라운 손, 그리고 단내 나는 숨결, 그런 것들은 이제 어디에 있을까.

수풀에서 새들이 푸드득 날아올랐다. 쌕쌕거리는 민아의 숨소리가 귓가에 맴돌다가 아득히 멀어졌다. 나는 한 걸음, 한 걸음 발을 내딛었다. 걸어온 길을 몇 번이나 되돌아봤을까. 발걸음은 어느덧 장인의 집 앞에 다다라 있었다.

다시 만난 장인은 여전했다.

"빈손으로 왔나?"

장인은 머리에 쓰고 있던 헤드폰을 목에 걸며 물었다. 나는 쇼핑백을 건네고는 물 한 잔을 부탁했다. 장인은 껄껄거리며 나를 거실로 안내했다. 거실 벽면엔 희미한 빛이나 검푸른 하늘을 담은 사진들이 빼곡히 붙어 있었다. 그중에 어떤 사진은 초점이 맞지 않아서 희부연했는데 기이한 형상을 담은 것 같기도 했다. 장인은 컵을 주며 개수대를 가리켰다.

"목 좀 축이고 기다리게."

장인은 금속 조각 하나를 이로 꾹꾹 씹더니 라디오 같이 생긴 물건에 그것을 끼어 넣고선 나사를 박았다. 나는 물을 마시며 거실을 둘러보았다. 바닥엔 분해된 컴퓨터를 비롯해 인두, 전선, 니퍼 등 온갖 잡동사니가 널브러져 있었고, 벽과 벽이 만나는 모서리에는 먼지 쌓인 과학 잡지가 층을 이루고 있었다. 나는 물을 한 잔 더 받아 마시고는 창가 쪽에 놓여 있는 나무의자에 앉았다. 창 너머 멀리 눈 덮인 산들이 보였고, 구름 한 점 없는 하늘은 더할 나위 없이 청명했다. 민아와 함께 밤하늘을 바라보았던 마당에는 진흙

이 덕지덕지 묻은 통나무가 어지러이 널려 있었다. 나는 시계를 보았다. 적어도 한두 시간 후쯤엔 출발해야 여유 있게 서울에 도착할 수 있을 듯했다. 장인은 헤드폰을 쓴 채 갓 조립을 마친 물건을 들고 창가로 다가왔다. 그것은 휴대용 전파송수신기였다. 장인의 말로는 그랬다.

"한번 들어보겠나?"

나는 장인이 건넨 헤드폰을 머리에 꼈다. 장인은 볼륨 장치를 살짝 돌리곤 믹스커피 두 잔을 만들어왔다. 나는 멍하니 헤드폰을 끼고 있다가 벗었다.

"어떤가?"

"파도 부서지는 소리밖에 안 들리는데요."

"그게 바로 우주의 소리지."

만약 민아가 있었다면 뭐라고 했을지…….

거의 사 년 만에 만나는 거였지만 장인은 태연했다. 하긴 그날도 그랬다. 민아가 우리의 행성을 여행한 기간은 고작 서른 해도 채 되지 못했다. 민아가 떠나던 날, 장인은 눈물 한 방울 흘리지 않았다. 자식이 떠났는데 어떻게 그럴 수 있을까. 나로서는 이해할 수 없는 일이었다.

"진작 찾아뵈려고 했는데 많이 늦었네요."

"늦긴 뭘." 장인은 휴대용 전파송수신기에서 삐져나온 전선을 만지작거리며 덧붙였다. "때마침 잘 왔어. 이따 다른 손님도 올지 모르거든."

하마터면 커피를 쏟을 뻔했다. 다른 손님이라고 하면 누군지 뻔했다. 나는 장인의 얼굴을 우두커니 바라보았다. 장인은 대체 왜 그렇게 외계인을 좇아다니는 걸까. 내가 보기에 외계인은 너무나 가까이 있었다. 그건 다름 아닌 장인이었다.

"자네가 무슨 생각을 하는지 아네. 하지만 난 멀쩡해." 장인은 두 손을 털며 자리에서 일어섰다. "내가 거짓말을 하는지 아닌지는 두고 보면 알 게 아닌가."

장인은 이러고 있을 때가 아니라며 나를 돔형 창고로 이끌었다. 유에프오 플랫폼을 보수해야 한다는 것이다.

장인이 공구함에서 망치, 나사못, 전동 드릴, 용접봉 등을 꺼내는 동안 나는 창고 내부를 둘러보았다. 여러 대의 모니터에선 푸른 실선의 파동이 제각각 일렁였고, 스피커에선 치직거리는 잡음이 흘러나왔다. 벽 한쪽으로 밀어둔 화이트보드에는 큼지막한 별자리 지도가 여러 장 붙어 있었으며, 선반 위에는 크고 작은 천체망원경을 비롯해 광학장비, 영상장비 등 한눈에 봐도 고가의 물건들이 진열되어 있었다. 그곳은 장인만의 우주항공센터였다.

"아버님."

장인은 선반 하단에서 산소 용접기를 꺼내며 나를 힐끗 보았다.

"정말 믿으시는 거예요?"

"뭐를?"

"그거요……." 나는 주저하다가 덧붙였다. "유에프오."

막상 묻고 보니 내가 우스꽝스럽게 느껴졌다.

"그 정도야 인터넷만 뚝딱거려 봐도 알 수 있잖은가."

그렇긴 했다. 도처에 널려 있는 그들의 흔적과 정보들. 동굴벽화나 이집트 상형문자, 심지어 조선왕조실록에도 유에프오가 출현했다는 기록이 있지 않은가. 1940년대 물리학자 페르미도 계산기를 두드려보더니 지구에 이미 외계 생명체가 와 있을 거라고 했다. 그걸 증명이라도 하듯 휴전선이 그어지던 해 철원에서는 세 차례에 걸쳐 유에프오가 나타났고, 1980년 팀스프리트 훈련 중 전투기 조종사들이 유에프오를 목격한 사례도 있었는데. 장인은 어느새 또 그런 이야기를 늘어놓고 있었다.

"유에프오라는 말은 지극히 인간적인 관점에서나 하는 얘기지. 그들 입장에서는 흔하디흔한 자동차일 뿐이야. 아무튼 외계에서 온 반중력 비행체를 보았다는 증거는 차고 넘치거든."

그래서 어떻게 된다는 건가. 어쩌자고 장인은 허구한 날 외계인의 뒤꽁무니만 좇아다니는지. 그렇게 텅 빈 하늘만 바라보다가 그들을 만났다고 치자. 그래봤자 달라질 게 뭐가 있단 말인가. 문득 그날 밤 모닥불을 앞에 두고 장인과 실랑이를 하던 민아의 모습이 떠올랐다. 하지만 장인의 이야기를 중재할 사람은 더 이상 없었다.

"그런데 안타까운 게 뭔지 아나?"

장인은 선반 뒤쪽으로 발걸음을 옮겼다. 그곳엔 커다란 철제캐비닛이 놓여 있었다. 장인은 캐비닛 하단에서 플라스틱 상자 하나를 꺼내어 뜯었다. 상자 안에는 알루미늄 재질로 보이는 조각들과 먼지 쌓인 회로들, 그리고 동강 난 금속 구조물 따위가 가득했다. 장인은 그것들이 전국 각지를 돌며 수집한 유에프오의 잔해라고 했다. 하지만 내가 보기에 그것들은 고물 더미로밖엔 보이지 않았다. 정작 내 눈길을 끄는 건 따로 있었다. 캐비닛 상단에는 스티커가 부착된 플로피디스크와 카세트테이프가 가지런히 정돈되어 있었는데 그 옆에 부서진 오르골 하나가 눈에 띄었다. 설마 저것도 유에프오의 잔해라고 하진 않겠지. 아니면 외계 존재를 만나면 음악이라도 들려주려고 했던 걸까. 나는 무심결에 오르골을 들어보았다. 태엽이 풀리면서 두어 마디 멜로디가 흘러나오다가 멎었다. 장인은 나를 빤히 쳐다보았다. 무르춤해진 나는 그것을 제자리에 놓았다.

"도처에 이런 증거들이 즐비한데도 유에프오 헌터나 채널러들을 미치광이 취급한다는 거야. 언론에서마저도 우리 같은 사람들을 조롱거리로 만들어 더 이상 의문을 갖지 못하도록 만들어버리지. 그러니 어느 누가 나서서 그들에 대해 이야기를 하겠느냔 말이야."

장인은 어느새 열을 올리고 있었다. 어쩌면 몇 해 전 그 일 때문일지도 몰랐다. 어느 날 장인은 방송에 출현하게 되었다며 연락해온 적이 있었다. 장인의 목소리는 한껏 달떠 있었다. 그 무렵 장인은 자신의 카메라로 여러 개의 섬광을 포착한 모양이었다. 장인은 방송사에 영상을 제보하고 인터뷰에도 응할 거라고 했다. 그런데 그 영상에 담긴 섬광은 분명 유성우나 항공기의 불빛으로 보이지 않는다는 것이다. 전문가의 분석 결과 그 빛은 인근 부대에서 훈련 중에 쏘아올린 조명탄으로 밝혀졌다. 하지만 장인은 인정하지 않았다. 장인의 계획은 엉뚱하게 실현되었다. 뜻밖에도 섭외 요청이 들어온 곳은 한 자연 속에서 홀로 사는 이들을 찾아다니는 교양 프로그램이었다.

"이래 봬도 내가 방공포대에서 근무한 사람이에요. 그걸 혼동하겠어요? 궤적을 보면 이건 외계에서 온 반중력 비행체가 분명해요."

장인은 촬영하는 내내 피디와 스태프들에게 자신이 본 섬광의 궤적을 떠들어댔다. 모르긴 몰라도 그뿐이었을까. 방송을 본 민아는 결국 장인과 또 한 번 크게 다퉜다. 세간에 웃음거리가 되었다면서.

"잠깐 도와주겠나?"

장인은 손수레에 연장통을 실으며 말했다. 나는 장인을 거들었다. 안테나, 전파송수신기, 카메라 등 온갖 장비들이 손수레에 차곡차곡 실렸다.

"저한테 많이 서운하시죠?"

"그렇지 뭐."

장인은 허리를 펴고 손목에 있던 고무줄로 머리를 동여맸다.

"고기라도 한두 근 사왔으면 얼마나 좋아."

장인은 선반에 걸어두었던 작업모를 쓰고 창고를 나섰다. 딱히 대꾸할 말을 찾지 못한 나는 장인을 대신해 손수레를 끌었다.

우거진 수풀을 벗어나자 깨끗하게 정돈되어 있는 꽤 넓은 공터가 나왔다. 공터 입구에는 서낭당에서나 볼 법한 돌무지 여러 개가 쌓여 있었고, 조금 더 안쪽으로 들어가자 널찍한 바위가 펼쳐져 있었다.

이런 데가 있었나? 민아로부터 들은 적도 없거니와 처음 와본 장소였다. 그곳은 장인의 집보다 훨씬 전망이 좋았다. 너른 바위에는 특이하게도 한가운데가 오목하게 패인 채 검게 그을린 자국이 남아 있었다. 바위 가장자리로 구조물이 듬성듬성 박혀 있었다. 그건 바로 유에프오가 언제든지 이착륙할 수 있는 플랫폼이었다. 조악한 그 구조물 너머엔 나무 벤치와 녹슨 시소, 미끄럼틀 그리고 그네가 나란히 자리하고 있었다. 장인은 벤치 앞에 전파송수신기와 카메라를 설치했다. 그러는 사이 나는 페인트칠이 벗겨진 그네를 만져 보았다. 차가웠다.

장인은 구조물에 나사못을 조이고 너덜거리는 이음새를 용접하기 시작했다. 나는 장인이 시키는 대로 덜컹거리는 구조물을 들어주었고, 나사못이나 전동 드릴을 가져다주기도 했다. 용접을 끝낸 장인은 구조물을 돌며 망치질을 시작했다. 작업은 대체로 간단한 것들이었다. 그리고, 무의미해 보였다. 그런 장인의 모습을 보자 알 수 없는 답답함이 밀려들었다. 대체 여기서 뭘 하는 걸까. 그런 생각만 머릿속에 맴돌았다. 바람이 불 때마다 그네가 삐걱이며 흔들거렸고 자꾸만 시선이 그쪽에 가닿았다.

"저기 저 나무 이름이 뭔지 아나?"

"네?"

"저 나무 말이야."

장인은 망치를 거꾸로 쳐들고 비탈진 바위틈에 뿌리내리고 있는 소나무 한 그루를 가리켰다.

"……."

"'파인 갭'이라네." 장인은 허리를 펴고선 덧붙였다. "여기엔 나무 한 그루, 풀 한 포기에도 이름이 다 있지."

그게 무슨 뜻이냐고, 물어보려다가 관두었다. 장인은 또 엉뚱한 이야기를 늘어놓을 게 뻔했다. 사실 그때껏 장인의 이야기를 한 귀로 듣고 한 귀로 흘렸다. 장인과 함께 시간을 나눈 것 자체만으로도 어느 정도 성의를 내비쳤다고 생각했다. 그래서 적당한 때를 봐서 일어서려고 했다.

"자네 얼굴을 보니 불만이 가득하군."

장인은 망치를 내려놓더니 느닷없이 나를 벤치 쪽으로 이끌었다. 그러곤 미끄럼틀 뒤쪽으로 돌아가더니 무언가를 들고 나왔다. 고구마였다. 그곳에 작은 광을 마련해둔 모양이었다.

"배고플 때도 됐지."

장인은 폐식용유통을 가지고 와선 땔감을 넣고 불을 지폈다.

"여기에 집을 지을까 생각했었어. 그런데 그럴 수 없었지."

나는 까칠까칠한 수염이 뒤덮고 있는 깡마른 장인의 옆얼굴을 보았다.

몇 해 사이 더 늙어 보였다.

"민아가 한 살 한 살 먹으면서 제 엄마를 찾는 거야."

장인은 검게 그을린 석쇠 위에 고구마를 올려놓으며 말했다. 불현듯 장인의 입에서 민아의 얘기가 나오자 가슴이 철렁 내려앉았다.

"초등학교 삼 학년 때던가, 아마 그랬지. 춘천에서 제 외삼촌 차를 타고 여길 온 적이 있었어. 그래서 여기에 있으면 엄마를 만날 수 있을 거라 얘기해줬어. 그런데 그 뒤로 여길 떠나려 하질 않는 거야. 학교에도 가야 하는데 말이야. 애 좀 먹었지."

언젠가 민아는 엄마라며 내게 사진을 보여준 적이 있었다. 눈매와 콧날이 민아와 비슷한 분위기를 풍겼다.

"그땐 민아도 알고 있었어. 내 말이 사실이란 걸 말이야. 그런데 말이야, 이제 와서 생각해보면 그러지 말았어야 했단 후회가 들어."

장인은 가만히 불길을 내려다보더니 연기가 매운지 손등으로 눈을 비볐다. 민아를 떠나보낼 때 눈물 한번 내비치지 않던 장인이었다. 그런데 이제와 무얼 후회한다는 걸까. 혹시 장인은 민아에게 어떤 환상이라도 심어줬던 걸까. 나는 장인이 어린아이를 무어라 구슬렸을지 도무지 종잡을 수가 없었다.

"어떤 분이셨어요?"

"글쎄?"

장인은 긴 한숨을 내쉬곤 생각에 잠긴 듯 한 손에 턱을 괴었다.

"파인애플을 좋아했지. 민아를 가졌을 때 화천의 한 관사에서 살림을 꾸렸거든. 그런데 어느 겨울 밤 아내가 느닷없이 파인애플이 먹고 싶다는 거야. 그때만 해도 파인애플이 엄청 귀했거든. 게다가 한겨울에 그걸 어디서 구하겠나. 화천 읍내를 다 돌아다녀 봐도 파인애플은커녕 바나나 한 묶음 구하기 힘들었지."

불길 속에서 타닥타닥 소리가 났다. 장인은 고구마가 타지 않도록 조심스럽게 석쇠의 모서리를 붙잡고 앞뒤로 흔들었다.

"그래서 어떻게 하셨어요?"

"별수 있나, 춘천 시내까지 내달렸지. 그래도 거긴 도시니까 있을 거라고 생각했거든. 깜깜하긴 마찬가지더군. 구멍가게까지 죄다 들쑤시고 다니지 않았겠어. 맨손으로 돌아갈 순 없었지. 그런데 웬 깡통 하나가 발에 차이는 게 아니겠어. 저거다 싶었지. 파인애플 통조림을 사자마자 부리나케 밟았어. 자네가 알지 모르겠지만 이 동네가 시내만 벗어나면 밤길이 엄청 컴컴해요. 그래도 숱하게 다녀본 고갯길이라 보지 않아도 훤했지. 그런데 참 희한한 게 말이야, 그날따라 아내에게 돌아가는 그 길이 어찌나 멀게 느껴지던지."

장인은 '파인 갭'이라고 말한 나무를 우두커니 바라보았다. 언제 날아왔는지 멧비둘기 두 마리가 나뭇가지 위에 앉아 깃털을 고르고 있었다.

"맛있게 드시던가요?"

"오물오물 먹는 모습이 얼마나 예쁜지 몰라. 보고만 있어도 배가 부른데 내게도 먹어보라고 권하지 않겠어."

한겨울 밤에 두 사람이 먹었던 파인애플은 어떤 맛이었을까. 갑자기 파인애플의 시큼한 맛이 떠올라 나도 모르게 침이 고였다. 그런데 장인은 나와 다르게 감각했던 모양이었다.

"달았지……, 정말 달더라고."

장인은 일렁이는 불꽃을 바라보며 혼잣말하듯 중얼거렸다. 그러고는 말없이 석쇠 위의 고구마를 되작거리더니 꼬챙이로 하나를 찍어서 내게 건네었다. 뜨거운 기운이 손끝에 전해졌다. 장인은 석쇠를 들어 조심스럽게 바닥에 내려놓고는 검게 탄 고구마 하나를 집어 껍질을 벗겼다. 모락모락 김이 피어오르는 고구마를 후후 불고 있는 장인의 모습을 보자 별안간 우울한 기분이 들었다. 나는 고구마를 한 입 베어 먹다 말고 석쇠 위에 내려놓았다. 목이 막혔다. 나는 물을 찾는 척 주위를 두리번거리며 손목시계를 힐끗 보았다. 슬슬 일어설 때가 된 것 같았다. 그 정도면 장인의 이야기를 충분히 들어줬다고 생각했다. 하지만 장인은 아랑곳하지 않고 폐식용유통에 땔감을 더 집어넣더니 호주머니에서 체리만 한 크기의 공을 꺼내어 내게 건넸다.

"이게 뭐예요?"

형광 빛이 감도는 그 공은 말랑말랑하고 부드러웠다.

"일종의 접속 단자 같은 거지."

장인의 말로는 그건 외계 존재가 지구를 탐색하기 위해 사용하는 물체로 상호간에 인식 체계를 교환할 수 있도록 도와준다고 했다. 대체로 공 모양을 하고 있지만 원통이나 도넛 모양의 것들도 있다는데. 쉽게 말해서 그걸 쥐고 있으면 다른 존재와 대화를 주고받을 수 있다는 얘기였다. 어쩐지 아마추어 심령술사의 이야기를 듣고 있는 것 같았다.

"받아 둬. 쓸모 있을 거야."

나는 마지못해 그 공을 받아 호주머니에 넣고선 자리에서 일어났다.

"아버님." 나는 바지에 손을 문지르며 말했다. "이제 그만 가봐야 할 것 같아요."

하지만 웬걸. 능구렁이 같은 노인네는 들은 척도 않더니 전파송수신기를 자기 앞으로 끌어놓고선 안테나를 고쳐 세우고 볼륨을 높이는 게 아닌가.

"아버님."

"조금만." 장인은 헛기침을 두어 번 하더니 덧붙였다. "조금만 기다려보게."

나는 투박하기 그지없는 전파송수신기 앞에서 골몰해 있는 장인의 얼굴을 보았다. 여러 갈래로 흘러내린 주름이 어쩐지 쓸쓸하게 느껴졌다. 어깨도 유난히 굽어 보였다. 얄궂게도 마음이 편치 않았다. 어쩌면 한동안 장인을 만날 일이 없을 텐데. 그래서였는지 모르겠다. 조금만 더 있자, 조금만 더 듣자, 그런 생각이 들었다. 그래야, 뒤돌아보지 않고 내 길을 갈 수 있을 것 같았다. 어느덧 저 멀리 산릉선에 해가 닿을 듯 내려앉아 있었다.

그렇게 오랫동안 하늘을 바라본 적이 있었을까. 새가 날아가고, 구름은 보랏빛으로 물들고, 하나둘씩 별빛이 깜빡였다. 나는 올지 안 올지도 모를 장인의 손님을 기다리며 이런저런 이야기를 들었다. 더할 나위 없이 진지했지만 때로는 어딘지 모르게 허술해 보이는 얘기들. 일테면 그들은 지금 이 순간에도 지평선 끝과 끝을 순식간에 오가고 있지만 너무 빠른 탓에 우리의 눈엔 보이지 않을 뿐이라며.

"개나 짐승들이 아무것도 보이지 않는 허공에 대고 왜 짖어대겠어, 다 그런 거라니까."

그런 얘기들까지도.

어찌 됐든 장인이 조금은 서둘러 이야기를 마무리 지어주길 바랐다. 지금쯤 지윤 씨는 강의를 마쳤을 텐데. 슬그머니 조바심이 일었다. 하지만 장인은 아랑곳하지 않고 일장 연설을 이어갔다.

"우리의 기술이 아무리 발달했다고 해도 우주의 관점에서 보면 우린 뭐랄까, 유리구슬 안에 들어 있는 것만도 못해. 그래, 우린 정말 미숙한 존재지. 하지만 언젠가 그 유리구슬에서 벗어날 수 있을 거야. 외계 존재들에게서 수집한 기술은 이미 확보되어 있거든. 우리는 그들과 같은 비행체를 충분히 만들어낼 수 있어. 암, 그렇고 말고. 문제는 우리의 신체가 그런 비행을 견뎌내지 못한다는 거지. 만약 견뎌낼 수만 있다면 다른 세계로 여행을 할 수도 있을 텐데 말이야."

"만약에 그렇게 된다면요, 그럼 어딜 가시고 싶은데요?"

장인은 멀뚱히 나를 바라봤다. 차라리 장인이 어슴푸레한 밤하늘에 빛나는 별 하나라도 가리켰다면 어땠을까. 하지만 장인의 대답은 나를 암담하게 만들었다.

"없어."

"그럼 뭣 하러 이런 걸 다 만드신 거예요?"

"걔네가 자꾸 오잖아."

장인이 고개를 들고선 먼 하늘을 바라보았다.

"사실 오지 않는 날이 많아. 대개는 그렇지. 그럼 뭐 어때? 이렇게 하늘을 바라보고 있는 게 헛되단 생각은 안 들어. 오늘 안 오면 다음 날을 기다리면 되고, 다음 날이 아니면 그다음 날, 뭐 그러다가 언젠가 오겠지. 어쩌면 그 중 일부는 이미 와서 우리와 같이 숨 쉬고 있을지도 모르고."

"그럼 좀 나아져요?"

"뭐가?"

"그렇게 기다리기만 하면요."

"물론이지. 이 세상에 나 혼자만 있구나, 그런 생각이 안 들거든. 밤하늘엔 수많은 이야기가 들어 있어. 저길 한번 보게."

장인은 동쪽 하늘을 가리켰다. 그러고는 손가락으로 별자리를 잇기 시작했다.

"저게 큰곰을 쫓고 있는 목동이라네. 마치 우리를 지켜보고 있는 것 같지 않나? 그리고 저기 가장 빛나는 별이 아크투루스야. 우리나라에서 볼 수 있는 별들 중 두 번째로 밝아. 발해가 멸망할 무렵 저 별의 기운이 유독 쇠약했다지 아마."

장인은 오래전 민아에게도 이런 이야기를 해주었을까. 만약 민아가 곁에 있었다면 뭐라고 했을까. 어디선가 민아의 볼멘소리가 들리는 듯했다. 장인의 이야기를 듣다보니 누군가 까만 밤하늘 어딘가에서 우리를 내려다보고 있을 것 같은 기분이 들기도 했다. 그곳은 여기보다 별이 더 많다고 그랬던가. 문득 다르하드에 가보고 싶다던 민아의 얘기가 떠올랐다. 그곳엔 산과 초원, 호수와 강, 심지어 바위와 작은 풀에도 신이 깃들어 있고, 그곳 사람들은 누구든 영적 기운을 지녀 무엇과도 교감할 수 있다는데. 그 얘기를 처음 들었을 때만 하더라도 난 그곳이 막연히 환상의 세계일 거라고만 생각했다. 그러나 그게 아니었다. 뜻밖에도 그곳은 러시아 국경에 인접해 있는 몽골 홉스굴 인근의 초원 지대였다. 양들이 새끼를 낳는 봄이 오면 유목민들의 일손은 쉴 틈이 없다. 양이나 염소들에게 풀을 먹어야 하며, 길 잃은 새끼의 어미도 찾아줘야 한다. 별을 보고 길을 찾는다는 그 사람들은 좀체 길을 헤매는 법이 없다고 했다. 그때까지만 해도 민아의 얘기가 조금은 낭만적으로 들렸다.

"그들은 일 년 중 절반 이상은 눈보라가 몰아치는 길 위에서 산대."

그날 민아는 내 어깨에 머리를 기댄 채 말했다.

"눈보라 때문에 가족 같은 양과 염소를 곧잘 잃기도 해. 하지만 눈보라를 원망하진 않는다는 거야. 어쩔 수 없는 일이니까 말이야."

"어쩐지 매정한 사람들 같은걸."

"하지만 그래야 다시 떠날 수 있겠지."

꼭 그래야 하나. 나는 이상하게도 그들이 사는 방식이 내키지 않았다. 그런데 돌이켜보니 나는 민아의 얘기를 오해한 것 같기도 하다. 어쩔 수 없는 일이란 게 민아에겐 어떤 의미였던 걸까. 문득 부녀가 함께 있는 한 장면이 머릿속에 스쳤다. 어쩌면 장인이 어린 민아를 앉혀 두고 밤하늘을 바라보며 별자리 지도 같은 걸 그려주진 않았을까.

그때였다. 무언가 눈앞을 환히 비추었다. 처음에 나는 헛것을 보고 있는 거라 생각했다. 내 옆, 그러니까 벤치 위쪽에서 희붐한 스펙트럼이 아른거렸다. 나도 모르게 자리에서 벌떡 일어났다. 희미한 형상 하나가 나를 향해 미소 짓고 있는 것 같았다. 이어서 머리 위에서 금빛 불꽃이 터지면서 하늘을 밝혔다. 너무나 눈부셔 바위틈새까지 다 보일 정도였다. 하나였던 불빛은 두 개로 늘어났고, 이어서 세 개, 네 개로 늘어나더니 제자리에서 빙글빙글 돌기 시작했다. 머리털이 곤두서는 듯했다. 나는 입을 다물 수 없었다.

"저, 저게 뭐에요?"

"드디어 기다리던 손님이 오셨군. 자넨 역시 운이 좋아."

장인은 재빨리 헤드폰을 착용했다.

나는 도대체 무슨 일이 벌어지고 있는 건지 정신을 차릴 수가 없었다. 장인은 안테나 위치를 조정하고는 분주하게 전파송수신기 채널을 돌렸다. 장인의 표정은 그 어느 때보다 진지했다. 장인은 알아들을 수 없는 대화를 한동안 이어나갔다.

"자네도 인사 나누게."

장인은 내 손에 자신의 형광색 공을 쥐여 주며 헤드폰을 건넸다. 나는 헤드폰을 낀 채 넋을 놓고 하늘을 올려다보았다. 저편에서 웅얼거리는 소리가 들렸다. 어디선가 잡음이 뒤섞인 멜로디가 흘러나오는 것 같기도 했다. 설마 장인이 내게 짓궂은 장난을 치고 있는 건 아니겠지. 나는 곁눈질로 주위를 살폈다. 그러는 동안 불빛은 이내 흔적 없이 사라져버렸다. 나는 헤드폰을 벗었다.

"뭐라고 하던가?"

장인은 달뜬 목소리로 물었다. 나는 알 수 없는 무언가에 단단히 홀린 것 같았다.

"어떻게 된 거죠? 정말 지금 기다리고 있는 그게 온 거예요?"

"그럼 아니라고 생각하나?"

대체 무슨 일이 벌어진 거지. 내가 모르는 자연현상인가. 아니면 무슨 속임수일까. 혼란스러웠다.

"모르겠어요."

"그럴 리 없는데. 분명 무슨 얘기를 했을 텐데."

그랬나? 내 안에서 알 수 없는 동요가 일었다. 언제부턴가 귓가에 낯익은 멜로디만 맴돌 뿐이었다.

"보고 싶어서 그러니까, 보고 싶어서 왔대요."

나는 얼렁뚱땅 얼버무렸다. 장인은 신이 난 듯 웃음을 터뜨렸다. 그러고는 텅 빈 하늘을 향해 작별인사라도 하듯 두 팔을 흔들었다. 그런데 대체 그 형상은 뭐였을까.

장인의 말로는 그 형상은 그들 세계의 자장과 우리 세계의 자장이 겹칠 때 나타난다는 것인데.

"텔레파시나 심령 현상도 그와 같은 거지. 그렇다고 너무 겁먹거나 걱정할 건 없네. 다른 존재를 봤다고 해서 자넬 정신병자 취급할 권리는 어느 누구에게도 없으니까. 다만 자네가 누굴 만났다는 게 중요하지. 안 그런가?"

내가 누굴 만났다고? 나는 마지못해 고개를 끄덕이긴 했지만 뭔가 개운치가 않았다. 장인은 랜턴을 밝히고 주섬주섬 장비를 꾸리기 시작했다. 그런데 희한하게도 시간이 지나도 내 곁을 떠나지 않는 게 하나 있었다. 나는 귀를 후볐다. 그 멜로디가 귓바퀴를 떠나지 않았다. 나는 장인이 라디오를 작게 틀어놓았나 싶어 주위를 두리번거렸다. 하지만 소리 나는 물건은 보이지 않았다. 문득 떠오르는 게 하나 있었다.

"캐비닛에 있던 오르골이요."

장인은 고개를 갸웃거렸다.

"혹시 그거, 민아 건가요?"

장인은 끙, 하며 가느다란 신음을 내뱉더니 발끝으로 애꿎은 바닥을 비비적거렸다.

"우리 민아가 어렸을 때 '오즈의 마법사'를 무지 좋아했지. 원래 도로시가 춤추고 있었거든. 그런데 부서졌어."

그래서였구나. 그제야 민아와 함께 불렀던 콧노래가 떠올랐다.

"아버님 그거, 제가 가져가도 될까요?"

장인은 대답 대신 작업모를 벗고는 손등으로 이마를 닦더니 긴 한숨을 내쉬었다.

"중학교를 졸업할 무렵이던가, 아마 그럴 거야. 녀석이 날 그렇게 원망하고 있는 줄은 몰랐어. 날더러 거짓말쟁이라고 하더니 그걸 내게 집어던지지 않겠어. 그렇게 서운할 수가 없었지. 하지만 언젠가는 날 이해해줄 거라 믿었지. 그럴 줄 알았어. 그런데 정작 민아가 무슨 생각을 하며, 어떻게 커가는지 몰랐던 거야. 너무 몰랐어. 바보 같이 평생 눈에 보이지 않는 것들만 좇으며 살아왔으니. 멀뚱멀뚱 하늘만 바라볼 게 아니라 주위를 둘러봤어야 했는데……"

가만 생각해보니 장인의 마음을 이해할 것도 같았다. 그러니까 장인이 왜 외계인 뒤꽁무니만 쫓아다니는지, 왜 그토록 하늘에 집착하는지. 어쩌면 장인은 나를 통해 민아를 다시 한번 감각하고 싶었던 건 아니었을까. 어떤 기억은 너무나 선명한데 민아의 얼굴이 도무지 떠오르지 않을 때가 있다. 그럴 때면 깊은 수렁에 빠진 것처럼 암담해지곤 한다. 혹시 장인도 그랬던

게 아닐까. 그런 장인이 내 마음을 모를 리 없을 텐데. 그래서 다시 한번 부탁했다. 하지만 장인은 못 들은 척 손수레에 장비를 싣기 시작했다.

"아버님."

"그럴 수 없네."

그때만큼 장인의 목소리가 차갑게 들린 적이 있었던가. 장인은 여느 때와 달리 단호했다.

"아무래도 자네가 내 말을 제대로 이해 못한 것 같군."

숲속에서 스산한 바람이 불어왔다. 끼익 끼익 그네가 흔들렸다. 장인은 입을 앙다문 채 손수레를 끌기 시작했다. 장인의 뒷모습이 어쩐지 침울해 보였다.

그날 저녁, 한사코 손사래를 쳐도 장인은 마을 입구까지 바래다주겠다며 손전등을 비추며 앞장섰다. 나는 하는 수 없이 장인의 등을 바라보며 깜깜한 숲길을 걸어 내려왔다.

"환상적인 에어쇼를 본 소감이 어떤가?"

장인은 마을에 이르러서 내게 물었다. 뭔가 속은 느낌이 든다고 하자 장인은 껄껄 웃었다.

"나는 처음부터 자네가 마음에 들었어."

장인은 천진난만하게 말했다.

"솔직히 말해보게. 자네 그동안 내 연락을 기다리고 있었던 건 아닌가?"

나는 슬며시 미소를 지어 보였다. 장인은 외로이 마을 입구를 밝히고 있는 가로등 아래에서 검은 봉지를 내게 건넸다.

"챙겨줄 게 이거밖에 없네. 그리고 말이야."

장인은 어두운 숲속을 바라보며 비스듬히 돌아섰다.

"다시는 오지 말게. 이 말을 하려고 했어. 그러려면 한 번은 만나야 할 것 같아서."

나는 망연히 장인의 얼굴을 바라보았다. 장인은 내 시선을 피했다. 순식간에 가슴 한구석이 서늘해졌다. 그제야 알 것 같았다. 그날부로 모든 게 끝났다는 사실을…….

나는 자동차 리모컨을 눌렀다. 삐, 소리가 나며 비상등이 깜빡였다. 나는 장인의 시선이 머물러 있는 숲길을 되돌아보았다. 마치 긴긴 어둠을 통과해 나온 것만 같았다.

"혹시 그때 기억하세요?"

나는 차에 오르려다 말고 동서울터미널에서 장인을 처음 만났던 얘기를 꺼냈다.

"그럼, 기억하지."

장인은 슬그머니 나를 돌아보았다.

"서운하실 수도 있겠지만 그날이 잘 떠오르지 않아요. 아버님이 어땠는지는 또렷이 기억나거든요. 우리 결혼을 승낙해 주셨으니까. 그런데 이상하게도 유독 민아에 대한 것만 기억나질 않아요. 그날 민아가 무슨 옷을 입고 있었는지, 웃고 있었는지, 아니면 무뚝뚝한 표정이었는지……, 그런 것들 말이에요."

"뭐 그럴 수도 있지."

"정말 기억하세요?"

"기억하고말고. 고약한 기분이었지. 내가 왜 연거푸 맥주를 마셔댔겠나. 나를 거들떠보기는커녕 둘이서 손을 꼭 붙잡고선 서로의 얼굴만 바라보고 있었잖은가."

그랬구나, 그랬었구나. 나는 속으로 되뇌었다.

나는 호주머니에 있던 공을 꺼내어 장인에게 돌려주었다. 장인은 무슨 의미인지 알겠다는 듯 미소를 지어 보였다. 그러고는 한 걸음 다가와 내 어깨를 두드려주었다.

"조심히 가게."

차 유리와 사이드미러에는 자잘한 물방울이 맺혀 있었다. 나는 장인을 향해 고개를 꾸벅 숙이고는 천천히 도로로 나섰다. 모퉁이를 돌기 전 사이

드미러를 보니 손을 흔들고 있던 장인의 모습은 이미 어둠 속에 묻혀 있었다.

완만한 경사로에 접어들 때쯤 휴대폰이 울렸다. 나는 갓길에 차를 세웠다. 지윤 씨는 왜 이렇게 통화가 안 되느냐고 물었다.

"미안해요."

"인사는 잘 드렸어요?"

"네."

"별일 없죠?"

나는 잠시 망설이다가 덧붙였다.

"시골이라 그런지 밤하늘이 깨끗하더라고요."

나는 전화를 끊고 휴대폰을 확인했다. 어찌 된 영문인지 부재중통화나 수신된 메시지가 없었다. 장인의 집이 수신 불가 지역이었나. 그런데 장인은 무슨 수로 내게 전화를 한 걸까. 홀로 어두운 숲길을 걷고 있을 장인의 뒷모습이 눈앞에 아른거렸다. 나는 조수석에 둔 검은 봉지를 열어보았다. 파인애플 통조림 하나가 들어 있었다. 민아가 파인애플을 좋아했던가. 불현듯 입속에 감돌던 시큼한 기운이 코끝에 전해졌다.

나는 핸들을 잡았다. 먼 하늘에 유난히 반짝이는 별 하나가 보였다. 잠시 후 이정표가 나왔다. 춘천을 지나는 중이었다.

양지예 | 겨울나그네 발굴단

1984년생. 동국대학교 법학과 졸업.
2021년 경향신문 신춘문예 등단.

단편소설

# 겨울나그네 발굴단

양지예

결국 마지막까지 곁에 남은 사람은 진우였다. 내 졸업식에 진우는 꽃다발을 준비해서 찾아왔다. 나는 진우의 졸업식에 가지 않았다. 사회초년생이라는 핑계로 최근 일 년 가까이 누나 나 떠나기 전까지 우리 꼭 봐요, 그래 너 출국 전에는 봐야지, 이런 식의 대화만 이어 가던 중이었다.

진우는 예상 그대로 성실한 남자친구였다. 이별을 고하는 말에 선선히 후배의 자리로 돌아가 주었다. 그의 이런 점이 사귀기 전에도 사귀던 때에도 부채감처럼 느껴졌다. 부채감이라는 정체를 깨달은 때는 헤어진 이후다.

숙제처럼 미루던 얼굴 보기는 느닷없이 이루어졌다. 누나 이것 좀 봐요, 진우의 메시지 아래 사진이 첨부되어 있었다. 하얀 벽 위 초상화 한 점. 캔버스 속 여인은 틀림없는 연이였다.

—보러 갈래요? 이번 주말에 시간 돼요?

당황해서 선뜻 그러겠다고 답장했다. 진우가 보내온 약도 속 화랑 이름이 비트겐슈타인이었다. 나는 뭔가 의미가 있는 이름일지 생각하려다 말았다. 어차피 확인할 길이 없는 의문이었다.

—화랑에 연이는 없더라고요. 근데 누나 연이 보고 싶어요, 아님 안 보고

싶어요?

답장할 말을 고민하다 메시지 창을 닫았다. 답을 낼 수 없는 질문이 아니라, 답을 내야할까 싶었다.

*

연은 성후가 데려왔다. 같은 교양수업을 들으며 알게 되었다고 했다. 이런 애는, 이런 애야말로 극을 써야 한다고, 씨발 얘는 극을 써야 하는 아이라고 몇 번이고 되풀이해 말했었다. 종강 파티날, 나는 성후의 주장인지 주정인지를 귀찮아하면서 연의 가입신청서를 받았다. 전임 단장이 취업 준비에 돌입하고 사실상 내가 극단을 총괄하던 때였다.

괴짜들이 모였다는 연극부에서도 연은 눈에 띄었다. 중학생처럼 보이는 작은 체구나 앳된 얼굴이 문제가 아니었다. 연은 얼굴에 드래곤 한 마리를 키우고 있었다. 어딘가의 조직에 속한 듯한 얼룩덜룩한 용이 아니라, 늘씬하게 빠진 서양 용이었다. 애초에 그곳에서 태어났다는 듯 검은 드래곤 한 마리가 연의 목덜미부터 왼쪽 뺨까지를 차지하고 있었다.

성후가 천재 어쩌고 떠드는 바람에 연이 앉은 테이블이 달아올랐다. 정작 연은 적당히 네 아니오 정도로만 끊으며 별말이 없었다. 정말은 연극 동아리에 관심이 없는 듯 보였다. 자기 영역을 지키는 데 도가 튼 아이. 묵묵히 소맥을 홀짝이는 모습을 보면서 나는 그럴 만도 하다고 생각했다. 얼굴에 문신을 새기고 다니는 시큰둥한 여자아이라면 귀찮은 일을 겪지 않을 수 없을 테니까.

나는 어쩐지 연극을 시작했던 때를 떠올리고 있었다. 초등학교 학예회 말고는 연극과 인연이 없던 나였다. 선배들의 가입 권유에 떠밀려 동아리 구경을 왔다 한 학년 위 선배를 마음에 품게 되고…… 선배에게 여자 친구가 있다는 사실을 알게 되고…… 나의 마음은 이리저리 부서지고 흩어져 어영부영 대학 캠퍼스를 떠도는 유령 같았다. 선배의 뒤를 이어 단장 자리를 이어받으면서, 졸업 전까지는 일방적이기에 폭력적인 이 마음을 정리해 내겠다고 마음을 다잡는 중이었다.

호프집을 나서자 진눈깨비가 흩날리고 있었다. 연이 집에 가보겠다고 하자 목까지 시뻘게진 성후가 알아들을 수 없는 말을 쏟아냈다. 나는 고개를 끄덕여 보이고 돌아서서 담배를 입에 물었다. 성후가 주머니를 뒤져 불을 붙여 주더니 한 개비 빌려달라고 했다. 우산 쓴 연의 뒷모습이 천천히 흐려졌다.

어두운 골목에 백열등 두 구가 아래에서 위쪽으로 간판을 비추고 있었다. 따뜻해진 공기를 타고 떨어지던 눈송이가 위로 솟아올랐다. 나는 이윽고 빛의 영역을 벗어나며 밤하늘에 녹아들 듯 사라지는 눈싸라기들을 지켜보았다. 성후가 노래를 흥얼거리기 시작했다. 슈베르트의 『겨울나그네』 중 「잘 자요」. 성후에게 여러 인격이 있어서, 계절이 바뀌듯 각각의 인격이 드러났다가 사그라듦을 반복하는 상상을 해보았다. 결국 모든 인격이 휘발되고 성후라는 존재까지 사라지던 구간에서, 진우가 나를 불렀따. 단장, 막걸리집 자리 났습니다.

연을 처음 보던 날이었다.

그리고 방학을 지나 초봄의 어느 날, 나는 이학년 삼총사와 동아리방에 함께 있었다.

"제비를 모른다고?"

연의 말에 성후가 허리를 일으키며 물었따. 반쯤 누워 있던 성후의 엉덩이 밑에서 비명이 났다. 아기 울음처럼도, 발정기 고양이처럼도 들리는 소리.

"소오름. 원래 오래 두면 소파라는 데서 이런 소리가 나나?"

"형, 이번 무대는 우리 동방으로 하자. 장르는 호러. 소파에 깃든 발정기 고양이의 저주."

"그게 에로지 호러냐고."

제비를 모른다던 연은, 말이 없었다. 방학 연습 동안 제법 얼굴을 마주했는데도 나는 아직 그녀와 친해지지 못한 상태였다. 성후와 진우가 실없는 소리를 하는 동안 나는 구부정한 연의 등을 바라보고 있었다. 연이 내게 오른쪽 옆모습을 보이고 앉은 탓에 왼쪽의 드래곤에게 잡아먹히지 않은, 순수한 연의 인상을 관찰할 수 있었다.

연은 항상 체구에 비해 큰 옷을 입고 다녔다. 옷장에 남자 사이즈 후드티셔츠와 면바지 외에는 없는 모양이었다. 그날도 아래위로 하얗고 헐렁한 차림새였다. 흰옷 탓인지 다소 컴컴하게 느껴지는 실내에서 홀로 조명이라도 받는 듯했다. 나에겐 그 광경이 어쩐지 비현실적으로 보였다. 극에서나 나올 법한 인위적이고 과도한 설정이 몰려 있는 인물이, 동아리방 의자에 걸터앉아서 태연하게 대화를 나누고 있었다. 애니메이션과 실사가 뒤섞인 영화를 보고 있는 느낌이었다.

언젠가 진우가 연에게 문신에 대해 물은 적이 있다. 언제 새긴 거야? 수시 붙고 나서. 그럼 학교는? 존나게 욕 얻어먹었지. 왜 용인데?

"멋있잖아."

한 박자, 아니 반 박자 늦은 대답이었다. 원래 천천히 말을 하는 편이기도 했지만 가끔 연은 대화 사이에 미묘한 틈을 두곤 했다. 본인이 의도했는지 의도치 않았는지는 알 수 없었다.

"너 진짜 제비를 몰라?"

"흥부놀부에 나오는 새, 철새라는 정도는 아는데요."

"본 적인 없다는 말인 거지?"

"네. 그래서 저한테는 '알지만 사실 모르는 거'예요."

"이야, 사 년이 ,이렇게 세대 차이를 느낄 정도의 세월인가? 진우, 넌. 너도 본 적 없냐."

성후는 고등학교를 졸업하자마자 군대에 다녀왔다고 했다. 전역 후 잠시 취업했다 어찌어찌 대학에 온 경우였다. 거기다가 연은, 학교를 언제 입학했는지 대학 이학년에 스무 살이 되었단다. 입단하던 날, 조용히 소맥을 홀짝이던 연이 미성년자였다는 말이었다. 단원들은 이 사실을 알고 환호성이라도 지를 듯한 분위기였다. 걱정했던 사람은 아마 나와 진우 정도였으리라.

진우는 공대생 치고 눈치나 행동이 빨랐다. 성후나 연에 비하면 전형적이고 평범한 대학생으로 보였다. 누군가가 잊히기 쉬운 캐릭터라고 했다. 어쨌든 스물넷, 스물하나, 스물. 다소 기묘한 이학년 삼총사는 잘도 붙어 다녔다.

"선배, 선배는 본 적 있죠, 제비."

갑자기 성후가 내게 질문을 돌렸다. 의도가 잡히지 않아 나는 으응, 하고 말았다. 예전에 창고였는지 뭐였는지 학교 본관 옆의 임시 건물에 둥지를 튼 제비 가족이 있었다. 대학이 아니라 육학년 때의 일이다. 삭막한 서울 초등학교에서 소소한 스타가 되었던 제비는 결국 누군가의 돌팔매 탓에 비극의 주인공이 되었다. 둥지가 무너질 때까지 집요하게 돌을 던진 범인은 끝내 소문으로만 남았다. 나와 성후가 초등학생 동창생이라는 사실은 연극부뿐 아니라 대학 내 아무도 몰랐다. 그래서 나는 고민했다. 성후는 문자 그대로 '제비를 본 적이 있느냐고 물었을까 아니면 내게 '기억하느냐'고 물었을까.

내가 어학연수를 다녀와 복학했을 때, 성후는 이미 동아리방에 돋아나 있었다. 극 자알 쓰는 선배야, 라는 선배의 어색한 소개에 고개를 수그리며 성후는 완벽한 신입생의 태도를 취했다. 학교 늦게 들어와서 나이가 많긴 한데 열정이 엄청난 놈이야. 자신의 소개를 들을 때는 부끄러운 듯 뒷목을 긁어 보이기까지 했다. 특별히 아쉬울 일은 아니었다. 애초에 우리는 반갑다거나 반갑지 않다고 감정의 결을 정돈할 만한 사이가 아니었다. 그렇게 우리는 동갑내기 선후배 사이로 일 년이 넘는 시간을 데면데면하게 보내온 터였다.

"누나, 올해 겨울나그네는 제비 어때요?"

"괜찮을지도. 다른 단원들 오기 전에 생각을 좀 해 볼까?"

나는 화이트보드에 '다들 알지만 사실은 알지 못하는 것 – 제비'라고 적은 뒤 깡통 스툴에 주저앉았다. 비공식 단장석으로 쓰는 낡은 의자였다. 오래전 '무조건 창작극'이라는 모토를 정했다던 선배가 술 취해 주워왔다는 멋없는 전설이 붙은 물건이었다. 진우가 한번 녹을 걷어내고 페인트를 새로 칠했지만 동아리방에 들어올 때마다 녹내가 났다.

"일단 생각나는 대로 적어 보자. 제비 하면 뭐가 떠올라?"

홍부놀부. 강남제비. 봄. 처마 밑. 철새. 떠나버린다. 이별. 제비집 요리. 제비 꼬리 연미복. 하얀 배. 오스카 와일드의 행복한 왕자. 제비뽑기. 비 오는 날 낮게 난다. 김건모 노래.

"다리 뚝."

성후의 말에 자동으로 미간이 찌푸려졌다. 불쾌한 향이 훅 끼쳤다.

"그런데 왜 제비가 안 보이게 됐을까."

"환경오염이겠죠 뭐."

"아, 여기 있다. '한국에서는 흔한 여름새이지만 최근 도심에서는 거의 볼 수 없다. 이동할 때나 번식기에는……' 어, 이유는 없네요."

"환경오염이라니까."

"어느 쪽? 우리나라? 겨울을 보내는 곳?"

"제비는 어디서 겨울을 보내지?"

"강남? 맞다. 그러고 보면 제비야 말로 '겨울나그네' 아니에요?"

"고양이."

나지막한 연의 마지막 한 마디의 파장이 가장 컸다. 모두의 시선이 한쪽으로 쏠렸다. 등이 노랗고 통통한 고양이 한 마리가 동아리방 창틀에 웅크리고 있었다.

"이층인데 어떻게 올라왔지?"

"고양이잖아요."

"얌마 너는 그게 대답이 되냐."

연은 벌떡 일어서더니 말 한마디 없이 가방에서 주섬주섬 무언가를 꺼내

들었다. 한 회분씩 포장한 고양이 사료였다. 일회용 종이 접시까지 꺼내더니 능숙하게 사료를 뜯어 고양이에게 내밀었다.

"고양이 키우니?"

"아뇨, 전 동물 안 좋아해서."

"그런데 이렇게 먹이를 가지고 다녀?"

"피골이 상접한 애랑 가끔 마주쳐서요. 사람 보면 슬슬 피하는 고양이."

"그럼 고양이는 좋아하는 거네."

"아뇨, 그냥 불쌍해서요. 사료도 키우던 고양이가 죽었다고 친척한테 그냥 받은 거고."

그러니까 좋아한다는 말이잖아. 같은 말이 반복할 듯하여 나는 고양이만 바라보았다. 불쑥 성후가 물었다.

"야, 쪼꼬미. 넌 키가 얼마냐."

"백오십둘이오."

"오, 슈베르트랑 같네."

겨우 세 마디였다. 눈 맞춤이나 스킨십도 없었다. 그런데도 나는 어쩐지 성후와 연의 관계를 알아차렸다. 나는 연을 처음 보았던 날을 떠올렸다. 어쩌면 둘의 사이를 무의식중에 짐작한 탓에 나의 짝사랑을 되짚어 보게 되었는지 몰랐다.

고양이는 사료의 냄새만 맡더니 훌쩍 차을 너머로 사라졌다. 연은 무심한 표정 그대로였다.

가곡의 왕이라 불리는 슈베르트는 생전 『아름다운 물레방앗간의 아가씨』, 『겨울나그네』 두 권의 연가곡집을 남겼다. 둘 다 동시대의 낭만주의 시인 빌헬름 뮐러의 시에 곡을 붙인 작품이다. 여기까지는 중고등학교 시절 음악 선생님이 슈베르트를 좋아했다면 시험 범위에 포함되었을 법한 내용이다. 그러나 정작 『겨울나그네』에 어떤 가곡이 실려 있는지 아는 사람은 없다. 적어도 당시 우리 단원들은 모두 그랬다.

안다고 생각하지만 사실 다들 모르는 것. 우리 동아리는 매년 같은 화두를 던진다. 이 화두 아래 가을 축제와 대학연극제에 올릴 창작극을 만든다. 연습이 아닌 다음에야 셰익스피어든 베케트든 이근삼이든 절대 무대에 올리지 않는다는 전통은 우리의 자부심이자 빛바랜 알량함이기도 했다.

겨울나그네 발굴단. 작년 우리가 올린 작품명이다. 소재로 겨울나그네를 제안하고 극의 얼개를 만든 사람은 다름 아닌 나였다. 내가 쓴 극본으로 우리는, 사십 년 동아리 역사상 최초로 전국 대학연극제 본선에 진출했다. 수상에 이르지는 못했지만 '겨울나그네'는 우리 모두에게 특별한 단어가 되었다. 처음에는 주제와 같은 뜻으로 쓰이다가 멋지다는 동사를 흡수하더니 급기야 '겨울나그네 발굴단'은 우리 동아리의 비공식 별칭처럼 되었다.

까톡. 수업의 막바지였다. 나는 교수의 눈치를 살피며 메시지를 확인했다.

– 역시 제비는 한 마리로 하면 안 될까요?

연이었다. 연은 흥부가 치료한 제비와 놀부가 치료한 제비가 같은 제비였으면 좋겠다고 했다. 이에 진우는 두 번이나 다리가 부러진 제비는 너무 가엾다며 반대 의견을 냈다. 나는 관객들에게 제비는 제비로 보일 뿐이니 크게 관계없지 않겠느냐고 했다. 나름의 중재안이었다. 연은 더 주장하지 않았었다.

– 지난번 선배 하신 말씀을 생각해 봤는데요

– 인간의 눈에 제비가 다 같은 제비로 보인다면 제비의 눈에도 인간은 다 같은 인간으로 보여야 맞잖아요.

– 그런데 똑같아 보이는 인간에게 은혜를 갚거나 복수를 하는 전개는 인간 중심이고 이상해요.

– 그러니까 제비는 한 마리가 맞는다고 생각합니다.

연은 동방에 혼자 있다고 했다. 나도 이후부터는 쭉 공강이었다. 갑자기 의견을 쏟아내는 연이 어색했지만 취업과 상관없는 동아리에서 적극적으로 의견을 내는 사람은 귀했다. 나는 전국대학생연극제에 다시 가고 싶었다. 그러니까 내가 단장인 상태로, 내가 주도적으로 쓴 극본과 주도적으로 연출한 무대를 가지고. 그렇게 선배에게 자랑스레 내 일 년을 내보이고 싶었다. 갈 곳 없는 마음을 몇 년씩 품은 나에게 그런 식으로 상을 주고 싶었는지도 모르겠다.

문을 열자 연의 왼쪽 옆얼굴이 보였다. 어디 부딪히기라도 했는지 드래곤의 허리께에 뽀로로 밴드가 붙어 있었다. 의자를 하나 끌어다 동아리방 창틀에 기대어 멀거니 밖을 내다보던 중이었다. 옥상의 난간을 가리키며 가끔 저기에 구름 그림자가 걸린다고 말했다. 기역 자 형태인 학생회관 구조 덕에 동아리방에서는 간신히 보이는 A4 용지만 한 하늘이었다. 내게는 연의 말하는 구름의 그림자가 보이지 않았다. 나는 열심히 들여다보는 시늉을 하다 그렇구나, 하고 돌아섰다. 도대체 그림자가 어디 있느냐고 물어볼 수가 없었다. 안 보여요? 연이 실망감을 안고 되물어볼까 봐, 부끄러울 일이 아닌데도 부끄러웠다.

"같은 사람도 같은 상황에 다른 반응을 할 때가 있잖아요."

"예를 들면?"

"어제는 김밥을 먹고 싶었는데 오늘은 라면이 먹고 싶을 때도 있고, 어제는 빨강이 좋았는데 오늘은 파란 옷을 입고 싶다거나."

"현실과 다르게 극에서 캐릭터를 표현하려면 어느 정도는 한정이 필요해. 오픈런 연극처럼 마냥 열어둘 수는 없어. 성격이 변한다면 타당한 서사라든지 관객이 공감할 만한 이유라도 붙여줘야지."

"네. 그러니까 제비는 한 마리였으면 좋겠어요."

"연이 넌 같은 제비가 기분에 따라서 홍부 놀부에게 다른 반응을 보여주는 이야기를 쓰고 싶은 거야?"

"그냥 저는 제비가 인간에게 휘둘리는 게 싫어요. 제비가 뭐 하러 인간의 권선징악에 개입하겠어요."

연의 대화법은 다소 따라가기 어려웠다. 거기다 내가 벅차하고 있다는 사실을 연이 눈치챌까 신경 쓰였다. 갑자기 엉뚱한 질문이 나갔다.

"너, 글 안 써봤지?"

"티 나요?"

표정에는 변화가 없었다. 그러나 예의 반 박자 늦은 대답이었다. 뺨 위의 드래곤과 그 위의 뽀로로가 미세하게 움찔거렸다. 너 눈 진짜 크다. 다시 맥락 없는 말을 던지니 드래곤이 조금 더 크게 꿈틀거렸다.

"왜 성후는 너한테 극을 써야 한다고 했을까?"

"깡과 사연이 충분하다고 하던데."

"깡? 사연?"

"저도 몰라요. 아마."

"아마?"

"그림을 그렸었거든요. 그만뒀지만. 그 이야기를 듣고 가 ㅂ자기 연극 하자고 저한테 그랬는데."

"왜 그만뒀는데?"

"아빠가 화랑을 했었어요."

"근데 왜?"

"열 받잖아요."

"뭐가."

"아빠 영향으로 미술 하냐고 묻거나 넌 앞으로 탄탄대로겠다, 이러거나."

과연 성후가 말한 '깡'이 무엇인지 알 법했다. 하지만 둘이 함께 들었던 수업은 미학개론이라고 했었다.

"미학개론 수업 괜찮아?"

"학점 잘 준다고 그래서 들었는데. 그냥 잘 맞으면 좋에요. 조별 과제는 좀 귀찮았고."

"미학은 철학과가 들으면 반칙 아냐?"

"이학년부터는 패널티 있어요. 일학년은 뭐 전공도 별로 안 들으니까."

연이와 사적인 대화를 나누기는 처음이었다. 나는 자판기처럼 질문하면 곧장 튀어나오는 대답에 어쩐지 의기양양해졌다. 문득 아직 연과 단 둘이 밥을 먹은 적은 없다는 것에 생각이 닿았다.

"밥은 먹었어?"

"점심요? 아뇨?"

"배 안 고파?"

"별로 안 땡겨서요."

"저녁은?"

"일찍 들어 가야 돼서요."

오후 네 시였다. 진우가 동방으로 들어왔고 연은 바통을 터치하듯 짐을 싸서 일어섰다. 그날 나는 저녁 먹으러 가자는 진우를 두고 집에 일찍 돌아왔다.

봄치고 더운 날씨가 이어졌다. 학생회관 에어컨은 중앙 통제식이었다. 항의해도 오월 동안에는 에어컨 가동 예정이 없다는 답만 돌아왔다. 강풍으로 돌려도 선풍이가 달아올라 식을 줄을 몰랐다.

봄이면 신입생 선발이며 훈련으로 정신이 없었다. 일주일에 한 번 정기 연습이 있는 날이었다. 단원들이 좁아터진 동아리방에 우르르 모여 있었다. 몇몇은 손선풍기를 들고 나머지는 부채를 부치느라 난리였다. 진우가 물에 적신 수건을 선풍기 뒤쪽 모터에 걸쳐 두었다.

"이렇게 두면 원리상 시원한 바람이 돌아야 하는데."

"오오, 공대생이시여."

성후가 선풍기에 얼굴을 들이밀었다. 별 차이 없다는 말에 진우가 어딘가에 전화를 걸었다.

"단장, 본관 강당에는 에어컨 틀어 준다는데요. 미리 들어가게 해준대요."

"차별 쩌네. 학비는 누가 내는데 이래도 돼?"

소파에 반쯤 몸을 누인 성후가 불평했다.

발성 연습은 지금껏 학교 운동장이나 캠퍼스 빈 공터에서 했지만 그날은 강당 사용 예약을 해둔 터였다. 무대 위에서 실전처럼 연습하자는 의견이 빛을 발한 셈이었다.

성후가 강당으로 떠나자 연이 같은 자리에 늘어졌다. 나는 회전하던 선풍기를 연에게 고정했다. 가입 당시부터 연은 연기는 하지 않겠다고 못을 박아둔 상태였다. 소품 제작이든 뭐든 할테니 무대에는 세우지 말아달라고 했다. 극을 써야 하는 아이라는 성후의 말도 있어서 단원 모두 올해 극은 나와 연이 쓴다고 알고 있었다. 하지만 아무리 시원하더라도 연습하는 옆에서 글을 쓸 수는 없는 노릇이었다.

"저런 게 유행인가 봐요."

연을 데리고 학교 밖 스타벅스에 왔다. 한참 진지하게 질문과 해설을 주고받던 옆자리의 두 사람이 일어나자 연이 말했다. 둘 사이에 심리검사지로 보이는 종이가 놓여 있었다.

"선배도 고등학교 때 저런 거 학교에서 하셨어요?"

"다 하지 않아?"

"그렇구나. MBTI도 해보시고요?"

"인터넷에 있잖아."

연이 얼음만 남은 유리잔을 빙글빙글 돌렸다. 무언가 마음에 들지 않는 모양이었다.

"별로 답이 될 것 같지는 않아요. 전 뭘 해도 시큰둥하니까 그럴 수도 있는데."

"점이랑 똑같지 않아? 참고할 건 참고하고 버릴 건 버리고. 자기를 알고 싶으니까 다들 그러는 거지."

"유형화 하지 않으면 이해를 못 한다는 식이, 이상하잖아요. 그리고 어차피 사람은 자기 자신을 평생 못 보는데요. 거울로 보는 것도 좌우반전이고. 거울조차도 볼록거울인지 오목거울인지 아니 아무리 잘 만들어도 상을 왜곡할걸요?"

"그래서 철학과에 갔어?"

"철학이야말로 완전 찌질하잖아요. 철학자들은 지가 관찰당한다는 생각도 못하면서 타자화가 뭐 어떻고."

"그럼 왜 철학을 전공하게 됐는데?"

어렸을 때라서. 그리고 연은 또 반 박자 쉬었다.

"비트겐슈타인이 겨울나그네 해서요."

"어떤 점이?"

"이름요."

"이름? 철학은?"

"아직 안 읽어 봤는데요."

자각자각 연이 얼음을 씹었다. 성후가 말했다던 '사연'이라는 단어를 생각해 보았다. 그때 연을 두고 내가 상상할 수 있던 서사란, 딸바보 아빠와 독립심과 주체성이 강한 딸 두 사람의 성장기가 전부였다. 화랑을 운영하는 지적이고 예술적인 아버지, 아버지를 사랑하면서도 반항심에 문신을 새긴 딸. 사연이라는 단어는 어쩐지 처량함을 지니고 있어서 부녀의 이야기에는 섞여들 틈이 없어 보였다.

나는 왜 성후가 사연이라는 말을 꺼냈는지 문득 궁금해졌다. 내가 보기에 사연이라는 말은 내가 아는 누구보다 성후에게 어울리는 단어였기 때문이다. 다만, 매력적으로 보이는 사연은 아니었다.

다시 만난 후 나는 성후에게 초등학교 때 이야기를 꺼낸 적이 없었다. 내가 알던 것은 지금의 '이성후'가 아니라 '윤성후'였기 때문이다. 초등학생 윤성후는 학교의 왕자님이었다. 조용한 성격에 운동도 공부도 썩 잘했다. 대학생 이성후는 며칠씩 지저분하게 수염을 기르고 단벌 신사처럼 한두 벌의 옷만 돌려 입고 담배와 커피가 뒤섞여 발효한 냄새를 풍기며 종일 동아리방 소파에서 무슨 무슨 예술론이라는 제목이 붙은 책을 베고 누워 있었다. 성후가 말끝마다 욕설을 붙이면 선후배 눈치가 보일 정도였다. 술이 들어가면 허공에 물건을 휘두르기도 했다. 문제는 그러한 생활방식을 진심으로 예술적이라고 생각하는 듯한 성후의 태도였다. 연을 데려온 이유도 그런 예술적인 허세처럼 보이기만 했다. 성후는 더구나 단장이 나로 바뀐 후에 더욱 안하무인으로 진화하기까지 했다.

한 마디로 나는 연이 성후와 만나는 이유를 알 수 없었다.

거슬리는 행동이 눈에 띌 때마다 나는 엄마에게 대학에서 성후와 만났다고 이야기하고 싶어졌다. 엄마는 성후를 못마땅하게 여겼나. 정확히는 성후네 엄마가 못마땅한 듯 보였다. 당연히 초등학교 시절의 일이다.

"걔네 아빠가 몇 년이나 입원해 있다더라. 엄마가 식당일을 한다던데."

나와 성후는 같은 반이 된 적이 없었다. 그러나 크지 않은 학교에서 공부 좀 한다는 아이들은 알음알음 서로를 알고 있기 마련이었다. 우리 둘은 육학년 봄 교육청장배 전국수학경시대회에 학교 대표로 출전하게 되었다. 월수금 학교에 남아 특별지도를 받게 되면서 우리는 처음으로 정식 인사를 나누었다.

"특별지도까지 해주시는데 성의 표시라도 해야 하지 않겠느냐니까 요즘에도 그런 걸 하느냐고 펄쩍 뛰더라. 무슨 애엄마가 교육에 관심이 없어. 외동아들이라면서."

지역 예선을 거쳐 결선에 진출했지만 나도 성후도 최종 수상하지 못했다. 대회가 끝난 뒤 우리는 어정쩡한 사이가 되었다. 인사를 할까 말까 고민하는 기류 속에 시간이 흐르고 여름방학이 오면서 우리 사이 접점은 완전히 사라졌다.

졸업 후 나는 성후를 떠올리지 않았었다. 다른 여자애들처럼 성후를 좋아하지도 않았다. 떠올리더라도 조금 불쌍한 애 정도로 기억하고 말 일이었다.

다시 만난 후에도 나는 성후가 궁금하지 않았다. 내 관심이 오롯이 선배에게 쏠려 있어서인지도 모르겠다. 글쓰기는 가망 없는 짝사랑이 주는 유일한 보상이었다. 극을 쓴다는 핑계로 선배와 함께 시간을 보낼 수 있었고 선배로부터 칭찬을 받을 수도 있었다. 선배를 자양분으로 내 안의 가치관도 자라났다. 그 안에서 성후가 풍기는 인상은 뻔하고 뻔해서 구질구질한 클리셰나 다름 없었다. 아버지의 죽음 이후 방황하는 소년. 그런 소년을 뒷바라지하기 위해 가난한 형편에서 애쓰는 홀어머니. 그런 어머니 앞에 나타난 아버지 아닌 낯선 남자. 어머니의 재혼을 받아들이지 못한 소년이 자신의 옹졸함을 예술에 쏟아 붓는다……. 단물이 빠지다 못해 신물이 올라오는 이야기였다.

반면 연이라는 존재는 숭배하고 싶을 만큼 참신했다. 가끔은 선배를 잊었다고 믿을 수 있을 만큼이었다.

금요일, 메시지를 보냈는데 월요일 오후가 되기까지 연이 읽지 않았다. 동아리방에도 들르지 않았다. 진우에게 물어도 연락이 닿지 않는다고만 했다. 성후에게 묻자 헛기침만 돌아왔다.

"연은?"

목소리를 높이자 모르겠는데요, 라는 석연찮은 대답이 돌아왔다.

"걔 오늘 학교 안 왔어?"

"저랑 겹치는 과목이 없는데요."

"너는,"

마음이 울컥 새어나오지 않도록 입을 다물었다. 진우가 아니었으면 끝내 한소리 했을지도 모르는 일이다.

"걔 가끔 잠수 타요. 그냥 전화기 꺼놓은 걸 수도 있으니까 걱정하지 마요, 누나."

있을 수 있는 일이었다. 휴대전화가 망가졌을 수도 있고, 일이 있어 꺼놓았을 수도 있다. 게다가 월요일은 연습이 없는 날이다. 미리 만나자고 약속한 바도 없다. 그저 주말에 쓴 내 대사를 연이 보아 주었으면 할 뿐이었다.

나는 담뱃갑과 라이터를 집어 들고 동아리방을 나서는 성후를 보면서 한숨을 쉬었다. 진우가 닫히는 문을 빤히 보고 있더니 목소리를 낮추었다.

"연이, 성후 형네 있을 걸요. 같이 사는지, 가출했는지는 저도 몰라요."

"뭐?"

"둘 사생활이니까 이건 모른 척해요. 근데 제가 드리고 싶은 얘긴."

진우가 눈을 내리깔았다.

"걔, 자해를 해요. 심각한 상황 같진 않은데 옷에 가려져 있는 부분은 어떨지."

언젠가 연의 뺨에 붙어 있던 뽀로로를 떠올렸다. 굳이 문신 위에 상처를 내는 사람이 있을까. 자해 상처가 가득한데 헐렁하게 옷을 입고 다닐 사람이 있을까. 그런데 연이라면 그럴 수도 있다는 생각이 들었다. 그 애라면 태연히 제 무릎을 쑤신 다음 상처를 들여다보며 오, 아프네 하고 감탄이나 하고 있어도 이상하지 않았다.

"성후 형 말은 연이네 아버지가 안 계신다나 봐요. 가출해도 집에서 찾지를 않는다고. 그런데 이 형 말을 믿을 수가 있어야지."

"왜?"

"욕보다 거짓말을 더 많이 하잖아요. 누나 몰랐어요?"

나로서는 처음 듣는 이야기였다. 이성후가 윤성후에서 한참 더 멀어졌다.

"근데 연이네 아버지가 화랑을 하신다던데?"

"그래요? 아, 그럼 돌아가신 게 맞을 걸요."

"응?"

"죽은 사람을 그리워하면서 그림 그린다는 취급 받는 게 제일 짜증난다고 그런 적이 있어요."

과연. 나는 고개를 끄덕였다. 그래서 성후는 연과 만나는 걸까. 아니면 그래서 연은 성후와 만나는 걸까. 둘은 서로를 사랑할까 아니면 서로에 대해 염증을 느끼고 있을까. 문득 두려움이 밀려왔다. 자해하는 제비라면, 홍부도 놀부도 아닌 구렁이를 사랑하게 되었을지도 모르는 일이었다.

연의 병실은 일인실이었다. 드라마나 영화에서만 보던 장소였다. 젊은 간병인 외에 가족들은 보이지 않았다. 그곳이 연을 마지막으로 보았던 장소다.

중요 참고인에 불과한 나에게 경찰은 자세한 내막을 말해주지 않았다. 무엇보다 성후와 연의 관계에 대한 나의 진술에 신빙성이 없다고 했다. 성후에 대한 사법처리는 나의 소관이 아니었지만 동아리 뒷수습은 나의 몫이었다. 그 핑계로 나는 병원까지 연을 찾아갔었다.

성후와 연이 함께 지낸다는 진우의 말을 듣고부터 사흘 뒤, 나는 기다리다 못해 홀로 성후의 옥탑방으로 찾아갔다. 진우가 나를 위해 성후를 동아리방에 붙들어 놓았다.

살짝 열린 문틈으로 연이 보였다. 내가 이름을 부르자 연이 태연한 목소리로 화분 아래 열쇠가 있다고 알려주었다. 성후의 방안에는 빨랫줄이 사방으로 엉켜 있었다. 연은 팔다리가 묶인 채 손가락만 내밀어 책을 읽고 있었다. 비트겐슈타인이었다.

"배고파요."

감금이라기엔 성후는 연을 마음대로 하게 두었다. 빨랫줄에 피부가 쓸릴까 두꺼운 옷을 입히고 에어컨을 돌릴 정도였다. 화장실에 가겠다고 하면 엉킨 줄을 일일이 풀어내고 다시 묶기를 반복했다. 귀찮아서 연은 며칠째 음식을 먹지 않았다고 했다. 성후가 입에 가져다 대어도 거부했다는 것이다. 그렇다고 어설픈 결박을 풀어내려고도 하지 않았다. 연은 그저 스마트폰을 뺏겨서 답답했다고 말했다.

"내일쯤 풀어 줄 생각으로 보였는데."

어떻게 아느냐는 나의 말에, 연은 성후를 지켜보았다고 했다. 부연이 필요한 대답이었지만 일단은 빨랫줄을 모조리 풀어내는 쪽이 시급했다.

나와 연은 그렇게 빨랫줄이 널린 방에서 짜장면을 시켜 먹었다. 연약해진 연의 위장이 복통을 일으키지 않았다면 서두르다 계단에서 넘어질 일도, 구급차에 실려갈 일도, 의료진이 범죄 가능성을 의심할 일도, 연의 가족에게 연락하게 될 일도, 성후가 입건될 일도 없었을 터였다.

"제가 감금이 아니라고 하는데 왜 다들 이렇게 일을 크게 벌일까요?"

'피해자'인 연은 몇 차례 처벌을 원하지 않는다는 취지의 탄원서를 제출했다.

"둘이 뭘 한 거야? 나도 학교의 진상위원회에 나가야 돼."

"실험이었어요. 못 알아들어서 경찰한테는 플레이라고도 했고."

연이 눈썹을 모았다가 힘을 풀었다. 왼쪽 볼과 목덜미까지 하얀 거즈가 덧대어 있었다. 드래곤을 완전히 덮는 크기였다.

"전에 카페에서 했던 이야기. 기억하세요?"

연은 성후를 거울로 삼기로 했다. 끊임없이 서로를 비추며 바닥까지 드러내 보이기로 했다.

"바닥까지 보아야 한다고 하잖아요. 거울의 바닥을 보고 나야 거울에 비치는 나를 제대로 이해할 수 있을 것 같았거든요. 그 사람이 볼록거울인지 오목거울인지 확인해볼 겸. 약간 인내심 테스트하고도 비슷한데……."

"너무 갔어. 세상에서는 그런 범주를 범죄라고 불러."

"네……. 그렇지만 저는 그런 식으로 유형화하는 게 싫어요. 우리 두 사람은 괜찮았다고요."

"학교에서 잘릴 지도 몰라. 언론 인터뷰 요청을 받은 사람도 있어."

"그냥 캐릭터 연구였다고 하면 연극부에 피해가 갈까요?"

단원은 반 토막이 되었다. 신입생의 경우 전원이 퇴단 신청을 했다. 학교가 굳이 압력을 가하지 않아도 공중분해 되기 직전이었다.

"성후하고는 연락 되니?"

"아뇨."

"그래서, 네가 누구인지는 알았어? 성후가 어떤 거울인지도?"

"그냥 둘 다 형편없었어요. 왜곡투성이이고, 뭐 하나 제대로 컨트롤 할 줄도 몰라서 겁만 많은 그런."

우그러진 라켓으로 탁구를 하면 어떻게 될까. 선수는 날아오는 경로를 예측하지 못한다. 공을 줍기에도 정신이 없을 게임에 열중하다 보면 누군가는 반드시 나가떨어질 것이 분명했다.

"하지만 의미 없지는 않았어요."

"아냐, 의미 없었어."

"단장, 잠깐만 그냥 들어 주시면 안 돼요?"

"너 답지 않게 왜 그래?"

연이 놀란 표정을 해서 나는 내가 얼마나 연을 쏘아붙이고 있었는지 깨달았다. 그리고 눈앞의 아이를, 내가 얼마나 크게 보고 있었는지도 깨달았다.

"문신은 지운 거야?"

"네."

아무 일도 아니라는 듯 즉답이 떨어졌다. 특별하게 보이는 일은 자신에게 아무것도 아니라는 듯, 또 드래곤 따위에 한눈을 파는 나 같은 사람이 하찮다는 듯 연은 평소와 같았다.

블라인드 틈새로 햇빛이 스며들어와 연의 얼굴 위로 줄무늬를 만들어내고 있었다. 환자복과 뺨에 붙은 거즈 덕에 더욱 하얗고 초연해 보이는 연. 나는 사실 연에게 할 말이 있었다. 일러바칠 일이 있었다. 윤성후라는 히든카드. 방과 후 특별지도를 마친 후에 이어지던 돌팔매를, 삑삑거리던 제비들의 울부짖음 소리를, 이윽고 제비들이 조용해진 후 성후의 뒷모습이 내뱉던 밭은 숨소리, 숨소리들을. 그러니까 그 애는 원래부터 못돼 처먹은 애였다고. 이럴 줄 알았다고. 그런 말들을 할 수 있었다면. 그런 말들을 할 수 있었더라도.

왜 사람은 상대로부터 반응을 기대할까. 내가 연을 특별히 여긴다고 해서 연 역시 나를 그렇게 대해야 하는 도의적인 의무조차 없는데도. 그래서 나는 뒤돌아 병실을 나왔다. 연은 나를 붙잡지 않았다.

*

화랑 비트겐슈타인 탐방은 순식간에 끝났다. 연이 그린 자화상을 도장 찍듯 확인하고 팸플릿을 챙겨 나온 게 다였다. 우리는 감상도 나누지 않은 채 근처 식당으로 향했다. 맥주 한 모금을 축이고서야 진우가 입을 열었다.

"나 사실 연이를 질투했는데. 누나 알죠."

"그럼 나는 성후를 질투했나? 성후는……."

"누나를 질투했겠죠. 아 뭐야. 나는 누가 질투 안 해주나?"

"질투 받아서 뭐 하게? 같은 말을 반복하면서 제자리를 맴도는 기분이구만."

진우가 순식간에 잔을 비웠다. 그리고 돌돌 말아 주머니에 넣었던 팸플릿을 꺼내더니 무언가를 적었다.

"누나, 문과에서도 이건 배우죠? 기억 나요?"

'F=ma'라는 수식이었다.

"힘하고 질량하고, 가속도였나?"

"맞아요. 뉴턴 시대에도 다들 힘이 뭔지 질량하고 가속도가 뭔지 다 알았겠죠? 그런데 뉴턴이 힘은 질량 곱하기 가속도라고 알아낸 순간 의미가 새로 생긴 거예요. 등식은 동어반복이지만, 같은 의미를 지닌 동의어를 찾아낼수록 새로운 가치가 또 생긴다고요."

"진우야 너는."

내가 말하다 말고 푸스스 웃자 진우가 눈을 크게 떴다.

"아무래도 종교계가 적성에 맞을 것 같아."

진우가 으아아, 소리를 냈다. 그리고 되물었다. 누나는요?

"걱정 마. 남의 뒤치다꺼리가 적성에 맞을 줄 누가 알았겠냐고. 영문과 전공도 잘 살렸고, 나는 진짜 잘 지내고 있으니까."

"나는 누나가 다른 사람 눈치 보는 모습이 싫었는데. 기원 선배나."

"질투는 안 했어? 다 알고 있었지?"

"기원이 형한테는, 누나가 손을 안 뻗을 게 너무 빤하게 보여서…… 그런데 걔한테는…….”

나는 진우에게 뒤처리를 맡기지도 않고 동아리를 뛰쳐나왔다. 얼떨결에 단장이 된 진우가 죽어가던 연극부를 되살려 놓았다. 다만 겨울나그네, 라는 말을 더이상 특별하게 사용하지 않는 새로운 단체였다. 수사 종결 후 성후는 학교를 그만두었다. 성후가 유일하게 자신의 소식을 알려온 사람도 진우였다. 그는 거제도에서 일하고 있다고 했다.

나는 진우가 적은 수식을 한참 들여다 보았다. 다시 쓰면 또 새로운 가치가 생길까. 수식 아래로 연의 그림이 실려 있었다. 거울에 비쳐 좌우가 반전된 연의 자화상 제목은 '정물(object)'였다.

우리는 연도 성후도 없는 인사동 한복판에서 악수를 나누었다. 진우는 박사 취득을 위해 미국으로 떠날 예정이었다.

"우리는 겨울나그네 발굴단이었는데."

"우리 둘이 마지막이네요."

"네가 떠나니, 오늘이 해산식인가."

"방랑자로 나 왔으니 방랑자로 돌아가네……."

함께 노래하며 우리는 마주 웃었다. 「잘 자요」. 언젠가 성후가 눈 속에서 흥얼거렸던 슈베르트의 노래였다. 그날 중력을 거스르며 솟아오르던 눈송이가 떠올랐다. 그토록 아름다운 광경이었는데도 당시에는 아무런 감흥이 들지 않았었다.

진우의 뒷모습이 멀어질수록 어쩌면 한때 한뜻이었던 우리의 겨울나그네는 영영 같은 뜻으로 겹쳐질 수 없음을 알았다. 그래서 이제 진우와도 다시는 만날 수 없다고, 나는 기쁜 마음으로 생각했다.

*작중 제비에 관한 설명은 https://terms.naver.com/entry.nhn?docId=1141185&cid=40942&categoryId=32607에서 가져왔음을 밝힙니다.

## 윤치규 | 친애하는 나의

2021년 서울신문 및 조선일보 신춘문예에 당선되며
작품 활동을 시작했다.

# 친애하는 나의

윤치규

영화가 끝나고 극장 안에 불이 켜졌다. 광림은 이등석 맨 뒷줄 출입문 가장 가까운 자리에 앉아 있었다. 등받이를 뛰어넘으면 곧바로 출입문이었다. 그 문 바깥으로 관객이 빠져나갔다. 소란했던 복도가 조용해지자 청소부가 들어왔다. 광림은 잠든 척 눈을 감았다. 청소부는 광림을 내버려둔 채 좌석을 정리했다. 초회 때부터 같은 자리에 앉아 있는데 아무것도 묻지 않았다. 조선인이라는 걸 눈치챈 걸까? 그게 아니라면 성진이 말했던 그들 중 한 명일 수도 있었다. 그런 의심이 들자 갈증이 났다. 마른 침을 긁어 삼키며 다음 상영이 시작되기를 기다렸다. 잠시 후 다시 눈을 떴을 때 청소부는 사라졌고 객석에는 아무도 남아 있지 않았다.

광림은 텅 빈 무대를 내려다봤다. 천장에 매달린 영사막이 무대 위에서 흔들리고 있었다. 그 흰 막을 보고 있으니 군마에서 지낼 때가 떠올랐다. 새벽 늦게까지 쓰던 편지를 반상 위에 덮어놓고 바닥에 누우면 흰 미닫이창이 코앞으로 다가왔다. 그 쪽방에서 광림은 눈을 뜬 채로 밤을 지새웠다. 조선으로 돌아온 지 여섯 해나 지났지만, 여전히 호루라기 소리에 심장이 뛰고 골목까지 따라붙는 발걸음에 무릎이 떨렸다. 누군가 다짜고짜 벽으로 몰아 고향을 묻거나 '쥬고엔 고쥬센'을 발음해보라고 시킬 것 같았다. 군마에서 두려웠던 건 턱 밑까지 겨눠진 죽창과 그보다도 더 날이 선 그들의 증오심이었다.

"결국은 조선인이라서 죽은 게 아닌가? 린코 동지는 이 말에 동의하는가?"

계간 잡지 『갈渴』의 정기 편집회의 때 성진이 물었다. 편집회의는 린코의 집 별채 이층 구석 다다미방에서 열렸다. 가을호에 실을 기사를 정하는 자리였다. 일곱 명의 편집위원이 모두 참석한 가운데 격론이 벌어졌다. 희락관에서 일본인이 조선인을 살해한 사건 때문이었다. 범인은 조선인 잡부가 감히 화장실에서 손을 씻었다는 이유로 칼을 휘둘렀다. 경찰은 죄가 무겁다는 것을 인정하면서도 그가 러일 전쟁에 참전한 전공자임을 강조했다. 마치 사건을 씻을 수 없는 전흔으로 심신이 미약해진 탓에 벌어진 비극처럼 꾸며댔다.

"분통이 터지는군. 이건 누가 봐도 명백한 혐오 살인이야. 이참에 민족의 분노를 일본에 확실히 보여주지 않으면 이런 일은 또 반복될 거네."

"그렇다고 해도 폭력에 폭력으로 대응하는 것은 옳지 못합니다."

성진의 말에 린코가 고개를 저었다. 단호한 어조였지만 선천적으로 가냘픈 음색 때문에 무게감이 느껴지지 않았다. 게다가 일본어를 써서 더욱 어감이 살지 않았다. 린코는 조선어를 어느 정도 할 수 있지만 서툰 발음으로 말하는 게 싫어 일본어를 고집했다. 성진도 일본어가 유창하지만 린코에게 일부러 조선어로 물었다. 그렇게 두 사람은 서로 다른 언어로 묻고 답하며 열띤 대화를 이어나갔다.

"폭력과 구호에 기대고, 반대자를 괴롭히는 방식으로는 대의를 잃기 쉽습니다."

"달콤한 말이군. 린코 동지의 사상은 고귀하지만, 아무런 전망이 없네. 오히려 민족에게서 투쟁심만 빼앗고 있지."

린코뿐만 아니라 다른 편집위원도 모두 들으라는 듯 성진이 언성을 높였다. 하지만 린코도 물러서지 않았다. 연수정 안경을 고쳐 쓰며 새된 목소리로 호소했다.

“저도 이번 사건이 매우 가슴 아픕니다. 죽은 피해자에게도 일본인으로서 가책을 느낍니다. 하지만 그걸 바로잡는 방식이 살인자와 똑같아서는 안 됩니다. 최근 벌어지고 있는 남촌의 일본인 습격과 방화 같은 일은 결코 정당화될 수 없습니다.”

희락관 사건 이후로 보통경찰을 규탄하는 사람이 늘어났다. 일부 대학교는 동맹 휴학에 들어갔고, 오랜만에 경찰서 앞에서 만세 시위를 벌이는 단체도 있었다. 하지만 린코가 염려하는 것은 그들이 아니었다. 그런 분노에 편승해 무고한 일본인을 죽이고 가게를 불태우는 자들이었다.

광림은 린코의 말에 고개를 끄덕였다. 독립운동가가 살인을 저질러도 존경받을 수 있는 건 그 대상이 제국주의에 일조하는 인물이기 때문이었다. 애먼 일본인을 척살하고 집에 불을 지르는 건 독립과 아무런 관계가 없었다. 그건 그들에게 빌미를 제공할 뿐이었다. 이번 일로 인해 경찰은 불령선인을 색출한다는 명목으로 그동안 불온하다고 여겼던 단체를 모조리 잡아들였다. 내선융화를 앞세운 우가키가 총독으로 부임한 이후에는 좀처럼 볼 수 없었던 조치였다.

“그따위 소리를 하니까 『갈渴』이 안온한 엘리트주의에 빠져 있다는 비판을 듣는 거네. 삭막한 시대에 자네들은 어찌 이렇게 태평스러운가?”

그날따라 성진은 린코에게 적대감을 숨기지 않았다. 『갈渴』이 시대착오적인 잡지가 된 이유는 바로 타도해야 할 당사자인 일본인이 편집위원으로 앉아 있기 때문이라고 했다. 그러면서 린코에게 진정으로 조선을 돕고 싶다면 후원자로만 남고 편집에서는 빠지라고 요구했다. 광림은 지나친 언사라고 생각했지만 반박할 수 없었다. 성진을 편집위원으로 추천한 게 바로 자신이기 때문이었다. 『갈渴』이 지나치게 온건하다는 비판을 피하기 위해서는 성진 같은 사람이 필요했다. 성진은 민족주의 소학교에서 수신을 가르치고 있었고 과거에는 만주에서 유격대로 복무한 적도 있었다. 편집위원 중에 유일하게 항일전을 경험했고, 독립을 위해 목숨까지도 걸어본 인물이었다.

"린코 동지가 『갈渴』을 만든 이유가 삼일 혁명의 정신을 계승하기 위해서라고 들었네. 실로 그렇다면 감동적인 계기이지. 근데 왜 하필이면 실패한 삼일인가?"

"성공과 실패를 따질 이유 없이 의미 있는 행진이었습니다. 투쟁하면서도 충실하게 진리를 따랐습니다. 특히 생명에 대한 폭력 없이 정의로운 힘을 보여주었습니다."

"그렇다면 어째서 대표는 재판받고 참여자는 장살당했나? 그런 방식으로 독립이 올 것 같은가? 적은 총칼로 위협하는데 위대한 정신이 대체 무슨 소용인가?"

"힘이 있어도 사상이 그르다면 그것 또한 무슨 소용입니까? 군마에서 삼일 소식을 들었을 때 저는 옳은 일을 용기 있게 해낸 조선인 모두가 자랑스러웠습니다."

광림이 처음 린코를 만난 건 군마에서였다. 지방의 지주였던 광림의 아버지는 동경에서 문학을 전공하던 그를 군마의 사범학교로 전학시켰다. 군마는 동경의 북쪽에 있는 소도시였다. 동경에서 아주 조금 떨어져 있었을 뿐인데도 풍경과 분위기가 완전히 달랐다. 험한 산세와 겨울이면 눈에 갇혀 버리는 특색 때문에 외부인에 대한 경계가 유난히 심했다. 동경에서도 조선인이라는 이유로 무시당한 것은 마찬가지였지만 군마에서 겪은 차별은 조금 달랐다. 동경에서는 조선인을 경멸해도 두려워하지는 않았다. 반면 군마에서는 조선인을 뿔이 두 개 달린 도깨비쯤 으로 여겼다. 전염병을 퍼뜨린다는 헛소문을 믿고 있을 정도였다. 그해 광림은 기숙사에 들어가지 못하고 돼지 축사가 옆에 붙어 있는 허름한 집에 하숙을 얻어 겨우 신학기를 맞이할 수 있었다.

그 무렵 학생 식당 벽면에는 '증오를 멈추자'라는 대자보가 자주 붙었다. 린코가 만든 학회 사티아그라하에서 쓴 것이었다. 조선인 유학생이 식당 어디든 앉을 수 있게 하자. 지정 용변기를 없애자. 대자보는 조선인을 위한 것이었지만 정작 조선인은 그 대자보를 일부러 피해 다녔다. 혹시라도 관련자로 오해받으면 괴롭힘당하는 건 둘째 치고 아예 퇴학당할지도 모를 일이었다. 반동분자를 잡아내기 위해 유인책을 쓰는 부서가 경시청에 따로 있다는 소문이 돌던 때였다. 그런 이유로 조선인 차별을 반대하는 시위인데도 조선인 유학생은 아무도 참가하지 않았다. 그건 광림도 마찬가지였다. 제국의 관료가 되기 위해 유학까지 온 그들 중에 그런 시위에 참여할 사람은 아무도 없었다.

린코는 한 달에 한 번씩 간디에게 편지를 썼다. 그건 '사티아그라하' 학회의 가장 중요한 과업이었다. 편지를 보내는 곳은 인도뿐만 아니라 영국과 미국, 일본 등 세계의 유명한 신문사였다. 간디의 주소를 알지 못했기 때문에 각 나라의 언어로 각국의 신문사에 보내는 것 외에는 방법이 없었다. 린코는 광림에게 조선어로 편지를 써달라고 부탁한 적이 있었다. 광림은 도대체 무슨 말을 쓰면 좋을지 알 수가 없었다. 새벽 늦게까지 흰 종이만 노려보다 날이 샜다. 도대체 닿지도 읽히지도 않을 편지에 무슨 말을 적을 수 있을까? 그리고 그런 게 어떤 의미가 있을 수 있을까? 며칠 밤을 고민으로 지새워도 도저히 적을 수 있는 말이 아무것도 없었다.

출입문이 열리고 관객이 다시 극장 안으로 들어왔다. 영사막에 화면이 켜지자 무대 옆으로 연미복을 입은 변사가 등장했다. 변사는 폭이 좁은 바지를 입고 한 손에는 부채를 들고 있었다. 가장 먼저 천황의 동정을 홍보하는 뉴스가 나왔다. 그 뒤에는 망망대해에 배 한 척이 나타났다. 욱일기를 매단 큰 배가 천천히 항구에 들어섰다. 부두에 모인 사람은 일제히 환호성을 질렀다. 변사는 고조된 목소리로 일본 항공이 후쿠오카부터 울산과 서울, 중국의 대련을 잇는 여객선을 개설했다고 말했다. 이는 동북아의 대동맥이 되었다며 찬사와 박수를 섞었다. 광림은 변사의 말을 가만히 듣다가 문득 뭔가가 잘못되었다는 걸 깨달았다. 초회 때부터 지금까지 똑같은 뉴스를 보고 있지만, 직전까지 저 배는 여객선이 아니라 군 수송함이었다. 하지만 그 사실을 알아챈 사람은 자신밖에 없는 것 같았다.

검은 화면 위에 '벙어리 삼룡'이라는 일본어 자막이 명조체로 떠올랐다. 영화가 처음 개봉됐을 때 성진은 『갈渴』의 문화비평 지면에 부정적인 평론을 썼다. 이 영화가 시대적으로 매우 유해하다며 세 가지를 근거 내세웠다. 첫째로 삼룡이 주인에게 두들겨 맞으면서도 반항 한번 하지 못한다는 점. 둘째로 주인을 위해 목숨을 바치는 게 당연시되는 점. 셋째로 봉건적인 신분제를 미화하며 거역이 부당하고 반항은 금물이라는 불온한 사상을 주입하고 있다는 점. 성진은 이렇게 반동적인 원작을 영화화하는 행위는 친일이 아닐지라도 적어도 친일을 흉내 내는 '흉일'은 된다고 주장했다.

"친일은 악하지만 흉일은 약해. 이런 시대에 약한 것은 악한 것보다 더 나쁘지."

편집회의 때 성진은 '간디에게 보내는 편지'를 폐지하고 대신 '흉일 명부'를 발표할 것을 제안했다. '간디에게 보내는 편지'는 잡지가 처음 시작할 때부터 이어져 오던 기획이었다. 전국의 어린이를 대상으로 간디에게 편지를 쓰게 하고 가장 잘 쓴 글을 소개하는 지면이었다. 광림은 찬성이 다섯 표나 나왔다는 것에 충격을 받았다. 다른 편집위원 모두 성진의 생각에 동의한다는 것이었다. 그동안 린코가 후원한 돈으로 잡지를 만들었으면서 속으로는 그를 부정하고 있었던 걸까?

편집회의가 끝나면 언제나 다 같이 본채 온돌방에 모여 저녁 식사를 했다. 린코가 한 달에 한 끼라도 음식을 대접하고 싶다는 뜻에서 준비한 만찬이었다. 저택은 본채와 별채가 기역자 모양으로 붙어 있었다. 린코는 본채와 별채 사이에 작은 정원을 가꾸었다. 정원 안에는 다양한 방향으로 가지를 뻗은 소나무가 여러 그루 심겨 있었고 한가운데에는 작은 연못이 있었다. 저녁이 되어 석등에 불이 켜지면 붉고 검은 반점의 잉어가 빛을 좇으며 물속을 이리저리 헤엄쳐 다녔다. 그날 린코는 식사 자리에 오지 않고 연못가에 앉아 있었다. 동그란 연수정 안경을 벗어놓고 군청색 기모노의 옷소매를 매만지며 깊은 생각에 잠겨 있었다. 광림은 그날 나무 의자에 앉아 있는 왜소하고 파리한 린코의 뒷모습이 오랫동안 마음에 남았다.

식사 준비는 린코의 시종이 맡았다. 요리는 전골과 삶은 돼지머리였다. 전골은 채소를 끓인 육수에 두부와 넓고 납작한 면을 넣어 삶은 것이었다. 군마에서 광림도 자주 해 먹던 옷키리코미였다. 성진은 맛있게 먹으면서도 일본간장으로만은 역시 간이 약하다며 시종에게 고춧가루를 가져오라고 시켰다. 청주를 마시고 시답잖은 농담이 오갔지만 린코가 없는 탓인지 분위기가 좀처럼 밝아지지 않았다. 성진은 돼지 귀를 한 젓가락 집어 입에 넣고 씹었다. 물렁뼈 마디가 끊어지는 소리가 밥상 위에 잠시 머물렀다. 분위기를 바꿔볼 참인지 성진이 청주를 한 잔씩 따르고 축배를 제의했다. 새로 신기로 한 '흉일 명부'의 성공을 기원하는 의미였다. 성진이 술잔을 들고 다시 한번 흉일에 대해 설명했다.

흉일이란 이런 자를 가리켰다. 독립운동가가 제 목숨을 바쳐 얻어낸 결과물을 한껏 취하면서 정작 그 행동이 너무 과격하다며 비난하는 자. 용기 있게 나서야 할 때 보신주의에 빠진 자. 독립의 당위성은 알아도 필요성은 못 느끼는 자. 식민지가 된 조국에서 하등의 불편함과 문제를 못 느끼는 자. 성진은 말을 마치고 광림을 바라봤다. 그리고 이렇게 뇌까렸다. 일본인 중에는 나쁘지 않은 사람도 있다고 주장하며 단결을 와해하는 자. 광림은 술잔을 부딪치지 않고 홀로 청주를 들이켰다.

"평화도 좋고, 진리도 좋네. 하지만 지금 조선인에게는 어떻게 죽는가에 대한 가르침이 필요해. 일본인은 대낮에 대도를 휘두르는데 조선인은 평화적으로 대응하라고? 그렇게 해야 국제 사회의 지지를 받을 수 있다고? 참으로 불공평한 논리가 아닐 수 없지. 내가 바라는 건 그저 일본이 조선에 한 짓을 거울에 비추듯 일본에 그대로 갚아주는 것이네. 더도 말고 덜도 말고 그들과 아주 똑같이 말이야."

성진의 말에 편집위원 모두가 고개를 끄덕였다. 광림은 대답 없이 청주를 한 잔 더 들이켰다. 다른 잡지가 출판법과 보안법 위반으로 폐간될 때에도 『갈渴』만큼은 살아남았다. 지독한 고등경찰이 인쇄소까지 따라와 내용을 검열하거나 불시에 심문할 때도 있었지만 원고를 빼기거나 누군가가 기소되는 일은 없었다. 그것은 사실 의문이었다. 어째서 이런 시대에 『갈渴』은 온전할 수 있었는지. 어쩌면 비폭력 불복종을 제창하는 잡지 따위는 체제 유지에 아무런 위협이 되지 않는 것인지도 몰랐다.

저녁 식사가 끝나고 집으로 돌아가는데 성진이 광림을 쫓아왔다. 술도 깨고 소화나 시킬 겸 왜성대까지 같이 걷지 않겠냐고 물었다. 대답을 듣기도 전에 성진은 앞장부터 섰다. 골목을 먼저 빠져나와 대로변까지 걷더니 광림을 돌아보고 남대문 방향으로 팔을 뻗었다. 그 뒤로 노면 전차가 지나갔다. 광림이 전차를 타겠냐고 물었으나 성진이 고개를 저었다. 전차를 타고 있으면 이곳이 식민지인지 제국의 칠대 도시인지 분간할 수가 없다고 했다. 그러면서 도롯가에 줄지어 들어선 서양식 건물과 왜식 상점에 대해 분탄했다. 어찌 식민지 조선이 이렇게 아름다울 수 있는가에 대해.

성진은 상점 거리를 지나면서 며칠 전에 겪은 일을 광림에게 들려주었다. 잡화점에 물건을 사러 갔는데 거기서 키우는 개가 갑자기 짖으며 달려들어 하마터면 물릴 뻔했다는 것이었다. 놀란 성진은 일본인 주인에게 개를 좀 잘 묶어놓으라고 핀잔을 주었다. 하지만 그 주인은 낄낄거리며 개가 친구를 보고 좋아서 반기는데 뭘 어떻게 하라는 거냐고 오히려 큰소리를 쳤다. 성진은 분을 삭이며 그게 아니고 자네 부친이 기력이 쇠해 두 발로도 못 걷고 저리 침을 흘리니 잘 좀 봉양하라는 뜻이라며 맞불을 놓았다. 그러자 일본인 주인은 흥분해 날뛰었고 나중에는 결국 경찰까지 출동하게 되었다.

"일본인은 숨 쉬듯 조선인을 비하하고 혐오하면서 자기네들에게는 한마디 말대꾸하는 것도 참지 못하더군."

성진은 겉으로 호탕하게 웃어 보였다. 하지만 광림은 따라 웃을 수 없었다. 그 일화는 씁쓸하고 비참한 현실이었다. 세상의 모든 일본인이 조선인을 차별한다고 말할 수는 없지만, 적어도 모든 조선인이 일본인으로부터 그런 멸시를 받아본 적이 있다는 것은 틀림없는 사실이었다.

"그런데 광림 동지. 더 재미있는 이야기는 바로 지금부터네. 동지는 내가 그 잡화점에 또 갔을 것 같나? 아니면 얼씬도 하지 않았을 것 같나?"

"그리 묻는 걸 보니 간 모양입니다."

"갔지. 나는 그가 아주 싫지 않네. 그는 모범적인 일본인이야. 우리 민족에게 독립에 대한 열망을 심어주고 있지 않은가? 앞으로도 그가 그런 일본인으로 쭉 남아주기를 바라네."

그렇게 말하고 성진은 잠시 걸음을 멈췄다. 그리고 웃음기가 사라진 얼굴로 광림에게 물었다.

"하지만 린코는 그렇지 않아. 자네는 린코를 어떻게 생각하나?"

광림은 자신도 모르게 그 눈길을 피했다.

"개인적으로야 나도 린코의 위대한 인류애를 높이 평가하네. 참으로 숭고한 사람이지. 하지만 그는 위험해. 진심이 어떻든 그는 우리에게 이롭지 않네."

두 사람은 조선은행 앞 광장에서 남쪽으로 방향을 틀었다. 목멱산을 바라보며 걷다 보니 길이 어느새 오르막으로 바뀌었다. 저녁 시간대인데도 왜성대 공원을 찾는 사람이 많았다. 주로 남촌에 사는 일본인들이었다. 자식을 목말 태우고 걷는 아비도 있었고 나들이에 나선 연인도 보였다. 평화롭게 노니는 사람들 사이로 짐꾼 한 명이 무거운 수레를 끌고 있었다. 수레 안에는 참외가 한가득 실려 있었다. 참외의 노란빛이 저녁노을과 뒤섞여 더 먹음직스러워 보였다. 짐꾼은 비쩍 마른 몸으로 힘겹게 수레를 끌었다. 길도 험한데 짓궂은 아이 몇몇이 그 주위를 빙글빙글 돌며 방해해 더욱 위태로워 보였다. 성진은 그 모습을 지켜보다 말없이 뒤로 다가가 수레를 밀어주었다.

처음에는 짐꾼이 성진에게 그만두라며 성을 냈다. 매일 오르는 길이라서 익숙하다는 것이었다. 아마도 그렇게 도와주고 나중에 딴소리할까봐 걱정하는 것 같았다. 성진은 운동 삼아 하는 일이라며 너스레를 떨었다. 얼마 지나지 않아 도성길에 다다르면서 경사는 더 심해졌고 성진은 소매를 걷어붙이고 땀을 흘려가며 수레를 밀었다. 그 모습을 보다 못해 광림도 힘을 보태기로 했다. 참외가 가득 실린 수레는 보통 무거운 게 아니었다. 보기에는 별

거 아닌 것 같았는데 막상 밀어보니 꿈쩍도 하지 않는 바위를 미는 것 같았다.

수레가 중턱을 거의 올랐을 때 짐꾼이 수레를 잠시 멈췄다. 단벌 양복이 이미 땀으로 다 젖어버린 후였다. 마침 냉차를 파는 곳이 있었다. 광림은 자신이 사겠다며 냉차나 한 사발씩 들이키자고 제안했다. 짐꾼은 광림에게 나으리나 시원한 냉차 한잔 드시고 가던 길을 마저 가라며 비웃듯 말했다. 광림은 그러지 말고 두 사람이 수레를 지키고 한 사람씩 번갈아 가며 냉차를 마시는 게 어떻겠냐고 한 번 더 물었다. 성진이 찬성하자 짐꾼은 불평하면서도 그 뜻을 따랐다. 광림이 먼저 가서 세 잔 값을 계산하고 냉차를 한 잔 들이켰다. 그리고 다음은 짐꾼 차례였다. 광림은 짐꾼의 자리로 들어가 수레의 손잡이를 붙잡았다. 하지만 짐꾼이 손을 놓자마자 수레가 뒤로 조금씩 밀리기 시작했다. 광림은 안간힘을 쓰며 버텨보려고 했다. 짐꾼이 냉차를 다 마시는 동안 만큼은 견뎌내야 했다. 하지만 수레는 무거웠고 경사는 가팔랐다. 광림은 고작 제자리에 잠시 머물러 있으려는 것뿐인데도 사력을 다해야 했다.

왜성대 공원에서 내려다보는 경성은 눈이 부실 정도로 아름다웠다. 광림과 성진은 짐꾼이 고맙다며 주고 간 참외를 쥐고 센긴마에히로바 광장의 야경을 감상했다. 밤하늘의 별빛이 땅에 내려앉은 듯 화려한 간판등이 눈부시게 빛났다. 거리에 흐르는 즐거운 음악 소리가 이곳까지 와닿는 것 같았다. 광림은 평소에 그곳에서 보는 풍경을 좋아했는데 어쩐지 그날따라 그 불빛을 아름답다고 느끼는 것만으로도 죄를 짓는 기분이 들었다. 고개를 조금만 돌려 남대문 바깥으로 시선을 옮기면 그곳에는 어둠만이 가득했다. 이따금 길 위에 주광등이 놓이기는 했지만, 그것만으로 짙게 깔린 어둠을 몰아내기에는 역부족이었다. 아마 짐꾼은 그곳에서부터 수레를 끌고 왔을 것이다.

"경술년에 태어난 아이가 올해로 열여덟 살이라는군."

성진이 손바닥에 묻은 흙을 털어내며 말했다. 광림은 고개를 끄덕였다.

지난 호 앙케트 조사에 의하면 요즘 아이들의 꿈은 제빵사나 전기기술자가 되는 것이었다. 조국의 독립이나 해방이라는 대답은 집계조차 할 수 없는 미미한 수준이었다. 존경하는 인물 순위에도 경성 거부들의 이름이 점차 상위권을 차지했다. 그런 세태의 배경은 식민지 체제하에서도 노력하면 성공할 수 있다는 선전 때문이었다. 조선인이라도 기술이 있으면 직업을 가질 수 있고, 조선인이라도 일본인의 비위를 거스르지 않으면 관직에 오를 수 있다. 일본인은 기회를 뺏지 않는다. 일본인은 노력하는 조선인에게 기회를 충분히 주고 있다.

"앞으로 그 세대가 자식을 낳으면 어떻게 될 것 같은가?"

"황국신민으로 거듭나겠죠."

"그렇네. 그런 날이 정말 얼마 남지 않았어."

공원의 인파와 자연스럽게 섞이며 분수와 능악당을 구경했다. 성진은 어린아이처럼 즐거운 듯 공원을 둘러보는 척했지만, 사실은 그동안 숨겨두었던 굉장한 속내를 털어놓고 있었다. 광림으로서는 짐작도 하지 못했던 이야기들이었다. 당황한 표정을 감추기 위해 억지로 미소를 지었지만 그게 마음처럼 잘되지 않았다. 성진의 말에 따르면 최근 연이어 벌어지고 있는 일본인 습격 및 방화사건의 배후에는 어떤 비밀 결사대가 있었다. 특정한 종파나 노선을 따르지 않는 단체였다. 민족주의도 사회주의도 거부했으며 그렇다고 무정부주의도 아니었다. 다만 확실한 것은 수많은 계통 중에서 가장 비타협적이며 과격한 인물이 모인 조직이라는 것이었다. 성진은 그들에 관해 설명하면서 진심으로 두려워하는 기색을 보였다.

"그들이 『갈渴』을 원하고 있어. 가을호가 발매되는 날 희락관을 폭파할 계획이라더군. 그리고 그 소행이 자신들의 짓임을 『갈渴』을 통해 알리고 싶어 하네."

"왜 하필이면 『갈渴』입니까?"

"우리가 부역자인지 아닌지 판단하겠다는 거지. 광림 동지에게는 미안하게 됐네. 일부는 내 탓이야. 하지만 이미 상황은 돌이킬 수가 없는 지경에 이르고 말았네."

얼마 전 옛 동지 한 명이 성진을 찾아왔다. 만주에서 유격대로 복무했을 때 함께 지냈던 전우였다. 그는 비밀 결사대에서 꽤 높은 직함을 갖고 있었다. 그는 소회를 풀기도 전에 『갈渴』의 가을호에 자신들의 성명을 발표해달라고 요구했다. 성진은 그 요구를 들어주지 않으면 어떤 결과가 이어질지 누구보다도 잘 알고 있었다. 성진을 찾아온 자는 만주에 있었을 때 부유한 조선인을 노리며 독립을 위한 군자금을 보태라고 강요했다. 물론 협조하지 않으면 자식이든 부인이든 거리낌없이 죽였다. 그는 일본에 동조하는 사람은 한인이든 일인이든 가리지 않았다. 만약 거절한다면 성진뿐만 아니라 『갈渴』의 모든 편집위원이 표적이 될 수 있었다.

"그들이 무슨 권리로 그런 요구를 합니까? 『갈渴』의 방향은 일곱 명의 편집위원이 결정해요. 잡지에 무엇을 쓸지는 우리가 정한다는 말입니다."

"이미 린코와 자네 빼고는 다 동의했네."

"그게 대체 무슨 소리죠?"

"이런 시국에 다들 이대로 있을 수만은 없는 걸세."

"극장을 폭파하고 무고한 일본인을 마구잡이로 죽이는 게 독립과 무슨 상관인가요? 그 잘나빠진 폭탄으로 천황이나 총독을 노리라고 하세요."

광림이 거칠게 말하자 성진이 목소리를 조금 낮추라고 했다. 하지만 광림은 그럴 수 없었다. 다른 사람의 시선도 잊은 채 열변을 토했다.

"그런 짓은 무의미해요. 독립에 해만 끼칩니다. 그런데도 그런 자들의 성명을 『갈渴』이 대신해줘야 한다는 건가요? 그리되면 『갈渴』이 폐간되는 건 자명합니다. 저희도 붙잡혀서 모진 심문을 받겠지요."

"책임 부분은 모두 내가 떠안겠네. 자네를 비롯한 다른 편집위원은 내게 협박을 당한 것뿐이야. 이번 일이 끝나면 내가 모든 혐의를 지고 만주로 떠나겠네."

광림은 아무리 생각해도 성진이 그렇게까지 하는 이유를 이해할 수 없었다. 이건 아무런 대의도 명분도 없는 일이었다. 희락관을 폭파한다고 해도 민간인이 희생될 뿐이었다. 한순간의 분풀이는 될 수 있어도 오히려 그런 행동은 오히려 국제 사회의 비난을 받아 일제의 통치를 정당화할 수도 있었다. 하지만 성진은 이미 국제 사회가 전부 일본 편인데 그런 걸 신경 쓸 필요가 뭐가 있냐며 비꼬았다.

"이건 독립운동이 아니라 그냥 일본인에 대한 증오와 혐오일 뿐이에요."

"그들의 행동이 과격하다는 건 인정하지만, 그렇다고 진심마저 왜곡하지는 말게나. 방법이 옳든 그르든 독립을 위한 마음은 다 같지 않겠나?"

"아무리 그래도 그런 자들에게 『갈渴』을 내줄 수는 없습니다."

성진은 그 말을 듣고 잠시 팔짱을 꼈다. 한참 아무 말도 없이 광림의 얼굴을 지긋이 바라봤다. 광림은 성진의 눈빛이 점점 차가워지는 걸 느꼈다.

"동지는 일본인에게는 그리 관대하면서 민족에게는 전혀 연민을 갖지 못하는군. 만주에서 일본인이 조선인을 학살할 때 군인과 민간인을 가렸을 것 같나?"

광림은 대답하지 못했다. 성진의 낯빛에 만주에서 마주쳤던 광경이 스쳐지나는 것 같았다. 광림은 그곳에서 성진이 어떤 일을 겪었는지 짐작할 수 있었다. 그건 자신이 마주했던 지옥과도 비슷했을 것이다.

"조선인이 일본인을 혐오하면 고작 극장에 불을 지르는 것에 그치지만 일본인이 조선인을 혐오하면 몇만 명이 살해당하네. 관동에서 학살당한 민족의 수가 몇인지 알고 있나? 그때 군마에 있었다면서. 자네는 그곳에서 뭘 했나? 어떻게 살아남았지?"

광림은 천장이 무너지고 바닥이 갈라졌던 군마의 하숙집에 다시 돌아온 기분이 들었다. 땅이 울리고 바닥이 갈라져 마당을 내다보니 처마 밑으로 기와가 흘러내렸다. 바깥으로 몸을 피해도 가로수가 고꾸라졌다. 담장이 무너지고 지붕도 날아갔다. 도로에 심어진 전주가 엿가락처럼 휘었고 전선은 끊어져 미역 줄기처럼 널려 있었다. 울타리가 부서져 축사에서 기르는 돼지가 모두 도망쳤다. 사람들도 다들 어딘가로 도망치고 있었다. 광림 또한 본능적으로 그 뒤를 따라 무작정 달렸다.

대지진 이후 군마는 완전히 변해버렸다. 조선인이 우물에 독을 푼다는 낭설이 퍼지면서 계엄령이 내려졌다. 조선인은 대피소에 머물 수도 없었다. 전부 산으로 계곡으로 숨어 짐승처럼 지내야 했다. 자경단이 결성되었고 조선인을 사냥하기 위해 목마다 검문소를 세웠다. 광림이 목숨을 건질 수 있었던 건 시체에서 일본인의 옷을 훔쳐 입고 일본인 행세를 했기 때문이 아니었다. 린코가 자신을 숨겨주었기 때문이었다. 린코는 방과 방 사이에 미닫이문을 하나 더 덧대어 비밀 공간을 마련해주었다. 광림은 그 쪽방에서 종일 아무 소리도 내지 않고 누워 있어야 했다. 바깥에서 조선인을 박멸하라는 구호가 들려도, 익숙한 목소리가 비명을 질러도. 그 좁은 쪽방 안에서 눈물조차 흘리지 않았다. 혹시라도 우는 게 조선인 같을까봐. 그 소리를 듣고 누군가 자신을 찾아낼까봐.

쪽방에서 숨어 지내는 동안 린코는 광림에게 '간디에게 보낼 편지'를 적어달라고 부탁했다. 조선의 신문사에 보낼 편지를 조선어로 적어달라는 것이었다. 반상 위에 편지지를 올려놓고 날이 새도록 고민해도 광림은 아무것도 쓸 수 없었다. 그렇게 몇 번을 쓰고 지우고를 반복하며 이게 얼마나 쓸모없는 짓인지 한탄하며 울었다. 그런데도 자신이 할 수 있는 유일한 일이라는 게 이 무용한 편지 쓰기 말고는 없었다. 그래서 광림은 펜을 쥐고 편지를 써내려갔다. 이 편지가 누군가에게라도 닿기를 바라며.

극장에 다시 불이 켜지고 영화를 다 본 관객이 하나둘씩 일어섰다. 청소부는 출입문 앞에서 그들이 밖으로 빠져나가는 걸 도왔다. 광림은 이번에도 눈을 감고 제자리에 그대로 앉아 있었다. 관객이 다 빠져나갈 즈음 기척이 느껴져 실눈을 떴는데 반대쪽 좌석에 어떤 남자가 아직 자리에 앉아 있었다. 그는 중절모를 깊이 눌러쓰고 남색 양복을 입고 있었다. 좌석 밑에 사각형의 서류 가방을 내려놓고 코를 새근거리며 잠들어 있었다. 허리를 등받이에 깊숙이 기대고 고개가 위아래로 흔들리는 게 정말 잠이 든 사람처럼 보였다. 하지만 서류 가방은 안에 무언가가 들어 있는지 볼록하게 배가 나와 있었다.

"영화가 끝났습니다. 그만 일어나주십시오."

좌석을 정리하던 청소부가 남자 곁으로 다가가 서툰 일본어로 말했다. 그래도 깨어나지 않자 조심스럽게 어깨를 붙잡고 흔들었다. 졸고 있던 남자는 화들짝 놀라서 일어났다. 몽롱한 눈으로 주변을 둘러보고는 청소부에게 무슨 일이냐고 물었다. 청소부는 공손하다 못해 비굴해 보이기까지 하는 미소를 지으며 영화가 끝났다고 어렵게 말을 꺼냈다. 그러자 그는 조선인 주제에 무례하다며 손을 뿌리치고 옷에 묻은 먼지를 털어냈다. 그러면서도 아무도 남아 있지 않은 걸 확인하고 서둘러 자리를 떠났다. 광림은 그때까지도 줄곧 그 남자가 제자리에 놓고 간 서류 가방을 지켜보고 있었다.

"그 남자는 돌아갔습니까?"

남자를 문밖까지 배웅하고 돌아온 청소부에게 광림이 조선어로 물었다. 청소부는 소스라치며 놀랐다. 조선인이었느냐고 되묻는데 화가 난 말투였다. 그렇다고 고개를 끄덕이자 다급하게 주변을 살폈다. 혹시라도 남아 있는 사람이 있는지 몇 번이나 확인하고 나서야 가슴을 쓸어내렸다. 그는 광림에게 제정신이냐고 다그쳤다. 도대체 조선인이 왜 일부러 일본인 극장까지 왔느냐고. 죽고 싶어서 환장한 거냐고. 그 나이를 먹고도 아직도 이렇게 물정을 모르면 어떻게 하느냐고. 청소부는 그러면서 며칠 전에 살해당한 조선인 이야기를 꺼냈다. 자신은 그런 참사를 또다시 보고 싶지 않으니 지금 당장 나가라며 광림을 자리에서 끌어내려고 했다,

"이제 곧 마지막 회이니 이것만 보고 가겠습니다."

청소부는 광림의 앞에서 한숨을 길게 내쉬었다. 더 말하기도 싫은 것처럼 고개를 절레절레 저으며 손사래를 쳤다. 몇 마디 더 험한 말을 뱉다가 무슨 사달이 나도 신경 쓰지 않겠다고 경고하더니 고개를 휙 돌려버렸다. 광림은 그런 청소부를 다시 불러 한 가지 궁금했던 걸 물었다. 어째서 조금 전에 있던 남자는 졸고 있는 것을 깨웠고 온종일 이곳에 앉아 있는 자신은 내버려두었는지. 청소부는 싱거운 질문이라는 듯 무성의한 투로 대답했다.

"잠든 사람은 깨울 수 있지만, 내가 무슨 수로 잠든 척하는 사람을 깨우겠소?"

청소부가 돌아가고 광림은 다시 극장에 혼자 남았다. 텅 빈 객석에서 눈을 감았다. 성진은 끝내 『갈渴』의 가을호에 그들의 성명을 발표하기로 했다. 편집회의를 통해 민주적으로 결정된 사안이었다. 린코가 결사적으로 반대했지만 다른 편집위원을 설득할 수 없었다. 그리고 며칠 후 린코는 모두에게 편지를 한 통 보냈다. 담담한 문체로 처음 조선에 왔을 때부터 지금까지 겪었던 크고 작은 고충과 일화를 적었다. 그러다가 뒷부분에 편집위원이 내린 결정을 존중한다고 하면서도 만약 희락관을 폭파한다면 자신도 그 극장 안에서 따라 죽겠다고 선언했다. 그 안에서 폭탄이 터지고 불꽃이 피어오르면 자신도 그 모든 것을 겸허히 받아들이겠다고. 도망치지도 않고 방해하지도 않고. 그저 그 자리에 앉아 모두의 결정을 받아들이겠다고.

광림이 편지를 읽고 린코의 저택으로 달려갔을 때는 이미 습격을 받고 난 이후였다. 린코는 엉망이 되어버린 연못 앞에 앉아 있었고 성진은 그 옆에서 고개를 숙이고 있었다. 하루 먼저 편지를 받은 성진이 옛 동지를 찾아가 사정을 이야기하고 계획을 멈춰달라고 부탁했다. 하지만 배반자라는 모욕만 돌아왔다. 그리고 다음날 정체를 알 수 없는 불한당들이 린코의 집을 습격했다. 그들은 집 안을 여기저기 헤집고 시종을 볼모로 잡아갔다. 아무 저항도 하지 않는 린코에게 당장 일본으로 떠나라고 소리쳤고, 혹시라도 계획을 방해한다면 시종을 죽여버리겠다고 협박까지 했다.

성진은 완전히 망가져버린 린코의 정원에서 말없이 고개만 숙이고 있었다. 석등은 뿌리가 뽑힌 채로 바닥에 내동댕이쳐졌고 잉어는 흰 배를 보이며 연못 위에 떠 있었다. 윗동이 잘린 소나무 옆 의자 위에는 위선자라는 글자가 붉고 진하게 쓰여 있었다. 린코는 그 붉은 글자 위에 앉아 있었다. 광림은 참을 수 없이 화가 났다. 하지만 그보다는 후회되는 마음이 더 컸다. 차라리 조선에 오지 않았다면 이런 수모를 당하지 않았을 텐데. 군마에서 자신을 살려주지 않았다면.

"저는 그들을 미워하지 않겠습니다. 원망도 하지 않으려고 합니다."

린코는 맨발로 연못 안에 발을 담갔다. 입고 있던 기모노가 무릎까지 젖었다. 린코는 흙탕물이 되어버린 물속에서 죽은 잉어를 건져냈다. 잉어 사체가 석등 앞에 쌓였다. 그 위로 날벌레가 모였다. 날벌레는 허공 위에서 어지럽게 춤췄고 손을 저어 내쫓으면 도망쳤다가 다시 몰려들었다.

"저는 그들의 방법이 틀렸다고 확신하지만, 그래도 탓하지 않으려고 합니다. 빼앗긴 나라를 위해 목숨도 바치는 심정. 그건 모든 일에 진지하고 열심인 사람에게 주어진 슬픈 숙명입니다. 그들은 누구보다도 정의롭고 성실한 사람이겠죠."

린코의 말에 성진과 광림은 둘 다 아무 대답도 할 수 없었다. 그저 조용히 고개를 숙이고 그 앞을 지키고만 있었다. 린코는 한쪽 알이 깨진 연수정 안경을 벗어 의자 위에 올려놓고 두 손바닥으로 얼굴을 감쌌다.

"제가 조선에 처음 온 날이 기억납니다. 그때는 정말 가슴이 벅찼습니다. 돌이켜보면 이곳에서 있었던 모든 일이 내게는 전부 의미가 있었습니다."

린코가 조선으로 건너와 독립을 돕기로 결심한 건 신문사에 실린 단 한 통의 편지 때문이었다. '친애하는 나의 친구여. 보내주신 편지는 잘 받았습니다. 내가 바라는 유일한 부탁은 절대적으로 참되고 무저항적인 수단으로 조선이 조선의 것이 되는 것입니다.' 겨우 몇 줄 되지도 않는 답장이었지만 그것은 분명히 마하트마 간디가 보낸 것이었다. 간디가 말하는 친구가 정확히 누구를 가리키는 것인지는 모르지만 어쩌면 그것은 그동안 수없이 보내왔던 편지에 대한 답장일지도 몰랐다.

"저는 이제 일본으로 돌아가겠습니다. 해방된 조선에서 여러분을 다시 만날 수 있으면 좋겠습니다. 그런 날이 오기를 진심으로 바랍니다."

린코가 자리를 떠나고 성진도 집으로 돌아갔지만, 광림은 그 나무 의자 앞에 남아 위선자라고 적힌 붉은 글자를 아주 오랫동안 내려다보았다. 그리고 자신이 무엇을 할 수 있는지 고민했다. 무력하고 무능한 자신이 도대체 무엇을 할 수 있을까? 광림은 오랜만에 편지지를 다시 꺼냈다. 반상 위에 흰

백지를 펼쳐놓고 연필을 쥐었다. 예전에 군마에서 그랬던 것처럼. 광림은 다시 한번 편지를 써내려갔다. 성진에게. 다른 편집위원들에게. 그리고 희락관을 불태우려는 자들에게. 편지를 쓰면서 광림은 자신이 진정으로 자신이 할 수 있는 일이 이것밖에 없다는 걸 깨달았다. 편지를 쓰는 것. 자신의 마음이 닿기를 바라며 최선을 다해 편지를 쓰고 또 쓰는 것. 그게 아무리 무용한 짓이라고 해도 그것 말고는 할 수 있는 게 정말 아무것도 없기에 광림은 더는 주저하지 않았다.

편지는 가을호가 발매되기 전에 성진을 포함해 모든 편집위원들에게 도착했다. 고작 그런 편지로 그들의 마음을 되돌릴 수 없다는 건 광림도 이미 잘 알고 있었다. 하지만 한편으로는 그들을 믿어보고 싶은 마음도 있었다. 그들이 진정으로 바라는 게 이 세상의 모든 일본인이 죽고, 그 일본인을 조금이라도 옹호하는 조선인마저 사라지는 것은 아닐 거라고. 그들이 바라고, 성진이 바라고, 자신이 바라고, 또한 린코가 바라는 세상은 어쩌면 모두 똑같을지도 몰랐다. 그렇기에 광림은 성진에게, 그리고 그들에게 다시 한번 생각해주기를 부탁했다.

닫혀 있던 극장 문이 열리고 마지막 상영을 보기 위해 새로운 관객이 들어오기 시작했다. 일본어로 화기애애하게 떠드는 소리가 극장 안에 가득 찼다. 광림은 사람들이 자기 자리를 찾는 동안에도 좌석 밑에 놓인 서류 가방을 지켜봤다. 누군가 그곳에 앉았는데 자리 밑에 가방이 있다는 걸 눈치채기도 전에 극장 안에 불이 꺼졌다. 곧이어 영사막에 불이 켜졌다. 관객은 모두 약속이라도 한 것처럼 입을 다물고 영사기에서 흐르는 한 줄기 빛을 쫓았다. 그 은막에서 눈을 떼지 못하는 그들의 시선이 광림은 두렵고 무서웠다.

영화의 내용은 똑같았다. 삼룡은 여전히 매를 맞았고 그러면서도 주인에게 굴종했다. 주인이 도박에 빠져 주인댁 며느리를 괴롭힐 때마다 깊은 증오를 삭이면서 끝까지 속내를 숨겼다. 영화의 끝에 주인이 발로 찬 화로가 엎어져 방 안에 불이 붙자 집 안은 수라장이 되었다. 거센 불길에 머슴들은 정신없이 도망쳤지만, 삼룡은 주인댁 며느리를 구하기 위해 그 속으로 뛰어들었다. 화기와 연기가 가득 찬 저택에서 주인댁 며느리를 품에 안고 바깥으로 빠져나왔다. 정신을 잃었던 주인댁 며느리가 겨우 눈을 뜨자 삼룡은 다시 집 안으로 들어갔다. 남아 있는 주인을 마저 구하려고 한 번 더 불구덩이 속으로 몸을 던졌다.

그 순간 검은 연기가 하늘 위에 피어오르고 불에 탄 나무 기둥이 무너져 내렸다. 광림은 눈을 감고 싶지 않았다. 벙어리 삼룡의 마지막 장면을 끝까지 지켜보려고 했다. 몇 번이나 본 장면이지만 아무것도 놓치고 싶지 않았다. 영사막에서 눈을 떼지 않고 화면 가득 번지는 불길을 바라봤다. 영화의 끝에서 저택은 완전히 불타올랐다. 필름 속 화염은 실재하는 것처럼 맹렬하게 치솟았다. 영화는 그렇게 서서히 끝이 나고 있었다. 광림은 타오르는 갈증을 느꼈다.

## 이영희(이다희) | 회귀回歸

충북 제천 출생
충북대학교 행정대학원 졸업
호맥문학 수필 신인상. 동양일보 신춘문예 소설 당선
직지소설 문학상. 충북수필문학상.

# 회귀回歸

이영희(이다희)

예정됐던 귀국 비행기를 탑승할 수 없게 된 우리는, 울란바토르공항 로비에서 잠시 공황상태에 빠졌다. 탑승 항공기가 빤히 보이고 30여 분의 시간이 남았었다. 우리 일행의 캐리어가 내려지는 걸 멀거니 바라보다가 되돌아 나오는 황당함이라니, 낯선 이국땅에서 졸지에 미아가 된 심정이었다.

여행사 대표가 그전 생각만 하고, 예정에 없던 마두금 공연을 관람해도 충분하다고 잘못 판단한 탓이다. 홍콩 시위 사태로 평소보다 검색에 1시간 이상 더 걸린다는 것을 간과한 것이다.

“우리 안식구 이름이 마두금이니 몽골 마두금馬頭琴 공연을 꼭 보아야 된다”라고 한 사람은 남편이었다. 일행들도 애칭인 줄 알았는데, 어떻게 그런 매력적인 이름을 지었느냐며 신기해했다. 마두금 공연 관람에 동의한 건 물론이었다.

그러나 몽골여행의 특별한 추억이 될 거라고 너스레를 떨던 남편은, 막상 비행기를 놓치게 되자, “살다 보면 이런 일도 있게 마련이다”라며 둘러댔다. 그러면서 일정 지체에 따른 추가 비용은 우리가 부담할 용의가 있다고 큰소리를 쳤다. 밖에서는 저렇게 통 큰 호인인체하면서 집에서는 그런 구두쇠, 독불장군이 없다. 허풍과 위선도 대물림인지, 자기 아버지를 빼다

박았다. 사사건건 간섭과 감시의 끈을 놓지 않고 독선을 부리는 남편의 성격에 시달려 온 지난날을 떠올리며 나는 깊은 한숨을 내쉬었다.

대책 없이 막막한 시간이 이어지자 일행의 표정들이 굳어졌다.

"정치를 잘했으면 여기까지 와서 이런 푸대접을 받지 않았을 텐데…."

누군가의 넋두리가 들렸다. 화나면 무슨 소릴 못할까마는, 상황 파악을 못한 여행사나 우리 탓이다. 정치를 탓할 일은 아니지만, 내 이름 때문에 벌어진 일이 아닌가 싶어 일행의 얼굴 보기가 민망했다.

공항 밖의 공원으로 나온 일행은 아무 일도 없었던 듯 사진을 찍고, 생략했던 박물관 견학을 했다. 귀국 후의 일정 때문에 마음이 급한 나는, 전시품들이 눈에 들어오지 않았다. 마두금의 유래와 제작 과정을 보여 주는 작품도 있었지만 눈여겨보지 않았다. '마두금 이야기'라면 몽골 작가가 써야지, 미치코라는 일본 작가가 써서 유명해졌다는 얘기는 이해가 되지 않았다. 남편은 마두금이 마두금을 외면하면 되느냐며 '마두금 이야기'앞에서 내 손을 잡고 읽어나갔다.

'마두금은 몽골 전통악기이다. 동쪽에 살던 후루가, 군대에 가서 서쪽 땅을 지키다가 그곳 마부의 딸인 예쁜 처녀와 사랑에 빠지게 되었다. 군대를 마치고 고향으로 돌아가는 후루에게 처녀는 조농할이라는 말을 주면서, 이 말을 타고 꼭 다시 돌아오라고 부탁했다. 고향에서 후루를 짝사랑하던 부잣집 아가씨가 이 사실을 알고 말을 죽였다. 조농할은 죽으면서 그 두개골을 악기로 남겼다. 후루는 그 후 서쪽지방에 두고 온 연인이 생각날 때마다 마두금을 연주했다'라는 슬픈 사랑 이야기였다.

이혼을 생각하며 여행길에 오른 내게도 그들의 아픈 사랑이 잠시 가슴을 찡하게 했다. 한글 설명이 인쇄된 팸플릿을 한 장 가지고 나왔다. 마두금 연주곡이 담긴 CD도 한 장 샀다.

가이드가 가장 빠른 귀국 비행기 시간을 사방으로 알아보는 중이라고 했다. 스마트폰을 한참 들여다보더니, 내일 아침 상하이에서 출발하는 좌석표가 다섯 개 있다고 한다. 칭따오에서 더 늦게 출발하는 좌석표가 아홉 개 있어서 두 팀으로 나누어 가야 한단다. 입국 이튿날 저녁, 문학제에서 내가 시낭송을 하기로 되어 있으므로, 그전에 꼭 가야 하니 마음이 조급해졌다.

우리 부부는 조금이라도 빠른 상하이로 얼른 신청을 했다. 뒤이어 혼자 온 장현섭이 신청을 했다. 울란바토르에서 가는 비행기가 내일도 없다고 하니 부부 한 팀이 더 신청을 해서 다섯 명이 채워졌다.

우리 부부가 신청한 상하이 편은, 푸둥 공항까지 가서 숙박하고 아침에 출발한다고 한다. 전세버스가 다시 울란바토르 공항으로 달려가서 우리 다섯 명과 가이드를 내려 주었다. 가이드가 한참이나 공항 직원과 실랑이를 했다. 알고 보니 나는 상하이로 신청이 됐지만, 남편은 칭따오로 신청이 됐단다. 여행사 대표가 스마트폰으로 급히 신청을 하다가 착오를 일으킨 것이다. 가이드가 대표와 한참 통화하더니 아홉 명을 태운 버스가 다시 왔다.

칭따오행 버스로 옮겨 타야 할 남편의 표정이 좋지 않았다. 나를 쳐다보는 시선 역시 예사롭지 않다. 염려 보다 불신과 불안이 담긴 시선이다. 그러나 집에서와 달리, 대범한 척 울화를 참는 것 같다. 자신이 타야 할 버스로 가면서, 교대를 하는 김경석을 비롯한 일행에게 안식구 잘 부탁한다며 정중히 머리를 숙였다. 남편의 그런 모습을 보면서 나는 속으로 중얼거렸다.

'저 속이 오죽할까?'

이제껏 살면서 이런 황당한 일은 처음이다. 그러나 이렇게 우리 부부가 잠시라도 떨어져 지내게 되니 홀가분한 면도 없지 않다. 앙금을 안고 사는 우리 부부가 다만 잠시라도 차분히 자신을 돌아보도록, 숙려 기회를 갖게 하려는 부처님의 배려가 아닌가 싶기도 했다.

친정어머니는 첫 아들을 순산한 뒤 딸을 낳았는데, 그 딸이 바로 나, 마두금馬斗金이다. 말 두斗 자에 쇠 금金 자, 금이 한 말이니, 금쪽같이 귀하게 잘 살라는 소망이 담겼다. 귀한 재물 한 말이 생기면 혼자 잘 살려 하지 말고, 남을 위해 베풀며 살라는 뜻 이랬다. 아버님은 불심이 깊으셨는데, 존경하는 주지스님의 법명이 이두二斗였다고 한다. 곡식 두말이 생기면 한말은 중생들에게 베풀고, 한말은 절집 식구를 위해 쓰라는 뜻이었다는데, 그 스님의 법명에서 착안하셨단다. 머리 깎고 여승 되라고 안 한 것이 다행이라 싶었지만, 어릴 때는 그 별난 이름 때문에 놀림도 많이 받았다. 짓궂은 사내애들이 '날 보고 가슴 두근거리냐'고 묻거나 '말 대가리'라고 놀렸다. 그래서 내 이름이 싫었는데, 마두금이라는 몽골의 민속 악기가 있다는 건 금시초문이었다. 그 유래를 듣고 잠시 가슴이 찡했던 건 이름 때문은 아니었다. 발음이야 같지만, 한자로 쓰면 '마두금馬頭琴'과 '마두금馬斗金'은 다르다. 악기의 원산지나 내 국적이 달라 원 발음과 뜻이 모두 다른데, 공통점이 무엇인가. 그냥 우연 중의 우연일 뿐인데….

여름휴가로 내몽골에 가자는 남편의 이야기를 나는 탐탁지 않게 여겼었다.

"마두금, 당신은 꼭 몽골에 가서 마두금을 직접 보고 마두금 연주를 들어야 해. 악기도 제대로 소리를 낼 때 아름다운 거잖아."

남편의 몽골여행 제안은, 제안이라기보다 간청에 가까웠다. 짐작건대, 요즈음 침묵으로 일관하는 내 심중을 읽고 분위기 전환을 시도하는 것이리라.

내 이름이 악기 이름 따위와 같다는 게 무슨 의미가 있느냐고 처음에는 시큰둥했다. 몽골의 초원 한가운데서, 태곳적 그대로의 청정한 별을 바라보는 신비한 체험에 호기심이 일기 시작했다. 티 없이 맑은 밤하늘의 별을 세고 여전사처럼 말을 달려 볼 수 있다면, 이혼을 생각하며 지쳐 늘어진 오감이 되살아날 것 같았다.

"죽은 사람 소원도 풀어 준다는데, 당신이 정 원한다면…."

나는 마지못해 따르듯 내숭을 떨면서 남편의 제의에 동의했다.

독재자처럼, 감시자처럼, 아니 제왕처럼 군림하는 남편의 횡포에 지쳐 나는 이혼을 생각하고 있었다. 그런 나를 달래고 화해를 모색하려는 남편과 동상이몽인 우리 부부의 동반 여행이 마지막 이별여행이 될지, 아니면 옛

날로 돌아갈 수 있는 빌미가 될지는 알 수 없지만, 잠시라도 지금 이 지겨운 상황을 잊을 수만 있다면 나쁠 건 없다 싶었다.

남편은 떡 벌어진 어깨에 우람한 체구로 남자답다는 말을 듣는다. 언뜻 보아도 위압감을 느끼는, 만만찮은 타입이다. 그런 사람이 위계질서가 분명한 직장에서 의협심을 발휘한답시고, 후배를 감싸고 상사를 치받는 만용을 부리는 것 같다. 그래서 승진과는 등 돌린 사이가 되었다. 처신을 반성하기는커녕, 밤중 홍두깨처럼 명퇴를 신청했다. 반대해도 소용없겠지만, 집안에 틀어박혀 밤낮으로 얼굴을 맞대고 살자면 얼마나 더 나를 감시하고 볶아치랴 싶어 소화조차 되지 않았다. 남편 명퇴 후 한 달도 되기 전에 가까운 공인중개사 유리창에, 우리 집 옆의 편의점을 운영하실 분을 찾는다는 쪽지가 나붙었다.

"당신 처녀 때 경리과에서 일했으니 편의점 한번 운영해 보면 어때?"

느닷없는 제안이었다. 이미 독단으로 결정하고 명퇴금을 헐어서 계약까지 한 눈치였다. 내 의견이 파고들 틈은 없었으므로, 나는 묵묵부답으로 넘겼다.

"내가 수시로 교대할 테니 걱정 말라고…."

말뿐이지 싶었는데, 그래도 한동안 자주 교대를 해 주고, 찾는 고객이 많아서 제법 재미가 있었다. 웬만큼 적응이 되니 일을 할 때도 고생스럽다는 생각보다, 남편의 감시에서 벗어나 해방된 느낌이었다.

그러나 재미도 해방감도 잠시, 건너편 아파트 앞에 규모가 제법 큰 마트가 생기면서 상황이 변했다. 전 주인이 그 낌새를 눈치채고 내놓은 모양인데, 그걸 덥석 물었던 것이다. 수입은 줄고 입을 틀어막아도 터져 나오는 하품만 늘어갔다. 남편의 교대 약속도 초반뿐이었다. 동창회다 등산이다 골프다, 갈 곳 많아 분주해진 남편은 종일 얼굴도 보이지 않는다. 전화질만하다가 해 기울 무렵에 나타나 매출 상황을 내놓으라 성화다. 조금이라도 착오가 있으면 "어느 놈에게 빼돌렸기에 매출이 이것뿐이냐"라고, 피의자를 앉혀놓고 으름장을 놓던 본색을 나타냈다. 그러고도 일단 통장에 입금된 돈은 나와 무관한 것이 되었다. 일하는 보람은커녕, 앵벌이 그게 딱 내 신세였다.

편의점을 시작하고 얼마 후, 얼굴 구경조차 못하던 친구를 모처럼 만났다.

답답한 속을 털어놓는 내 얘기를 들은 친구는, 남편의 그런 행태가 의협심 아닌 의처증 때문이라고 했다. 심리 상담을 받아 보던지 그게 안 되면 법률자문이라도 한번 받아보라고, 아는 변호사의 전화번호까지 알려 주었다.

"지금 네 남편 하는 걸로 보아선 상담에 응할 것 같지 않고, 설혹 이혼을 한대도 위자료 받을 조건이 안 될 테니 증거를 확보해 놓아야 돼."

친구는 "제 버릇 개 못 준다"라며 은근히 이혼을 종용했다.

남편은 경찰서 수사 담당 형사였다. 출장이 잦았다. 출장 중인 때는 밤낮 가리지 않고 수시로 전화를 하는 건 물론, 내근 중의 한낮에도 툭하면 전화를 했다. 신혼 초에는 그것이 관심과 사랑인 줄 알았다. 염려 때문이려니, 남들도 다 그렇게 살고 있으려니 믿었다. 그러나 허니문 기간이 지나고 세월이 흘러도 남편의 습벽은 여전했다. 핸드폰이 흔치않던 때라 잠시라도 집을 비웠다가 돌아오면, 어김없이 남편이 와서 눈에 불을 켜고 기다렸다. 그리고 추궁하는 것이었다. 어디 갔다 왔느냐, 누굴 만났느냐. 주부가 살림 제쳐놓고 툭하면 집을 비우고 나다녀도 되는 거냐….

대답하기에 지쳐 입을 닫을 때까지 몰아붙였다.

입을 닫고 침묵으로 버티자, 남편을 무시하는 거냐며 손찌검을 다 했다.

이건 사랑이나 염려가 아니라, 불신이고 감시고 폭력이다. 그 후 남편에 대한 믿음은 깨지고 내 가슴에 쌓이는 건 미움과 분노였다. 분출구를 찾지 못한 분노는 시루떡같이 켜켜이 쌓여 절망으로 가고 있었다.

금쪽같이 살아라. 남에게 베풀며 살라 하던 아버지의 소망은 결혼과 동시에 풍비박산된 셈이다. 금쪽같은 내 인생은 아버지의 딸이었을 때뿐이었고, 베풀며 사는 인생은 시작도 되기 전에 파탄을 맞을 판이었다. 편의점 수입이 점점 줄어드는 만큼, 남편과 나 사이도 좋지 않은 쪽으로 기울어졌다.

남편과 교대한 시간을 이용해 봄나물도 살 겸, 전통시장을 한 바퀴 돌고 있는데 핸드폰이 울렸다. 가방을 열고 핸드폰을 찾는 사이에 신호음이 꺼졌다. 5분쯤 후에 다시 신호음이 울렸으나 통화 버튼을 누르기 전에 또 신호음이 꺼졌다. 받기 전에 성급히 꺼진 전화는 모두 남편이 건 것이므로, 내가 전화를 걸었다. 그러나 남편은 받지 않았다. 황급히 편의점으로 가 보니 문이 잠겨 있었다. 서둘러 집에 갔더니, 짐작대로 남편이 먹이를 놓친 범상을 하고 있었다. 조사실에서 흉악범 피의자를 다루 듯, 추궁이 이어졌다. 나와 결혼 전에 사귀던 작자를 만났느냐. 그 작자가 어떤 놈이냐. 무슨 깨 볶는 얘기가 그리 많아서 전화도 안 받고 그렇게 놀아나도 되는 거냐. 재탕 삼탕의 반복 문초다. 왈칵 쏟아내고 싶은 말은 많았으나 나는 입을 닫았다. 쏟아지는 건 터질 듯한 가슴에서 치솟는 한숨, 그리고 주체할 수없이 흐르는 눈물과 콧물이었다. 적장을 무릎 꿇린 승전 장군처럼 추궁과 질책을 계속하는 남편의 말을 끊고, 나는 딱 한 마디만 하고 일어섰다.

"우리 여기서 끝내요."

나는 옷장을 열어젖히고 보따리를 싸려는 데, 남편의 고함이 터졌다.

"당신 미쳤어? 지금 뭐 하는 짓이야?"

"나는 당신에게 붙잡혀 수갑 찬 죄인도 아니고 감시받는 사찰 대상도 아니에요. 노예나 시녀도 아니고, 그냥 평범하게 살고 싶은 보통 여자라고요."

내가 남편을 향해 한 말 중 가장 크고 긴 말이었다.

"여보 이러지 마. 이건 아니야. 이러면 안 된다고."

갑자기 목소리를 낮춘 남편이 내 손을 잡았다.

"이 손 놔요. 안 되는 건 당신 사정이고, 나는 이대로 살수 없어요."

"이러지 마. 당신이 미워서가 아니야. 왜 내 맘을 몰라?"

'왜 내 맘을 모르냐고? 그 맘이 어떤 맘인데?'나는 남편의 돌변한 태도와

비굴한 말씨가 역겨웠다. 또 한차례 손찌검을 각오하고 선고처럼 말했다.

"당신은 유능한 형사였는지 몰라도, 평범한 남편 될 자격도 없어. 끝내요." 남편의 오른손이 어깨 위로 올라갔다. 나는 탁상 위의 재떨이를 들어 남편을 향해 힘껏 던졌다. 파국을 각오한 저항이었다. 빗나간 유리 재떨이가 맞은편 벽에 부딪치며 내는 파열음과, 어깨 위로 올라간 남편의 손이 자신의 가슴을 치는 소리가 거의 동시에 들렸다. 남편과 내가 경악한 것도 역시 동시였다.

나는 남편의 손이 나를 때리려는 것으로 짐작하고 본능적인 방어책으로 재떨이를 집어던졌고, 남편은 의외로 과격한 나의 반항 때문에 답답해서 제 가슴을 쳤을 것이다. 나는 눈을 질끈 감았다. 자기 가슴을 쳤던 남편의 손이, 이번엔 내 얼굴이나 몸통 다른 어느 곳을 가격하리라.

불과 몇 초간의 침묵, 아니 적막이 흐르는 동안 나는 눈을 뜨지 못했다. 그러나 가격은 없었다. 나는 눈을 떴다. 눈앞에 벌어진 이변에 나는 또 한 번 놀랐다. 고개를 숙이고 무릎을 꿇은 남편이 눈앞에 있었다.

사막의 신기루인가, 아니면 환시인지 환각인지. 눈을 껌벅여 봐도 여전했다.

"여보 내가 잘 못했어. 난 당신 없으면 버티고 살 수가 없어. 날 용서해."

초연 배우가 대사를 외 듯, 남편의 목소리는 작고 떨렸다. 나는 믿기지 않는 현실에 어떻게 대처해야 할지, 결정 장애자처럼 판단불능 상태가 되었다.

남편은 울고 있었다. 울면서, 지금까지 내가 짐작도 못 했던 말을 했다.

어릴 적 얘기였다. 계모 밑에서 자랐는데, 생모가 여덟 살 때 집 뒤의 밤나무에 목을 맸기 때문이었다. 밤꽃이 지렁이처럼 밟히던 날이었는데, 굵은 밑가지에 목이 부러진 허수아비처럼 매달려 있던 어머니를 보았다고 한다. 그 후부터 자기는 밤을 먹지 못한다고 했다.

"어렵던 시절에, 큰아들인 내 아버지만 대학까지 가르치고 서둘러 결혼을 시켰어. 어머니는 가난한 집안의 장녀로 태어나 공부를 하지 못했는데, 중매로 결혼이 성사됐으니 처음부터 기우는 결혼이었지. 무식한 어머니를 백안시하고 창피하게 생각하던 아버지의 불만은 점차 학대로 변했어. 견딜 수 없었던 어머니는 나와 다섯 살 위의 누나를 남겨놓고 세상을 버렸지. 어머니 보다 많이 배우고 예쁜 계모는 유식한 만큼 간교해서 우리 남매를 눈엣가시처럼 여기고, 보는 사람이 없을 때는 매질도 서슴지 않았어. 그럴 때마다 누나는 나를 감싸 안고 대신 매를 맞았어. 좀 더 자라서는 매질하는 계모에게 반항을 했지만, 그건 "왜 때려요?"라는 비명 같은 외마디 소리가 전부였지. 그러던 누나가 열네 살 때 가출을 했고, 혼자 남은 나는 늘 공포에 떨면서 누나가 돌아오기를 기다렸어. 누나는 오지 않았어. 누나와 함께 있을 때도 어머니가 늘 그리웠지만, 누나까지 사라진 후엔 밤낮없이 계모의 눈총과 매질이 무서웠어. 혼자서 떨던 그때를 생각하면, 지금도 온몸이 떨려…."

남편의 눈물은 그쳤지만, 목소리는 여전히 작고 흔들렸다.

"좀 더 커서는 내가 또래들에게 매 맞는 아이나 놀림당하는 아이들 편을 들거나 대신 싸웠지. 어린 시절의 외롭고 두려웠던 기억과 누나도 없이 혼자서 계모에게 매질을 당하던 아픔 때문인지도 몰라. 누나는 자신보다 나를 위하고 사랑했지만, 결국 나를 버려두고 집을 나갔어. 당신도 누나처럼 언젠가는 내 곁을 떠나지 않을까 불안해. 당신 소재가 확인되지 않으면 나는 불안해서 아무것도 못 해. 당신 힘든 거 나도 알아. 용서해. 반성하고 고칠게."

독선자인 듯 감시자인 듯 적장을 굴복시킨 장수처럼 당당하던 거구의 남자가, 가냘프고 외로운 소년이 되어 내 앞에 앉아 있었다. 그리고 용서를 빌었다.

그러나 나는 용서한다고 말하지 않았다. 반성하고 고친다는 말을 믿지 않았다. '제 버릇 개 못 준다'라는 친구의 말뿐이 아니었다. 마음속 깊은 곳에 뿌리박힌 트라우마는 표피에 난 상처처럼 쉽게 낫지 않는다는 걸 알기 때문이었다.

상하이 푸둥공항에 도착한 우리는 가까운 곳에 호텔을 잡았다.

부부 팀은 6층이고 장현섭·김경석과 나는 7층인데, 공교롭게도 그들이 내 옆방이다. 부부가 6층의 엘리베이터에서 내리고, 7층에서 두 남자와 같이 내리며 괜스레 가슴이 콩닥콩닥 뛰어 눈을 내리깔았다. 그때 핸드폰이 울렸다. 마치 그 현장을 보고 있는 듯 잘 도착했느냐는 남편의 전화였다. 남편은 잠들면 비행기 못 타니 잠들지 않게 전화를 계속하겠다고 한다. 문 꼭 잠그고 절대 문 열어 주지 말라고 신신 당부를 했다. 또 본병이 도졌구나, 나는 속으로 한숨을 쉬었다.

씻고 누우면 곯아떨어질 것 같아 텔레비전 스위치를 눌렀다. 얼굴이 화끈했다. 19금 채널에 맞춰놨는지 노골적인 장면이 아랫도리를 강타했다. 최면에 걸린 듯 나도 모르게 흥분해서 채널을 돌리지 못했다. 속옷이 흥건히 젖었다. 자극이 없더라도, 오랫동안 굶주린 내 몸은 해갈을 원했지만 남편과는 아니었다. 전라의 남녀가 벌이는 몸부림을 보면서, 나의 원초적 본능은 ktx 상행선을 탄 것 같이 속도를 냈다. 차마 못 볼 것이라 여기면서도 눈을 돌리지 않는 모순은 익명의 장막 뒤에서 거침없이 노출되는 인간의 본능인가. 옆방에 신체 건장한 남자가 있다는 사실이 더 몸을 뜨겁게 만들었다. 수절 과부가 밤꽃 피는 시절이면 넓적다리를 송곳으로 찔렀다는 말이 이해가 되었다. 실제 밤꽃 냄새의 성분인 스퍼미딘과 스퍼민이란 성분은 동물의 정액에서 처음 발견되었다고 한다. 이성보다 감성이 마성처럼 뻗치는 밤에 밤꽃 향기를 풀어 놓아서인가. 나는 잠시 색녀가 되었다.

"등신, 머저리!" 부지중에 소리를 질렀나 보다. "무슨 일 있어요?"라는 장현섭의 목소리가 문밖에서 들렸다. 이내 요조숙녀로 돌아와 문도 열지 않고 아무 일 없다고 했다. 외간 남자의 침입을 은근히 기다렸으면서, 아닌 척 시침을 떼는 간교하고 비겁한 이중성이 내 속에 똬리를 틀고 있었던 것이다.

'까똑' 또 소리가 난다. 밤새 몇 차례나 전화를 하고도 뭐가 못 미더워 첫 새벽에 또 '까똑'인가? 미안하다고 반성한다며 다짐하던 얼마 전의 일을 까먹고 수시로 도지는 병, 과연 그 병소를 끌어안고 어찌 살 건가?

그러나 남편이 보낸 문자는 트라우마에 갇힌 불신의 발로는 아니었다.

> 내 사랑 마두금~
>
> 당신을 처음 보았을 때 별같이 반짝이는 눈으로 미소를 짓는데 정신이 몽롱했소. 거기에 빠져들어 늘 당신 주위를 맴돌았지. 당신은 치자 꽃향기로 내게 다가왔어. 상큼하면서도 허스키한 사이다 음색은 더 매력적이어서 내가 꼭 연주하고픈 악기가 되었소. 지금도 예쁘지만 당신이 그때 얼마나 청초하고 예뻤던지. 깊은 산속 암벽 위에 홀로 피어나는 이슬 먹은 원추리 꽃 같았소. 날마다 당신을 만나는 게 삶의 의미로 자리 잡았소. 거절하는 당신에게 껌딱지같이 딱 달라붙어 좋은 인연을 만들었소.. 그리고 행복을 심어 오늘까지 가꾸어 왔네… 영원히 사랑하오.

읽고 나니 부지불식간에 웃음이 나왔다.

'뭐, 좋은 인연이라고? 행복을 가꾸었다고?'

그래도 새로운 하루가 시작되는 새벽이라는 걸 의식해선지, 험악한 소리나 문자가 없는 게 다행이다. 밤에 문 두드린 남자는 없었느냐, 문 열어주고 불러들인 작자가 있다면 그냥 두지 않을 거라는 등….

반응이 없으면 또 전화나 문자가 올 것이므로 답을 보냈다.

'좋은 여행 마지막 여정까지 무사해서 다행이네요.

귀국해서 뵈어요.'

말을 아낀 것은 혹시라도 남편이 속단할까 염려해서였다.

'나도 사랑해요.' 어쩌고 감정이 섞이면, 필시 동상이몽의 동반 여행이 의기 상통하여 화해가 이루어졌다는 속단을 내리지 않을까 하는 생각 때문이었다.

패장처럼 꿇어앉아 눈물을 흘리며 털어놓던 트라우마, 소년 시절부터 심어진 분리불안을 떨쳐내지 못하고 있는 남편의 고백에 연민이 갔다. 하지만 그의 다짐을 믿을 수 없고, 그래서 나는 결심을 바꾸지 않은 것이다.

다섯 시가 가까워 왔다. 화장을 하려고 거울 앞에 앉았다. 지난밤 비록 혼자만의 상상이었지만 본능에만 충실했던 중년의 여인이 무척이나 낯설었다. 늘 남편을 짐승같이 취급하고 혼자 고상한 척하더니…. '미친 것' 소리가 절로 나왔다. 회오리치던 속내까지 감추려고 콤팩트를 더 오래 두드렸다. '탁 탁 탁 탁….' 콤팩트는 내 얼굴을 치장하는 것이 아니라 단죄하는 것이었다.

마두금에 얽힌 애절한 사랑을 상상하며, 텔레비전 화면에서 용틀임치는 전라의 남녀와 함께 했다. 밤새 내 육신에도 태풍이 휘돌아 나갔지만, 흔적은 전혀 남아 있지 않았다. 쥐를 삼킨 고양이가 잔인했던 순간을 낯선 방에 버려두고 시침을 떼듯, 나 혼자서 한밤을 뜨겁게 보낸 객실의 키를 서서히 뺐다. 엘리베이터 문이 열리니 장현섭 팀도 좇아와 동승을 했다. 그들을 보니 괜스레 무안해져서 등을 돌리고 벽을 바라봤다. 남편과 떨어져 있을 때 슬며시 다가와 은근히 친밀감을 표시하던 장현섭이 "뭘 이렇게 달고 다니냐?"라며 등 뒤에서 슬쩍 끌어안는다. 손길만으로도 감전이 된 듯 온몸이 찌르르했다.

"타이밍이 예술이라는 것도 모르는 등신." 혼잣말을 중얼거렸다. 두 남자가 무슨 소리인가 하고 나를 쳐다본다. 무례하다는 마음보다 더 많은 아쉬움이 감춰진 것을 알았을까. 나는 새삼스럽게 얼굴이 뜨거워졌다.

부부 팀은 또 비행기를 놓칠까 봐 불안해서 한 시간 전에 나왔다고 했다.

가이드도 없고 티켓도 없는데 어떻게 공항버스를 탈 수 있을지, 여행사 대표를 깨워 통화를 했다. 호텔 카운터 직원을 바꿔 주며 실랑이를 한끝에, 다섯 명이 탈 수 있는 승합차가 도착했다. 이왕이면 짐 부치는 19번 게이트 앞에 세워주었으면 하고, 기사한테 "헬로" 해도 반응이 없다. "웨이"하니 돌아본다. 궁하면 통한다고 손짓 발짓 다하여 의사를 관철시켰다.

우리나라로 가는 동방항공에 무난히 탑승했다. 울란바토르에서 올 때와 같이 부부 팀이 앞에 앉고 김경석·장현섭과 내가 그들 뒤에 앉았다. 올 때는 남편과 나란히 앉아 왔었는데, 방향은 다르지만 느긋하고 평온한 마음은 아니다.

도착 시간을 보니 내일 행사에 펑크를 내지는 않을 것 같다. 그나마 다행이라 안도의 숨이 나왔다.

장현섭이 여기저기서 셀카로 찍은 자기 사진을 보여주더니, 내 것도 좀 보여 달라고 했다. 사진으로 보니 까무잡잡한 피부에 선 굵은 이목구비가 잘 생긴 배우 같다. 흘깃흘깃 쳐다본 생얼 보다 더 선명하고 섹시해 보인다.

나는 사진을 잘 못 찍어서 다른 사람들 모델만 되어 준다고 거절을 했는데, 굳이 좀 보자고 졸랐다. 옆에 앉아서 더 거절하기도 민망해 스마트폰을 내밀었다. 한참을 들여다보던 그가 "아니 이건!" 했다. 무엇인가 가로채서 보니 참 가관이다. 남편이 하도 전화를 해서 녹음 버튼을 눌러 놓았었다. 그런데 동영상 버튼을 눌러 놓았었나 보다. 혼자 보기에도 민망한 빈 방의 모노드라마 한편이 찍혀 있었다. 절명하는 듯한 여자의 교성이 들리고 여과 없는 본능 그대로 낯 뜨거운 욕망을 뿜어내고 있었다. 나를 가장 부끄럽게 만든 건 화면 속에서 남자의 애무를 받던 여자가 '하고 싶다'라고 내뱉는 신음소리였다. 열정적으로 인생을 개척하는 시간이나 그런 곳에서 그 소리를 들었다면 꿈이 많고 도전적이구나 했을 것이다. 그러나 지금은 누가 봐도 무슨 말인지 알 것 같아 고개를 들 수가 없었다. 당장 삭제 버튼을 눌렀다.

'등신 머저리'라고 하던 소리를 나 자신에게 확 되돌려 주고 싶었다.

귀가 얇은 탓인지 증거를 잡아 두라는 친구의 말을 듣고, 아내를 감시하듯 추궁하는 남편의 전화 목소리를 녹음한다는 것이 엉뚱한 버튼을 눌러 놓았으니. 제발에 걸려 넘어지는 숙맥 짓을 한 셈이었다. 쥐구멍이라도 찾고 싶었다.

장현섭과의 동석이 껄끄러웠다. 초침보다 빠르게 헤어지고 싶은데 비행

속도는 시침보다 느려서 착륙 시간이 아직도 많이 남은듯했다.

남자라는 상대만 없었을 뿐이지, 같은 순간에 내가 함몰되었던 원초적 욕망을 저울로 달아보았다면 남녀 두 접합의 무게보다 부족하지 않았을 것이다. 눈치 빠른 장현섭이 아쉬운 듯 중얼거렸다. 결코 작은 소리가 아니었다.

"내가 용기를 냈어야 했는데. 미적미적하다가 천하절색 마두금을 연주할 천재일우의 기회를 놓쳤네…."

얼굴 뜨거운 수치심과 함께 나라는 여자가 무척 낯설었다. 이제껏 남편이 감시한다고 불평하며 자유가 그립다고 비명을 달고 살았다. 교통사고가 대부분 쌍방 과실이듯, 나와 남편의 관계도 쌍방의 탓이거나 내 탓이 더 많지 않았을까? 동상이몽인 우리 부부의 관계는 과연 남편만의 탓일까? 장현섭의 뇌리에 박힌 내 모습은 과연 어떤 것일까?

트라우마에 갇힌 남편의 의처증에 시달리는 가련하고 정숙한 여인? 아니면 스스로 밤꽃 향기에 취해 요염한 척 육체로 남성의 본능을 자극하는 몸 뜨거운 여인인가. 남편과 이혼을 위해 잡으려던 증거 대신 엉뚱하게도 이혼당하기 마침한 증거를 잡았으니, 장현섭의 뇌리에 박힌 내 모습은 뻔할 터였다.

'내가 용기를 냈어야 했는데….' 장현섭이 중얼거린 말 속에는 나를 낚았다 놓친 고기로 생각하는 게 있는 것 아닌가. 그렇다고 장현섭이 착각이나 망상에 빠진 탕아라고 나무랄 처지도 못된다. 내 스스로 증거를 그의 손에 쥐여준 셈이다. 나는 정숙하지만 의처증 남편에게 시달리는 가련하고 불행한 여인이다. 그렇게 말한다면 장현섭은 아마 가가대소하며 나를 조롱할 것이다.

나는 친구의 말대로 남편에게 정신과 치료를 권하지 않았다. 아직은 변호사와 상담도 하지 않았다.

뜨겁고 행복하던 신혼시절의 기억은 모두 허공에 날려버리고, 지금 겪고 있는 고통을 전부 남편 탓으로 돌리는 이기적인 여자가 나라는 생각이 들었다. 이미 내 속을 다 알아버린 외간 남자와 나란히 앉아 구름보다 높은 하늘을 날고 있다. 남자는 이제 말이 없지만, 색에 굶주린 마두금이란 여자를 마음만 내키면 언제라도 원초적 신음 소리를 내도록 연주할 수 있다고 생각할 것이다. 지난밤에 오랫동안 억제했던 육체가 본능에 휘둘리면서, 옆방에 있던 이 남자를 나는 마음속으로 원하고 있지 않았던가?

그러나 지금은 동석 자체가 형벌처럼 느껴진다. 이 남자가 무례를 저지르거나 혐오감을 주어서가 아니라, 숨겨뒀던 나의 원형을 몽땅 들켜버려서다. 그런데도 남편 탓을 당연한 구호처럼 가슴에 담고, 감시와 학대에 시달리는 피해자로 자처해 왔던 내가 아닌가?

인천공항을 출발할 때는 비록 동상이몽일망정, 남들처럼 남편과 나란히 앉아 있었다. 남편은 비록 가식일지라도 자상했다. 기체 밑으로 흐르는 떼구름 속에서 갖가지 형상을 찾아서 그걸 보라고 일일이 내게 가리켜 주었다.

"저건 쥐 모양인데, 옆의 고양이 형상보다 크지? 진짜 그런 일이 생긴다면 고양이가 쥐를 잡아먹지 못하겠지. 언제 저런 큰 쥐가 나타날지 모르잖나."

유치원생 같은 남편의 말속에는 세상을 강자와 약자로 구분하는 이분법이 잠재돼 있었다. 절대강자였던 계모에 대한 공포감 때문이리라. 신기하지도 재미있지도 않았지만, 나는 계속 고개를 끄덕였었다. 우리도 남들같이 다정한 부부처럼 보여야 했기 때문이었다.

그러나 지금은 나와 다른 비행기에 탑승한 남편의 속이 새카맣게 타고 있을 것이다. 짝 없는 두 남자가 나와 동행이라는 게 불안을 더 키웠을 것이다. 가뭄에 갈라지는 논바닥 같이 타는 속을 감추고 의연한 체 애쓰고 있을 남편이 불쌍해졌다.

그 큰 체구가 내 앞에 무릎을 꿇고 어린애처럼 눈물을 줄줄 흘리던 모습이 새삼스럽게 떠올랐다. 한없이 여린 남자. 목을 매고 죽은 엄마와 가출한 누나와의 이별로 가슴에 못이 박힌 소년. 사랑의 결핍으로 관심이 늘 필요했던 소년. 나는 왜 그런 남편을 외면하고 '금쪽같은 나'만을 생각했던가? 측은한 마음이 일면서 내 이름을 지은 뜻에 생각이 미쳤다. 남편이 보고 싶어 졌다.

멀고 아득한 초원을 사이에 두고 헤어진 서쪽의 처녀와 동쪽의 후루. 타고 갈 말이 죽어 만나지 못하고 애 태우던 두 사람은 누구를 탓하고 원망했을까? 누구도 상대를 탓하지 않았으리라. 간절한 기다림과 함께 언젠가 초원을 가로질러 가서 만나는 날을 꿈 꾸며 그리워했으리라.

옆 좌석의 남자, '내가 용기를 냈어야 했는데…'라며 나 마두금을 연주하지 못해 지난밤을 후회하던 그는 고개를 삐딱하게 꺾은 채 곤히 자고 있다. 이제 옆 좌석의 마두금 따위에 흥미도 없다는 듯.

잠시 후 공항에 도착한다는 안내방송이 나왔다. 잠을 깬 장현섭이 무슨 말을 하려는지 "저기…"라고 입을 열었다. 나는 그의 말을 툭 잘랐다.

"내릴 준비나 하세요."

공항에 도착하면 얼마 후, 남편이 탄 비행기도 도착할 것이다. 몇 분이 되던 몇 시간이 되던, 나는 공항 로비에서 남편을 기다릴 것이다. 그리고 "당신이 많이 보고 싶었다"라고 진심으로 말할 것이다.

집에 돌아가면 남편과 함께 마두금 CD를 틀어놓고, 그 애절한 음률을 다시 들어 보리라. 남편이 나를 연주하겠다면 그 또한 함께 하리라.

기체 착륙으로 인한 가벼운 충격 후 활주로를 달리는 창밖으로 눈에 익은 풍경들이 빠르게 내달린다. 떠난 것은 언젠가 제 자리로 돌아와야 하는 법. 그건 진리인가 보다.

## 이지은 | 귀를 찾아서

2021년 강원일보, 부산일보 소설 당선.
한낙원과학소설상 · 한국과학문학상 가작 · 과학소재 단편소설 우수상 · KB창작동
화제 최우수상을 수상하였으며, 펴낸 책으로 『고조를 찾아서』(공저)가 있다.

단편소설

# 귀를 찾아서

이지은

흰 것들을 볼 때마다 은빈이가 생각난다. 은빈이의 얼굴, 손, 교복 깃. 모든 면에서 너무 단정해서 의아했던 첫인상 때문에 '왕과 거지'라는 드라마도 함께 떠오른다. 거지 역을 맡은 배우의 치아 때문에 내내 몰입하지 못한 드라마였다. 얼룩 한 점 없이 하얗게 래미네이트를 한 치아가 빛나서 조금도 연민을 느낄 수 없었던 기억 위로 은빈이의 얼굴이 겹쳐진다.

선생님은, 내가 누군지 보여요? 은빈이의 목소리가 문득 바람에 섞여 지나간다. 그 순간과 공간으로 나는 속절없이 불려 들어간다. 은빈이가 물끄러미 나를 응시하는 제스처 안에서, 관찰되는 것을 아는 나를 알고 있는 은빈이와, 그것 또한 파악하고 있는 나와, 그런 나를 포함한 나를 아는 은빈이와, 나와, 은빈이의 겹겹이 관찰하고 관찰 당하는 세계를 그저 응시하는 내가 보인다.

흰 턱을 괴고 은빈이가 다시 묻는다.

정말 보여요?

커피숍의 통유리 밖으로 외국인들이 싸라기눈을 맞으며 걸어간다. 그들은 대여섯 명씩 무리를 지어 두 블록 떨어진 자전거 생산 공장을 향해 가고 있다.

ㅎ시의 기차역에서 이곳으로 오는 시내버스를 탄 한국인 승객은 나뿐이었다. 이방인들이 버스 안에서 나지막하게 뱉는 먼 곳의 언어는 이해할 수 없어서 오히려 평온하게 들렸다. 누구의 얼굴에서도 나이를 짐작하기 어려웠지만 상관없는 일이었다. 아이엘츠 시험을 공부하면서 하루 한 편씩 외국 영화나 드라마를 볼 때도 누가 누구인지 헷갈려서 몰두할 수 없었다.

가끔은 가까운 사람들의 얼굴도 잊었다. 표정을 읽고 나면 의도까지 받아들여야 한다고 믿던 때가 있었다. 그 믿음을 넘어서는 방법 중 가장 편한 것이 모호와 무지의 영역 안에 숨는 것이지만, 나는 그조차 서툴렀다.

저는 사람을 볼 때 귀를 봐요. 사람마다 귀 모양이 달라요. 귓불이 넓은지, 도톰한지, 귓바퀴가 굽었는지, 물결 같은지, 귓구멍에 털이 솟았는지 같은 거요. 은빈이가 그랬다. 저는 트라거스에 구멍이 있어요. 자고 있는데 엄마가 바늘로 찔렀거든요. 여기, 보여요? 은빈이가 가리킨 곳은 오도독뼈 같기도 하고 이제 막 나기 시작한 젖니 같기도 한 부위였다. 살도 뼈도 아닌 것 같았다.

지나가는 외국인 근로자들의 귀는 머리카락이나 모자에 덮여 자세히 보이지 않았다. 하지만 나는 그들의 귀를, 유리창이 뚫어지도록 집중해서 바라보았다. 아웃 포커싱 된 장면의 초점이 문득 배경으로 옮겨가듯이, 은빈이가 이방인의 귀 너머로 웃으며 걸어올 것 같아서였다.

은빈이를 정말 만날 생각이냐고, 그 아이를 오래 보호했던 선생님이 집요하게 물었다. 그녀는 쉰둘의 나이보다 훨씬 오래 산 여자처럼 보였다. 그녀는 방금 물걸레를 쥐어짠 손을 앞치마에 닦고 난 뒤 그 손을 어디에 두어야 할지 모르겠다는 듯 그릇을 만졌다가 의자 등받이에 놓았다가 결국 팔짱을 꼈다. 나는 은빈이가 사라진 뒤 그녀가 했던 절박하고 헌신적인 행동들을 대부분 기억하고 있었다. 아이들이 사라지거나 멀어지는 것에 무딜 줄 알았는데 아니었다.

나는 은빈이를 직접 만나서 돌려줄 것이 있다고 말했다. 그녀는 그런 식으로 말하는 여러 사람들을 돌려보내 왔을 것이다.

"나는, 그 애가 아직도 용서가 안 돼요. 아니, 용서라기보다……."

그녀는 눈을 감고 입술을 안으로 만 채 잠시 멈췄다. 단지 그랬을 뿐인데 나는 그녀의 내면이 영원히 닫혀버린 것 같다고 느꼈다. 기묘하게도 그 모습에서, 가만히 문을 닫던 은빈이가 연상됐다. 그 아이는 자신의 등 뒤에 어떤 문이든 열려 있는 것을 못 견뎠다.

누가 등을 떠미는 것 같아서요.

"무서워요. 네, 그 말이 더 정확할 것 같네요. 난 그 애, 너무 무섭습니다."

어쨌든 그녀는 기관의 대표를 통해 은빈이의 연락처를 알아봐 주었고, 나는 ㅎ시에 와서 그 아이를 기다리고 있다.

은빈이를 만나면 은빈이에 대한 이야기는 하지 않을 것이다. 이방인들이 어떤 방식으로 나를 통과해 지나갔는지 먼저 들려주어야 할 것 같다. 그런 다음에 작고 따뜻한 발에 대한 대화를 나눌 것이다.

*

치앙마이 게스트하우스에서 사라를 만났다. 각 방마다 세 개의 이층 침대가 놓인 도미토리였다. 침대 밑 보관함에 배낭을 밀어 넣는 동안 이층 침대의 난간으로 사라가 헬로, 하며 고개를 내밀었다. 발갛게 부푼 뺨 때문에 울고 있는 줄 알았는데 알고 보니 늘 그런 혈색이었다. 지푸라기색 단발머리가 오후의 빛을 받아 반짝였다.

문득 은빈이가 했던 말이 떠올라 사라의 귀를 유심히 바라보긴 했어도 짧은 순간이었다. 사라는 지나칠 만큼 환하게 웃으며, 기다렸다는 듯 사다리를 타고 내려왔다. 사라는 침대가 나란히 놓인 구조의 좁은 통로를 막은 채 쪼그리고 앉았다. 그러고는 내가 세면도구를 꺼내느라 다시 배낭을 열고 지퍼를 잠그고 보관함에 자물쇠를 채우는 모든 과정을 뚫어져라 지켜보았다. 나는 개의치 않았다.

가진 돈으로 몇 달, 북쪽에서 남쪽을 향해 내키는 대로 이동할 생각이었다. 기온이 점점 달아오르는 방향으로.

나는 뜨거운 나라를 좋아한다. 볕에 그을리는 동안에는 마음이 그저 단순해지다가 이윽고 사라져 버린다. 몸에서 많은 것이 저절로 빠져나가 버린 뒤 거대한 소금 결정체가 될 때까지 몸을 태우는 맛이 있다고 말하면, 아무도 나를 이해하지 못한다.

치앙마이에 도착한 날부터 나는 내내 게스트하우스 안에만 머물렀다. 아무런 욕구도 일어나지 않았다. 작은 식당을 겸한 리셉션에 놓인 파란색 테이블에 앉아 시간을 차곡차곡 접어 날려 보냈다. 첫날과 이튿날은 스콜이 쏟아져서, 그다음 이틀은 햇볕이 너무 강해서, 그다음 날들은 그저 이런 자세가 익숙해서라고, 슬슬 걱정하며 주위를 맴도는 스태프들에게 덤덤하게 말했다.

그 외에 눈인사를 나누는 타인은 사라밖에 없었다. 언제나 사라가 먼저 다가왔다. 선데이마켓에서 사왔다면서 작은 드라이플라워 다발을 건네기도 하고, 캔 맥주나 포장된 팟타이 같은 것들을 테이블 위에 올려놓기도 했다. 조심스럽게 내 어깨에 손을 올릴 때도 있었다. 드문드문 대화를 나누었지만 내겐 의미 없는 일이었다. 어쩌다 바람이 불 때 그 바람 속에 가만히 서 있으면 어디론가 내 몸이 옮겨지고 있는 것만 같았다. 완전히 텅 비어 있는 세계로, 내 뒤의 문을 닫으면서 조금씩 조금씩.

동물원에 가자고 한 것도 사라였다. 마음이 복잡할 때 동물을 바라보는 것만 한 위안이 없다고 했다. 본능 이외의 것을 욕망하지 않는 방식 때문이라고 덧붙였다. 나는 내 마음에 대해 말한 적이 없었다. 동물이 살아가는 방식에서 인간의 삶을 유추하는 것도 우스운 일이었다.

"미스 리, 이렇게 지내다가 당신은 곧 돌이 되고 말 거야."

사라는 웃음기가 조금도 없는 얼굴로 말했다. 나는 표정을 읽지 말았어야 했다.

"돌이라고?"

"내가 코스타리카를 여행할 때 말이야, 정말로 돌이 된 여행자가 있었어. 마흔이 조금 넘은 미국인이었는데, 아내와 이혼하고 머리를 비우려고 여행을 왔다고 했지. 그 남자도 꼭 너처럼 말없이 벤치에 앉아만 있었어. 밥도 거의 먹지 않고 움직이지도 않았다고. 숙소에 있는 늙은 고양이랑 가끔 눈을 마주치는 게 전부였는데, 둘 다 완전한 침묵 속에서 서로를 바라보곤 했어. 마치 서로를 깊이 이해한다는 듯. 이상하게 나는 그 남자가 너무 신경이 쓰였어."

파란 플라스틱 테이블 모서리에 담배로 여러 번 지져 꺼칠해진 자국이 있었다. 나는 그 자국에 손바닥을 대고 천천히 비볐다. 내가 닳아서 없어지는 상상을 하면서.

"아무 일이 없으면 꼭 무슨 일이 생길 것만 같잖아. 고요함이 곧 복선이지. 그렇게 열흘쯤 지났을 때의 일이야. 달이 엄청 환해서 그날따라 잠이 오지 않아 숙소 밖으로 나왔더니 글쎄, 무슨 일이 일어난 줄 알아?"

스태프들이 의자를 정리하다 말고 사라를 바라보았다. 사라의 몸짓이나 톤은 외국인치고도 과해 보일 만큼 어딘가 어긋난 데가 있었다. 나는 언제나 그런 것들이 잘 보였다. 그래서 늘 외로운 건지도 몰랐다. 사라는 자신에게 집중된 눈길을 잠시 즐긴 뒤에 입을 열었다.

"그 남자가 늘 앉아 있던 자리에 커다란 돌 하나만 덩그러니 놓여 있었지!"

"오!"

스태프들이 웃으면서 장단을 맞춰 주었다. 나는 모든 말들이 지나가기를 잠자코 기다렸다. 그러는 동안 내가 조금쯤 닳은 것 같기도 했다.

"그 돌, 달빛에 어찌나 새하얗게 빛나던지 잊을 수가 없어. 코스타리카에는 그렇게 한 번씩 돌이 되는 여행자들이 있대. 흔들어도, 깨워도 그들은 다시 돌아오지 않는다는 거야. 이미 돌이 되어버리기로 마음먹었기 때문에. 숙소에서 수 킬로미터 떨어진 곳에 가면 희고 거대한 돌산이 있어. 난 거기서 그 여행자를 찾아보려고 했지만 소용없었지."

"그렇게 머무는 것도 나쁘지 않을 것 같은데."

오래된 비문처럼, 아무도 나를 읽을 수 없도록.

사라는 내 어깨를 가볍게 잡고 흔들었다. 뭐야, 벌써 돌이 된 건 아니지? 하며 재미있다는 듯 혼자 웃었다. 그런 뒤, 동물원에 가자고 다시 제안했다.

사라는 그전에도 야시장이며 사원들에 나를 데려가려고 했지만 그때마다 나는 북적이는 곳이 싫다는 이유로 고개를 저었다. 그녀는 월요일의 동물원이 얼마나 적막에 가까운 곳인지를 끈질기게 설득했고, 스태프들도 우리를 부추겼다. 돌이 되면 안 돼, 안 돼! 그들은 손을 내저으며 그랩 택시를 불러 주었다.

은빈이도 동물원에 가고 싶다고 한참 졸라댔었다. 센터에는 일 년 단위의 주말 행사가 계획된 상태였고, 동물원 견학은 예정에 없었다. 하지만 은빈이는 나와 둘이 가고 싶다고 했다. 어릴 때부터 꿈이었거든요. 가족이랑 같이 동물원에 가서 풍선을 사고, 아이스크림을 먹고, 하마나 사자 같은 걸 보면서 이야기하는 거요. 영화 보면, 회전목마 타면서 웃는 어린이나 잔디밭에서 풍선을 터트리는 아이들을 찍은 홈 비디오 같은 게 나오잖아요. 저한테는 동물원이 그런 느낌이거든요. 은빈이는 집요했다. 그런 장면으로 시작하는 영화의 끝에는 언제나 그 아이들 중 하나가 사라지거나 죽을걸. 나는 아마 그런 대답을 했을 것이다.

사라가 멘 작은 보조 가방에는 비닐봉지에 하나씩 싸인 양파가 들어 있었다. 기린은 심장과 머리 사이가 가장 멀리 떨어진 동물이어서 혈액순환이 잘 되지 않아 양파를 내밀면 본능적으로 다가온다고 했다. 머리와 가슴이 멀다는 바로 그 점 때문에 비폭력대화법의 상징이 되었다는 기린이 양파 냄새를 풍기면서 얼굴을 들이밀었다.

"그런데 미스 리, 스웨덴에 가본 적 있어?"

사라가 비닐을 구기며 조심스럽게 물었다. 나는 고개를 저었다. 그 말에 사라는 왠지 안도하는 것처럼 보였다.

"스웨덴이 얼마나 아름답고 평화로운 곳인데. 다음에 우리나라에 꼭 초대할게. 놀러 와."

그 순간, 기린이 둥글게 목을 구부린 채 사라를 물끄러미 바라보았다. 마치 그 말에 담긴 진의를 깊은 데서부터 퍼 올릴 것처럼. 사라가 기린을 향해 활짝 펼친 두 손바닥을 높이 들고 양파가 없다는 의미로 고개를 가로저었다. 그러면서 무심결에 자신의 모국어인 듯한 언어로 무슨 말인가 중얼거렸다. 그것은 호수의 먼 곳에서부터 단숨에 불어오는 바람소리처럼 들렸다.

월요일의 동물원은 사라 말대로 그저 적막했다. 동물들은 사라와 나에게 관심이 없었고, 가끔 커다란 새들이 나무에 내려앉아 깃을 터는 소리만 들려왔다. 흙과 빗물, 재 냄새 같은 것이 풍기는 작은 식당에 들어가 고수가 들어간 오리고기 국수를 시켰다. 사라는 땀을 흘리며 젓가락으로 노란 면발을 집어 올리다가 번번이 실패했고 그때마다 웃었다. 식당 사장이 사라에게 포크를 갖다 주었다.

하지만 사라는 눈으로 내 젓가락질을 주의 깊게 살피면서 포크를 쥐지 않은 손으로 그것을 따라했다. 그러다 젓가락을 내려놓고 불쑥 손을 내밀어, 내 손가락 마디의 연골이나 근육 따위를 확인하듯 어루만졌다.

"손이 작고 예뻐. 이런 손으로 젓가락질 하는 걸 보고 있으면 네가 완벽하다는 생각이 들어."

사라의 손바닥에는 땀이 흥건했고 손등에는 가늘고 금빛을 띤 잔털이 많았다. 손에 들린 포크 날이 내 눈을 찌를 것 같았다.

"난 주로 사람의 손을 보거든. 우리 어머니가 그랬어. 손을 만져 보면 그 사람이 살아온 궤적을 어느 정도 정확하게 알 수 있다고."

사라가 손을 빌미로 나의 궤적을 짐작하기 전에 나는 귀 이야기를 했다. 할 이야기가 그것밖에 없었다. 사람을 마주 보기 불편할 때나 표정을 읽고 싶지 않을 때마다 어떤 아이가 알려준 대로 귀를 보기 시작했다고. 연기자들은 애정 신을 찍을 때나 웃음을 참아야 할 때 미간이나 인중을 보면서 집중하는데, 그런 부위보다 얼굴에 부록처럼 달린 부위를 보는 게 더 편할 때가 있다고 말했다. 그 말을 하는 동안 은빈이를 생각했다. 사라는 환한 얼굴로 고개를 끄덕였다. 이해한다고, 공감한다고 거듭 말하며 주술을 걸듯이 자신의 손바닥을 몇 번 뒤집었다.

숙소로 돌아올 때는 식당 주인의 아들인 리키가 운전하는 차를 탔다. 사라와 나는 뒷좌석에 나란히 앉았는데 창밖만 바라보는 나와 달리 사라는 계속 그와 대화를 나누었다. 리키는 영어에 능숙하지 못했는데도 사라는 개의치 않고 말을 쏟아냈다. 자신이 아는 작은 손에 대한 이야기였다. 리키는 조심스럽게 라디오 볼륨을 높였다. 라디오 진행자는 띄엄띄엄 놓인 허들을 향해 달려가 하나씩 단번에 뛰어넘는 듯한 리듬으로 말을 했고, 사라의 목소리는 점점 낮아지다가 사라졌다.

사라는 나를 즐겁게 해주기 위해 부단히 애를 썼다. 나는 스웨덴 사람을 처음 만나 보았고 그곳에 대해 정확히 알고 있는 것이 없었다. 막연한 나라였고 궁금하지도 않았다. 그러나 아는 것이 없었기 때문에 사라와 어떤 거리를 둘 수 있는지도 미지의 영역이 되어버렸다. 왜 자꾸 나한테 자기 전에 자일리톨 껌을 씹느냐고 물어보는 거야? 만나는 한국인마다 그런 소릴 하던데. 오래전 핀란드에서 온 여행자가 했던 말이 생각났다. 자작나무가 우리와 그들 사이에 있을 때만 핀란드는 핀란드여서 그럴 거라고 말했다. 자작나무 숲에 내리는 눈이나, 그 위를 날아가는 검은 새와 같은 것은 우리 사이에 없다는 것. 그러니 그것은 그저 하나의 정서적 국경이 아니었을까. 깊어질 일이 없는, 안전하고 식상한 간격으로서.

사라는 밤마다 내 침대 귀퉁이에 앉아 질문을 퍼부었다. 한국에 대해 궁금해 하다가 여행 경비나 다음 여정 같은 것에 대해 파고들었다. 경비가 부족하면 자신이 좀 보태 줄 수 있다고 했다. 사라의 지갑에는 여러 장의 국제현금카드와 사라가 거쳐 온 나라들의 지폐가 들어 있었다. 사라는 딸과 함께 찍은 사진을 지갑에서 꺼내 보여주었다. 금발머리에 통통한 볼을 가진 여자 아이였다. 쿠키 따위를 먹다 말고 카메라를 보았는지 조그만 입술 주변에 부스러기가 붙은 채였다. 아이는 표정이 없었지만 그 아이를 뒤에서 안은 사라만은 입을 크게 벌려 웃고 있었다.

아이는 더 이상 살아 있지 않다고 사라는 말했다. 죽었다고 말하지 않고, 단지 살아 있는 상태가 지속되지 않는다는 식으로 얘기했다. 혼자서는 잠이 들 수 없어 여러 여행자들이 함께 묵는 도미토리 숙소만 고른다며, 아이를 외롭게 했던 벌로 이제 자신이 더 외로워졌다고 말하다가 입술을 깨물었다.

사라가 울도록 내버려두었다.

다시 사방이 고요해졌을 때 나는 그저 남쪽으로 가는 것 외에 내게는 아무 계획이 없다고 말했다. 점점 뜨거운 곳으로, 소금이 되는 기분으로, 그렇게 이동하는 것 외에는 아무것도 할 수 없다고.

나를 찾아온 기자들은 하나같이 똑같은 질문만 했다. 은빈 양의 휴대폰이 꺼진 마지막 지점이 이곳이라는데, 아는 것이 없으십니까? 정말 없으세요? 하임리히 기술을 써서 기도를 막은 사과 씨앗을 막 올려 보내듯 불가항력으로 한 마디가 툭 튀어나왔다. 아이 씨—. 그때 내려앉던 정적과, 기자들의 얼굴에 떠오르던 표정을 잊을 수 없다. 물속에 오래 가라앉아 있던 작은 짐승의 사체가 서서히 떠오를 때처럼 그들의 피부 바깥으로 올라오던 확신의 부력. 모른다고요, 씨— 그만 좀— 씨, 괴롭히세요. 그 정도까지만 뱉어서 다행이라고 생각했다. 내 표정을 내가 볼 수 없을 텐데도 다 보고 있는 기분이 들었다. 나는 욕을 하는 사람들을 안다. 들여다보면, 거기 작은 상자가 하나 있는 게 보인다. 판도라의 상자 같은 것이다. 열지 말라는 마음과 열라는 마음이 들여다보는 사람을 다시 들여다보는 구조가.

하지만 그 감각을 모국어로 정리하지 않으려고 애썼다. 적어도 다른 언어 속에서는 욕이 도지지 않았다. 뇌의 검은 방에 빛을 비추고 오래된 낱말 카드들이 들어 있는 서랍을 연다. 먼지를 훅 불고 카드들을 알파벳 순서대로 정리한다. 그 방은 자주 쓰지 않아 예전보다 작아져 있다. 의자 하나를 놓으면 방이 꽉 찬다. 나는 바깥을 향하는 감각들을 모두 끈 채 뇌 속의 작고 검은 방에 놓인 의자 하나에 앉아 외국어로 생각하는 것이다. 이대로 사라져도 괜찮고, 사라지지 않아도 별 상관이 없는 적막에 이를 때까지.

동물원에 다녀온 며칠 후 저녁, 사라가 잠시 자리를 비웠을 때 나는 짐을 싸서 숙소를 옮겼다. 어떤 메모도 남기지 않았다.

그런데 사라가 나를 찾아왔다. 숙소를 옮긴 다음날 아침이었다. 사라의 귀는 귓불이 두툼하고 늘어진 형태였다. 맞은편 이층 침대의 아래 칸에서 커튼을 걷으며 하이, 하고 인사한 건 분명 그런 귀를 가진 사라였다. 붉게 달아오른 두 뺨에 땀이 번질거렸다. 입 꼬리가 올라가 광대뼈가 도드라졌지만 회색 눈동자는 나를 쏘아보고 있었다. 하지만 이내 부드러운 표정을 지으며 사라가 말했다.

"너 이걸 두고 갔어. 내가 너한테 이거 찾아주려고 얼마나 애를 썼는지 아니? 너는 정말 나를……."

사라가 말을 삼켰다. 마치 말이 실제 덩어리를 갖고 있는 것처럼 꿀꺽 소리를 내며 삼킨 탓에 나도 같이 입을 다물었다.

사라가 내게 건넨 것은 다이어리였다. 표지에는 푸른 초승달이 청보리밭을 비추고 있고 다 자란 보리만 한 아이가 등을 보인 채 서서 달을 올려다본다. 빨간 고깔모자에 멜빵 청치마 차림이다. 가만히 응시하고 있으면 아이가 천천히 몸을 돌려 나를 마주 볼 것만 같은 그림이다. 다이어리의 구석에 '세영'이라고 써놓은 반듯한 글자가 보인다. 독서등이 붙어 있는 선반에 올려 두었던 것이다. 이전 숙소에 머물면서 몇 장만 넘겨 보았다. 그러나 넘겨 본 쪽들은 모두 여백뿐이었다. 더 볼 마음이 올라오지 않아 버리듯 두고 온 것인데 사라에게는 나를 찾아올 이유가 되었다. 헨젤이 숲 속에 던져 놓은 빵 부스러기를 쪼아 먹는 부리 큰 새처럼, 한 점 한 점씩 사라가 나를 쪼아 먹으며 내 속으로 성큼 들어오는 것 같았다.

허락도 없이, 나의 미로 속으로.

그 다이어리는 은빈이가 실종되던 날 내게 남긴 유일한 것이었다.

그날 나는 날씨 때문에 봉사자들과 아이들을 평소보다 일찍 돌려보낸 뒤 센터에 남아 뒷정리를 하던 중이었다. 여름방학이 끝나는 날이었다.

은빈이는 돌아가지 않았다.

"비 퍼붓기 전에 가지 그러니? 태풍이 북상하고 있다는데."

희미하게 웃는 소리가 날 뿐 아무 대답이 없었다. 힘주어 책장을 넘기는 소리가 규칙적으로 들려왔다.

"그 책 빌려가도 돼."

"괜찮아요."

은빈이가 읽고 있던 책을 바로 덮었다. 어디서 바람이 새는지 연필이 굴러 떨어지는 소리가 났다.

나는 등을 돌린 채 창가 아래에 흩날린 벤자민 잎들을 주웠다. 은빈이가 나를 바라보고 있는 것 같았다. 긴 침묵 속에서 바람이 창문을 두드리는 소리만이 점점 거세어졌다. 작년에는 헐거워진 창틀에서 유리창이 통째로 날아가 학습실 책상 위에 쏟아졌다고 했다. 이번 바람도 심상치 않았다. 유리창에 분무기로 물을 뿌리고 투명한 필름을 붙이면서 나는 은빈이가 이제 좀 돌아가 주었으면 싶었다.

내가 공립 아동센터에 복지사로 온 것은 작년 겨울이었다. 아동심리학 공부를 미뤄 두고 2년만 실전 경험을 쌓을 생각으로 지원한 일이었고 첫 직장이었다. 당시 은빈이는 근처 여고 2학년인 아이였는데 꾸준히 방과 후 멘토링 봉사를 하러 온다고 했다. 옷차림이 단정하고 보얗게 맑은 얼굴에 예쁘장했고 아이들이 누나, 언니 하며 잘 따랐다. 은빈이가 나보다 아이들을 오래 봐와서 아이들 각각의 성격이나 환경을 더 잘 파악하고 있을 정도였다.

그해, 명훈이라는 아홉 살 난 아이가 조리실에서 부엌칼을 들고 나와 구피 어항 속을 푹푹 찔러댔을 때 명훈이를 말린 것도 내가 아니라 은빈이였다. 나는 명훈이 얼굴을 똑바로 보지 못했다. 내 눈에는 번득이는 칼날만이 보였다.

"명훈이 아빠가 좀 폭력적이에요. 칼이 눈에 안 띄게 잘 숨기셔야 해요. 가끔 포크로 친구들 찌르니까 그것도 조심하시구요. 명훈이 같은 애들은 항상 마음에 화가 가득하거든요. 자기도 어떻게 해야 할지 잘 모를 거예요."

센터장이 은빈이를 향해 엄지를 들어 올리자, 은빈이가 쑥스럽다는 듯이 웃었다. 나는 어항 밖으로 튀어나와 죽은 구피 몇 마리를 나무젓가락으로 집어 종이컵에 담았다. 은빈이는 무릎을 살짝 굽히며 내 손에 들린 종이컵을 조심스럽게 가져가더니 변기에 구피들을 붓고 물을 내렸다.

센터장을 비롯해 복지사들은 모두 은빈이를 아꼈다. 은빈이에게는 스토리가 있었다. 은빈이의 보호자는 그 아이에게 버스 티켓 한 장을 끊어 주며 ㄷ시의 시설에 가서 살라고 했다. 보호자가 저지른 범죄로 인해 가정에서 분리된 청소년들이 주로 머무는 곳이었다. 은빈이가 알려준 주소나 연락처로는 보호자와 연락이 일절 닿지 않았고 은빈이도 가정으로는 돌아가고 싶어 하지 않았다. 결국 은빈이는 열여섯의 나이에 고아가 되었다. 그 아이는 좌절하지 않고 스펀지 같은 학습 능력을 발휘해 명문 고등학교에 우수한 성적으로 입학했다. 시설에서 모범적인 사례가 된 은빈이에게 선생님들의 신뢰와 사랑이 쏟아지는 건 당연했다. 자해와 가출이 반복되는 그곳에서 은빈이는 유독 어른스러웠고 단정하며 총명했다. 불행한 출생, 그럼에도 뛰어난 능력, 역경과 시련을 극복하고 조력자를 만나 결국 성공하는 스토리의 주인공이었다.

나는 은빈이와 조심스럽게 거리를 두었다. 아이 같지 않은 아이가 어떻게 소년이 되었다가 어른이 되는지 지켜본 적이 있었다. 웃을 때 웃는 얼굴의 꺼풀 뒤에 시멘트를 겹겹이 바른 듯 벽이 보이는 사람. 얼굴을 일그러뜨리며 울음을 터뜨리면서도 가만히 바닥을 응시하는 눈빛을 가진 사람. 그는 결국 세상을 떠들썩하게 한 살인범이 되었다. 그는 고시원에서 세 남자를 칼로 찔러 죽였다. 그와 유년을 보낸 친구들은 대개 그 남자애를 평이한 인상으로 기억하려고 애썼다. 그럴 리가 없다고, 세상이 그를 그렇게 만들었을 거라고 말하기도 했다. 그의 내면에 어둠의 씨앗 같은 것이 심겨 있었다 해도 적어도 우리가 그것에 물을 주지는 않았을 거라고 안도하기 위해서였다.

하지만 나는 아니었다. 나는 그 아이의 여자친구였다. 내가 지켜보는 줄도 모른 채 노숙자의 뺨을 때리는 것에 몰두해 있던 그 소년의 뒷모습과, 내 머리카락 속으로 불쑥 손을 집어넣었던 순간과, 죽은 새의 눈알이나 쥐의 발가락 같은 걸 꼭 쥐고 무심한 눈으로 서 있던 것이 잊히지 않았다. 그러면서도 그는 모두에게 영악할 만큼 친절했고 그 이상으로 사랑 받았다. 나만 그의 그늘을 보았다. 다들 내가 예민한 거라고 웃었다. 나는 그저 속으로 욕을 하며 견뎠다. 이름을 바꾸고 먼 곳으로 이민을 가는 것이 내 오랜 꿈이었다.

은빈이는 다른 아이들과 결이 달랐다. 무서운 영화를 보고 난 뒤에도 불이 꺼진 화장실에서 거울을 보며 머리를 빗을 것 같은 태연한 힘이 있었다. 은빈이는 살갑게 대하지 않는 나를 의식하고 유독 내 눈치를 보았다. 내게 영향을 끼치고 싶어 했다. 나는 그게 사랑받고 싶어 하는 마음보다 더 큰 욕구라는 걸 알고 있었다. 그것은 체스를 두는 사람이 가진, 한 수 너머를 읽으려는 힘에 가까웠다.

은빈이는 나를 힐끔거리다 눈이 마주치면 덤덤한 듯 웃었지만 눈은 웃지 않았다. 간식 시간이 되면 아이들이 앉는 순서를 공들여 정해 준 뒤 내 맞은편 자리에 앉았다. 내가 땅콩 껍질을 까면 은빈이가 어느새 자신이 까놓은 누런 알맹이들을 접시 위에 조르르 옮겨 놓았고 딸기 과즙이 내 입가에 흐르기도 전에 티슈를 뽑아서 내밀었다. 나는 그 모든 게 불편해서 견딜 수 없었다. 내게 다가오는 사람들은 모두 나를 조금씩 죽인다고 생각했다.

내가 사라를 등지고 옷을 갈아입고 있을 때 갑자기 사라가 다가와 날개뼈에서 어깨로 이어지는 부위를 쓰다듬었다. 뱀이 몸을 스쳐간 것 같았다. 사라는 아무 말도 덧붙이지 않았다. 옷매무새를 가다듬고 나서야, 여행을 떠나오기 직전에 피가 맺히도록 긁어대던 부위라는 게 기억났다.

사라는 도움이 필요하지 않냐고 자꾸 물었다. 나를 도와주고 싶어 못 견디는 것 같기도 했다. 사라의 몸에서는 옷장 안에서 여러 계절 동안 접혀 있던 옷과 같은 냄새가 났다. 그런 감각을 떠올리다 보면 숨을 내뱉는 박자가 어색해졌다. 소고기뭇국을 먹다 육질 사이에 낀 고름 같은 지방덩어리를 본 뒤 한 숟가락도 뜨지 못했던 때처럼, 기호를 결정해 버리는 사소한 순간들이 누적되었다.

나는 다시 다이어리를 꺼냈다. 초승달과 보리밭과 여자 아이의 뒷모습을 의식처럼 한참 바라본 뒤 표지를 넘겼다. 한 해의 달력이 모두 나와 있는 쪽을 넘기면 월별 스케줄을 정리하는 장이 나와야 하지만 은빈이는 열두 장을 모두 뜯어내고 메모장만 남겨 놓았고 세 장째까지는 아무것도 적어 놓지 않았다. 다이어리의 중간 즈음에 노란 포스트잇을 붙여 놓은 부분이 있었지만 그 적나라함 때문에 나는 그 장을 열어 보지 못했다. 몰래 국경을 넘어가는 일보다 더한 경계를 넘어서는 일처럼 여겨졌다.

"비가 와."

사라가 혼잣말을 했다. 소리만으로도 빗줄기의 굵기를 가늠할 수 있을 것 같았다. 콩을 톡톡 던지는 듯한 소리에서 순식간에 호두를 철판 위에 쏟아 붓듯 바깥이 소란스러워졌다. 사라가 창문을 열고 팔을 길게 뻗어 담뱃재를 털었다. 바람이 불어와 다이어리를 넘겼다. 나는 은빈이가 실종되던 날로 떠내려갔다.

"비 냄새가 나요."

은빈이의 말이 떨어지기가 무섭게 창밖이 뿌예졌다. 거리의 모래와 잔돌들이 바람을 타고 둥글게 날아올랐다. 정리가 끝났어도 당분간은 비바람이 멎기를 기다리는 수밖에 없었다. 다른 선생님들이 퇴근하는 길에 데려다줄 테니 같이 가자고 해도 은빈이는 화장실에 가거나 책을 고르면서 뭉그적거렸다. 결국 은빈이와 나만 센터에 남았다.

나는 녹차를 우려 은빈이에게 한 잔을 건넸다.

"선생님은, 다른 사람으로 살아 보고 싶었던 적 없으세요? 이름을 바꾸거나, 이민을 가거나 해서라도요."

센터 아이들에 대해 깊이 없는 대화를 하던 끝에 은빈이가 맑은 연둣빛의 차를 바라보며 툭 던지듯 말했다. 나는 그 맥락 없는 맥락 속으로 끌려들어가지 않으려고 버텼다. 그리고 그렇게 버티는 내가 우습게 느껴졌다. 시야의 끄트머리에서 누가 뺨을 갈기듯 번쩍하는 느낌이 들더니 곧 천둥이 울렸다.

네가 뭘 알아. 갑자기 욕이 터질 것 같았다. 목구멍까지 욕이 밀려 올라왔다. 나는 계속 침을 삼켰다. 눈을 감을 수는 없었다. 뇌 속의 검은 방은 눈을 감아야 열 수 있었으므로 어서 은빈이를 돌려보내야 했다.

"한 사람으로 평생을 사는 건 지겹잖아요. 억울하기도 하고. 안 그래요?"

나는 찻잔 고리를 쥔 은빈이 손을 뚫어져라 바라보았다. 그 아이가 다른 한 손을 펴면서, 작은 눈알 같은 것을 내게 불쑥 내밀 것만 같았다.

"글쎄. 새로운 사람으로 살게 되더라도 지리멸렬한 순간은 반드시 오게 될 거야."

나는 아무런 의도를 담지 않은 채 대답해 주었다.

"누구로 살든, 어떻게 살든 말이죠?"

그럼, 이건 다 의미가 없나 하고 은빈이는 작게 중얼거리더니 차를 홀짝였다.

"얼마 전 조리사 선생님이 바뀌었는데 나물을 제대로 데칠 줄을 몰라요. 간장 맛만 나요. 절에서 공양보살님으로 계시다가 왔다고 해서 기대했는데. 저 요즘 채식하잖아요."

나는 은빈이가 갑작스럽게 시작한 채식에 관해 물어 주기를 바란다는 것을 알았다. 은빈이는 언제나 상대가 문장의 끝을 잡을 수 있도록 만드는 대화법을 알고 있었다. 노련하지만 은근한 강요였다. 하지만 나는 그저 고개를 끄덕이며 말들이 공중으로 풀어지도록 내버려두었다. 이 모든 것이 연극 같다는 생각이 들어 피로하기만 했다.

은빈이는 센터장과 복지사 선생님들, 시설 관리자들에 대해 생각나는 대로 말했다. 그들의 말투나 웃음소리를 따라하기도 했고, 장점과 단점을 치밀하게 분석해 나열하기도 했다. 그렇게 하면 내가 어떤 식으로든 대화에 참여할 거라고 생각하는 것 같았다.

"근데, 제가 아는 모든 어른들한테 있는데 선생님한테만 없는 게 뭔지 알아요?"

마침내 그 아이는 그런 질문을 던졌다.

나에게 없는 것. 그 많은 것들 중에 은빈이가 무엇을 보았는지 나는 알지 못했다. 어디까지 볼 수 있는 아이인지 몰랐다.

"모르지."

나는 그런 건 전혀 중요하지 않다는 듯 가볍게 대답했다. 은빈이는 내가 더 물어보지 않을 걸 알면서도 뜸을 들인 뒤 말했다.

"연민이 없다는 거요."

"연민?"

"네. 연민이 없어서 좋아요."

부러진 나뭇가지들이 벽을 때리며 하늘로 올라갔다. 풍력발전기의 거대한 날개들이 바로 뒤에서 세차게 돌아가는 것처럼 압축된 공기의 힘이 회오리쳤다.

은빈이는 매주 금요일 오후와 행사가 있는 주말에 봉사활동을 하러 왔다. 교대에 진학하려는 아이들이 자기소개서에 아동센터에서 아이들을 가르친 내역을 올리는 경우가 많았기 때문에 모두 은빈이가 교대 진학을 꿈꾸고 있다고 짐작했다. 좋은 선생님이 될 것이라는 격려를 아끼지 않았다. 그럴 때마다 은빈이는 긍정도 부정도 하지 않았다. 다만 궁금해 하지 않는 내게만은 작은 목소리로, 전 명문대가 아니면 안 갈 거예요, 하고 웃으면서 말한 적이 있었다.

세 번의 계절을 보내면서도 나는 은빈이와 딱히 가까워지지 않았다. 잔

일이 많아 종종 가장 늦게 센터를 떠나곤 했는데 그런 날에는 어김없이 은빈이가 내 퇴근시간에 맞춰 건물 앞을 서성이고 있었다. 시설 밥이 형편없다거나, 밉지만 엄마가 보고 싶어서요, 하며 한숨을 쉬었다. 그런 날에는 시설 문 앞까지 태워 주기도 했다. 백미러로 은빈이가 내 차의 후미를 바라보는 모습을 볼 때마다 이상하게도 빚을 진 기분이 들었다.

나는 자리에서 일어나, 게시판의 사진들을 괜히 정리했다. 녹색 부직포가 깔린 게시판에는 아이들 사진이 핀에 꽂혀 있었다. 밥을 먹는 모습, 월별 생일파티를 하는 모습, 소풍과 운동회, 연극 관람과 양로원 견학 장면 등을 한 장 한 장 들여다보았다. 대부분의 사진마다 은빈이가 웃고 있었다.

"선생님, 있잖아요……."

"여기 사진에 너 아주 어른스럽게 나왔어."

나는 아무 사진이나 가리키며 말을 끊었다. 짚고 보니 은빈이가 앞치마를 두르고 아이들에게 수제 브라우니 만들기 수업을 해주던 때의 사진이었다. 잠시 주춤하던 은빈이가 어디요? 하며 다가와 사진 속의 자신을 바라보았다. 마치 사진 너머의 것을 보고 있는 마냥 긴 시간이 지난 뒤에 은빈이가 낮은 목소리로 가만히 물어보았다.

"어느 정도로요?"

"뭐가?"

"어느 정도로 어른스럽게 보여요? 그러니까, 몇 살쯤으로 보여요?"

생각지 못한 질문이었다. 나는 사진 속의 은빈이를 뚫어져라 보았다. 은빈이도 자기 얼굴을 다시 유심히 바라보았다. 수배 전단에 찍힌 낯선 사람을 보며 죄목과 관상을 연결 지으려는 것처럼.

"글쎄, 한 스물셋? 혹은 넷쯤? 대학생처럼 나왔네."

은빈이의 얼굴이 고요한 속도로 굳었다. 은빈이는 차를 마시던 자리로 돌아가 앉았다. 식은 녹차를 몇 모금 마시다 말고 찻잔을 내려놓더니, 손바닥으로 턱을 괴고 번득, 뭔가가 지나간 눈빛으로 말했다.

"계속 궁금한 게 있었는데요. 선생님은……."

나는 침을 삼켰다.

"내가 누군지 보여요?"

나는 그 자리에 가만히 서 있었다. 은빈이는 여전히 턱을 괸 채 나를 올려보았다. 그때의 은빈이는 전혀 다른 사람처럼 보였다. 욕이 태풍의 눈으로 돋아나지 않도록, 시선을 피해 창문을 다시 점검하는 척했다. 창에 손바닥을 대면 바람의 힘이 묵직하게 닿았다.

더 이상 바람소리라고 부를 것은 없었다. 빗물이 세계를 뒤집을 듯이 쏟아졌다.

"정말, 보여요?"

나는 결국 대답하지 않았다.

한참 뒤, 문이 닫히는 소리에 뒤를 돌아보았을 때 은빈이는 사라지고 없었다. 은빈이가 앉았던 방석 가까이 다이어리가 하나 남아 있을 뿐이었다. 얼마 안 있어 일대가 정전이 되었다. 캄캄한 어둠 속에 가라앉은 채로 비가 그치기를 기다렸다. 어둠에도 중력이 있는 줄을, 그날 처음 알았다.

보호기관에서 은빈이의 실종신고를 한 것은 같은 날 자정이었다. 은빈이는 감쪽같이 사라졌다. 마치 원래부터 존재하지 않았던 것처럼. 여고 학생들과 선생님, 은빈이를 보호하던 시설의 담당자들이 모두 나서서 전단지를 붙이고 현수막을 걸었다. 시설 주변에 살던 전과자들이 줄줄이 경찰에 불려가 조사를 받았다. 기자들과 경찰들이 자꾸 나를 찾아왔다. 나는 뒤를 돌아보지 못하는 꿈을 반복해서 꾸었다. 등 뒤에서 은빈이가 비명을 지르는데 나는 몸이 굳어 돌아볼 수 없는 꿈. 창밖으로 나무들이 날아가고 어둠이 무겁게 쏟아져 내리는 꿈.

"나는 사람을 죽인 적이 있어."

사라는 느닷없이 그런 말을 했다. 나는 라임 주스가 든 유리잔을 내려놓았다. 농도 짙은 신맛의 주스가 빈속으로 스며들었다. 한낮의 볕이 테이블을 사이에 두고 마주 앉은 사라와 내 몸을 데웠다. 사라는 내가 혼자 앉아 있도록 두지 않았다.

나는 사라의 축축한 손바닥을 펼쳐 바짝 말리고 싶다고 생각했다. 그 손이 말라 부서지는 걸 보고 싶었다.

"오늘처럼 볕이 좋은 날이었어. 맑고 따뜻한, 대낮. 이런 날 죽고 싶어 하는 사람이 있다고는 생각 못 했지. 뒷산에서였어. 딱히 멋진 구석도 없고 사람들이 가지 않아 수풀이 우거진 곳."

나는 턱을 괴고 사라 쪽으로 몸을 기울였다.

"나는 그곳을 좋아했거든. 그날도 샌드위치와 물을 챙겨서 등산을 하고 있었지. 한참 올라갔는데 어디선가 인기척이 나는 거야. 그것도 아주 절박한 인기척이. 옆길로 새서 가보니 한 사내가 목을 매달고 발버둥치고 있었어. 머리가 검고 몸이 아주 마른 남자였어. 발 아래에는 술병들……. 발로 찼는지 조립식 의자가 조금 떨어진 곳에 쓰러진 채였고."

의자를 들고 산을 오르는 남자가 떠올랐다. 오로지 죽겠다는 맹렬한 의지만 가지고 땀을 흘리며 걸음을 딛는 머리가 검은 남자.

"죽는 순간에도 단계가 있잖아. 본능적으로 거부하다가 체념이나 수용에 이르는 과정들이. 남자는 자신이 그런 과정도 없이 단순하게 죽을 수 있을 거라 생각했나 봐. 나는 조립식 의자를 가져와서 남자의 발밑에 대려고 했어. 하지만 그 의자는 이미 망가진 채였지. 내겐 칼이 없었고 휴대폰도 터지지 않았어. 나는 어쩔 수 없이 허리를 숙이고 내 등을 갖다 댔어. 살려야겠다는 생각뿐이었거든. 등에 닿은 남자의 발은, 참 작고 따뜻하더라."

나는 내 등이 뜨거워지는 것만 같았다. 뒷이야기를 듣고 싶지 않았지만 사라는 멈출 생각이 없어 보였다.

"조금 진정이 되었을 때 남자가 힘겹게 말했어. 아주 오랫동안 준비한 죽음이라고. 자신의 결심에는 변함이 없으며 숲에서 썩어 가는 것이 이상적이라는 거였어. 오래 전부터 남자는 조류 시장에서 새를 사서 이 숲에 놓아 주곤 했대. 새들만이 자신의 마지막을 지켜봤으면 좋겠다고 했어. 그건 남자가 스스로 선택할 수 있는 유일한 것이라고. 남자가 잠시 진정한 건 살고 싶어서가 아니라 힘을 모으기 위해서였어. 남자는 온 힘을 다해 나를 밀어냈지."

그렇게 죽었어. 내가 죽인 거야. 사라는 구원을 바라듯 나를 물끄러미 바라보았다.

"나는 허리를 숙일 때마다 내 등에 닿던 그 발바닥의 감촉이 떠올라. 리, 당신도 이제 그 발을 잊지 못하게 될 거야. 내 이야기를 들은 사람들은 모두 그 발을 나눠 갖게 되거든. 미안해."

사라가 손바닥을 테이블 위에 문질렀다. 땀이 홍건하게 묻었다. 나는 그 자국이 모두 사라질 때까지 눈을 떼지 못했다.

내일 이곳을 떠날 거야. 내가 할 수 있는 말은 겨우 그뿐이었다.

은빈이의 소재가 파악된 것은 실종된 날로부터 두 달이 지난 뒤였다. 은빈이가 ㅎ시에 살고 있던 스물세 살의 여자였다는 것도 그때서야 밝혀졌다. 학대 받거나 버림받은 아이도 아니었다. 은빈이의 부모는 공단의 근로자 식당에 식자재를 운반하는 일을 하며 지나칠 만큼 바쁘게 살고 있었고, 딸이 지방 대학에 잘 다니고 있는 줄로만 생각했다. 뉴스를 보고 은빈이의 소재를 경찰에 알려준 사람은 자전거 공장에 다니는 외국인 근로자였다. 그는 한국인들이 다 똑같이 생겨서 구별하기 어렵지만 김세영의 얼굴만은 너무 하얘서 기억한다고 말했다.

은빈이의 본명이 김세영이었다.

그 아이는 그저 다른 삶을 시작해 보고 싶어서 자작극을 꾸몄다고, 특이한 사건들을 취재해 방송하는 프로그램에 나와 차분하게 말했다. 침착하고 어른스럽다는 칭찬을 들을 때마다 기뻤다고 말하며 수줍게 웃기도 했다. 심리학과 교수와 정신과 의사가 은빈이의 상태를 분석했다. 그러나 수치와 통계와 카테고리가 있다고 해서, 은빈이를 이해할 수 있는 건 아니었다. 언제나 사람은 그 너머에 있으니까.

방송에 나오는 어떤 사람도 내 주변에 살고 있는 실체를 가진 사람으로 보이지 않았다. 나조차 나 같지 않았다. 모른다는 말을 반복하는 내 목소리는 변조되어 나왔다. 아무것도 몰라요. 모른다고요, 삐―그만 좀, 삐―괴롭히세요. 공개 실종자에서 일반인으로 신분이 달라진 은빈이의 얼굴은 더 이상 화면에 나오지 않았다. 나는 가방에 넣고 다니던 실종자 전단을 꺼내, 은빈이의 귀를 가만히 바라보았다. 외모의 특징을 알려달라는 인쇄 업체의 요구에 나는 트라거스에 작은 구멍이 뚫려 있다고 말했다. 그 문구는 현수막에도 전단지에도 인쇄되지 않았다. 전단지 속 은빈이의 하얀 귀는 기괴할 정도로 고요해 보였다.

은빈이는 대학 입학을 코앞에 둔 시점에서 홀연히 사라진 이유에 대해 대답하지 않았다. 대신, 인터뷰 맨 마지막에 갑자기 내 이름을 말했다. 가명 처리가 되었지만 나는 그걸 알아들었다. 다시 만나고 싶은 사람은 이 선생님뿐이라고, 꼭 자신을 찾아오라며 중얼거리듯 뱉었는데 울음이 섞여들었다. 나는 그 순간 미친 듯이 웃었다. 웃다가 숨이 넘어갈 것 같더니 얼굴이 경직되기 시작했다. 소리 내어 웃어 본 지가 너무 오래되었다는 걸 그때 깨달았다.

누군가를 잘 안다고 믿는 것은 얼마나 큰 착각일까. 사람과 사람 사이의 간극은 멀고도 황량해서, 그 사막 같은 공간에서 불어오는 바람의 깊이를 생각하면 아찔해졌다.

내가 치앙마이를 떠나기로 한 날 새벽, 사라는 나의 여권과 100바트 한 장만을 침대에 올려 둔 채 내 모든 소지품을 훔쳐 달아났다. 숙소의 주인은 스웨덴 사람이 머문 적이 없다고 말했다. 사라라는 이름도 모른다고 했다. 나는 사라의 지푸라기색 머리와 붉은 뺨과 귀 모양에 대해 열심히 설명했다. 설명할수록 사라가 기억에서 사라지는 것만 같았다. 스태프는 한쪽 눈썹을 올리더니 모른다는 말만 퉁명스럽게 뱉었다. 나는 사라를 처음 만났던 도미토리를 찾아갔다. 카운터를 지키던 스태프는 영문을 모른 채 환하게 웃으며 나를 반겼다. 그는 체크인을 할 때 여권을 복사해 둔 서류 더미에서 투야민 지브예바라는 여자를 찾아냈다.

그녀는 러시아 사람이었다.

*

은빈이의 다이어리에는 끝내 아무것도 적혀 있지 않았다. 하지만 나는 많은 소리들을 이미 들어버린 것 같았다. 테이블 위에 다이어리를 올려 두고, '세영'이라는 글자를 냅킨 한 장으로 덮었다. 한 무리의 외국인들이 지나간 뒤 거리는 텅 비었다. 멀리, 눈이 얇게 한 겹 쌓인 보도블록 위에서 은빈이가, 아니 김세영이라는 이름의 얼굴이 하얀 여자가, 나를 바라보고 있었다. 여자는 한참 동안 그대로 서 있다가 이윽고 발을 뗐다. 커피숍을 향해 한 걸음, 한 걸음 걸어오고 있는 저 여자가 누구인지 문득 아득하고 막막해졌다.

확실하게 알고 있는 것은, 기괴할 정도로 고요하고 흰 귀를 가진 어떤 여자를 내가 만나 본 적이 있다는 것뿐이었다.

## 허성환 | 조금은 귀여운

2021 매일신문 신춘문예 소설부문 당선.
중앙대학교 예술대학원 문예창작 전문과가정 수료.

단편소설
▼

# 조금은 귀여운

허성환

부스럭거리는 소리에 깼다. 그는 수건으로 머리를 말리고 있었다. 나는 헝클어진 이불을 가슴 쪽으로 끌어당겼다. 진석 씨, 거기 헤어드라이어 있지 않나요? 그가 다 쓴 수건을 가지런히 개고 난 뒤에 조심스러운 표정으로 나를 쳐다봤다. 민주 씨 깰 까봐 수건으로 천천히 말렸어요. 나는 주변을 둘러보았다. 우리가 어젯밤에 마셨던 미니 와인병과 캔 맥주, 과자 껍질, 감자칩 통이 구석에 질서정연하게 놓여 있었다. 그는 바닥에 떨어진 과자부스러기를 치우고 사용한 커피포트의 안쪽을 물로 헹군 뒤에 가져왔다. 그는 정리하다 말고 테이블에 놓인 Q 모텔 성인 영화 보기 가이드 용지를 들었다. 그가 놀라는 표정을 짓기에 그의 시선이 닿는 곳을 같이 쳐다봤다. 리모컨의 메뉴를 누른다. '확인' 버튼을 누르고 '성인 전용관'을 선택하고 '성인물'을 누른다. 보고 싶은 영화를 골라서 영화를 무제한으로 감상한다. 그가 침울한 표정을 지었다. 우리, 영화를 볼 수 있었네요?

그를 알게 된 지 일주일째에 내가 사는 오피스텔에 그를 불렀고, 차 한 잔 마시고 가라는 나의 말에 그는 진짜 차 한 잔만 마시고 갔다. 나의 목적은 그와 차를 마시는 게 아니었기에 당연히 루이보스 차나 재스민 차가 없었다. 내가 수납장을 열었다 닫았다 하면서 엇, 마실 만한 차가 없네요? 라고 말하며 그를 물끄러미 쳐다보았지만, 그는 나의 신호를 알아차리지 못했다. 초가을이라 날씨가 덥지 않았으나 나는 일부러 덥다며 겉옷을 벗은 상태였다. 서른을 넘긴 남자가 연애 경험이 전무하지 않다면 보통의 경우엔 뒤에서 능청스러운 대사를 하면서 나를 껴안았을 것이다. 그는 커피믹스라도 괜찮으니 얼마든지 기다리겠다고 했다. 식탁이 있는데도 양반다리로 바닥에 앉아 있었다. 나는 가슴골이 드러나는 파인 옷을 입고 있었고 그는 중간에 아주 작은 목소리로 애국가를 중얼거린 것 같기도 했다. 나는 편의점에 가서 어쩔 수 없이 커피믹스를 사 와서 그에게 타 주었다. 그의 표정이 밝아졌다. 커피, 맛있군요. 나는 속으로 '그게 아니지 않나?'하고 잠시 생각한 뒤, 그를 보냈다.

그를 안지 2주 째에는 라면 먹고 가라고 불렀더니 그는 정말 라면만 먹고 갔다. 나는 김치와 단무지를 작은 용기에 담아주며 살아온 이야기를 슬슬 풀어나가려 했다. 우선 그의 고교 시절은 어땠는지, 대학 때는 왜 그 전공을 택했고 지금 다니고 있는 직장은 마음에 드는지 등을 물으려 했다. 그러나 그는 농심과 삼양, 오뚜기 등의 브랜드를 카테고리로 나눠서 그가 여태껏 먹어봤던 라면을 리뷰했다. 꽤 따분했지만, 의외로 그는 라면에 대해 일가견이 있었고 라면이 국민에게 보급되었던 역사까지 알려주었다. 한때 라면은 영양실조의 상징인 음식이었지만 국가에서 강제로 비타민 성분을 넣게 만들어서 그 이후에는 사람들이 아무리 라면을 많이 먹어도 영양실조에 안 걸리게 되었습니다, 라는 그의 설명은 회사에서의 업무능력이나 브리핑 실력을 가늠하게 했지만, 우리가 만약에 함께 살게 되었을 때 안길 수 있는 품이 포근한지는 장담할 수 없었다.

그런 그가 어제 나를 Q 모텔로 이끌게 만든 결정적인 상황이 있었다. 나와 그는 언주역 5번 출구 쪽 번화가의 레스토랑에서 저녁 식사를 끝마친 뒤 산책로를 함께 걸었다. 이런저런 이야기를 나누다가 벤치 앞에서 멈췄다. 그가 감사한 표정을 지으며 나를 물끄러미 쳐다봤다. 그때 있잖아요. 발렛파킹 하셨던 분이 너무 고마워요. 어떻게 이런 식으로 만날 수가 있지? 나는 풋, 하고 웃음이 튀어나왔다. 그와 만남은 우연이었다. 그리고 나의 뜻밖의 실수 때문에 연락하게 되었다.

나는 한 달에 한 번씩 강남의 레스토랑에서 고등학교 동창들끼리 모였다. 유부녀가 된 사람들은 육아와 가사 일을 핑계로 탈퇴했고 미혼인 애들끼리 남아서 좋은 사람 있으면 서로 소개해줘서 결혼하자, 라는 취지로 식사와 함께 이야기를 나누곤 했다. 그날따라 그다지 꾸미지도 않았는데 시간을 많이 허비했고 쓸데없이 청담동 고급 레스토랑에서 보자고 한 친구들 때문에 발렛을 맡기고 레스토랑 안으로 들어갈 작정이었다. 레스토랑 앞에 발렛 하시는 분으로 짐작되는 사람이 있기에 차 키를 건넸는데, 그가 나를 어처구니없다는 표정으로 쳐다봤다. 그래서 나는 내 차가 경차라서 눈치를 주는 건가 싶어서 그를 자꾸만 쳐다보았다. 그도 나를 계속 쳐다보았다. 나는 외제 차만 차냐고 따지려고 입을 열려는데 그가 운전해서 주차를 해주었다. 그리고 차 키를 돌려주며 억울한 표정으로 말했다. 저 발렛 아닙니다. 저도 발렛 하시는 분이 안 보여서 여기서 기다리고 있었습니다.

그제야 뭔가 잘못되었다는 생각이 밀려왔다. 죄송하다는 사과와 함께 고개를 숙였다. 정말 사례하고 싶다며 그의 휴대전화에 내 휴대전화 번호를 남기고 친구들에게 돌아갔다. 그리고 다음 날, 내가 먼저 연락했다. 식사 대접 해드리고 싶은데 언제 시간 좋으세요? 나는 그가 어떤 사람인지도 몰랐고 외형적으로 끌린 것도 아니라서 여러 번 볼 생각은 없었다. 예의상 수수하게 차려입고, 처음이자 마지막이라 생각하고 괜찮아 보이는 일식집으로 갔다. 일식집에서 통성명을 마쳤고 커플은 아니었지만, 커플 세트가 저렴해 보여서 커플 세트를 주문했다. 몇 가지 찬이 나오고 초밥이 나왔는데, 내가 타는 개나리색 레이 차량을 닮은 노랗고 매끈한 달걀 초밥을 쳐다보고 있던 그의 표정이 침울해졌다. 저, 혹시 말인데요. 제가 발렛 파킹 잘하게 생겼나요?

아뇨, 그럴 리가요! 그냥 발렛 파킹하는 자리에 계속 서 계셔서……. 거기엔 진석 씨 말곤 아무도 없어서 그랬어요. 죄송해요. 정말 죄송해요! 그가 피식 웃었다. 그래도 저 주차는 잘하죠? 그렇게 말하고 그가 싱긋 웃으며 나를 쳐다봤고 어떤 기대에 가득 찬 눈빛이 되었다. 내가 별 반응이 없자, 그는 묘기를 선보인 동물원의 동물처럼 조련사 앞에 가서 칭찬해달라고 머리를 내밀 듯이 내게 얼굴을 가까이 댔다. 나는 뭐에 끌리기라도 한 듯 조련사처럼 그의 머리를 쓰다듬어 주었다. 그가 기쁜 표정이 되어서 머리를 조금 더 움직여서 내가 더 잘 쓰다듬을 수 있도록 내 쪽으로 내밀었다. 나는 뭔가에 홀린 듯 한 번 더 쓰다듬었고 묘한 쾌감이 밀려왔다. 그때부터 그에게 관심이 생겼다. 그는 나보다 세 살 연하였다.

두 번째 만남에서는 그가 달달한 로맨스 영화, 첩보 액션 영화, 코미디 영화, 부귀영화 중에서 뭐가 가장 좋은지 내게 선택하라고 했다. 나는 부귀영화보다 로맨스가 끌렸지만, 영화 '러브 액츄얼리'나 '노트북' 이야기를 꺼낼까 봐서 첩보 액션 영화를 골랐다. 나는 영화관에 갈 줄 알았는데 그가 비밀스럽게 전봇대 뒤로 숨더니, 첩보 영화의 한 장면처럼 무전을 하는 척 어디론가 전화를 걸었다. 응답 바란다. 오바. 여기는 신사동 가로수길 일대. 민주 씨랑 데이트 중인데 차량 지원요청 한다. 오바.

정확히 십 분 뒤에 그의 친구가 고급스럽게 각진 BMW를 끌고 오더니 차에서 내려서 차키를 그에게 건넸다. 나를 한번 쳐다보고 그를 보더니, 윙크를 하고 돌아갔다. 남자들에게 차란 아주 중요한 것이다. 와이프는 빌려줘도 자신의 차는 빌려줄 수 없다는 말을 언젠가 들었던 적이 있었다. 차를 빌릴 정도면 그는 대인관계가 좋다고 장담할 수 있다. 그가 차 문을 열고 내게 타라고 손짓했다. 나는 타고나서 곧장 걱정되었다. 보험은요? 그가 핸들을 잡고 자신감 있게 웃었다. 정말 친한 친구라서요. 사고 나면 자기가 다 책임진대요. 대신 오늘 하루만 빌려준대요.

우리는 어느새 강변북로를 지나고 있었고 그는 매너 있게 운전했다. 우리를 앞지르는 차엔 앞길을 비켜줬고 차선을 끼어들지 않았다. 난폭하게 운전하는 화물트럭이 지나가도 욕설하지 않았다. 저런, 저러다가 하느님에게 먼저 도착하겠는데. 정도만 중얼거리듯 말할 뿐이었다. 배달원이 오토바이로 차선을 제멋대로 바꾸며 달리자 저러다가 염라대왕에게 배달되겠는데, 하고 말할 뿐이었다. 차선을 변경할 때마다 깜빡이를 꼭 켰다. 깜빡이를 켠다는 것은 아주 기본적이지만, 지키기 어려운 규칙이기도 했다. 차에는 조용한 뉴에이지 곡이 흘러나왔는데, 이걸 듣다가는 졸음운전을 하진 않을까, 걱정될 만큼 느린 템포의 음악이었다. 그는 이루마와 유키 구라모토는 너무 알려져 있다며 양방언이나 지아펭팡을 추천했다. 음악은 감미롭고 웅장하면서도 한편으로는 서글펐다. 클라이맥스에는 고결한 멜로디가 흘러나왔다. 나는 차창 너머로 보이는 풍경은 관심이 없었고 그의 가치관이 궁금해졌다. 그가 운전대를 잡은 손의 얇은 실핏줄이 보였다.

아, 오해하실까 봐서 말하는 건데요. 저는 그냥 작은 국산 차 타요. 부동산 중개 일을 하기엔 작은 경차가 짱이거든요. 아 참, 저는 부동산 중개 일해요. 민주 씨, 첨 레스토랑에서 만났을 때, 탔던 벤츠 차량은 제 친형 거예요. 사실은 그날, 저, 소개팅 자리였는데 파토가 났어요. 소개팅이 잘 안 돼서 다음날 우울해 있었는데 민주 씨가 불러줘서 너무 기뻤어요. 고마워요. 우리 자주 만나요. 제가 좀 호들갑스럽죠? 연애 안 한 지 너무 오래되어서요. 솔직하게 말씀드릴게요. 제가 경험이 좀 없어요. 그래서 친구가 이번엔 좀 잘해보라고 큰맘 먹고 빌려주는 거래요.

나는 안전벨트를 오른손으로 쥐어 보았다. 그렇게 디테일하게 설명 안 해주셔도 돼요. 차 같은 건 중요하지 않아요. 우리, 커피나 자주 마셔요. ……저는 언주역에서 작은 영어학원 운영하고 있어요. 원래는 전담도 많이 했지만, 유능한 강사들이 수업을 잘 해줘서 관리 쪽으로 거의 전환했어요. 그는 움츠렸던 어깨를 조금 폈다. 저는 작년까지 중개보조원으로 일하다가 최근에 자격증 따서 중개사 됐어요. 나는 차 안에 테두리로 설치된 조명 불빛이 은은하게 보라색과 분홍색, 노란색과 하늘색으로 바뀌는 것을 쳐다보고 있다가 핸드백을 뒤적거려서 딸기 맛 풍선껌을 꺼냈다. 껌 씹을래요?

좋죠. 나는 껍질을 까서 운전 중인 그의 입에 껌을 넣어주었고 그가 껌을 씹다가 이따금 풍선을 불었다. 나의 마음은 분홍빛 딸기 맛 풍선처럼 가끔 부풀어 올랐다. 운전대를 잡은 옆모습을 아무리 봐도 그는 외형적으로 뛰어나진 않았지만, 묘한 끌림이 있었다. 콧대가 높지 않았지만, 그렇다고 해서 너무 낮지도 않았다. 그의 보조개를 잠시 쳐다보고 있으니 어느새 다음 만남이 궁금해졌다.

그가 다음번에 예약한 레스토랑은 소박했고 아기자기한 소품들이 놓여 있어 마음이 평온해졌다. 종업원을 부르는 그의 손짓은 거만하지 않았고 조심스럽고 부드러웠다. 나는 그의 손을 오랫동안 쳐다보고 있었다. 투박하지 않고 너무 길지도, 그렇다고 해서 짧지도 않은 만져주고 싶은 손이었다. 나는 때때로 그가 나와 길을 걷다가 손을 잡아주길 원했지만, 그는 침만 꼴깍 삼킬 뿐 뭔가 시도하려다가 말고 다시 시도하려다가 마는 눈치였다.

그가 나를 집에 데려다주고 집 앞에 차를 세워두고 주말에도 볼 수 있냐는 질문에 나는 딱히 약속이 없다고 했다. 그는 그럼 내일은 석촌호수공원을 같이 걷자며 오후 세 시에 보자고 했다. 나는 고개를 끄덕이고 오피스텔로 돌아가려 엘리베이터를 잡았다. 그가 나를 따라와서 머물다 가도 좋았지만, 그는 아직 그런 능청스러움을 모르고 부끄러워하는 것 같아서 내버려두었다. 그가 나를 불러 세웠다. 헤어지기 아쉬워서 그러는데요. 근처 공원이나 같이 걸을래요?

걷다가 나는 결국 그와 함께 Q 모텔 앞에서 멈췄다는 것을 인지했다. 그가 유도한 것도 아니고 내가 의도한 것도 아니었다. 이상하리만치 그날따라 어떤 중력에 이끌린 듯 모텔 앞을 서성이고 있었다. 모텔에 들어가는 건 그의 계획에 없었기 때문인지 그는 모텔 쪽으로 시선이 전혀 가지 않고 공원 쪽을 쳐다보는 듯했다. 나는 편의점에서 간단히 맥주나 한 캔 사서 공원에서 먹자고 그에게 제안했다.

편의점에서 나는 미니 와인과 짭짤한 감자 맛 칩을 골랐고 그는 레몬 맛 맥주와 과자를 골랐다. 계산을 치르고 나오니까 그가 걱정스러운 표정을 짓고 있었다. 저기, 공원에서 술판을 벌이면 성인답지 못한 행동 같아요. 차라리 술집에 갈걸. 내가 손목을 들어 시계를 봤다. 요즘 술집도 열 시면 다 닫잖아요. 그럼 우리 저기서 술만 간단하게 먹고 나올까요? 내가 가리킨 곳이 Q 모텔이었다. 그는 머릿속의 퓨즈가 나간 것처럼 그 자리에 멍하니 서 있었다. 십 초 뒤에 어, 음, 하고 고민하더니 나를 걱정하는 표정으로 쳐다봤다. 괜찮을까요? 제가 늑대면 어떻게 하죠? 그는 늑대는커녕 시베리아허스키도 아니었기 때문에 예상대로 모텔 입구에 들어가자마자 초조해하고 불안에 떨고 있었다. 내가 그의 안색을 살폈다. 진석 씨, 왜 그래요? 어디 아파요? 그가 침을 꼴깍 삼키고 입을 열었다. 저, 여기 처음 와봐서 어떻게 들어가는지 몰라요. 선불인가요? 내가 계산을 치르고 205호 번호가 쓰인 키를 받고 먼저 앞장섰다. 그는 모텔이 미션임파서블의 유명한 테마곡이 깔린 것처럼 조심스럽게 주변을 살피며 첩보 영화의 요원처럼 나를 따라서 엄호하듯이 내 뒤를 밟았다.

나는 방문을 열고 침대가 보이자마자 거기에 걸터앉았다. 미니 와인과 안주를 꺼내고 그에게도 그가 고른 캔 맥주를 건넸다. 평범한 남자였다면 도수가 센 소주를 꼭 골랐을 것이다. 그러면 나는 몇 잔 마시다가 취기를 빌어서, 아니면 취한 척하면서 은근슬쩍 덥다며 천천히 옷을 벗었을 것이다. 그가 뭔가 떠올랐는지 손뼉을 쳤다. 아! 요즘 코로나로 술집이 일찍 닫으니까 이렇게 모텔을 활용해서 술을 마시는군요? 나도 따라서 손뼉을 쳤다. 아, 네 그렇죠. 뭐. 요즘 사람들이 머리가 좋아서 이렇게 2차로 갈 곳을 잘 찾았네요! 나는 맥주 캔을 홀짝이며 그의 표정을 살폈다. 얼굴이 상기되어있었다. 술판을 벌이다 보니 둘 다 적당히 취기가 올라왔고 나는 자는 척 반, 진짜 잠 오는 것 반으로 침대에 올라가서 이불을 덮었다. 그는 내게 민주 씨, 잘 거예요? 하고 물었다. 나는 잠이 오니 잘지도 모른다고 했다. 그가 나를 집까지 태워주겠다고 했다. 아니, 자신도 술을 마셨으니 대리를 부른다고 했다. 나는 차라리 대리를 부를 돈이면 대실을 숙박으로 바꾸고 자고 일어난 뒤, 아침에 각각 집으로 가는 것도 괜찮겠다고 제안했다. 그러면 그는 잠을 어떤 식으로 잘지 내게 물었다. 나는 농담 투에 장난기를 많이 섞어서 손만 잡고 자요, 라고 말했다. 그는 정말 내 손만 잡고 잤다.

집으로 돌아와서 내가 성적 매력이 없는 건지 거울을 보고 몸매를 쳐다보았다. 나름 관리를 하며 살아왔고 군살도 딱히 잡히지 않았다. 그 당시 입었던 속옷도 괜찮았고 생리 기간도 아니었으며, 오래 걷지도 않아서 발 냄새가 나던 상황도 아니었다. 주변에서 동안이라고 해주던 말이 요즘 인사치레가 되었다는 것도 안다. 하지만 피부과에서 나름대로 관리도 받고 또래보다는 객관적으로 봐도 나쁘지 않다. 그가 새벽에 누운 채로 애국가를 부르는 것이 가끔 들렸을 뿐이었다. 결국 나는 그가 엄청난 애국심을 지닌 남자라고 생각할 수밖에 없었다.

그를 만나는 와중에도 부모님을 통해서 몇몇 선 자리가 들어왔고 학원의 선생님들로부터 괜찮은 소개팅 제안도 받았지만, 당분간 그를 몇 번 더 만나보기로 마음먹었다. 퇴근 후에는 꼭 그와 약속을 잡았다. 금요일에는 바쁘다고 했더니 그는 내게 얼굴이라도 보자고 하더니 소개해줄 동생이 있다고 전화로 말했다. 동생? 무슨 동생요? 지난번에 형만 한 분 있다고 하지 않았나요? 네, 그런데 최근에 입양한 숨겨둔 동생이 있어요. 네, 그럴 수도 있겠네요. 남자인가요? 여자인가요? 동물입니다. 네? 동물이에요. 어떤? …… 곰인데요. 인형처럼 생겼어요. 사진 보여줄 수 있나요? 아뇨, 그냥 직접 가져왔습니다. 밖에서 만나자마자 그가 커다란 박스에서 곰 인형을 꺼냈다. 짠! 민주 씨, 선물이에요.

학원에서 수업하다가 문득, 그가 떠올랐다. 그의 적당한 길이의 인중과 높진 않지만, 낮지도 않은 콧대를 생각하자 그와 차 안에서 들었던 음악의 반주가 계속 이어지는 듯했다. 그는 자극적인 스킨십을 하지도 않았고 타이트한 데이트 일정으로 고수의 느낌을 풍기지도 않았다. 야수의 무리에서 벗어난 작고 힘없는 짐승이 다리를 다쳐서 절뚝거리지만, 결국 무리를 찾기 위해 한 걸음 한 걸음 걸어 나가듯, 구멍 난 양말을 꿰매듯이 연애를 기워나가고 있었다.

나는 내숭 떨고 있을 나이는 아주 오래전에 지났다. 그를 안고 싶어졌다.

수업을 10분 더 일찍 마치고 집으로 가서 토요일에 입을 옷을 골랐다. 주말부터 그를 대놓고 모텔로 유인하기 위한 작전을 펼치기로 마음먹었다. 한편으로 내 유혹을 뿌리쳤다는 점에서 괘씸하기도 했다. 이젠 일부러 그와 모텔촌을 다닐 것이며, 그의 반응을 살필 것이다. 신발장에서 높은 구두를 꺼냈다. 다리가 아프다며 어딘가에서 쉬었다가 가자고 해야겠다. 외출할 구두를 꺼내려는데 그에게 문자 메시지가 왔다. 우리, 내일은 꼭 같이 석촌호수 걷게 구두 말고 운동화 신어요.

석촌호수공원은 풍경이 좋았지만, 손도 잡지 않은 채, 한 시간 이상 다른 커플들의 애정행각을 보고 있으니 괴로움이 엄습했다. 나는 다리가 튼튼해서 한, 두 시간 더 걸어도 끄떡없었지만, 다리가 아픈 척했다. 나, 다리 아파요, 하고 중간에 멈춰서 허리를 숙이고 허벅지를 꾹꾹 눌렀다. 그런데 이 남자의 머릿속 데이터에는 여자가 취기를 빌려 모텔 앞에서 서성거릴 때, 능청스럽게 저기서 쉬어가자고 말하는 보편적인 제안을 할 줄 모르는 모양이었다. 혹시 술을 마시지 않아서인가? 나는 더 확실한 힌트를 주기 위해서 자리에 주저앉듯이 쪼그려 앉았다. 그가 심각한 표정을 지었다. 민주 씨, 아프지 마요! 민주 씨! 뭐, 희귀병 같은 거 있어요? 그런 거죠? 드라마나 영화 같은 데서 보면 막 예쁜 여자들이 밝은 표정으로 살아가지만, 아프잖아요. 나중에 뭐, 죽을병 걸리고. 가인박명이라잖아요. 그런 거죠? 민주 씨, 왜 말 안 했어요? 그렇게 쉽게 다리가 아프고 몸이 연약하다는 거. 진즉에 알려줬으면 같이 걷자고 안 했을 거잖아요. 민주 씨, 아프면 안 돼요. 서른이 넘은 다 큰 어른이 울상이 되어서 진짜 눈가에 눈물이 맺혀 있었다. 나는 어쩌다 보니 비운의 시한부 인생의 여자가 되어 있었다. 저기, 하, 진석 씨, 그런 게 아니구요. 저는 다리가 튼튼해요. 그가 더 울상이 되었다. 그러니까! 그렇게 다리도 튼튼하고 잘 걷던 사람이 주저앉을 정도면 얼마나 통증을 참고 있었던 거냐고요! 왜 말 안 했어요? 왜? 빨리 병원 가요! 119 불러요?

저기요. 진석 씨, 하, 저 앞에 모텔이 있네요. 저기 모텔에서 좀 쉬었다 가요. 나는 어쩔 수 없이 노골적으로 유도했다. 이번에 보이는 곳은 Q 모텔이 아니고 Y 모텔이었다. 이제는 그도 YES 할 때가 되지 않았는지 나는 심각하게 고민했다. 그의 표정이 일그러졌다. 오른쪽 눈에서 눈물이 한 방울 뚝, 떨어졌다. 지금 너무 아파서 저기에서라도 쉬어야 할 거 같아요?

네, 저는 침대가 아니면 잠을 못 자요. 바닥에서 못 자고 꼭 침대여야 해요. 침대만 있다면 어디라도 좋아요. 내가 이런 사람이 아니고 평생 이렇게 남자에게 말해본 적이 없었지만, 그에게는 내숭 같은 건 다 내려놓았다. 그러자 그의 표정에 화색이 돌았다. 전혀 음흉하지 않고 해맑았다. 아! 맞다! 모텔은 침대가 있죠? 침대에 눕히면 되나요? 나는 에라 모르겠다. 고개를 끄덕였다. 네. 그런데 그가 다시 망연자실한 표정이 되었다. 근데 저긴 체력이 회복되는 곳이 아니잖아요. 저긴 체력이 줄어드는 곳이잖아요. 그럼 안 돼요. 민주 씨, 건강이 더 나빠질 거예요. 제가 택시라도 부를게요. 모텔 침대 말고 병원 침대에서 제대로 치료를 받아요! 민주 씨, 잠시, 기다려 봐요.

야! 나는 화가 치밀어 올랐다. 결국 나는 주변에 사람이 보든 말든 아랑곳하지 않고 외쳤다. 왜 말귀를 못 알아들어? 내가 구두 신었어? 운동화 신었지! 주변에 뒷짐을 지고 산책을 하던 할아버지가 흐뭇한 표정으로 나와 그를 쳐다보았다. 허허, 요즘 젊은이들은 참… 좋을 때야.

너를 안고 싶다고! 그의 표정이 천천히 평온해지고 밝아졌다. 앗, 아아. 그런 거였군요. 나는 나무늘보보다 더 느린 속도로 연애를 진행하는 남자와 Y 모텔에 왔다. 그러나 왔다고 해서 모든 게 해결되는 게 아니었다. 나는 오늘 칼을 빼 들었고 당당하게 숙박요금을 계산했다. 그가 뒤에서 보고 있다가 나를 빤히 쳐다보았다. 숙박이요? 우리 자고 가요? 여기서?

네.

왜요? 민주 씨 오피스텔 엄청 좋잖아요. 신축이고 굳이 이런 데서 왜.

하, 갈 길이 너무 멀어 보였다. 나는 Y모텔을 홍보하기 위해서 걸어놓은 플래카드와 광고용 간판을 쳐다보고 새로 설치된 시설을 읽었다. 월풀 목욕, 넷플릭스 감상, 러브체어, 공기정정기, 와이파이, 뭐, 이런 좋은 것들이 있네요. 제집에는 저런 게 없어요.

신축 오피스텔에 그런 옵션이 없어요? 아, 맞다. 러브체어는 없지.

네, 없어요. 그는 부동산 중개업을 하고 있다고 했다. 현관문에만 들어서도 내 집이 전세로는 얼마인지 월세로 전환하면 얼마인지 알 것이며, 심지어 관리비까지 알 것이다.

아! 그렇구나! 그가 해맑은 표정으로 동의했다. 그렇긴 뭐가 그래, 라고 하고 싶었지만, 일단 잠자코 이번에도 앞장섰다. 그가 미션임파서블 마지막 시리즈의 요원처럼 내 뒤를 따랐다. 이번에 따라오는 그의 발걸음은 꽤 신나 보였다.

나는 침대에 엎드려 누워서 그에게 스킨십을 유도하기 위해서 그에게 다리가 뭉쳤다며 마사지를 해달라고 부탁했다. 그는 고개를 양옆으로 잠시 까닥이더니 손가락에서 뚝뚝 소리를 내고 어떻게 마사지 고수인 걸 알았냐며 역시 고수는 고수를 알아차리는 법이군요, 하면서 소싯적에 부모님 어깨 좀 주물러 드렸던 무용담을 펼치며 곧장 내 뒤로 와서 종아리를 마사지하기 시작했다. 그런데 정말 마사지만 하고 있었다. 후…….

십 분은 족히 지났으니 다리를 주무르다가 이쯤에서 천천히 위로 올라와야 했다. 손이 위로 올라오긴 했지만, 어깨로 왔다. 그는 정말 진심으로 자신의 마사지 솜씨를 최대한 발휘하려 애쓰고 있었다. 성실하고 근면하게 양손아귀의 힘을 최대한 활용해서 강약 중 강약으로 나름 의 템포를 만들어서 내 어깨를 주무르고 있었다. 뭉친 근육이 놀랍게도 풀렸으며 기분이 너무 좋아졌다.

좋아요? 그가 뿌듯하다는 듯이 질문했다.

네, 좋아요.

생각해보니 나는 이 좋아요, 를 원했던 것이 아니었다. 다른 것이 좋길 원했다. 그러나 그 좋은 것에 대해서 그에게 설명하려면 인간본능에 대한 방대한 설명과 각고한 노력으로 설득을 해야 할 것 같았다. 어쩔 수 없이 내 쪽에서 리드해야 했다. 나는 그의 셔츠 단추를 풀고 그의 셔츠를 벗겼다. 그는 마사지를 멈추고 울먹였다. 저기, 민주 씨, 계속 그러면, 저, 오늘은 애국가 못 불러요. 더는 애국심만으로는 버틸 수 없을 거 같아요.

네, 오늘은 애국가 부르지 말아요. 내가 그의 입술에 나의 입술을 갖다 댔다. 그와 가볍게 입맞춤을 한 뒤에 다시 입을 열었다. 뉴스에서 봤는데 매해 출산율이 떨어지고 있대요. 애국심이 강한 남자라면 여기서 노래를 부르지 말고 둘이서 뭔가를 해야겠죠? 드디어! 그가 내 양 볼에 손을 대고 내 고개를 당기기 시작했다. 서서히 그의 입이 내 쪽으로…… 오는가 싶더니 그의 표정이 진지해졌다. 뭐지? 갑자기 그가 서더니 웅변하는 포즈가 되었다. 참, 연애가 잘 안 됐어요. 어느 지점에서는 손을 잡고 키스도 해야 한다고 하는데 저는 도무지 그 타이밍을 못 잡겠더라고요. 겨우 취업했더니 연애는 더 어렵네? 이게 사람 사는 게, 갈 길이 너무 멀어요. 민주 씨, 나 좀 도와줘요.

뭐를요? 아니, 이 답답아! 지금 다 왔잖아! 하면 되잖아! 그는 나의 애타는 마음은 모르고 조회 시간 교장 선생님의 훈화 같은 말을 이었다. 성인으로써 당연히 해야 하는 일들을 제게 가르쳐 주세요.

후……. 담배를 피우지 않았지만, 담배가 절실했다. 분위기가 완전히 깨질 수준이었으나 그간의 노력이 허투루 돌아가는 것 같아서 그의 속옷도 하나씩 벗겼다. 너무나도 쓸데없는 것에 체력을 소진한 탓에 불 끄는 것을 깜빡했다. 무드는 다음부터 탈무드에서 찾기로 하고 그의 몸을 만지기 시작했다. 그는 작은 신음을 냈다. 나는 그에게 서로의 몸을 만지는 방법을 알려주었다. 그는 여태껏 잠재웠던 본능을 그제야 깨웠다. 아주 커다란 무언가가 일어났다. 공들인 보람이 있었다. 그의 본능에 맡긴 섹스 테크닉은 생각보다 뛰어났다. 엄청난 것으로 엄청 오래 했다.

애정행각을 끝마친 뒤에 나는 모텔의 가운을 걸쳐 입었다. 그는 원시인처럼 알몸으로 모텔 안을 구경하고 있었다. 우와 진짜 넷플릭스도 있고, 욕조도 있고 침대는 또 왜 이래. 문명이 계속 발달하고 있었네요. 확실히 신축 오피스텔에서 없는 기능이 있긴 있네.

네, 끊임없이 발전하고 있었죠. 나는 모텔에서 제공되는 커피포트에 물을 끓여 커피를 마시며 그의 말에 동의했다. 그가 좀 더 둘러보더니 리모컨을 들고 버튼을 눌렀다. 지잉, 하고 빔프로젝트가 내려왔다. 우와아아, 이렇게 좋은 시스템이! 영화관보다 더 좋잖아요? 그러더니 곧장 시무룩해졌다. 그러니까 요즘 젊은 친구들은 다 이렇게 놀고 있었다는 거죠? 모텔에서?

나는 그의 등을 토닥였다. 걱정하지 말아요. 우리도 이제 그런 젊은 부류에 속해서 놀면 되잖아요. 그의 표정이 밝다 못해 환해졌다. 그쵸? 우리도 그러면 되죠? 나는 그를 꼭 안아주었다. 요즘 테마 모텔에는 노래방기기도 있고 게임용 PC와 커플 안마기 있다고 말하지 않을 것이다. 그가 나에게 그런 건 어떻게 다 알아요? 라고 질문한다면 쉿, 그건 비밀이에요, 하고 말해야 할 것이기 때문에.

체크아웃 시간이 다가오자 그는 주변을 청소하고 있었다. 나는 그의 청소가 과하다 싶어서 끼어들었다. 진석 씨, 여기는 그런 곳이 아니에요. 그는 당연하다는 듯이 나를 쳐다봤다. 아름다운 사람은 머문 자리도 아름답다잖아요. 등산하면 산에 쓰레기를 버리면 안 되고 해수욕장에 가도 자기가 가져온 쓰레기를 최소한 정리라도 하고 가야죠. 모텔도 마찬가지 아닌가요?

아니에요. 이러지 마세요. 이건 좀 별로네요.

그가 나의 말에 아랑곳하지 않고 물티슈를 손에 들었다. 나는 청소할 거예요. 오늘 이후로 저 안 만나셔도 돼요. 저는 꼭 해야 해요. 카운터에서 본 할머니가 여기서 직장을 잃으면 분명히 리어카 끌고 폐지 주으러 가야 할 거예요. 저는 그게 싫어요. 그는 숙박업 종사자의 취업 여부에 대해서 심각하게 고민하고 있었다. 내가 뭐라 말하려 하는데 그가 말을 이었다. 자식들과는 잘 연락하고 계실까요? 명절에도 친지들이 찾지 않아서 많이 고독하고 외로우시겠죠? 그러니까 여기서 일을 하시는 거고. 무엇보다도 할머니가 건강하셨으면 좋겠어요.

후, 내가 관자놀이를 눌렀다. 아니, 그걸 우리가 왜 걱정해요. 우리는 투숙객이잖아요. 진석 씨의 할머니 걱정이 더 우선이에요.

저희 할머니는 돌아가셨어요. 삼 년 전에.

괜히 그 말을 꺼냈다가 그의 할머니에 대한 이야기를 삼십 분 동안 듣게 되었다. 처음엔 따분했으나 시골에서 키우던 강아지와 닭, 고양이의 이야기를 듣다 보니 점점 재미있어졌다. 나는 질문할 수밖에 없었다. 왜 시골에서는 그렇게 애지중지하며 키웠던 동물을 음식으로 만들어버리는 걸까요?

그렇게 삼계탕이 되었으니 우리 형이 결혼에 골인한 거죠. 형수님이 말씀하시길 그때 삼계탕이 너무 맛있었대요.

나는 그의 청소를 가만히 지켜보고 있다가 자질구레하게 흘린 테이블을 닦고 있는 그의 뒤에 다가갔다. 왜 청소에 집착해요? 집안일이랑?

그가 이물질이 묻은 물티슈를 쓰레기통에 넣었다. 변화된 시대에 알맞은 1등 신랑감이라고 해서요. 뭐, 저는 학벌이 좋거나 벌이가 좋은 것도 아니니까 이런 거라도 특화되어 있어야죠. 나중에 결혼하려면 뭔가 메리트가 있어야 하잖아요. 저는 뭐, 집이 잘사는 것도 아니고. 그가 머리를 긁적였다.

순간, 부모님에게 그를 소개할만한 묘책이 떠올랐다. 그럼, 청소 얼마나 잘해요?

뭐, 어디 업체에 맡긴 수준과 비슷하게 해요.

와, 진짜요? 아! 그럼 진석 씨, 주말에 우리 집 올래요? 진석 씨가 좋아하는 청소랑 요리 한 번 해봐요. 저. 그거 구경하고 싶어요!

그의 눈빛이 번뜩였다. 어린이 과학 만화에서 지구에 침략한 괴수와 맞서 싸우기 위해서 출동하기 직전에 로봇의 눈에 불빛이 뿜어져 나오는 그런 눈빛이었다. 저, 청소도구랑 요리할 재료 사서 출동하겠습니다. 역시나 출발한다고 하지 않고 출동한다고 했다. 나는 그의 반응이 궁금해져서 일부러 바닥에 널브러진 속옷도 그대로 내버려 두고 세탁물도 그대로 놔둬 볼 것이다. 그가 청소하고 정리할 것이 있도록 조금만 치울 예정이었다.

주말에 콧노래를 부르며 그가 내 집으로 찾아왔다. 그는 전문가의 고견을 내놓듯이 안경도 끼지 않았으면서 콧잔등을 잠시 만지작거렸다. 한 시간이면 충분할 거 같아요. 민주 씨, 기대해주세요. 비포와 애프터를. 미리 사진 한 장 찍어두시겠어요? 내가 사진을 찍자마자 그는 혼자 결심이라도 한 듯 고개를 한번 끄덕이고 양팔에 청소도구를 세팅하고 소방관이 화재 현장에 진입하듯이 진중한 표정으로 내 방으로 들어갔다.

그는 신명 나게 청소를 하다 말고 레이스 팬티 앞에서 멈췄다. 이걸 손으로 옮겨야 할지 아니면 아직 민망하니 이 부분만은 내게 요청을 할지 고민하는 듯해 보였다. 그가 레슬링선수가 탭을 치듯 바닥을 두 번 탁탁 쳤다. 도움! 도움! 민주 씨, 저것 좀 이동 시켜 주세요.

왜요? 직접 옮기면 되잖아요.

아직 무리입니다.

내가 팬티를 옮기자 그는 안심한 듯 청소를 시작했다. 먼저 정리할 것들의 순번을 정하고 부피가 큰 것부터 작은 순서대로 진행했다. 버릴 것과 버리지 않을 것을 물어본 뒤에 버릴 것을 종량제 봉투에 담기 시작했다. 행여나 제가 수준 미달인데, 시간 허비할까 봐서 미리 주저리주저리 말씀드려요. 저희 부모님은 빚은 없지만, 그렇다고 해서 재산이 꽤 있는 것도 아니세요. 노후에 조금씩 까먹으며 자식에게 손 벌리지 않을 만큼만 돈이 있으세요. 그리고 딱히 명절에 안 와도 된다고 생각하시는 분이세요. 저는 막내고 제사를 지내지 않아요. 아, 맞다. 그리고 안타깝게도 집을 제가 해드릴 형편이 되지 않아요. 형네 집 해주고 나서 저희 부모님이 거기까지 여력이 안 되세요. 저는 민주 씨 같은 사람과 함께 할 수 있다면, 원룸이든 어디든 같이 살면 좋겠지만, 저는 버틸 수 있지만, 요즘 사람들은 또 그렇지 않잖아요?

나는 청소를 위해 숙인 그의 등허리를 쳐다보고 있다가 입을 열었다. 요즘 사람? 우린 요즘 사람 아닌가요? 왜 그런 생각을 해요?

아니, 뭐, 방송이나 그런 데서 그렇게 말을 하니까…….

우린 그들이 아니잖아요. 전, 몇천만 원짜리 귀족 산후조리 필요 없고 몇백만 원짜리 아기 보행기도 필요 없어요. 그런 거 없어도 얼마든지 행복하게 가정 꾸리고 아기 잘 키울 자신 있어요.

정말요? 그의 표정이 밝아졌다. 그의 밝은 표정을 계속 보기 위해서 나는 계속 그렇다고 말했다.

그 이후부터 그가 내 집에 자주 들렀다. 이번에는 차 마시고 가란 말이 무슨 말인지 알았고 라면 먹고 가라는 말도 무슨 말인지 이해했다. 차를 마시거나 라면을 같이 먹고 나서 그는 꼭 내 집 정리 정돈을 해줬다. 그는 마법을 부리듯, 그의 손이 닿는 곳마다 새집, 새 공간처럼 깨끗하게 변해갔다. 그가 쓰는 청소도구는 항균 물티슈, 물걸레포, 쓱싹, 싹싹 등의 단어가 붙어있는 제품으로 늘 휴대하고 다녔고 필요에 따라서 요긴하게 사용했다. 그는 친구 집에 놀러 가면 꼭 청소한다는 것이다. 왜 하냐고 물었더니 이 세상에는 온갖 집들이 방식이 있겠지만, 언젠가 돈이 없어서 청소해주고 간 적이 있는데, 그때 친구의 만족도가 매우 높았고 너무나도 표정이 밝고 행복해해서 그때의 쾌감을 느끼며 청소를 하게 되었다고 했다. 만약에 공인중개사 시험에 떨어졌다면 청소업체를 차렸을 거라고. 계속하다 보니 곰팡이 제거는 물론이고 진득이 박멸, 냉장고 냄새 제거는 물론, 욕실의 막힌 배수구를 시원하게 뚫는 등, 가사의 달인이 되어 버렸다고 했다. 마지막에 작고 나지막한 소리로 이 말을 덧붙였다. 이건 비밀인데, 언젠가 저랑 결혼할 여자가 집안일로 스트레스받지 않게 하려고 계속 연마 중이에요.

그를 만나기 전 마지막 연애는 비참했다. 젊을 때야 변호사나 의사까지도 만나봤지만, 엔조이였고 내가 연하의 남자를 얻자니 내 지갑의 지폐를 많이 꺼내 갔다. 원나잇, 헌팅포차, 감성주점에 가기엔 나이가 들어버렸고 클럽이나 나이트도 사정은 비슷했다. 무엇보다도 그런 부류의 만남은 내 스타일이 아니었다. 데이트앱도 써봤지만, 상태 안 좋은 남자들이 대거 출연했다. 자존감은 나날이 떨어졌고 내 인연은 없다는 생각마저 들었다. 그는 백화점 쇼핑보다 식자재 마트에 가서 초특가 할인 상품을 고르는 것을 좋아했고 생일날 롤렉스시계나 지방시 티셔츠 같은 것보다 내가 입을 원피스를 사자고 제안했다. 그가 고른 새 옷을 입는 걸 보는 일이 그에겐 최고의 생일 선물이라고 했다. 그는 자신의 장점도 잘 어필했다. 저, 서울에 시세 대비 집도 잘 구하고요. 갭투자 같은 거 안 당하게 조언도 잘 해줘요.

내가 삼십대 후반에 접어들자 부모님은 내가 사귀는 남자를 궁금해하기 시작했다. 나는 그에 대해서 간략히 소개했다. 그의 스펙을 들은 부모님은 그의 단점을 꼬집어서 내게서 떼어 내려 했다. 최근에 부모님은 페이닥터를 소개해주려고 준비 중이었고 남자 쪽에서 집안 형편이 좋지 않아서 작은 동네 병원 하나 개원해주면 될 듯하다며 나를 꼬드기고 있었다. 한번 만나봤는데 나 보다 아홉 살 연상이었고 탈모가 꽤 진행된 상태였다. 무엇보다도 내가 을이 되는 결혼생활을 원했다. 어쩔 수 없었다. 그를 부모님 집으로 데려가서 청소를 한 번 시켰다. 청소를 체험한 부모님의 태도가 180도 달라졌다. 그를 친절하게 대했다. 그리고 내게 이렇게 물었다.

청소 업체 직원이냐?

아니, 그냥 이런 걸 잘하는 사람이야. 요리 한 번 시켜 볼래?

요식업 하는 사람이야?

아니, 그냥 그런 걸 잘하는 사람이야. 아, 참! 주차도 잘해.

우리는 현관문이 녹이 슨 25평짜리 낡은 아파트에서 새 삶을 시작했다. 그가 적금을 깨서 결혼식비를 마련했고 때마침 내 9평짜리 오피스텔 계약이 만기 되어 혼수와 전세금에 보탰다. 부모님이 집값을 보태줬다. 의외였다. 나는 신축 오피스텔에서 밥하기 귀찮아서 컵라면을 먹는 삶과 여름에 관리를 소홀히 하면 벽면의 아래쪽에 곰팡이가 조금 피었다가 사라지기도 하는 집이지만 내 곁에 나만의 요리사가 있는 삶 중에 후자를 택하기로 했다.

남편이 된 그가 나를 물끄러미 쳐다보고 있다. 그는 평일 저녁에도 집 안을 청소하고 있다. 임신 중인 나는 소파에 앉아서 가만히 상전처럼 앉아 있다. 그의 목덜미에는 땀방울이 조금 맺혔는지 형광등 불빛에 이따금 반짝거리도 한다. 나는 정리정돈을 하는 그의 넓고 든든한 등을 쳐다봤다. 화장실은 락스 청소를 하고 나왔고 베란다에 빨래도 널었다. 저녁에는 파스타도 해주겠다고 마트에도 다녀온 뒤다. 연애 때 그를 보면 볼수록 깔끔하게 정돈된 가정집의 그림이 그려졌다. 바닥에는 먼지 하나 없고 주변이 깨끗한 집의 모습이 상상됐다. 그는 요리도 잘했고 손빨래해야 할 것과 세탁기를 돌려야 할 세탁물을 잘 나눌 줄 알았다. 나는 어느 순간, 그가 보내는 사랑의 눈빛을 완벽히 읽어버렸다. 결혼. 나는 그가 언젠가 아주 신기하게 쳐다봤던 모델 가이드 용지처럼 만든, 실패 없이 100% 성공하는 프러포즈 방법을 설명했다.

자, 정리했어요. 진석 씨, 이렇게 해요. 굳이 비싼 호텔 예약하고 장미와 향초까지 준비할 필요 없어요. 비싼 레스토랑이나 일식집 아니어도 괜찮아요. 저는 그때 우리가 함께 먹었던 대학가 근처의 파스타 집이 좋아요. 이제 받아 적어요. 1. 밥을 먹은 뒤에 근처 놀이터로 송민주를 데려간다. 2. 화단을 잘 찾아보면 네 잎 클로버나 민들레꽃 같은 게 있다. 한 송이를 꺾는다. 3. 송민주에게 내밀며 우리, 결혼해요, 라고 말한다. 4. 송민주가 고개를 끄덕이면 인생을 무제한으로 함께 산다.

메모를 하다 말고 그가 행복한 표정을 지었다. 와, 그럼 우리, 평생 같이 살아도 되는 거예요?

## 강에리 | 루시 이야기

한국가곡작사가협회 사무국장, 월간신문예 기자.
국제펜한국본부, 한국문인협회, 한국소설가협회, 현대시인협회 회원.
2020. 6. 월간신문예 소설 등단.
단편소설 「은빛 날개」 「돌아오지 않는 강」
동화 「내 이름은 장고」 「수연와」 「대복이」
동요 「바람 부는 날은」 가곡 「빗물의 연서」 외 다수.
시집 『단 하나의 꿈』.

단편소설
▼

# 루시 이야기

강에리

서기 2600년 지구를 도는 우주정거장 K9에 아침이 밝아오고 있었다. 출산보육국에 근무하는 시스터 89는 쫓기고 있었다. 그녀는 힘껏 도망쳤으나 하얀 천사들에 붙들려 어디론가 가고 있었다. 끌려가지 않으려고 발버둥치는 그녀 뒤로 아이를 업은 젊은 여인이 울며 달려오고 있었다. 갑자기 눈부신 빛이 비치고 시야에서 모든 것이 사라졌다. 그녀는 공포에 질려 입 밖으로 나오지 않는 소리를 되뇌었다. '어엄마!' 가위눌린 채로 잠에서 깬 그녀의 눈가는 촉촉했다. 벌써 몇달째 같은 꿈을 꾸고 있었다. 야자수가 늘어선 해변에 해가 지고 아이를 업은 젊은 여인의 손을 잡고 있는 꿈. 그녀는 꿈속에서 본 그 젊은 여인이 누군지 도무지 알 수 없었다.

그녀는 천천히 몸을 일으켜 창가로 갔다. 커다란 창으로 눈부신 햇살이 쏟아져 들어왔다. 지구를 도는 우주 정거장에 건설된 위성도시 K9에 붉고 아름다운 인공태양이 뜨고 있었다.

서기 2600년 위성도시 케이나인은 지구와 완전히 유리되어 있었다. 21세기 들어 자주 발생하던 신종 바이러스는 점점 주기가 짧아졌다. 전문가들의 경고에도 불구하고 각국의 지도자들은 당장의 인기에 편승해 아무 대비도 하지 않았다. 결국 다섯 종류의 바이러스가 동시에 기승을 부리던 2060년

인류의 80%가 감염되고 30%가 사망했다. 사망율은 해마다 늘어 22세기가 시작되기도 전에 인구의 20%만이 살아남았다. 갑작스런 인구 감소로 지구의 모든 인프라는 무너졌고 암흑기가 도래했다. 무너진 것은 경제만이 아니었다. 물질문명이 받쳐주지 않는 정신문명도 붕괴했다. 미신과 악습이 전 지구를 지배하기 시작했다. 그것은 경제의 붕괴보다 훨씬 무서운 지성과 관용과 평등의 붕괴를 가져왔다. 21세기에 당연시 되던 모든 일상은 잊혀지거나 전설로 남았다. 여기까지가 시스터89가 학습한 판데믹 이후의 지구의 역사였다.

인공보육실의 보모장인 시스터89는 서둘러 출근을 준비했다. K9에는 개인소유가 없었다. 지금 살고있는 아파트도 국가에서 임대한 것이고 생활에 필요한 가구와 물건도 모두 국가에서 무료로 임대한 것이다. 그녀가 지금 입고 있는 옷조차 시티마트에서 빌린 것이다. 시민들은 모든것을 공유했지만 아무도 불편을 호소하지 않았다. 누구나 필요한 것은 시티마트에서 대여해오고 필요가 없게 되면 반환했다. 시민들은 자주 쓰지 않는 물건을 집에 쌓아두지 않았다. 필요없는 물건을 가지고 있거나 욕심내서 가져오지 않았다. 그러한 생활방식은 자원을 효율적으로 순환시켰고 쓰레기 발생을 획기적으로 줄였다. 사실 시티나인에서 자원은 소중했다. 그들은 거의 모든 물질을 여러번 재생해서 쓰고 있었지만 어느 누구도 궁핍하지 않았다. K9에서는 결혼은 금지 되어 있었으나 연애는 막지 않았다. 개인은 출산을 할 수 없었다. 출산을 계획하고 실행하는 것은 오직 시티정부의 출산보육국 뿐이었다. 시스터89는 바로 그곳에서 일하고 있었다. 신생아 케어 팀장인 그녀는 국가에서 자신에게 준 직업에 자부심을 가지고 있었다. K9은 8대2의 심각한 성비姓比의 불균형을 이루고 있었지만 아무 문제도 일어나지 않았다. 대부분의 시민들이 싱글생활에 만족하고 있었기에 도시는 평화롭고 안락했다.

시의 사회구성원의 80%가 여성이었고 모든 직업군은 실질적으로 여성이 주도하고 있었다. 부모가 없는 K9에서는 국영 보육시설의 젊은 시터들이 신생아부터 영유아들을 돌보는데 사람들은 이들을 '시스터'라고 불렀다. 엄마가 없는 시티나인에서 시스터라는 말은 엄마같은 존재를 의미했다.

K9 시민들은 성姓이 없었다. 국가가 출생과 보육을 도맡아 하므로 가문을 나타내는 성姓을 가질 필요가 없었다. 사람들은 모두 직업 뒤에 이름을 붙여 불렀다. 시스터89의 아기 때 이름은 루시였으므로 그녀의 공식이름은 '시터 루시'가 되어야하지만 사람들은 시스터89라고 불렀다. 그녀는 자신에게만 왜 이름 대신 89를 붙이는지 알지 못했다. 시터가 된 후 그녀는 이름 대신 줄곧 시스터89로 불려졌다.

때론 굳건히 믿었던 것들도 외부의 조건에 의해서 붕괴되었다. 미신이라고 등한시 되었던 것 또한 진리가 되는 것도 순간이었다. 어디에도 영원한 것은 없었다. 우주를 삼킬 것같던 인류의 위세도 만 분의 일밀리도 안 되는 바이러스에 무너졌다. 수십 세기에 걸쳐 이룩한 문명이 무너지는데 단 반 세기도 걸리지 않았다. 찬란한 이십 세기 문명은 이제 전설이 되었다.

21세기 말, 판데믹 이후 혼란에 빠져 원시로 돌아간 지구와 단절된 씨티9은 우주의 고아가 되었다. 탯줄이 끊긴 태아처럼 지구와 단절된 후 대혼란을 겪었다. 우주의 영원한 미아가 될 뻔한 씨티를 구한 건 미르장군과 시스터들이었다. 미르장군은 지구의 유명한 뮤지션이었다. 그는 수려한 외모와 천재적 음악성으로 전 지구를 사로잡았다. 그는 사람들의 만류에도 K9 공연을 수락했고 열성적인 그의 팬들이 함께 우주정거장을 방문했다. 그의 일정이 끝나기도 전에 지구에는 정체모를 바이러스가 창궐하고 우주 정거장은 폐쇄에 들어갔다. 다행인지 불행인지 길어지는 판데믹으로 그는 K9에 발목이 잡히고 말았다. 지구의 혼란을 틈타 K9에 진출한 금융가 '렉스 가문'은 K9을 사유화하려고 음모를 꾸몄다. 모두 눈치를 보고 있을 때, 아티스트 미르가 일어나 K9의 자유수호를 외쳤다. 겁을 먹고 움츠렸던 시민들과 그의 열렬한 팬들은 뭉쳤다. 미르장군은 아티스트적인 기질과 달리 전투에선 집요하고 치밀했다. 그들은 승리했고 그는 지도자가 되었다. 그 이후 수세기 동안 여성 지도자만 나오자 퀸은 지도자를 일컫는 단어가 되었다. 그는 남성이었지만 초대 퀸으로 불리게 되었다.

그는 반역자를 진압하고 강력한 법을 공포했다. 처음 얼마간 공포정치가 시작되었지만 안정을 찾자 모든 법령을 정비하고 완벽한 복지를 정착시켰다. 다시 혼란을 겪지 않기 위해 모든 보육을 국가가 담당하고 결혼을 금지시켰다. 그는 모든 악의 근본이 가족이기주의라 단정하고 개인소유를 금지시켰다. 거기엔 가족까지 포함되었다. 엄청난 반발이 있었지만 전쟁 중에 버려진 고아와 노인을 국가가 완벽히 케어하는 것을 본 시민들이 정부를 신뢰하기 시작했다. 세월이 가자 씨티는 안정되고 다시 번영을 누리기 시작했다. 그도 몸소 결혼하지 않았고 후계자는 인공수정 되어 보육실에서 양육되었다. 물론 그의 혈통과 상관없는 슈퍼 유전자를 가진 아이였다. 시티는 후계자를 특별한 관리하에 양육했다. 지도자는 태어나는 순간 특권과 함께 평범하게 살 모든 권리를 포기해야 했다.

씨티9은 자연출산 대신 안전한 인공출산을 시도했다. 시민들로부터 기증받은 우수한 난자와 정자를 수정시켜 계획적인 출산은 물론 아이들은 시정부의 완벽한 복지 아래 컸으며 더 이상 혈통이나 가족이란 개념은 존재하지 않았다. 아이들은 모두의 아이였으며 시민들 또한 모든 아이의 부모가 되었다. 가족간의 사랑이 없어진 대신 가족이란 이름하에 자행되던 모든 비리와 모순도 사라졌다. 아이들은 모두 합리적이고 논리적인 시민으로 성장했으며 서로 적절한 거리를 유지했고 적절한 행동 이외에는 하지 않았다. 그곳은 조용하고 평화로운 천국이었다.

씨티9에는 그들 삶에 근간이 되는 중요한 은행이 7군데 있는데, 그중 가장 중요한 것이 정자와 난자 은행이다. 그곳에는 시민들로부터 기증받은 난자와 정자들이 냉동 저장되어 있고 유전자 검사를 통과한 완벽한 정자와 난자만이 수정되어 슈버베이비로 탄생 되었다. 모든 아이의 정보는 비밀에 부쳤으며 아이들의 정보는 아이들 케어와 보육에만 이용되었다. 따라서 아이들은 생물학적 부모를 알 수 없었다. 부모와 자식의 관계를 천륜이라 하지만 씨티의 아이들은 엄마를 찾지 않았다. 두 번째는 지구에서 가져온 식물이 보관된 식물은행이다. 씨티는 선대에 공수해온 식물 자원의 원형을 소중히 보존했다. 세 번째가 동물자원이다. 모든 동물들은 수정란 형태로 냉동되어 있었고 필요할 때 해동해서 키웠다. 지구의 무분별한 유전자 조작의 폐해를 알고 있었기에 그들은 동물자원의 원형을 잘 지켰으며 필요한 만큼만 생산할 뿐 욕심을 부리지 않았다. 네 번째가 광물자원 이었는데 이는 우주에서 얻는 재료가 많아 지구보다 풍부했다. 개중에는 신비한 효능을 지닌 돌도 많아서 씨티 번영에 많은 도움을 주었다. 다섯 번째는 미생물 은행이다. 모든 미생물은 시민의 복지에만 이용되고 연구되었다. 독한 항생제 대신 미생물이 치료에 이용되었다. 여섯 번째는 도서관 격인 정보은행이다. 이곳에서는 모함인 지구에서 보내온 정보들이 질서정연하게 정리되어 있었다. 허락없이는 연람이 되지 않았다. 이곳에는 금서들이 보관돼 있는데 세상을 오염시키는 어떤 정보도 신인류의 접근을 불허했다. 일곱번째는 물건은행인데 대여가 안 되는 전시용과 연람이 안 되는 연구보관용과 대여가 가능한 일반용으로 나뉘어 엄격히 관리되었다. 씨티에서는 아무도 불필요한 물건을 소유하지 않았고 누구도 필요한 물건을 갖지 못하는 일이 없었다. 그들은 모두 필요한 물건을 시티마트나 물건은행에서 대여받았고 다 쓰고나면 돌려주었다. 이 모든 것은 시민교육을 받고 자란 신인류의 일상이었다 제한된 자원이지만 효율적으로 쓰고 있기에 아무도 빈곤에 빠지지 않았다. 그들은 뛰어난 시스템과 준법정신으로 삭막한 우주정거장을 천국으로 만들었다.

그들은 서로를 시스터라 불렀으며 거기에는 어떠한 차별도 없었다. 처음 씨티의 인종구성은 다양하였으나 점차 통일되어갔다. 구성원의 80% 이상이 갈색 머리에 옅은 갈색 피부를 갖게 되었다. 간혹 짙은 흑발이나 은발,

빛나는 금발도 눈에 띄였지만 소수에 불과했다. 이제 백프로 희거나 검은 피부 또한 드물었다. 차이가 있다면 옅은 갈색과 짙은 갈색의 정도였다. 그러나, 눈동자 색만은 다양성을 그대로 유지하고 있었다. 더욱 획일화 된 것은 얼굴이었다. 그들은 한 형제자매처럼 닮은 외모를 갖고 있었다.

헬로씨티는 난자와 정자의 기증이 끊긴지 벌써 수세기가 지났다. 5세기 동안 기증받은 재고가 완전히 바닥이 드러나간다는 것을 시민들은 알지 못했다. 제한된 정자와 난자로 수정된 아기들은 점점 서로 닮아갔다.

시스터89는 유능한 보모장이었다. 그녀는 지난 이십 년간 한치의 오차도 없이 신생아들을 길렀다. 수정란 상태의 아기들은 인공자궁에서 6개월을 자란 후 신생아 인규베이터 시터들에게 인계됐다. 다시 6개월 후 영아시스터에게 인계되어 2년을 자란 후 유아원에 보내졌다. 이때부터 본격적으로 시민교육이 시작되었다. 그녀는 그 모든 과정을 총괄하고 있었다. 시스터89는 어느날부터 똑같은 꿈을 꾸고 있었지만 상부에 보고하지 않았다. 시티정부는 꿈을 해로운 질병으로 분류하고 꿈을 꾸게 되면 신고하고 치료받으라고 지침를 주었다. 대부분 씨티9 시민들은 꿈을 꾸지 않았다. 시스터89는 꿈이 슬펐지만 달콤했으므로 치료받고 잃어버리기 싫었다. 꿈 속에선 고대 동화에 나오는 엄마가 있었다. 소녀가 된 그녀는 엄마와 여동생과 살고 있었다. 따듯한 핫케   과 우유, 그녀의 머리를 빗어주는 다정한 손이 있었으며 아가의 우유병이 보였다.

똑같은 꿈이 매일밤 계속되었다. 그녀는 왜 그런 꿈을 꾸는지 알지 못했다. 더욱이 꿈을 깨고나면 그녀는 울고 있었다. 한 번도 느껴보지 못한 가슴 통증을 느꼈다. 사실 그녀는 어릴 때 기억이 없었다. 그러나, 그것은 씨티9에서 아무 문제가 되지 않았다. 그들의 어린시절은 단순하고 모두 같았으므로 기억하지 못한다 해도 살아가는데 아무 지장이 없었다. 그리고 사람들 대부분 유아기를 기억하지 못했다. 시스터89는 씨티9 사람치고 외모가 투박했다. 그곳 주민들은 동그랗고 작은 얼굴에 크고 동그란 눈, 엷은 눈썹, 작고 뾰족한 코와 얇고 작은 입술을 가지고 있었지만 시스터89는 다소 갸름한 얼굴에 반달눈과 짙은 눈썹, 높은 코와 두툼한 입술을 가지고 있었다. 그 모습은 마치 천 년 전의 초상화를 연상케 했다.

그녀는 자신을 키워준 시터들을 모두 기억하고 있었다. 그녀들은 모두 자상하고 친절했으며 실수를 해도 나무라지 않고 잘 할 때까지 기다려주었다. 또래보다 조금 느린 그녀가 시스터장이 된 것은 다 그녀들 덕분이었다. 최근 그녀는 꿈 이외에도 감정의 기복이 자주왔으나 동료들 앞에서 티를 내지 않으려 부단히 노력했다. 그녀는 이런 변화의 원인을 되짚어봤으나 도통 찾을 수 없었다.

그 무렵 시스터89는 신생아 방에서 갓 육개월을 넘긴 퀸베이비를 돌보고 있었다. 아기는 어찌된 영문인지 이유식을 거부했다. 일반적인 유전자를 갖고 태어나는 다른 아기들과 달리 퀸 베이비는 슈퍼 유전자를 갖고 태어났으며 특별히 제조된 슈퍼이유식을 먹었다. 씨티9에서 아기들은 모두 직업을 갖고 태어났다. 아니 필요한 직업의 아기들이 태어났다. 씨티에는 선거가 없었다. 씨티의 지도자도 계획하에 태어나 특별한 관리를 받고 성장하여 씨티9을 이끌어가게 되는 것이다. 그녀가 베이비시터가 된 것처럼. 아기는 작은 스포이트로 이유식을 받아먹고 있었는데 무슨 이유에선지 벌써 이틀째 모두 뱉어내고 있었다. 그녀는 답답한 마음에 이유식을 손등에 조금 떨어뜨려 맛을 보았다. 그맛은 도대체 알 수 없는 맛이었다. 익히지 않은 버섯과 생밤, 사과쨈을 섞은 맛이 났다. 그녀는 강력한 떫은 맛으로 인해 인상을 썼다. 그날 밤 그녀는 처음 꿈을 꾸었다. 잠에서 깨어난 그녀는 황당함에 혼잣말을 했다.

"우습군. 엄마라니! 오백년 동안 쓰지 않던 말이야."

꿈은 집요했다. 그 무렵 그녀는 몸에 이상한 변화를 느꼈다. 갑자기 열이 올랐다 내리기도 하고 작은 일에 기뻤다 화가 나기도 했다. 그녀는 종잡을 수가 없는 감정 변화에 당황했다. 거기서 멈추지 않고 역사책에 나오는 생리를 시작한 것이다. 그것은 지독한 통증과 불쾌함을 동반했다. 그녀는 참지 못하고 큰언니처럼 돌봐주는 병원장을 찾아가 상담을 받았다.

"그동안 잘 지냈어? 여긴 웬일로 왔어?"

"꿈을 꿔요. 매일 같은 꿈을."

원장은 다소 놀란 표정이었으나 이내 평정을 되찾았다.

"언제부터 꿈을 꿨지?"

"두 달쯤 됐어요."

"꿈을 꾸고난 후 기분은 어때?"

"슬퍼요. 꿈에서 깨면 항상 울고 있었어요."

"컨디션은?"

"안 좋아요. 아무일도 아닌데 화가 나거나 기분이 좋았다 나빴다 해요. 최근에 생리까지 다시 시작했어요."

그녀는 기록을 하다말고 놀란 듯 다시 그녀를 쳐다보았다.

"괜찮아 약을 먹고 안정을 취하면 좋아질거야."

이내 온화한 음성으로 말했다. 그녀는 당황하지 않고 시스터 89가 말하는 이야기를 들어주었다. 그녀는 이 상황을 비밀로 하라고 주의를 주었다. 병원장이 처방해준 약을 먹은 후, 시스터89의 증상은 호전되었다. 병원장은 정기적으로 시스터89를 검진하고 검사를 위해 난자를 비롯 여러 개의 조직 샘플을 채취했다.

어느날 그녀는 진료 대기 중 화장실에 갔다가 태아실 간호사들이 주고받는 놀라운 이야기를 들었다.

"소식 들었어?"

"씨티9은 지구에서 주기적으로 소녀를 납치해서 실험하고 있었대."

"설마!"

"시스터89가 그 소녀래. 그래서 이름 앞에 번호를 붙인거래."

"아냐, 시스터89가 자발적으로 실험에 협조하는 거라 들었어. 난자를 채취해서 벌써 시험관 아기 배양에 들어갔대."

"아이의 직업은 뭐가 될까?"

그녀는 다리가 후들거렸지만 돌아와 침착하게 검진을 마쳤다.

'나도 모르는 내 아이가 시험관에서 자라고 있다고? 그리고 나는 지구에서 왔다고? 그럼 그꿈은 다 사실이었어. 난 납치돼 온거야. 엄마도 동생도 내가 지구에서 왔다면 지금 그들은 어디 살고 있을까?'

그녀의 눈에서 눈물이 흘렀다. 그녀는 처음으로 이방인이 된 느낌을 받았다. 그녀는 용의주도하게 자신이 알고 있는 사실을 숨겼다. 육 개월이 지나자 베이비27이 그녀에게 맡겨졌다. 아기를 처음 안은 순간 그녀의 가슴이 고동쳤다. 자신의 의사와 상관없이 태어난 아이를 보는 순간 그녀는 자신의 과거가 알고 싶었다. 그것은 간단한 일이었다. 보모장인 그녀는 아기의 정보에 접근 권한이 있었다. 그녀의 기억이 돌아온 줄 모르는 그들은 아무도 제지하지 않았다. 아기의 모계는 '지구연방 엘시티 위성허브 27지구 소녀 유리' 부계는 볼 필요도 없었다. 은행에 남은 정자는 아담2067 뿐이었으므로. 그는 인류 최초로 IQ가 500이 넘은 과학자로 판데믹 이후 지구 재건에 노력한 인물이다. 씨티9은 판데믹 이전 그의 정자를 기증받아 보관하고 있었다.

당국에 배신감을 느낀 시스터89는 모종의 음모를 계획하고 있었다. 퀸베이비에게 먹일 이유식을 그녀의 아이인 베이비27에게 나누어 먹였다. 베이비27의 이상 발육은 삼 개월을 넘기지 못하고 발각되었다. 베이비27은 베이비퀸의 이유식을 먹고 특별한 성장을 보이기 시작했다. 이 일로 씨티 원로원은 발칵 뒤집혔다. 두 명의 퀸은 분열의 시작이며 전쟁과 파멸을 상징했다. 반드시 하나를 제거해야 했다. 원로원은 베이비퀸을 지키고 베이비27을 추방하려 할 것이다. 백일도 안된 아기를 추방한다는 것은 죽으라는 것과 다름없었다. 그녀는 아기를 살리고 싶었다. 당장이라도 그녀가 태어난 곳으로 아기를 데려가고 싶었지만 원로원의 승인 없이는 아무도 비행할 수 없었다. 그녀는 원로원보다 빨리 움직였다. 아기를 캡슐에 태운 그녀는 자신이 떠나온 주소를 입력했다. 베이비 캡슐은 우주쓰레기로 위장돼 정거장을 벗어났다. 원로원은 베이비 캡슐이 대기권을 지나 허브27구역에 도착한 후에야 아기가 사라진 것을 알았다. 그녀는 주도면밀히 행동했으므로 아무도 아기의 행방을 몰랐다.

그녀는 곧 체포되어 원로원에 끌려갔다. 원로원은 그녀를 회유했다.

"아기의 행방을 말하면 함께 살게 해주겠다. 아기를 혼자두면 위험에 노출돼 죽을 수도 있다는 것을 알지 않나!"

"루시야, 너는 단 한 번도 우리를 실망시킨 일이 없잖니! 충격이 큰 것은 알아. 그렇지만 그렇게 감정적으로 일을 해결해선 안돼!"

"아기를 찾아 데리고 와야 해! 지구는 너무 위험해. 우리가 도와줄게."

그녀를 키워준 시스터들이 총동원 되었지만 그녀는 입을 다물었다. 그들의 말이 사실이라해도 그녀는 그들의 목적을 안 이상 자신의 아이까지 실험체로 살게할 순 없었다. 그들은 곧 베이비퀸의 이유식이 반이상 사라진 것을 알아냈다. 베이비퀸의 이유식을 만드는데는 일 년이 걸리므로 이유식이 부족한 퀸은 발육에 상당한 영향을 받을 것이다. 그것은 국가의 존망을 위협하는 일이었으므로 원로원은 시스터89에게 국가반역죄를 적용해 수면추방령을 내렸다. 그것은 수면 주사를 맞고 캡슐관에 넣어져 우주로 추방되는 형으로 생존할 확률은 없었다.

퀸은 시스터89의 반역을 인정했고 베이비27이 우주에서 실종된 것으로 보고서를 썼다. 한치의 오차도 없이 살아온 그녀의 행적으로 보아 이해할 수 없는 결론이었다. 사실 그녀는 베이비27이 간 곳을 알고 있었지만 추적하지 않았다. 원로원은 아기가 탄 캡슐을 파괴할 것이 자명했다. 그녀는 시스터89의 아기를 살리고 싶었다. 시스터89의 모성본능을 증명한 것으로 실험의 결과는 훌륭했다. 짧은 시간 과거가 주마등같이 그녀의 머릿속을 스쳐 지나갔다. 그녀는 이제 시스터89와 이별할 때가 왔음을 알았다.

퀸은 자신의 손으로 납치한 시스터89 문제를 매듭짓고 싶었다. 그녀는 스스로 그 일을 매듭짓기를 원로원에 청원했다. 청원은 받아들여졌다. 씨티9은 삼백 년 만에 사형이 집행되었다. 흰옷으로 갈아입혀진 시스터89는 팔에 주사를 맞고 캡슐관에 안치되어 우주로 보내졌다. 정거장 문이 닫힌 후에도 퀸은 캡슐을 하염없이 바라보고 있었다. 시스터89는 그녀의 딸이나 마찬가지였다. 네 살 먹은 소녀를 엘시티의 위성도시 허브27에서 납치할 계획을 세운 것도 그녀였다.

원로원은 씨티9 젊은이들의 불임이 수세기 동안 지속되자 몰래 지구로 특공대를 파견하여 유아들을 납치하기 시작했다. 그 일은 지속적으로 기획되고 용의주도하게 집행되었다. 지구연방은 아직도 혼란스러워 버려지는 아이와 미아가 흔한 일이라 사회적으로 문제가 되지 않았다. 납치 대상은 허브에 잠입한 스파이에 의해 선별되었다. 그들은 대를 이어 시티9을 위해 일했다. 출산육아담당국은 부모가 누구인지 모르는 아이는 절대 데려가지 않았다. 그들은 데이터가 필요했으므로 신분이 확실하고 납치되어도 주목받지 않을 몰락한 집안의 아이를 선호했다. 시스터89는 지구연방 장교의 딸이었다. 그는 모함을 받고 불명예 제대 후 허브로 추방되고 피살되었다. 그의 젊은 아내는 어린 두 딸과 연금도 없이 허브27에서 살고 있었다. 그들은 씨티 특공대의 표적이 되기 좋은 조건이었다. 그들은 자매 중 아직 어린 동생보다 시스터89가 우주선을 타기 적합하다고 판단했다. 납치된 시스터89의 유아기 기억들은 곧 지워지고 시터들에 의해 극진히 키워졌다. 그녀들은 시스터89가 제공하는 모든 자료가 불임에 빠진 국가의 미래를 밝혀준다고 생각했다. 영특한 시스터89는 잘 적응했고 그들이 원하는대로 훌륭한 퀸시스터가 되었다. 지구에서 태어나 우주 정거장에서 보이는 신체 변화와, 우주에서의 초경과 그것을 멈추는 호르몬 실험과 우연이긴 하지만 재개되는 물질까지 그녀를 통한 실험은 모두 성공적이었다. 그녀가 자신이 89번째 납치된 소녀라는 것을 알기 전까지는.

시스터89는 퀸의 최초의 실험 성공작이며 또 실패작이었다. 그녀는 시스터89를 처벌할 생각이 없었다. 설령 지금 육아실의 베이비퀸이 이유식 시기를 놓쳐 퀸이 될 수 없다해도 그것은 문제될 것이 없었다. 1년 후 새로운 베이비퀸을 키우면 되니까. 그러나 시스터89는 그녀에게 특별했다. 처음 시스터89가 씨티9에 와서 울고 보챌 때, 그녀는 시스터89를 업어재웠다. 씨티 아이들과는 다르게 시스터89는 감정의 변화도 컸고 까다로웠다. 잔병치레도 많았지만 그만큼 그녀에게 기쁨도 안겨주었다. 시스터89를 돌보면서 자신도 지구인들처럼 결혼을 하고 아이를 낳아 기른다면 시스터89 같은 아이를 갖고 싶었다. 그녀는 개인적으로 무엇을 소유하고 싶다는 생각이 낯설어 웃었다. 소녀가 지구의 기억을 잊고 안정을 찾아갈 무렵 퀸은 그녀를 다른 시터에게 보냈다. 그후에도 그녀는 소녀에게 각별히 신경을 썼지만 조용히 밖으로 드러나지않게 했다. 퀸은 자신의 눈에 이슬이 맺힌 것을 깨닫고 깜짝 놀랐다. 그녀는 자신이 지난 백 년 동안 울어본 적이 있었는지 생각했다. 그녀는 이제 시스터89를 잊기로 했다. 그녀는 시티의 모든 시민의 어머니였다. 개인의 감정에 치우쳐 일을 처리해서는 안됨을 알고 있었다.

씨티9의 수장 퀸은 지구연방 엘시티의 시장에게 연락했다. 아무도 모르게 두 도시는 동맹을 맺고 있었다. 그들은 없는 것을 교환하며 서로에게 필요한 정보를 주었다. 결론적으로 두 도시는 번영했다. 엘시티는 지구연방 도시국가 중 유일하게 위성통신이 가능했다. 그것은 극비였으며 외교관과 외국인을 시티 중심부로 들이지 않는 이유 중 하나였다. 위성 없는 첨단장비는 무용지물이었으므로 엘시티는 통신위성을 보유한 씨티9의 동맹 요청을 거절할 이유가 없었다. 씨티9 또한 우주공간에 뜬 작은 섬에 불과했으므로 어머니 지구에 기대지 않고 생존이 어려웠다. 그들은 엘시티의 묵인하에 지구에서 오염되지 않은 여러자원을 가져갔다. 엘시티는 허브에서 유아납

치까지 묵인했다. 그 일은 어쩌면 두 도시의 미래를 위한 공동실험 같은 것이었다. 아직도 미신에서 벗어나지 못한 여러 도시들은 엘시티를 선망했지만 관광조차 허용되지 않았다. 엘시티는 도시 방어에 씨티9 위성의 도움을 받았다. 씨티9은 위성으로 볼 수 있는 지구에서 일어나는 모든 정보를 엘시티에 주었고, 엘시티는 씨티9의 자원 채집과 그에 필요한 요원의 정착을 도왔다. 그들의 공생관계는 육백 년이 지속되었고 그로인해 두 도시는 우주와 지구에 단단히 뿌리를 내렸다. 이 동맹은 두 도시의 원로원 밖에 알지 못했다. 그래서 그들의 정부 조직은 다른 듯 닮아 있었다. 두 도시 모두 미래를 위해 태아 때부터 지도자를 키웠다.

퀸은 엘시티로 보내진 시스터89의 아이를 찾고 있었다. 그녀는 엘시티의 시장에게 자신이 베이비27을 찾는 이유가 실험의 완성이라고 이유를 댔지만, 그뿐이 아니란 것을 알고 있었다. 그녀는 개인에게 정을 주어서는 안되는 지도자의 덕목을 위반하고 있었다. 개인의 출산과 보육을 금지한지 다섯 세기가 지났지만 타고난 모성애는 완전히 지울 수 없다는 결론을 내렸다. 그러나 아무에게도 내색하지 않았다. 그녀는 베이비27을 찾으면 실험을 완성한다는 명분으로 후원하고 지키리라 다짐했다. 그녀는 내심 이제 한계에 다다른 씨티9의 막을 내리고 지구에 안착한 베이비27이 지구연방을 완전히 통일하면 지구로 귀환하는 상상을 하고 있었다. 불가능하리란 걸 알지만 그녀는 상상만으로 즐거워졌다. 태어나면서 짊어졌던 씨티9의 운명을 결정하는 무거운 짐을 베이비27이 벗겨주기를 기도했다.

씨티9는 지구와 교류가 끊긴지 한 세기가 흐르자 불임이 늘어갔다. 인구의 급격한 감소를 우려한 시정부는 대대적인 난자와 정자의 기증을 받아 공공출산과 공공육아에 들어갔다. 그러나 시간이 흐를수록 소녀들은 초경을 하지 않았고 소년들은 정자 수가 줄어 성인이 되어서도 기증할 난자와 정자가 부족했다. 수세기가 흐르자 난자와 정자은행의 재고가 바닥을 보이기 시작했다. 출산율이 늘어 아우성인 지구의 미개발 지역과 달리 씨티9는 서서히 쇠락해가고 있었다. 무중력이 인간의 신체에 나쁜 영향을 줄지도 모른다는 생각에 일부에선 지구 귀환을 주장했지만 오랫동안 무균상태에서 살아온 그들은 지구의 온갖 세균에 무방비 상태였다. 원로원에선 차선책으로 지구의 소녀들을 몰래 데려갔다.

시당국은 부모의 신분과 이력을 알 수 있는 어린이에 주목했다. 너무 어린아이는 무중력 상태를 견디지 못했고, 조금 큰 아이들은 지구에서의 기억을 지우지 못했다. 여러 시행착오를 거친 후 89번째 소녀는 성공적으로 씨티9에 적응했고 시간이 걸렸지만 지구에서의 기억도 잊었다. 퀸은 89번째 소녀에게 '루시'라는 새로운 이름을 지어주었다. 그녀는 루시에게 씨티의 미래를 걸어도 좋겠다고 생각했다. 이름처럼 새로운 인류의 탄생이었다. 지구의 기억은 잊혀지고 완전한 씨티9의 시민으로 성장한 후 불임의 씨티9에 새로운 이브가 탄생하는 것이다. 우연한 일로 그시기가 앞당겨졌고 원로원은 시스터89의 난자로 베이비27을 탄생시켰다. 비밀히 진행된 신인류프로젝트는 생모인 루시에게 알려지므로써 실패로 돌아가고 말았다. 그러나 기적은 언제나 위기에서 오는 것이라고 퀸은 생각했다. 그녀는 베이비27이 지구를 구할 운명이라면 살아남아 신인류의 어머니가 될 것이라고 믿었다.

시스터89는 어지러움과 갑갑함에 눈을 떴다. 바다에 둥둥 뜬 그녀의 캡슐은 문이 닫혀 있었다. 씨티9을 떠난지 얼마나 시간이 흘렀는지 모른다. 확실한 건 오랜 우주잠에 빠졌다는 것이다. 그녀는 퀸이 주사를 놓을 때 자신을 죽게하지 않으리란 것을 알았다. 그래서 담담할 수 있었다. 퀸은 재빨리 캡슐의 항로를 지구로 설정한 후 산소가 가득 든 곰 인형을 캡슐에 몰래 넣어주었다. 의식이 점점 흐려지는 순간, 그녀가 캡슐 문을 닫을 때도 시스터89는 두려워하지 않았다. 어머니 퀸이 그녀를 해치지 않으리란 것을 믿었기에. 그녀는 캡슐 문을 열고 밖으로 나왔다. 바닷가는 꿈에서 본 것처럼 아름다웠다. 그녀는 주사를 맞은 팔을 들여다 보았다. 멍도 없이 말끔했다. 그제서야 그녀는 퀸이 자신을 살리려 국가반역죄를 판결하고 직접 집행을 한 것을 알았다. 퀸의 주도면밀한 성격으로 보아 복잡한 항로를 돌아 지구에 왔음을 느꼈다. 그녀는 모두를 위해 씨티9의 일을 기억 저 깊은 곳에 저장하고 다시 떠올리지 않으리라 다짐했다. 씨티9에서 지구의 기억을 잊은 것처럼. 그녀는 이제 자신이 어디로 가야하는지 정확히 알고 있었다. 그녀는 캡슐을 뒤집어 물을 채워 가라앉히고 허브27구역을 향해서 걸어갔다. 눈부신 해가 하늘을 열고 있었다. 어머니 지구를 비추는 진짜 태양이 허브 27 구역을 향한 길을 환히 비추고 있었다.

*루시는 인간의 조상이자 최초의 인류 화석.
318만 년 전에 존재했던 오스트랄로피테쿠스 아파렌시스(Australopithecus afarensis)종이다. 1974년 11월 24일, 에티오피아의 아파르 삼각지역(Afar triangle) 아와시 강에 위치한 하다르(Hadar) 마을 근처 강가에서 발견된 화석으로 발굴현장에서 팀원들이 영국의 락(rock)그룹 비틀즈(The Beatles)의 '다이아몬드와 함께 있는 하늘의 루시 (Lucy in the sky with Diamonds)'라는 당시에 유행하는 노래를 불러 이후 화석 이름은 '루시(Lucy)'라고 붙여지게 되었다.

## 곽진영 | 보름달, 그 날

서울출생.
한국방송작가협회교육원 드라마 과정 수료.
드라마 서브작가.
기업/홍보영상 시나리오 작가.
2021년 『한국소설』 「그곳에 그가 있었다」 신인상으로 등단.
한국소설가협회 회원.

단편소설
▼

## 보름달, 그 날

곽진영

어제는 열이 나고 온 몸이 부서질 듯이 아픈 것이 몸살이 오는 것 같아 병원에 다녀왔습니다.

평소 같았으면 '그깟 감기, 쌍화탕이나 데워 마시고 한숨 푹 자면 그만이야.' 하겠지만 이번에는 몸져눕기라도 하면 큰일이었습니다.

병원에서 권하는 수액과 영양제도 시키는 대로 놔달라고 했습니다. 높고 좁아 위태로워 보이는 간이침대가 마음에 들지 않았지만 전기 매트를 깔아놓아 따뜻하더군요. 스르르 잠이 들었습니다. 잠자리에 예민해 여행을 가서도 고생을 하는 제가 꽤나 힘들긴 했었나봅니다.

"주삿바늘 빼 드릴게요. 따끔 하실 거예요."

간호사의 말소리를 듣고서야 깨어났습니다. 오래되지 않는 시간 동안 깊은 잠에 들었었더군요. 신기하게도 어느새 열은 떨어지고 쑤시던 삭신은 편안해져 있었습니다.

아버지 생각이 나더군요. 으레 허리와 다리가 불편하실 거라 생각하고 준비했던 파스를 보여 드렸지요.

"흰색 종이 위에 이렇게…아버지 보세요. 이 검정색 종이가 약이 발라진 파스예요. 요 가운데에 올리시고…테이프를 떼어서 아프신 곳에 붙이시기만 하면 돼요."

"이야… 고거이 아주 신기한 놈이다. 당장에 하나 붙여 보자우."

아버지는 대단한 물건이라도 본 양, 어린아이처럼 눈을 반짝이셨습니다. 곧 느릿한 움직임으로 바지 안에 넣었던 와이셔츠를 꺼내 올리고는 저에게 등 허리를 내어 주셨지요. 처음 보는 아버지의 굽은 등에는 하얀 각질이 올라와 있었고 군데군데 검버섯이 피어 있었습니다. 그 피부 위로 앙상하게 드러나 있는 뼈를 보자 그동안 겪었을 고통과 아픔이 그대로 전해지는 것 같았습니다. 옆자리에 앉아 그 모습을 지켜보던 어머니는 이미 젖을 대로 젖어 버린 손수건으로 눈물을 찍어 내고 계시더군요. 저는 아버지의 등허리를 손바닥으로 짚으며 물었습니다.

"어디가 불편하세요? 여기요? 아니면… 여기에 할까요?"

"거기서 한 뼘만 더 바른쪽으로 가라우."

말려 올라가거나 떨어지지 않게 꼼꼼하게 붙여 드렸습니다.

"이야… 시원… 한게 찜질이 따로 필요 없겠다 야."

넉넉한 양이었지만 그렇게 좋아하실 줄 알았더라면 더 많이 준비했을 텐데요. 두고두고 속이 상합니다.

'18차 이산가족 상봉 최종 명단'이 발표되고 주변 사람들은 천대 일이 넘는 경쟁을 뚫었다며 축하해 주었습니다.

처음 이산가족 상봉이 시작된 80년대부터 우리 모녀는 빠지지 않고 상봉 신청을 했지요. 그렇게 꿈꾸고 바라던 일이 이루어지고 막상 아버지를 만난다고 생각하니 이게 꿈이 아닌가 싶기도 하고… 얼떨떨한 기분이었습니다.

어머니와 저는 무엇을 준비해야 할지 무슨 얘기를 해야 할지 한 얘기를 또 하고 또 했습니다. 정신없이 지내다 보니 멀게만 느껴지던 그 날이 다가왔습니다.

창밖으로 보이는 가을의 금강산은 참 아름답게 물들어 있었습니다.

속초에서 버스에 오른 후, 어머니는 단 한마디도 하지 않으셨습니다.

물을 발라 참빗으로 곱게 빗어 쪽진 얼마 남지 않은 어머니의 머리카락은 창 안으로 들어온 햇살을 받아 은빛으로 반짝이고 있었습니다. 단풍을 닮은 알록달록한 손수건을 오른손에 꼭 움켜쥔 어머니는 앞좌석 머리 받침대에 뭐라도 있는 듯이 눈동자를 고정한 채 흔들림 없이 앉아 계셨습니다. 그 머릿속에 어떤 생각들로 가득할지 제가 감히 헤아릴 수나 있을까요? 어렴풋이 짐작할 뿐이었지요.

“어머니 창 밖 좀 보세요. 어쩜 저리 예쁘지요?”

“참 곱기도 하구나.”

“아… 허균 선생이 이즈음에 청간정에 올라가서 멀리 보이는 금강산을 보고 지은 시가 있어요. 청간정 기억나시지요? 우리도 이번 봄에 갔었잖아요. 고성에 있는…”

“기억나고말고.”

“한번 들어보실래요?”

“그래… 어디 한번 들어보자.”

“원래는 배경 음악도 있어야 하지만 대신 금강산 멋진 풍경 보며 들으셔요. 열심히 해 볼 테니까요. 잠깐 목소리 좀 가다듬고요. 흠흠…”

제 너스레에 어머니가 웃음을 보이셨습니다. 그제서야 어머니의 긴장이 조금 풀리는 듯 보였지요.

"淸磵亭晝睡(청간정주수)청간정에서 낮잠을 자다 / 蛟山 許筠(교산 허균)

楓岳曇無竭(풍악담무갈)풍악산에 구름 그치지 않아
金門老歲星(금문로세성)금문에는 늙은 세성이 떠 있다
相逢雖恨晩(상봉수한만)만남이 늦음에 비록 한스러우나
交契自忘形(교계자망형)교분이 저절로 세상일을 잊는다
暫別緣塵累(잠별연진루)잠시 이별은 세속의 누 때문이라
幽期屬暮齡(유기속모령)그윽한 기약은 늘그막에 맡긴다
高亭殘午夢(고정잔오몽)높은 정자에서 한낮의 꿈을 남기고
天外萬峯靑(천외만봉청)일만 봉우리 하늘 끝에 푸르구나"

"시 낭송 배운다고 열심히 다니더니… 보람이 있구나. 네 목소리는 참 듣기가 좋아."

"어머니 닮아 그렇지요."

"아니. 네 아버지를 닮았지. 네 아버지 목소리가 얼마나 좋다고. 가수 뺨치는 양반이셨다."

"아 그렇다고 했지요?"

"응… 그런데 그 시는…정확한 뜻은 내가 모르지만 지금 내 속을 들여다보고 지은 것 같구나…"

어머니는 고개를 돌려 저 멀리 금강산의 단풍을 바라보셨습니다. 저는 그런 어머니를 조용히 바라봤지요.

"곧 이산가족 상봉이 이루어질 금강산 호텔에 도착할 예정입니다."

인솔자의 안내 멘트에 버스 안 여기저기 나지막한 한숨 소리만 간간히 들려왔습니다.

지정 테이블 73번. 육십년 만에 떨어져 있던 남편과 아버지를 만나게 될 우리의 자리였습니다.

아버지를 기다리던 그 짧은 시간이 얼마나 긴장되고 떨리던지, 어머니와 저는 테이블 위에 준비해 놓은 물을 연신 마셔야 했습니다.

많은 사람 틈에 두리번거리며 들어오는 은회색 양복을 입은 노인이 제 아버지라는 것을 저는 한 눈에 알아볼 수 있었습니다. 아버지는 할아버지를 똑 닮아 있었습니다.

눈이 마주친 아버지는 저를 향해 느리지만 망설임 없이 걸어오셨습니다.

"내레 대번에 알아 봤다우. 네가 장모를 꼭 닮았쏘. 니가 내 딸이 맞니?"

"네. 아버지… 제가 아버지 딸 영희예요. 김영희요. 아버지 절 받으세요."

숙인 몸을 차마 들지 못하는 저를 아버지는 가는 팔로 일으켜 세우셨지요. 처음 보는 아버지의 작고 뿌연 눈동자 속에 저의 얼굴만이 가득 들어차 있었습니다. 육십 평생 처음 느껴보는 이상한 기분이었지요.

어머니는 굳은 듯이 가만히 선 채로 그 모습을 지켜보고 계셨습니다. 아버지는 그제야 어머니 쪽으로 몸을 돌렸습니다.

"당신이 정원이요? 이정원이 맞소? 아이구야… 그 곱던 새색시가… 세월이 많이 갔구나야…"

아버지는 눈시울을 붉히셨습니다.

왜 그렇지 않겠어요. 제 막내딸이 올해 서른입니다. 두 분은 손녀딸보다도 한참 어린 나이에 헤어져 육십년 만에 다시 만나셨으니 그야말로 기가 막힐 노릇이지요.

"살아 있어 줘서 감사합니다. 이렇게 만나게 돼서 반가워요."

어머니는 조용히 말씀하셨습니다.

웬일인지 우리는 티브이에서 보던 것처럼 얼싸안고 울지 않았습니다. 조용히 떨고 있는 어머니의 어깨를 아버지는 두어 번 토닥여 주시고는 자리에 앉자고 하셨지요.

그 전까지 제가 아는 아버지의 모습은 흑백 결혼사진 속 열아홉 소년의 모습이었습니다. 동갑내기인 두 분은 1950년에 결혼하셨습니다. 몇 달이 되지 않아 전쟁이 났고 어머니의 뱃속에는 제가 자리 잡고 있었지요.

춘천의 농촌에서는 전쟁의 진행 상황조차 들을 통로가 마땅치 않았다고 합니다. 붉은 완장을 차고 동네를 휘젓고 다니던 뒷집 이씨 아저씨가 집으로 찾아온 건, 제 첫 돌을 얼마 남겨 놓지 않은 어느 가을날 이었습니다. 한 손에는 아버지의 이름이 적힌'의용군 징집 영장'이 들려 있었지요. 어서 산으로 도망을 가라는 가족들에게 열흘만 훈련받고 온다고 하니 걱정 말라는 짧은 인사를 남긴 채 아버지는 인민군위원회로 가셨습니다.

아버지라고 왜 두렵지 않으셨겠어요. 시키는 대로 하지 않으면 온 식구를 다 생매장 시키겠다는 이씨 아저씨의 무시무시한 협박이 떠 오르셨을 테지요.

노랗고 빨갛게 물든 단풍잎을 배경으로 떠나가는 아버지 뒷모습을 잡지도 못하고 바라볼 수밖에 없었겠지요.

"남의 속도 모르고 요란스럽게 핀 단풍이 그리 야속해 보일 수가 없더라."

어머니는 그 날을 떠올릴 때면 말씀 하셨습니다.

태극기를 단 탱크가 먼지를 일으키며 마을로 들어왔을 때, 환호성을 지르는 마을 주민들 사이에서 어머니와 할머니가 할 수 있는 것은 흙바닥에 주질러 앉아 목 놓아 우는 것밖에 없었습니다. 할아버지는 돌아가시는 날까지 하나 밖에 없는 아들 자식을 잃은 건 본인의 탓이라며 붙잡지 못한 것을 한탄하셨다지요. 할머니는 새벽이면 두레박으로 퍼 올린 정안수를 장독위에 올려놓고 아버지가 건강히 돌아오기만을 신령님께 빌었습니다. 식사때면 밥솥 안에 아버지 몫의 밥을 듬뿍담아 한 그릇씩 남겨 놓는 것도 잊지 않으셨습니다.

어린 시절, 저는 아버지가 돌아가신 줄로만 알고 있었습니다.

희미하게 조차 기억날 리 없는 아버지가 그리워 밤이면 밝은 달을 보며 조용히 불러 보았습니다.

"아빠…"

가끔씩은 옆 집 명자가 제 아빠에게 과자를 사달라고 조를 때 했던 것처럼

"아…빠….아아…"

리듬을 넣으며 애교를 부려 보기도 했지요.

중학교에 입학하고 얼마 지나지 않아서였습니다. 어머니는 무슨 생각이 었는지 그간의 이야기들을 담담히 전해 주었습니다.

가끔씩 어머니는 제 곁에서 멀쩡히 잠을 자다 벌떡 일어나 대문 밖으로 뛰쳐나가곤 했습니다. 놀라서 뒤따라 나가보면 부르는 소리에 대꾸도 하지 않으셨습니다. 캄캄한 집 앞을 서성이다 제가 보이지도 않는 듯 스쳐지나 집으로 들어가셨지요.

"엄마 왜 그래? 누가 왔어?"
"아무것도 아니야. 어서 자라."

어머니는 눈 한번 마주쳐주지 않고 잠자리로 들어가 돌아 누우셨습니다. 어머니가 몽유병에 걸린 것은 아닌지 걱정을 했으니 어느 정도인지 이해하시겠지요.

그 이유를… 그제 서야 알 수 있었습니다.
어머니가 걱정했던 것과 다르게 저는 충격을 받는 대신 나도 애비 없는 자식이 아니라는 생각에 마음이 든든해 졌습니다.
바뀐 것은 아무것도 없는데 아버지를 떠올리면 어디선가 힘이 솟아오르는 것 같았습니다. 괜시리 길을 가다가도 피식 웃음이 나오기도 했지요.
하지만 시간이 지날수록, 언젠가는 아버지를 볼 수 있을 거라는 기대와 어쩌면 영원히 만날 수 없을지도 모른다는 실망 속을 오고가며 그리움은 더욱 깊어져만 갔습니다. 결혼을 하고 자식이 생겨 부모가 되면 나아질까 싶었지만 그렇지 않았습니다.

북의 아버지에게는 새 가족이 있었습니다.
당연한 일이었지요. 새 부인과 여섯 명의 남매들이 가정을 이루고 증손주까지 보셨으니 정말 대가족을 거느리고 있었습니다. 아버지가 외롭지 않게 지내실 테니 다행이라 생각 하면서도 한편으로는 평생 아버지만 기다려온 어머니 심정은 어떨까 마음 쓰이기도 했습니다.

"아버님, 어머님 생전에 이런 소식을 전해 드렸으면 얼마나 좋아 하셨겠니. 정말 잘 된 일이야. 잘 된 일이고말고…"

정작 어머니는 무덤덤하게 말씀 하시더군요.

어머니는 쪽진 머리를 자르지 않으셨습니다.

"요즘 세상에 촌스럽게 누가 쪽진 머리를 해요."
"시내에 새로 생긴 미용실 원장이 파마를 잘한다는데 같이 구경이라도 가봅시다."

고모들은 여러 차례 말씀 드렸었지요. 어머니는 그럴 때 마다 머리를 자르면 사람들이 팔자 고치려는 줄 알아서 안 된다 하시며 고집을 꺾지 않았습니다.
아버지는 육십 년 만에서야 빛바랜 사진으로 그립던 부모님을 만날 수 있었습니다. 처음 보는 노인이 된 부모님의 모습을 한 장 한 장 천천히 들여다보셨습니다. 저는 그 모습조차 잊을까 눈에 담아두려 애쓰고 있었습니다. 어떤 장면도 놓치고 싶지 않았습니다. 아마 어머니도 그러셨겠지요. 한참 만에 고개를 든 아버지가 말씀하셨습니다.

"이 보라우. 자네 고생이 얼마나 많았을지 내레 다 알고 이쏘. 한시도 자네를 잊은 적이 없단 말이야. 애미나이 혼자 오마니 아바지 보살피고 딸아이 이렇게 훌륭히 키워준 거 감사하오."
"잊은 적이 없다고요?"
"아니 기걸 꼭 다시 한 번 확인을 해야 직성이 풀린단 말이디? 알았다우. 당연하고말고!"

아버지의 장난스럽고 힘찬 대답에 어머니는 처음으로 소리 내어 웃었습니다. 그 모습을 본 아버지는 더 크게 웃으셨지요. 두 분은 서로를 마주보며 한참을 웃었습니다.

훗날 그 얘기를 듣는 순간 그 동안 고생이 다 잊히는 것 같았다고 어머니는 말씀 하셨습니다.

아버지는 무릎 위에 다소곳이 올려 져 있던 어머니의 손을 가져다 꼭 잡으셨지요. 반대편 손으로 손등까지 감싸 쥔 아버지는 말씀을 이어가셨습니다.

"우리가 이렇기 된 기 뉘기의 잘못도 아니야. 전쟁이 우리를 이렇게 만든 기야. 알간? 다음 세상에는 헤어지지 말고 평생 꼭 붙어사는 기야. 우리 약속 하자우."

어머니의 자그마한 손은 아버지의 넓적한 두 손에 쏙 들어가 있었습니다. 처음 보는 부모님의 그 모습이 어찌나 아름다워 보이 던지요.

어머니는 맞잡은 두 손을 가만 바라보더니 이내 잡힌 손을 슬쩍 빼셨습니다.

어느 땐가 여쭤본 적이 있어요.

"무슨 새색시도 아니고 손도 못 잡게 할 건 뭐유? 아버지도 그래. 육십년 만에 만난 부인을 남자가 박력 있게 포옹이라도 한번 해주시지."

"북한에도 방송이 있을 텐데… 그쪽 부인이 보면 싫어하지 않겠니… 그렇지 않았으면 얼굴 한번 만져 봤을 텐데…"

예상치 못했던 어머니의 진심 담긴 대답에 목이 메이고 대꾸할 마땅한 말을 찾지 못했습니다. 어머니는 가슴 한 켠에 숨겨 놓았던 섭섭한 마음을 들켰다고 생각하셨던 것 같습니다. 엉뚱한 이야기로 화제를 돌리셨던 것으로 기억이 되는 걸 보면 말입니다.

아버지를 만나러 가기 전 어머니와 저는 가져갈 선물을 준비하는 것이 가장 큰 일이면서 기쁨이었습니다.

초코파이와 라면이 북에서 인기가 좋다고 들은 기억이 나 제일 먼저 준비했습니다. 혹독한 겨울을 따뜻하게 보낼 수 있는 두꺼운 방한복과 내의, 방한 신발도 넉넉하게 샀습니다. 어머니는 아버지의 몸집을 모르니 크기별로 준비하자고 하셨습니다. 아버지가 좋아하시던 파스를 준비한 것도 어머니의 생각이었지요. 각종 약품과 생필품들, 또 아버지께 보여드릴 가족들의 사진도 잊지 않았습니다. 그러고도 빠진 것이 생각나 다 쌓아 놓은 짐을 몇 번이나 풀었다 넣기를 반복했습니다. 가방은 점점 더 무겁고 커졌습니다. 그럴수록 우리 마음도 부풀었지요.

아버지도 우리를 위한 선물을 준비해 오셨더군요.

고운 보랏빛의 실크 스카프를 꺼내 목에 둘러주자 창백할 만큼 하얗던 어머니의 얼굴은 붉은빛으로 물들어 갔습니다.

집으로 돌아 온 어머니는 아까워서 어떻게 쓰냐며 서랍장 상자 속에 고이 넣어 놓으셨습니다. 아니 모셔두었다는 것이 더 정확한 표현인 것 같습니다.

잠자리를 봐 드리러 어머니의 방문을 열었을 때 서랍장을 열어 놓은 채 상자 속 그 스카프를 꺼내 조심스럽게 만지고 있거나 물끄러미 바라보고 계시는 어머니 모습을 보곤 했습니다. 그런 날이면 저는 방문을 조용히 닫고 거실로 나왔지요. 어쩌다 집에 손님이라도 오는 날이면 스카프 자랑하는 것은 잊지 않으셨습니다. 생전 처음 남편에게 받아 본 선물에 꽤나 행복하셨던 것 같습니다.

저에게는 꽃분홍빛 한복 원단을 선물해 주셨지요.

"영희 니 올해 환갑이잖니. 잔치 때 꼭 아바디가 준 이 천으로 옷 지어 입으라. 고운 분홍꽃처럼 니 인생도 항상 봄이기를 이 아바이가 바란다! 이 뜻이다."

아버지는 참 다정한 분이셨습니다. 제 얼굴 가까이에 천을 대어 보시고는 잘 어울린다며 좋아 하셨지요.

요즘 남쪽에서는 환갑잔치를 하지 않는다는 것을 굳이 말씀드리지 않았습니다.

대신 춘천 시내에서 제일 유명하다는 한복집에서 아버지가 시키신 대로 옷을 지어 입었습니다. 사진관에서 환갑 기념이라며 처음으로 모녀 삼대가 가족사진도 찍었습니다. 북에서 아버지와 함께 찍은 수 많은 사진 옆으로 나란히 걸려 있습니다.

불러 주신 노래는 아버지가 그리울 때마다 듣고 있습니다. 혹시라도 녹음기를 잃어버리거나 작동에 서툴러 지워져 버리기라도 할까 걱정을 하니 딸아이가 컴퓨터에 저장을 해 두었습니다. 그제 서야 안심이 됐지요.

"아버지, 어머니가 그러는데 아버지가 가수보다도 노래를 잘하신다고요. 진짜예요?"

"자네가 그런 말을 했소?"

어머니는 대답 대신 미소를 건네셨고 아버지도 기분 좋은 눈치셨습니다.

"아버지… 제일 좋아하시는 노래 한 곡 들려주세요."

아버지는 헛기침을 한 번 하시더니 앞에 놓인 생수잔을 들어 한 모금 시원하게 들이키셨습니다.

어머니 말대로 아버지는 대단한 노래 실력을 가지고 계셨습니다. 아버지의 애창곡은 다름 아닌'소양강 처녀' 였습니다. 긴 세월 그 노래를 부르며 그리운 고향 땅을, 소양강 처녀처럼 자신을 기다리며 애태우고 있을 어머니와 가족들을 떠올리셨겠지요. 아버지의 슬픈 노랫소리에 취재진과 다른 상봉 가족들은 눈물과 박수를 보내 주었습니다.

그런데 아버지, 이제 와 생각해 보니 60년대에 나온 그 노래를 아버지가 어떻게 배워 부르게 되셨을까요?

이박삼일, 열한 시간의 만남은 너무나도 짧았습니다. 귀가 어두운 아버지는 우리의 말을 잘 알아듣지 못해 몇 번이고 반복해 드려야 했습니다. 얼마 없는 시간은 더 줄어들 수밖에 없었지요.

우리가 쉬지 않고 이야기를 나누었던 것도 아니었습니다. 멍하니 테이블만 쳐다보고 있던 시간이 꽤 있었으니까요. 하고 싶은 이야기가 그렇게도 많았는데 생각이 나지 않았어요. 헤어지고 돌아서자 그제서야 못다 한 이야기들이 생각나 적어가지 않은 것을 얼마나 후회했는지 모릅니다.

"작별 상봉을 끝마치겠습니다. 북측 상봉자들은 그 자리에 앉아 계시면 되겠습니다. 남측 상봉자들은 밖으로 이동하여 버스에 오르겠습니다."

작별의 시간은 어김없이 찾아왔지요.

"울지 말자우. 나는 국가의 도움으로 아주 잘 살고 있다. 내 걱정은 하지 말고 다들 건강 하라우."

우리는 아무 말도 하지 못했습니다.

"잘 커 주어 고맙다. 죽기 전에 내 큰 딸래미 봤으니 내레 이제 죽어도 여한이 없단 말이다."

"그런 말씀 마세요. 우리 금방 다시 만나요. 그러니 아버지, 건강하게 오래 사셔야 해요."

아버지를 꼭 안아드리며 기약 없는 약속을 했지요.

"잘 있으라. 다시 만나요. 잘 가시라. 다시 만나요. 목메어 소리칩니다. 안녕히 다시 만나요."

작별 시간을 알리는 노래 소리가 장내에 울려 퍼지자 참으라던 눈물을 가장 먼저 터뜨린 건 다름 아닌 아버지였습니다.

급하게 옷깃으로 눈물을 훔치던 아버지는 나와 어머니를 번갈아 보며 뭐라고 계속 말씀 하셨습니다. 하지만 노래 소리와 여기저기서 들리는 울음소리로 아무것도 들리지 않았지요. 결국 아버지는 양손을 동그랗게 말아 오른편에 앉아 있던 어머니 귀에 대고 말씀 하셨습니다. 어머니는 알았다 끄덕이셨지요.

재촉하는 안내원들과 계속되는 방송에 우리는 일어서야만 했습니다. 어머니는 아버지를 힐긋 보더니 다시 자리에 앉았습니다. 저는 보지 못했던 아버지의 접혀 있던 카라깃을 똑바로 펴 주고는 톡톡 털어주었습니다.

다행히도 버스 안에서 그리운 아버지를 한 번 더 볼 수 있었지요.

관광 버스 안에서 내려다 본 아버지는 더욱 작고 왜소하게 보였습니다. 유리창을 사이에 두고 우리는 손을 맞댄 채 입 모양으로 '잘 지내라.', '아프지 마라.', '곧 다시 보자' 정말 마지막 인사를 했습니다.

버스가 남쪽을 향해 출발하자 저는 맨 뒷좌석으로 가 아버지가 점점 멀어지다… 작은 점이 됐다… 아주 완벽히 사라질 때까지… 볼지 안 볼지도 모르는 아버지를 향해 될 수 있는 한 입을 크게 벌려 웃으며 손을 들어 흔들었습니다. 행여 눈물 닦는 것을 들킬까 광대와 턱을 지나 목으로 흐르는 것을 그대로… 내버려 두었습니다.

버스 안은 울음소리로 가득 차 있었습니다.

꼭 일 년이 지났습니다.

그동안 참 많은 일이 일어났어요. 아버지를 뵙고 온 며칠은 정말 정신없이 보냈습니다. 우리의 안타까운 이야기는 많은 사람들의 관심을 받았습니다. 각종 신문, 방송에서 인터뷰 요청이 들어왔고 시청률 좋다는 아침 티브이 프로그램까지 출연했을 정도였으니까요. 사람들은 우리 모녀를 응원하고 격려해 주었습니다.

어머니는 우리들의 사연이 나온 신문 기사들을 모두 찾아내 정성스레 가위로 오려 밥풀로 꼼꼼히도 붙여 놓으셨지요. 자개장과 화장대가 놓인 벽면을 제외하고는 사진과 신문으로 가득 차 벽지 보일 틈이 없었습니다.

그날도 저녁상을 물린 뒤 외울 정도로 봤던 그 사진들을 우리는 또 보고 있었습니다. 집에 돌아와 같이 찍은 사진들을 보다 제와 아버지가 하관이 똑같이 생겼다는 것을 알게 됐습니다. 왜 직접 봤을 때는 몰랐을까요? 신기한 일이라며 같이 웃고 있던 어머니가 깜짝 놀라 물으셨습니다.

"오늘이 며칠이냐?

어머니 화장대 위에 놓인 탁상 달력을 봤지요.

"11월 20일이요."

"아니 음력으로 말이다."

"음력 15일이네요. 10월 15일이요."

"아이고 내 정신 좀 봐라. 큰일 날 뻔 했어. 어서 밖으로 나가자."

"이 보라우, 보름달이 뜨는 밤에 말이디? 그 달을 보면서 하고 싶은 말을 하자우. 나라고 생각하란 말이야. 우린 같은 시간에 서로를 기억하고 있는 기야. 알간? 잊지 말라우."

귓속말로 어머니께 전한 아버지의 말씀이었습니다.

우리는 그 날 부터 한 번도 잊지 않고 보름날이 되면 '아버지 만나는 날이다' 하고 보름달이 뜨면 '아버지 오셨다' 했습니다. 날이 흐리거나 비가 내려 달이 보이지 않는 날이면 어찌나 섭섭했는지 모릅니다. 우리는 그렇게 아버지께 하고 싶은 말을 보름달에 전했습니다. 보름달을 보면 웃고 있는 아버지 얼굴이 보였습니다. 같은 달을 보며 우리 모녀를 떠올리고 있을 거라 생각하면 심장이 뛰었습니다.

어찌 그런 생각을 하실 수 있었을지 우리 아버지가 참 낭만적인 분이라는 생각이 들었습니다.

"사십대에 청상과부 만든 내 남편은 멋이라고는 찾을래야 찾을 수도 없더니 어머니는 멋쟁이 남편 둬서 좋겠수."

"좋지! 얼마나 좋은지 네가 짐작이나 하겠냐?"

휘영청 밝은 보름달 아래서 한참을 웃었습니다. 아버지도 같이 웃으며 내려다보는 것 같았지요.

아버지도 알고 계실지 모르겠지만 꼭 사흘 뒤 상상치도 못 했던 큰 일이 일어났어요.

'서울을 불바다로 만들어 버리겠다'던 북은 선전 포고도 하지 않고 연평도를 포격했습니다. 군부대뿐 아니라 민가와 관청까지 구분하지 않았지요.

티브이 화면으로 보이는 불타고 있는 작은 섬은 사람이 살았던 곳이라고는 도무지 믿겨지지 않았습니다. 한반도 상황은 전쟁 이후 최악이 되었지요.

어머니는 청심환을 달라고 하셨어요. 아마도 아버지를 만나고 와서 서신 교환이라도 할 수 있는 길이 곧 생기지 않겠나, 내심 기대를 하다가 충격을 크게 받으신 것 같았습니다. 집으로 돌아 온 후 급격히 쇠약해져 가던 중이라 마음도 더 약해 지셨을 테지요.

사실 저도 마찬가지였습니다.

어느 정도 시간이 흐르니 식욕도 없고 밤잠도 제대로 이루지 못했습니다.

그렇게 보고 싶던 아버지를 만나게 되었는데 기쁨보다 슬픔이 더 큰 건, 저의 지나친 욕심인 걸까요?

한 번의 상봉 뒤에 안부조차도 물을 수 없다는 것이… 그리운 아버지를 어쩌면 다시는 볼 수 없을지도 모른다는 사실이… 그런 생각들이 떠오를 때면 갑자기 멀쩡히 쉬던 숨이 멈추는 것 같았습니다.

아버지… 오늘이 가장 그런 날입니다.

바깥이 소란스러운 걸 보니 집 앞 공원에서 열린다던 축제가 시작된 것 같습니다. 초가을 바람을 타고 대금소리가 제 귀까지 전해집니다. 애절하고 구슬픈 소리가 가슴 한 켠을 묵직히 눌러대고 있습니다.

어느새 밖은 어두워져 있네요. 오늘은 음력 8월 15일입니다.

한가위면서 아버지를 만나는 날이지요. 아버지를 만나러 가기가 망설여지기는 정말이지 처음입니다.

구름 한 점 없이 맑고 화창한 날이었습니다. 보름달은 더욱 환하고 선명하게 떠올랐겠지요.

아버지…어머니께서는 저 세상으로 가셨습니다. 오늘은 추석이면서 어머니의 삼우제이기도 했습니다. 아버지가 주신 스카프는 가시는 길에 곱게 메어 드렸습니다. 아버지를 다시 만나게 되면 '감사하다.'는 말을 꼭 전해달라고 하셨습니다.

지금쯤 아버지는 보름달을 보며 우리 생각을 하고 계실까요?

혹시 어머니와 함께 저는 갈 수 없는 곳에서 이미 만나고 계신 건 아닌지… 갑자기 아버지가 걱정됩니다.

서로의 생사조차 확인할 길이 없다니요…

오늘은 아무 말 없이 울고만 있더라도 바보 같은 딸을 이해해 주세요.

대체 누구를 원망해야 할까요. 아버지…

*參考(참고)淸磵亭晝睡(청간정주수)청간정에서 낮잠을 자다 / 蛟山 許筠(교산 허균)
*청간정: 강원도 고성에 있는 정자

## 김소나 | 폭우가 내리는 집

2021. 「풍경에 닿다」 동서문학 17호 신작시 수록.
2021. 월간 『한국소설』 1월호 무예소설문학상 당선작 수록.
2020. 제2회 무예소설문학상 신인상.
2020. 제15회 삶의 향기 동서문학상 시 부분 입선.
2019. 마로니에 전국 여성백일장 시 부분 우수상.

단편소설

# 폭우가 내리는 집

김소나

차가운 물 속에 나는 그와 함께 누워 있었다. 물고기들이 빛처럼 점점이 떠다니는 바닷속, 난파선 안이었다. 딱딱하게 굳은 피는 그와 나의 손목을 사슬처럼 휘어 감싸고 있었다. 물이 찰랑거리는 소리가 음악처럼 들렸다. 나는 두렵지 않았다. 옆에 그가 있었기 때문이다. 누군가가 나를 내려다보며 중얼거렸다.

앨리스, 넌 미쳐 있어.

낯선 폭우였다. 빗소리에 나는 현실로 돌아왔다. 7월의 오후, 폭우와 비바람이 몰아치는 집 앞 중앙차로 버스 정류장, 인파 속에 나는 서 있었다.

정신을 차리고 보니 차들이 무서운 속도로, 바람 소리를 내며 눈앞을 지나가고 있었다. "갑자기 웬 소나기야. 요새 이상기후야." 옆에서 버스를 기다리던 젊은 여자가 불평을 늘어놓았다. 우산을 사면서 편의점 거울에 비친 내 모습을 슬쩍 봤다. 가지런한 앞머리에 허리까지 치렁치렁한 갈색 머리는 젖은 미역처럼 옷에 달라붙었다. 최근 잠을 잘 자지 못해서 더 깊게 파인 쌍꺼풀. 마흔이 넘은 나이, 가끔 20대라는 말을 들을 정도로 어려 보이는 얼굴이지만 지금은 피곤하고 예민해 보였다. 반곱슬머리가 물에 젖어 정수리 부분이 정전기를 일으켜 삐죽하게 솟아 나와 있었다. 머리를 짧게 쳐버리고 싶다는 생각이 들었다. 며칠 전부터, 쓸데없이 길기만 한 머리를 자르려고 벼르고 있었다.

"짧게 커트해 주세요." 근처 미용실로 가자마자, 안락의자에 깊숙하게 앉으며 선언하듯 말했다. 1년 동안 사귄 서른두 살의 애인과 헤어지기 딱 좋은 날이 있다면 오늘 같은 우중충한 날씨가 좋지 않을까.

젊은 남자 미용사가 가위를 대는 순간 나는 마음속으로 크게 심호흡을 했다. 그가 능숙하게 가위와 빗으로 머리카락을 난도질하기 시작했다. 애인은 내 긴 머리를 유달리 좋아했다. "서른 살이 넘어서 아직도 여자의 긴 머리에 대한 환상이 있니?"라고 내가 물었을 때 그는 토끼가 풀을 씹듯이 내 긴 머리를 잘근잘근 씹으며 대답했다. "그럼. 남자에게 예쁜 여자라는 건 인생을 살아가는 이유의 절반인걸."

일 년 전 내가 심심풀이로 일러스트 강사를 시작했을 때 애인과 마주쳤다. 곱슬머리가 목을 덥수룩하게 덮은 까무잡잡한 그 청년은 마치 외국인 노동자처럼 보였다. 낡은 면 체크무늬 남방과 올이 풀린 메이커 운동화. 그에게서 먼저 느껴졌던 건 그의 특별한 냄새였다. '궁기', 혹은 '곤궁함' 같은 것. 그는 날 처음 봤을 때 허리까지 치렁치렁하던 긴 머리와 꺼칠한 면의 작업복 앞치마, 물감이 묻은 손가락에서 깊은 인상을 받았다고 했다. 내 몸은 예술적인 것들로 푹 젖어있어 보였다고 말이다.

선생과 수강생의 연애란 새 옷에 달린 단추와 빽빽한 구멍처럼 잘 맞지 않았다. 처음에 그는 수강생 중 가장 삐딱하고 비판적이며 말 많은 학생이었다. 나는 그의 도전적인 질문에 대답할 때마다 쩔쩔매곤 했다. 어느 날 힘든 말싸움을 마치고 수업이 끝난 후 지하철역까지 둘이서 걸어갈 때 그가 내 나이를 물었다. 나는 대답하지 않았다. 그의 삐딱한 말투의 모서리가 날카롭다고 느껴서가 아니었다. 그 말끄트머리에 위태롭게 매달린 미약한 감정의 떨림을 감지했기 때문이었다. 끄트머리에서 꽃가루처럼 흔들거리던 그 하얗고 보송보송한 덩어리가 내 머리카락에 달라붙었을 때 몸이 간질간

질해지는 느낌이 들었다. 그와 둘이서 걷던 5분의 시간 동안 세상과 격리된 진공 공간이 생겨났다. 그와 나 사이에만 형성된 공간이었다.

어릴 때 동화책을 읽다 보면 갑자기 책 속 그림이 튀어나오기도 했다. 동물과 사람의 중간처럼 보이는 털북숭이 친구가 내가 숨어 있는 옷장 문을 슬쩍 열고 들어와서 내 옆에 앉기도 했다. 옷장 속에 눈이 내리는 날도 있었다. '스노드롭', 얼마나 말랑말랑하고 부드러운 단어인가. 끝없이 돌아가는 금장식 회전목마, 입술만 남은 체셔 고양이, 고풍스러운 시계를 들고 돌아다니는 토끼, 공기가 빠진 듯 이상한 소리를 내며 물결 위를 떠도는 해적선과 짙게 깔린 푸른 안개. 어른이 된 후에도 상상 친구들은 모습을 드러냈다. 수다를 떨면서 열을 지어 나를 쫓아다니는 일도 있었다. 학교에 다닐 때 이런 이야기를 친구에게 하면, 시시하다는 반격과 함께 다 큰 어른이라면 아무도 그런 얘기는 재미있어하지 않을 거라는 차가운 충고의 말을 듣곤 했다.

나는 내가 보고 생각한 것을 남들에게 쉽게 말하지 않게 되었다. 대신 이번에는 그림을 통해 내 상상력을 은유적으로 표현해 보려고 시도했다. 결과는 신통치 않았다. 미술대학 입시 공부를 할 때 화실 선생님들은 내 그림이 기술적으로는 뛰어나지만, '현실적이지 않고 너무 난해하다고' 평가하곤 했으니까.

나는 이런 이야기를 남편에게만 했다. 왜냐하면, 그는 '눈에 보이지 않는 것'을 믿는 사람이었으므로.

미용실에 앉아 있는데 발밑이 간질거리면서 주변이 다시 바닷속으로 변해갔다. 가위가 찰캉 찰캉하는 소리 속에서 다시 물소리가 들렸다. 바닥에서부터 크고 작은 물방울들이 솟구쳐 오르면 내 주변은 금방 습기로 가득 차고 어느새 나는 높은 나무판자가 벽처럼 주변을 둘러싼, 물속 낡은 배 안에 들어가 있는 나 자신을 발견하게 된다. 내 옆에 누운 사내의 얼굴을 보았다. 손목에서 피가 배어 나오는데도 마치 방부 처리한 시체처럼 하얀 얼굴로 잠든 물속의 남자는 까만 실크햇을 쓰고 있었다. 익숙한 얼굴이었다. 왜 물속에 내가 있는 거지? 수갑은 언제부터 함께 차고 있었던 거지? 기억을 모조리 잃어버린 사람처럼 나는 실크햇을 쓴 남자를 뚫어지게 쳐다보았다. 그 순간 그가 갑자기 눈을 번쩍 떴다. 물속에서 물보라가 일어나더니 그는 수갑을 차지 않은 왼손으로 내 몸을 잡고 자기 가슴 앞으로 끌어당겼다. "여보"라고 그는 나지막이 나에게 말했다.

그렇다. 그제야 생각이 났다. 남편이다. 가령 그의 얼굴에 길게 칼자국이나 있고, 그가 절름발이라고 할지라도, 나는 여전히 그와 서로의 손목을 수갑으로 묶은 채 그의 곁에 있었을 것이다. 나는 그의 앞에서는 못 보여줄 것도, 감출 것도 없었다. 그와 나는 작은 굴에 서로의 몸을 붙이고 굴속을 분주하게 뛰어다니는 작은 햄스터 커플처럼 잘 어울렸다.

남편은 내가 다니던 미술 대학의 미학과 교수였다. 첫 수업 시간에 내가 그린 그림은 꿈을 긁어모으는 거인을 표현한 그림이었다. 그림 속 사내가 멀리 노을을 바라보면서 왼손으로 긁어내고 있는 것은 오렌지색 가루로, 그의 오른손 손가락 사이에서 검게 변해 바닥으로 모조리 떨어지고 있었다. 이 그림을 보고 아무도 이해할 수 없을 거로 생각했지만, 키 작은 중년의 교수는 내 옆에서 말없이 그림을 응시하더니 혼자서 고개를 끄덕였다.

"다른 사람들이 부러워할 만한 상상력이군. 꿈이 재가 되어 흘러내리다니."

이어서 교수가 나를 지칭한 말은 바로 '모내드녹(Monadnock)'이라는 단어였다. 그는 단상 앞으로 걸어가 칠판에 크게 "Monadnock"이라고 적었다.

"모내드녹은 아메리카 원주민의 언어로 '고립된 언덕, 외로운 산'이라는 의미가 있습니다. 미국 매사추세츠주에 있는 산 중에 가장 높은 봉우리를 '모내드녹'이라고 부르기도 하죠."

미술 수업을 진행하던 교수의 강연은 30대에 요절한 여류 시인 '실비아 플러스'로 진전되어 나갔다. 그녀는 '모내드녹'에 대한 시를 썼다고 했다.

시인이 되기를 원했으나 유명 시인인 남편의 뒷바라지를 하면서 자신의 꿈은 계속 미뤄야만 했던 자의식 높은 여성. 그날 '모내드녹'이라는 단어에서 시작한 수업은 아담의 첫째 부인이었던 '릴리스'를 거쳐 결국 여성 선거권의 역사까지 언급하며 끝을 맺었다.

그는 작은 키에, 앞머리가 살짝 벗어지기 시작한 이마와 슬쩍 주름이 접힌 입가가 보이는 평범한 중년 남자였다. 하지만, 그가 수업에서 소재를 넘나들면서 다양한 표정과 몸짓, 억양으로 강연하는 모습은 위트와 패러독스로 가득 찬 일류 만담가나 스타 진행자 같았다.

그는 나비넥타이를 한 채 실크햇을 즐겨 썼다. 교수 연구실에 들어가 보면 책상 앞에 『이상한 나라의 앨리스』, 이상 시집, 『날개』가 꽂혀 있었다. 인디언이나 마야 문명, 일본 하류 문화, 유럽 귀족 문화에 대한 책이 소파 위에 널브러져 있었다. 연구실에서는 홍차 향기가 그윽했다. 책상 위에는 쓰다 만 메모지와 포스트잇, 뚜껑을 닫지 않은 펜이 여기저기 흐트러져 있었다.

어린 소녀를 사랑했던 '앨리스'의 작가 루이스 캐럴처럼, 남편은 '대학에 갓 들어온 신입생인 나를 첫눈에 보고 사랑에 빠졌다'라고 나중에 나에게 말했다. "좀 남들과 많이 달라 보여서"라는 게 그의 싱거운 이유였다. 처음에는 스승과 제자였지만 어느 순간부터 우리의 관계는 애매해졌다. 남들에게 우리는 여전히 지도 교수와 애제자였다. 그의 연구실에서 우리가 종종 몸을 섞곤 했다는 건 아무도 모르는 둘만의 비밀이 되었다. 책을 펼쳐 마음에 드는 구절을 짚어가는 그의 손끝은 우아하게 끝으로 갈수록 가늘어지고, 내게 러시안 쿠키를 건네는 그의 손바닥은 부드럽다는 사실도 알게 되었다. 나만 아는 사실이었다. 그와 함께 있으면 내 주변에는 둥근 거품들이 솟아올랐다. 거품이 붙은 내 몸은 가벼워졌고 이상의 '날개'가 내 겨드랑이에서 솟아오르는 것 같았다.

수돗물 냄새, 약품 냄새가 진동하고 바깥에서는 세찬 빗소리가 들리고 있었다. 저 멀리에서는 오렌지색의 구름이 털실을 꼰 것처럼 하늘에 나란히 배열되어 기묘하게 보였다. 잠시 창문 밖을 쳐다보며 내게 등을 보이고 쉬고 있는 미용사의 발목 아래로 세련된 옷차림과 어울리지 않는 투박한 하얀 운동화가 보인 건 그 순간이었다.

"종일 서 있어야 하는데 힘들지 않으세요?"

미용사는 잠시 멈칫하더니 수건을 챙기며 말했다. "힘들죠." 그의 목소리는 누군가와 닮아있었다. "그래도 괜찮아요. 전 일을 하니까요."

첫 야외 수업에서 애인은 내가 묻지도 않았는데 자기 얘기를 했다.

"지금 정가 식품 생산부에서 일하고 있어요. 서른한 살인데 신입사원이나 마찬가지예요. 온종일 기계 앞에만 서 있어요. 전 빵도 잘 만들어요. 분식집이랑 빵집에서도 아르바이트했거든요. 다음에 같이 한번 드셔 보실래요?"

1년 반 전, 여행 드로잉 수업 때 수강생들과 이화동 벽화 거리로 스케치를 하러 나갔던 날이었다. 미로 같은 도시에서 사람들이 골목에 빨래를 널어 말리고, 한쪽에는 이름 없는 미술가들이 창문을 활짝 연 채 수백 장의 그림엽서를 돌벽에 붙여 놓았다. 바람이 불면 엽서가 깃발처럼 펄럭댔다. 그때, 펜을 잡은 그의 손등에 딱지가 떨어져 나간 작은 흉터들이 눈에 띄었다.

"당신을 보면 언제나 모든 게 부질없이 느껴진다는 표정을 짓고 있었어요. 당신은 항상 여기가 아니라 딴 곳에 있고 싶어 하는 사람처럼 보였어요."

석 달 후, 종강하던 날에 그가 내게 건넨 말이었다. 또박또박 한 음절씩 '당신'이라고 강조하는 그의 말투는 선생과 수강생이라는 그와 나의 관계를 묘하게 바깥에서부터 허무는 느낌이 있었다. 나는 당황스러움보다는 작은 희열을 느꼈는데, 그런 감정을 느끼면서도 나 스스로 당혹스러워했다. 내 눈앞에서 나를 똑바로 응시하는 그의 눈동자는 맑고, 헝수룩한 곱슬머리에 가려진 얼굴은 내 예상보다 오뚝하고 선명했다. 수업을 마치며 처음 그와 악수를 했을 때 마른 나무 가죽 같은 손바닥의 감촉에 놀랐다. 그런 손을 가진 사람이 이렇게 드문 시선을 갖고 있다니. 따로 만나고 싶다는 그의 말에 나는 어깨에서 하얗고 무거운 날개가 돋아나 펄럭거리는 것을 느꼈다.

그는 열성적인 혁명가 같은 사람이었다. 비열한 정치인, 불평등한 사회 제도, 이 세상에서 버려야 할 것들, 수장시켜야 할 것들에 관해 얘기하곤 했다. 고가의 테이크아웃 커피를 손에 들고 거리를 활보하는 사람들, 시장통 아줌마들의 악다구니, 땡볕에서 공사 일을 하는 노동자의 지친 표정이 보여주는 사회의 불평등에 대해 그는 말하곤 했다. 그의 눈빛에서 칼날 같은 번쩍거림이 보일 때도 있었다. 하지만 나는 사실 정치나 사회 제도의 모순에는 관심이 없었다. 내 마음속엔 나만이 해결할 수 있는 문제들로 공간이 없었다. 내게는 현실 속 빵보다 상상 속 세상이 더 소중했다. 하지만 그의 말 중에 일부 동의하는 말도 있었다.

'버려야 할 것들'이라는 말.

'버려야 하지만 그럴 수 없는 것들'이 세상에 존재한다는 걸 그는 알고 있을까?

개수구에는 빠져나가지 못하고 엉켜있는 내 머리카락들이 흩어져 있었다. 긴 머리카락처럼 한 번에 빠져나가지 않는 것이 이 세상에 있다는 걸 그는 알까? 옷장 서랍에 아직도 보관된 남편의 옷을 나는 버릴 수 있을까?

미용실을 나오며 오늘은 그에게 관계를 그만두겠다고 말하겠다고 생각했다. 짧게 잘린 머리카락만큼. 버려야 할 관계라면 숭덩 잘라 버려야 한다고.

지난 일요일 밤, 음식쓰레기를 버리고 돌아와서 애인과 부엌 바닥에서 잤다. 7월 말의 한여름, 종일 감자탕 가게에서 아르바이트하고 돌아온 애인은 55평 아파트에 들어오자마자 차가운 대리석 바닥 위로 쓰러졌다.

"비닐 앞치마를 두르고 두건을 뒤집어쓴 채 100도가 넘는 솥단지 옆에서 종일 설거지를 하는 거야. 온몸이 뜨거운 물에 들어갔다 나온 사람처럼 젖어 버려. 그릇은 끝도 없이 고층빌딩처럼 쌓여가."

그는 나에게 불평을 늘어놓다가 잠들었다. 내 어깨 위에 얹힌 그의 단단한 팔이 무거웠다. 평일에는 회사에 나가서, 주말에는 각종 아르바이트를 하면서 그는 점점 더 핼쑥해져 갔다.

"마이애미의 한적한 도로에서 빨간 페라리에 미녀들을 앉히고 바지 지퍼만 내린 채 섹스를 해보고 싶어."

잠시 잠이 깬 그가 내 다리 위에 그의 허벅지를 포개고 누워서 빈 허공을 보면서 중얼거렸다. 그의 몸에서 물 때 냄새가 났고, 머리카락에서는 기름 냄새가 풍겼다.

남편은 나보다 스무 살이 많았지만, 식상이나 취향은 젊었고, 이탈리아 요리를 즐겼다. 크림 스파게티는 교환 교수로 갔던 도쿄에서 남편이 잘 만들어주던 요리였다. 집에서 제대로 만든 스파게티는 내 후각을 자극하고 미각을 흥분시켰다. 스파게티 면을 포크로 말아 올릴 때마다 우유와 생크림의 진한 향기가 올라왔다. 그와 나는 좌식 테이블에 모여 앉아 조잡하고 시시껄렁한 코미디 프로그램을 보면서 부지런히 포크를 움직였다. 나는 왠지 그 순간이 눈물이 날 것만큼 좋아서, 이 행복이 사라지지 말라고 애걸복걸하고 싶은 마음이 들곤 했다.

하지만 행복의 빛깔은 너무 강해서 내가 가지고 있던 나의 예민한 색깔들을 촘촘하게 가려갔다. 마치 원래부터 그림을 그리지 않았던 사람인 것처럼, 나는 그림을 그리는 감각을 잃기 시작했다. 일상은 나 없이도 공간을 가득 채웠다. 이 번잡한 세상에서 저녁이 될 때까지 놀다가 나는 돌아갈 나만의 '다락방'을 잊어버린 것 같았다.

어느 날부터 어깨와 목이 뻐근했다. 유달리 손목이 아프던 날, 파란색으로 저녁의 거리가 물들어갈 때 마트에서 집으로 돌아오는 길, 나 자신이 푸른 저녁 빛에 녹아 없어져 버리는 것 같은 느낌이 들었다. 도쿄에 온 지 10

년째 되는 해였다. 그림을 그리지 않은지도 이미 수년이 흘러버렸다. 내 손은 붓보다 더러워진 그릇들과 구겨진 빨랫감에 더 익숙해져 있었다.

나는 시장 가방을 바닥에 떨어뜨린 줄도 모르고 멍하게 하늘을 쳐다봤다. 내가 뭘 원하는지, 원하지 않는지, 도무지 알 수 없었다. 내 손끝에서 떨어지는 건 거인의 잿빛 가루였다. 나는 검은 그림자가 되어 있었다.

10년 만에 한국으로 돌아왔지만, 한국에서도 여백을 내기는 쉽지 않았다. 여행 안내문을 아들이 들고 온 건 우연이었다. 동해에서 배를 타고 러시아 블라디보스토크를 관광할 수 있다면서, 아들은 고등학교에 올라가기 전 외국 여행을 가고 싶다고 했다. 남편도 아이처럼 들떴다. 나는 도리어 차분해졌다. 나는 지쳐있었고 혼자만의 시간을 가져보고 싶었다. 왼손잡이가 되고 싶었다. 이상의 '거울'이라는 시에서처럼. 현실 속 나는 오른손잡이였고, 거울 속 나는 왼손잡이였다.

남편과 아이는 둘이 여행을 떠났다. 나는 비로소 혼자가 되었다. 여행 전날 밤이었다.

"우리는 항상 같은 자리에 누워 끌어안고 항상 같은 손을 잡고 산책을 하지. 같은 밥알을 입에 넣고 함께 깨물면서 같이 회색빛으로 늙어가자."

남편이 내 머리를 쓰다듬으며 말했다. 우리는 항상 같이 눕던 커다란 회색 침대에 꼭 붙어서 다리를 포갠 채 누워 있었다. 매일 사랑한다고 말하는 것은 남편의 오랜 습관이었다. 나의 긴 머리카락을 손끝으로 쓰다듬으면서 그는 얼른 덧붙였다.

"둘 다 99세 노인네가 될 때까지 함께 살자."

하지만 그는 약속을 지키지 못했다. 그가 떠난 후 한밤중에 걸려온 전화를 받고 나는 갑자기 바닥이 꺼지는 것 같은 느낌이 들어 몸을 부르르 떨었다. 넓은 집에는 누구도 없었다. 나는 진짜 '혼자'가 된 것이다.

자정에 장례식장에 앉아 있었다. 복도를 걸어갈 때 사람들이 수군거리는 소리가 들렸다. "너무하네, 너무해. 울지도 않아. 어쩜 저렇게 냉정할까. 아들과 남편이 죽었는데." 보상금을 받는 나에게 던지는 주변의 의심스러운 눈초리도 느껴졌다. 나를 안타까워하는 것인지, 불쌍하게 생각하는 건지, 아니면 둘 다인지. 나는 누구의 관심도 달갑지 않았다. 내가 할 수 있는 유일한 일은 입을 닫는 것뿐이었다.

예전에 엄마가 그런 말을 한 적이 있다. 아버지가 돌아가셨을 때였다. "남들 보기 부끄러워서 밖으로 나가고 싶지 않아." 나는 그 당시 엄마의 말을 이해할 수 없었다. 아버지가 돌아가신 게 엄마 탓도 아닌데 왜 엄마는 사람들의 시선을 두려워한단 말인가. 도리어 자유로운 몸이 되었으니 엄마는 그동안 자신을 꽁꽁 둘러싸고 있던 각종 의무와 책임에서 탈피해서 자유롭게 세상을 느끼고, 원하는 일을 하면서 살수도 있을 텐데. 하지만 나는 엄마와 똑같은 경우에 처하고 나서야 엄마를 이해할 수 있었다. 나는 엄마와 닮은 사람이었다. 내 몸은 바닥에 붙어서 위로 솟아오를 줄 몰랐다. 몸이 너무 무거웠다. 오래 쌓인 기억이 긴 머리카락처럼 내 몸에 주렁주렁 매달렸다.

여행을 떠나기 전에 아들은 콧등의 푸른 점을 뺀 후론 좋은 일이 생길 것 같다며 좋아했다. 알레르기 증상이 심한 아이라 학교생활을 힘들어했다. 가끔 친구들에게 따돌림을 당할 때도 있었다. 아들이 어릴 때 두세 살짜리 아이에게 24시간 시선을 집중하는 건 힘든 일이었다. 아이가 자라고 나서도 아이는 여전히 내 손을 원했다. 아이가 먹고 싶다고 했던 요리를 귀찮다며 해주지 않았던 일이 자꾸 마음에 걸렸다. 별일이 아닌 일들이 크게 다가왔고, 아이를 원망했던 순간들이 커다란 노처럼 나를 후려쳤다.

그 일이 일어난 직후, 낮에는 문화센터에서 일러스트를 가르쳤다. 집에 들어오면 싸늘한 공기 속에서 혼자 밥을 지어 먹었다. 며칠 동안 집에 죽은 남편이 나타났다. 유람선 사고 직후부터 나는 매일 새벽이면 잠에서 깨어났다. 어둠은 여전했다. 그 시간은 항상 거짓말처럼 새벽 세 시 반이었다. 어두침침한 부엌 구석을 바라보면 마치 영화가 상영되는 것 같았다. 가득 찬 물방울 속에서 한 남자와 소년이 죽을힘을 다해 매달려 있었다. 폭우 속에서 그가 생명줄처럼 붙들고 있던 갑판 조각은 배가 산산이 조각나면서 그와 함께 물속으로 곤두박질쳤다. 거의 익사 직전이던 그 순간 남자는 자신의 실크햇을 하늘로 던졌다. 실크햇은 먹구름 속으로 사라졌다. 그 모자 속에 내 잘린 머리카락이 리본에 곱게 묶여 담겨 있었다.

때로, 남편은 침대 머리맡 액자 속에서 내게 말을 걸었다. '이곳은 기온이 영하 사십 사도야. 내 옆에 있는 사람들이 점점 얼음덩어리로 변해가고 있어.' 그 목소리는 바로 옆에서 들리는 것처럼 생생했다.

내가 영하 사십 사도라는 기온을 짐작하려면 내 어린 시절의 기억을 떠올려야 한다. 내가 경험했던 가장 낮은 온도는 영하 이십 도였다. 초등학교 1학년 때 영하 이십 도까지 기온이 뚝 떨어졌는데 나는 혼자 학교에 가겠다고 고집을 피웠다. 엄마는 두툼한 목도리를 내 얼굴에 둘러 주었다. 털 부츠를 신고 무거운 가방을 멘 채 나는 낑낑거리며 30분이나 되는 거리를 걸었다. 종종거리며 걸을 때마다 부츠 사이로 찬바람이 스며들어왔다. 길거리 전체가 냉동고 같았다. 얼굴이 얼어붙을 것 같은 느낌이 들 때마다 나는 후회를 하면서 벙어리장갑으로 코와 입을 막고 숨을 쉬면서 뱃속에서 나온 온기를 필사적으로 들이마셨다.

손을 호호 불 때마다 하얀 김이 빠져나와 나는 손바닥 안에서 작은 공 같은 열기를 만들었다. 나는 그 공을 손바닥 사이에 넣고 빠져나가지 못하도록 돌리면서 주머니에도 넣어보려 했고 목뒤에도 집어넣어 보려 했다. 하지만 따뜻한 온기는 1초도 못 버티고 사라졌다. 내게 날개라도 달려서 교실이나 집까지 한 번에 날아갈 수 있었으면 하고 얼마나 바랬던가.

나는 가라앉는 배에서 남편과 아들을 끄집어내어 함께 공중으로 날아오르는 상상을 했다. 하지만 내 날개는 얼어 있었고 힘에 벅찼다.

어쩌면 나는 다른 세계로 가는 구멍에 빠졌는지도 모르겠다. 이상한 나라의 앨리스처럼. 작고 말 많은 토끼만이 출입구를 알고 있다. 하지만 나는 토끼의 손을 뿌리쳤다. 질식해 죽을지도 몰라. 물속에서. 매섭게 말하는 작은 토끼의 말에 나는 대답했다. 그래도, 괜찮아.

나는 가끔 애인과 카페에서 '콜드플레이'를 들으면서 암청색의 늦은 밤,

추상화 같은 그림을 끄적거렸다. 내가 뜨거운 커피를 홀짝거릴 때마다 애인은 매번 차가운 얼음물을 마셨다. “난 촌스러운 놈이라.” 이것이 그의 대답이었다. 이 사람과 나 사이에 아주 얇은 벽이 쌓여가는구나, 라는 생각이 든 건 문득, 그 순간이었다.

너무 싱거워. 어제저녁, 나는 포크를 탁하고 테이블에 내려놓으면서 애인에게 말했다. 크림 스파게티는 이런 심심한 맛이 아니야.

그는 약간 놀라고 당황스러워했다. 난 맛있는데, 자기는 아냐?

응, 맛없어. 명백하게.

그 말만 남기고 나는 혼자 레스토랑을 걸어 나와 버렸다. 나를 사랑해주는 사람에게 함부로 대해도 된다는 마음은 아니었다. 단지, 그가 남편의 크림 스파게티를 건드리는 것 같아서 참을 수가 없었다. 사고가 난 지 이 년이나 지났다. 아직도 뭐 하나 뜻대로 되는 일이 없다는 생각이 들었다. 혼자서 자유롭게 사는 삶을 꿈꾸면서 결혼 생활을 했는데, 막상 혼자가 되니 뭘 하면 좋을지 알 수 없었다. 마치 어린아이가 방학을 꿈꾸다가, 막상 방학이 되면 대체 뭘 하며 시간을 보낼지 몰라서, 예상과는 다른 상황에 낯설어하고 당황하는 것과도 비슷했다.

애인과 나는 타인이었다. 그럴싸해 보이는 젊은 연인일 뿐이었다. 왜 사랑하지 않는 사람과 같이 동거하듯 사귀었냐고 묻는다면 모르겠다. ‘선생님, 선생님은 왜 그림을 그리죠? 예술이 이 세상을 바꿀 수 있나요?’라고 수업 시간마다 도전적인 말투로 질문을 던지던 그 남학생은 가진 것 없는 자의 무모함을 가지고 있었다. 서른이 넘어 취업과 퇴사를 반복하며 아르바이트로 생계를 이어가는 떠돌이의 냄새가 날 것의 매력으로 다가왔는지도 모른다.

폭우가 다시 시작되고 있었다. 집은 거대한 난파선 같았다. 크리스털 구슬이 늘어진 샹들리에는 꺼져 있었다. 벽에 희미하게 켜진 조명이 창문 유리에 굴절되면서 내 안구 속으로 들어왔다. 푸르스름한 벽이 마치 밑으로 꺼지는 듯이 느껴졌다.

나는 기침을 하면서 핸드폰을 내려놨다가 다시 집어 들고 애인에게 전화하려다가 다시 내려놓았다. 천둥소리가 들렸다. 열대의 스콜 같은 소나기라니. 거대한 유리 상자 같은 침실이 요동치고 있었다.

나는 망설이다가 애인에게 문자를 보내기로 했다. 몇 번을 쓰고 지웠다. '미안해'라고 적었다가 '널 참을 수 없어'라고 적었다가 '아직은 시간이 더 필요해'라고 적었다가 지웠다. '널 사랑하지 않아'라고 적었다. 전송했다. 애인은 나에게 이런 말을 한 적이 있었다. 넌 나에게 아무것도 요구하지 않아. 결혼하자고 하지도 않고, 선물을 사달라고 조르지도 않지. 손바닥에서 땀이 났다. 애인은 어제 나에게 프러포즈를 했다. 부모님께 나를 소개하고 싶다고 말했다. 나는 단지 '그럴싸해 보이는 모든 것'에 대해 이제는 작별을 고할 때가 됐다고 생각했을 뿐이다.

그가 전화하는지 벨이 계속 울렸다. 핸드폰 전원을 꺼버렸다. 현관문을 꼼꼼하게 잠갔다. 침대에 드러누웠다. 침대 옆으로 길고 날카로운 철장이 바닥에서부터 솟아났다. 나지막하게 흘러나오는 노래를 흥얼거렸다. '이상한 세상의 릴리스'였다. 나는 여유가 있었음에도 새 침대를 살 수 없었다. 애인이 집에 올 때마다 나는 애인이 침대에 눕지 못하게 했다.

창밖에는 술에 취한 채 골목을 떠들며 지나가던 남자들이 크게 웃고 있는 소리가 났다. 이렇게나 비가 쏟아지고 천둥과 벼락이 날뛰는 밤에 누가 거리를 돌아다니는 걸까.

나는 방안을 크게 돌면서 천천히 걸었다. 숨이 찼다. 목욕탕에 들어가 욕조에 물을 가득 받았다. 따뜻한 물 속으로 들어가서 목까지 몸을 담그고 눈을 감았다. 이 년 전 그때, 그들과 같이 여행을 떠나지 않은 것은 나였다. 새장에서 풀려난 새가 되고 싶었다. 하지만 새가 아는 건 새장 속 세상뿐이다.

밖에서 소나기 소리가 우렁차게 들려왔다.

몸 표면에서 거품이 피어올랐다.

플리즈. 아직도 시간이 뒤죽박죽이에요.

욕조의 안개 같은 수증기 속에서 입만 남은 체셔 고양이가 웃고 있었다.

뭐가 기쁜지 이빨을 드러내며 웃는 고양이. 물이 공간에 따라 모습이 바뀌는 것처럼 고양이는 욕조의 물속에서 제멋대로 변신하고 있다.

나는 웃는 입만 남은 고양이의 빈 몸을 쓰다듬었다.

## 김지원 | 축제

곡성 출생.
2018년 계간 『문학들』 신인상 수상 등단.

단편소설
▼

# 축제

김지원

결국, 돌아왔어.

연우는 가로막힌 고속도로 앞에 멈췄다. 창백한 달은 제 몸 하나 비추기도 버거운 듯 하늘에 납작하게 붙었다. 둑의 비탈에 쑥대가 뻗쳤고, 아래 뚫린 터널은 칡넝쿨에 점령당해 이파리가 무성했다. 선사 유적지라고 쓰인 안내판은 페인트칠이 벗겨지고 기울어진 채 수풀 사이에 묻혔다.

가로등 아래 선 연우는 유령처럼 파리했다. 비루한 개들이 뒤를 바짝 좇으며 사납게 짖었다. 연우는 어두운 터널 안으로 들어갔다. 집요하게 쫓아오던 개들은 따라 들어오지 못하고 불안하게 으르렁거렸다. 걸을 때마다 발바닥이 화끈거렸다. 헤져서 바닥이 뚫린 워킹화는 발을 보호해주지 못했다. 신발 한 짝을 벗어서 던졌다. 검은 그림자들이 흩어졌다. 연우는 다시 걷기 시작했다. 물기가 고인 바닥이 서늘했다. 뿌리가 물을 길어 올리듯 서늘한 기운이 발바닥에서 몸으로 퍼져 머리끝까지 뻗어 올랐다. 나머지 신발도 벗었다.

끝이 보였다. 터널을 나가자 눈이 부셨다. 달빛을 받아 보얀 빛을 내는 반월이 눈앞으로 다가왔다. 푸르스름한 달빛이 강물처럼 반월로 모였다. 연우는 자신도 물결의 일부인 듯 물결에 몸을 맡기고 걸었다. 다리가 저절로 움직이는 것이지 아무 의지가 없었다. 달빛이 연우의 몸을 감쌌다. 한낮의 태양 볕에 하얗게 달아올라 끓어오르던 뇌수가 진정하며 눈이 시원해졌다. 몸은 허물어지고 있었지만 몽롱하던 정신이 또렷해졌다.

바퀴가 빠져 한쪽으로 기울어지는 캐리어를 끌며 골목으로 들어갔다. 텅 빈 골목에 달빛만이 괴괴했다. 불이 꺼지고 스러져가는 집들을 지나쳐 무작정 앞으로 걸었다. 골목 안에 우웅 소리가 울리며 잠잠하던 공기가 낮게 공명했다. 미세한 소리가 진동하며 연우의 살갗에 난 솜털이 잘게 떨렸다. 연우는 자신을 끌어당기는 소리에 조응하듯 이끌려 들어갔다. 마을 맨 끝, 산이 시작되는 곳에 있는 고택 솟을대문 앞에 섰다. 대문 옆에 색색의 지화를 매단 대나무 신간이 세워졌고, '해원당'이라고 쓰인 나무패 글씨가 희미했다. 오랫동안 돌보지 않은 듯 담 위에 얹은 기와가 금이 가거나 깨졌고, 흙담이 허물어져가는 쇠락한 고택이었다. 세월을 가늠하기 어려운 능소화 덩굴이 기울어가는 담을 힘겹게 지탱하고 있었다.

나무로 된 대문을 밀었다. 무거운 문은 시간을 거스르듯 끼익 소리를 내며 열렸다. 수백 년을 하루도 쉬지 않고 피웠을 것 같은 향냄새가 끼쳤다. 징 소리가 파동을 일으키며 향냄새를 흩트렸다. 대문 안으로 오른발을 디뎠다. 대문턱에 걸린 캐리어를 들어올릴 힘이 없어 그대로 두고 허적허적 마당으로 걸어들어갔다. 손님이라도 맞이하려는 듯 집안에 불이 환했다. 정면 굿당의 댓돌에 하얀 고무신 한 켤레와 슬리퍼가 가지런히 놓여 있었다.

할머니.

들릴 듯 말 듯한 소리였다.

누구요.

징 소리가 멈추고 안에서 인기척이 났다. 소복을 입은 노인이 나왔다. 노인은 구겨진 셔츠와 헐렁한 반바지를 입고 사내아이처럼 짧은 머리가 제멋대로 헝클어진 채 맨발로 선 연우를 바라보았다. 노인의 눈이 커졌다.

정희야!

연우는 그 소리를 들으며 마당에 풀썩 쓰러졌다. 노인의 하얀 버선발이

다가오는 것을 보며 눈을 스르르 감았다.

눈꺼풀에 은근한 빛을 느끼며 눈을 떴다. 창호지를 바른 미닫이문으로 빛이 들어왔다. 연우는 정갈한 이부자리에 누워있었다. 얇은 이불에서 바삭한 햇빛 냄새가 났다. 방을 둘러보았다. 가구라고는 작은 옷장, 서랍장이 전부인 단출한 방이었다. 문 위에 흑백 사진을 넣은 액자가 붙었다. 유년부터 성인이 되기까지 한 사람의 인생이 몇 장면으로 갈무리 되어있었다. 사진의 주인공은 밝게 웃거나 미소를 지으며 정면을 보고 있었지만 어딘지 모르게 어두운 표정이었다. 이곳은 연우의 엄마, 정희가 쓰던 방이다. 정희가 백일 정도 된 아기, 연우를 안고 있다. 담장에 능소화가 만발하고 아기의 손에 능소화 꽃이 쥐어졌다. 정희는 연우가 반월에서 태어나 이곳에서 백일을 지냈다고 했다. 능소화는 잊혔던 기억을 흔들어 깨웠다. 연우는 쉽게 찢기고 상처받기 쉬운 종이 한 장이 만들어주는 은은한 빛의 공간에서 마음이 놓였다. 낯설지만 익숙한 빛이었다.

자리에서 일어나 습관처럼 이부자리를 보았다. 건조해진 피부에서 각질이 떨어졌다. 연우는 세상과 면한 몸 바깥에서부터 부스러지며 사라지는 중이다. 먼지처럼 흩어지는 각질을 손으로 쓸어모았다.

문을 열고 밖으로 나갔다. 넓은 마당이 먼저 눈에 들어왔다. 한 편에 작은 텃밭과 꽃이 있고 흙담 옆으로 아름드리 은행나무와 감나무가 있었다. 석류는 꽃을 떨어뜨리고 몸을 키우고 있었다. 집은 크고 조용했다. 본채가 가운데 있고 양쪽으로 별채가 붙은 세 채의 한옥이 ㄷ자 모양을 이루었다. 굿당인 본채는 한때 화려한 단청이 칠해져 있었던 듯하지만 색이 바래고 흔적만 남았다. 지름이 넓은 둥근 기둥이 고풍스런 지붕을 이고 있었다. 양쪽 별채는 뼈대는 그대로 살리고 지붕과 구조를 고친 한옥이었다. 살림집인 듯 처마가 낮고 단아했다. 맞은편 별채에는 대청마루도 있고 부엌이 딸려 있었다. 불어오는 바람에 향냄새가 실려왔다.

연우는 좁은 마루를 내려가 댓돌을 딛다가 현기증이 나서 마루에 주저앉왔다. 이런 증상이 자주 일어날 것이라고 했다. 다시 간질 발작이 일어날 수도 있고, 정신을 잃을 수도 있으니 항상 보호자를 동반해야 한다고 의사가 말했다.

한약 냄새가 코에 확 끼쳤다. 부엌 앞 화로에 올려놓은 옹기 약탕기에서 김이 올랐다. 약탕기 입구의 곱게 덮인 하얀 종이에서 누군가의 정성이 느껴졌다.

일어났니?

연우는 소리가 나는 쪽을 보았다. 용화가 바구니에 채소를 담아 들어왔다. 쪽진 머리에 하얀 한복을 입었다. 연우는 엄마가 나이 들면 저런 인상일 것이라고 생각했다.

네.

연우가 대답했다.

몇 날을 그리 죽은 듯이 자누. 몇 번을 흔들어 깨웠네. 그래도 약을 잘 받아먹어서 기특하다 했지.

용화는 미소를 지었다.

며칠을 잤구나. 마치 잠깐 낮잠을 자다가 일어난 것 같았는데 아무런 꿈도 꾸지 않고 자다니. 약을 먹지 않고서는 몇 시간을 견디지 못하는데 그렇게 오랫동안 진통제 없이, 모르핀 없이 지냈다는 게 연우는 믿기지 않았다.

아침 준비할 테니 씻고 올라와라.

용화는 아직 이슬이 매달린 채소를 들고 부엌으로 들어갔다. 안에서 시원하게 물을 트는 소리, 달그락거리는 소리가 들렸다.

연우는 별채에 붙은 욕실로 들어갔다. 거울 안에 앙상한 여자가 흐릿한 형상으로 서 있었다. 볕에 그을리고, 머리는 헝클어지고, 물기라고는 하나 없이 바짝 말라붙었다. 저게 나라니, 연우는 자신이 낯설었다. 기획안 브리핑을 하다가 첫 발작을 일으켰다. 정신이 들었을 때는 바닥에 괴상한 형태로 누운 채였고, 입안 어금니를 가로질러 나무막대기가 끼워져있었다. 위에서 바라보는 사람들의 시선에는 걱정보다는 호기심이 가득했다. 냉혈한

처럼 굴고 잘난 척하더니 쯧쯧, 하는 표정이었다. 기획사에 사직서를 제출했을 때 주위에서는 무엇 때문이냐고, 왜 그러느냐고 물었다. 동정을 가장한 호기심이 끈질기게 달라붙었다. 뜻밖의 사직이었지만 아무도 그녀를 말리지 않았다. 약육강식의 정글 같은 업계에서 경쟁자 하나가 사라지는 것은 그들에게 유리하다. 시기와 질투, 경원과 선망이 버무려진 숨 가쁜 경쟁에서 동정은 도태의 빌미가 된다. 그녀도 많은 사람을 밟고 위로 올라갔다. 지쳐가는 중이었다. 진행 중인 공연을 마무리하고 모든 걸 다 정리했다.

어째서 이곳으로 왔는지 모르겠다. 발길 닿는 대로 돌아다니다가 이곳에 도착했다. 철새들이 지구의 자기장에 끌려 이동하듯이 어쩌면 연우의 핏속에도 자력이 있을지 모른다. 길이 지워져서 길을 잃었다고 생각했다. 무작정 걷는다고 생각했는데 지그재그로 향하던 방향은 결국 남쪽을 가리켰다. 그녀가 태어난 곳, 시작된 곳으로 왔다.

마루에 아침상이 차려졌다. 오이 겉절이와 어린 열무나물, 방금 텃밭에서 따온 호박을 넣고 된장을 풀어 넣은 찌개와 거친 잡곡밥. 소박한 밥상이었다. 할머니의 밥상이라는 게 이런 건가. 막연하게 상상했던 느낌 그대로였다. 연우는 먹는 것에 대해 신경 쓰지 않고 살았다. 활동할 에너지라면 정크 푸드든, 패스트 푸드든 가리지 않았고 때맞춰 먹는 것에도 구속되지 않았다. 허기지면 눈에 띄는 곳 아무 데나 들어가서 먹었다. 그건 감정도 마찬가지였다. 승부욕을 불사를 수 있는 것이라면 부정적이든 긍정적이든 감정을 가리지 않고 무엇이든 태워서 썼다. 용화가 밀어주는 반찬을 집어 입에 넣었다. 연우는 달게 한 그릇을 비웠다. 밥이 아니라 다른 뭔가를 먹은 것 같았다. 밥 한 그릇으로 영혼이 위로를 받은 느낌이었다. 매일 이런 밥을 먹으면 세상이 종잇장처럼 만만하게 보이겠다고 연우는 생각했다.

마루에 걸터앉아 발을 까딱거렸다. 맨발에 약을 발라놓아 딱지가 앉고 있었다. 자는 사이 용화가 발라준 모양이었다. 드러난 다리에는 각질이 하얗게 일어났다. 피부가 뱀의 허물처럼 벗겨졌다.

발이 왜 그 모양이 됐누?

용화가 물집이 터지고 상처투성이인 연우의 발을 보고 물었다.

여기까지 걸어왔어요.

일부러 거친 길을 골라 걸었다. 발이 터지고 진물이 날수록 마음은 오히려 가벼워졌다.

그 먼 길을…

억울해서요.

무슨 일이냐?

연우는 용화를 물끄러미 쳐다보았다. 다큐멘터리에서 용화를 본 적 있다. 클래식과 국악의 컬레보레이션 공연을 기획하려고 영상자료를 찾다가 진도씻김굿 전수자들에 대한 기록물을 보게 되었다. 용화는 소복을 입고 풍성한 지전을 흔들며 초가망석을 했다. 악사들의 시나위조 연주와 어우러지는 무가는 하소연하듯 깊은 곳에서 울리며 연우에게 큰 파동을 일으켰다. 본래부터 갖고 태어난 원형의 슬픔인 듯 풀지 못한 응어리인 듯 먹먹한 서러움이 맺혔다. 영상 속의 용화는 머리가 검었는데 눈앞에 있는 용화는 백발이 되었다. 딸을 보내고 십 년의 시간이 견디기 힘들었을 것이다.

제가 얼마 못 산대요.

연우는 한참 만에 대답했다. 용화는 흡, 하고 숨을 멈췄다.

의사가 올해를 넘기기 힘들다고 했다. 두통이 심하다거나 현기증이 생긴다든가, 시야가 새까매진다거나 하는 등의 징후가 있었을 텐데 몰랐느냐고, 너무 늦게 왔다고 질책하듯 말했다. 의사는 뇌 사진 이곳저곳을 짚어가며 알아듣기 쉽게 설명했다. 연우는 자신의 뇌가 아름답다고 생각했다. 밤하늘의 별처럼 하얀빛이 여기저기 부서져서 빛났다. 어두운 뇌수를 밝히는 그 하얀 것들이, 아름다운 별들이 악성종양이라니 역설적인 소리 같았다. 뇌 사진이 아니라 추상화를 보고 품평을 하는 것 같았다. 설마 뇌에 문제가 있을 거라고는 생각지 못했다. 두통이 올 때마다 예민해서라고, 일 때문에 스트레스를 받는 거라고, 날카롭게 벼려진 신경아 일하는 데 시너지를 낼 거라고 치부하며 두통약 한두 알로 다스렸다. 의사는 이젠 어떻게 손써볼 수 없는 지경이라고 했다. 선심 쓰듯 모르핀과 진통제를 처방해주며 고통을 다소 줄여줄 것이라고 했다.

여기 머물고 싶을 때까지 편하게 지내거라.

용화가 무릎에 놓인 주먹을 꼭 쥐고 담담하게 대꾸했다.

평화로운 날들이 느릿하게 흘렀다. 살의를 품은 여름 볕이 나날이 누그러지고 부드러워졌다. 발의 부기가 가라앉고 딱지가 떨어졌다. 허물처럼 벗겨지던 피부에 물기가 돌았다. 연우는 매일매일 반복되는 날들이 지루하지 않았다. 용화에게 투정을 부리고 어리광을 부렸다. 살아오면서 한 번도 해보지 못한 것이었다. 자신이 그렇게 유치할 수 있다는 것에 놀랐다.

용화는 아침에 일어나면 신당에 들어가서 치성을 드렸다. 청수 뚜껑을 열고 초를 켜고 향을 피웠다. 액살을 제거하고 복을 기원하는 거라고 했다. 그러고 나면 텃밭에 들러 소일을 하고 또 하나의 의식처럼 마을을 산책했다.

가끔은 연우도 용화를 따라나섰다. 밤의 반월은 달빛이 깁고 꿰맨 듯 아늑했지만 낮의 반월은 허물어지고 쇠락해가는 폐가만 남아 누추했다. 원래 반월은 만삭의 달처럼 풍성한 곳이었다. 그러다가 고속도로가 나면서 산모의 몸에서 억지로 분리된 태아처럼 마을이 반쪽으로 잘렸다. 마을의 오른편을 감고 흐르는 영산강은 한때 젖줄 같은 곳이었지만 지금은 마을을 가둘 뿐이었다. 견고한 장벽 같은 높은 도로와 건널 수 없는 강, 마을 뒤편의 깎아지른 절벽에 반달의 형상으로 남았다. 핏덩이를 사산한 반월은 도시의 섬처럼 유폐되어 죽어갔다.

사라져가는 반월을 잊지 않으려는 듯 용화는 마을 구석구석을 눈에 담으며 걸었다. 두 사람은 마을 입구 당산나무 아래 정자에 앉았다. 탄탄한 돌무더기가 쌓여있었다. 마을의 서낭당이라고 했다. 바람이 불 때마다 수령이 몇백 년 된 당산나무 이파리가 차르르 소리를 내며 흔들렸다. 나무에 매달린 금줄도 함께 흔들렸다.

낡은 살림살이를 겹쳐 실은 작은 트럭이 터널을 빠져나갔다. 잡초가 우거진 논에 주인을 잃은 벼가 트럭이 일으킨 바람에 일렁였다. 이제 남아있는 마을 주민은 용화가 유일했다. 반월은 곧 재개발이 시작된다. 태를 묻고 묻힐 자리를 내주는 대신 푼돈을 보상받은 마을 사람들이 떠나고 용화도 어디론가 가야 한다. 허리가 굽은 노인이 용화와 두 손을 맞잡은 채 긴 작별인사를 나누었다.

연우는 혼자 해원당으로 돌아왔다. 그늘이 드리운 별채 마루에 앉았다. 문자 알림음이 울렸다.

―어디니…

지훈이었다. 그가 쓰는 언어와 문장은 그를 닮아 어딘지 모르게 단정했다. 말줄임표는 복잡한 그의 마음을 보여주었다. 그가 매일 전화를 하고 문자를 보냈지만 연우는 답장을 하지 않았다. 갑작스럽게 서진이 떠난 지 얼마 지나지 않았다. 연우마저 여행을 다녀온다는 말 한마디만 남기고 사라졌으니 지훈의 충격이 무척 클 것이다. 지훈을 생각하면 서진이 떠올랐다. 아니, 어딜 가도 서진은 연우 곁에서 떠나지 않았다. 나쁜 놈, 그렇게 가버리니까 넌 홀가분하지? 연우는 중얼거렸다.

서늘한 바람에 향냄새가 실려 왔다. 연우는 살짝 열린 신당 문을 바라보다가 문을 열었다. 용화가 신을 모시는 곳이었다. 용화는 세습무였지만 신내림을 받은 강신무이기도 했다. 촛불이 타고 향이 피어오르는 신단 뒤쪽에 무신도가 붙었다. 부처와 사천왕, 신선, 호랑이와 장군들이 그려진 신그림 안에 산 자의 복을 구현하기 위해 온갖 신들이 소환되었다. 신단 한가운데 관음상이 서 있었다. 얇은 옷과 가녀린 몸매가 드러나도록 섬세하게 조각된 목불 입상이었다. 관음보살은 머리에 보관을 쓰고 한 손에 버드나무 가지를 들었다. 세월의 더께가 내려앉았지만 용화의 바지런한 손길이 느껴지고 그 안에 영혼이 깃든 것처럼 보였다.

왼쪽 벽에 용화가 무복을 입고 굿을 하는 사진들이 걸렸다. 누렇게 빛바랜 흑백 사진부터 컬러 사진까지 연표처럼 붙었다. 주변에 사람들이 빙 둘러서고 한쪽에 무악을 연주하는 재인들이 앉은 굿판 한가운데 지전을 내저으며 춤추는 용화가 있었다. 사진 속에서 징 소리와 장구 소리, 피리 소리가 나는 것 같았다. 굿을 하는 용화는 만개한 꽃처럼 화려하고 아름다웠다. 뭔가에 홀린 듯 취한 듯 몽환적인 표정이었다. 소리를 토하는 가녀린 목선에 꿈틀거리는 핏줄은 세상을 향한 포효처럼 보였다. 천형처럼 물려받은 무병이 생애를 지배하고 딸에게까지 대물림되는 숙명을 어쩔 수 없이 받아들이는 용화의 슬픔이 느껴졌다.

오른쪽에 정희의 사진과 신위가 놓였다. 양 갈래로 머리를 딴 소녀의 우울한 눈동자는 머루처럼 검고 깊었다. 엄마가 손목을 긋고 스스로 목숨을 끊은 이후 할머니는 매일 엄마의 혼을 달래는 주문을 외웠을 거라고 연우는 생각했다. 정희가 잉태된 순간부터 운명을 감지하고 끊임없이 치성을 드렸을지도 모른다. 신령님, 제발 우리 정희 굽어살피시고 어여삐 여겨 분노치 마소서, 하고 기원했을 것이다.

연우가 기억하는 한 정희는 스스로를 파멸로 몰고 가듯 막 살았다. 용화처럼 살지 않을 거라고, 당골네라고 천대받는 것이 싫고, 학교에서 무당 딸이라고 놀림 받는 것을 견딜 수 없다고, 동네 사람들이 걷어주는 쌀이나 보리로 연명하고 싶지 않다고 했다. 남쪽으로는 고개도 돌리기 싫다고 했다. 연우를 낳으러 왔을 때를 빼고 반월에 오지 않았다. 향냄새가 역겹고, 울긋불긋한 신옷이 천박해 보인다고 했다. 그러나 정작 정희는 더 화려한 옷을 입고 진한 향수를 뿌리며 밤무대에서 노래하고 춤을 췄다. 밤에 만난 아무 남자나 데려왔고 남자들은 약속이나 한 듯이 정희를 떠났다. 그 남자 중에 연우의 아빠가 있을 것이다.

정희는 모질지 못하게 살았지만 죽는 순간만큼은 독했다. 연우는 검은 핏물에 빠져 입과 코로 진득한 액체가 들어와 숨이 막히는 악몽을 꾸었다. 새벽에 등이 축축해서 깨어났을 때 어두운 방바닥에 검은 피가 흥건했다. 검은 피 한가운데 자신이 누워있었고 곁에 반듯이 누운 정희의 몸은 차가웠다. 연우는 정희의 피에 흠뻑 젖은 채 일어나 비명조차 지를 수 없었다. 검은 피는 살아있는 것처럼 몸을 키워갔다. 그 후 똑같은 악몽에 시달렸다. 어쩌면 딸에게 그런 기억을 남겨줄 수 있는지, 연우는 엄마를 이해했지만 용서하기 싫었다.

연우의 시선은 다시 용화의 사진으로 돌아갔다. 딸과 손녀의 신산한 삶을 견뎌온 용화의 깊은 주름에는 아픈 기억이 하나씩 새겨져 있을 것이다. 삶을 그대로 받아들였던 용화나 반월이 싫어서 떠났지만 끝까지 벗어나지 못하고 운명처럼 신병을 앓다가 스스로 죽고 말았던 엄마의 삶, 자신의 삶이 별다를 것이 없다고 연우는 생각했다. 용화와 정희, 자신의 삶을 생각하니 가슴 한가운데가 뜨거웠다. 용화의 굿판과 어릴 적부터 따라다녔던 정희의 무대와 연우의 무대가 소용돌이치며 하나로 섞였다. 어지러워서 제자리에 앉았다.

맨발로 별채로 건너갔다. 그녀가 끌고 온, 네모난 관처럼 생긴 캐리어를 열었다. 그녀가 기획했던 공연 팸플릿들과 옷 몇 벌이 전부였다. 공연 팸플릿을 꺼내서 방바닥에 좍 펼쳤다. 빈 종이를 꺼냈다. 쓱쓱 무대를 스케치하고 설명을 메모했다. 연우는 자신이 정리한 내용을 다시 훑어보았다. 맨 앞장에 제목을 적었다.

배우들 오디션이나 대본 작업을 할 필요 없고 무대장치와 조명, 음향도, 리허설도 생략할 것이다. 첫 공연이 마지막 공연이 될 것이다. 수십 년을 준비해서 단 한 번 공연한다. 재연할 수도 롱런을 기대할 수도 없다. 그러나 지금까지 했던 어떤 공연보다 멋진 작품이 될 거라는 확신이 들었다.

무엇이 그녀를 이곳으로 불러왔는지 알 것 같았다.

달이 뜨지 않은 밤, 불이 꺼진 집안은 어두컴컴하고 이따금 뒤꼍의 소각로 주위만 밝아졌다가 어두워졌다. 용화와 연우는 소각로 앞에 서 있었다. 소각로 안 검은 그을음이 불빛에 드러났다. 망자의 소지품과 무구를 태우는 소각로는 저승으로 가는 통로인 듯 어둑했다.

할머니.

으응?

왜 무당이 됐어요?

소각로 안에 공연 팸플릿을 던지며 연우가 물었다.

되고 싶어 됐나. 군식구 하나 줄이려고 엄마가 팔아넘기듯 열넷에 시집을 보냈는데, 시어머니가 무당이었지. 나중에는 신이 내려서 어쩔 수 없이 바리데기처럼 사는 것이 운명인가 보다 하는 거지.

할머니.

으응…

지금도 굿을 해요?

늙고 힘에 부쳐서 그만둔 지 오래됐지.

용화는 심상하게 대꾸했다. 연우는 말없이 팸플릿을 하나씩 던져넣었다. 표지만 보고도 언제 어떻게 기획한 공연이었는지 생생하게 기억났다. 기획하고 연출했던 공연들은 모두 자식과 같은 존재였다. 그녀가 사라지면 오갈 데 없는 기억들이었다. 그녀의 손으로 태우고 싶었다. 두꺼운 종이가 털썩 떨어지며 불씨가 별빛 부스러기처럼 피어올랐다. 불빛이 화르르 살아날 때마다 연우의 얼굴을 환하게 비췄다.

왜…

용화가 물었다.

한 사람이 죽었어요… 나 때문일지도 몰라요.

연우가 마지막 남은 팸플릿을 만지작거리다가 던져넣었다. 서진이 주연이었다.

네 얼굴에 있는 근심이 그이였구나.

결혼식을 하고 싶어요.

용화가 돌아서 연우를 보았다.

그 사람과 나를 위해, 그리고 또 한 사람을 위해.

…

할머니가 도와주셔야 해요.

연우는 자신이 기획한 공연의 스케치를 용화에게 주었다. 맨 위에 '신시神市의 축제'라고 큼직하게 제목이 쓰였다.

신시…

용화는 연우를 한 번 쳐다보더니 종이를 한 장씩 넘겼다. 사위어가는 불빛에 의지해 기획안을 보는 용화의 표정에 변화가 없었다. 마지막 장을 덮으며 눈을 감았다.

축제라…

뭔가를 중얼거리다가 한참 후 용화가 눈을 떴다.

해보자.

용화가 말했다. 연우는 크게 숨을 내쉬었다. 용화는 다 읽은 기획안 뭉치를 소각로 안에 던져넣자 불이 환하게 살아났다. 연우는 눈이 부셔 눈을 감았다.

준비하려면 서둘러야겠구나.

용화는 뒤꼍을 나와 신당으로 들어갔다. 촛불을 밝히자 창호지에 배어난 불빛이 은은했다. 향냄새가 점점 진해졌다. 창고 문을 활짝 열고 먼지가 앉은 무구를 꺼내고 보자기에 곱게 싸인 무복을 풀었다. 새하얀 한복과 남색 쾌자, 오색으로 수놓은 흉배가 덧대어진 화려한 무복을 펼쳤다.

나 혼자서는 힘든 일이니 사람을 불러야겠다.

용화는 무복을 쓰다듬으며 말했다.

믿을만하고 가까운 사람이어야 하지.

용화는 연우를 보며 말했다. 시선은 연우를 향했지만 생각은 다른 곳에 있었다.

이것도 운명인가 보다.

깨끗하게 빨아서 널어놓은 무복이 바람결에 꽃잎처럼 흔들렸다. 볕을 받아 눈이 부셨다. 마루에는 잘 닦여 빛이 나는 무구들이 널어졌다. 그 옆에서 용화가 여러 번 접은 흰 종이를 잡고 연우가 종이를 가위로 잘랐다. 용화가 굿을 하는 내내 사용할 지전이었다.

초례는 마루에서 하고 씻김은 마당에서 할 거야.

불을 끄고 촛불만 켜면 좋겠어요.

보름이니 불 없이도 환할 게다.

연우는 만월의 달빛이 쏟아지는 마당에서 새하얀 지전을 양손에 들고 굿을 하는 용화의 모습을 상상하며 가위질을 했다.

저것도 쓰는 거예요?

연우가 놋쇠로 된 신칼을 보며 물었다.

씻김할 때 잠깐 쓸 거란다.

용화는 무구를 하나씩 가리키며 이건 뭐고 어디다 쓰는 건지 설명해주었다. 신당 무신도에 있는 신들의 이름을 하나하나 짚어주었다. 관음보살이 들고 있는 버드나무 가지는 강한 생명력을 갖고 있어 재생과 치유를 관장한다고 했다. 연우는 성실한 학생처럼 고개를 끄덕이며 귀를 기울이고 이따금 궁금한 것들을 물어보기도 했다. 오래도록 이어져 온 무속의 언어와 상징에 대해 총명하게 이해했다. 용화는 연우에게 자기가 내림 받은 신과 자신의 전 생애라고 할 수 있는 굿에 대해 전할 수 있어 기쁜 것 같았다.

연우가 악기들 사이에서 결이 곱고 단단한 대나무로 만든 피리를 집어들었다. 손때가 묻고 오래된 것이었다. 연우가 용화를 보았다.

주인이 따로 있지.

용화가 피리를 받아 대나무 마디에 뚫린 구멍을 짚었다. 입에 대고 바람을 불어넣었다.

휘잉~

어떤 염원을 실은 숨결에 조응하며 대나무 안에서 깊은 소리가 공명했다.

용화—.

소리에 화답하듯 대문 밖에서 누군가 용화를 불렀다. 좀처럼 방문객이 없는 집의 대문이 열리고 은발의 남자가 들어왔다. 어깨에 악기를 메고 한 손에는 커다란 여행 가방을 들었다. 용화는 피리를 떨어뜨렸다. 딸그락, 피리가 요란한 소리를 냈다.

아!

용화의 입에서 나는 목소리는 오랜 시간 몸 안에서 머물다가 한순간 터져 나온 소리였다.

이게 얼마 만인가.

남자는 감격에 목이 멘 듯 그 이상 말을 잇지 못했다. 용화는 버선발로 마당을 가로질렀다. 남자가 용화에게 다가와 손을 잡았다.

용화는 박 처사가 올 것이라고 연우에게 미리 얘기해주었다. 박 처사가 기거할 방을 쓸고, 그가 입었던 옷과 신발을 꺼내서 닦는 손이 분주했다. 연우도 박 처사를 알고 있다. 그의 집안은 대대로 남도 무악을 해왔고, 판소리와 전통악기를 다루는 예인이 많이 나왔다. 그는 어릴 적부터 부모를 따라다니며 무악을 하다가 국악 쪽으로 방향을 틀어서 굿판을 떠났다. 지역 대학에서 후학을 가르치고 진도씻김굿 무형문화재로 지정이 되었다. 국악계에서는 박 선생으로 불리며 함께 일하기 좋은 사람이라고 평이 났다.

박 처사는 연우 할아버지의 친구였다고 했다. 시어머니를 따라 합동 굿판에 따라다닌 용화와 재인들 무리에서 무악을 배우며 자란 박 처사는 한눈에 동류임을 알아봤다. 용화와 박 처사는 용왕제나 수륙재 같은 큰굿이 열리면 마주치곤 했다. 연우의 할아버지가 빨리 돌아가시고 의지할 데 없었던 용화와 무악에 마음을 잡지 못했던 박 처사는 아무도 모르게 서로 마음을 키워갔다. 둘은 오누이처럼, 연인처럼, 동지처럼 그렇게 오래도록 서로 의지하며 살아왔다.

오래된 연인들은 서로의 어깨에 머리를 기대고 가만히 서 있었다. 머리가 세고 하얀 한복을 입은 두 사람은 마치 깃 속에 머리를 묻고 선 한 쌍의 학처럼 고아해 보였다.

연우는 조용히 별채의 방으로 들어왔다. 더이상 미룰 수 없는 일을 해야 한다. 연우는 전화기를 만지작거리다가 지훈의 전화번호를 눌렀다.

—어디니?

지훈이 다급하게 물었다.

반월에 왔어.

둘은 한동안 아무 말 없었다.

—너마저 잃는 줄 알았어.

지훈이 말했다.

…

연우는 지훈이 얼마나 걱정했을지 안다. 매일 걸려오는 전화와 문자메시지에 답을 하지 않았지만 전화기를 끄지도 않았다. 그의 존재를 확인하고 싶었다. 그의 사랑을 잃고 싶지 않았다. 내 말을 들어줄까, 연우는 확신이 서지 않았다. 자신이 이기적이라는 것을 알았다. 그래도 지훈이 허락해준다면, 반월에서라면 가능할 것이다. 지훈이 거절한다해도 서운하지 않을 것이라고 생각했다. 연우는 어렵게 입을 열었다.

부탁이 있어.

—…

들어주지 않아도 괜찮아.

반월에서 남쪽으로 한 시간 남짓한 거리에 있는 바닷가에 도착했다. 처음에 박 처사는 산 사람과 죽은 사람을, 그것도 세 사람의 혼례를 치른다는 말을 듣고 펄쩍 뛰며 반대했다. 용화는 그냥 혼례가 아니고 세 사람의 업을 푸는 거라고, 신을 모시는 것보다 사람을 구하는 게 굿이 아니냐고 설득했다. 용화가 이 굿이 자신의 마지막 굿이 될 것이라고 하자 박 처사는 함께 하기로 했다.

남녘의 바다는 잔잔하고 평화로웠다. 서진이 들어간 바다도 그랬다.

저래 보여도 언제 돌변할지 모르니 조심해야 돼.

박 처사가 용화를 바라보았다. 그의 긴 속눈썹 그늘 아래 걱정이 어렸다.

박 처사가 간단한 굿상을 차리고 하얀 무복을 입은 용화는 바다를 보며 숨을 골랐다. 이윽고 용화가 양손으로 서진의 옷을 들고 바다를 향해 섰다. 머리 위로 높이 옷을 펼쳐들고 눈을 지그시 감았다.

사해수부 용왕님~

용화가 무가를 구송했다. 용왕에게 서진의 넋이 잘 끌어올려지기를 간절히 기원했다. 선득하게 불어온 한 줄기 바람에 서진의 옷이 펄럭 움직였다.

용화는 발이 묶인 닭을 거꾸로 들고 한 손에 서슬 퍼런 칼을 움켜 쥐었다. 서진의 넋을 건져오는 대신 용왕에게 바치는 희생제물이었다. 죽음을 직감하고 날개짓하는 닭의 목을 단칼에 잘랐다. 목이 잘린 닭이 죽음을 떨치려는 듯 거세게 몸부림치자 용화의 얼굴에 피가 튀었다. 용화는 눈 하나 깜빡하지 않았다. 피가 떨어지는 닭을 바다에 던졌다. 굿을 하는 용화는 평소의 인자하고 온화한 모습과 달랐다. 귀기가 서리고 결연한 의지가 가득했다.

서진은 피붙이가 없어 박 처사가 서진의 혼이 타고 내려올 대나무 혼대를 잡았다. 기다란 무명베에 서진의 혼이 담길 넋그릇을 묶었다. 용화는 넋그릇을 바다에 담근 채 무가를 불렀다. 넋그릇이 바다로 가라앉았다. 혼베에 바닷물이 스미듯 서진의 영혼이 스며들까. 연우는 용화가 무가를 부르며 혼베를 끌어당기는 것을 보았다. 서진의 넋이 아직 건져지지 않았다.

용화는 흘림 장단으로 차분차분하게 사설을 읊었다.

*풀러가자~ 풀러가자~*
*산신고를 산고 풀고~*
*수중고혼 넋이던가*
*무주고혼 혼이더냐~*

구슬픈 소리였다. 깊은 곳으로부터 흘러나오는 무가는 하늘과 바다와 바람을 달래고 듣는 사람의 마음을 흔들었다. 심장까지 닿은 파동은 조용하지만 무거운 여운으로 떨렸다. 느릿한 파도가 혼베를 밀어냈다. 용화는 넋그릇을 다시 바다로 던졌다.

만만치 않은 녀석이로구나.

몇 번을 던져도 넋이 건져지지 않았다. 용화는 기다려보자고 했다.

서진은 그랬다. 순하고 여린 인상과 달리 집요했고 한번 마음먹은 건 끝까지 했다. 지훈과는 어릴 적부터 형제처럼 자랐다. 초등학교 때부터 고등학교를 함께 다녔고, 심지어 그들은 같은 대학에 입학했다. 그들은 연우의 연극동아리 선배였다. 할아버지마저 돌아가시고 서진이 세상에 홀로 남았을 때부터 둘은 같은 집에서 지냈다. 남다른 우정이라고 생각했던 관계가 그 이상이라는 것을 알았을 때 연우는 흔한 삼각관계일 뿐이라고 대범한 척했다. 그녀가 우월한 위치에 있다고 자신했다. 지훈은 누군가에게 상처를 주지 못하는 사람이었고 연우를 사랑했다. 단지 서진을 연민하는 거라고 생각했다.

용화는 점점 지쳐갔다.

내가 들어갔다 와야겠소.

용화가 말했다.

큰일 날 소리. 그 몸으로 들어가서 어쩌려고.

박 처사가 말렸다.

할머니, 오늘은 그만두는 게 낫겠어요.

연우도 거들었다.

용화는 두 사람의 말을 듣지 않고 넋그릇을 들고 성큼성큼 바다로 들어갔다. 잔잔하던 바다에 파도가 일었다. 검푸른 파도는 해변으로 밀려와 흰 물방울로 부서졌다. 기다란 혼베가 파도에 휩쓸려 소용돌이쳤다.

용화!

박 처사가 소리쳤다.

연우는 서진이 바다로 걸어 들어가는 것을 지켜보았을 때처럼 용화가 바다로 걸어 들어가는 것을 지켜보았다. 무복이 버려진 꽃잎처럼 물 위로 펼쳐지고 긴 천이 용화의 몸을 감싸고 돌았다. 용화가 물속으로 사라졌다. 연우는 현기증이 일었다. 두통이 시작될 것이라는 전조였다. 온몸이 뒤틀리고 신경이 감전된 듯한 고통이 올 것이다. 끔찍한 고통이 예상되자 몸이 떨려왔다. 진통제를 입에 넣었다. 반월을 나올 때부터 발작을 예상했다.

지훈이 둘 사이에서 힘들어했고 지쳐가던 즈음과 맞물렸다. 설마 서진이 진짜 죽을 거라고 생각하지 않았다. 지방공연을 마치고 뒷풀이를 했다. 공연에서 서진은 리허설과 달리 증폭된 감정을 연기했다. 상대 역이 능숙하게 잘 받아줘서 관객들은 눈치를 채지 못했지만 연우는 긴장으로 등줄기가 서늘했다. 서진의 배역에 대한 연기와 해석은 연우의 권한을 넘어서는 것이었지만 도를 넘는 돌발행동은 용납할 수 없었다. 서진은 자신의 감을 믿고 고집을 꺾지 않았다. 서진은 무대에서 완벽했다. 죽음마저도 실제 같았다. 그의 성 정체성이 어떻든, 뒤에서 어떤 추문이 돌든 사람들이 서진 앞에서는 주눅이 드는 이유였다. 연우는 그런 서진이 무섭기도 했다. 그날은 예민했고 피곤했고 알콜이 촉매제가 되어 흥분이 뒤섞인 상태였다. 서진의 일방적인 연기에 대한 얘기로 시작했다. 끝까지 자신이 옳았다고 고집을 피우는 서진에게 약이 올랐다. 연우는 화제를 벗어나 서진의 감정을 자극했다. 사람들이 이미 둘의 관계를 의심하고 수군거린다고, 세상의 상식으로 인정받을 수 없는 사랑이라고, 지훈 선배 성격에 그걸 견디지 못할 거라고, 그러니 다른 사람을 찾아보라고, 선배를 놔주는 게 진짜 사랑하는 거라고, 결국은 자기가 지훈과 결혼할 거라고 퍼부었다. 지훈과 서진 선배랑은 죽어도 이루어질 수 없는 관계라고 결정타를 날리듯 말했다. 서진은 연우의 말을 끝까지 들었다. 연우는 서진에게서 얼음장처럼 차가운 냉기를 느끼고 움찔했다.

그래?

이 말 한마디를 하고 서진은 자리에서 일어섰다. 카페를 나가 바다로 들어갔다. 마치 이른 해수욕을 하러 가는 사람 같았다. 너무 태연해서 그를 말리지 않았다. 산보하듯 바닷속으로 걸어 들어간 서진은 나오지 않았다. 구조대와 경찰이 수색 했지만 흔적 없이 사라졌다가 며칠 후에 퉁퉁 불어서 바닷가로 밀려왔다.

바람이 점점 세지고 혼대에 매어진 베가 팽팽하게 당겨졌다.

할머니!

연우가 바다를 향해 용화를 불렀다. 박 처사는 괜찮을 거라고 용화가 지훈을 데려올 거라고 말했지만 혼대를 붙잡고 불안하게 서성거렸다.

'그래?'하고 말하던 서진의 눈빛과 연우 사이에 맴돌던 팽팽한 긴장감과 카페 안에 흐르던 부드러운 선율, 커피가 그라인더에 갈리는 소리와 공기 중에 미세하게 퍼지는 향기로운 냄새까지 너무나 선명하게 남았다. 잊고 싶은데 잊을 수가 없다. 선배, 진짜 잔인한 사람이다, 내가 미안해, 할머니를 놔줘, 연우는 낮게 중얼거렸다.

할머니!

연우의 목소리가 거센 파도에 삼켜졌다. 울면서 바닷물로 들어갔다. 미친 듯 불어대던 바람이 잦아들고 파도가 낮아지기 시작했다.

혼대가 흔들렸다. 대나무 잎이 파르르 떨었다. 박 처사는 심하게 좌우로 흔들리는 혼대를 붙잡으려 안간힘을 썼다. 용화가 바다에서 비틀거리며 걸어나왔다. 연우가 달려가서 모래사장에 쓰러지듯 주저앉는 용화를 부축했다.

연우야.

용화가 연우를 지그시 바라보다가 나직하게 불렀다. 동공이 텅 비어 있었다. 연우는 온몸에 소름이 돋았다. 용화가 연우의 품으로 쓰러졌다. 연우가 그녀를, 그를 안았다. 넋그릇을 수습한 박 처사가 용화에게 왔다. 용화가 눈을 떴다.

정말 고집스런 녀석이로구나.

용화가 웃으며 말했다. 다시 용화로 돌아왔다.

—열차에서 내렸어. 반월로 갈게.

지훈의 문자였다. 연우는 해독할 수 없는 고대 문자를 보듯 지훈의 문자를 보았다.

마중 나가 봐라.

용화가 눈치채고 말했다.

연우는 해원당을 나가 반월 입구 당산나무 쪽으로 걸었다. 연우는 자신이 들어왔던 터널을 보며 바닥의 흙을 아무 생각없이 찼다. 터널 위쪽에 붙은 현수막이 유령처럼 바람에 펄럭였다. 영산강을 내 연못으로, 반월을 내 정원으로, 영산강의 물줄기와 넓은 들과 수목이 있는 천혜의 지역이라고 현수막을 붙여놓았다. 반월은 사라진다. 소수를 위한 고급 빌라가 들어서고 들고나기 편하게 콘크리트로 길이 포장될 것이고 넓은 강을 가로지르는 다리가 놓일 것이다.

용화는 신당에 있는 신들의 힘을 빌려 귀신을 쫓았다. 그러나 강력한 물신의 힘을 이길 수는 없는 거라고 세상의 어떤 신보다 강한 것이 사람의 욕심이라고 했다. 용화도 어찌해볼 수 없어서 반월을 떠나야 한다고 했다.

돌멩이 하나를 집어서 돌탑에 끼워 넣었다. 무얼 바라고 하는 건 아니었다. 그 돌 틈 사이에 자기의 흔적 하나 남겨놓고 싶었다. 영원할 것 같은 단단한 돌무더기도 흔적 없이 사라지겠지. 조만간 이 모든 것들이 사라지고 새로운 것들로 채워질 것이다. 절반이 잘려나가고 이제는 사라져야 하는 반월의 운명이 마치 그녀들의 운명인 것 같았다. 만월이라 불려야 할 마을이 처음부터 반월인 건 아무래도 이렇게 될 운명을 알았기 때문일 것이다. 내가 먼저 사라질까, 반월이 먼저 없어질까, 연우는 반월보다 자기가 먼저 사라질 것이라고 생각했다.

시커먼 터널 안에서 반짝 빛이 나며 택시가 나왔다. 가슴이 두근거렸다. 택시는 구부러진 진입로를 따라 공터까지 미끄러지듯 달려왔다. 문이 열리고 그새 얼굴이 해쓱해진 지훈이 내렸다. 지훈이 연우에게 다가와서 그녀를 끌어안았다. 연우는 숨을 깊이 들이마시며 지훈의 냄새를 마셨다. 설레고 그리운 냄새였다.

얼굴이 좋아 보여 다행이다.

지훈은 연우의 얼굴을 보며 말했다.

와 줘서 고마워.

연우가 지훈에게 말했다.

너의 공연에 주인공으로 캐스팅되어 영광이지.

지훈이 대답하고 미소지었다.

연우가 지훈의 손을 잡고 골목으로 이끌었다. 함께 반월을 걸을 수 있을 거라고는 생각하지 않았다. 다만 서진의 씻김굿을 하는 것만으로도 만족했다. 지훈에게는 큰 부담이고 결정하기 어려운 일이었다. 홀로 남을 지훈을 생각하면 미안했다. 그런데 지훈은 단지 공연일뿐이라고 미리 말해주었다.

흙길이 단단하네.

지훈이 걸음을 멈추고 바닥을 보았다.

이천 년 동안 다져진 시간이야.

반월 밖에서 이천 년 전의 선사시대의 유적지를 발견했다. 악기와 칠기, 토기, 옹관이 세상에 드러났다. 이 아래에도 수천 년의 기억이 묻혀 단단하게 굳어졌을 것이다. 이천 년 전 제사장이 흔들던 신대의 기억은 오늘 밤 용화의 몸짓으로 되살아날 것이다. 해원당의 오늘 밤도 땅 아래 묻혔다가 먼 훗날 어느 무녀의 몸짓으로 살아날 것이다.

연우는 이곳에 도착하던 날 밤에 상처투성이 발을 부드럽게 받아주던 흙길을 기억했다. 용화는 반월이 특별한 곳이라고 했다. 반월은 시간이 멈춘 곳이며, 영혼들이 모이는 곳, 위로받고 쉬어가는 곳이라고 했다. 그 말을 들었을 때 연우는 마음이 편안했다. 오늘 밤 반월은 하늘과 이어지는 신시神市가 될 것이라고 했다.

용화는 지훈을 반갑게 맞았다. 그의 손을 잡고 연신 고맙다는 말을 반복했다. 그러는 내내 눈물을 흘렸다.

오래전의 반월을 닮은 하늘의 보름달은 한껏 부풀어 올라서 빛을 내뿜었다. 마당에 달빛이 모였다. 기왓골을 타고 흘러내린 달빛은 마당에 고여 시원의 물처럼, 양수처럼 차올랐다. 사산된 태아가 생명의 바다에서 뽀얀 젖줄기 같은 달빛을 받아 다시 살아나려 했다.

박 처사는 새끼를 외로 꼬아서 사이사이에 가는 종이를 꽂아 임줄을 만들었다. 굿을 하는 중에 부정한 사람이 드나들지 못하도록 하기 위해서라고 말하며 대문에 걸었다. 그는 짚을 골랐다. 지훈이 곁에서 거들었다. 지푸라기가 더해지고 모여 사람의 형태를 띠어갔다. 그의 손길 하나하나로 뼈와 살과 핏줄이 만들어졌다. 마치 생명을 빚듯이 신중했다. 그의 엄지손가락이 뭉툭했다. 정희도 저런 손가락을 가졌다. 박 처사의 모습이 주방 바닥에 앉아 뭔가를 만들며 고개를 주억거리던 정희와 비슷했다. 연우는 말도 안 된다며 속으로 웃다가, 오늘 밤은 어떤 비밀도 다 받아들일 수 있을 것 같았다.

하얀 천에 이목구비를 그려 넣었다. 달빛은 조악한 인형의 표정에 생기를 불어넣었다. 그려놓은 입술에서는 금방이라도 웃음이 터져 나올 것 같았다. 인형에게 속옷과 사모관대를 입히고 나니 어엿한 신랑이 되었다. 지훈과 연우도 옷을 갈아입었다. 박 처사가 서진의 영혼을 태우고 떠날 배, 반야용선을 들고 왔다. 굿이 끝나면 종이로 만든 색색의 꽃과 서진의 옷과 신위를 넣어 저승길로 인도할 것이다. 뱃머리의 용이 사악한 유혹과 귀신들을 물리치고 서진을 무사히 목적지까지 데려갈 것이다. 그 옆에 또 하나의 넋당석이 놓였다. 공연은 자정에 시작할 것이다. 무대는 반월, 용화의 굿당이어야 한다.

달이 서편으로 기울었다. 하얀 천으로 마당을 에워싸서 커다란 영사막을 만들었다. 처마 끝에 긴 천으로 만든 색색의 만장을 늘어뜨리고 집안 곳곳에 초를 켰다. 굿상에 정성스럽게 고인 과일과 나물, 고기가 차려지고 그 옆에는 넋그릇이 놓였다. 아마도 저 안에 서진의 머리카락이나 손톱이 들어있을 것이라고 연우는 생각했다. 어쩌면 그의 심장이 담겼을 수도 있다. 박 처사는 징을 두드려보고 장구와 아쟁을 조율했다. 옥색 두루마기를 걸친 그는 오늘 밤 하는 굿의 의미를 알고 있기에 말을 아꼈다.

용화가 무복을 갖춰 입고 나왔다. 달빛보다 눈 부신 소복 차림이었다. 마지막 굿을 시작하려는 용화의 얼굴에 달빛이 드리워 짙은 그늘을 만들었다. 바람결에 촛불이 일렁일 때마다 그녀의 표정도 꿈틀거렸다. 달빛이 부풀자 흰 천이 크게 부풀어올랐다. 모든 준비가 끝났다.

혼례를 시작하자.

용화가 연우와 지훈을 보고 말했다. 그들은 신당으로 들어가 신단을 보고 앉았다. 용화가 징을 치고 사설을 시작하며 성주신에게 굿을 한다고 고했다. 박 처사는 조곤조곤 달래듯 장구로 장단을 맞추었다. 무가와 징 소리와 장구 소리가 하나로 엮였다. 멀리서 건물이 무너지는 소리가 났다. 검은 개들이 짖었다.

쌀을 담은 그릇에 꽂아둔 대나무 혼대가 흔들렸다. 달빛이 신당 안으로 쏟아져 들어왔다. 영사막에 서진의 그림자가 아른거렸다. 사모관대를 한 서진이 사뿐히 꽃을 밟으며 마루로 올라섰다. 그의 뒤로 달빛이 흩뿌려졌다. 서진은 초례상 한쪽에 섰다. 연우를 향해 눈을 찡긋하며 미소지었다. 맞은편에 지훈이 서고 원삼 차림의 연우가 섰다.

초례상에는 기러기 한 쌍과 청실홍실 타래가 놓이고 색실을 드리운 대나무, 동백나무 가지가 화병에 꽂혀있었다. 상 위에는 백일을 간다는 붉은 배롱꽃을 뿌려놓았다. 용화가 혼례를 집전하는 동안 박 처사가 아쟁을 연주했다.

신부 삼 배—

용화가 목이 멘 듯 길게 늘이며 말했다.

연우가 절을 세 번 했다.

신랑 재배—

지훈이 두 번 절했다.

신랑 재배—

서진이 재배를 했다.

신랑 신부 재배—

세 사람이 마주 보며 재배했다.

맞절이 끝나자 용화가 표주박에 합환주를 따라 서진의 입에 댔다. 지훈이 그 술로 입술을 축이고 연우가 한 모금 마셨다. 합환주를 담은 표주박 끝에 청실홍실을 꼬아 만든 매듭이 길게 매달려 세 사람을 이어주었다.

연우와 지훈이 나란히 앉았다. 연우가 치마폭을 넓게 펼치자 용화가 밤을 던져주었다.

아들딸 많이 낳고…

용화는 말을 잇지 못했다. 연우는 배시시 웃었다.

용화가 향로에 향을 더 뿌렸다. 초는 제 몸을 녹이며 환하게 타올랐다. 연우는 눈앞이 보이지 않았다. 눈에 힘을 주자 머리에 통증이 일었다.

용화가 신방으로 꾸며 놓은 옆방 문을 열었다. 한가운데 원앙금침이 준비됐고 베개가 세 개 놓였다. 신방에도 촛불과 향이 타올랐다.

할머니, 나머지도 부탁해요.

연우는 애써 미소를 지으며 말했다.

내 새끼, 어쩔 끄나…

용화가 눈물 바람으로 연우를 꼭 껴안았다. 연우는 용화의 등을 토닥거렸다.

용화가 신방을 나갔다. 그녀는 마당에 앉아 징을 치며 무가를 시작했다.

*넋이로다~*

*넋이로구나*

*이 넋이 누 넋이여*

*동지섣달 얼음 우에*

연우는 눈이 가물거렸다. 연우와 지훈, 서진은 나란히 누웠다. 연우는 몸에 소름이 오소소 돋았다. 지훈이 떨고 있는 연우를 안았다. 연우는 자신이 아무 데도 가지 못하게 지훈이 꽉 붙잡아주기를 바랐다. 지훈의 팔에 힘이 들어갔다.

*에라 만수야*
*에라 대신이야*
*많이 흠향하고*
*평안히 돌아가소사*

용화의 사설이 이어지고 박 처사의 연주가 용화를 위로하듯이 머뭇머뭇 감기며 이어졌다. 용화는 신들린 듯 지전을 들고 흔들었다. 왼쪽 어깨로 넘어가는 지전은 서진의 영혼을 위로하고, 오른쪽 어깨로 떨치는 지전은 정희를 쓰다듬는 손길이었다. 앞으로 내젓는 손짓은 힘겹게 고비를 넘는 연우를 달래는 몸짓이었다. 용화의 몸이 휘청휘청 흔들렸다. 노래 같기도 하고 넋두리 같기도 한 울음 섞인 무가가 방안으로 들어왔다. 숨넘어갈 듯 끊어졌다가 다시 이어져 애끓는 흐느낌이 뒤따랐다.

용화가 천천히 연우를 이끌었다. 이승과 저승의 경계에 선 연우가 용화의 무가를 따라 나왔다.

연우의 기억이 필름처럼 주르르 앞에 펼쳐졌다. 탄생의 순간이 환한 빛으로 시작되어 첫사랑의 기억이 분홍빛으로 물들었다. 무대 뒤에 선 연우는 뜨겁게 불타는 붉은색이었다. 병상에 누워 무채색으로 탈색된 연우가 검은 그림자가 되어 반월로 걸어오는 장면에서 끝이 났다. 검은 그림자가 연우의 몸 안으로 들어갔다.

어디선가 불어온 바람에 촛불이 꺼졌다. 낯선 적요가 밀려들었다.

어두운 방 안으로 달빛이 가득 들어왔다. 지훈의 등위로 달빛이 흘렀다. 그의 몸에 스민 달빛이 연우의 몸속으로 흘러들어왔다. 생명 가득한 수만 가닥의 달빛이 연우의 몸 안에 넘쳤다. 서진이 지훈의 등을 감싸 안았다. 연우는 몸이 흐릿하게 지워질수록 정신이 또렷해졌다. 지훈이 자신을 부르는 소리를 꿈결처럼 들으며 아득한 달빛 속으로 걸어 들어갔다. 용화의 무가를 타고 넘어갔다.

반월이 무너지는 소리가 났다. 기억이 스스로 땅속으로 묻히고 있었다. 대문에 쳐놓은 임줄이 끊어지고 능소화가 떨어지고 흙담이 무너졌다. 검은 개들이 들어와 짖었다. 결계가 무너지고 돛처럼 부풀던 천이 스러지고 만장이 바닥으로 떨어졌다. 무대가 사라지고 있었다.

## 김태정 | 6번 국도

대구가톨릭대학 역사교육 전공, 동양사학 석사과정 졸업.
2015년 계간 『불교문예』 동화 신인상,
2020년 경북일보문학대전 「6번 국도」로 은상,
2020년 『한국소설』 「셰어하우스」로 신인상.
여행에세이 『오늘은 태안』, 『오늘은 태백』 등의 공저와
불교 동화 『왕 중의 왕』이 있다.

단편소설

# 6번 국도

김태정

찔끔거리던 비가 개이자 옥수수 가판대 가장자리에 햇빛이 쏟아져 들어온다. 민수는 천막 안쪽으로 의자를 조금 들여놓고 앉는다. 도로는 마냥 한산해서, 자꾸 가물거리는 눈을 부릅뜨며 졸음을 쫓아본다. 검정색 승합차 한 대가 멀찍이서 달려온다. 민수가 도로가로 뛰어간다. 승합차를 향해 찐 옥수수 세 개가 든 비닐봉지를 흔든다. 조수석에 앉은 장난감 물총을 든 사내아이와 눈이 마주친다. 웃고 떠드는 표정이 물놀이의 여흥이 남아있는 듯하다. 사내아이는 창문을 살짝 내리고 물총 머리를 겨눈다. 민수는 몸을 움찔하며 몇 발짝 물러난다. 기어이 한줄기의 물이 뿜어져 나오고, 차는 그대로 6번 국도 상행선으로 달아난다.

민수는 승합차 꽁무니를 한참토록 노려보다가 가판대로 돌아온다. 옥수수는 다시 스텐 찜판 위에 올려놓는다. 오후 4시가 되어가지만 겨우 세 봉지밖에 팔지 못했다. 곧 이모가 올 것인데, 옥수수가 그대로 쌓여있는 이유를 변명할 말이 떠오르지 않는다. 가판대 뒤로 펼쳐진 옥수수밭의 누렇게 영근 옥수수를 보고도, 모락모락 김이 오르는 찐 옥수수를 보고도 그대로 지나치는 이유를 설명할 도리가 없다. 또 한 대의 승용차가 달려오고, 민수는 플라스틱 의자에서 용수철처럼 튕기듯 일어난다. 이번에는 한층 갓길로 다가가 세차게 봉지를 흔들어 본다. 얼굴에 미소까지 짓고서. 그러나 헛수고다. 민수는 휑하니 지나가 버리는 운전자가 못내 서운해서 툭, 돌멩이 하나를 찬다.

췻, 저만 배부르지.

민수는 개구리 소리를 내는 뱃속을 물로 채우고는 가판대 앞에 놓인 파란색 플라스틱 의자에 몸을 웅크리고 앉는다. 뜨듯한 바람이 한차례 불어오자 스르르 눈이 감긴다.

옥수수 가판대는 워터파크 물놀이객들이 주요 손님이었으니 찜통 무더위에 찜통 위 간식거리가 눈길을 끌지 못하는 건 어쩌면 당연했다. 사람들의 입이 고급스러워져서 옥수수 따위는 거들떠보지도 않는다고, 이모는 이모부에게 불평을 쏟아냈지만 이모부는 묵묵히 옥수수 농사를 지었다. 음식 솜씨가 없는 이모 탓을 하지도 않았다. 주먹밥을 몇 번 얻어먹어본 게 다지만 민수는 이모가 엄마만큼 솜씨가 없다는 걸 단박에 알았다. 큰 알루미늄 찜솥에 물만 부어 삶아내는 옥수수가 혀끝에 감기는 맛을 낼 리가 만무했다. 사카린은 둘째로 치더라도 소금이라도 넣어야 할 것이지만 이모는 뜨내기손님에게 정성을 쏟을 이유가 없다며 줄곧 맹물로만 삶아냈다. 팔고 남은 옥수수는 헐값에 돼지사료로 넘겨졌다. 이모부는 밤늦은 시간, 차량통행이 뜸할 때쯤에야 나타나서는 날옥수수를 부려놓고 쉰내 나는 옥수수를 자루에 넣어 트럭에 싣고 갔다. 민수는 그제야 제몫의 옥수수 하나를 손에 쥐고 정말 옥수수 따위가 돼 버리는 장면을 멀거니 지켜보았다.

내 이럴 줄 알았어. 지금 몇 신데 자빠져 자니? 잠깐 걸어오는 사이에 지나간 차만 열대야.

이모의 목에서는 마른 나무가 쪼개지는 소리가 난다.

민수는 의자에서 떨어지고 만다. 정강이가 돌부리에 부딪쳐 으스러지게 아프다. 뼈마디에서 터져 나오는 고통은 어떻게 참아야 할지 몰라 그저 손으로 두 다리를 감싸 안고 발을 동동거린다. 곧이어 이모의 넓적한 손바닥이 아이의 등짝에 내리꽂힌다.

퍽, 퍽, 퍽.

그래도 분이 안 풀리는지 이모는 옥수수 껍질을 아이 머리 위에 쏟아 붓는다. 달큰한 수박향이 난다. 노란 수염이 민수의 코끝을 간지럽힌다.

에취!

에잇, 다 귀찮어. 죽어, 어디라도 나가서 죽어버렷!

새끼손가락만 한 연둣빛 생명체가 기어간다. 샌들 밖으로 나온 민수의 엄지발가락 위로 곧 올라올 태세다. 민수가 발을 살짝 들어 올린다.

니 애미는 넉 달째 깜깜이야. 달랑 한 달치로 입 싹 닦을 작정인가부지. 쓸모라고는 없는 놈을 내팽개치고 갔으면 성의표시는 해야 될 거 아니냐고. 쌍년, 염치도 없지.

연둣빛 생명체는 제 몸집보다 큰 돌멩이 앞에서 잠시 멈춘다. 민수가 돌멩이를 치워 주자 다시 움직이기 시작한다. 부드러운 옥수수 속껍질을 녀석 앞에 깔아 준다. 녀석은 껍질 위를 미끄러지듯 리드미컬하게 기어나간다.

이걸 다 어쩔 거야. 응? 또 돼지새끼들만 배터지게 생겼잖아아.

두툼한 발이 아이의 살 없는 엉덩이에 박힌다.

퍽, 퍽, 퍽.

민수가 웅크린 채로 픽, 쓰러진다. 노래를 부른다.

노래하며 춤추는, 나는 아름다운 나비, 날개를 활짝 펴고, 으읍!

발길질은 계속 된다.

싹싹 빌어도 모자랄 판에 지금 노래가 나와? 나오냐고오. 이 바보새끼야.

잘못했다고 빌라며 소리치는데, 민수는 꺽꺽거리며 손으로만 빈다. 이모는 그게 만족스럽지 않은지 발길질을 멈추지 않는다. 민수는 눈을 꼭 감는다. 하나부터 열까지 숫자를 센다. 폭력이 멈출 때까지 돌림세기를 한다. 그건 제법 고통을 잊게 해 주었다. 발길질을 한 박자 쉬는 것 같더니 이모가 도로가로 뛰어간다. 차가 자갈밭에 주차하면서 내는 바퀴 소리, 이모의 비음 섞인 소리가 차례로 들려온다. 민수가 살며시 눈을 뜬다. 눈앞에서 연둣빛 생명체가 노려보고 있다. 녀석은 더듬이 두 개를 길게 뻗어 킁킁, 날름거린다. 자세히 보니 연둣빛 몸에 주근깨가 콕콕 박혔다. 동그란 촉수는 투명하고 촉촉해 보인다. 그래서 눈물 같기도 하다.

너 나비가 되고 싶구나. 좋아, 내가 품어줄게.

민수가 천천히 입을 벌린다. 연둣빛 생명체가 입속으로 기어들어온다. 꿈틀 꿈틀, 마른 혓바닥에 까끌거리는 느낌이 전해진다. 따가운 건지 간지러운 건지 표현할 수 없다. 그 생명체는 내처 목구멍으로 내려가는 모양이다. 민수는 부르르 몸을 떨다가 꿀꺽 침을 삼킨다. 목구멍 아래에는 어떤 장기가 있는지 궁금하지만 이모에게 물어보고 싶지는 않다. 자신이 그 녀석을 잘 키울 수 있을지 걱정될 뿐이다. 게걸스러운 뱃속이 녀석을 녹여버린대도 어쩔 수 없지만 좀 가여운 생각이 든다. 노래를 불러준다.

노래하며 춤추는, 나는 아름다운 나비, 날개를 활짝 펴고, 자유롭게 날꺼야아.

아까보다 좀 더 구성지다.

옥수수밭에 나비가 나풀댄다. 바다를 건너왔을지도 모른다. 잠깐 해변의 아이였을 때 나비와 춤을 추었지. 민수는 반가워서 손을 흔든다.

*

노래방이 문을 닫았다.

카운터에 붙은 쪽방에 살았던 엄마와 민수는 살 곳이 없어졌다. 노래방은 지하에 있었고 창문 하나 없었지만, 먹고 자고 싸고 손님이 없는 아침에는 화장실에서 목욕도 했다. 그러니 그 쪽방은 부엌이었고 침실이었고 텔레비전을 보는 거실이었으니 어엿한 집이었다.

영혜 씨, 재건축을 한다니 이제 더는 어쩔 수 없네. 토요일까지는 퇴거해야 된다네. 어디 갈 데는 정했어?

노래방 여사장이 말했다. 안타깝다고 말하는데 속 시원해하는 눈치였다. 엄마가 술을 몰래 훔쳐 먹어 스트레스를 많이 주었으니까 그럴만하다고, 민수는 생각했다. 여태껏 엄마를 찾는 단골손님 때문에 눈감아준 것인 걸 알았다. 여사장은 그런 속내는 감추고 재건축 말이 나오기 전에 다른 업자에게 넘겨줬어야 했다며 후회된다고 말했다. 근처에 새로 지은 건물에 최신식 노래방이 두 곳이나 생기고부터는 손님이 뜸했던 건 사실이었다. 여사장은 민수에게 야쿠르트 하나를 냉장고에서 꺼내 주었다. 민수는 꾸벅 인사를 하고 빨대를 꽂아 쪽쪽 빨아 마셨다.

이제 알아봐야죠. 그동안 사장님 덕분에 걱정 없이 살았는데, 감사했어요. 사장님.

엄마는 아주 가엾어 보였다.

엄마의 단골 남자 손님들은 재건축 안내문을 매단 붉은 줄이 건물 입구에 쳐진 날부터 발길을 끊었다. 엄마는 손님 대신 술을 친구로 삼을 작정으로 보였다. 쪽방에서 술잔을 앞에 두고 싸가지가 없는 놈들이라며 고래고래 욕을 해댔다.

내가 지들 기분 업 시켜주려고 목이 터져라 불렀건만. 에잇, 매정한 새끼들!

민수는 노래방 도우미 일이 엄마가 좋아서 하는 일 일거라고 생각했었다. 목이 터져라 불러야 하는 일인 줄은 몰랐다. 엄마는 술이 깨면 일자리를 알아보러 나갔다가 돌아왔다. 그러는 동안 그 작은 쪽방에는 술과 한숨이 함께 머물러 있었다. 쪽방을 비워줘야 할, 토요일을 하루 앞둔 오후 무렵이었다.

우리 이제 어떻게 사냐. 벌써 늙은 여자 취급을 해. 요즘은 고딩만 찾는다나 뭐라나. 더러운 녀석들!

엄마는 가방에 옷가지와 생활용품들을 얼키설키 구겨 넣고는, 술기운이 남아있는 채로 시외버스터미널로 가서 주문진행 버스표를 끊었다. 민수는 엄마의 원피스 자락을 부여잡고 종종걸음을 쳤다. 엄마는 햄과 달걀이 들어간 토스트와 식혜를 사서 민수에게 안겼다. 버스에 타서 자리에 앉자마자 엄마는 길게 한숨을 내쉬었다. 그러고는 도착할 때까지 내내 잠만 잤다. 민수는 토스트를 먹고 창밖을 보다가 깜박 잠도 잤는데, 한 번씩 깨어나서 엄마의 존재를 확인했다.

바다는 보이지 않았으나 비릿한 바다내음이 물씬 풍겼다. 5월의 바닷가 기온은 서울보다 훨씬 가벼웠다. 짭짤하고 청량한 바람이 코끝을 쏘았다. 그래서 민수는 기분이 좋아졌다. 버스를 탈 때부터 마음을 졸이게 했던 불안한 마음이 싹 없어지는 것 같았다. 새로 살게 될 곳이 마음에 들었다. 엄마는 터미널 약국에 들러 하얀 알약을 샀다. 터미널을 나와서 다른 약국에 들러 비슷한 약을 또 샀다.

엄마 어디 아파?

아니. 나중에 아플까 봐. 비상약이야.

민수는 기분이 좋지 않았다. 불안해서, 엄마 옷자락을 잡고 엄마 둘레를 빙빙 돌았다. 일곱 살인지 여덟 살인지 자신의 나이도 모르는 아이는 갑자기 아플 일이 생기지 않도록 엄마를 꼭 지켜 줘야겠다고 생각했다.

온종일 누워 있다가 저녁 7시 무렵에나 주문진시장을 한 바퀴 돌고 오겠다며 나간 엄마는 호떡과 어묵꼬치를 사들고 왔다. 검은 봉지를 민수에게 통째로 안긴 엄마는 다시 벽을 보고 외로 누웠다. 민수는 엄마가 방안에 들어설 때부터 냄새로 봉지에 든 물건의 정체를 알아챘다.

엄마는?

너나 먹어.

먹고 들어온 것 같지는 않았다. 엄마 입에서는 술 냄새만 났으니까. 민수는 엄마의 쏙 들어간 허리와 엉덩이선을 바라보면서 어묵꼬치 하나를 집어 들었다. 아래층에서 매운탕 냄새가 올라왔다. 방을 구하러 바다가 보이는 해녀 횟집에 들어섰을 때였으니 따뜻한 밥을 먹은 건 나흘 전이었다. 엄마는 민박할 방을 물어보면서 잡어매운탕을 시켰고, 덜 맵게 해 달라고 특별 주문까지 넣었다. 주로 간편식으로 끼니를 때우던 민수는 식당에서 밥 먹을 때가 제일 행복했다. 엄마는 요리하는 걸 싫어했다. 그래서인지 굳이 부엌 달린 집을 얻으려고 하지 않았다. 민수는 그날 먹었던 매운탕과 따뜻한 쌀밥을 생각하며 어묵을 입속에서 우물거렸다. 이제 달콤한 호떡도 짭조름한 어묵도 지겨워졌지만 엄마에게 투정 부릴 정도로 참을 수 없는 건 아니었다. 시끌벅적한 웃음소리와 노랫소리가 들렸다. 민수는 얼른 창문을 닫았다. 그러나 그 잠깐의 틈새를 비집고 "위하여!" 건배 소리가 올라왔다. 엄마는 부리나케 일어나 방을 나갔고, 그래서 민수는 먹던 어묵꼬치를 검은 봉지에 쑤셔 넣어버리고 엄마를 쫓아 나갔다.

그새 엄마는 낯선 남자들 틈에서 술잔을 받아들고 있었다. 투명한 소주가 술잔에 부어졌고 엄마는 한입에 술을 털어 넣고는 남자 손님들의 잔에 차례로 술을 따랐다. 술잔이 서너 차례 돌아가자 남자들이 노래를 시켰다. 엄마는 소주를 한잔 더 마시고는 숟가락을 들고 일어났다. 공짜 술을 마실 수만 있다면 노래든 뭐든 기꺼이 했을 테다. 엄마의 간드러진 목소리는 술판을 늘 흥겹게 만들었다. 남자들은 가슴을 움켜쥐며 녹아드는 시늉을 했다.

오빤 내 사라아앙, 오빤 내 남자, 나에겐 오빠 뿐이야아.

엄마는 구릿빛 얼굴의 젊은 남자에게 윙크를 하곤 그리로 옮겨 앉았다. 오빠로 찍힌 젊은 남자는 자리를 내주며 엄마의 엉덩이 쪽으로 한 손을 둘렀다. 횟집 주인이자 민박집 주인아주머니는 못마땅한 표정으로 엄마를 곁눈질하고 있었다. 아이는 엄마가 몹시도 부끄러웠다. "갈보년!" 하고, 엄마의 별명을 뇌까렸다.

엄마, 나 배 아파.

엄마가 횟집 문 앞에 서 있는 민수를 째려보았다. 붉은 연지를 바른 엄마의 뺨은 떡볶이 국물색이 되어 있었다. 젊은 남자가 자리에서 엉거주춤 일어나더니 민수 손에 만원 한 장을 쥐여 주었다. 남자의 뼈 굵은 팔목에 노란 팔찌가 치렁거렸다.

고놈 참, 똘똘하게 생겼구나. 옛다, 이걸로 아이스크림 하나 사 먹고 와.

젊은 남자에게서 담배에 절은 땀내가 났다. 민수는 몸을 뒤로 뺐지만 남자는 기어이 주머니에 돈을 넣어 주며 횟집 밖으로 내보냈다.

바닷가의 어둠은 빨리 내렸다. 횟집에 걸린 벽시계가 8시를 가리키고 있었으므로 바다가 먹물색이 된지는 두어 시간 전부터였다. 민수는 횟집이 늘어선 해안가 도로에 생뚱맞게 들어앉은 편의점으로 뛰어갔다. 제 돈으로 무얼 사 먹는 건 아주 오랜만이었으므로 냉동고를 가득 채운 알록달록한 포장지의 아이스크림을 보자 현기증이 날 지경이었다. 민수는 겨우 딸기 아이스크림콘 하나를 골라 밖으로 나왔다. 방죽 위에 고양이 두 마리가 서로의 얼굴을 비비대고 있다가 민수와 눈이 마주치자 모래사장으로 달아났다. 민수는 고양이가 놀던 방죽 위를 걸으며 아이스크림을 핥아먹었다. 아이스크림을 다 먹을 동안 엄마가 횟집 이층 방으로 올라갔기를 바라지만 그건 희망일 뿐이라는 걸 알고 있었다. 드문드문 늘어선 가로등이 희뿌옇게 밤바다를 비추었다. 고양이는 보이지 않았고, 바람이 모래사장을 쓸고 지나갔다. 썰렁하고 스산했다. 뱃속도 차가워져서 민수는 꽁지만 남은 아이스크림콘을 입에 물고 횟집을 향해 뛰었다. 큰 창 너머로 보이는 엄마는 여전히 술자리를 지키고 있었다.

민수는 방으로 올라가 텔레비전을 켰다. 여자아이돌 가수들이 트로트를 부르는 음악프로그램이 방송되고 있었다. 심수봉의 노래가 흘러나왔다. 엄마가 좋아하는 노래였다. 민수는 엄마처럼 간드러지게 따라 불렀다.

눈앞에 바다를 핑계로 헤어지나 남자는 배 여자는 항구. 보내 주는 사람은 말이 없는데 떠나가는 사람은 무슨 말을 해에.

민수는 엉덩이를 실룩거렸다. 여자 아이돌들의 뽀얀 얼굴이 화면 가득히 나타났다 멀어졌다가 했다. 카메라를 향해 윙크를 하고 빨간 입술을 주욱 내밀었다. 민수는 엄마의 화장품 가방에서 빨간 루주를 찾아내어 입술에 발랐다. 그러고는 텔레비전 화면으로 다가가 기다렸다. 좋아하는 누나가 나타날 때를 기다렸다가 입을 맞출 작정이었다.

하나, 둘, 셋, 쪽!

텔레비전 화면에 입술을 갖다 대었다. 루주에서 콜라젤리 맛이 났다. 민수는 루주를 덧바르고 노래가 끝날 때까지 대여섯 번을 반복했다. 뽀뽀놀이가 싫증이 날 때쯤에도 엄마는 돌아오지 않았다. 민수는 꼬박꼬박 졸다가 외로 누웠다. 시시각각 변화무쌍하게 송출되는 텔레비전 영상이 민수의 얼굴 위로 어른어른 비쳤다.

텔레비전도 꺼지고 웃음소리와 노랫소리도 들리지 않았다. 일정한 간격으로 들려오는 파도소리 사이로 엄마 목소리가 묻어왔다.

엄만 민수를 사랑하는데에, 술 없인 살 수가 없네.

엄마의 한쪽 팔이 민수 겨드랑이 밑으로 파고 들어왔다.

하아! 그냥 죽으면, 행복해질까.

엄마 입에서 젊은 남자의 냄새가 났다. 민수는 몸부림치는 척하며 엄마에게서 돌아누웠다.

아들, 미안해.

*

미안해를 백번쯤 말한대도 소용없어.

한바탕 패악질을 끝내고 얼마 되지 않은 돈을 지갑에 챙겨 넣는 이모의 뒤통수에 대고 민수는 엄마를 용서하지 않겠다고 다짐한다. 온종일 옥수수를 팔아봤자 2만원이 넘지 않았다. 민수는 그 돈의 가치가 노래방 2시간 이용료 정도 된다는 것쯤은 알고 있다. 엄마가 세상 물정을 알아야 한다며 알려준 경제 상식이었다. 용서하지 않겠다며 다짐했지만 민수는 엄마를 생각하면 찔끔 눈물이 난다. 이모의 패악질에도 안 나던 눈물이 나는 이유는 미안해, 라고 말해줬기 때문이다. 정말 용서할 수 없는 일을 당하면 눈물조차 나지 않는다. 이를 악물고 버텨야 할 때는 숫자를 세거나 노래를 부른다. 몸에서 생각을 분리하면 고통이 느껴지지 않았다. 실제로 민수는 요즘 몸의 감각이 무디어져 가는 걸 느끼며 그걸 다행스럽게 여기고 있었다.

이모는 오만상을 찌푸리며 하늘을 올려다본다.

저녁엔 또 비가 온대. 이모부 오면 갈무리 잘하고 들어가 자. 첫끗발이 개끗발이라더니 에잇, 오늘도 종쳤네.

이모는 아침에나 올 것이다. 옥수수를 삶아야 얼마간의 돈이라도 만질 수 있으니까. 민수는 외계어 같은 말이 쓰이는 그 노름판이라는 곳이 궁금했다. 언젠가 이모가 "그래, 노름판에 살림을 차렸다 왜?"하고 이모부에게 대거리를 했는데, 왠지 돈이 훨훨 날아다니는 놀이일 것 같은 생각이 든다. 그러나 날아다니는 돈을 낚아채는 이모의 넓적한 손바닥이 떠올라 이내 몸서리를 친다.

옥수수밭 뒤편에서부터 거물거물 어둠살이 내리고 있다. 아직 팔아야 할 옥수수가 많아서 가판대에 붙은 작은 쪽방에 들어갈 생각은 못한다. 민수는 호롱랜턴을 켠다. 이맘때면 늘 허기가 몰려왔다. 그래도 허락 없이 옥수수 하나쯤 먹을 생각은 못했다. 이모부가 와서 옥수수 하나를 건네줄 때까지 파란색 플라스틱 의자에 앉아 기다렸다. 신기한 일은 허기가 반복되자 점차 배고픈 감각도 없어졌다는 것이다. 그런데 오늘은 연둣빛 생명체가 꿈틀거리는 것이 느껴진다. 민수는 배를 문지르며 '나는 나비'를 불러준다. 계속 부르다 보니 덜컥 겁이 난다. 티셔츠를 걷어 올리고 맨살을 살살 쓰다듬어 본다. 군데군데 멍자국이 든 살갗은 곧 허물을 벗어낼 애벌레처럼 얼룩덜룩하다. 정말 나비가 될 수 있겠다는 생각이 든다. 이 허물을 벗으면 번데기가 될 테고 완전히 새롭게 태어날 것이며, 빛깔 고운 날개를 펄럭이며 옥수수밭을 넘어 6번 국도를 따라 바다를 향해 날아갈 것이다. 생각이 거기에 미치자 민수는 흰옷을 입을지 얼룩무늬 옷을 입을지 고민스럽다.

*

저리 가버렷!

왜 고양이가 미운건지, 민수는 모래를 한 움큼 쥐어 고양이에게 냅다 던졌다. 방죽 위에서 느긋하게 서로의 몸을 그루밍하던 고양이들이 사나운 모래 세례에 어구 창고 쪽으로 달아났다. 그러다 덩치 큰 놈이 몸을 돌려 하악질을 해댔다. 민수는 놈을 향해 한 번 더 모래를 뿌렸다. 그래도 분이 풀리지 않아서 발로 모래를 걷어찼다. 폭죽처럼 모래알이 사방으로 튀어 날았다. 노란 팔찌를 칠렁대며 엄마의 허리를 안던 그 젊은 남자가 엄마를 찾아왔을 때부터 심통이 났던 터였다. 화풀이 대상이 필요했는데 마침 꼴불견으로 놀던 녀석들이 표적이 된 것이다. 민수는 고양이가 기어들어간 창고 밑바닥 틈새를 모래로 메워 버렸다.

초여름의 해수욕장은 밋밋하기 짝이 없었다. 간혹 갈매기들이 해변에 앉았다 쉬어갈 뿐 하늘과 바다와 모래가 하염없이 펼쳐졌다. 민수는 방죽 위를 오르락내리락하다가 모래사장으로 걸어가다가 파도치는 언저리까지 뛰어갔다 돌아왔다. 노래라도 들리면 덜 지루했을지도 모른다. 손님이 없는 오전의 노래연습실은 민수의 놀이터였다. 트로트부터 발라드, 힙합에 이르기까지 다양한 장르의 노래를 불렀는데, 그러면서 자연스럽게 글자를 익혔다. 수많은 노래 속에 등장하는 사랑과 이별 그리고 슬픔과 그리움 같은 노랫말들이 꼭 엄마의 이야기 같아서 엄마가 가여운 사람처럼 여겨졌다. 그래서 젊은 남자가 찾아왔을 때 환하게 웃는 엄마를 보면서 잠시 엄마를 양보하기로 했던 것이다.

잠시라지만 언제쯤 횟집 이층 방으로 돌아가도 되는지 가늠할 수 없어서 산책로 끝까지 갔다 와 보기로 했다. 해변 산책로는 방죽을 따라 직선으로 뻗어있었다. 터벅터벅 산책로 끝자락에 있는 버스정류장까지 걸어갔다. 약간 푸른빛이 도는 통창으로 만들어진 마치 뮤직비디오 속에서 본 듯한 정류장이었다. 6번 국도 종점이라는 안내문이 있었다. 버스도 기다리는 사람도 없었다. 민수는 냉큼 의자 위에 올라서서 통창 너머의 바다와 마주 섰다. 바다는 조용히 너울거렸다. 손을 동그랗게 모아 눈에 갖다 대고 먼 바다를 바라보았다. 구름 한 점 없는 하늘과 새파란 바다면 사이로 아지랑이가 피어올랐다. 그 아지랑이를 타고 나비 한 마리가 물결처럼 날아왔다. 민수는 눈을 비볐다. 꽃밭에서나 어울릴법한 처음 보는 크기의 왕나비였다. 은갈색 바탕에 자주색과 검정색이 부챗살 모양으로 펼쳐진 날개에는 바깥 가장자리를 따라 작고 흰 얼룩무늬가 찍혀 있었다. 얇고 투명한 날개면에 맥이 도드라져 보였다. 그것은 힘줄처럼 날갯짓을 할 때마다 불끈 솟아올랐다. 꽃밭보다 바다를 선택한 나비라니, 멋졌다. 민수는 엄마 없이 혼자서 바다를 건너온 나비가 자신보다 훨씬 용감하다는 생각을 했다. 그래서 나비와 잠시 어울릴 양으로 양팔로 날갯짓을 하며 따라가 보기로 했다.

햇볕으로 달궈진 모래사장은 은빛으로 빛나고 있었고, 아이와 나비는 누구의 방해 없이 자유롭게 춤을 추었다. 그때 민수는 엄마가 생각나지 않았다.

언니, 이거 한 달 생활비정도는 되거든. 나 서울에 다니러 오는 동안 딱 일주일만 돌봐주라. 남자애가 음전해서 없는 것처럼 군다니깐.

곱상하게 생기긴 했네. 영혜 너 어릴 때 모습 고대로야.

흐흐, 그런가? 하루 종일 혼자서도 잘 놀아. 언닌 신경 하나도 안 써도 돼.

엄마와 엄마의 언니는 속닥거렸지만 대화 내용이 설핏설핏 민수에게도 들렸다. 민수는 쪼그려 앉아서 부러진 나뭇가지로 흙을 파고 있었다.

저것 봐. 혼자 잘 놀지?

엄마의 언니는 옥수수 껍질을 까면서 민수를 흘깃 쳐다보았다. 갸름한 눈매에서 서늘한 기운이 돌았다. 이종사촌언니라는데 둥글 넙데데한 얼굴도 그렇고 땅딸막한 몸집이 엄마와는 어느 한 군데 닮은 구석이라곤 없었다. 민수는 잠시라지만 저 웃는 체하는 언니와 살고픈 마음이 생기지 않았다. 그렇다고 엄마를 따라가겠다고 떼를 쓴다면 두 여자는 당황할 것이었다. 오랫동안 눈칫밥을 먹은 아이는 어쨌거나 저 서늘한 눈빛의 언니와 살게 될 것이며, 그러니 그녀의 비위를 거스르면 안 된다는 것쯤은 본능적으로 알았다. 말썽을 부린 적도 없고 장난감을 사달라거나 과자를 사달라고도 않는 아이를 엄마는 왜 낯선 아줌마에게 맡기려고 하는지, 서러웠다. 엄마를 귀찮게 했다면 술병을 몇 번 감춘 일 정도일 뿐인데. 어림짐작 가는 것은 있었다. 그 젊은 남자! 자신이 귀찮아졌다면 담배 찐 내가 나는 그 남자 때문일 거였다. 일자리를 구하러 간다고 했지만 민수는 썩 믿어지지 않았다.

학교는?

엄마의 언니는 영 귀찮은 표정이었다.

일곱 살이야.

민수의 나이는 작년 크리스마스 때부터 일곱 살에 멈춰있었다. 엄마는 아들의 실제 나이를 잊어버린 듯 굴었고, 민수도 굳이 고쳐 말하지 않았다. 학교라는 말이 나오면 몸이 저절로 움츠러들었다. 또래 아이들과 한 교실에서 공부하고 점심을 먹고 같이 놀기도 해야 할걸 상상하면 이유 없이 겁부터 나는 것이었다.

애가 좀 작으네. 난 우는 애는 딱 질색인데.

엄마는 고개를 강하게 흔들었다. 절대 그런 아이가 아니라면서 딱 일주일 만이라고 재차 사정했다. 엄마가 언니에게 하도 매달려서 민수는 엄마 사정이 딱하게 생각될 정도였다. 그래서 울 수도 없었다. 그래도 언니가 쉽게 수락하지 않자 민수는 마음이 초조해졌다. 엄마 일이 틀어지지나 않을까 걱정되었다. 문득 엄마를 미안하게 만들고 싶은 마음이 생겨서 이렇게 말해 버렸다.

얌전하게 있을게요. 이모.

민수는 두 여자의 표정을 살폈다. 엄마는 환하게 웃고 있었고, 언니는 희미하게 미소를 지었다. 그런 엄마가 서운했지만 한편 안심이 되었다.

내가 아이를 키워본 적이 있어야지. 자신 없는데.

딱 일주일이야 언니.

민수랬지. 너 옥수수 좋아하니?

엄마의 언니는 민수에게 찐 옥수수 하나를 건넸다. 민수는 꾸벅 인사를 하고 한입 베어 물었다. 톡톡 씹히는 식감이 재미가 있었다. 민수는 자루를 돌려가면서 콕콕 박힌 알맹이를 훑어먹었다.

잘 먹네에.

민수는 아주 맛있는 척, 한 알 남기지 않고 먹어 치웠다. 엄마의 언니가 배시시 웃었다.

엄마는 옥수수 가판대에 놓인 파란색 플라스틱 의자에 민수를 앉히고 일곱 밤만 자고 있으라고, 속삭였다. 그러고는 차를 얻어 타고 6번 국도를 따라 떠났다. 그때 민수는 보고야 말았다. 운전대를 잡은 남자의 팔목에서 그치렁거리는 노란 팔찌를 말이다. 젊은 남자 옆에서 오빤 내 사랑을 노래한 날부터 엄마 입에서 그 남자의 냄새가 났다. 꼭꼭 걸어 잠근 방문 앞에서 엄마가 지르는 고양이 소리를 들을 때마다 엄마에게는 아들보다 오빠가 필요하다는 것을 민수는 알았다. 이번에 만난 젊은 남자는 술을 좋아했으니까 엄마를 사랑할 수도 있을 것이다. 엄마가 잠시 여자가 되고 싶은 거라면 민수는 엄마의 사정을 봐주기로 했다. 누구를 좋아하는 일은 나쁜 일이 아니니까. 좋아하는 사람이 생기면 죽을 마음도 들지 않을 테니까. 엄마가 가방에 숨겨 다니는 하얀 알약을 생각하며 민수는 잘된 일이라고 생각했다. 자신보다 힘이 센 그 젊은 남자를 택한 엄마의 선택은 어쩔 수 없는 일인지도 모른다. 엄마도 살고 싶었을 것이다. 그래도 일곱 밤만 자면 데리러 와 주면 좋을 것 같았다. 그 일곱 밤이 하염없이 길어지고 있었다.

*

천막 안에 매달아 놓은 호롱랜턴에 날벌레들이 까맣게 앉았다. 민수는 의자를 천막 밖으로 내어놓는다. 의자에 앉으면 바라보이는 산은 검정에 초록을 섞어 만든 물감으로 칠해놓은 것 같다. 그 산꼭대기에 먹구름이 솜이불처럼 걸쳐있다. 가까이 가서 만져보고 싶어진다. 눈처럼 손에 닿자마자 사르르 녹는지 궁금하다. 민수는 산을 제대로 바라본 적이 없다. 그동안 살았던 쪽방에서는 산은 아주 까마득한 곳에 자리해 있었다.

먹구름이 점점 가판대쪽으로 다가온다. 높이도 훨씬 낮아졌다.

후드득, 비가 쏟아진다. 기막히게도 날벌레들이 사라지고 없다. 재빠르게도 숨었다.

휙, 돌개바람이 천막을 친다.

랜턴이 떨어진다. 바삭, 유리가 박살이 난다.

돌개바람이 한 번 더 불자 이번엔 알루미늄 솥뚜껑이 날아간다. 갈무리를 잘 해야 하는데, 민수는 어쩔 줄 모른다. 찜솥을 방 안에 들여놓아야 할 것 같다. 낑낑거리며 들어 본다. 일곱 살이나 여덟 살 아이의 힘으로는 어림도 없다. 민수는 옥수수 봉지를 방안으로 옮긴다. 그러면서 옷이 쫄딱 젖는다. 바람이 점점 더 세차게 분다. 민수의 가녀린 몸이 휘청거린다.

옥수수 밭이 운다. 우수수 우수수. 어둠은 더 짙어져서 좀비들이 옥수숫대 사이로 달려 나올 것만 같다.

울고 싶다. 이모부는 언제 올까, 민수는 쪽방 구석에 앉아 양손으로 귀를 막고 이모부를 기다린다. 기다리는 일은 두려운 것이었다. 오지 않을까 봐.

자갈밭에 바퀴 구르는 소리가 들리고 트럭 한 대가 선다. 이모부의 걸음은 느릿하다. 날옥수수 포대를 방으로 옮긴다. 그러기를 세 차례 한다. 이모부의 비옷에서 빗물이 떨어진다. 비옷을 벗고 방으로 들어온다. 쪽방이 가득 차는 느낌이다. 이모부는 찐빵 한 개를 건넨다. 민수가 그걸 받아들어 입에 넣는다. 꺼억, 민수의 눈에서 뚝뚝 눈물이 떨어진다.

천천히 먹어.

이모부의 목소리는 낮다. 그래서 마음이 편안해진다.

민수는 고개를 끄덕이며 꾸역꾸역 삼킨다.

퀘엑!

민수는 먹은 걸 다 쏟아낸다. 이모부가 등을 두드려 준다. 그러고는 생수를 따서 먹여 준다. 민수는 물을 마시고 그냥 옥수수를 먹겠다고 말한다. 이모부의 눈이 흔들린다. 민수는 그 눈빛이 싫지 않다. 민수는 옥수수를 먹기 시작한다. 찐빵보다 더 잘 먹힌다.

네 아빠는.

민수는 고개를 젓는다. 이모부는 표정이 없다. 웃지도 화를 내지도 않는다. 그렇지만 민수의 몸짓을 꼭 아는 것 같다. 민수에게 아빠는 없다. 엄마가 한 번도 말해주지 않았다. 그건 묻지 말라는 사인이었다. 민수가 아는 남자는 엄마가 만난 수많은 남자 손님뿐이었다.

민수는 옥수수 하나를 금세 먹어치운다.

하나 더 먹을래?

이모부의 말은 다정스럽다.

민수는 고개를 젓는다. 몸이 무거워지면 날지 못할 수도 있다.

너 얼굴에 버짐이 폈구나. 너 혹시 …옥수수만 먹은 거니.

이모부가 한숨을 쉰다. 엄마의 한숨소리와 다른 느낌이다.

이모부는 민수의 얼굴을 만져보더니 차례로 깡마른 팔과 다리를 살펴본다. 마침내 윗옷까지 벗긴다. 얼룩 투성이다. 희고 검은 버짐이 몸 전체에 퍼져있다.

너 왜 이러니.

민수는 대답을 할지 말지 망설인다. 나비가 되고 있다는 말을 하면 놀랄 것이기 때문이다.

일어나야 하는데 몸이 움직여지지 않는다. 민수는 번데기가 되어가나 보다고 생각한다. 그래서 가만히 누워있기로 한다. 이모가 오기 전에 번데기가 되었으면 싶다. 잠을 자고 일어나면 나비가 되겠지. 옥수수 밭을 한 바퀴 돈 다음 6번 국도를 따라 날아갈 테다. 나무가 갈라지는 소리, 이모의 목소리가 들린다. 아침인가 보다. 옥수수 껍질을 까서 찜솥에 물을 넣고 불을 피우겠지. 소금도 없이 사카린도 없이 밍밍한 맹물로 옥수수를 삶아내겠지.

급전이 좀 필요해서 전화했어. 내가 일곱 살짜리 애를 입양했거든. 그 애가 우리 집 돈 먹는 하마네. 딱 일주일만 쓰고 줄게.

나비가 되려는 아이는 돈 먹는 하마라는 소리에 진저리를 친다. 민수는 얼른 번데기가 되었으면 싶어 팔과 다리를 꼭 오므린다. 하얀 옷을 입을지 얼룩무늬 옷을 입을지 어서 골라야 한다. 머릿속으로 이 옷 저 옷으로 갈아입어 본다.

아직 처 자는 거야?

이모가 쪽방으로 들어온다. 민수는 일어나지 않을 작정이다. 그런데 몸은 부들부들 떨린다. 빨리 번데기가 되었으면 싶다. 이모의 뭉툭한 발이 옆구리에 닿는다. 툭툭, 몇 번을 친다.

야, 일어나. 깬 거 다 알거든.

민수는 눈을 감고 입을 다물고 숨을 참는다. 그리고 숫자를 센다. 하나부터 열까지 돌림세기를 한다.

씨팔 썅년! 돈도 안 보내, 전화도 안 받아. 네 애미를 어쩌냐. 내가 왜 너를 미워하겠냐아.

이모는 신세타령을 시작하면서 아이를 한 번씩 발로 찬다. 그래도 민수는 꼼짝 안 할 작정이다. 번데기가 되어야 하므로.

왜냐! 내가 막판 쌍끌이로 끝내는 년이었거든. 근데 너 오고부터는 안 된단 말이지. 왜냐! 재수 옴 붙어서 그런거지이. 너 땜에에.

발길질의 세기가 점점 강해진다. 아이의 몸이 벽 쪽으로 밀려난다. 민수는 노래를 부른다. 목소리는 나오지 않는다. 얼른 얼른 번데기가 되었으면 싶다. 이모가 아이 몸을 흔들어 본다. 아이는 축 늘어진다.

이 바보새꺄! 죽은 거야? 진짜로?

이모가 땅바닥에 풀썩 주저앉는다.

트럭 소리를 들은 것 같다. 민수는 자갈밭에 끌리는 발자국 소리를 듣는다.

몹쓸년!

이모부가 이모의 뺨을 친다.

내가 뭘 어쨌게에.

이모부가 이모를 밀쳐내고 아이를 들쳐 업는다. 이모부의 등이 축축해서 뛰어왔을 거라고 민수는 생각한다. 이모부의 목에 팔을 걸고 싶은데 손가락조차 움직일 수 없다. 이제 번데기가 된 것도 같다. 그런데 얼마나 자야 할지 알 수 없다. 물어보고 싶지만 머리에서 자꾸만 생각이 빠져나간다. 자고 일어나면 용감한 나비가 되어있겠지. 엄마 없이도 혼자서 바다를 건너가겠지. 그러니 좀 오랫동안 자더라도 괜찮다고 생각한다.

## 박진희 | 해바라기로 피는 커피

157회 『월간문학』 단편소설 부문 신인문학상 수상 「고독한 흔적들」.
2019년 12월 시집 『몽상물고기』 출간.

# 해바라기로 피는 커피

박진희

커피를 마시다가 사랑의 원리를 생각했다. 매일 마시는 커피가 물과 온도와 공기의 화학 반응으로 맛이 결정된다는 걸 알기 이전과 그 이후가 엄연히 다른 것처럼, 사랑도 그 원리를 알기 전과 후는 엄연히 달라야 했다. 하지만 원리 같은 걸 알기 전에도 커피를 마셨던 것처럼 우린 아무것도 모른 채 사랑이란 걸 하고 있었다.

"커피를 내릴 때 뜸을 들이는 게 아주 중요합니다. 커피 알갱이가 뜸이 잘 들여지게 되면 서로를 당기는 힘이 생겨 물을 부었을 때 확산이 잘 일어나게 되죠. 그래서 중앙에만 물을 부어도 커피 가루 전체에 물이 번져나가게 됩니다. 그렇게 되면 커피가 품고 있는 풍미을 제대로 뽑아낼 수 있는 여건이 마련되는 거죠."

동호회 리더를 맡고 있는 릴라가 핸드드립 원리를 설명했다. 릴라는 고릴라에서 고를 뺀 그의 닉네임이다. 바리스타인 그는 매일 아침 헬스장에서 운동하는 사진을 밴드에 올렸다. 그의 운동은 주로 근육을 키우는 운동이었는지 덩치가 정말 고릴라만큼 거대했다. 릴라가 드립 주전자를 들고 있으면 유난히 주전자가 작아 보여 미세한 웃음이 새어 나오곤 했다.

커피 동호회 회원들은 주로 카페를 운영하는 사람들과 요식업에 종사하는 사람들이 많았지만, 단순히 커피가 좋아서 참여하는 사람들도 있었다. 정모(정기모임)에 나오는 사람들은 밴드에서 이미 활동을 하고 있는 회원들이었다. 보통은 밴드 가입 후 정모에 참여했는데, 나의 경우는 정모에 참여 후 밴드 활동을 시작했다. 도서관에서 함께 일하고 있는 동생이 원래 회원들에 한정된 모임인데, 회비도 다 내놓고 그냥 빠지기 아깝다며 리더에게 허락을 받고 나에게 토스한 자리였다. 그날 내가 대타로 참여한 이후, 그만 밴드까지 가입해 1년이 넘는 기간 동안 활동을 하게 되었다. 나는 몇 년 전부터 집에서 커피를 내려 마시고 있는데도 커피에 대해 아는 것이 거의 없었다.

"아이 셔, 웬 커피가 이렇게 신맛이 강해요?"

"이 정도는 드셔야 되는데, 흐흣."

릴라는 자신이 내려 준 에쏘(에스프레소의 줄임말)를 맛보다가 미간을 찌푸리는 내게 예상치 못한 반응을 본 사람처럼 살짝 당황한 듯 말끝에 웃음을 흘렸다. '커피에도 신맛이 있었나?' 사실 내가 알고 있는 커피 맛은 쓴맛과 고소한 맛이 다였다. 단맛과 신맛을 커피에서 음미한 적이 있는지 아무리 더듬어 보아도 기억을 떠올릴 수 없었다. 거기에 라임과 오렌지, 백향과의 맛을 감별해 내는 것은 불가능에 가까울 것 같았다.

보통의 카페에서 판매하고 있는 커피는 색깔부터가 검은색에 가까운 갈색인 경우가 많았다. 그런 커피는 속이 쓰라릴 정도로 쓴맛이 강해 음용하기 힘들었다. 거기에 종이컵에 받아 마시는 커피는 정말이지 커피향까지 반

감시켰다. 그러거나 말거나 카페 근처를 지나칠 때면 은근하게 뿜어져 나오는 커피향에 홀려 커피 한 잔을 손에 든 채 도서관을 들어설 때가 많았다.

커피를 집에서 내려 먹기 시작한 것은 동네에 로스터리 카페가 들어선 이후부터였다. 그곳에선 고구마 색이 도는 은은한 갈색의 원두를 판매했다. 에티오피아 예가체프였고, 맛이 부드럽고 쓴맛이 거의 없었다. 가정용 에스프레소 기계를 구매해 크레마가 가득한 커피를 내리기 시작하면서 하루 한 잔을 음용하던 커피는 하루 두 잔 이상으로 늘어나게 되었다. 하루 세 잔 이상을 내려 마신 날은 밤이 길어지도록 잠을 이루지 못하는 날이 많았는데, 그럴 땐 잠을 포기하고 눈두덩이가 움푹 파이도록 시를 썼다.

그러고 보면 시를 쓰기 시작한 것도 커피를 집에서 내려 마시기 시작한 것과 비슷한 접근 방식이었던 것 같다. 도서관에서 시 창작반이 개설되었는데, 직장인들이 참여할 수 있는 저녁 시간에 강좌가 진행되었다. "이 가을 시의 향기에 취하다." 플래카드에 적힌 캐치프레이즈를 보며 커피 향에 이끌려 카페를 들어가는 것처럼 시의 향기에 이끌려 강좌를 등록하게 되었다. 도서관은 나의 직장이기도 해서 퇴근 후 남아 있는 게 좀 그렇긴 했지만, 아무도 없는 집으로 들어가 무의미하게 TV 채널만 돌리고 있는 것보다는 나을 것 같았다.

그를 만난 건 시 창작반 교실에서였다. 시 수업은 이론보다는 직접 시를 쓰고, 강사와 함께 강좌에 참여한 문우들이 시를 평가하는 방식으로 진행됐다. 그는 수업이 진행되는 내내 시를 써 오지 않았다. 수강생 대부분은 시를 써오지 않았다. 하지만 강사는 시를 써오도록 강요하지 않았고, 작품이 적으면 적은 대로 많으면 많은 대로 적절히 강도를 조절하며 수업을 진행했다. 나는 시를 써오는 쪽이었다. 수업이 진행될수록 열혈 수강생이 되어 시의 온도도 한껏 올라가는 것 같았는데, 어떨 땐 이렇게까지 나를 드러내도 괜찮을까 싶을 때도 있었다. 나의 시는 도마 위에 올라가 갈기갈기 찢어져 회생 불가능 상태로 폐기될 때도 있었다.

어느 날엔가 수업을 마치고 도서관 정문을 열고 나가려는 내게 그가 말을 걸었다. 우린 수업시간에 사용하는 닉네임이 있었는데, 나는 마리(로즈마리의 줄임)였고, 그는 체(체 게바라의 줄임)였다. "마리 님, 커피 한 잔 하고 가실래요?" 수업시간 외에 개인적으로 얘기를 나눠본 적이 없는 체가 처음으로 건넨 말이었다. 커피로 치면 뜸 들이는 과정 없이 바로 물을 들이부은 것이나 다름없었다. 이런 경우 대부분의 대답은 적절한 핑계를 대며 '아니요'여야 하지만, 혼자 있는 집으로 들어가 TV 채널만 돌리는 것보다는 낫겠다는 생각, 무엇보다 오늘 발표한 나의 시에 대한 진솔한 평가를 들을 수 있을지 모른다는 마음에 "…, 그러지요"라고 했다.

우리는 도서관을 빠져나와 대략 이백 미터의 거리를 각자의 차로 이동한 뒤 릴라가 운영하고 있는 카페로 갔다. 카페 문을 열자 아로마처럼 원두 향이 은은하게 번져 나왔는데 마음은 이미 커피 한 잔을 마신 듯 편안해졌다.

"릴라 님, 좋은 커피 있음 추천 좀 해주세요."

"에티오피아 커피 좋아하시죠. 사흘 전에 로스팅한 시다모 벤사가 있는데……."

"그걸로 두 잔 부탁해요."

나는 체의 존재를 잠시 잊은 듯 반갑게 인사를 하다가, 릴라가 체를 힐끗 쳐다보는 바람에 커피를 주문했다. 체는 내게 주문을 부탁했고 재빠르게 카드를 내밀었다.

"커피 어때요?"

"말씀하신 대로 커피 맛집이군요."

맛집이란 말이 살짝 이상했다. 나는 커피가 맛있는 집이라고 했는데, 그걸 줄이니 굉장히 상투적인 느낌의 가게를 일컫는 것 같았다. 체를 마주 보고 앉아 있으니 그간 보지 못했던 그의 모습이 눈으로 들어왔다. 귀밑까지 기른 곱슬머리에 알이 작은 안경이 매부리코에 걸쳐져 있었다. 안경만 벗으면 체 게바라의 모습과 비슷할 것 같다는 생각이 스치고 지나자 나도 모르게 그만 혹시 혼혈이란 소리 들어보지 않았냐는 질문을 대뜸 하게 되었다. 그가 웃었고, 삼대를 거슬러 올라가면 외국 혈통이 있긴 하다는 말로 답을 대신했다.

"마리 님이 발표한, 요나 콤플렉스", 예상대로 체가 시 얘기를 꺼냈다. "전 좋았어요. 장례식장에서 고래의 뱃속과 독서실로 이어지는 은둔의 이미지가 뚜렷하게 그려지더군요."

의식의 흐름에 따라 시를 써보라는 강사의 말에 외할머니의 장례식장에서 고래의 뱃속으로 들어가는 상상을 하다가 학창시절 어둡고 고요한 독서실에 앉아 있는 나를 떠올리며 쓴 시였다. 시의 마지막에 나는 번데기 속으로 들어갔다. 강사는 나의 시를 모두 읽은 후 이렇다 할 코멘트도 없이 다른 시로 어물쩍 넘어가 버렸다. 뭐라고 할 말이 없었던 것 같은데, '이건 그냥 연습용이니까 그럴 수도 있지'라며 나도 같이 넘어가 버린 시였다. 체는 생각보다 시에 대해 깊게 생각하고 있는 사람 같았다. 나의 시에 대해서도.

어떤 대답을 해야 할지 몰랐다. 아직 시라고 말하기엔 뭔가 애매한 내 글이 마음에 든다니 '예술은 예측 불가능한 곳에서 나올 수도 있겠구나'라는 생각이 들었다. 그리고 체와 마주 보며 커피를 마시고 있는 지금도 예측하지 못한 곳에서 무언가가 나타난 것만 같았다. 그는 강의실에서 나누지 못한 얘기들로, 낱개로 떨어져 있던 커피 알갱이들이 서로를 끌어당기듯 천천히 뜸을 들이고 있었다.

"커피 가루의 뜸을 들일 땐 물줄기를 가늘게 해서 중앙에서부터 원을 그리며 부어야 합니다. 물줄기가 굵으면 커피 가루가 물을 품기 전에 물길이 생겨 서버로 물이 떨어지게 되죠. 뜸이 가장 잘 들여진 상태가 서버로 두세 방울 정도의 물이 떨어지는 상태입니다. 물론 이걸 딱 맞추기는 힘들고 물이 줄줄 새나가지 않을 정도로 연습하시면 됩니다. 뜸이 잘 들여진 커피는 해바라기 모양으로 부풀어 오릅니다."

커피 모임에서 핸드드립을 배운 후로 집에서도 드립 커피를 마시기 시작했다. 커피 필터를 린싱하고 커피 가루를 드리퍼에 부은 뒤 배운 대로 커피를 내렸다. 드립 커피는 커피 필터에 걸러져 나온 것이기 때문에 크레마가 없었다. 처음엔 풍성한 거품의 맛이 사라지는 것 같아 얼마간은 에스프레소 머신으로도 커피를 내렸는데, 시간이 지날수록 깔끔한 맛에 길들어져 에스프레소 머신은 아예 치우게 되었다.

밴드 회원들은 커피 가루를 뜸 들이는 과정에서 해바라기 모양으로 피어오른 모습을 사진으로 올렸다. 드리퍼 속의 커피 알갱이가 탐스러운 해바라기처럼 부풀어 오른 모습을 보는 건 드립 커피를 마시는 즐거움 중 하나였다. 예쁜 해바라기를 피워내기 위해선 커피가 신선해야 했다. 오래된 커피는 가스가 다 빠져 버려 커피 가루가 부풀지 않았다. 아무리 정성을 다해도 부풀어 오르지 않는 감정처럼. 밴드 회원들은 "커피는 사랑입니다"라는 광고의 카피를 자주 인용하며 커피 사진을 올렸다. 처음엔 광고문구인지 모르고 아무 데나 사랑 타령이구나 생각했다. 무엇보다 커피를 몰랐을 땐.

"오늘은 가볍게 콜롬비아 후일라로 시작해요."

욜로가 아메리카노 사진 한 장을 올리며 글을 남기자 게시글 아래에 댓글이 달렸다.

↳저는 코케 허니 한 잔.

↳후에 후에 테낭고 내려봅니다. 오늘은 제가 볶은 커피 제가 다 마시는 일이 없길 기원하며 카페 문을 활짝 열었습니다.

↳카페 프린스 님 힘내세요.

↳힘내세요. 커피는 사랑입니다.

커피 향과 음악이 있는 카페를 갖고 싶다는 생각을 가끔 할 때가 있었다. 하지만 카페를 운영하고 있는 밴드의 멤버들 중엔 카페 경영의 어려움을 호소하는 사람들이 많았다. 커피에 대해선 수준급의 실력을 가지고 있었지만 그것만으로는 숲을 이루는 나무들처럼 수많은 카페들 사이에서 경쟁력을 가지기는 무척이나 어려운 것 같았다. 아이러니하게도 커피에 대한 생각이 진지하면 할수록 커피를 팔아서 생계를 감당하긴 어려워 보였다.

체와 함께 카페를 찾아가는 날이 많아지자 릴라는 우리 앞에서 직접 커피를 내려 주었다. 릴라는 그날 내리는 커피에 대한 간략한 소개도 잊지 않았다. "오늘의 커피는 파나마 에스메랄다 게이샤입니다." 에스메랄다 게이샤는 판매 품목이 아니었다. 커피 동호회 회원이고 체와 함께 단골이 된 내게 릴라가 대접하는 커피였다. 동호회 회원들 사이에서 하와이안 코나와 함께 최고로 손꼽히는 커피였지만 비싼 몸값 때문에 자주 접하지는 못하는 커피이기도 했다. 릴라가 커피를 분쇄하자 파나마 특유의 꽃향기가 단숨에 펴져 나왔다. 과즙에서 나올법한 산미와 단맛이 어우러진 묵직한 바디감이 혀를 감쌌다. 커피를 모르는 체의 입에도 보통 커피가 아니다 싶었는지 감탄사가 터져 나왔다. " 지금껏 먹어 봤던 커피 중에 최고인 것 같아요. 커피맛이 이렇게 다를 수 있군요."

나는 좋은 커피의 맛을 제대로 뽑아내기 위해선 숙련된 솜씨가 필요하다고 말했다. 똑같은 커피라고 하더라도 누가 내리느냐에 따라 맛이 다를 수 있는 게 커피라며 릴라의 솜씨를 추켜 주었다. 체는 이곳이 커피 맛 때문에 단골이 되는 첫 카페가 될 것 같다고 했다. 체는 그렇게 나와 함께 커피에 대해 조금씩 알아가고 있었다. 도서관에서 릴라의 카페까지 각자의 차로 이동하던 우리는 어느 날엔가 한 차로 같이 이동하다가 나란히 걸어가기도 했다.

나의 영향 때문인지 체는 드립 커피를 즐겼고, 무엇보다 나의 글에 대해 애정을 가지고 있었다. 나보다 나의 글에 대한 애정이 더욱 많은 사람 같았다. 시 창작 수업이 끝났을 때 그는 내게 작가가 되어도 좋을 것 같다며 시를 좀 더 진지하게 생각해 봤으면 좋겠다고 했다. 체는 시를 쓰고 싶었지만 자신이 느끼는 것만큼 표현할 수가 없었다고 했다. 그래서 시를 읽는 것으로 만족하기로 했다며 씁쓸하게 웃었다. 그리고 그는 처음으로 자신의 이야기를 들려주었다. 나는 체가 제풀에 스스로 자신의 이야기를 꺼낼 동안 왜 그에게 아무런 질문을 하지 않았는지에 대해 생각했다. 그간 내가 사람들과 지내온 방식과 무관하지 않은 것 같았다. 이합집산이 자유롭게 서로 부담을 주지 않는 선을 유지하는 관계 맺음의 방식이 드러난 것 같았다. 나는 이 지점에서 스스로에게 내가 가진 냉소적인 면을 들킨 것처럼 씁쓸했다. 물론 그의 직업이 무엇인지 정도는 알고 있었다. 그건 시 수업 첫째 시간에 돌아가며 자신을 소개하는 시간을 가졌기 때문이었다. 체는 선박 설계사였다. 이름도 생소한 시추선을 설계한다고 했다. 문우들은 시추선이 무엇이냐고 물었고, 그는 심해에서 석유를 뽑아내는 선박이라고 짧게 대답했었다.

체는 살면서 아픔을 느끼는 순간이 여러 번 있었지만, 유독 극복이 되지 않는 아픔 하나가 있다고 했다. 대학 시절 여자친구가 자신의 아기를 임신했었는데 여자친구는 그에게 동의를 구하지 않은 채 수술은 한 뒤 통고만 했다고 했다. 의대생이었던 그녀가 학업을 중단하고 아이 엄마가 되어야 한다고 생각한 것은 아니라고 했다.

"그녀가 수술을 한 뒤에도 우리는 여전히 연인이었습니다. 하지만 예전과는 달랐었죠. 나와 그녀 사이에 뭔가가 분명 사라진 것 같았습니다. 내 안에 있는 소중한 뭔가를 손쉽게 없애버린 것 같은 느낌에서 빠져나올 수 없었죠. 그럼에도 우린 계속 연인이었습니다. 졸업을 하고 나는 대기업에 취직을 했고 그녀는 인턴을 거쳐 산부인과 전문의가 되었죠. 우리는 각자의 길에서 바빴던 건 사실입니다. 어쩜 그런 합당한 핑계로 만남을 지연시키고 있었는지도 모르죠. 우린 자연스럽게 점점 만나는 횟수가 줄어들었고, 문득 너무 오래 만나지 않았다는 생각에 전화를 걸었는데, 그녀가 결혼을 했더군요. ……, 그녀는 내게 이별이라는 과정을 겪을 수 있는 기회를 한 번도 주지 않았던 겁니다."

까마득한 하늘 위에서 중력의 힘을 거스르며 힘겹게 매달려 있던 거대한 사과 하나가 '쿵'하고 떨어진 것 같았다. '이토록 무거운 이야기를 지금, 이 시점에서 그가 왜 내게 하고 있는 것일까.' 나는 부담스러운 무게를 어떻게 걷어낼까 고민이 되었지만 아무런 반응도 하지 못한 채 그의 이야기를 듣고만 있었다. 어쩜 그에게 이별을 준비할 기회를 주지 않았던 그녀에 대해 생각하고 있었는지도 몰랐다.

“제가 시 창작 수업을 듣게 된 건 심리 상담사로부터 글쓰기를 권유받았기 때문입니다. 글쓰기를 통해 무의식으로 가라앉아 있는 내면을 들여다보게 되면 아픔의 근원이 어디에 있는지 대면할 수 있을지도 모른다고 하더군요. 자기 표출은 심리적인 정화를 일으키기도 해서 치유의 방법으로 종종 글쓰기가 이용되기도 한다고 했습니다. 그런데 전 저의 글쓰기를 통해서가 아니라 마리 님의 시를 통해 나를 대면한 것 같았습니다. 요나 콤플렉스에서 시적 화자가 번데기 안에서 나오지 않는 모습은 마치 저의 모습을 보는 것 같더군요. 아픔을 치유할 준비가 되지 않은 자아가 아닐까 생각했습니다. 이 시를 쓰신 마리 님도 아직 벗어나지 못했지만, 벗어날 준비가 되지 않은 상처를 가진 사람이 아닐까…….”

‘당황’이란 이럴 때 쓰는 말임을 실감하는 순간이었다. 나는 살짝 얼굴이 붉어진 것 같았는데, 동시에 ‘내게 어떤 상처가 있을까?’라는 질문을 자신에게 던져 보았다.

“시적 화자가 꼭 나, 아니 저라고 생각하실 필요는……, 그러니까 글에선 얼마든지 별개의 인격체를 끌어들일 수 있으니까……흐흠.”

나는 말까지 버벅거리며 바보처럼 한숨 같은 웃음소리를 내고 말았다. 체는 잠시 겸연쩍은 듯 뒷머리를 긁적이다 다시 진지하게 분위기를 잡고 말을 이어나갔다.

“그리고 마리 님과 함께 커피를 마시고, 걷고, 이야기를 나누는 시간까지 모두 제겐 치유의 과정이었던 것 같습니다. 이 말이 하고 싶었는데, 사설이 길었네요.”

꼭 먼 길을 떠나는 사람이 마지막 인사를 건네는 것 같았다. 아니 내게 고해 성사를 하는 것 같았다. 나는 그 고해에 대한 대답을 커피 한 모금으로 깊게 삼켜버렸다. 그러고 보니 우린 두 계절을 함께 보냈다. 시 수업이 끝나고 세 계절이 지날 때까지 체에게선 아무런 연락이 없었다.

분류기호에 맞춰 책을 정리하고 신간 도서를 구매하고 라벨을 붙이는 일상은 늘 똑같이 흘러갔다. 하지만 흐트러진 책을 정리하다가 문득 체를 생각했고, '체 게바라'에 대한 책을 꺼내 읽기도 했다. 시가를 물고 있거나 콧수염을 기른 모습을 의류 업계나 커피 매장에서 상업적으로 사용하기도 해서 혁명가 체 게바라는 마초의 이미지가 강했다. 하지만 그는 술을 마시지 못했고, 무엇보다 파블로 네루다, 세사르 바예호의 시를 좋아했다. 혁명가의 가방에서 나온 필사 노트는 예상치 못한 시적 반전처럼 큰 울림으로 다가왔다. 시를 쓰고 싶었지만 시를 쓰지 못했고, 대신 시를 읽는 걸 좋아하게 되었다는 그가 혁명가의 이미지와 겹쳐지는 것 같았다. 나는 체를 볼 수 없게 되었을 때 그를 생각하기 시작했다. 그가 남기고 간 단서를 떠올리며 그간 보지 못했던 그를 하나씩 보게 되는 것 같았다. 그가 말해준 나의 상처에 대해서도.

내가 상처라고 인식할 만큼 큰 아픔이 있었는지, 줄곧 생각했다. 그러고 보면 나는 내가 느끼는 것보다 글이 먼저 나와버리는 쪽인 것 같았다. 글보다 마음이 깊지 못해서 생기는 현상인지도 모른다. 어떤 쪽이든 내게서 나온 것이기에 대부분은 숙고의 시간을 거쳐 실체를 보게 될지도 모른다고 생각했다. 사실 난 체에게 이별을 준비할 기회를 주지 않은 그녀를 조금 이해했다. 관계를 끝내는 것에 대한 두려움 때문일지도 모른다고. 나는 비교적 끝이 분명한 이별을 해왔다. 이별을 하는 순간엔 그런 끝맺음이 훗날 어떤 아픔으로 남게 될지 예상하지 못했고, 예상을 했더라도 어쩔 수 없는 일이기도 했다. 우린 사랑이 시작되는 원리를 배우지 못한 것처럼 이별의 방식도 배우지 못했으니까.

끝을 말하는 순간 우리가 함께 보낸 모든 순간들이 아무것도 아닌 것이 되어버릴 것만 같았다. 그래서 우리의 끝은 그토록 모호했는지 모른다. 스물 하나의 내가 열람실에 앉아 있었고 예비역 선배인 그가 장신의 긴 다리로 성큼성큼 다가와 내 앞에 무릎을 꿇었다. 두 팔을 번쩍 들어 벌을 서는 시늉을 한 그는 약속 시간에 늦은 걸 용서할 때까지 이러고 있겠다며 능글맞게 웃고 있었다. 나는 도서관에서 뭐하는 짓이냐며 장신의 그를 일으켜 밖으로 나갔다. 나의 생일날 선배는 고백이라도 할 생각이었는지 동기인 지혜가 술에 취한 나를 택시에 태워 보낸 걸 원망했다. "너의 절친이라는 그 지혜 말야, 내가 데려다 준다고 했는데도 막무가내로 너를 막 택시에 태워 보내더라. 너한테 할 말이 있었는데, 아무튼 오늘 좀 만나자." 선배와 내가 앉은 등나무 벤치에는 우리를 방해할 그 무엇도 없었지만, 선배는 쉽게 말을 꺼내지 못하다가 대뜸 "너 나 어떻게 생각하니?"라고 물었다. "어떻게 생각하긴요. 재밌는 선배죠. 아주 재밌는……."이라고 말했는데, 나는 질문의 의도를 모르지 않았다. 하지만 그에 대한 나의 마음을 끌어내려는 질문에 나도 모르게 뒷걸음질을 치고 있었다. "선배는 그냥 선배죠……, 편한 선배요." 선배는 갑자기 전의를 상실한 사람처럼 "그렇구나. 그래, 그래. 편한 선배일 뿐이라는 거지"라고 말하고선 나의 시야에서 성큼성큼 사라져 버렸다. 나는 도서관으로 돌아와 이 상황이 어떤 상황인지 정리가 되지 않은 채 도무지 눈으로 들어오지 않는 책을 하염없이 바라보고만 있었다. 그날 이후 선배는 너무나 냉랭해져서는 듬성듬성 자라난 콧수염과 턱수염을 그대로 내버려 둔 채 초췌한 모습으로 강의실에 들어오기도 했다. 나는 우리가 연인으로 발전하지 못한 사실보다 이전까지 좋았던 그와의 시간이 아무것도 아닌 게 되어버리는 공허함이 힘겹게 다가왔다. 좋아한다는 말로 전달되지 못한 마음이 아무것도 아닌 게 되어버리는 게 슬프다고 느끼는 데까지 나는 많은 시간이 필요한 그런 사람이었다. 사람의 마음에 확신이란 걸 가지기 위해선 충분히 뜸을 들이며 서로를 끌어당기는 시간이 필요했다. 우리가 예측한 것보다 훨씬 더 많은 요소들이 작용하는 추출의 원리를 그땐 알지 못했다.

이후로도 내가 만난 남자들은 내가 나의 마음을 들여다보며 확신을 가질 만큼의 시간을 주지 않았다. 서른두 해 동안 몇 번의 연애 비슷한 걸 했었지만 각자 상처받지 않는 선에서 끝을 맺었다. 점점 나의 관계 맺음은 서로의 마음을 끄집어낼 필요가 없는 그래서 당장 돌아서더라도 전혀 이상할 게 없는 가벼운 관계들로 점철되었다.

체를 만났고 그가 없는 지금, 밴드 회원들과 주고받는 이야기들이 견딜 수 없이 무료하게 느껴졌다. 몇천 명이 넘는 회원들은 얼굴도 모르는 사람들이었고, 정모에서 만나는 사람들도 커피 이야기만 하다가 흩어지는 사람들이었다. 버릇처럼 무의식적으로 댓글을 달다가 이게 뭐 하는 짓인가 한심하게 느껴져 커피 밴드를 비롯해 초대는 받았지만 들어가지 않는 밴드까지 열 개가 넘는 밴드를 모조리 탈퇴했다. 그러자 갑자기 세상이 지나치게 조용해진 것 같았다. 게시글을 알리는 알림음이 사라졌고, 좋은 하루를 기원하는 습관성 인사들도 사라졌다. 나는 하루아침에 다른 차원의 세상으로 혼자서만 떨어져나온 것 같았다.

나는 시월에 시작될 작가 초청 강연을 기획하는 일로, 비워낸 일상을 채웠다. 작년까지만 해도 당 해의 베스트셀러 작가나 매스컴으로부터 주목받고 있는 작가들을 초청했었지만, 이번엔 글을 보고 선택하고 싶었다. 나는 책 표지를 열고 목차를 지나 온전히 글과 만났다. 쉽게 잊히지 않고 마음에 담기게 되는 인상 깊은 글을 골라 작가를 선정했다. 작가와의 만남은 그 자체로 감동을 줄 수 있었기 때문에 강연의 내용이 어땠는지를 가지고 평가하지는 않았다. 하지만 글을 보고 작가를 초청한 이번 강연들은 작가들이 어떤 감동을 선사할지 기대하는 마음이 생겼다. 두 시간 동안 진행되는 강연이 짧게 느껴질 만큼 꽉 찬 감동은 사실 느끼기 어려웠다. 글에서 느꼈던 감동이 진할수록 강연에 대한 아쉬움이 더 남았다.

그래서 작가들이구나 싶은 생각이 들었다. 말보다는 글이 근사한 사람들, 어쩜 자신의 마음보다 글이 더 진솔할 수 있는 사람들이 작가가 아닐까 하는 생각을 하게 되었다. 내가 성숙한 마음을 가지지 못했다고 하더라도 무르익은 글을 쓸 수 있다면 작가가 되어도 좋겠다는 생각을 했다. 다시 체를 떠올렸다. 나도 모르는 나의 심연을 들여다봤던 사람. 그는 글보다 마음이 깊은 사람일지도 모른다.

작가 초청 강연이 마무리될 무렵 도서관으로 소포 하나가 배달되었다. 아프리카에서 온 소포였고 보낸 이는 체였다. 박스를 뜯어 보니 탄자니아 커피와 메모가 들어 있었다.

"저는 지금 업무차 아프리카에 와 있습니다. 이곳의 일이 마무리되면 또 다른 나라로 출장을 가야 해서 장기간 해외에 머물 것 같습니다. 치안이 워낙 불안한 곳이라 일과를 마치면 주로 숙소에서 시간을 보내고 있습니다. 그러다 보니 혼자 조용히 커피를 내려 마시는 날이 많아졌네요. 커피를 마실 때면 마리 님 생각이 났습니다."

그리고 메모의 마지막 줄에 그의 이메일 주소가 남겨져 있었다. 세상에서 떨어져 나온 내게 아주 먼 곳에서 신호를 보내온 느낌이었다.

도서관에서 함께 일하고 있는 동생이 탄자니아 원두커피를 보더니 이젠 해외 직배송으로 커피를 시켜 먹냐고 물었다. 나는 조금 들뜬 마음에 평소보다 상냥하게 그렇다고 대답한 뒤 동생에게 탄자니아 커피를 내려 주었다. 이후에도 잊을 만하면 한 번씩 과테말라, 코스타리카, 인도 등 여러 나라에서 소포가 날아들어 도서관에선 나를 지독한 커피 애호가로 여기게 되었다.

나는 그에게서 받은 커피를 내려 마실 때마다 느껴지는 맛을 메모해 두었다가 그의 안부를 묻고 싶을 때 커피 이야기와 함께 편지를 썼다.

"오늘은 당신이 보내 준 코스타리카 타라주 커피를 내렸어요. 씁쌀한 스모키향이 코스타리카의 화산 토양을 연상하게 하더군요. 부드러운 산미와 단맛까지 과하지 않게 균형을 이루고 있어 깔끔함이 돋보이는 커피였어요. 사계절 내내 꽃을 피우는 온화한 기후에서 자란 커피는 이렇게 부드럽군요. 꽃향기와 산미가 강한 화려한 맛을 좋아했었는데, 덕분에 다양한 커피의 매력을 알 수 있게 된 것 같아요. 체의 하루는 어땠나요? 그곳은 군대가 없는, 그만큼 안정된 곳이라고 하던데 아프리카에서처럼 숙소에만 갇혀 있지는 않겠죠."

나는 편지를 쓰면서 '당신'이란 말을 자연스럽게 쓰고 있었고 님이라는 호칭을 뺀 채 그를 '체'라고 부르게 되었다. 그리고 은연중에 그가 간 나라가 안전한 곳인지를 살펴보다가 혼자서 마음을 들었다 놓았다를 반복하고 있었다.

여름이 되자 가로수에도 매미들이 날아와 한낮엔 귀가 쨍할 정도로 요란한 소리가 전자파처럼 대기에 파장을 일으켰다. 한 마리가 울음소리를 내면 어딘가에서 수많은 동족들이 떼창을 부르듯 한꺼번에 소리를 냈다. 땅속에서 오랜 시간을 견디다 짧은 생을 살다가는 생명체의 울림은 종종 사람들의 대화를 가로막을 만큼 강렬했다. 평소보다 이른 시간에 출근한 아침이었다. 아름드리 가지를 드리우고 있는 도서관 앞 느티나무에서 매미가 조용히 허물을 벗고 있었다. 나는 가던 걸음을 멈추고 숨을 죽인 채 바라보았다. 여린 발끝까지 손상 하나 가지 않게 자신을 벗어 놓는 시간은 적요 속에 천천히 흘러갔다. 매미가 남긴 허물은 날개를 달기 전 어린 날의 모습을 고스란히 간직하고 있었다. 매미는 젖은 날개를 말리기 위해 잠시 허물 옆에 머물러 있었는데, 나는 매미가 나를 의식하지 못할 정도로 숨을 죽이고 있었다. '이렇게 노출된 공간에서 허물을 벗어도 괜찮은 건가, 우화는 좀 더 은밀한 장소에서 성스럽게 행해져야 하는 거 아닌가'라는 생각을 하는 동안 매미가 꾸깃꾸깃 접힌 날개를 천천히 펼치고 있었다. 생의 첫 날개는 너무나 투명하고 눈부셨다.

나는 매미가 느티나무의 무성한 잎사귀 속으로 사라질 때까지 기다렸다가 가지에 맺힌 매미의 허물을 열매를 따듯 똑 따서는 도서관으로 들어왔다. 책상 위에 올려놓은 허물을 본 동생이 이게 뭐냐고 물었다. 나는 '어린 날의 흔적'이라고 말했는데, 동생은 요즘 무슨 일이라도 있는 거냐며 사람이 좀 이상해진 것 같다는 말을 시시하게 던지곤 지나가 버렸다. 그간 나를 동여매고 있었던 껍질을 떠올렸다. 스스로 파고 들어가 나올 생각을 하지 않았던 껍질. 여린 날들이 손상되지 않도록 고요한 시간 속에 천천히 허물을 벗어 내야 한다고 생각했다. 생이 흘러가기 위해서는 스스로 껍질을 벗어 내고 날개를 펼쳐야 한다고. 여름 내내 매미의 울음은 외부가 아닌 내 안에서 울리는 것처럼 심장을 지나 귓속에서 공명했다.

체가 먼 곳에서 보내온 커피를 받기 시작하고 네 개의 계절이 지났을 때 거짓말처럼 그가 나를 찾아왔다. 귀밑까지 내려오던 곱슬머리를 자르고 포마드 스타일을 한 그는 몇 년은 더 젊어 보였다. 나는 그가 체라는 걸 확인하려는 사람처럼 위아래로 훑어보다가 숨길 수 없을 만큼 반가운 표정으로 환하게 웃었다. 와락 끌어안고 싶은 마음을 진정시키고 손을 내밀어 악수를 청했다. 그는 두 손으로 내가 내민 손을 감싸듯 잡았는데, 그의 온기가 오랜 그리움을 어루만지는 것 같아 눈물이 날 것만 같았다. 체는 오랫동안 해외 출장을 나갔기 때문에 얼마간은 한국에서 근무하게 될 것 같다며 환하게 웃었다. 그의 환한 표정이 밑도 끝도 없이 나를 안심시켰다.

우리는 마치 어제 헤어졌다가 오늘 만난 사람들처럼, 익숙하게 릴라의 카페까지 이야기를 나누며 걸어갔다. 릴라는 체와 나를 보며 얼마 만에 보는 건지 모르겠다며 무척 반가워했다. 그리고 케냐 피베리를 내려 주었는데, 기존의 핸드드립 방식과는 전혀 다른 방식으로 커피를 내려 주었다. 물줄기를 굵게 해서 좀 더 과감하게 물을 붓고, 티스푼으로 몇 번 저어주기까지 했다. 1차로 내린 서버의 커피를 다시 드리퍼로 부어 두 번에 걸쳐 커피를 내렸다. 릴라는 이것을 '푸어 오버' 방식이라고 했다. 얼핏 보면 원칙도 없이 막 하는 것처럼 보였지만 뜸을 들이는 과정을 거쳐 물을 붓는 방식이 정해져 있었다. 배전도가 낮은 커피에 충분한 맛을 추출하기 위해 주로 사용하는 적극적인 방식이었다. 나는 릴라가 내려준 피베리를 마셔본 뒤 푸어 오버 방식으로 내려도 좋은 것 같다고 말하자 체도 그 말에 동의했다.

어쩌면 사랑은 생각보다 쉽게 의외의 방식으로 시작되는 건지도 모른다.

그가 온 후로 은행나무 가로수가 잎을 떨구기 시작했다. 우리는 거의 매일 함께 저녁 식사를 했고, 영화를 보거나 은행잎이 떨어져 노란 융단을 깔아 놓은 것 같은 거리를 걸었다. 체가 집 앞까지 바래다주는 일이 자연스럽게 느껴지던 어느 날 나는 "커피 한 잔 내려드릴게요"라고 했고, 그는 기다렸다는 듯이 "좋아요"라고 했다. 막상 그와 함께 집으로 들어서니 생각보다 많이 어색했다. 나는 이 어색한 분위기 때문에 집으로 들어서자마자 주섬주섬 커피 도구를 챙기며 커피 이야기를 시작했다. "에티오피아 아리차 좋아하세요?" 라고 하자 체는 뭔들 좋지 않겠냐며 식탁에 앉았다.

"로즈마리 향으로 잘 알려진 커피예요."

나는 원두를 분쇄기에 넣고 갈았다. 기분 좋은 커피 향기가 집안 가득 퍼져나갔다. 뜸을 들이기 위해 드립 주전자로 원을 그리며 익숙하게 물을 부었다. 잠시 후 커피 가루가 해바라기 모양으로 피어났다. 중앙으로부터 원을 그리며 추출을 시작했다. 시간을 지연시키며 아주 천천히 아리차를 내렸다. 체는 커피잔을 입으로 가져가 한 모금 삼키고선 상상했던 것보다 훨씬 훌륭한 맛이라고 했다.

"마리가 내려 주는 커피는 어떤 맛일까 궁금했어요. 직접 커피를 내리는 모습을 떠올려 보기도 했었죠. 머릿속에만 있던 영상을 오늘 눈앞에서 보게 되는군요."

나는 왼손으로 턱을 괸 채 그를 가만히 바라보았다. 당신이 얼마나 그리웠는지 모른다는 말을 하고 싶었지만 아리차를 한 모금 마신 뒤 "좋군요. 아주 많이"라고 말했다. 체는 내가 꿀꺽 삼킨 말까지 모두 읽어낸 사람처럼 나를 지긋이 바라보다가 "그래요. 정말 좋아요"라고 했다. 우리는 잘 뜸 들여진 커피처럼, 해바라기로 활짝 피어나고 있었다.

## 이명복 | 피켓이 된 여자

제67회 『한국소설』 신인상 당선.
한국외국어대학교 한국어교육학과 졸업.

단편소설

# 피켓이 된 여자

이명복

강남역 10번 출구 앞 보도에 여자가 피켓을 들고 서있다. 여자는 유행이 지난 불룩한 백팩을 등에 메고 있다. 짧은 겨울해가 진 거리는 서서히 밤의 활기를 띄기 시작한다. 가로등과 매장에서 따스한 불빛이 번지고, 오가는 사람들이 늘어난다. 도로에는 온갖 차들이 왕복차선을 점령한다. 여자가 서있는 곳은 지하철역에서 나온 사람들과 자동차에서 내린 사람들이 뒤섞이는 곳이다. 사람들은 유명의류매장과 커피전문점, 성형외과, 어학원, 유학원, 음식점과 술집들이 즐비한 거리를 바삐 지나간다. 한 귀퉁이에 피켓을 들고 서있는 여자를 사람들은 개의치 않는다. 속에 털이 달린 부츠를 신고, 무릎까지 오는 검정 패딩 점퍼를 입고, 목도리와 마스크를 두르고, 점퍼에 달린 모자를 뒤집어썼다. 피켓봉을 잡고 있는 손에는 두툼한 스키장갑을 끼고 있다. 추위에 대비한 완벽한 차림새다. 어제처럼 오늘도 한 곳에 서서 네 시간을 버텨 내야 한다.

피켓은 여자보다 두 뼘쯤 키가 크다. 여자의 머리 위에 둥둥 떠 있듯 높이 솟아있어서 잠깐씩 사람들의 시선을 끈다. 여자는 커다란 검정 도화지만 한 아크릴판이 달린 알루미늄 봉을 장갑 낀 두 손으로 붙잡고 있다. 까만 피켓 판에는 형광색으로 볼링핀과 맥주병을 엑스자로 엇갈려놓은 그림과 '볼링+펍'이라는 글씨가 쓰여 있고, 뒤에는 상호와 위치가 적혀있다. 그 밑에는 진하게 화살표시가 그려져 있다. 여자가 하는 일은 강남대로에서 광고피켓을 들고 서있는 것이다. 놀기 좋아하는 젊은이들이 피켓을 보고 찾기 어려운 그곳에 놀러가도록 안내하는 것이 여자의 일이다. 직접 말하거나 움직이지 않고, 그저 광고피켓을 들고 가만히 서서 그녀 자체가 안내판이 되는 인간 광고피켓이다. 까만 아크릴판에 주홍과 녹색 형광색으로 새겨진 그림과 글씨들은 생기 있고 발랄하다. 여자는 눈에 띄지 않지만 피켓으로 인해 눈에 띄었다.

여자가 잔기침을 한다. 어둠이 짙어지면서 겨울바람도 점차 드세어진다. 바람이 지나갈 때마다 마스크 속에서 컥컥 기침소리가 난다. 어제 일을 마치고 집에 가면서 감기약을 먹고 잔다는 걸 깜박 잊었다. 몸이 무겁고 기침과 열이 오락가락 한 지 일주일이 넘었다. 병원을 다녀왔어야 하는데, 병을 키워서 일을 못할까봐 걱정스럽다. 여자는 무엇이 그리 분주한지 하루 종일 자신을 위한 시간을 낼 수 없다. 그래도 꼬박꼬박 챙겨오는 보온병의 뜨거운 보리차가 도움이 될까 싶다. 그동안 길거리에 서있는 시간이 흘러 몸이 얼기 시작할 때면 간간히 뜨거운 보리차를 홀홀 마셔 몸을 녹이곤 했다. 여자는 왼손을 뒤로 해서 백팩에 있는 보온병을 만져 본다. 따뜻하다. 뜨거운 보리차로 목구멍을 적시고 싶지만 아직은 참기로 한다. 벌써 보리차를 마시기 시작하면 일이 끝나기 전에 동이 날 테다. 조금 더 참기로 한다. 시간이 지날수록 추위는 참기 어려워지고 점차 보리차를 마시는 간격이 짧아질 테니, 보온병 여는 시간을 조금만 미루기로 한다.

여자의 뒤편에 있는 커피전문점으로 젊은 여자가 들어가자 더운 바람이 훅 끼친다. 더운 바람과 함께 향긋한 원두커피 냄새와 고소한 과자 굽는 냄새가 뒤섞여 피어오른다. 여자는 보리차 대신 그 냄새를 흠뻑 마신다. 여자는 가끔 커피찌꺼기를 얻어다가 집의 냉장고나 화장실에 놓아두고 현관 앞 신발장 옆에도 갖다 놓곤 한다. 그 냄새를 맡으면 기분이 좋아진다. 지하방의 퀴퀴한 공기가 깔끔해지고 여유로워지는 기분을 누릴 수 있다. 그러나 커피를 사 마시지는 않는다. 찌꺼기만으로도 충분하다. 비싼 돈을 주고 마실 필요까지는 없다고 생각한다.

유난히 춥다. 여자는 패딩모자 끈을 조이고 옷깃을 여며보지만 몸에 스미는 추위에 부르르 몸을 떤다. 그럴 때마다 기침이 쏟아져 나온다. 여자는 추위와 기침을 머릿속에서 지우려고 사람들을 둘러본다. 지하철 출구로 사람들이 꾸역꾸역 올라와 물결처럼 어디론가 흘러간다. 그들 중에 여자처럼 나이 든 여자는 보이지 않는다. 젊고 어린 사람들이 추위나 바람 따위 아랑곳없이 여자를 스치거나 밀치고 지나간다. 여자는 점점 보도 가장자리로 밀려난다. 사람들의 머리 위로 피켓이 언 깃발처럼 흔들린다. 여자는 사람의 물결에 휩쓸리지 않으려고 다리에 힘을 주고 버틴다. 발바닥 가운데가 찌릿하면서 당기고 아프다. 통증은 발뒤꿈치에서부터 정강이를 칼로 긋는 것처럼 위로 올라온다. 처음에는 가끔씩 신호가 오던 것이 요즘은 지하철에 서 있을 때도 자주 아파서 빈자리를 찾아 두리번거린다. 병원에선 족저근막염이라는 어려운 병명을 대며, 가급적 많이 서있지 않아야 한다고 했다. 여자에게는 하나마나한 처방이다. 게다가 오늘은 온몸을 두드려대는 것처럼 아프고 기침까지 심하다. 자꾸 오한이 나는 건 열이 심하다는 표시다.

여자가 왼 손으로 피켓봉을 감싸쥔 채 오른 손만으로 백팩의 옆 지퍼를 내리고 작은 보온병을 꺼낸다. 보온병을 꺼내느라 피켓이 살짝 기울자 왼쪽 어깨를 이용해 똑바로 세우며, 두 손으로 보온병을 그러쥔다. 보온병을 열자 따뜻한 김이 올라오고, 구수한 보리차 냄새가 번진다. 여자는 뚜껑에 보리차를 조심스럽게 따른 후, 둘둘 말은 목도리를 살짝 비집고 마스크를 내린 뒤, 두어 번에 걸쳐 나눠 마신다. 간질간질하고 갈라지듯 아프던 목이 조금 가라앉는다. 코트를 단정하게 입은 대기업 직원처럼 보이는 남자가 여자를 흘깃 보며 지나간다. 여자는 이제 그런 것에 아랑곳하지 않는다. 이 일을 하는 두어 달 동안 꽤 담대해졌다. 사람들의 시선보다는 보온병을 꺼냈다 넣는 일이 번거롭지만 하는 수 없다.

여자는 길 건너편 와이비엠 건물 옆 귀퉁이에 유학원 피켓을 들고 있는 이를 바라본다. 그이는 항상 여자보다 먼저 와 있고, 여자보다 먼저 자리를 뜬다. 서로 얘기를 해본 적도 없고 눈인사조차 해본 적 없다. 그저 시간이 더디게 흐른다 싶을 때 한 번씩 쳐다본다. 그이도 여자를 그렇게 바라보는지 알 수 없다. 여자인지 남자인지, 늙은이인지 젊은이인지도 알 수 없다. 유학원 피켓을 들면 한 시간은 일찍 끝날 테니 훨씬 수월할 지도 모른다. 여자는 유학원이 어떤 일을 하는지 자세히 알지 못한다. 어쩌면 여자가 볼링펍이 뭐하는 곳인지 자세히 모르는 것처럼, 그이도 유학원을 잘 모를 수도 있다. 잘 안다고 해도 피켓을 들고 있는 일과 그것은 사실 아무 관련도 없다.

여자가 이 일을 한지는 두어 달이 지났다. 이 일을 넘겨준 이는 여자보다 대여섯 살 위였다. 이 년 동안 이 일을 했던 그이는 기술이 필요 없는 일인데 시급이 세다고 했다. 여자가 할 일은 가만히 있기, 수많은 사람들이 오가는 곳에서 혼자만 가만히 있기, 밥을 먹으러 가면 안 되고, 화장실을 가도 안 된다. 앉아있어도 안 된다. 물론 휴대폰을 들여다보고 있어도 안 된다. 네 시간동안 강남역 10번 출구 파고다학원 앞에 서있기만 하면 되는 게 여자의 일이다. 가로와 세로 육십 센티미터의 아크릴판이 달린 2미터짜리 알루미늄 봉을 들고 서있으면 된다. 이것만 지킨다면 이 일을 하면서 즐길 수 있는 것은 많다. 음악을 들을 수도 있고, 보온병에 넣어온 따뜻한 차를 마실 수도 있고, 제자리에 서서 먹는 것만 감수한다면 음식을 먹을 수도 있다. 지루하면 흥얼흥얼 노래를 부른다고 해도 뭐라 할 사람도 없다. 지나다니는 수많은 사람들을 둘러 볼 수도 있다. 단지 피켓을 들고 저녁 다섯 시 삼십분에 와서 아홉시 삼십분까지 서있으면 할 일은 끝난다. 전단지를 나눠줄 필요도, 소리를 지르면서 무언가를 팔 필요도 없다. 지정된 구역에 발을 붙이고 정해진 시간동안 삼백육십오일 하루도 빠짐없이 서있기만 하면 되는 일이다. 젊은이들은 한두 달 단기 아르바이트를 원하고, 휴대폰을 못 보게 하는 일을 싫어하고, 자주 빠진다고 했다. 반대로 나이든 여자는 꾸준하고 성실해서 좋다고 했다.

일을 넘긴 이는 여자에게 이제는 늙고 병들어 이 일을 할 수 없다고 했다. 여자가 이 일을 하겠다고 했을 때 그이는 말했다. 권하고 싶지는 않아. 온 몸에 바람이 숭숭 들거든. 아리고 쑤신 게 아니라 아파서 잠을 못 자. 다리에 핏줄이 툭툭 불거지고 땡땡하게 뭉쳐. 다리 살색이 검게 변해버렸어. 하지만 여자는 그이의 말을 흘려들었고, 감사한 마음으로 그 일을 인계받았다. 오전에 마트에서 시간제로 채소를 포장하고 정리하는 일만으로는 살기 힘들었다.

여자는 이 일을 하게 된 것이 무척 다행이라고 생각했다. 아는 이의 소개로 만난 파견업체 실장은 여자를 요모조모 따져보며 물었다. 잘 할 수 있죠? 복잡한 건 없어요. 성실하기만 하면 돼요. 나이 많은 사람이 특별한 재주나 기술 없이 할 수 있는 일 중에 이만한 것도 없어요. 물론 여자도 그렇게 생각했다. 일자리가 항상 있는 것은 아니다. 이제껏 한 일 중에 가장 쉬운 일이라고 생각했다. 매일 일하러 갈 곳이 있다는 게 얼마나 다행인가. 장가간 자식에게 짐 안 되고, 식구들 생활비 하고 작은 아들 책 값이라도 몇 푼 보탤 수 있을 테니까. 여자는 세상에 감사했다.

그냥 서있는 입간판도 많던데, 왜 일부러 돈 주고 사람이 들고 있게 해요? 그날 여자는 실장에게 물었다. 실장은 요점을 명료하게 찍어서 설명했다. 이 가게는 강남역에서 멀죠, 고객이 될 젊은 애들은 이곳에 많고요. 남의 상점 앞에 이 간판을 세워놓는다면 어떻게 될까요? 여자가 대답했다. 치워버리거나 싸움이 나겠네요. 아니요, 그냥 신고해 버리죠. 그럼 벌금이 센가요? 아줌마 알아두세요, 댁 인건비보다 비싸죠. 불법이니까. 사람이 들고 있는 건 합법인가요? 그렇죠. 게다가 아줌마는 다른 것보다 잘 보이게 들고 있을 수 있잖아요. 그렇군요. 여자는 합법이라서 안심했다. 주변에는 여자 말고도 인간 피켓들이 여럿 있다. 유학원, 어학원, 성형외과, 주점뿐만 아니라, 고양이 옷을 입고 피켓을 든 이도 있다. 그들은 모두 합법이며 벌금보다 싼 사람들이다.

여자는 전에 기획부동산 회사에서 땅을 쪼개 파는 일을 한 적이 있다. 나름 수입이 괜찮았었다. 노력한 만큼 벌 수 있어서 보람 있었다. 쉴 새 없이 전화를 걸고, 열심히 떠들어대면, 간간이 계약이 성사되고 통장에 돈이 들어왔다. 그러나 어느 날 사장과 관리직 직원들이 사라지고 사무실 문을 닫았다. 여자는 경찰서에 불려 다니고, 사기로 전 재산을 털어 넣은 사람들의 울부짖음을 들어야만 했다. 계약자로 인해 수입을 얻었지만, 그들을 위해 여자가 할 수 있는 일은 아무 것도 없었다. 그 후로 여자는 자신이 살자고 남의 등골을 빼는 일만 아니면 무슨 일이든 괜찮다고 생각하게 되었다.

거리의 불빛이 색색으로 휘황해진다. 도로 위 자동차들이 빽빽이 들어차고 보도 위의 사람들은 뭔가를 주장하는 시위대처럼 물밀듯 밀려온다. 여자는 점점 보도에서 밀려나 길가의 매장에 바짝 붙어있다. 피켓봉을 움켜쥔 채 찍어 누르고 두 다리에 힘을 주고 서있다. 그럼에도 세 개의 다리는 뿌리내리지 못하고 조금씩 옆으로 밀린다. 그래도 시간은 흐른다. 여자는 천천히 가는 시간이지만 느낄 수 있다. 휴대폰을 꺼내보지 않고 근처 매장이나 멀리 보이는 빌딩에 달린 디지털시계를 보지 않고도 알 수 있다. 시간은 흐르고 하는 일은 끝이 있다. 근처의 직장인들은 퇴근해 거리로 쏟아져 나오고, 지하철역 출구는 꾸역꾸역 사람들을 토해낸다. 버스정류장에는 광역버스와 지방대학 셔틀버스에서 내린 젊은이들이 길거리를 누빈다. 사람들은 파고다학원에서 자라매장을 지나 파리바게트와 교보타워 사잇길로 사라지거나 나타나고, 길 건너에서는 와이비엠과 유니끌로와 롯데시네마 사이의 온갖 매장으로 사람들이 들락거린다. 간판들이 불을 밝히고, 물 넣은 플라스틱 통으로 단단히 고정시킨 엑스자형 입간판들이 보도 옆에 여러 개 서있다. 그것들 사이에 여자도 서있다.

여자는 다시 보온병을 꺼내 보리차를 마시고 백팩에 집어넣는다. 기침은 더욱 심해지고, 몸이 떨려 이빨이 서로 부딪친다. 이제 보리차가 여자의 속을 달래주지 못한다. 오늘 같은 날은 쉬는 것이 마땅할 지 모른다. 그러나 이제 이 일마저 끊긴다면 여자는 생활비를 감당할 수 없다. 오늘 오전 여자는 일하던 마트에서 해고당했다. 점장은 여자가 자신의 명령을 어겼다고 했다. 여자는 야채 파트에서 일했다. 박스나 꾸러미 째 들어온 채소를 풀어서 소형 포장하고 가격표를 찍어서 붙이고, 손님이 담아온 것들의 중량을 재서 가격표를 붙여주는 일을 했다. 고추니 나물이니 배추니 하는 것들은 팔다보면 시원찮은 파치가 남기 마련이었다. 여자는 그것들을 모아 싼 가격표를 붙이거나 원하는 손님에게 팔곤 했다. 여자는 그게 올바른 일이라고 생각했다. 젊은 점장은 그런 지지부진한 일을 싫어했다. 팔릴 만한 물건을 팔고 나머지는 깔끔하게 폐기하길 바랐다. 마트의 이미지가 중요하다고 했다. 오늘 또 그 장면을 본 점장은 내일부터 나오지 말라고 했다. 한번쯤 사정을 해볼 수도 있었을 텐데, 여자는 자신이 생각해도 이상할 정도로 당당하게 마트를 나왔다. 스스로 옳은 일을 했다고 생각하고 행동하는 존재임을 시위하고픈 이상한 오기가 끓어올랐다. 여자는 길거리에서 덜덜 떨며 아직 세상 이치를 더 깨우쳐야 한다고 생각하고는, 내일 오전 점장을 만나 사정을 해보기로 한다. 선명한 걸 좋아하는 점장이 받아들일 지는 미지수다.

여기 가려면 어떻게 가요? 스물 서너 살로 보이는 남자애 여럿이 웃고 떠들며 지나가다 다시 와서 묻는다. 두 시간 가까이 서있는 동안 여자에게 말을 걸어온 이는 이들이 처음이다. 사람들은 휴대폰으로 길 찾기를 하고 액정에서 지시하는 대로 길을 찾아가는 경우가 대부분이라 직접 묻는 경우가 거의 없다. 이 길로 죽 가면 신논현역이 나오고, 5번 출구쪽으로 가면 은행 건물이 나오는데, 그 뒤편에 있는 건물이에요. 물 좋아요? 키가 크고 놀기 좋아하게 생긴 남자애가 웃으며 묻는다. 옆에 있는 통통한 애가 키 큰 애의 등짝을 때리며 웃는다. 좋아요. 여자는 물 좋은 게 어떤 건지 모르지만 답은 정해져 있다. 맞장구를 쳐주면 된다. 스스로 생각하는 것 따위는 이제 하지 않는다. 여자도 그게 편리하고 안전하다는 사실을 깨닫고 있다.

여자는 매일 저녁 다섯 시 이십분쯤 신논현역 5번 출구로 나와 볼링핀과 맥주병이 십자형으로 그려진 그 매장에 들러 피켓을 들고 강남역 쪽으로 걸어와 10번 출구 앞에 선다. 엄밀히 말하면 여자는 매장에 가는 것은 아니다. 2층에 있는 매장으로 올라가는 계단 밑에 있는 피켓을 들고 올 뿐이다. 그 시간이면 아직 한산한 매장은 항상 문이 활짝 열려 있다. 푸르고 보라색 조명이 새어나오고, 볼링공들이 초록색 조명 아래에서 부화하려는 알처럼 진열대 위에 놓여있는 걸 볼 수 있다. 손님은 없지만 손님을 맞이할 사람들은 분주히 움직인다. 여자가 피켓을 다시 갖다 놓는 시각이면 매장문은 닫히고, 쿵쿵짝 쿵짝 음악소리가 들린다. 레이저빔 속에서 색색의 볼링공이 굴러가고, 병뚜껑 따는 소리와 젊은 애들의 웃음소리가 가득한 그곳을 머릿속에 그려본다. 그런 광경 안에 아들도 존재한 적이 있을까 궁금해진다.

아들은 살가운 데가 있는 아이다. 군대를 갔다 오더니 따뜻하고 듬직해졌다. 눈빛도 깊어졌다. 여자가 네 시쯤 집을 나올 때마다, 매일 어딜 그렇게 가, 하면서도 밤 열한 시가 다 되어 들어가면 문을 열고 나와, 춥지, 하며, 어깨에 맨 백팩을 받아주기도 했다. 얼마 전엔 핫팩을 한 박스 사다놓고 나갈 때 가져가라고 했다. 모른 척하면서 생각해주는 아들이 눈물나게 고마웠다. 그런데 며칠 전부터 아들이 방에서 나오지 않았다. 따뜻한 위로도 없었다. 엄마 왔는데, 하고 아들 문을 두드리면, 엄마 왔어? 할뿐, 아들의 깊은 눈은 어딘가 먼 곳을 바라보았다.

아들은 어제 대학에 복학하지 않겠다고 선언했다. 삼류대학을 졸업해봐야 미래가 없다고 했다. 자퇴하고 무엇을 하겠다는 것도 아니었다. 힘들어도 대학을 졸업하면 길이 있지 않을까, 하고 여자가 한 마디 하자, 아들은 눈을 치켜뜨고, 입에 거품을 물고 대들었다. 대학 까짓것 이젠 다 소용없어, 지하방 사는 놈은 지하방에서 끝나는 거고, 이제 위로 올라가는 사다리 따위는 없다고, 못난 어미를 힐난하듯 따지는 아들을 보자 숨이 턱 막혔다. 이불을 뒤집어쓰고 누워버린 아들이 답답하면서도 측은했다. 자신처럼 뭐든지 해보라는 말이 턱밑까지 올라오지만 차마 말할 수 없었다. 여자는 아무것도 할 수 없다. 밤에 집에 들어가면 말 할 시간이 없고, 말 할 기운도 없다. 며칠 전 아들이 집 앞 공터에 혼자 앉아 어깨를 늘어뜨리고 담배 연기를 길게 내뿜던 모습을 본 날은 가슴이 아렸다. 오늘은 아들과 머리를 맞대고 무슨 얘기든 해봐야겠다고 생각한다. 아들을 위해 무엇을 할 수 있을지 모르지만 말이다. 여자는 짙은 허공뿐인 하늘을 올려다본다. 쇼윈도와 간판들의 휘황한 불빛들이 한데 엉켜 무지개 색깔을 만들어낸다. 어지럽다.

먼지 같기도 하고 날벌레 같기도 한 것이 날리기 시작한다. 희끗희끗 날리는 것들이 점점 늘어난다. 여자는 그것들이 패딩 모자에 달린 털과 마스크 사이의 얼굴에 몇 번을 닿고서야 비로소 눈발이 날린다는 것을 알아차린다. 점점 굵어지는 눈발이 펄럭펄럭 날아와 여자의 모자와 어깨에 자꾸 내려앉는다. 마스크를 비집고 들어온 눈은 여자의 얼굴에 닿자마자 물이 되어 흘러내린다. 눈발은 패딩 점퍼에 닿아 점점이 젖은 얼룩을 만들고 희끗한 머리카락을 조금씩 적신다. 눈발은 세찬 바람을 타고 점점 무리지어 여자를 향해 달려든다. 여자의 머리와 어깨에 흰 눈이 쌓였다가 바람이 불면 조금씩 날아올라 옷과 부츠 안으로 날아들어 스며든다. 여자가 섬뜩한 기운에 깜짝 깜짝 놀라 몸을 흔들고 발과 피켓봉을 바닥에 탁탁 털어댄다. 몸을 부르르 떨 때마다 기침은 점점 심해지고 가슴이 뻐근하다. 뜨거운 보리차를 마셔보지만 기침이 멈추지 않는다.

여자가 눈을 터느라 몸을 움직일 때마다 등에 맨 백팩에서 덜거덕거리는 소리가 난다. 여자의 백팩에는 보온병과 우산과 김밥 한 덩이가 들어있다. 여자는 배가 고프다. 김밥을 꺼내 따뜻한 물과 함께 한 덩이 먹고 싶다. 다른 날이면 이른 저녁을 먹고 왔을 텐데 방에 틀어박혀 있는 아들 때문에 밥을 걸렀다. 아예 밥 먹는 걸 잊었었다. 집을 나와 마을버스를 타고 대림역에서 지하철을 타기 전에 김밥 한 덩이를 샀다. 저녁을 거르고 길거리에서 네 시간을 서있기에는 버겁다는 것을 여자는 그동안의 경험으로 잘 알고 있다. 길거리에서 밥을 먹는다는 건 서글프다. 피켓을 한 팔에 끼고, 다른 손으로 한 입 넣고 씹고, 한 입 넣고 씹고… 사람들이 여자의 밥 먹는 걸 쳐다보면서 지나가면 서러운 마음이 들 것 같다. 여자는 참을 수 있을 때까지 참아보기로 한다.

바람을 타고 사선으로 내리는 눈이 점점 굵어진다. 거리에는 아직까지 우산을 쓰고 가는 사람들이 많지 않다. 겨울에는 비보다는 눈이 낫다. 겨울비는 최악이다. 추적추적 내린 비가 신발 속으로 들어가 얼어붙으면 곤란하다. 차라리 눈을 맞는 것이 낫다. 자주 털어내면 견딜 수 있다. 배가 등짝에 붙어 구부정해진다. 우산을 꺼내 피켓에 끼워놓고 김밥을 먹을까 하고 생각해본다. 좀 전에 보온병을 꺼내 따뜻한 물을 마셨으니 좀더 참아보기로 한다.

길 건너편에서 유학원 피켓을 들고 있던 이가 일이 끝났는지 보이지 않는다. 유학원 피켓 든 이가 떠났으니 여덟 시가 지났을 것이다. 여자는 문득 아들도 유학을 가고 싶어 했을까 궁금하다. 그러나 결코 사실을 알 수는 없을 것이다. 여자는 묻지 않을 테고, 아들이 속내를 말할 리도 없을 것이다. 여자는 자신이 몸담고 사는 이 나라에서 자신이 모르는 일이 너무나 많을 거라고 생각한다. 이 거리에 차고 넘치는 성형외과도 가본 적이 없다. 가보고 싶다고 생각해본 적도 없다. 하지만 좀더 생각해보니 돈이 좀 있다면 입가에 죽 그어진 팔자주름을 없애고 싶기도 하다. 사람들이 여자의 궁기를 알아차리는 게 싫다. 그러고 보면 돈이 넉넉하다면 하고 싶은 것이 자꾸 생길 것도 같다. 쓸데없는 호기심은 마음을 힘들게 한다.

눈발이 조금 잦아드는 것 같다. 마트에서 해고를 당하는 바람에 점심부터 굶었다. 머리가 어질어질하고 다리가 후들거린다. 피켓봉을 쥐고 있어야 할 손목에 힘이 하나도 없다. 피켓이 자꾸 기울어진다. 그럴 때마다 여자는 두 팔로 감싸듯이 봉을 움켜쥔다. 여자는 스키장갑을 벗어 패딩 주머니에 넣고, 쿠킹호일에 싼 길쭉한 김밥을 꺼내 패딩 주머니에 함께 꽂는다. 보온병을 꺼내 뚜껑에 보리차를 따라 한 모금 마신 후 다시 백팩에 넣고, 주머니에 있는 김밥을 꺼내 호일을 뜯어내고 한 조각씩 떼어내 입에 넣고 천천히 씹는다. 마치 플라스틱을 씹는 것 같다. 아픈 목구멍에 억지로 우겨넣는데 쓴 맛이 난다. 막상 먹기 시작하니 서럽거나 부끄러운 생각 따위는 들지 않는다. 다시 한 조각을 입에 넣고 씹지만 넘길 수가 없다. 여자는 욕지기를 하면서도 어려운 숙제하듯 한 손으로 봉을 잡고 다른 손으로 김밥 한 줄을 꾸역꾸역 다 씹어 삼킨다. 곱은 맨 손에 스키장갑을 다시 끼고 휘청거리는 봉을 움켜쥔다. 한기가 몸속 깊숙한 곳에서 온몸으로 번진다. 여자는 찬 김밥을 먹는 게 아니었다고 생각한다.

여자는 옆에 있는 의류 대리점 앞의 나무 데크 위로 올라선다. 그곳도 계속 내리는 눈으로 젖었지만, 얼마간 바람을 피할 수 있다. 매장의 통유리로 새어나오는 불빛이 따뜻해 보인다. 여자가 부츠 바닥으로 데크를 탁탁 친다. 딱딱한 보도블럭과는 다른 쿠션감 있는 소리가 난다. 여자는 사교댄스 스텝을 밟듯 좌로 두 번 우로 두 번 발을 옮기고 발끝을 톡톡 쳐본다. 퀵퀵 슬로우 퀵퀵. 박자를 맞추던 여자가 온몸을 휘감는 한기도 잊은 채 쿡 웃음 소리를 낸다. 나쁘지 않군. 여자는 잠시 현실을 잊고 소소한 즐거움을 느껴본다. 그 동작에 중독된 것처럼 멈추지 못하고 한참을 반복한다. 그리고 자신도 모르게 노래를 흥얼거린다. 내가 필요할 땐 나를 불러줘 언제든지 달려갈게. (갈게, 갈게, 달려갈게.) 낮에도 좋고 밤에도 좋아. 무조건 달려갈게. (그럼, 그럼, 무조건이지. 이유 같은 건 댈 수도 없지.) 다른 사람들이 나를 부르면 한참을 생각해 보겠지만 당신이 나를 부르신다면 무조건 달려 갈거야. (그래야 한다는 거지. 아니면 놓칠 거야.) 당신을 향한 나의 사랑은 특급사랑이야. 태평양을 건너 대서양을 건너 언제든지 달려갈게. 무조건 무조건이야. 후렴구까지 개사해서 남들 모르게 흥을 돋우던 여자는, 문득 남편을 떠올린다. 경쾌한 스텝은 멈추고 엉버틴 두 발과 피켓봉 사이에 정적이 흐른다.

남편은 몇 년 전 뇌동맥류라는 진단을 받았다. 머리가 깨질 듯 아프다고 해서 검사를 받았더니, 뇌동맥 일부가 약해져서 풍선이나 꽈리처럼 부풀어 오르는 병이다. 만약 지주막하 출혈이 발생하면 반신불수가 되거나, 말하고 쓰고 생각하는 인지기능 장애나 혼수상태가 올 수 있고, 심하면 갑자기 죽을 수도 있는 무서운 질병이라고 했다. 한마디로 뇌에 시한폭탄을 달고 사는 것과 같다. 정확한 원인은 알 수 없다고 했다. 이 일 저 일 전전하다 겨우 들어간 건물 관리인 일도 몇 년 못하고 끝내야 할 판이었다. 남편은 진단을 받고도 병명을 숨긴 채 일 년여를 더 다녔다. 그러나 두통이 점점 자주 오고 물체가 두 개로 겹쳐 보이는 복시현상까지 겹치자 직장을 그만 둘 수밖에 없었다. 그 후 남편은 하릴없이 하루하루를 보냈다. 시한폭탄이 터질까봐 어떤 일도 시작할 수 없다. 마지막 희망은 언젠가는 낡고 작은 시골집에 내려가 텃밭이라도 일구며 사는 것이다.

싸라기처럼 단단해진 눈이 여자의 얼굴과 몸을 사정없이 때린다. 패딩에 달린 모자를 더욱 끌어내리고 마스크와 목도리를 추슬러 얼굴을 가리지만, 몸 전체를 후려치는 것은 어쩔 수 없다. 오한이 나고 몸이 욱신욱신 쑤신다. 찬 김밥덩이가 가슴 한 가운데를 콱 막고 있는 것처럼 숨을 쉬기 힘들다. 남은 시간이 언제 끝날지 까마득하기만 하다. 여자는 벼랑 끝에 매달려 있는 것처럼 안간힘을 다해 피켓봉을 움켜쥔다. 아니 피켓이 마지막 보루라도 되는 것처럼 매달린다. 여자는 신나는 음악을 들으면 어떨까 생각해보지만 휴대폰도 이어폰도 꺼낼 만한 힘이 없다. 휘몰아치는 눈발이 여자의 털부츠 속으로 마구 파고 들어와, 몸의 뜨거운 열기에 녹아 축축하게 발을 적시고, 얼어붙은 보도블럭의 찬기가 발을 얼린다. 동동거리며 발을 옮길 때마다 유리를 밟는 것처럼 통증이 발바닥에서부터 온몸으로 번진다. 스키장갑 낀 손을 패딩 점퍼 주머니에 번갈아 넣어보지만 손끝이 아리다. 스키장갑을 벗고 얼어붙은 두 손에 입김을 불어넣고 비벼본다. 빨갛게 부어오른 손이 뿌연 입김 속에 피어나는 붉은 복사꽃 같다. 빨리 꽃피는 봄이 왔으면 좋겠다. 하지만 소개해준 이는 봄이 지나고 여름이 되면 버티기가 쉽지 않다고, 저녁에 시작하니 햇빛보다 에이컨 실외기에서 품어져 나오는 더운 공기가 제일 견디기 힘들다고 했다. 습도 높은 무더운 여름날, 실외기의 더운 공기는 숨쉬기 힘들게 하고, 게다가 모기가 종아리를 물어대면 참기 어렵다고 덧붙였다. 지금은 그런 여름이 축복처럼 여겨진다. 냉기가 발뒤꿈치를 시작으로 발가락을 돌아 종아리로 점령해 들어오고, 한편으론 머리와 어깨부터 시작해 온몸을 공략하는 느낌이다. 사람들이 거센 바람과 눈발에 웅크리고 여자를 스쳐지나간다.

이제 여자에게 남은 일은 이 일밖에 없다. 여자는 악착같이 이 일을 해내리라 다짐한다. 몸만 건강하다면 이 일을 오래도록 할 수 있을 것이다. 오늘도 조금만 버티면 끝난다. 처음에는 이 일이 마치 벌서는 것 같았다. 그러나 이제는 어느 정도 익숙해졌다. 여자는 내일도 다음 달도 내년에도 이 일을 할 수 있기를 바란다. 누군가는 이 일이 이미 신선도가 떨어지고 광고 효과가 별로 없어서 조만간 사라질 거라고 한다. 이 일을 언제까지 할 수 있을지 알 수 없다. 어느 날 이 거리에서 여자처럼 돈을 받고 피켓을 든 사람들이 자연스레 사라지는 날이 오지 않는다고 할 수 없다. 여자가 할 수 있는 것은 그저 성실하게 하루도 빠짐없이 서있는 거다. 그저 허리를 펴고 당당하게 하려고 한다. 여자는 오래 전 사라진 한국의 직업이라는 사진첩을 본 적 있다. 흑백사진 속에 메마른 사람들이 물지게를 지고 물을 길어 팔고, 구루마를 끌며 집집이 똥을 푸고, 한강나루에서는 물고기를 잡는 어부가 있다. 한결같이 그들은 고달파 보였다. 하지만 여자는 사실, 그들이 똥지게를 지는 것보다 그 일을 할 수 없게 되었을 때 더 괴로워했을 것이라는 것을 잘 안다. 여자는 이 일을 언제까지나 하면서 살 수 있기를 바란다.

여자는 최선을 다해 살아왔지만 자식에게 줄 수 있는 것이 없다. 딴 짓을 한 것도 아닌데 자식에게 짐이 될까봐 두렵다. 그래서 여자는 밤마다 강남대로 앞에서 돈을 받고 광고 피켓을 들고 있다고 아들들에게 말하지 못한다. 여자는 결혼한 큰 아들이 눈치 채게 될까 봐 신경이 쓰인다. 어차피 큰 아들도 저 살기 바빠 자주 오지 못하는 게 그나마 다행이다. 사돈이나 며느리가 알게 되면 흉이 될까봐 걱정이 된다. 같이 사는 작은 아들은 눈치 채고 있는 지도 모르지만 아무 말도 안 한다. 그런 생각을 하면 사는 게 초라하다. 나쁜 짓을 하는 것이 아닌데도 당당하지 못하다. 작은 아들의 미래는 어떻게 될까? 여자는 아무 도움도 줄 수 없다. 생각이 생각을 물어와 아예 싹을 잘라버리고 싶지만, 삐죽삐죽 다시 솟아나와 이곳저곳 아픈 곳을 찔러댄다.

여자는 피켓을 왼손에서 오른손으로 바꿔 든다. 아까부터 번갈아 들었는데, 왼쪽 팔이 언 통나무처럼 둔탁하다. 오늘 새벽에는 잠자리에서 기지개를 켜다 왼쪽 다리에 쥐가 나서 혼자 절절 맸다. 전체적으로 왼쪽이 더 안 좋게 느껴진다. 신음소리를 들은 남편이 벌떡 일어나 주물러 준 덕분에 그만했길 다행이다. 요즘은 점점 자주 쥐가 난다. 두 다리에 무거운 무쇠 추라도 달아놓은 듯 다리가 무거워 자다가도 끙끙 앓는 소리를 낸다. 한 자세로 오래 있으면 안 좋을 것 같아 자주 손을 바꿔주지만, 요즘은 왼쪽이 어깨까지 결린다.

길거리에 한 줄로 서있는 입간판들은 바람에 펄럭이면서도 굳건히 버티고 있다. 도리어 여자의 피켓이 자꾸 기울어져 위태로워 보인다. 여자는 곱은 두 손으로 봉을 힘껏 움켜쥔다. 이제 끝날 시간이 다가오고 있다. 여자는 느낄 수 있다. 이십 분이나 이십오 분이 지나면 오늘 일이 끝날 것이다. 스키장갑을 벗고 시간을 확인하지 않아도 알 수 있다. 여자는 안타까운 마음으로 카운트다운을 한다. 시간은 더디게 간다. 그래도 더디지만 지나간다.

앞 건물에 달린 주점 간판이 휘몰아치는 바람에 마구 흔들거린다. 반쯤 뜯겨진 간판은 금방이라도 떨어져 나와 여자의 머리를 내리칠 것만 같다. 여자는, 어디선가 날아온 콘크리트 덩어리에 맞아 죽은 사람에 관한 기사를 떠올린다. 무심코 길을 걸어가다 돌발적으로 죽음에 맞닥뜨리면 어떤 기분일까. 그렇게 죽는 것도 나쁘지는 않겠다. 스스로 목숨을 끊는 일 따위는 생각해본 적 없다. 그건 독한 사람들이나 할 수 있는 일이다. 하지만 죽음이 스스로 걸어 들어온다면 괜찮을 것도 같다. 아마도 죽는다는 것은 온갖 번뇌가 끝난 고요한 세상일 거라고 상상한다. 가족들이 주변의 쓸데없는 오해에 괴로워하지 않고, 어쩌면 금전적 보상을 덤으로 받을 수도 있다. 여자는 간당거리는 간판을 바라본다.

여자가 스키장갑을 벗고 휴대폰을 꺼낸다. 드디어 아홉시 삼십분이다. 여자는 모자를 뒤로 젖히고 자신의 얼굴과 피켓과 뒤 배경이 잘 나오도록 휴대폰 셀카를 찍는다. 눈보라 속에서 열꽃이 핀 얼굴로 입꼬리를 올려보지만, 액정에는 뿌연 무지개색 동그라미들이 빙빙 돌뿐 자신의 얼굴을 제대로 알아 볼 수 없다. 여자는 피켓을 건물 귀퉁이에 기대어 세워두고 실장에게 사진을 전송한다. 드디어 하루 일과가 끝났다. 여자가 피켓을 챙겨들고 신논현역 쪽으로 걸어간다. 강남대로엔 여전히 사람들이 오간다. 아직도 길에는 고양이 옷을 입고 고양이카페를 광고하는 사람이 있고, 강아지 옷을 파는 사람도 있고, 전자담배를 파는 사람이 있다. 아직 호프집 전단지를 나눠주는 사람도 있다. 눈보라 속에서 그들의 모습은 동화 속 인물처럼 낭만적이다. 매장들의 불빛이 더욱 반짝인다. 여자가 피켓을 들고 허청허청 걸어간다. 여자가 사람들 사이로 섞여들자 피켓만 둥둥 떠가는 것처럼 보인다. 보도 위 사람들이 함께 피켓을 실어 나르는 같다. 교보타워 근처에서 설핏 여자의 모습이 보이더니 이내 사라지고 피켓만 떠있다.

## 전현서 | 푸른 옷소매

2021년 『한국소설』 신인상에 단편소설 「스틸」로 당선.
여행기 『국립공원 힐링 로드 77선』, 『오늘은 태안』(이상 공저),
『도도한 여행 우이도』를 썼다.

단편소설
▼

# 푸른 옷소매

전현서

상주톨게이트를 빠져나오자 차는 눈에 띄게 줄었다. 양쪽으로 시원스레 펼쳐진 평야가 환영한다는 듯 넓게 팔을 벌린 채 엎드려있었다. 창을 열기에는 아직 쌀쌀했지만 히터를 끄고 창문을 조금 내렸다. 작은 틈으로 바람이 밀려 들어왔다. 이제야 좀 살 것 같았다. 꽉 막힌 도로에서 3시간을 넘게 있었더니 속이 울렁거리고 머리가 지끈거리던 참이었다. 조금 더 갔더라면 중간에 내려 구역질을 해댔을 것이다. 기영은 갑자기 불어온 찬바람에 신경이 쓰였는지 뒷좌석의 영후를 바라보았다. 영후는 차가 출발하면서부터 잠에 떨어졌다. 규칙적으로 내뱉는 영후의 코 고는 소리가 창틈으로 달아나고 있었다.

“애 담요라도 덮어 줘야 하는 거 아닌가?”

“이 정돈 괜찮아. 우리가 답답하면 애도 답답했을 거야.”

“자기 힘들었나 보군. 그래도 영후 좀 덮어 줘. 감기 무서워.”

기영은 자기주장이 강한 사람은 아니었다. 늘 물처럼 굴었기 때문에 존재감이 특별하다거나 튀는 인물은 더욱 아니었다. 남자랍시고 어깨에 힘주며 허세를 부리지 않았는데 그런 면은 그를 지적이고 사색적으로 보이게 했다. 하지만 영후 일이라면 달랐다. 그런 기영을 보며 나는 사랑은 병이라며 핀잔을 주곤 했다. 나는 말없이 담요를 끌어 영후를 덮어주었다. 장시간 운전에 싫증이 났을 법도 한데 기영은 껌을 씹으며 라디오에서 흘러나오는 올드팝을 따라 흥얼거리고 있었다. 핸들에 올려 둔 손가락까지 까딱거리는 폼이 여행길에 나선 사람처럼 들떠 보였다. 부드러운 곡선을 지으며 돌출된 그의 콧방울은 사람의 마음을 안정시켰다. 동글동글 잘생긴 코에 비해 눈이 작다는 것이 흠이라면 흠일까. 그래도 요 며칠 예민해져 까탈스럽게 쏘아대던 나를 무던하게 눈 감아 준 것이나 아버지에게 다녀와야겠다는 말에 선뜻 따라나서 준 그가 새삼 고마웠다. 3월이었지만 봄이 올 것 같지 않은 날들이 계속되었다. 엊그제는 철 늦은 눈이 먼지처럼 흩날리기도 해서 출산을 앞두고 먼 거리를 움직이는 것이 괜찮은 것인지 고민했다. 그래도 당분간은 못 내려 올 것 같아 길을 나섰는데 멀미를 제외하면 잘했다는 생각이 들었다.

상주시 외곽에 있는 아버지 집은 30여 분을 더 가야 한다. 5년 전 퇴직한 아버지는 엄마의 평소 원대로 이곳에 자리를 잡았다. 엄마는 농가를 헐값에 사들여 공을 들이고 돈을 들였다. 울타리 대신 심을 남천을 구하려고 2시간 거리의 옆 도시에 직접 다녀온다거나 창틀의 마감재를 고르는 일에도 며칠씩 생각하고 고민했다. 힘을 쓰는 일을 빼면 자잘하고 세심한 집 안팎의 인테리어는 엄마 손을 안 거친 곳이 없는, 그야말로 엄마가 새로 지은 집이나 마찬가지였다. 여생의 숙제인 듯 엄마는 시골집 수리하는 데 매달렸다. 그리고 6개월 전, 엄마의 병이 깊어져 더이상 손을 쓸 수 없다는 의사의 말을 들었을 때 아버지는 애꿎은 집 대문을 발로 차며 흐느꼈다.

“이 집 때문이었어. 이 집. 이 집만 아니었어도 네 엄마 건강할 수 있었는데….”

그것은 집 때문도 아버지 때문도 아니었다는 걸 모를 리 없었지만, 그때 아버지는 엄마 병의 원인을 그 누구에게서든 찾으려고 했었다.

왕복 사차선으로 정비되기 전 이 길은 운치가 있었다. 낮은 언덕을 돌며 구불구불 이어진 길옆으로 사철마다 다른 꽃이 피고 졌으며 겨울이면 앙상한 나뭇가지조차 아련한 분위기를 만들어 엄마를 사로잡았다. 엄마는 오솔길을 좋아했다. 모퉁이를 돌 때마다 설렌다고 아이처럼 웃던 엄마 모습이 지금은 사라진 산길을 따라 흩어지고 있었다. 잠에서 깬 영후가 칭얼대자 기영은 유기농 요구르트에 빨대를 꽂아 아이에게 건넸다. 어느 정도 선선한 공기가 느껴져 창문을 올리고 아버지에게 전화를 걸었다. 미리 연락하지 않았기에 아버지가 집에 없을지도 몰랐다. 통화 연결음이 길게 이어진 끝에 전화를 받을 수 없다는 기계 목소리가 흘러나왔다. 나는 종료 버튼을 거칠게 누르고 창밖으로 눈을 돌렸다. 비행기가 지나간 하늘에 선명한 두 줄의 비행운 자국이 남았다.

"전화기를 두고 텃밭에라도 나가셨나 보지."

기영이 내 눈치를 살피며 조심스럽게 말했다.

"그렇게 얘기를 해도 왜 안 들으시는지 모르겠어. 전화기는 항상 챙기라고 했건만."

평소에도 전화를 잘 받지 않는 아버지와 자잘한 신경전이 오고 가는 것을 잘 아는 그였다. 엄마를 놓친 후부터 아버지는 어린아이가 된 것 같았다. 끼니때마다 전화를 걸어 멸치볶음과 콩자반은 냉장고 두 번째 칸에 있다, 물김치는 조금씩 떠서 먹고 치워야 상하지 않는다, 따위의 잔소리를 해야만 했는데 매번 생경하다는 듯 되묻곤 했다. 머릿속에 논리나 이성이 남아있지 않은 사람처럼 무력하고 어눌했다. 서기관으로 퇴직하던 무렵의 날렵하고 영민한 아버지 모습은 찾아볼 수 없었다.

아버지는 밭에 나가지 않았다. 좁은 방 한가운데 석고상처럼 앉아 갑자기 들이닥친 우리를 멍하니 바라만 볼 뿐이었다. 아버지가 앉은 주위로 새둥지만 한 공간이 겨우 있을 뿐 방안은 도둑이라도 맞은 듯 어지럽고 더러웠다. 아버지는 쓰레기 처리장 안에서 유일하게 살아 움직이는 의뭉한 동물처럼 꿈지럭, 엉덩이를 움직여 간신히 일어났다. 방안 먼지가루가 덩달아 따라 올라 창문 틈을 비집고 들어온 가는 빛 속에서 어지럽게 부유했다. 아버지는 낯선 사람이라도 대하듯 불안하게 눈동자를 굴렸다. 이불 뭉치를 구석으로 밀며 자네 왔는가. 라고 했는데 아버지의 말에는 높낮이가 없었고 물기는 더욱 없어 단어가 허공에서 부서졌다. 기영이 이불을 개서 장롱에 넣고 대충 앉을 자리를 만들었다. 아버지는 영후를 향해 팔을 벌렸다.

"영후야, 할아버지다."

영후는 웃는 듯 찡그리는 듯 묘한 표정을 하고 내 뒤로 숨더니 이내 고개를 빼고 할아버지를 쳐다보았다. 기영이 영후를 안아 할아버지 앞으로 데려다 놓았다. 영후는 낯을 가리는 편은 아니어서 금세 할아버지 품에 안겼다. 근 한 달 만에 보는 손자가 감격스러운 아버지는 뽀얗고 보드라운 영후의 손을 가져다가 자신의 얼굴에 대고 비볐다. 거친 느낌이 따가운지 영후는 어색하게 웃으며 할아버지와 눈을 맞추었다. 아버지 눈동자에 영후가 반영되어 보였다. 아버지는 얼굴이라 하기도 민망하리만큼 말라있었다. 나무껍질처럼 거칠고 푸석한 흑갈색 피부 속에서 커다란 눈만 오히려 깊고 또는 빛났다. 영후를 쓰다듬는 아버지의 앙상한 손가락들이 가느다랗게 떨렸다.

복잡한 감정들이 가슴을 헤집고 지나갔다. 서울에서 장을 봐 온 반찬이며 일상용품 따위를 정리하려고 부엌으로 들어갔다. 사람의 온기가 느껴지지 않는 것은 부엌도 마찬가지였다. 어디에도 살림의 흔적은 없었다. 엄마가 애지중지했던 부엌살림들, 예쁘고 독특하게만 생겼을 뿐 실용적 기능을 하지 못하던 국자나 집게, 여행 중 틈틈이 사서 모아둔 북유럽풍의 접시들, 갖가지 모양과 색으로 반짝거리던 찻잔들은 아버지가 손수 짜 넣은 나무 선반 위에서 화석이 되어가고 있었다. 소주병이 발에 채이고 아무렇게나 버려진 인스턴트 밥 용기나 참치캔 등이 바닥에 굴러다녔다. 가스레인지 위에 놓인 양은 냄비는 뿌연 먼지로 덮여 있었다. 냉장고 안에서 깻잎장아찌는 흰 곰팡이를 피웠고 근원을 알 수 없는 퀴퀴하고 불쾌한, 음울한 냄새가 부엌을 떠다녔다. 몇 번 헛구역질 끝에 밑반찬을 꺼내 쓰레기통에 버렸다. 냉동실에 무질서하게 채워진 검고 흰 비닐봉지에 쌓인 정체 모를 먹거리들을 들어냈다. 베이킹파우더를 물에 희석해 냉장고를 닦았다. 그러다 나는 울고 말았다. 힘 풀린 다리가 풀썩 부엌 바닥에 스러졌고, 소리를 삼키려고 손으로 입을 막았다. 아랫배가 단단해지며 뭉근한 통증이 왔다. 한번 시작한 눈물은 심연에 가라앉았던 오래된 감정까지 끌어 올리며 멈출 줄 몰랐다. 나는 울면서도 이 눈물의 의미는 무얼까, 생각했다. 아버지 방 쪽에서 간간이 영후와 아버지의 웃음소리가 섞여 들려왔다.

벼락같은 고함 소리가 들려온 것은 아버지가 좋아하는 김치찌개를 끓이려고 육수를 우려내려던 때였다. 그것은 아버지 목소리였지만 지금까지 한 번도 들어 본 적 없는 격앙되고 날카로운 비명과도 같은 울부짖음이었다. 놀란 영후의 울음소리가 뒤를 이었고 기영의 어수선한 음성과 허둥거리는 몸놀림 등이 느껴졌는데 이 모든 것은 찰나에 일어났다. 방 안으로 뛰어 들어갔을 때 아버지는 엎드려 울고 있었고 영후는 겁에 질려 기영 품에서 꺽꺽, 힘든 숨을 넘기고 있었다.

"왜 그래요? 대체 무슨 일이냐구욧!"

날카로운 고함이 튀어나왔다. 바닥에는 하얀색 가루가 흩어져 있었고 아버지는 그것을 손바닥으로 훑으며 울고 있었다. 내가 기영에게 무슨 일이냐고 눈짓으로 물었고 그는 자기도 영문을 모르겠다는 답변을 역시 눈짓으로 보내왔다. 기영이 영후를 감싸 안으며 밖으로 나갔다. 등을 돌리고 반쯤 누운 상태로 오열하던 아버지는 말없이 가루만 쓸어 담았다. 먼지 같은 그것을 마치 금가루 다루듯 조심스럽게 손바닥으로 쓸고 또 쓸었다. 작은 유리병 안에 가루를 붓는 아버지 손은 몹시 떨리고 있었지만 한 알도 날려버리지 않겠다는 듯 호흡을 조절해 가며 안간힘을 썼다.

쌀가루처럼 뽀얀 그것을 보는 순간 나는 엄마, 하고 가늘게 신음했다. 그것은 두 손을 가지런히 모으고 잠을 자듯 관 속에 누워있던 엄마가 산화되어 흩뿌려진 모습, 바로 엄마의 얼굴이었다. 몸이 떨렸다. 나는 아버지의 굽은 등 뒤에 주저앉았다. 웅숭그린 등 위로 불거진 척추뼈가 위태롭게 아버지를 지탱하고 있었다. 거친 숨소리가 아버지에게 들리지 않도록 용을 쓰느라 깊게 숨을 몰아쉬었다. 끈적한 땀이 목을 타고 흘러내렸다. 알 수 없는 불안이 밀려와 칙칙한 방 안 공기와 함께 가슴을 옥죄었다.

얼마나 시간이 흘렀을까. 방안이 어둑해지기 시작해서야 나는 정신을 차렸다.

"무슨 일이에요?"

침착하고 냉정한 어조를 유지하려고 애썼는데 생각과는 다르게 내 목소리는 가늘게 흔들렸다. 두어 번을 더 물었지만 아버지는 미동도 하지 않은 채 손에 쥔 유리병만 만지작거렸다. 마당 구석 배롱나무 가지에 걸쳐있던 해가 방안 사물에 음영을 만들며 들판 너머로 사라지고 있었다. 아버지는 몸을 일으켜 옆방으로 건너갔다. 그 방은 엄마가 생전에 서재로 쓰던 작고 볕이 잘 드는 곳이었다.

기영과 영후가 들어왔고 우리는 김치찌개 없는 마른 저녁을 먹었다. 누구도 선뜻 이야기를 꺼내지 않았다. 기영이 틀어 둔 티브이만 홀로 집안의 적막을 깨우고 있었다. 원로 배우 가족의 일상을 담은 다큐멘터리 드라마를 아버지와 기영과 나는 기다렸다는 듯 밥을 한 술씩 입에 떠 넣을 때마다 오래도록 쳐다보았다.

긴 저녁식사를 마치고 기영은 영후를 재우겠다며 손님방으로 들어갔고 아버지는 바람을 쐬고 싶다며 앞마당으로 나갔다. 나는 설거지를 끝내고 캐모마일 찻잎 몇 장을 다관에 넣었다. 아버지는 주로 저녁식사 후나 밤 시간에 캐모마일을 즐겨 마셨다. 주전자에 물을 붓고 끓이는 동안 기영과 영후의 잠자리를 보러 들어갔다.

"영후가 피곤했나 봐. 씻기자마자 곯아떨어졌어."

기영이 잠든 영후의 머릿결을 쓸어 넘기며 말했다. 목소리에 개운치 않은 여운이 돌았다. 아버지의 느닷없는 행동에 놀랐을 영후가 걱정된다는, 아버지를 이해할 수 없다는 그 나름의 섭섭함과 반감이었다.

"아까, 무슨 일이 있었던 거야?"

나는 그런 기영의 심정은 모르는 척 담담하게 물었다.

"순식간이었어. 영후가 어머니 서재에서 작은 유리병을 가지고 나왔는데 그걸 본 아버님이 불같이 화를 내신 거야. 영후 많이 놀랐을 텐데…."

기영은 다시 영후의 이마로 코끝으로 손길을 옮겨가며 애틋한 표정으로 말했다.

"가루는 왜 엎어진 건데?"

"아버님이 병을 빼앗으려다 놓치는 바람에 뚜껑이 열렸어. 아버님 아무래도 이상해. 저런 모습 처음이라 당황스럽고 무엇보다 우리 영후가 그렇게까지 야단맞을 짓을 한 건 아니잖아. 나는 좀…."

"무슨 말을 하려는 지 알아. 하지만 지금 그게 중요한 거 아니라는 거 알잖아."

나는 냉정하게 기영의 말을 자르고 영후의 턱밑까지 덮어 올린 이불을 가슴께로 끌어내렸다.

"알아, 알아. 아버님 우울증세 심하시다는 거, 그래서 오늘 이렇게 왔잖아. 그래도 이건 아니지. 자기도 홀몸이 아니고… 차라리 아버님을 모시고 올라가는 건 어때?"

기영은 감정을 조절해 가며 조심스럽게 물었다.

"그 문제는 좀 더 생각해 보자."

"자기, 아직도 아버님 때문에 어머님이 돌아가신 거라 여기는 건 아니지?"

"… 차 끓였는데 한 잔 하고 먼저 자. 영후는 괜찮을 거야."

무슨 말인가를 하려는 기영의 말을 채 듣지 않고 방을 나왔다. 지금 그에게서 어떤 말이라도 듣게 된다면 걷잡을 수 없는 감정에 휘말려 주저앉을 것만 같았다. 캐모마일 차를 들고 다시 방으로 들어갔을 때 기영은 내 손을 끌어당겨 앉히며 어렵게 이야기를 꺼냈다.

"저기… 그 유리병 말인데… 자기… 괜찮아? 처음엔 좀 당황스러웠는데 생각해 보니 아버님 이해할 수도 있을 것 같아. 오죽했으면 그러셨을까 싶기도 하고…."

"아버지는 늘 이런 식이야. 본인 내키는 대로, 상대방 생각은 조금도 안 하잖아. 어쩌자고 그런!"

억눌러왔던 화가 치밀어 오르며 숨이 가빠왔다. 그동안 아버지의 성공과 안락함이 엄마의 희생을 발판으로 했다는 것을 아버지는 모르는 것일까. 그래서 죽음 후엔 훨훨 날아 어디든 갈 수 있도록 해달라고, 한 조각도 남김없이 자신을 뿌려달라던 엄마의 바람 같은 건 염두에도 없었다는 말인가. 둘째 아이가 태어나기 전 아버지와 화해를 해야겠다는, 적어도 아버지를 향했던 원망만큼은 지우고 싶었던 마음이 아득해지며 다시 아랫배가 땅겼다.

"왜? 배가 또 아픈 거야?"

눈치 빠른 기영이 배 위로 손을 얹으며 물었다.

"좀 진정하고 천천히 숨을 쉬어. 그냥 아버님께 맡기자. 그래야 자기도 편할 것 같아."

요동치던 심장이 잦아들고 단단하게 뭉쳤던 배가 조금씩 부드러워지자 나는 기영을 바라보았다. 가끔 똑 부러지는 자기주장 없이 적당한 선에서 타협하려는 그가 우유부단하거나 무능한 건 아닌가 미덥지 못했다. 하지만 이것저것 따져 묻지 않고 기다리자고 나를 진정시키려 애쓰는 그가 고마웠다. 아버지에게 맡기자, 라고 유연하게 말해주는 기영이 든든했다. 기영은 일찍 자야겠다며 누웠다. 방에 불을 끄고 찻주전자를 챙겨 마당으로 나왔다.

앞마당 멀리 자동차 불빛이 간간이 지나갈 뿐 사방이 어두웠다. 그제야 맑은 하늘에 총총하게 떠 있는 별들이 눈에 들어왔다. 마당에 자리를 펴고 누워 쏟아지는 별을 향해 웃었던 지난 여름밤이 떠올랐다.

"내 생애 제일 잘한 일 중 하나는 이 집을 장만했다는 거야."

엄마는 들떠서 이야기했다. 이 집과 함께 엄마와 아버지의 인생 후반이 평안하고 행복할 거라 우리 모두 그렇게 믿고 있을 때였다. 처마 밑 전등 스위치를 올렸다. 어둠이 밀려나며 마당이 한눈에 들어왔다. 아버지는 자두

나무 옆 벤치에서 캄캄한 하늘 너머 먼 곳에 눈을 둔 채 망연하게 앉아있었다. 미동도 없이 움츠린 모습이 일부러 배치해 둔 조형물 같았다. 자두나무는 어느새 내 키만큼 자라있었다. 가지에 '강영후'라 쓰인 이름표가 이따금 불어오는 바람에 이리저리 흔들렸다. 2년 전 영후가 태어났을 때 엄마는 기념으로 무언가 하고 싶어 했다.

"마당에 나무를 심는 건 어때?"

엄마가 낸 의견에 탐스럽고 달콤한 자두가 좋겠다는 결론을 내려 심은 나무였다. 엄마가 돌아가시기 전 몇 번이고 부탁한 그 나무, 영후의 자두나무가 아버지를 감싸듯 가지를 뻗고 있었다. 내가 다가가자 아버지는 손에 들고 있던, 불을 붙이지 않은 담배를 다시 주머니에 넣었다.

"불이라도 켜고 계시지. 어둡잖아요."

"나는 괜찮다. 영후는 잠이 들었니?"

"네. 캐모마일이에요."

차를 따라 아버지에게 건넸다. 찻잔을 받아드는 손이 떨리고 있었다. 아버지는 선생님에게 야단맞으러 나온 아이처럼 고개를 숙였다. 여남은 개 항아리가 옹기종기 모인 장독대 주변에 수선화 줄기가 가지런히 올라와 있었다. 얼마 지나지 않아 노란 꽃을 피워 올리면 단아한 엄마를 떠올리게 할 것이다. 울타리 삼아 돌려 심은 남천이 넓은 마당과 바깥길을 구분 짓고, 잔디와 오래된 기와지붕의 곡선이 어울릴 듯 말 듯 묘한 분위기를 지어내고 있었다. 예쁘고 정갈한 집.

"아버지, 왜 그러셨어요?"

나는 이렇게 물어놓고 스스로 놀랐다. 어쩌면 아버지는 예상하고 있을지 모를 질문이었지만 그 시기가 지금이 맞는 건지는 나 자신도 알 수 없었기 때문이었다.

"미안하구나."

"그 말을 들으려는 건 아니에요. 아버진 한 번도 이유를 말씀하지 않았어요. 왜 그때 엄마 곁에 없었는지."

"곧 돌아오려고 했단다. 아니다, 엄마 소식을 듣고 당장 비행기 표를 구하려고 했지만 어쩔 수 없었지. 난 오려고 했다."

"결국은 늦게 오셨죠. 아버지가 네팔로 떠날 때는 이미 엄마 병이 위중하다는 걸 아셨잖아요. 가지 말았어야 했어요."

"난 정말이지 그럴 줄 몰랐다. 느이 엄마가 그렇게 버티지 못하고 서둘러 갈 줄 알았다면 나도 히말라야 등반을 포기했을 거다. 하지만 얘야 이 애비도 그때 멈출 수가 없었다. 30년 공직 생활을 마치고 퇴직했을 때 나는 누군가, 어디쯤 와 있는 건가, 이제 어디로 가야 하는가, 느닷없는 절망과 허무함에 견딜 수 없었지… 그곳에 다녀오면 내 안에서 소용돌이치는 알 수 없는 불안과 상심이 가라앉으리라 희망했단다."

"엄마는 마지막까지 아버지를 찾았죠. 혀가 굳어 말은 할 수 없었지만 엄마는 기다렸어요. 죽음과도 같은 힘든 시간이 지나면 내일은 올까, 잠시 잠든 사이에 오지 않을까, 정신을 놓지 않으려 안간힘을 썼죠."

"미안하다…."

"아버지는 평생 엄마를 기다리게 했어요."

아버지는 고통스러운지 머리를 움켜쥐었다. 아버지와 나 사이에 넓은 강이나 깊은 계곡이 있어 우리는 서로의 마음에 닿을 수 없는 것처럼 막연하고도 지난한 시간이 흘렀다. 캐모마일 차가 식었고 서늘한 바람이 목덜미에 닿을 때마다 팔뚝에 오스스 소름이 돋았다. 희미한 달빛이 사위를 더욱 스산하고 불안하게 만들고 있었다.

"아버지, 이제 그만 엄마 보내주세요."

감정이 들어 있지 않은 평범한 어조로 말했는데 아버지는 손으로 얼굴을 감싸며 흐느끼기 시작했다. 내가 어찌 해 볼 겨를도 없이 오열하는 모습에 가슴이 서늘해졌고 아랫배가 다시 아팠다. 예정일이 아직 두 달 남았지만 알 수 없다고, 조심하라던 의사의 말이 떠올랐다. 나는 한 손으로 배를 문지르며 다른 손으로 아버지의 등에 손을 얹으려다 그만두었다. 아버지에게 울 시간이, 고통의 눈물 한 방울까지 들어내야 할 시간이 필요할지도 몰랐다.

아버지의 울음소리는 깊은 동굴에서 메아리치듯 웅웅거리기도 했고 모래바람이 이는 것처럼 팍팍하기도 했다. 그러다 어느 순간 아버지는 구부렸던 몸을 세우고 담담하게, 너무나 차분하게 말을 이어갔다.

"영후 에미야, 나는 느이 엄마에게 몹쓸 짓을 또 하고 말았구나. 엄마를 그렇게 보내고 절 뒷산에 뼛가루를 뿌리던 날, 나는 잠시 정신을 잃은 것 같다. 산에서 내려와 담배를 피우려고 주머니에 손을 넣었는데 뭉클하게 무언가 만져지더구나. 꺼내 보니 엄마의 유골 가루가 들어 있었어. 얘야, 정말이지 나는 그러려고 한 건 아니었다. 내가 감히 어떻게 그런 마음을, 제정신이 아니고서야 어떻게 그럴 수 있었겠니…"

몸속에 있던 눈물이 다 쏟아져 나와 더이상 한 방울도 남아있지 않은 것처럼 아버지 목소리는 건조했다. 퀭한 눈동자만 반짝거리며 내 가슴을 후비고 있었다.

"그래도 엄마는 아버지를 원망하지 않았어요. 편안하게 눈을 감았죠."

"살면서 그때만큼 후회한 적은 없었단다."

아버지는 어두운 하늘을 올려다보며 말했다. 짧은 한숨 소리가 함께 새어 나왔다.

평생 일밖에 모르던 아버지였다. 엄마는 병과 싸우는 자신을 두고 떠났던 아버지를 이해했던 걸까. 퇴직 후에 주어진 긴 시간 앞에서 막막했을 아버지를 기다리지 못한 것은 엄마가 아니라 나였을지 몰랐다. 엄마의 체취가 그대로 남아있는 이 집, 발 디디는 곳곳마다 엄마가 떠오르는 이 집에서 죄책감과 슬픔으로 고통스러웠을 아버지가 가여웠다. 살아서 애틋한 감정 한 번 제대로 표현하지 못했던 아버지, 엄마의 유해라도 붙들고 사랑한다 말하고 싶었을까. 아버지의 사랑법은 저렇게 품에 간직한 채 놓지 못하는 것일까. 어쩌면 아버지를 이해할 수 있을 것도 같았다. 아버지를 남겨두고 일어나 엄마의 서재로 들어갔다.

이 집을 마련하고 엄마가 가장 많은 시간을 보내며 회환과 애정과 눈물과 기쁨과 슬픔을 공유했던 공간, 엄마의 서재는 이 세상에 엄마가 없다는 사실을 모르는 듯 태연하게 옛 모습 그대로였다. 6개월이 지나도록 돌아오지 않는 주인을 기다리고 기다리고 끝내 기다릴 모양새였다. 해외 출장으로 많은 날 집을 비웠던 아버지 대신 엄마 곁을 지켜 준 오래된 책들이 두 평이 안 되는 방을 채우고 있었다.

마흔이 되던 해에 수필로 등단했던 엄마는 소설을 쓰고 싶어 했다. 작은 일조차 아버지와 의논해서 결정했던 순종적인 엄마의 꿈은 그러나 꿈으로만 그쳐야 했다. 사무관 승진을 앞둔 아버지는 엄마가 자신에게 집중하길 원했다. '사무관만 달면, 그때 당신 하고 싶은 거 해.' 하지만 엄마가 하고 싶은 일을 시작할 기회는 좀처럼 오지 않았다. 누구보다 출세를 지향했던 아버지는 능력을 인정받아 사상 최단 시간에 서기관으로 승진했다. 그 후로 엄마는 안팎으로 아버지의 손과 발이 되어 뒤치다꺼리를 해야 했다. 아버지는 엄마의 꿈같은 건 잊은 듯 보였다. 이제 엄마가 하고 싶은 일 하라고 말하던 내게 '느이 아버지 마음 불편하게 하면서까지 뭘… 나중에, 나중에 하지'라고 말했다. 그리고 그 나중은 영영 기약할 수 없게 되었다.

책상 서랍을 열었다. 가지런하게 정리된 서랍 속에서 갈색 리본을 묶어 둔 상자가 눈에 띄었다. 상자에는 스킨과 로션, 핸드크림 샘플들이 종류별로 질서 있게 놓여있었고 '내 나라 맛집 지도'라든가 '드라이브하기 좋은 코스 100선' 따위의 안내서가 쌓여있었다. 엄마는 어디로 가고 싶었던 걸까. 상자 밑바닥에서 장기기증 등록카드를 꺼냈다.

나는 생명나눔을 실천하기 위해 아래와 같이 장기기증 등록을 합니다.
사후 각막
뇌사시 모든 장기(각막, 신장, 간장, 심장, 췌장 등)
생존시 신장 기증
인체조직(뼈, 피부, 인대 등)

항목마다 브이표로 체크된 하단에는 엄마의 이름과 서명이 날인되어 있었다.

내가 결혼을 앞두었을 때 엄마는 장기기증 서약을 했다고 알렸다. '생각해 보니 이 나이 되도록 남을 위해 한 일이 별로 없더라. 그래서 말인데'라고 운을 뗀 엄마는 건강검진을 받았고 이상이 없다는 결과에 만족하며 장기기증을 약속했다. 엄마의 바람과는 달리 서약서는 쓸모가 없었다. 엄마는 병중에도 그 점을 아쉬워했다. 그러면서 '너도 아이 낳고 키우면서 항상 주변에 감사하는 마음을 가져야 해'라고 힘주어 말했다. 선하고 아름다운 사람이었구나, 엄마는. 카드를 주머니에 넣고 벽에 걸린 원피스로 다가갔다. 엄마의 흔적을 간직해야겠다고 마음먹었을 때 떠올린 것이 푸른 옷소매의 이 원피스였다. 풍성한 주름이 잡힌 치마가 발목 길이로 내려오고 푸른색 소매가 비칠 듯 말 듯 부드럽게 팔을 감싸는 모양의 원피스. 엄마가 유난히 즐겨 입었던 탓에 내가 '여왕 그린 슬리브스'라는 별명을 붙여주었던 기억이 났다. 아담하고 살집이 없던 엄마가 이 원피스를 입으면 기품이 있어 보였고 실제로 영화 속의 왕비 앤처럼 우아했다.

몇 해 전 어느 문학의 밤 행사에서 시를 낭송하던 엄마의 모습이 아직도 생생했다. 시낭송을 마쳤을 때 쏟아지던 박수 속에서 엄마는 환하게 웃었는데 그동안 보아온 그 어떤 모습보다 행복해 보였다. 좀처럼 볼 수 없었던 자신감이나 성취감으로 엄마 얼굴은 상기되어 있었다. 그날 푸른 옷소매의 원피스를 입은 엄마는 눈이 부셨고 그 모습은 내게 큰 이미지로 남았다. 고귀하고 우아했던 엄마는 그렇게 떠났고, 그리고 6개월이 지났지만 아버지와 나는 어색하게 소원해졌다. 우리 각자는 엄마를 잃은 상실감과 아픔이 너무 커 서로를 살피지 못했다. 서로를 보지 못했을 뿐 아니라 자신도 추스르지 못한 채 그저 견디고 있었다.

둘째의 임신 사실을 알게 되었던 날 엄마의 시한부 선고도 함께 받았다. 나의 축복이 엄마의 병을 담보로 한 것은 아닌지 두려웠고 미안했다. 나의 불안함과 황망함은 엄마가 급격하게 진행되는 병과 싸울 때 살뜰하게 챙기지 못했던 아버지에 대한 원망으로 옮겨갔다. 나는 아버지를 외면하고 미워함으로써 스스로에게 면죄부를 주었다. 아버지는 그사이에 우울증이 깊어졌고 술에 의존해 지냈으며, 기영은 아버지와 나 사이에서 어떤 역할이든 하고 싶어 했으나 나는 곁을 주지 않았다. 아버지가 겪고 가야할 과정이라 매몰차게 말했다.

옷걸이를 빼내자 원피스는 형체를 잃고 힘없이 가라앉았다. 팔을 잃은 사람처럼, 다리를 잃은 사람처럼 주저앉았다. 문득 아버지가 움켜쥔 유골가루가 엄마의 팔이나 다리는 아니었을까, 그래서 온전한 몸을 갖지 못한 엄마가 원하는 곳으로 가지 못하는 것은 아닐까 생각했다. 아버지가 원망스러웠다. 아니, 안쓰러웠다. 놓을 수도 잡을 수도 없었던 막막한 시간, 그 속에서 아픔을 견뎌내야 했던 아버지. 이제 아버지의 짐을 덜어줘야 할 때가 되었다. 나는 원피스를 무릎에 덮고 엄마가 책을 보다가, 창 밖 하늘을 보다가 잠깐씩 눈을 붙였을 자리에 누웠다.

한기를 느끼고 눈을 떴을 때 어스름하게 새벽이 오고 있었다. 가볍고 상쾌한 공기였다. 원피스를 접어들고 마루로 나섰다. 기영과 영후가 잠든 방은 고요했고 아버지 방문도 닫혀있었다. 마당의 벤치 위에 그대로 놓인 찻잔과 주전자를 보며 어젯밤 일이 꿈은 아니었을까 생각했다.

무를 삐져 넣은 맑은 북엇국으로 아침을 준비했다. 기영과 영후가 잠에서 깨어 마당을 산책하는 동안에도 아버지는 보이지 않았다. 아버지 방문을 열었지만 방은 비어 있었고 이불을 폈던 흔적도 없었다. 전화를 걸어봐야겠다고 돌아서는데 집 뒤편에서 아버지가 허청거리며 나타났다. 옆에서 누가 붙잡지 않으면 금방이라도 쓰러질 듯 아버지는 아슬아슬하게 걸음을 뗐다. 오랜만에 아버지 얼굴을 자세히 들여다보았다. 기세 좋던 풍채와 윤기로 빛나던, 옛날에 태어났으면 재상감이라고 할머니가 자랑스러워했다던 높은 이마는 없었다. 앙상한 손목과 팔다리로 간신히 버티고 있었으며 들판 허수아비에 씌워 놓은 것처럼 셔츠와 바지가 제멋대로 펄럭거렸다. 밭에라도 다녀왔는지 신발 끝이 젖어 있었다. 아버지는 깊은 고민의 시간을 보낸 흔적이 역력했지만 눈빛만은 살아있어 어제처럼 초점 없이 허공을 배회하는 모습은 아니었다. 무언가 중대한 결심이라도 한 것처럼 앙다문 입술에는 결기마저 느껴졌다.

아침상을 차렸다. 기영이 국물에 밥을 말아 영후 입에 떠 넣었다. 물끄러미 바라보던 아버지는 조용히 숟가락을 놓고 일어섰다.

"미안하다. 입맛이 없구나. 너희들은 아침 먹고 올라가거라."

유리병에 담긴 엄마의 유해 가루에 대하여 아버지는 입을 다물고 있었지만, 나는 아버지 스스로 엄마를 보낼 방법을 찾았다는 것을 알 수 있었다. 의아해하는 기영을 재촉해 짐을 챙겼다. 할아버지께 인사를 드리라고 시켰지만 영후는 주뼛거리며 아빠 다리 사이로 숨어버렸다.

"허허, 괜찮다 괜찮어. 다음에 오면 할아버지와 시장에 놀러 가자, 영후야."

아버지는 환한 웃음으로 우리를 배웅했다. 나는 영후를 향해 말했다.

"영후야, 스무 밤만 자면 할아버지 우리집에 오실 거야. 그때는 예쁘게 인사하자."

기영과 영후가 차에 오르는 것을 보고 나는 아버지 곁으로 갔다.

"이거 엄마 서재에서 찾았어요."

나는 엄마의 장기기증 카드를 아버지 손에 쥐여 주었다.

"어쩌면 엄마의 콩팥이나 심장, 아니면 팔이나 다리였을지도 모르는 것들을 아버지와 내가 붙들고 있는 건 아닌가 하는 생각이 들었어요."

"……"

잠깐 동안 아버지 눈동자가 흔들렸다. 나는 아버지의 손을 잡고 쓰다듬었다. 거칠었지만 따뜻했다.

"더이상 엄마 기다리게 하지 않으셨으면 좋겠어요. 밥 잘 챙겨 드시구요."

"그래… 걱정 말거라. 내가 어떻게든 돌려놓을 테니."

차가 안 보일 때까지 서 있는 아버지 모습이 이리저리 흔들리고 있었다. 고속도로에 들어섰을 때 기영은 걱정스럽다는, 하지만 오래 참았다는 듯 물었다.

"아버님, 별일 없으시겠지? 저렇게 계시게 해도 괜찮을까?"

"응, 아무 일 없을 거야."

"아버님과 이야기 좀 나눴어? 뭐라셔?"

"아니, 특별한 이야기 없었어."

나는 기영을 쳐다보며 말했다. 내 말을 그대로 믿는 눈치는 아니었지만 그는 더 묻지 않았다. 나는 아버지가 '걱정 말거라. 내가 어떻게든 돌려놓을 테니'라고 했던 말을 되뇌었다. 아버지는 그럴 것이다. 어떻게든 돌려놓을 것이다.

이틀 뒤, 새벽에 뜻하지 않은 진통으로 응급실에 간 나는 출산을 했다. 두 달을 미처 채우지 못하고 나온 아이는 선한 눈매에 동글동글한 콧방울을 한 딸이었다. 인큐베이터에서 첫 세상과 마주하겠지만 크게 걱정되지는 않았다. 기영으로부터 소식을 받은 아버지가 편지와도 같은 긴 문자를 보내왔다.

'정연아, 네가 와줘서 고마웠다. 애비로서 면목이 없지만 네 엄마의 마지막을 내 손으로 정리할 기회를 줘서 고맙구나. 내가 부질없는 짓을 저질렀더구나. 그날 내 손안에서 흩어지는 엄마를 붙잡고 싶었다. 미안하다는 말도 못 한 채 그냥 보낼 수는 없었다. 그 순간 한 줌을 집어 주머니에 넣고 말았다. 그 후 나는 먹을 수도 잠을 잘 수도 없었다. 네가 다녀가던 날, 밤새 생각해 보았다. 어떻게 하면 네 엄마를 온전하게 보내줄 수 있을까. 엄마의 죽음은 끝이 아닐 거다. 그 숨결은 바람 속에서, 햇빛 속에서 머물며 우리 곁에 있지 않겠니…'

목이 메어 더 읽을 수가 없었다. 어느새 고인 눈물이 손등으로 한 방울씩 떨어졌다. 아버지는 둘째 아이 이름이 정해지는 대로 알려달라고 했다. 살구나무를 사다가 영후의 자두나무 옆에 심을 거라고도 했다. 손녀 이름을 새겨 넣을 나무판을 직접 만들겠다고, 완성되면 보여주겠노라고 했다.

나는 기영에게 둘째 아이 이름 짓는 것을 서두르자고 했다. 퇴원하면 장롱 안에 넣어 둔 푸른 옷소매의 원피스를 꺼내어 절에 가져갈 생각이다. 아버지와 내가 붙들고 있던 엄마를 이제는 정말 보내야겠다. 그렇다고 우리가 영원히 헤어지는 것은 아니다.

## 조남숙 | 그 날, 하루

서울출생.
도예가, 양평문인협회, 한국소설가협회 회원.
2019년 「환승」으로 『한국소설』 신인상, 2020년 양평문학 작가상.
단편소설 「그 날, 하루」 「설매재 그 곳」 발표.

# 그 날, 하루

조남숙

누가 보낸 것일까?

실내에 들여놓은 선인장을 물끄러미 쳐다보았다. 도무지 짐작 가는 이가 없었다. 축하 화분으로 가시 돋힌 선인장을 보내는 것은 드문 일이었다. 전시회 첫날 배달 온 선인장에는 분홍색리본에 개인전을 축하합니다, 라고 씌어 있을 뿐 보내는 이는 S라고만 적혀 있었다. 선인장에는 작고 앙증스러운 빨간 꽃이 몇 송이 피어있었다. 나는 서둘러 화분들을 내어놓고 키 작은 선인장은 밖에서 잘 보일 수 있도록 놓았다. 35평의 전시장에는 밤사이 묵은 공기가 가득 차 있었다. 전시 6일이 지나고 실질적으로 오늘이 개인전 마지막 날이다. 봄의 끄트머리인 5월의 아침은 상쾌하다. 그동안 전철을 타고 인사동으로 향하는 발걸음은 가벼웠다. 출근하는 무리들의 발자국소리를 들으며 거대한 무리가 목표를 향하여 걷는 듯했다. 경인미술관 5관은 개인전을 하기에 크지도 작지도 않은 알맞은 평수이다.

양쪽 유리문에 포스터 효과를 내기 위해 여러 장 붙여놓은 엽서가 밤사이 습기를 먹은 탓인지 떨어질락말락 하고 있다. 스카치테이프로 다시 붙이고 도록과 방명록을 정리하고 실내를 환기시켰다. 전시된 작품은 테라코타로 빚은 인체도자와 도벽작품들이다. 나는 벽에 걸린 액자를 힐끔 쳐다보았다. 흰 벽에 3쪽짜리 액자가 나란히 걸려있다. 손바닥만 한 타일을 수 십장 제작해 만든 작품이었다. '25시간 동안의, 하루' 라는 작품 속에는 주로 바닷가의 풍경이 등장한다. 기억의 단편들이 스멀스멀 피어오른다. 작품 속에는 강릉행 무궁화호 기차티켓, 하얗게 밀려오는 포말, 모래사장에 찍힌 발자국, 검은 바윗돌 위에 부리가 뾰족한 갈매기가 앉아 있기도, 날기도 한다. 점토를 밀어 만든 타일은 바다를 배경으로 스카이블루와 화이트 톤의 색상이 주를 이룬다. 하얗게 밀려오는 포말처럼 그 날의 기억들이 밀려든다.

그와 헤어지던 아침. 햇살은 따스한 기운이 감돌았다. 우리는 아무도 없는 기차역대합실에 나란히 앉아 있었다. 그의 표정은 전날 소주잔을 비우며 밝게 웃던 모습과는 달랐다.

윤 선생, 우리 또 만날 수 있을까?

그는 자신의 발을 내려다보며 작은 목소리로 말했다. 나는 소리 없이 빙긋 웃었다. 그는 곧 프랑스로 날아갈 것이다. 우리는 서로가 만날 가능성이 희박하다는 것을 이미 알고 있는 터이다. 그는 내 손을 잡으며 혼자 이곳에 남아있고 싶지 않다고, 주문진으로 갈 것이라고 했다. 표정은 무척 쓸쓸해 보였다. 그의 표정에 전염되듯 나도 우울해지려 했다. 태연한 척, 애써 웃어 보였다. 그도 입 꼬리를 들어 올리며 만나서 반가웠다고 악수를 청한다.

우리 쿨하게 만나고 쿨하게 헤어지는 거 맞죠?

어색한 순간을 넘기기 위해 나는 밝은 목소리로 말했다. 그가 고개를 끄덕였다. 짧은 시간에 그와 많은 것을 공유한 듯했다. 이별이라는 순간이 이런 것인가 생각할 때 그가 나를 슬며시 안아주었다.

그동안 송은호의 소식은 페이스북에서 언제라도 알 수 있었다. 그는 한국에서 두 차례의 개인전을 열었을 뿐 알려진 작가는 아니었다. 오래전 매달 구독하는 잡지 뒷면에 작품과 함께 서너 줄의 리뷰가 실렸을 때 혹시 그 사람이 아닐까, 생각 했을 뿐 '그' 라는 확신은 없었다. 그의 성은 알았지만 이름은 몰랐기 때문이다. 그 후 몇 년이 지나고 아트잡지 양면에 커다란 작품과 함께 그의 사진이 실렸을 때 내 눈을 의심하지 않을 수 없었다. 스페셜 아티스트에 송은호라고 소개하고 있었다. 카메라 초점을 피해 다른 곳을 바라보고 있는 작가는 분명 그였다. 특히, 작품에 손을 얹고 있는 굵은 마디의 손가락은 그를 떠올리기에 충분했다. 나는 놀란 눈으로 잡지의 사진을 뚫어지게 들여다보았다. 청바지에 검은 티를 입고 있는 사람은 분명 송은호였다.

그는 지금 쯤 프랑스 땅에 있을 것이다. 몇 년 전 이 번 전시회는 한국에서의 마지막 고별전이라고 했다. 그리고 프랑스로 다시 돌아갈 것이라고 페이스북에서는 말하고 있었다.

바닷가 포장마차에서 소주병을 비우며 그는 자신의 이야기를 했었다. 고국을 떠나 프랑스 남부에서 살다 잠시 들어온 것이라고, 그 곳에서 지낸 대부분의 시간은 외부와 철저히 단절된 은둔의 시간이었다고, 혼자만의 시간 속에 갇혀있다 보면 세상 밖으로 뛰쳐나가고 싶다고 했던 말을 기억한다. 송은호의 작품은 일반적인 조각하고는 달랐다. 제련소나 조선소 같은 현장에서 용도 폐기된 쇳덩이를 찾아내 비정형의 물질을 발견하고 이것을 끌어내서 스튜디오로 가지고 오는 것이 작업의 출발점이었다. 나는 정동진 바닷가에서 오뎅국물을 떠먹으며 보았던 송은호의 굵은 마디의 손가락을 기억한다. 노동으로 다져진 몸은 단단해보였다. 작품을 하며 보내 온 세월이 깊어서 일까, 표정이 지나치게 차분하다 생각했다. 나는 조각에 대해서 깊은 상식은 없지만 인체 도자작업을 하므로 송은호의 말에 공감하듯 고개를 끄덕였다. 도자 작업도 반은 노동이었다. 예술이란 결과물이 나올 때까지 노동은 필연적으로 따르기 마련이었다. 그것만으로도 우리는 어느새 오랜 친구처럼 스스럼없이 이야기를 나누었다.

화면에 보이는 그의 작업실은 남부 어느 지역에 있었다. 파리 리옹 역에서 남쪽으로 다섯 시간 넘게 달려 스페인 국경과 가까운 작은 도시에 살고 있었다. 프랑스 국기와 카탈루나 깃발을 함께 내건 집들이 눈에 많이 띄었다. 거기서 승용차로 40분을 더 들어가야 송은호의 작업실이 나온다. 시야가 탁 트인 하늘 아래 펼쳐진 풍경은 척박하고 황량했다. 사막도 아니고 산도 아닌 어느 행성 같았다. 보이는 것이라고는 흰색에 가까운 밝은 석회암과 자갈 돌 그리고 사람 허리 높이의 관목과 잡초뿐. 사방에는 집이라곤 단 한 채도 없었다. 그나마 군데군데 포도밭이 있어서 간신히 사람 흔적을 더듬을 수 있었다. 이 처럼 반경 수 킬로미터 안에 사람이 사는 집이라고는 송은호의 작업실뿐이었다. 돌로 쌓아올린 건물은 아치형 기둥과 그리스나 중세, 르네상스 시대의 동굴 같은 분위기를 자아낸다. 또 어떤 실내는 군더더기 하나 없이 탁 트인 공간에 북쪽과 남쪽으로 큰 창문이 나 있다. 넓은 전시장에는 그의 작품인 금속 덩어리들이 군데군데 놓여 있었다. 도대체 이것이 무엇일까. 나는 컴퓨터 화면을 확대해서 자세히 들여다보았다. 그의 말대로 조각이라고 단정 짓기는 어려웠다. 비정형화된 작품은 특정장르나 카테고리로 묶을 수 없었다. 그는 포장마차에서 소주병을 비우며 내가 알아듣기 쉽게 조각가라고만 말했던 것 같다. 나는 화면에 나타난 작품설명을 읽었다. 뜨거운 용광로에서 흘러나와 굳어버린 찌꺼기 또는 철, 티타늄, 구리, 알루미늄, 니켈 같은 순도 높은 금속 덩어리가 곧 작품이 된다고 했다. 독특한 색체의 질감이었다. 황동은 금빛과 어두운 그림자를 동시에 내뿜고, 철은 검붉게 녹슬고, 알루미늄은 깊은 잿빛 광채를, 니켈은 짙은 녹색으로 산화된 듯 보였다. 어떤 것은 공장에서 선뜻 팔려고 하지 않는 것을 꾸역꾸역 작업장으로 옮겨서 인위적으로 변형을 가하지 않는다고, 기껏해야 표면을 갈고 닦는 정도라고 했다. 또 다른 작업방식은 800~1100℃ 고온에서 용해된 액체 상태의 금속을 원통형 틀에 던져 뿌려서 형태를 만들어 식으면 틀에서 떼어내 이것을 겹치기도 하고 때론 둥글게 말린 형태를 그대로 둔다고 했다. 테라코타 작품을 가마에서 소성할 때 온도와도 같았다. 송은호는 이런 조각덩어리를 자연의 단편이라 했다. 화면에 비친 그의 표정은 포장마차에서 도넛 모양의 담배연기를 물고기처럼 뻐끔뻐끔 내 뿜으며 장난을 치던 그 모습은 아니었다.

송은호를 만난 것은 5년 전 어느 해 겨울이었다.

나는 작은 손가방 하나를 꾸렸다. 계획된 것은 아니었다. 떠나고 싶다는 생각을 실천으로 옮겼을 뿐이었다. 그리 멀지 않은 Y역……. 가장 쉬운 방법은 기차를 타는 것이었다. 어느새 사십을 바라보는 나는 일상의 단맛도 쓴맛도, 삼키기엔 속이 울렁거렸다. 작업에만 매달려 온 나는 한쪽 가슴이 서늘했다. 종종 파도가 튀어 오르는 넓은 바다가 눈앞에 출렁였다.

Y역의 대합실은 복잡했다. 좌석이 몇 개 안 되는 좁은 대합실은 전철과 기차를 이용하는 사람들로 뒤섞였다. 초조함과 설렘이 뒤섞인 마음으로 전광판의 기차시간표를 올려다보았다. 손에 쥔 티켓에는 2호차 55번이라고 적혀있었다. 기차에 탑승해 티켓의 번호를 확인하며 천천히 자리를 찾았다. 기차 안은 비교적 차분했다. 이미 출발은 청량리에서 했으므로 드문드문 빈자리가 주인을 기다리고 있었다. 55번은 창문 쪽 좌석이었다. 56번 좌석에 남자가 앉아 있었다. 바로 옆 자리에 남자가 있다는 사실이 조금은 불편했지만 그의 앞에서 머뭇거렸다. 남자는 책을 읽다말고 나를 올려다보았다. 티켓을 들고 저, 제 자리가 55번……. 남자가 아, 네 라고 짧게 대답하며 일어나 자리를 비켜주었다. 좌석에 앉아 어정쩡하게 손가방을 무릎에 올려놓고 있을 때 남자가 슬쩍 쳐다보았다. 짐을 위에 올려드릴까요? 대답도 할 사이 없이 남자는 가방을 번쩍 들어 짐칸에 올렸다. 나는 어색한 미소를 지으며 고맙다고 예의바르게 말했다. 그 때서야 나는 목도리를 풀고 편안한 자세로 앉을 수 있었다. 웨이브진 곱슬머리가 분위기 있게 어울리는 남자였다. 강릉행 무궁화호는 목적지를 향하여 달렸다. 4시간 후면 바다가 보이는 정동진역에 도착할 터이다.

창가로 들어오는 햇살은 출발할 때와는 달리 마음을 안정시켰다. 멍하니 눈부신 햇살을 바라보았다. 목적지 없이 내리고 싶을 때 내리고 타고 싶을 때 언제라도 탈 수 있는 기차였으면 좋겠다는, 현실성 없는 생각을 잠깐 했다. 혼자 작업을 하다보면 지치고, 외로울 때가 있었다. 신선한 바람을 쏘이며 머릿속을 비우고 싶었다. 햇빛에 눈이 시렸지만 남자가 책 읽는 것을 방해하고 싶지 않았다.

커튼을 치셔도 됩니다.

목소리가 차분한 사람이었다. 붉은색 커튼 자락을 잡아당겨 들어오는 햇빛을 가렸다. 남자는 이내 책을 덮고 눈을 감았다. 거칠고 굵은 마디의 손가락 사이로 프랑스의 철학자 볼테르의 이름이 눈에 들어왔다. 그의 철학소설 깡디드 candide 라는 책이었다. '여전히 세상 모든 게 최선으로 돌아가고 있다고 믿으십니까? 청년 깡디드가 노예선 선원으로 전락한 스승 팡글로스를 우여곡절 끝에 만나 이렇게 묻는다. 앞으로 살날이 많은 나에게 최선이란 어떤 것인가. 나는 과연 최선을 다 했다고 볼 수 있을까. 어떻게 해야 최선을 다했다고 말 할 수 있을 까.

커튼 사이로 스쳐지나가는 풍경을 바라보았다. 낯선 사람과 나란히 앉아 몇 시간을 가야한다는 것이 불편했지만 그건 누가 앉아도 마찬가지일 터이다. 오히려 아무 말 없이 가는 남자가 나을 지도 모른다.

주희야.

고등학교 동창인 경애가 오전 일찍 전시관의 문을 열고 들어온다.

바쁠 텐데 뭐 하러 또 왔어.

전시회 성과는 좀 있었니?

성과……?

나는 그녀를 쳐다보며 씽긋 웃었다. 전시회라는 것이 어떤 결과를 정해놓고 하는 것이 아니었다. 그동안 작업해 온 작품을 발표한다는 생각으로 개인전을 가졌다. 뜻하지 않게 좋은 성과가 나오면 더 이상 바랄 것이 없지만 기대가 크면 실망도 큰 법이었다. 개인전도 하나의 중독성인 듯했다. 작품이 좀 모이면 발표해야 한다는 어떤 의무감이 생긴다. 삼년만의 개인전이었다.

참, 밖에 빨간 꽃이 핀 선인장이 있던데 누가 보낸 거야? 축하 화분은 주로 난 종류를 보내던데…….

경애는 특별하다는 듯 선인장을 손가락으로 가리켰다.

글쎄, 나도 모르겠어. 차 한 잔줄까?

경애는 제과점에서 산 빵을 내려놓으며 내가 차를 타는 사이 전시관을 둘러보았다. 디스플레이 할 사람이 없어 난감해 하던 나에게 무사히 전시회가 끝나가는 것을 축하해 주었다. 경애는 나를 가장 잘 아는 친구이다. 사실 내 형편에 인사동에서 전시회를 한다는 것은 무리였다. 두 달째 집세를 못 내고 있었기 때문이다. 집 주인은 자신도 집세를 받아 생활하는 사람이니 이번 달에는 꼭 입금해 달라고 부탁했다. 몇 달 동안은 보증금으로 버텼다. 이번에 집세를 못 내면 작업실로 거처를 옮겨야 할 형편이었다.

주희야, 너 참 대단하다. 늦게 시작해서 여기까지 온다는 건 아무나 할 수 있는 게 아니야.

그랬다. 사실 전공도 안한 내가 여기까지 온다는 것은 용기가 필요했다. 가시 돋힌 선인장을 바라보았다. 모래 위에 사막처럼 척박한 땅 위에 짓는 집. 그것이 나의 창작생활이었는지 모른다. 나는 백에서 휴대전화를 꺼내 미처 키지 못한 듣기 좋은 팝송을 눌렀다. 경애는 황토빛깔의 작품과 잘 어울리는 음악이라는 듯 만족한 표정을 짓는다. 그녀는 내가 어떡해 사는지 무척 궁금해 했다. 생활하는 데는 괜찮은지 물었다. 나는 고개를 끄덕이며 그럭저럭이라고 대답했다. 대관료가 얼마인지 그녀가 조심스럽게 묻는다. 일주일 대관하는데 얼마라는 말에 그녀는 깜짝 놀라는 기색이었다. 걱정하지 마. 대관료는 나왔으니까. 이미 사무실에 올라가 계산 끝냈어. 전시회 끝나면 우리 한 번 진탕 마셔보자, 나는 내심 그녀의 걱정을 덜어주기 위해 호기롭게 말했다. 경애는 안심이라는 듯 사온 빵을 내게 슬그머니 내민다. 사실 유명인이 아니고서야 창작 활동하는 대부분의 사람들은 어렵기는 마찬가지일 터이다. 빚만 지지 않으면 다행이었다.

생활자기는 좀 팔려?

응, 조금.

P한테는 전혀 연락 없니?

남편 P와 살면서 목적 없는 사막을 걷는 기분이었다. 결혼생활의 정체성이 무엇인지도 모른 채 산다는 것이 고통이고 무의미했다. 하루에 한 마디도 입을 떼지 않는 그와 한 공간에 있다는 것은 심신을 지치고 외롭게 했다. 책을 읽다가도 그 멍한 시간들 앞에 무기력해졌다. 그렇다고 늘 아니하게 퍼져있던 것만은 아니다. 외로운 만큼 더욱 더 작업에 매진했다. 그는 더욱 더 나를 압박해왔다. 작업에 빠져있는 나를 이해해 달라고 말하고 싶지는 않았다. 그럴 필요성을 못 느꼈다. 오로지 내가 할 수 있는 것은 도예작업뿐이었다. 도자조각에 빠져 작품생활에 집착하는 것이 불행인지, 다행인지 모를 일이었다. 꾸준히 하는 작품생활은 성취감도 느꼈다. 무료하지 않게 하루하루를 살았다. 한 지붕 두 가족이라는 좁힐 수 없는 부부생활이 누구에게도 노출되지 않은 채 흘러갔다. 무늬만 부부인 채로 살아간다는 것은 한 번 밖에 없는 인생에 설명할 수 없는 괴로움이었다.

저 작품이 그 작품이니?

경애의 말에 나는 소리 없이 빙긋 웃었다.

얘, 부럽다. 난 언제나 싱글이 될까. 사는 게 지겨워.

그녀는 깔깔거리며 너스레를 떨었다. 나는 월간도예 5월호를 내밀었다. 책속에 이 번 개인전 광고가 두 페이지 실려 있었다. 그녀는 친구가 잡지에 실렸다며 진심으로 축하해주었다. 다음 달 호에는 잡지 뒷면에 전시한 리뷰가 실릴 것이다. 경애가 타일 하나하나를 눈여겨보는 사이 나는 잠시 그 날로 돌아갔다.

달리는 기차의 철커덩 철커덩거리는 분절음은 멀고도 깊은 생각으로 빠져들게 했다.

설핏 잠이 들었다.

망망대해에 작은 배를 타고 두려움에 떨고 있는 내가 있었다. P가 멀리서 차가운 눈초리로 나를 바라보는 듯도 했고, 무덤덤하게 바라보다 빙그레 웃는 듯도 했다. 나는 그에게 살려달라고 손짓을 했다. 배는 그에게서 자꾸자꾸 멀어졌다. 주위에 보이는 것은 아무것도 없었다. 지평선에서 밀려오는 파도는 수만 마리의 연체동물이 꿈틀거리는 것만 같았다. 에얼리언을 연상케 했다. 공포가 물밀듯이 밀려왔다. 갑자기 하늘에는 먹구름이 뒤덮였다. 집채만 한 검은 그림자가 나를 덮쳐 오는 것이 아닌가. 으악, 하고 꿈속에서 비명을 질렀다. 소스라치게 놀라 눈을 떴을 때는 이마에 식은땀이 맺혀 있었다. 그동안 이혼으로 인해 시달렸던 감정이 불안한 꿈을 불러일으켰는지 모른다. 결혼한 지 일 년 만에 아이를 임신했다. 아이는 낳은 지 한 달 만에 하늘나라로 갔다. 인큐베터 안에서 꼬물거리고 있는 아이는 황달기가 심했다. P는 밖으로 돌았다. 안 들어오는 날이 허다했다. 나는 도예작업을 하며 마음을 달랬다. 살아보려고 노력했다. 조금만 더 살아보자고 스스로 달랬지만 피차 그것을 극복할 의지가 없다는 것이 확인되는 순간 우리는 7년간의 결혼생활을 정리했다. 배신감과 모멸감으로 가득했던 나날이었다. 열차는 일정한 음절을 내며 부드럽게 질주하고 있었다. 비로소 꿈에서 깬 나는 안도의 한숨을 내쉬었다. 55번 좌석은 비어 있었다. 책이 그대로 있는 것으로 보아 남자는 잠깐 자리를 뜬 모양이다. 거꾸로 놓인 책을 내려다 보았다. 습관적으로 책에 손을 댈 뻔 했다. 책은 나에게 무엇이었을까. 무료한 시간을 달래기 위해서? 공허한 시간들을 채우기 위해서 였을 까? 기차는 철커덩거리며 달렸다.

기차를 타본 것이 얼마만인지 모르겠다. 옆에 앉은 남자와 어디까지 가십니까? 라는 흔한 대화 한 마디 오고가지 않았다. 말을 하려면 어렵지 않게 할 수도 있겠지만 신경을 쓰고 싶지 않았다. '나' 라는 주체에 충실하고 싶었다. 달리는 기차는 무료하지 않았다. 스쳐지나가는 들판에는 검은 빛이 물든 나무들이 서있고, 논에는 벼 밑동만이 남아 있었다. 산위를 따라 하늘에는 하얀 뭉게구름이 흘러가고 있었다.

정동진역이 가까워 오자 남자가 내릴 준비를 하고 있었다. 저 제 가방도 좀……. 나는 짐을 내리려면 까치발을 최대한 들어 올려야했기 때문이다. 남자는 선뜻 내 짐을 내려주었다. 그 때서야 서로 목적지가 같다는 것을 알았다. 남자와 나는 아무 말 없이 각자의 가방을 들고 내렸다. 정동진역은 인상적이다. 발아래 모래밭이 있었고 바로 눈앞에 넓은 바다가 펼쳐졌다. 아, 하고 감탄했다.

벤치에 가방을 내려놓고 하얗게 밀려오는 바다를 잠시 바라보았다. 심호흡을 크게 했다. 출발할 때의 불안감과 쓸데없는 잡념과 망상이 어느새 파도소리에 휩쓸려 저 멀리 꼬리를 감추었다. 아, 비릿한 바다냄새. 나는 눈을 감고 코끝으로 바다냄새를 스캔하듯 훑었다. 가슴을 크게 들어 올려 비릿한 바다냄새를 한껏 들이마셨다. 몸이 저릿저릿했다. 바다를 향하여 팔딱거리며 야호, 하고 소리를 지를 뻔 했다. 역에 내린 승객은 몇 명 되지 않았다. 정동진역은 시골 역답게 작고 소박했다. 비수기라 사람이 없다는 것이 마음에 들었다. 바다가 보이는 역 앞에 숙소를 정했다.

주인에게 처량하게 보이지 않으려고, 바다가 보이는 전망 좋은 방 있느냐고 조금 생기 있게 물었다. 주인은 일출을 볼 수 있는 전망 좋은 방을 준다고 생색을 냈다. 사실 비수기라 방은 넉넉할 터이다. 간판도 전망 좋은 모텔이었다. 작은 슈퍼를 통해 올라갈 수 있는 숙소는 깔끔하고 잘 정리되어 있었다. 갇혀있고 싶지 않아 손가방을 놓고 곧 바로 내려왔다. 해변의 보도블록을 따라 걸었다. 출렁이는 바다는 우아한 곡선을 그리며 두 겹, 세 겹으로 밀려왔다. 철썩하는 파도 소리가 내 명치 끝을 건드렸다. 아픈 건 지 시원한건 지 분간할 수가 없었다. 얼마쯤 걸었을까, 마주보이는 햇살을 받으며 긴 해변을 지나 소나무 숲이 조성된 공원으로 올라갔다. 인적이 뜸한 작은 공원에서 누군가가 산책을 하고 있었다.

주희야, 파도 소리가 들리는 것 같아.

경애는 작품에 귀를 기울이며 눈을 지그시 감았다. 그러다 가슴을 싸잡으며 장난기 있게 어깨를 흔들었다. 경애의 모습이 너무 우스워 나도 모르게 푹, 하고 웃음이 나왔다. 점토를 밀어 꾸덕꾸덕 말린 다음 자르고 손이 움직이는 데로, 스케치도 없이 머릿속에서 떠오르는 단편들을 그리고, 깎고, 덧붙이는 작업을 반복했던 것이다. 말리고, 초벌을 하고 불러낸 이미지들에 도자물감으로 채색하고, 마지막으로 엷은 유백유를 발라 환원소성을 한 작품이라고 그녀에게 설명했다. 작품 속에는 송은호가 있고, 머리카락이 휘날리는 여인의 얼굴이 추상화처럼 바다위에 떠 있다. 그와 스물다섯 시간 동안의 하루였다. 단체전에서 누군가 말했다. 선생님 작품에 물이 올랐어요. 그 때 나는 조용히 미소 지었다. 취미로 시작한 인체도조는 할수록 매력이 있었다. 근육을 보기 위해 거울 앞에서 스스로 상체를 자주 벗었다. P에게서 벗어난 후, 나는 작업에 더 집중할 수 있었다. 경애는 하얗게 이는 포말을 가리키며 귀를 기울여 파도 소리를 들었다.

출렁이는 바다에 햇살이 눈부시게 빛났다. 남자와 간간히 말을 섞으며 걸었다. 등 뒤에서 내리쬐는 햇볕은 따스한 기운이 감돌았다. 적당한 간격을 둔 그림자는 유난히 길게 드리워졌다. 걸음을 옮길 때마다 선명하고 긴 그림자가 앞서갔다. 무언가 어색하다 생각할 때 남자가 말을 걸었다. 생각보다 그리 춥지 않네요. 나도 아 네, 라고 짧게 대답했다. 내가 어색하듯이 남자도 어색한 듯 했다. 남자가 빙그레 웃으며 패딩코트와 머리색깔이 참 잘 어울린다고 했다. 뒤에서 비치는 오후의 햇살이 그리 보이게 했는지 모른다. 적당한 말이 생각나지 않았다. 그 말에 호들갑을 떨 나이도 아니었다. 멋쩍었지만 그냥 빙긋 웃었다. 나는 검정바지에 무릎까지 내려오는 회색패딩코트를 입고 있었다. 남자도 좀 낡아 보이는 청바지를 입고 공기가 들어간 파란색 패딩잠바를 입고 있었다. 옷차림과 등산용 신발을 신은 것으로 보아 여행을 여러 날 할 것 같은 차림이었다. 특별히 할 말은 없었다. 서로가 알맹이 없는 이야기가 오고갔다. 햇살을 받은 바다는 다이아몬드처럼 반짝였다. 남자와 나는 폭폭 들어가는 모래밭의 깊이를 느끼며 각자의 생각에 빠져 걸었다.

숙소는……. 그가 문득 생각난다는 듯 물었다. 역 앞이라고 했다. 그의 숙소도 역 앞이었다. 바다를 향하여 나란히 모래밭에 앉았다. 잠깐 말없이 바다를 바라보았다.

바다와 맞닿은 하늘은 짙푸르렀고 갈매기 떼가 무리지어 끼룩거리며 군무를 추었다. 먼 바다에서 밀려온 파도가 하얀 포말을 일으키며 검은 바위에 철석하고 부딪쳤다. 부서진 파도가 솨솨솨 하며 밀려왔다 밀려나간다. 뭔지 모를 시원함이 전신을 통과했다. 무슨 생각을 하십니까? 아무생각 안 해요. 나는 너울거리는 바다를 바라보며 심호흡을 크게 했다. 속이 시원해요, 바다가 보고 싶을 때 언제라도 올 수 있고 바다냄새를 맡으면 좋겠다는 말을 했던 것도 같다. 남자와 나는 한 사람이 말을 하면 한 사람은 고개를 가볍게 끄덕이는 것이 대화의 전부였다. 그가 저녁을 같이 먹을 수 있느냐고 물었을 때 조금은 어색했지만 부끄러워하거나 긴장할 필요는 없었다. 잘생긴 얼굴은 아니지만 뭔가 독특한 분위기를 뿜어내는 인상의 사람이었다. 어느 정도 신뢰할 만한 사람 같았다. 점심을 건너 뛰어 시장기가 돌았다. 이른 저녁을 먹는 사이 해는 어느새 수평선 너머로 자취를 감추었다. 음식점을 나와 우리는 다시 소나무 숲이 있는 산책길 쪽으로 걸었다. 함께 식사를 한 탓인지 남자와 나는 한결 편안해졌다. 이곳에 와서 출렁거리는 바다를 보는 것만으로 심장이 뛰는 것 같다고 말하자 남자가 소리 없이 웃었다. 커피숍에서 커피를 마시고 다시 걸었다. 어둑어둑하던 주위가 짧은 시간에 먹물을 풀어놓은 것처럼 깜깜해졌다. 언뜻언뜻 하얀 파도가 어둠속에 나타났다 사라졌다. 철썩거리는 파도소리가 어떤 오케스트라의 연주보다도 장엄했다. 밀려오는 하얀 포말은 살아 움직였다. 다시 어색하다고 느낄 때, 남자가 같이 걸을 수 있는 사람이 있어 다행이라고 밝은 목소리로 말했다. 나도 그렇다고 말을 하려다 경망스럽게 보일 것 같아 말았다. 인적은 전혀 없었다. 밤공기는 차가웠지만 상쾌했다. 남자와 나는 발길 닿는 대로 걸었다. 그렇다고 멀리 갈 만한 곳도 없었다. 이따금 서 있는 가로등만 불빛을 쏟아낼 뿐, 사위는 어둠에 젖어 들었다. 남자와 나는 다시 숙소 쪽으로 발길을 돌렸다. 나는 그에게 말할 때마다 모텔을 숙소라고 했다. 모텔은 왠지 부적절한 장소같이 느껴졌기 때문이다. 그러는 내가 고리타분한가, 라는 생각이 들었다. 역 앞 포장마차에서 오뎅국물 냄새가 진하게 새어나오자 남자가 입맛을 다시며, 포장마차에서 딱 한잔만 하자고 손가락을 들어 보이며 어깨를 으쓱거렸다. 내가 피식 웃자 남자는 눈을 추켜올렸다. 낯선 남자의 제스처에 큭, 하고 웃음이 나왔다. 턱 부분에 조그만 상처가 있었다.

술은 달았다. 술이 한두 잔 들어가면서 남자의 표정은 기차에서 보았던 것보다 훨씬 밝아졌다. 남자가 간간히 말을 하면서 나와 눈을 마주쳤다. 눈빛이 강렬한 남자였다. 남자가 담배를 꺼내 입에 슬쩍 물었다. 금방 떨어질 것만 같은 담배가 떨어지지 않았다. 나는 그 모습이 우스워 웃음이 나왔다. 그가 나를 쳐다본다. 왜요? 하는 표정이었다. 나는 큭큭거리며 남자의 얼굴을 쳐다보았다. 각이진 눈매가 평범한 사람 같지는 않았다. 굵은 마디의 손가락과 말투에서 느껴지는 지적 분위기는 매치되지 않았다. 시크한 느낌의 남자였다. 뭐 하는 사람일까? 생각할 때 남자가 담배에 불을 붙이며 나를 얼핏 쳐다보았다. 그에게 눈이 꽂혀있었으므로 나는 화들짝 놀라 눈길을 딴 곳으로 돌렸다.

왜요, 한 번 피워 볼래요?

전 비흡연자라서…….

모범생이시군요. 여기까지 왔는데 한 번 피워 봐요.

남자가 한 모금 빨아드린 담배를 건네주었다. 머뭇거리다 그것을 받아 손가락 사이에 어색하게 꽂았다. 남자가 호기심 있게 쳐다보았다. 남자의 타액이 묻은 담배를 자연스럽게 입에 갖다 물었다. 왜 가슴이 콩닥거리는지 모를 일이었다. 얼굴이 붉어지는 것은 아닌지 걱정스러웠다. 남자의 시선이 따끔거렸다. 설핏 20대로 돌아가는 느낌이었다. 나는 태연하게 담배를 쭉 빨아올렸다. 기침이 콜록콜록 나왔다. 남자가 어깨를 들썩이며 웃었다. 나도 함께 웃었다.

그냥 확 망가지고 싶은데 어떡해야 되죠?

음……. 글쎄요.

그에게 답을 듣고자 한말은 아니었다. 농담을 던져놓고 나는 움찔했다. 이미 던진 농담이니 어쩔 수 없었다. 남자가 이상하게 생각하지 않기를 바라며 손가락 사이에 꽂은 담배를 괜히 이리저리 돌려보았다. 사실 어떻게 생각하면 꼭 농담만은 아니었다. 이혼으로 지친 마음도, 창작생활도 모든 것이 엉망이었다. 내가 잘 살고 있는지도 의심스러웠다. 사라지고 싶었다.

어쨌든 남편 P로부터 벗어난 것이 홀가분했다. 이기적 삶을 선택했다고는 생각하지 않았다. '콜록콜록' 기침이 멈추지 않았다. 눈물이 찔끔 나왔지만 멋지게 피워 보고 싶었다. 남자가 물 잔을 건네며 웃었다. 남자의 웃음이 어딘지 어색하다. 웃어보지 않은 사람이 웃는 그런 모습, 나는 속으로 갸우뚱했다. 삼키지 못하고 입안에서만 맴도는 담배연기를 물고기처럼 폭폭 내뿜었다. 담배를 피우면 기분이 좋아지는 이유가 뭘까요? 나는 깔깔거리며 호기심 있게 물었다. 소주 몇 잔이 들어간 탓일까. 내가 왜 기분이 좋은지, 웃음이 나오는지 모를 일이었다. 남자도 말이 많아졌다. 우리는 떠들고 웃으며 술잔을 비웠다. 남자가 도넛모양의 연기를 빠금거리며 공중에 날렸다.

나는 남자가 날리는 담배연기를 눈으로 쫓으며 허공에 대고 말했다.

한번 뿐인 인생을 외치기에는 너무 늦었지요?

당연히 남자의 대답은 늦지 않았다는 거였다. 도넛 모양의 연기는 공중에서 일그러져 형체 없이 사라졌다. 행동, 말씨, 느낌이 괜찮은 남자였다. 이 남자라면……. 하룻밤의 낭만적인 생각도 해 보았다. 어처구니없는 마음을 들키지 않으려고 나는 코웃음을 치며 조용히 웃었다. 단조롭고 반복되는 것의 지루함, 물이 웅덩이를 만나면 썩어가 듯이 삶도 틀 안에 갇히면 죽어 간다고 하자 남자가 고개를 크게 끄덕였다. 내 죽어가는 속을 있는 대로 까발리고 싶었지만 그럴 수는 없었다. 남자도 잠깐 표정이 어두웠던 것 같다. 담배를 입에 갖다 댈 때마다 자꾸 굵은 마디의 손가락이 눈에 띄었다. 뭐 하시는 분이세요, 라고 묻고 싶었지만 묻지 않았다. 남자가 담배를 깊게 빨아들였다. 오뎅국물에서 무럭무럭 올라오는 뽀얀 김과 그가 내뿜은 담배 연기가 공중에서 함께 엉겼다. 남자가 아슬아슬하게 붙은 담뱃재를 손가락 끝으로 톡톡 털었다. 담뱃재가 뭉텅 떨어졌다. 나는 거물거리는 눈으로 인간의 삶도 저렇게…… 한 순간에…… 그냥 살아가는 게 인생인가, 생각하며 물끄러미 떨어진 담뱃재를 쳐다보았다. 그 때 우리는 주로 인간의 삶에 대해, 하는 일에 대해 이야기했다. 공통점을 찾은 그와 나는 더 신명나게 말했다. 여기서 어려운 철학은 필요 없었다. 소주 몇 잔에 횡설수설하는 시원찮은 철학은 그 자리에서만이 느낄 수 있는 재미였다. 그래서 가끔 소주가 고팠는지 모른다. 우리는 앞으로의 인생을 어떻게 살아야할 것인가에 대해, 창작생활에서 오는 심각한 슬럼프에 대해 물음표를 달았다. 소주 두병과 오뎅국물이 줄어들면서 뱃속의 위장이 뜨끈해졌다. 남자도 술기운이 오르는 것 같았다. 알코올 농도가 온 몸 깊숙이 파고들었다. 남자가 뭔가 생각에 잠기는 것 같았다. 술잔을 기울이는 눈빛과 표정이 어두워진다. 남자가 끔뻑 눈을 감았다 뜬다. 창작 생활하는 사람들에게 주기적으로 찾아 올 수 있는 슬럼프라 짐작했다. 나도 마찬가지라고 말하려다 자신감이 결여된 나는 말이 나오지 않았다. 이 위기를 넘기면 한 단계 더 성숙할 거라는 주제넘은 이야기도 하지 않았다. 남자도 그걸 모를 리 없었다. 술병을 내밀어 남자의 잔에 술을 가득 따랐다. 맑은 소주가 찰랑거렸다. 남자는 쓴 웃음을 지며 고개를 가볍게 끄덕였다. 뭔가 쓸쓸함이 묻어났다. 남자의 독특한 분위기라 생각했다. 바닷가에서 철썩하는 파도소리가 들려왔다. 나는 투명한 소주잔의 가장자리를 빙글빙글 돌리며 어촌에서 한 달만 살아봤으면 좋겠다고 말했다. 남자도 좋다는 듯 장단을 맞추었다. 막 잡아 올린 생선으로 매운탕을 끓이고, 구수한 생선도 구우면서 바닷바람을 맞으며 아무 생각 없이 풀어놓은 망아지처럼 살고 싶다고. 정말 딱 한 달만이라고. 나는 수다쟁이처럼 마침표를 찍듯 손가락을 들어 보였다. 술잔을 나눌 수 있는 상대가 있어 다행이라고 서로에게 앞 다투어 생색을 냈다. 남자와 나는 또 다시 큭큭거렸다. 사실 오랜만에 웃어보는 웃음이었다. 내가 계속 남자를 유혹하는 꼴이 되고 말았다. 속으로 또 눈을 질끈 감았다. 자꾸 발동이 걸리려 했다. 누가 그랬더라? 남자들은 단순해서 진짜로 알아듣는다고. 나는 혼자 비실거리며 코웃음이 나왔다. 금방이라도 구수하게 굽는 생선냄새가 날아 올 것 같다고 남자가 활짝 웃었다. 남자도 자신의 삶에 판타지가 있었다. 나는 술에 취해 횡설수설 했던 것 같다. 그래도 이혼녀라는 말은 하지 않았다. 목소리가 풀어지자 더 취한 척 했다. 그래야 속에 있는 말이 나올 것 같았다. 왜 사는 게 이렇게 거지 같을까요. 내 마음에 들게 살 수 없을까요, 쓸데없는 말을 소주잔에 실어 했던 것 같다. 그것은 내 자신에게 한 말인지도 모른다. 사십이 가까워오는 여자의 술주정에 남자가 빙그레 웃었다. 남자와 나는 서로가 불문율처럼 나이와 이름도 묻지 않았다. 그래도 성은 알아야 할 거 아니냐고 나는 시비 걸 듯 말했다. 남자는 송, 나는 윤, 이라고만 했다. 참 재밌네요, 나는 또 킥킥거리고 웃었다.

파도소리와 함께 주위는 더 깊어 가고 있었다. 나는 밤이 늦었다고, 숙소로 돌아가야 한다고, 내일 집으로 돌아갈 것이라고, 했다. 남자가 표정 없이 고개를 끄덕였다. 숙소에 돌아왔으나 잠이 오지 않았다. 이 남자와 하룻밤을……. 이란 상상을 안 해 본 것은 아니지만 그렇다고 구태여 이 남자와 자고 싶다는 생각은 안했다. 술도 깰겸 바닷가로 나갔다. 쏴쏴쏴 하는 파도소리를 들으며 그동안의 묵은 마음을 꾹꾹 누르며 바닷가를 거닐 참이었다. 바닷가의 어두움은 두려움마저 들게 했다. 멀찌감치 떨어져 바다를 바라보았다. 칠흑 같은 바다는 하얀 포말을 더욱 더 하얗게 했다. 파도가 부딪히는 검은 바위 위에 누군가가 서 있다. 위험해 보였다. 파란 패딩잠바를 입은 것으로 보아 그 남자임이 분명했다. 어머, 저 사람이……. 술이 확 깨는 것 같았다. 나는 황급히 남자를 부르며 뛰어갔다. 푹푹 빠지는 운동화에 모래가 한 움큼씩 들어찼다. 남자의 발이 바윗돌 위에서 중심을 잃으며 휘청거리자 나는 얼떨 결에 그의 손을 잡았다. 그가 나를 덥석 끌어안았다. 나는 당황한 나머지 말할 틈도 없이 남자의 심장소리를 들었다. 내 가슴도 뛰었다. 그 날 밤, 우리는 자연스럽게 한 숙소에 들었다.

페이스북 속 송은호는 여전히 작업은 이어가고 있었다. 작가는 작업을 떠나서는 살 수 없는 것이라 생각하며 화면 속의 그를 보며 빙긋 웃었다. 나는 컴퓨터의 커서에 손을 올리고 페이스북의 계정비활성화와 삭제에서 잠깐 망설였지만 삭제를 눌렀다. 오래전 잡지에서 그의 사진을 보았을 때 놀랍고 반가웠다. 풀어진 마음에 하룻밤의 일이라고 되뇌었지만 그렇다고 그 일이 기억 속에서 지워질 리가 없었다. '25시간 동안의, 하루'라는 작품 속에서 그 날의 기억이 되살아나는 것은 어쩔 수 없는 노릇이었다. 나란히 걸려 있는 액자 속에는 결이 다른 남자 송은호의 이미지가 떠 있다. 작품에는 주로 바닷가의 풍경이 등장한다. 고온으로 녹인 황동을 액체 상태에서 원추형 틀에 던지듯 뿌려서 떼어낸 작품을 설치하는 작가 송은호는 낯설다. 정동진에서 굵은 마디의 손가락을 가진 송선생만 기억날 뿐이다. 포장마차에서 술잔을 기울이던 순간들과 아직도 운동화 속에 한 움큼씩 들어찼던 모래를 기억한다. 아직도 귓가에 솨솨솨 하고 밀려오는 파도소리가 들리는 것만 같다.

그 날, 하루……

25시간 동안의, 하루……

점심때가 되자 도예작업을 하는 친구들이 몰려 왔다. 전시실이 꽉 차는 듯하다. 경애는 눈짓을 하며 슬그머니 자리를 빠져나간다. 오후시간에는 제법 많은 사람들이 관람을 했다. 엽서를 보충해 놓았다. 관람객들은 작품이 따뜻하고 평화롭다고 한다. 테라코타의 연한 황토빛깔과 사랑을 모티브로 한 작품들이기 때문인지 모른다. 작품이란 발표하는 동시에 한 단계 도약할 수 있는 계기를 마련해 주는 듯하다. 마음가짐도 달라진다. 일주일간의 전시 마지막 날이다. 전시실은 6시에 문을 닫고, 다음날 오전 중으로 작품을 철수할 예정이었다. 누가 보낸 것일까? 나는 유리문을 통해 보이는 선인장을 물끄러미 바라본다. 빨갛게 핀 앙증스러운 꽃. S가 누구일까? 도무지 짐작 가는 이가 없었다. 그 때 유리문이 열리고 문안으로 성큼 들어서는 남자가 있었다.

남자가 나를 보고 씩 웃는다.

가까이 본 남자의 턱에는 작은 상처가 나 있다.

누구…….

남자의 손이 챙이 달린 모자로 올라간다. 굵은 마디의 손가락이었다. 나는 심장이 쿵 내려앉았다.

송…… 은호씨?

조유영 | 버려지는 것들

경기도 광주시 출생.
서울시립대학교 환경조각학과 졸업.
2020 문학나무 봄호 등단 「가석방」.
2020 이병주 국제문학제 스마트소설 공모전 동상 「시바리」.
미술심리상담사, 내가하는미술 대표.
이메일 nehami@naver.com

단편소설
▼

# 버려지는 것들

조유영

"당신은 모릅니다. 지금 무엇을 버리고 있는지! 좋아. 이걸로 가자고."

상사의 목소리가 사무실에 울려 퍼진다. 화상회의가 막바지를 향해간다. 나는 자꾸 시계를 본다. 카메라 앞에 진지한 표정으로 앉아 있지만, 마음은 온통 다른 곳에 가 있다. 영혼 없이 입가에 미소를 걸고, 카메라를 향해 고개를 끄떡인다.

'적당히 하지. 퇴근 좀 합시다.'

입사 동기 녀석의 얼굴을 보니 그도 상사의 잔소리가 지겨운가 보다. 모니터 속 직장 동료들을 실제로 만나본 적은 없지만, 수년간 화상으로 함께 한 사이라 표정만 봐도 마음을 안다.

"자. 자. 다들 고생했어요. 이번 기획 감이 좋아. 옛날 같았으면 오늘 저녁은 딱 회식인데 말이야. 살 부딪히면서 일하고 먹고 마시고! 그게 열정이지."

"열정은 그때나 지금이나 다르지 않다고 생각합니다."

언제나 할 말은 하고 마는 동료가 모니터 속에서 소리친다. 씁쓸한 표정으로 부장은 멋쩍게 대답한다.

"그럼요. 뭐 그런 뜻은 아닙니다. 아무튼, 이번 특별 프로모션에 지원한 여러분들. 고생 많았습니다. 나도 모르게 새어나가는 에너지를 찾아내는 감지기! 이번 신제품은 분명 좋은 결과가 있을 겁니다. 특별 수당은 오늘 지급되었습니다. 이상으로 회의를 마칩니다. 자. 그럼. 우리 아쉬운데.”

말이 끝나기가 무섭게 동료들은 화상 채팅방을 빠져나간다. 부장은 까맣게 지워지는 화면의 구역들을 바라보며 아쉬운 듯 쉽게 회의 창을 닫지 못한다.

나도 자리에서 일어나 퇴근 준비를 서두른다. 부장이 나에게 다가온다.

“자네라도 사무실에 나와 있으니 다행이야. 나는 옛날 사람이라 그런지 아직도 재택근무에 적응이 잘 안 되네. 효율적인 것은 알겠지만…. 그래도 사무실에 사람들이 북적여야 일 한 것 같지. 안 그래? 자네. 일도 일찍 끝났는데 뭐 하나?”

부장이 무슨 말을 할지는 뻔하다. 그는 아직도 옛날식으로 에너지를 소비하고 싶어 한다. 비효율적이다. 그러면 그럴수록 사람들은 그를 멀리한다. 정작 그는 늘 혼자인 이유를 아직 눈치채지 못하고 있는 것 같다.

“오늘은 빨리 집에 들어가야 합니다. 며칠을 사무실에 있었어요.”

“뭐 그리 급해. 저녁은 먹어야지. 다 먹고 살자고 하는 일인데. 나랑….”

“아닙니다. 사무실에 나온 것도 현장수당 때문이에요. 돈이 좀 필요해서요. 이제 할 일을 마쳤으니 들어가 보겠습니다.”

“그래. 뭐 어쩔 수 없지. 냉정하기는. 아! 전화 잘 받는 것이나 잊지 말게. 감지기를 대량 주문할 외국 바이어가 연락할 거야. 샘플 챙겨가고.”

“네. 알겠습니다.”

나는 부장의 불편한 시선을 피하며 감지기 하나를 가방에 챙긴다. 그에게 얼른 인사하고 사무실을 나선다. 시무룩해 보이는 부장의 얼굴 뒤로 이번에 개발한 감지기가 소리 내며 깜빡인다. 빠르게 사무실을 나서는 내 운동 에너지를 감지한 모양이다.

들뜬 마음으로 퇴근길에 오른다. 얼마 만에 느끼는 여유인지 모르겠다. 사무실을 나서니 날아갈 것 같다. 무엇보다 오늘 저녁이 기대된다. 마음먹기까지 많은 생각이 나를 괴롭혔지만, 막상 결정을 내리니 마음이 가볍다. 오늘 저녁 그녀에게 말할 것이다. 아직 붐비지 않는 지하철 개찰구를 나는 가벼운 발걸음으로 가뿐히 통과한다.

"띠링. 띠로롱!"

10m 간격으로 벽면에 설치된 에너지 현황판의 수치가 소리를 내며 상승한다. 내가 걷고 있는 역사 바닥엔 압력을 전기로 바꾸는 압전소자가 쫙 깔려있다. 사람들이 걸을 때 발생하는 압력을 지하철 운행에 사용한다. 아직은 잔여량이 50%를 밑도는 수치이지만 잠시 후 사람들이 밀려드는 퇴근 시간에 100%를 채울 것이다.

모든 건물엔 압력과 운동, 열을 에너지로 바꾸는 장치가 시공되어 있다. 사람들의 존재를 전기로 재생산한다. 가끔 돈이 더 필요할 때는 번거롭지만 사무실로 출근을 한다. 사무실의 에너지 잔여량을 올리고 약간의 현장수당을 받는다. 가끔 이렇게 출근을 할 때면 재택근무할 때와는 다르게 선행을 한 기분이 든다. 집이 아닌 다른 곳에 내 존재 에너지를 나눠주는 선행. 지금 이 지하철역도 마찬가지이다. 공공에너지 확보에 내가 조금이라도 기여한 것이 새삼스레 뿌듯해진다. 발뒤꿈치에 힘주고 지하철 바닥을 꾹꾹 밟아본다. 전철이 들어오며 바람을 일으킨다. 바람을 에너지로 바꾸는 장치가 작동하면서 현황판의 맑은 상승 음이 들려온다.

전철 안 빈자리가 많아 앉아서 집으로 간다. 한강 다리를 건너는 지하철 안으로 빛이 쏟아진다. 서울 풍경이 한눈에 펼쳐진다. 지는 해가 강물에 얼비쳐 반짝인다. 나도 모르게 입가에 스르르 미소가 번진다. 무릎 위에 올려둔 가방 속에서 핸드폰을 꺼내 계좌 잔액을 확인한다.

이번 기획은 생각보다 쏠쏠한 수입이 되어 내 통장에 꽂혔다. 뿌듯한 마음에 몇 번이고 잔액을 세어본다. 일만 한다며 투덜댔던 그녀가 떠오른다.

"나에게 관심이나 있어?"

"그게 무슨 소리야. 관심 없으면 같이 사냐? 이번 일 끝날 때까지만 기다려봐."

"매번 기다리라고 하는 말. 이제 지겨워."

그녀를 놀라게 할 생각에 가슴이 설렌다. 난 오늘 그녀에게 결혼하자고 말하려 한다. 그래. 미뤄왔던 청혼. 석 달간 집에 일찍 들어가는 것 포기한 대신 조촐한 결혼식을 올릴 수입이 생겼다. 내가 왜 그렇게 죽어라 일만 했는지 상상도 못 했을 테지. 아! 그녀가 얼마나 좋아할까?

사실, 요즘 같은 시대에 결혼한다는 게 얼마나 로맨틱한 일인지 그녀는 잘 모르는 것 같다. 타인과 같이 살며 삶을 공유한다는 것이 쉬운 일은 아니지 않은가? 그녀와 같이 사는 3년 동안 나는 많은 것을 타진해 봤다. 불편한 점도 많았지만, 장점이 더 많다는 결론에 이른 지 얼마 되지 않았다. 각자 일을 하며 수입이 있으니 생활비는 문제 될 것이 없다. 같이 살아서 좋은 점은 단연 혼자 살 때보다 에너지 확보가 용이하다는 것이다. 그녀가 내 집에서 압력과 열을 발생하며 돌아다니는 것 자체가 이득이다. 혼자 살 때는 따로 시간을 내서 운동을 해야 쓸 수 있는 에너지를 충전할 수 있었다. 하지만 그녀와 같이 산 이후로는 충전 걱정을 한 적은 없다. 그것 말고도 누군가 집안일을 나눠서 해 준다는 것. 주기적으로 내 성욕을 풀 수 있다는 것은 그녀의 단점을 덮고도 남을 큰 이점이었다. 이제 타진은 끝났고 이득이 되는 것을 선택하면 된다. 결혼할 결심을 하다니 내가 생각해도 난 참 멋진 놈인 것 같다.

'나 일찍 들어가. 오늘 특별한 날!'

그녀에게 문자를 보낸다. 집으로 가는 30분. 설레는 마음 때문인지 길게만 느껴진다. 차분해지고자 핸드폰을 들고 이것저것 눌러본다. 칼럼 하나가 눈에 띈다.

〈생각 없이 버려졌던 것들–에너지 하베스팅 혁명 이전의 이야기〉

제목을 보니 어렸을 때가 어렴풋이 생각난다. 엄마는 벽에 난 작은 두 개의 구멍에다가 줄을 연결하고는 핸드폰에 꽂았다. 그게 뭐 하는 거냐고 내가 묻자 엄마는 충전하는 거라고 얘기해 줬다. 그렇게 하면 꺼져가던 핸드폰이 살아났다. 집안의 모든 전자제품은 그렇게 벽에 뚫린 구멍과 연결되어야만 생명을 얻었다.

어린 나는 그것이 신기하기만 했다. 거대한 힘의 원천. 구멍에 손을 넣어 나도 그 힘을 받고 싶었다. 하지만 엄마가 그것을 만지면 죽을 수도 있다고 했기 때문에 가까이 가진 않았다. 벽에 난 구멍이 무서웠다. 어린 나에겐 삶과 죽음이 나란히 뚫려있는 구멍이었다.

지금이야 모든 전기제품이 무선으로 충전되어 장소의 구애를 받지 않지만 내가 어렸을 때는 그렇지 않았다. 콘센트와 연결하고자 긴 멀티탭을 사기도 하고 지저분한 전선들이 보이지 않게 가구의 위치를 바꾸기도 했었다. 에너지에 줄이 묶여 자유를 잃은 모습이었다.

한 달에 한 번 고지서가 날아올 때, 엄마는 민감해졌다. 전기세가 많이 나왔다며 아빠에게 잔소리했다.

"으이그. 벌지도 못하면서. 이게 다 버리는 돈이잖아!"

전기세가 뭐냐고 묻는 나의 질문에 엄마는 에너지를 주는 곳에 돈을 내야 한다고 했다. 엄마 아빠가 돈 문제로 소리치고 싸울 때면 어린 나는 조용히 현관을 나와 세발자전거를 탔다. 그렇게 시작되는 부모님의 싸움은 해가 질 때까지 이어졌다. 언덕배기에 자리한 우리 집 아래로 시내가 한눈에 보였다. 해가 지고 어둑어둑해지면 시내엔 형형색색 불들이 켜졌다. 아름다웠다. 고성이 오가는 우리 집은 침침한데 발아래로 보이는 멋진 집은 대낮같이 환했다.

어린 나는 그 모든 것이 어지럽게 널려있는 전깃줄 때문인 것만 같았다. 높은 산과 좁은 골목, 시선이 머무는 모든 곳에 혈관처럼 퍼져있는 검은 줄이 원망스럽기만 했다.

'저 줄을 따라가면 엄마 아빠를 싸우게 하는 괴물의 몸뚱이가 나올 거야.'

오래된 기억 속 유치했던 내 생각에 쑥스러운 웃음이 지어진다. 지금 생각하면 말도 안 되는 이야기 들이다. 전기세 걱정 없는 현재의 모든 시스템은 에너지 하베스팅 혁명으로 이룩되었다. 지금처럼 버리는 것 없이 재생산되는 시대에 살았다면 부모님은 행복했을까….

어릴 적 기억을 소환한 제목은 나의 관심을 끌기에 충분했다. 나는 손가락으로 핸드폰을 터치해 칼럼을 읽는다.

--지난 30년간 인류는 커다란 전환점을 맞이했다. 버려지는 에너지를 수확하는 하베스팅 기술의 발전으로 우리는 이제 에너지에 끌려다니는 존재가 아닌 에너지를 지배하는 존재가 된 것이다. 모든 일에는 에너지가 발생한다. 당신이 걸어 다닐 때도, 변기에 물을 내릴 때도. 격렬한 운동을 할 때도. 섹스를 할 때도. 주변에 있는 수분에도 에너지가 존재한다. 그것을 모른 채 인간은 그저 흘러가는 것이라 여기며 살아왔다. 아니, 에너지가 존재한다는 것을 알았다 한들 그것을 활용할 생각도 하지 못했다. 우리가 무엇을 버리고 있는지도 몰랐던 무지의 시간은 지나가고 우리는 새 시대를 맞이했다.

예전에는 아무렇지 않게 버려지던 것들에게서 우리는 힘을 추출하고 사용할 수 있게 되었다. 이제 인류는 화력발전소를 짓고 커다란 불을 피워 대기를 오염시킬 필요도, 방사능을 걱정하며 원전을 지을 필요도 없어졌다. 불과 30년 전만 해도 에너지를 얻기 위해 더럽혀진 대기의 오염농도를 확인하며 하루를 시작했다는 것이 믿어지는가? 나라가 전기에 세금을 붙여 돈을 벌던 시대를 기억하는가?

강제로 장기를 적출하듯 지구를 마음대로 파헤쳐 땅속 에너지를 써 온 대가는 어떠했는가? 그렇게 얻은 에너지가 결국 한 쪽으로만 쏠리게 되었던 부조리를 당신은 어떻게 기억하는가? 땅속 기름을 파먹고 살던 산유국들은 에너지를 손에 쥐고 세계를 흔들곤 했다. 그 피해는 오롯이 기름값, 전기세를 걱정하는 힘없는 사람들에게 돌아갔다. 우리는 수많은 희생이 일군 에너지 하베스팅 혁명으로 산유국의 속 시원한 괴멸을 관람할 수 있었다.

이제 인류는 스스로 에너지원이 되었고 지구를 오염에서 구했다. 이는 인간이 더 가치 있게 된 최고의 혁명이다. 하던 일을 멈추고 자신이 버린 것들을 골똘히 곱씹은 다음에야 인류는 비로소 가치 있는 존재로 성장했다. 그로 인해 진정한 자유와 평등의 실현을 눈앞에 두고 있다는 것을 부정할 수 없을 것이다. 우리는 더욱더 고민해야 한다. 당신이 무심코 버리는 것들을 찬찬히 살펴보라.

당신이 하찮게 여기며 그냥 지나쳐 온 것들. 이기적인 마음으로 무엇이 망가지는지도 모르고 무심히 하던 행동들. 그 안에 엄청난 것이 있을지도 모른다. 해답은 항상 간단한 것에 있었다.

――칼럼니스트 조이조

'배터리가 부족합니다. 습기가 필요합니다. 습기를 제공해 주세요.'

핸드폰 배터리가 얼마 남지 않아 화면에 경고등이 뜨는 바람에 칼럼에 집중할 수가 없다. 한 달을 기다려 얼마 전에 장만한 최신형 폰이다. 비가 오거나 샤워할 때 옆에만 둬도 자동으로 충전이 되는 수분 하베스팅 방식이다.

태양광이나 신체활동을 이용한 구식 충전방식과는 다르다. 우리가 매일 접하는 수분의 수소이온을 이용해 전기를 만들어내는 방식이다. 움직임이 없어도 날이 흐려 해가 가려져도, 충전 걱정을 할 필요 없는 최신 기술이다.

요새 비 소식도 없었고, 바쁜 회사일 때문에 며칠 씻지도 못했더니 배터리가 다 된 모양이다. 바이어에게 전화라도 오면 큰일인데…. 집으로 가는 발걸음이 빨라진다.

지하철 출구를 오르니 그새 해가 졌다. 주변이 어둑어둑해지자 보도블록을 밟을 때 만들어진 압력이 가로등 불빛으로 변해 내가 가는 길을 비춰준다.

현관에 도착해 손잡이 모양의 도어락을 감싸 쥔다. 체온으로 자동충전되는 도어락은 내 지문을 인식하고 문을 열어준다.

"자기야. 나 왔어. 오랜만에 일찍 들어와서 놀랐지?"

지쳐 보이는 그녀는 옅은 웃음으로 나를 맞이한다. 하. 나도 알고 있다. 그녀와의 사이가 옛날 같지 않다는 것을. 그저 말없이 기다리고 있을 뿐이다. 뜨거운 그녀가 현실을 인정하고 식어지길. 열정 가득한 뜨거운 사랑을 언제까지고 이어갈 수는 없지 않은가. 3년간의 동거를 끝내고 결혼을 하면 나아지리라 생각한다. 열정은 지금 우리에겐 사치다. 시간을 효율적으로 쪼개고 에너지를 지혜롭게 분배해서 살아가야 한다. 비효율적으로 허튼짓을 했다가는 언제 이 사회에서 낙오될지 모른다. 앞으로 아이를 낳을 생각이라면 더더욱 많은 것들을 갖추는 데 에너지를 쏟아야 한다. 정신 똑바로 차리고 살아야 한다. 그녀도 곧 깨닫게 되겠지.

"나 먼저 좀 씻을게. 핸드폰도 충전해야 하거든. 우리 오늘 맛있는 거 먹자. 할 얘기도 있고."

내 말을 듣는 둥 마는 둥, 그녀는 말없이 저녁상을 차리고 있다. 냉장고에서 식탁으로 옮겨지는 그릇들이 탁탁거리며 무성의한 소리를 낸다. 그녀는 집 안에 있을 땐 긴 머리를 위로 바짝 올려 묶곤 했는데, 오늘은 귀찮은지 그냥 풀어헤치고 있다. 긴 머리에 얼굴이 가려져 그녀의 표정이 더 어두워 보인다.

나에게 잔뜩 토라져 있는 것이 분명하다. 몇 달 신경을 못 써줬더니 어린아이같이 삐져있다. 피식 웃음이 난다. 잠시 후에 결혼하자 말하면 그녀는 어떤 표정을 지을까? 결혼준비금까지 모아둔 걸 알면 금방 풀릴 거면서.

그 돈이면 저렴한 셀프 웨딩 사진을 찍고 친한 지인들만 초대해 심플하고 예쁜 결혼식을 올릴 수 있다. 그녀가 그렇게 원하던 장기간의 오지 모험은 가지 못해도 며칠 동남아 정도는 신혼여행으로 다녀올 수 있을 것이다. 그녀 몰래 준비한 나의 진심을 보면 그동안 오해해서 미안하다며 내게 입을 맞추겠지.

오늘 밤 그녀와 거의 바닥난 집안 에너지 잔량을 가득 채워야겠다. 몇 달간 일에 매달리느라 그녀를 안아본 날이 언젠지 모른다. 오늘은 특별한 날인만큼 오랜만에 그녀를 밤새도록 괴롭힐 작정이다. 그만하라고 소리칠 때까지 몇 번이고 할 자신 있다. 진짜 열정적인 사랑이 무엇인지 그녀에게 확실히 보여줘야지.

체온상승과 격렬한 움직임, 바닥에 가해지는 압력이 전기로 바뀌어 저장될 것이다. 그 에너지로 따뜻한 물도 쓰고 TV도 보고, 밥도 해먹겠지. 그녀와 나의 몸을 섞으며 만든 에너지로. 벌써 흥분된다.

'아차! 잔량이 모자를 텐데. 조금은 남아있겠지? 따뜻한 물은 나와야 할 텐데.'

나는 옷을 다 벗은 채 화장실로 들어서려다 에너지 현황판을 보기 위해 안방으로 방향을 튼다.

"어? 웬일로 가득 차 있네? 며칠 내가 없어서 거의 바닥일 줄 알았는데. 혹시 자기 운동했어?"

아무런 대답이 없다.

안방 벽에 장착된 모니터엔 집안 에너지 잔량이 100%로 나와 있다. 막대그래프로 표시된 잔량은 굵고 길게 뻗어 환하게 빛나고 있다. 거의 사라질 듯 짧은 형태로 빨갛게 경고하며 깜빡이고 있을 거로 생각했는데. 나는 이상한 생각이 들어 그래프를 터치한다. 가녀린 그녀 혼자 아무리 운동을 해도 채워지지 않는 양이었다. 현황판의 세부항목으로 들어가 수치를 살펴본다. 자세히 보니 운동에너지로 충전된 양도 많지만, 압력 충전도 만만치 않게 되어 있다.

"누가 왔었구나! 자기야? 친구들 왔었어? 평균 130kg 압력을 3시간 동안 수확했다고 나오는데? 자긴 50킬로쯤 나가잖아? 나머지 80kg은 뭐지?"

아무 대답도 들리지 않는다. 나는 발가벗은 채 부엌으로 향한다.

"자기야. 내 말 안 들려? 어? 어디 있어?"

부엌에 있는 줄 알았던 그녀는 온데간데없고 식탁 위엔 마른반찬으로 차려진 저녁만 덩그러니 있다. 수저는 한 벌 뿐이다. 뭔가 잘못되어가고 있다는 생각이 들 때 핸드폰 문자가 왔다.

'자기 마지막 저녁상은 차려주고 가고 싶었어. 약한 몸으로 힘들게 사는 거 더 이상 못 보겠어. 너무 무리하지 말고 몸도 살피면서 살아. 나 기다리지 말구.'

나는 부들부들 떨며 안방으로 들어섰다. 그녀의 옷가지가 보이지 않는다. 서랍 속 그녀의 물건들도 사라졌다. 욕실로 들어가 보니 내 칫솔 옆에 나란히 걸려있던 그녀의 칫솔이 없다. 내 집에 같이 살던 그녀의 흔적들이 모두 사라졌다.

'이게…. 다 어떻게 된 거지? 떠난 거라고?'

침착하자 그렇진 않을 거야. 그녀에게 전화를 걸어본다. 받지 않는다. 문자를 남긴다. 답이 없다.

'진짜…. 떠난 거야?'

다리에 힘이 빠져 그대로 침대에 걸터앉는다. 언제부터 그녀는 떠날 준비를 하고 있었던 것일까? 이 상황을 믿을 수가 없다. 무엇 때문에 그녀는 이러는 걸까? 어디서부터 잘못된 건지 머릿속이 바삐 돌아간다.

'아! 혹시.'

뒤통수를 한 대 맞은 듯 얼얼하고 아찔하다. 나는 에너지 현황판을 뚫어져라 쳐다본다. 80kg. 3시간.

그녀와 함께 있다가 사라진 그것은 무엇이었을까? 무엇이 그녀를 데려갔을까.

'아니야. 그럴 리 없어.'

아무리 다른 생각을 하려 해도 내 머릿속엔 하나만 그려진다. 활달하고 건장한 남자와 뒤엉킨 그녀. 키는 180 정도 될 것 같다. 군살 없이 근육질인 그의 몸을 혀로 핥아 내려가는 그녀가 머릿속에 그려진다. 현황판에 그려진 막대그래프처럼 굵고 긴 성기에 몸을 밀착시킨 그녀를 생각하니 화가 치밀어 오른다.

'이 미친년이!'

내가 무엇을 잘못했다고 그녀는 나에게 이런 모욕감을 주고 떠난 것일까? 그저 그녀와 잘살아 보겠다고 아등바등 산 것뿐인데. 뭐가 문제일까? 그녀가 원하는 대로 못 해준 거? 그래. 그건 인정한다. 그게 뭐? 먹고 살다 보면 다들 그러는데. 그녀처럼 비현실적인 꿈만 꾸다 보면 살아남기 힘든 세상이다. 이렇게 버려질 이유가 도대체 무어란 말인가?

생각하면 할수록 확실해진다. 집안의 에너지가 저렇게 가득 차긴 쉽지 않다. 분명 그녀가 웬 놈을 끌어들여 내 집에서 뒹군 것이 분명하다. 그녀는 그놈과 오지로 떠나기라도 하려는 걸까? 그러고도 남지. 그렇게나 미지의 것을 탐험하고 싶어 했던 소원을 그 새끼는 들어 주겠다 했나 보지? 철없는 잡것들. 화가 나서 참을 수가 없다.

'내 이것들을 가만히 두지 않겠어!'

걸터앉아 있던 침대에서 벌떡 일어난다. 방 한 편에 놓아둔 전신거울에 내가 비친다. 거울 안에 서 있는 나와 눈이 마주친다. 발가벗은 채 얼룩덜룩 빨갛게 열이 오른 내 몸이 적나라하게 보인다. 흥분한 탓에 가쁜 숨을 몰아쉬니 갈비뼈가 더 도드라진다. 가는 팔과 다리가 화를 못 이기고 미세하게 떨린다. 다리 사이 덥수룩한 털 사이로 작은 성기가 보일 듯 말 듯 하다.

"으. 흐흑."

갑자기 울음이 터진다. 거울에 비친 나 자신이 부끄럽다. 그녀를 잡을 수 없을 것 같다. 아까부터 머릿속을 떠나지 않는 중력을 중얼거린다.

"80kg."

하염없이 눈물이 흘러내린다. 그녀를 잡기엔 나는 너무 보잘것없다. 얼굴도 모르는 그놈이 자꾸 떠오른다. 순간 정신을 차려야겠다는 생각이 머릿속에 스친다. 이렇게 버려질 순 없다. 아무 의미 없이. 서러움이 밀려온다.

"날 버렸어? 니가 어떻게. 아 흑흑."

나는 부엌으로 휘청이며 걸어가 그녀가 차려 놓은 밥상을 휘젓는다. 플라스틱 그릇들이 바닥에 떨어지며 둔탁한 소리를 낸다. 마른반찬들이 사방으로 튄다. 손에 잡히는 것 뭐든지 다 때려 부수고 싶다. TV가 눈에 들어온다. 이 집에서 가장 비싼 물건이다. 그것을 깨부순 파편이 온몸에 박혀 피로 물든 상황을 상상한다. 나는 TV를 향해 거실로 비척거리며 걷다 바닥에 널브러진 반찬 통을 밟고 넘어진다. 그 바람에 발목을 삐끗한다. 고통이 전해져 온다. 하찮은 플라스틱이 나를 저지한 것 같아 분한 마음에 바닥의 그릇을 집어 던진다. 깨지지 않는 그릇은 힘없이 바닥에 구른다. 마음대로 되는 것이 없어 짜증이 난다. 눈물이 끝도 없이 흐른다. 어디선가 목소리가 울려 퍼진다.

'배터리가 다되어 곧 방전됩니다. 수분이 필요합니다. 수분을 저에게 주세요.'

내 최신식 핸드폰에서 음성 안내가 흘러나온다. 나는 엎어져 있던 바닥에서 일어나 핸드폰을 찾아 손에 쥔다. 꺼지면 안 된다. 핸드폰을 얼굴에 바짝 갖다 댄다. 값비싼 최신기기는 내 눈물의 수분을 그냥 흘려보내지 않는다.

'수분이 감지되었습니다. 충전 중입니다.'

## 채인숙 | 바퀴벌레

경북 상주 출생.
2000년 『교단문학』 시부문 신인상 수상.
2020년 『계간문예』 소설부문 신인상 수상.
국제 펜, 한국 문인협회 회원.
시집 『숨어있는 웃음』 『시를 그리다』.
『계간문예』 작가상, 서로다독 작가상 수상.

단편소설

▼

# 바퀴벌레

채인숙

새벽마다 탁탁 벽 치는 소리가 들린다. 때로는 손바닥이나 파리채로 방바닥을 내려치는 것 같았다. 나는 몸을 일으켜 맞은편 벽시계를 보았다. 5시 25분이다. 현관문을 열고 밖으로 나갔다. 까치발로 계단을 밟고 내려가 자갈마당을 가만가만 걸어서 지하4호 창문 앞으로 다가섰다. 인기척을 느꼈을까. 아무 소리도 들리지 않는다.

지하층 사람들이 드나드는 출입문을 피해 차를 세우려는데, 지하1호 새댁이 나왔다.

"사모님, 새벽마다 나는 소리 들으셨죠?"

"네?"

"탁탁 벽 치는 소리요. 그 때문에 아이들이 짜증내요."

"그래요?"

"지하 3호나 4호에서 나는 소리가 분명해요. 혹시…. 바퀴벌레 잡는 소리 아닐까요? 요즘 우리 집에도 종종 나타나요."

지하4호는 50대 초반의 남자가 산다. 주방과 화장실 딸린 6평 정도의 원룸이다. 그는 하루 벌어 하루를 살아가는 자칭 6급 장애인이다. 그가 무슨 연유로 6급 장애인이 되었는지는 몰라도, 인지능력에는 분명 문제가 있어 보인다.

그는 우리 집에 8년째 세 들어 살고 있다. 처음에는 월세를 꼬박꼬박 잘 주었다. 지하철 택배 일을 하는 것 같았는데, 근래 들어 그의 신상에 변화가 생긴 것 같다. 다니던 회사 사장이 노름에 손을 댔다가 회사가 없어졌다면서, 여기저기 일자리를 찾아다니는 것 같았다. 결국, 월세를 내지 못해 차일피일 미루더니 보증금도 다 까먹은 상태에 이르렀다.

“다시는 봐 드릴 수 없습니다. 2개월 이상 월세가 밀리면 방을 빼야 한다는 계약서, 알고 계시죠?”

“날씨가 추운데 어디로 이사를 하란 말입니까? 혹, 강아지가 얼어 죽기라도 하면 어디든 가겠지만요.”

지하4호는 검정 강아지를 키운다. 그 강아지가 죽어야 이사를 가겠다니, 위인다운 발상인지는 모르겠지만, 참으로 엉뚱한 핑계다. 그동안 각서를 두 번이나 받았지만 소용이 없었다.

지하4호를 잘못 건드려 무슨 해코지라도 당할까 싶어 겁이 나기도 했지만, 오죽하면 저럴까 싶어 남편 몰래 월세를 오만 원이나 깎아 주었다. 그는 그런 내 성의마저 무시하고 시종 모르쇠로 일관하기 예사였다.

우리 집은 모두 여섯 가구가 사는 다가구 주택이다. 지상 1층에는 우리가 살고, 2층에는 두 가구, 지하에 사는 네 가구는 모두 월세다. 남편이 직장에서 조기 퇴직한 이후로 월세는 우리 집의 유일한 수입원이다.

“저런 위인을 월세로 들인 당신이 더 나빠. 이제 어떻게 할 거야?”

남편은 걸핏하면 이렇게 역정을 내었다. 지하4호는 급기야 도시가스 독촉장이 우체통이 비좁게 쌓여만 갔다. 때로는 비바람에 날려 쓰레기더미에 깔려 있거나 대문 틈에 끼워진 독촉장도 있었다. 그러거나 말거나 지하4호는 겨울 내내 보일러가 끊긴 냉골에서 살았다.

추위가 극심했던 지난겨울에는 수도가 터지고 보일러가 터졌다. 지하층 전 세대 전기사용량이 한 계량기에서 부과되는데, 한 달에 4, 5만 원 나오던 전기료가 23만 원이나 나왔다.

강아지를 끌어안고 밖으로 나온 지하4호를 보자, 나는 그만 목소리를 높이고 말았다.

“우리 집 전기세가 왜 이렇게 많이 나오는지 아저씨는 아시죠?”

”날이 추우니까 그렇죠.”

지하4호는 아무 일도 아니라는 듯 태연하게 응수했다. 나는 창문을 통해 그의 집 안을 들여다보았다. 열풍기를 마냥 틀어놓고 있었다. 기가 막혔다. 그가 부담해야 하는 전기료도 고스란히 내 통장에서 빠져나갔다.

“아저씨, 저 열풍기 좀 꺼요. 저거 때문에 전기료가 올라가잖아요.”

“가스 배관이 얼어 터져도 괜찮다면 기꺼이 열풍기를 꺼 드리죠.”

살림을 하자면, 물도 전기도 가스도 써야 한다. 그러나 아무 지급 능력이 없으면서도 홍청망청 전기를 써대는 것은 개념 없는 인간이나 하는 짓 아닌가. 나는 그 달부터 개별 전기계량기를 철저히 점검했다. 나중에야 안 일이지만 지하3호가 경비원으로 일하는 오피스텔 쓰레기장에서 주워 온 열풍기를 지하4호에게 건네준 것이 문제의 발단이었다.

지하로 들어가는 대문은 두 개다. 길거리로 난 대문 하나는 지하1호와 지하2호가, 골목 옆으로 난 대문은 지하3호와 지하4호가 쓴다.

지하3호는 지하4호가 월세를 제때 내지 못하는 것을 안타까워했다. 그러면서도 지하4호 때문에 골치를 앓는다고 투덜거렸다. 지하4호가 밤늦도록 술을 먹다가 돈도 없이 택시를 타고 와서 지하3호의 창문을 두드릴 때마다 택시비를 빌려주지만 결국 그것으로 끝이란다. 급하다고 꿔 간 돈이 꽤 되는데 한 번도 받지 못했다면서 고개를 절레절레 가로저었다.

“저도 사실 젊었을 때는 공기업에서 일했어요. 돈도 제법 모았어요. 고향에는 마누라와 아이들이 잘살고 있지요. 그런데 간암으로 투병하던 동생을 위해 의료원 근처에다 방을 얻어 살면서 보살펴 주었는데, 명이 다했는지 그만 저승길로 떠났어요. 그렇게 시작된 셋방살이 신세가 여태 이러고 있네요. 이제는 고향에 내려가기도 싫어요.”

지하3호는 오피스텔 경비원으로 일한다. 그는 재활용 통에서 쓸 만한 물건이라고 생각되는 물건이 있으면 무조건 집으로 가져와 집 안 여기저기에 쌓아놓는다. 그가 모은 물건이 방 안에서부터 대문 안쪽까지 빼곡하게 쌓여 있다. 그렇게 하지 말라고 수없이 경고했지만, 소용이 없었다. 그나마 지하4호에 비해 월세만큼은 잘 내는 편이다. 게다가 지하3호는 지하4호가 죽은 동생 같다며 가끔 교회에 데려가기도 해서 믿음이 갔다.

나는 지하4호를 불러 다시 한 번 각서를 쓰게 했다. 이번만큼은 결론을 내야겠다고 단단히 마음먹었다. 증거를 남겨 두었다가 소송도 불사할 요량이었는데, 그는 그런 내 서슬에 좀 놀란 눈치였다. 그가 대안을 내어놓았다.

"이렇게 하면 어떨까요? 공휴일은 일을 안 하니까 빼고, 날마다 대문 우체통에다 만 원씩 넣어 드릴게요."

"편지도 아니고, 돈을 그렇게 받을 수 있겠어요?"

내 말꼬리가 올라가는데도, 남편은 의외로 순순히 그의 제안을 받아들였다.

"그렇게 하세요. 이번에는 아저씨 말을 한번 믿어보겠습니다."

과연 그 말을 믿어도 될까. 영 믿어지지 않았다. 하지만 이렇다 할 다른 대안도 없는 처지였다. 나는 약속을 지키지 않으면 즉각 내용증명서를 보내겠다고 엄포를 놓았다.

"아시죠? 약속을 지키지 않으면 어떻게 되는지?"

"그럼요. 약속은 지키라고 있는데…"

이튿날부터 나는 밤 11시가 넘으면 우체통에 손을 넣어야 하는 신세가 되었다. 어느 때는 잊고 있다가 새벽 1시가 넘어서 부리나케 대문 밖으로 나가 볼 때도 있었다. 때로는 남편이 돈을 우체통에서 빼 오기도 했다. 도대체 이게 무슨 꼴인가 싶어 한숨이 나오기도 했지만, 야밤에 어처구니없는 돈 걷기를 반복할 수밖에 없었다. 그나마 매일 밤마다 만 원씩 꼬박꼬박 잘 넣어 주어서 이제는 정신을 차리나 싶어 미운 마음이 조금 가시기는 했다.

그러나 지하4호의 그 약속은 두 달도 채 못 되어 허사가 되어 버렸다. 나는 빈 우체통에 손을 넣었을 때마다 느끼는 배신감으로 약이 올라 당장이라도 달려가서 "방 빼!"라고 악을 쓰고 싶었지만 차마 그러지 못했다. 붉으락푸르락해진 내 얼굴을 보면서 남편은 안타깝다는 듯 머리를 흔들었다.

"당신 그러다가 속병 나."

"……"

"너무 속 끓이지 말고 여태껏 받은 돈을 찍어 핸드폰으로 보내 봐. 이렇게 돈 넣어 줘서 고맙다고."

이 방법이 통했을까. 지하4호는 다시 돈을 넣기 시작했다. 그런데 이제는 후줄근한 천 원짜리 다섯 장, 오천 원이었다. 지금까지 우체통에다 넣은 돈이 한 달 내내 10만 원이 채 안 되었다. 한 달 월세가 30만 원인데, 대체 이 남자를 어떻게 처리해야 할까. 대책이 서지 않아 머리가 지끈거렸다.

다음날 오전에 외출하려고 대문 밖으로 나가는데, 오천 원짜리 한 장이 길바닥에 떨어져 있었다. 나는 단번에 알아차렸다. 지하4호가 술 취한 상태로 우체통에 넣으려다 빠뜨린 돈이 분명했다. 나는 먼지 묻은 돈을 주워 털며, 그의 방에다 도로 던져 버리고 싶은 마음을 가까스로 참았다.

마당 구석에 고양이가 새끼를 낳았다. 나는 고양이에게 사료를 주었다. 바로 지하4호 창문 앞이다. 지하4호가 출근하고 나면 굳게 닫힌 창문 안에서는 강아지가 인기척을 느끼고 캥캥거렸다.

대문 초인종이 울려 밖을 내다보니, 지하3호가 서 있었다.

"무슨 일이죠?"

"요새 지하4호 못 보셨어요? 통 안 보이네요."

"그래요? 그러고 보니 나도 며칠 못 봤는데요."

"나갔다가 사고가 나서 죽었나…?"

지하3호가 심각한 얼굴로 중얼거렸다. 죽다니? 지하3호는 무언가 짐작이 가는 눈치였다.

"무슨 일이 있었어요?"

"오늘이 8일째예요. 어제 그제까지만 해도 방 안에서 강아지 소리가 들렸는데, 오늘 아침에는 아무 소리가 없네요. 혹시, 죽지는 않았는지…?"

나는 지하4호 창문 앞으로 다가가 주먹으로 창문을 탕탕 두들겨 보았다. 무슨 기척이라 나는가 싶어 창문에 귀를 대고 들어 보았다. 그러나 아무 기척도 없었다.

"혹시 고독사…?"

덜컥 겁이 났다. 나는 집 안으로 뛰어 들어가 비상열쇠 뭉치를 가져왔다. 지하4호 입구를 가려면 지하3호가 쌓아놓은 물건들을 헤집고 들어가야 했다.

"이거 갖고 들어가 아저씨가 열어 보세요."

열쇠뭉치를 지하3호에게 건네주었다. 그러나 대문 안으로 들어갔던 지하3호는 금세 도로 밖으로 나왔다.

"안 되겠어요. 맞는 열쇠를 도저히 못 찾겠어요."

나는 지하3호 대문 앞에 잔뜩 쌓인 쓰레기를 다시 바라보면서 너무 어이가 없어 고개를 돌리고 말았다. 지하4호 창문에 설치된 방범 쇠창살을 부수는 방법이 유일한 대안이었다. 나는 그 일을 남편한테 부탁했다.

"아저씨가 죽어 있는지도 모르잖아. 당신이 어떻게든 좀 해봐."

남편은 망치와 전자 드라이버를 가져와 방범 쇠창살을 뜯기 시작했다. 좀처럼 떨어질 것 같지 않던 쇠창살이 마침내 떨어져 나가자, 다행히 창문은 잠겨 있지 않았다. 창문을 열자 코를 찌르는 곰팡내가 방 안의 퀴퀴한 공기와 함께 쓸려 나왔다. 지하4호는 보이지 않고, 방바닥에 널브러진 이불이 보이는데, 강아지가 그 위에 납작 엎드려 있었다.

"야, 이놈아!"

지하3호의 목멘 소리에 꼼짝 않던 강아지가 끙끙 소리를 내며 고개를 힘겹게 쳐들었다.

"살아 있네요!"

방바닥과 이불 위에는 시커먼 것들이 우글거렸다. 바퀴벌레였다. 그 장면을 본 우리는 기겁을 하고 말았다.

“아니, 왜 저러고 살지?”

지하3호는 주인 볼 염치가 없다는 듯 내 시선을 피해 고개를 돌렸다.

남편은 일단 지하4호 창문으로 넘어 들어갔다. 집 안에서만 키워 뚱뚱하게 살이 찐 강아지를 수건으로 뒤집어씌워 앞마당으로 내밀었다. 내가 대야에다 수돗물을 받아 주었더니, 강아지는 허겁지겁 물을 들이켰다.

방바닥과 가구 틈새에 우글거리는 바퀴벌레를 없애는 일이 급선무였다. 나는 바퀴벌레 퇴치용 연막탄을 사러 약국으로 향했다.

나는 약국에서 바퀴벌레 약을 이것저것 닥치는 대로 샀다. 너무 사서 꽤 무거웠다. 약국을 나서기 전에 실종신고는 어디서 하느냐고 지나가는 말로 약사에게 물어 보았다.

“그거 주민센터에 가서 신고를 해야 하지 않을까요?”

“감사합니다.”

나는 약사의 말을 믿고 무거운 바퀴벌레 약을 들고 주민센터를 향해 걸어갔다. 뙤약볕을 피하려 손바닥 그늘을 만들며 건널목 앞에서 걸음을 멈추었다. ‘주위에 사고가 났거나 어려운 분이 있으면 신고를 받습니다’ 눈앞에 현수막 하나가 높이 걸려 있었다. 지하4호 때문에 골머리를 앓다 보니, 전에 보이지 않던 현수막도 눈에 들어왔다. 인지능력이 떨어진 지하4호 같은 사람은 신청 방법을 몰라서 혜택을 누리지 못하는 게 아닐까 싶은 생각이 문득 스쳐갔다.

나는 땀을 훔치며 주민센터로 들어갔다. 창구 앞에는 많은 사람이 붐비고 있었다. 조금 한가해 보이는 직원 앞으로 다가갔다.

“실종신고 하러 왔는데요.”

“실종신고요? 실종신고는 경찰서로 가셔야 하는데요.”

옆자리 직원도 맞장구를 쳐주었다.

“맞아요. 실종신고는 경찰서에 가야 합니다.”

온몸에 힘이 쭉 빠졌다. 경찰서는 더 먼 거리에 있었다. 나는 포기하고 헉헉거리며 겨우 집에 도착했다. 온몸에 땀이 흠뻑 젖어 면 티셔츠가 등허리에 찰싹 달라붙었다. 나는 현관문 앞에 바퀴벌레 약을 내려놓고 남편을 불렀다.

"여보, 약 사 왔어요. 빨리 뿌려 줘요."

남편은 반바지 차림으로 나왔다. 얼굴에는 귀찮은 표정이 역력했다. 나의 재촉에 남편은 투덜거렸다.

"들어가기 싫은데!"

짜증을 부리는 남편을 지하4호 방으로 들여보내는 내 심정도 편치 않았다.

남편은 지하4호 방 창문을 통해 방 안으로 들어갔다. 방에는 바퀴벌레 연막탄이 터져 연기가 가득 차올랐다. 바퀴벌레 떼가 창문 밖으로 탈출을 시도했다. 나는 바깥으로 기어 나온 바퀴벌레를 죽이려고 분무기를 뿌리면서 발로 짓밟았다. 지나가던 사람이 손바닥으로 코를 틀어막으며 소리쳤다.

"119에 신고했어요?"

"왜요? 119에 왜 신고해요?"

"연막탄 함부로 터뜨렸다가 화재신고라도 들어가고 소방차라도 나오면 벌금 물어요."

나는 깜짝 놀라서 핸드폰으로 119에 신고했다.

"지금 여기 000-0호에 바퀴벌레 연막탄 터트립니다."

남편은 바퀴벌레 약을 뿌릴 때 들이마신 약 때문에 만신창이가 되어 밖으로 나와서도 연신 기침을 해댔다. 나는 바퀴벌레약 냄새가 새어 나오지 못하도록 지하4호 창문을 닫아 버렸다.

실종 9일째이다. 아침부터 새들이 대추나무와 감나무 사이를 오가며 지저귀는 소리가 들렸다. 마당 한쪽에 사는 길고양이는 간 곳이 없고, 지하4호의 검정 강아지가 대신 사료를 먹고 있었다.

나는 지하4호의 창문을 살짝 열어보았다. 자욱한 연기를 헤치고 들여다보니, 방바닥에는 바퀴벌레가 새카맣게 죽어 있었다.

남편도 기지개를 켜며 마당으로 나오더니 덩달아 지하방을 들여다보았다. 바퀴벌레가 새까맣게 죽어 있는 것을 보더니, 창문 안으로 들어가 뚜껑이 깨진 선풍기를 틀었다. 바퀴벌레약 냄새와 방 안의 큼큼한 냄새가 밖으로 쏟아져 나와 골목길을 감돌았다.

실종 10일째다. 더 이상 미루다가는 무슨 낭패를 당할 것 같았다. 나는 실종신고를 하려고 경찰서 민원실을 찾아갔다. 여기저기 둘러보다가 창구의 여경과 눈이 마주쳤다.

"실종신고 하러 왔는데요."

여경은 창구 앞에 서 있는 사복 경찰관을 눈짓으로 가리켰다. 나는 그 사람에게 한 발짝 다가섰다.

"실종된 사람과는 어떤 관계입니까?"

"나는 집주인이고, 실종된 사람은 세입자입니다. 그럴 사람이 아닌데, 벌써 열흘째 들어오지 않고 있습니다."

"가족이 아니군요. 실종신고는 가족만이 할 수 있습니다."

그는 더 할 말이 없다는 듯이 돌아서서 자기 자리로 돌아갔다. 그러더니 멍하니 서 있는 나에게로 다시 와서 느린 말투로 절차를 알려 주었다.

"그러니까 음, 에 또… 제일 빠른 길은 112에 신고해서 경찰이 직접 현장에 나오도록 하는 방법이 있습니다. 내 말 무슨 뜻인지 이해되시지요?"

집으로 들어오자마자 지하3호가 함께한 자리에서 핸드폰으로 112에 신고했다. 그리고 지하4호 창문을 열고 들여다보았다. 아직도 살아남은 바퀴벌레가 보였다. 끈질긴 놈들이다. 지하4호도 이처럼 살아 있지 않을까.

신고한 지 10분도 안 되어 골목 끝을 돌아오는 경찰차가 보였다. 경찰은 지하4호 창문을 통해 방 안을 들여다보았다. 내가 실종자의 신원을 자세히 알려 주자 경찰관은 정식으로 실종신고를 받아 주었다.

실종 11일째다. 남편과 함께 강원도 영월에 모임이 있어서 내려가는 중에 지하3호로부터 걸려 온 전화를 받았다.

"방금 연락 받았습니다. 지하4호는 잘 있대요."

"아, 그래요? 무사하다니 다행이네요."

나는 더 이상 할 말이 없었다. 일단은 마음은 놓였다.

실종 12일째다. 마당에 있던 지하4호의 검정 강아지가 오후부터 보이지 않았다. 나는 강아지를 찾기 위해, 남편과 함께 허겁지겁 골목길을 찾아 나섰다. 지하3호도 자전거로 이리저리 찾아 헤맸다. 다음 골목길서 강아지가 뒤뚱거리며 다가오는 것을 발견하고 휴 한숨을 내쉬었다.

나는 지하4호가 교도소에 있다고 철석같이 믿고 있었다. 수년 전 형사가 찾아와서 그를 연행해 간 적이 있었기 때문이다. 어쩌면 이번에도 무슨 죄를 지어서 교도소로 보내진 게 분명하다고 나는 믿었다. 그렇다면 지하4호가 언제 돌아올지 알 수 없는 일이다. 이참에 짐을 다 빼고 새로운 세입자를 구해야겠다고 마음먹었다.

지하3호도 지하4호를 비난했다.

"술만 먹으면 대통령 욕을 바가지로 해대니, 안 그러겠어요? 내 이럴 줄 알았어요. 언젠가는 경찰이 와서 잡아갈 줄 알았다니까요."

13일째 오후다. 지하4호 방에 들어가서 죽은 바퀴벌레를 치워야 하는데, 치울 일이 난감했다. 고무장갑을 끼고 세제와 수세미, 수건을 들고 나섰더니 남편도 마지못해 마스크를 쓰고 빗자루를 들고 따라 나왔다.

남편이 먼저 창문으로 들어갔다. 남편은 죽은 바퀴벌레를 빗자루로 쓸어 모았다. 옷장 서랍장에는 아직도 살아남은 바퀴벌레가 결사적으로 도망을 친다. 급한 마음에 고무장갑 낀 손으로 잡으려 하면 펄쩍 튀어서 잽싸게 도망쳤다. 나는 도망치는 바퀴벌레를 향해 약을 뿌렸고, 발로 밟으면서 닥치는 대로 바퀴벌레를 잡았다. 신문지를 돌돌 말아 후려치기도 했다. 지하4호가 새벽에 그랬던 것처럼 나도 그렇게 한동안 몸부림을 쳤다. 소름이 끼쳤다.

죽은 바퀴벌레가 싼 똥은 얼마나 많은가. 장롱 위와 냉장고 위에는 알을

깐 부유물이 허옇게 쌓여 있었다. 토끼 똥처럼 생겨, 빗자루로 쓸어내리자, 허연 가루가 되어 부스스 먼지로 떨어져 내렸다.

주방도 엉망이었다. 나는 싱크대 구석구석 살림을 들추어 가며 청소했다. 남편은 장롱과 서랍장 구석에서 죽은 바퀴벌레와 방바닥에 붙은 똥을 걸레로 박박 문질렀다. 나는 한 달에 한 번 청소 봉사를 하는데, 그와 같은 마음으로 샅샅이 청소했다. 강아지 똥과 바퀴벌레 똥으로 뒤범벅이 된 이불과 베개를 모두 쓰레기봉투에 담았다. 다섯 덩이도 넘는 쓰레기봉투를 창문을 통해 밖으로 내던졌다. 무려 세 시간이 훌쩍 지나갔다. 만만찮은 중노동이었다.

나는 그날, 불면의 밤을 보냈다. 눈앞에 바퀴벌레 화신들이 어른거렸다. 바퀴벌레 소굴이 된 것 같은 내 몸과 정신은 엉망이 되었다. 환영을 떨치려고 잠들 때까지 TV를 크게 틀었다.

실종 16일째다. 시장에서 찬거리를 사 가지고 오는데, 골목길에서 강아지를 끌어안고 앉아 있는 지하4호가 보였다. 환자복 차림이었다. 교도소에 갇혀 있으리라고 상상했던 내 믿음은 여지없이 깨어지고 말았다.

"아저씨, 지금까지 병원에 있었던 거예요?"

"일하다 쓰러졌는데, 사장이 병원에 데려다 놓았어요. 아프지도 않은데, 주사기만 꽂아놓지 뭐에요. 병원에서 못 나가게 하기에 도망쳤어요."

어이가 없었다. 옆에 있던 지하3호도 말을 섞었다.

"병원비가 육백만 원이 넘게 나왔더래요. 그래서 간호사 몰래 도망쳐 나왔다는군요."

그러면서 지하3호는 끌끌 혀를 찼다. 나도 황당하기 짝이 없었다.

"아저씨, 병원비도 내지 않고 몰래 도망을 쳤어요?"

"……?"

"아저씨는 재주도 참 용하시네요. 하지만 세상 일이 그렇게 만만치 않아요. 아저씨 신원정보가 직장에 있어서 병원 측에서 벌써 조회했을 거예요."

지지리도 못나고 궁상맞고 딱한 인생이다. 매사 이처럼 허랑 방탕으로 사는 지하4호를 내 집에 들이다니, 이 모든 것이 얄궂은 운명이라는 생각도 들었다.

나는 잡채를 만들다가 지하4호가 밥이라도 먹었나 싶어, 신경이 쓰여서 주방 창문으로 밖을 내다보았다. 그는 지하3호와 마주 앉아 있었다. 나는 잡채와 두어 가지 반찬을 쟁반에 담아 들고 나가, 같이 먹으라고 건네주었다. 어쩌면 그 우연찮은 동정심이 동티가 되었는지도 몰랐다.

하루는 밤이 좀 이슥했을 때였다. 남편이 배를 슬슬 만지면서 말했다.

"당신 라면 먹고 싶지 않아?"

"웬 라면?"

"생각 있으면 말해. 내가 끓여 줄게."

군침이 돌았다.

"진짜?"

"파 쏭쏭, 계란 톡?"

"오케이."

남편은 앞치마까지 두르고 본격적으로 라면을 끓이기 시작했다. 잠시 뒤에는 라면 끓는 냄새가 진동했다. 식탁에 마주 앉아 라면을 먹으려는데, 초인종이 울렸다. 창문을 열고 밖을 내다보니 지하4호였다.

"지금 라면 끓이고 계시지요?"

"어떻게 아셨어요?"

"안 그래도 속이 좀 출출하던 참인데, 라면 냄새에 배가 더 고파졌어요."

"……?"

"더도 덜도 말고 딱 한 젓가락만 나눠 주세요." 기가 막혔다. 방세가 밀려 주인집 눈치를 보면서 슬슬 피해 다녀야 할 처지인 주제에 맡긴 물건이라도 있는 것처럼 시도 때도 없이 찾아와 당당하게 빌붙는 그와 마주 설 때마다 온몸에 소름이 돋았다.

그러면서도 식사 준비를 위해 도마에 칼질하는 소리를 낼 때마다 나는 지하4호가 이 소리를 듣고 있다는 사실에 신경이 곤두섰다. 궁리 끝에 나는 하루에 한 번씩 밥과 반찬을 통에 담아서 지하4호 창문턱에 올려놓았다.

지하4호는 방범창과 방충망을 자빠트린 채 수선하지 않고 그냥 두었다. 어느 때는 반찬을 가지고 갔다가 빤히 들여다보이는 화장실에서 벌거벗고 샤워를 하는 그를 보았다. 나는 창문턱에다 가지고 간 음식을 내려놓고 허겁지겁 뒷걸음질을 쳐야 했다.

마당에 깔린 자갈 틈에서 뭔가 반짝거렸다. 금팔찌와 금귀고리였다. 바퀴벌레 약을 칠 때, 서랍장의 자질구레한 물건들을 옮기는 와중에서 떨어져 나온 것이 분명했다. 아마도 그의 물건인 것 같아 건네주었다.

"이거 아저씨 거죠?"

"……?"

"아저씨 거 맞죠?"

"내 꺼 맞아요. 이거 어디서 나왔어요? 아무리 찾아도 안 보이더니…"

그는 고맙다는 말도 없이 냉큼 받아 챙겼다.

지하4호가 아침부터 분주하게 왔다 갔다 하는 모습이 보였다. 좀 이상한 느낌이 들어서 금붙이는 어찌 됐느냐고 물어 보았다.

"그거요? 술집 아줌마한테 외상값 삼만 원 대신 퉁 치고 왔지요. 아주 좋아하던데요?"

뭐 이런 인간이 다 있나 싶었다. 하도 어처구니가 없어 그를 조금 매섭게 노려보았다. 생각 같아서는 뺨이라도 한 대 찰싹 갈겨 버리고 싶은 마음이 굴뚝같았지만, 나는 휴우 한숨을 내쉬고 말았다.

'내가 어쩌다 저런 대책 없는 인간하고 엮었는지 모르겠다.'

돌보지 않고 그냥 버려두면 지하4호가 필시 굶고 다닐지도 모른다는 걱정이 들어, 그동안 천 원짜리로 받았던 월세 10만 원을 봉투에 넣어 창문으로 던져 주었다. 이튿날 오후에 그는 술 냄새를 풀풀 풍기며 나타났다.

"사모님께 감동했어요. 덕분에 술집 외상값 구만 원도 다 갚았고요."

컴퓨터를 켜고 6급 장애인을 검색해 보았다. 어깨 관절, 팔꿈치 관절, 손목 관절 등이 이 부류에 속했다. 내 짐작으로 택배 일을 하는 지하4호가 손목 장애 때문에 물건을 배달하다가 넘어져 크게 다친 것이 분명했다.

밀린 병원비는 어떻게 되었느냐고 내가 물었을 때, 그는 사장이 물어주거나, 나라에서 배상해 주게 되어 있다고 대답했다. 자기와는 아무 상관없는 일이라도 되는 듯이 너무나 천연덕스런 태도였다.

보다 못한 남편이 주민센터에 가서 지하4호의 어려운 사정을 신고했다. 며칠 뒤에는 통장이 찾아왔다.

"이 집에 김막장이라는 분이 살고 있나요?"

"지하4호에 살고 있는 세입자입니다."

"이상하다. 그분은 전입한 지가… 일주일밖에 안 됐군요."

"이사 온 지 팔 년이 넘었는데요."

지하4호는 그러니까 그동안 전입신고도 하지 않고 주민등록증이 말소된 상태로 살고 있었다. 처음 알게 된 사실이다. 복지혜택을 받기 위해 말소된 주민등록증을 최근에 재발급 받은 상태였다.

밖에 나갔다가 돌아와 보니 현관 앞에 쌀자루가 덩그러니 놓여 있었다.

"웬 쌀자루?"

"지하4호가 주민센터에서 받아 왔어. 고맙다면서, 여기다 놓고 갔네."

기다리고 있었다는 듯이 지하4호가 대문을 열고 들어왔다. 나는 일부러 좀 쌀쌀맞게 말했다.

"아저씨."

"네?"

"쌀을 왜 우리한테 줘요? 아저씨 밥 굶을까 봐 나라에서 준 쌀이잖아요."

"쌀이 있으면 뭐해요. 반찬이 없는데……."

반찬 없는 것이 마치 내 탓이나 되는 것처럼 퉁명스럽게 말했다. 말문이 막혀 말을 잇지 못하자, 보다 못한 남편이 지하4호를 나무랐다.

"밖에 나가면 반찬가게가 많아요. 거기서 사다 먹으면 되잖아요."

"거 참 모르는 소리도 작작 하시네."

"네?"

"나한테 반찬 사 먹을 돈이 어딨어요? 내 사정 뻔히 아시면서…"

지하4호는 볼썽사납게 흰 눈자위를 심술궂게 굴렸다. 그 모습이 너무나 사나워서 나는 저절로 오금이 저렸다. 자칫 심기를 건드렸다가 무슨 해코지를 당할지 모르기 때문이다. '공연히 저런 사람 심기를 건드려서 좋을 게 하나 없어. 되도록 말 섞지 말고, 좋게 지내자.'하고 나는 스스로를 다독거렸다.

머잖아 찬바람이 불면서 긴 겨울로 접어들 시기였다. 나는 여전히 반찬을 만들면서 여분의 반찬통에 넣어서 지하4호 창문 앞에 놓아두었고, 그는 빈 반찬통을 우리 집 현관에다 슬그머니 갖다 놓기를 반복했다. 그의 방 벽이나 바닥에는 여전히 바퀴벌레가 심심찮게 기어 다녔다. 그의 입에서 어느 날 문득 "저 이제 다른 데로 이사하려구요."하는 말이 나와 주기를 간절히, 정말 간절히 기대해 보았지만, 그의 언동 어디에서도 그런 기미를 찾아볼 수 없었다.

"사모님."

"네?"

"저 이제 고생 끝났습니다."

"무슨 말씀이신지…?"

지하4호는 기초생활 보장 수급자로 인정되어, 보조금이 나온다고 의기양양하게 말했다. 주민센터는 지하4호를 위해 적극적으로 대처해 주었고, 그를 위해 통장과 주위 사람들이 따뜻한 위로와 동정심을 보여주었다. 덕분에 지하4호는 그동안 내지 못한 가스비를 해결했고, 나는 주민센터의 간곡한 요청으로 주거 지원 차원에서 지하4호가 부담해야 하는 월세를 20만원으로 동결하는 데 합의해 주었다. 그러고 보니 지하4호는 진짜 고생 끝난 사람처럼 보였다. 세상에는 저토록 편하게 사는 사람도 있구나 싶어 신기하게 여겨졌다.

지하4호가 며칠째 보이지 않더니 저녁나절에 골목길에서 마주쳤다. 어디 다녀오느냐고 물었더니 종로3가 탑골공원에 다녀온다고 대답했다.

"벌써 열흘째나 갔는걸요. 어제는 맛있는 소고기 반찬을 얻어먹었습니다."

지하4호는 탑골공원에서 배식을 받는 사람 중에 자신이 제일 젊어서 인기가 좋다는 말까지 덧붙였다. 탑골공원으로 진출한 그는, 일 나가서 돈을 벌게 되면 나라에서 주는 혜택을 받지 못하게 된다면서, 이제부터 뼈 빠지게 고생하지 않아도 먹고사는 데는 아무 지장이 없게 되었다는 자랑을 길게 늘어놓았다.

아침에 지하4호가 주방 창문을 통해 누군가와 이야기하는 소리가 들렸다. 나가 보니 그의 머리는 까치집을 지었고, 눈동자는 거슴츠레 풀린 상태였다. 나와 눈이 마주치더니 꾸벅 고개를 숙여 보였다.

"사모님 덕분에 생전 처음 나라에서 주는 보조금을 받았어요. 기념으로 밀린 외상 술값 십칠만 원도 싹 갚았고요. 기분이 좋아서 지하3호와 술집에 갔다가 내친김에 노래방까지 가서 밤새도록 신나게 놀다 왔습니다."

지하4호는 벌건 얼굴로 헤벌쭉이 웃어 보였다. 그 모습이 마치 큰 바퀴벌레가 징그럽게 웃는 것 같았다. 나는 온몸이 부들부들 떨렸다. "바퀴벌레만도 못한 인간 기생충이야!"하고 외치는 대신, 나는 주방으로 뛰어 들어가 엉겁결에 집어 든 부엌칼로 나무 도마를 힘껏 내리쳤다.

2022 신예작가

초판 인쇄 2021년 11월 28일
초판 발행 2021년 11월 30일

발행인 김호운
상임이사 김성달
사무국장 이월성
편집국장 이현신
발행처 사단법인 한국소설가협회
등 록 제313-2001-271호(2001. 12. 13)

주 소 04175 서울 마포구 마포대로 12, 한신빌딩 302호
전 화 02) 703-9837, 팩 스 02) 703-7055
전자우편 novel2010@naver.com
한국소설가협회홈페이지 http://www.k-novel.kr
인 쇄 유진보라
총 판 한국출판협동조합 02) 716-5616

ISBN | 979-11-7032-088-3 *03810
정가 15,000원



사단법인 한국소설가협회는 소설가로만 구성된 국내 유일의 단체입니다.